CONSPIRATION

Éric Giacometti
Jacques Ravenne

CONSPIRATION

Roman

ÉDITIONS FRANCE LOISIRS

Édition du Club France Loisirs,
avec l'autorisation des Éditions Jean-Claude Lattès

Éditions France Loisirs,
31 Rue du Val de Marne 75013 PARIS
www.franceloisirs.com

ISBN : 978-2-298-13913-6

La fraternité des Skull and Bones existe réellement, ainsi que le blason reproduit dans ces pages.
En revanche, le reste n'est que fiction.
Ou presque. En matière de thriller, conspiration ne veut pas dire conspirationnisme, la nuance n'a jamais échappé à nos lecteurs...

Les auteurs.

L'Amérique doit assumer sa mission messianique, léguée par ses pères fondateurs.
Mais, bâtir le nouveau monde n'est qu'une étape, il nous faut aussi transformer l'ancien.
Pour ouvrir à l'humanité les portes du jardin d'Éden.

Emerson Donovan, professeur titulaire de la chaire de géopolitique à l'université de Yale.
Conférence d'inauguration du 2e forum économique et politique du cercle Dunwich-Innsmouth, avec le soutien de la fondation Pentacle.

1.

Paris
De nos jours
26 mars

La nuit tombait en douceur sur cet arrondissement de la rive droite, autrefois populaire. Une vraie soirée de début de printemps, calme et tiède, que les Parisiens savouraient comme un cadeau inespéré après des semaines grises et pluvieuses. Pas un nuage à l'horizon, juste un ciel pur et lumineux qui se métamorphosait en bleu d'encre. Les lampadaires de rue, infatigables travailleurs de la nuit parisienne, luisaient dans le couchant. Il flottait dans l'air ce parfum familier de laisser-aller, de douceur réconfortante qui contrastait avec le rythme effréné de la journée. C'était dans ces moments éphémères que Paris continuait à ensorceler. Et à panser ses récentes blessures.

Il était 19 h 30, l'heure de bascule entre l'apéritif et le dîner, et les cafés et restaurants du quartier se remplissaient tranquillement. Les femmes n'osaient pas encore sortir leurs robes légères, mais les manteaux restaient, pour la première fois de l'année, accrochés dans les penderies.

Accoudé à un balcon du quatrième étage d'un immeuble de pierre grise, un jeune homme d'une trentaine d'années à la barbe blonde taillée en rectangle terminait sa cigarette. Il contemplait avec envie le restaurant qui étalait sa terrasse sur le trottoir, de l'autre côté de la rue.

— J'adore ton appart... Un peu trop de vis-à-vis avec l'immeuble en face, mais sympa quand même.

— Monsieur est trop bon, répondit une voix féminine de l'intérieur de l'appartement.

— Dépêche-toi, les tables se remplissent.

— Au pire, on attendra au comptoir, répliqua la voix atténuée par le souffle bruyant d'un sèche-cheveux.

Le barbu prit une expression ennuyée et écrasa son mégot dans la terre humide d'un sapin maigrelet et noirci. Il ne restait désormais que trois tables vides.

— J'aime ton optimisme, ma chérie. Tous ces enfoirés de Parisiens veulent la même chose que nous. Ils découperaient leur mère en rondelles pour dégoter un coin de table en terrasse.

Une grande brune, le visage joyeux, l'allure sportive, apparut dans l'entrebâillement du salon, le corps enveloppé d'une serviette rose vif.

— Donne-moi encore cinq minutes pour enfiler un jean.

— Tu parles, ça veut dire un quart d'heure dans le vrai monde des humains, grimaça son compagnon. Je descends récupérer un bout de trottoir.

Elle s'approcha, la mine amusée, et lui passa la main dans les cheveux.

— Mais c'est qu'il est grognon...

— Pas le premier jour sans pluie de ce satané printemps. Regarde-moi ce ciel sublime, dit-il en scrutant par-dessus le toit de l'immeuble qui faisait face.

Le barbu se laissa masser le crâne et contempla la façade opposée. Il fronça les sourcils.

— Tu devrais rentrer, on dirait que ton voisin d'en face joue les voyeurs.

Elle éclata de rire et abaissa légèrement le haut de sa serviette sur ses seins.

— Où ça ? Il est mignon ?

Le jeune homme tendit l'index.

— Si tu aimes les gros chauves hilares... Au quatrième étage, entre les deux rideaux bleus. Il ne se cache même pas ce salaud.

Gênée, elle remonta sa serviette et scruta l'immeuble. Un homme au visage empâté regardait dans leur direction. Il semblait pris d'un fou rire, sa tête oscillait dans tous les sens, comme une toupie.

— Je l'ai déjà croisé une ou deux fois au resto, c'est bizarre, dit la jeune femme en se collant à son compagnon. Il est plutôt du genre très poli, je ne l'ai jamais vu me reluquer depuis que j'habite ici.

Son compagnon lui prit l'avant-bras et brandit le doigt vers l'immeuble.

— Et là... Regarde l'appart d'à côté. La petite famille derrière la fenêtre, eux aussi ils nous matent. Ils forment un club, tes voisins ?

À une fenêtre d'intervalle de celle du chauve, un couple de quadras à l'allure bohème, accompagné d'un gamin d'une dizaine d'années, collaient leur nez à leur fenêtre et riaient aux éclats. Le garçon tenait un camion de pompiers.

— On a dû faire un truc qui les fait marrer...

— Ils se repassent peut-être en boucle *La Grande Vadrouille*.

La jeune femme lui serra le coude.

— Là-haut !

Deux étages au-dessus, sous les toits d'ardoise, derrière une étroite fenêtre grande ouverte, se dessinait le visage d'une vieille dame, ridée comme une pêche d'automne. Son rire chevrotant se répandait.

— On s'amuse bien dans ton quartier, dit le jeune homme, décontenancé.

— Laisse tomber, quelqu'un doit faire le pitre dans notre immeuble ou alors ils admirent le coucher de soleil.

— Jamais entendu dire que le soleil provoquait un fou rire, répliqua le barbu en la prenant par la taille.

Elle rentra dans l'appartement.

— Je passe un pantalon et on file.

— Comme tu veux, ma belle, répondit-il en jetant un dernier coup d'œil sur les voisins. On se fend la poire dans ce quartier.

Le chauve et la famille avaient à leur tour ouvert leurs fenêtres. Leurs rires fusaient dans l'air tiède.

Cinq minutes plus tard, le jeune couple descendait l'escalier intérieur de leur immeuble en se tenant la main. Un courant d'air frais s'insinuait le long des marches pour remonter vers les étages supérieurs. La jeune femme ralentit au niveau du deuxième et s'arrêta devant une fenêtre grande ouverte sur la rue.

— C'est pas vrai ! À chaque fois qu'ils nettoient l'escalier, les types du ménage ouvrent pour aérer et ne referment pas, râla-t-elle. Un de ces jours on va se faire cambrioler.

Son compagnon haussa les épaules et continua de descendre les marches.

— Tu veux vraiment qu'on perde la dernière table !

Au moment où elle allait rabattre les deux battants de bois vermoulu, la jeune femme se figea.

— Viens voir, balbutia-t-elle. C'est dingue.

— Pas question. Ça devient lourd ton histoire de voisins et je veux ma place au soleil.

— Je t'en prie ! cria-t-elle.

Il remonta les marches en maugréant, les mains dans les poches.

— Si c'est pour me montrer ton pote chauve libidineux, très peu pour moi, dit-il en arrivant à côté d'elle. Bon tu refermes cette…

Il ne put finir sa phrase. Face à lui, à presque tous les étages de l'immeuble, des hommes, des femmes et des enfants se tenaient tous debout sur leurs balcons. Certains habillés, d'autres en tenue débraillée. Une femme arborait une nuisette, comme si elle venait de se lever.

Tous riaient comme des possédés.

— C'est une variante de la fête des voisins, version *Walking Dead* ? dit-il en se tournant vers elle.

— Flippant, lâcha la brune qui ne pouvait détacher son regard du spectacle insolite et agrippait la main de son compagnon.

Le jeune barbu agita sa main dans leur direction.

— Tout va bien ? Ohé là-haut. Ici la terre !

La vieille dame en chemise de nuit, qui habitait sous les toits, enjamba la balustrade de fer noirci, un sourire tordu accroché à ses lèvres blanches.

— Elle est malade ! s'exclama Nico.

Ce fut à ce moment précis que sa compagne lui broya la main et poussa un cri d'effroi.

Le premier corps s'écrasa sur la table du restaurant Le Pivert à la vitesse de soixante et onze kilomètres à l'heure. L'assiette de pâtes aux palourdes vola en éclats sous l'impact de la tête de la vieille femme qui avait sauté du sixième étage. Les deux clients attablés n'eurent même pas le temps de réaliser ce qui leur arrivait. Le premier encaissa tout le poids du corps sur lui et roula à terre, le second eut moins de chance, la chaussure à bout carré de la retraitée percuta de plein fouet ses lunettes. Les verres explosèrent sous le choc et lui perforèrent instantanément les yeux. Les autres clients se figèrent en entendant les hurlements de douleur et le fracas de la table brisée.

Il ne s'écoula même pas deux secondes avant qu'un deuxième corps, une femme en robe de soie verte, chute à deux tables à côté de la première.

— Un attentat ! hurla un des clients en se levant de sa table.

Sur le trottoir, juste devant le restaurant, un homme gras en pull jaune venait de s'empaler sur une tige d'acier qui servait de mât à un panneau publicitaire. Son corps se tortillait comme un ver sur un pieu.

Les corps s'écrasaient les uns après les autres sur les tables. Les clients, encore indemnes et qui comprenaient enfin ce qui se passait, fuyaient horrifiés. Tétanisée, une des serveuses lâcha son plateau quand le corps d'un adolescent noir et maigre tomba à ses pieds.

La tête du jeune garçon tournait dans tous les sens comme une poupée désarticulée. La serveuse se précipita sur lui pour lui porter secours et se raidit.

Il riait.

Un rire haché, saccadé, lui déformait le visage tordu de douleur. Des larmes coulaient de ses yeux rougis tandis que son corps secoué de spasmes ondulait sur lui-même.

— On va appeler les secours, dit la serveuse en sortant son téléphone.

Mais elle n'arrivait pas à composer le numéro, son affolement paralysait ses doigts.

Un grincement sonore jaillit au milieu de la rue.

Une voiture grise venait de piler devant un corps qui s'était écrasé à dix centimètres du capot. Le conducteur voulut sortir du véhicule, mais au même moment une autre masse s'écrasa sur le toit. La tête de la victime, une très jeune femme d'origine asiatique, s'incrusta dans le pare-brise tandis que sa main, ornée d'une lourde bague, emportée par la vitesse, éclatait la vitre du conducteur.

Le patron du restaurant, un grand blond costaud en bras de chemise, surgit sur le trottoir et faillit se faire renverser par un client paniqué.

— Bon sang, que se passe-t-il ? dit-il en le relevant par le bras.

— Lâchez-moi ! Ils assassinent les gens. Là-haut ! cria l'homme en le repoussant violemment.

Le patron le laissa filer, stupéfait par la scène qu'il avait sous les yeux. Des corps gisaient à terre et sur les tables renversées, ses serveurs et ses clients couraient dans tous les sens.

Un attentat ! Dans son resto !

Mais quelque chose clochait, son esprit ne parvenait pas à intégrer ce qu'il voyait. On n'entendait aucun coup de feu. Il n'y avait aucun client ou badaud qui tenait une arme.

Quelqu'un, une femme en salopette grise, tentait de se relever, le visage en sang. Il l'aida et sentit tout son corps trembler. Elle brandissait son index en direction de l'immeuble qui abritait le restaurant.

— Des terroristes... Il y a des terroristes ! Appelez la police !

Le patron du Pivert entendit des rires qui provenaient du haut de l'immeuble, comme si on organisait une fête au-dessus du restaurant.

Mais les rires s'écrasaient au sol.

Il leva la tête au ciel et vit des formes étranges voler dans l'air.

Voler et se fracasser sous ses yeux.

Il n'eut pas le temps de se protéger, un petit camion de pompiers métallique lui brisa l'arête du nez. Il vacilla sur lui-même et eut soudain la vision de sa terrasse qui s'était transformée en zone de guerre. La douleur envahit son cerveau, mais sa vue était intacte. Et ce qu'il voyait n'avait aucun sens.

Tout autour de lui, il distinguait des corps brisés et des tables renversées, des flaques rouges se répandaient, souillées par les restes de nourriture. Les gémissements montaient de partout, comme un chant funèbre.

D'autres corps continuaient à tomber.

La pluie était revenue dans ce coin de Paris.

C'était une pluie de chair et de sang.

Une pluie d'êtres humains.

Très loin
Au même moment

Dans une cave voûtée, un homme, au torse nu et criblé de boutons rouges, s'observait dans un miroir. Il prit une chevalière entre ses doigts et en fit pivoter le corps supérieur d'un quart de tour. Une minuscule pointe de métal jaillit. Il l'approcha du haut de sa poitrine et frappa d'un coup sec. Son visage ne tressaillit même pas sous la douleur. Sa voix tendue résonna dans le silence de la pièce.

— Un !

Un filet de sang s'échappait de la blessure et coulait le long de la peau martyrisée. Ses yeux clignèrent. Il perça à nouveau sa chair.

— Deux !

Ce n'était que le début. Il allait se scarifier encore vingt-huit fois. Ce qui porterait à trente le nombre de stigmates.

En hommage aux trente âmes innocentes qui s'étaient jetées dans le vide.

2.

Vaucluse
De nos jours
Cinq mois plus tard

Un vent chaud et sec froissait les cyprès alignés au cordeau au pied de la villa de béton blanc et de verre fumé. En contrebas, une vaste pelouse, bien trop émeraude pour cette fin d'été aride, encerclait le rectangle turquoise de la piscine. À côté du pool house, aussi vaste que la piscine, un jardinier en combinaison verte taillait les oripeaux séchés d'un palmier nain et joufflu comme un ananas.

— Y a pas à dire, ça rapporte le trafic de tableaux, murmura Marcas au capitaine de gendarmerie posté sur un muret de pierres craquelées.

Il leva ses jumelles au-dessus du toit de la propriété et aperçut en arrière-plan un sommet blanc et pelé qui se détachait sur un ciel bleu électrique.

— Le mont Ventoux... Quand j'étais ado, on passait les vacances en famille dans le coin. Mon oncle voulait absolument que je grimpe avec lui au sommet, à vélo. Un cauchemar, je n'ai jamais pu le suivre.

— Il devait avoir un sacré souffle, répondit le gendarme. Je l'ai monté avec mon peloton il y a trois ans, mes mollets s'en souviennent encore.

Antoine sourit et rendit les jumelles au capitaine en treillis.

— Quelle chance d'habiter dans le coin. Bon... Je rentre dans mon trou à rat. Faites-moi signe si vous voyez quoi que ce soit d'anormal. L'équipe d'intervention est-elle déjà positionnée ?

— Oui, commissaire. Prête à l'action, à vos ordres.

Antoine descendit rapidement un chemin herbeux qui serpentait au milieu d'un bois de pins alanguis masquant les champs de vigne ondulés. Il arriva devant une camionnette verte garée contre un parapet à moitié écroulé. Il ouvrit la porte, une odeur de sueur, de viande fumée et de renfermé lui monta à la gorge.

— Vous devriez aérer, lieutenant. C'est une agression délibérée à l'odorat d'un supérieur hiérarchique.

— Mille excuses, commissaire, venez jeter un coup d'œil, répondit le policier d'une trentaine d'années, un casque d'écoute à moitié vissé sur les oreilles, le regard rivé sur un écran.

Marcas s'approcha et se pencha sur le moniteur. Une femme blonde, en culotte et soutien-gorge blanc, enfilait une robe de la même couleur.

— Concentrez-vous sur votre mission, lieutenant ! assena Marcas sur un ton faussement autoritaire.

— Je me concentre, je me concentre... Noëlle de Pressac est mouillée jusqu'au cou dans les affaires de son mari, je ne fais que mon devoir, dit le jeune policier en zoomant sur la chute de reins de la femme. Ah, encore une nouvelle robe. C'est dingue, elle en est à la cinquième.

— La loi punit le voyeurisme, répliqua Antoine.

— Je ne comprendrai jamais les femmes en matière d'habillement. C'est comme la mienne, elle essaye à chaque fois un tas de tenues avant de sortir. Et votre épouse ?

Marcas secoua la tête d'un air amusé.

— Je suis divorcé, mais j'ai rencontré quelqu'un il n'y a pas longtemps. Elle est plus du genre jean et blouson que robe et escarpins...

Il s'arrêta pour jeter à nouveau un œil sur le moniteur, puis reprit :

— Votre femme ne vous en veut pas de rester loin d'elle quand vous êtes en opération ?

— Non, elle connaît les obligations du métier. Mais en ce moment c'est plus difficile. Elle a perdu sa sœur jumelle, son mari et leur fils, au printemps, dans des conditions atroces. Elle n'arrive pas à faire son deuil.

Antoine posa la main sur l'épaule du lieutenant.

— Que s'est-il passé ?

— Ils faisaient partie des victimes de la tragédie des Trente.

— Les Trente ?

Le lieutenant regarda Marcas avec gravité.

— Vous savez, ces familles qui se sont jetées d'un immeuble à Paris. Trente morts. Ma belle-sœur et sa famille occupaient le cinquième étage.

— Ah oui, répondit Antoine, je m'en souviens. Une histoire d'intoxication collective, je crois.

— Oui. Bon, j'aime pas trop en parler, dit le lieutenant en se rapprochant du moniteur. Ah, on passe aux choses sérieuses. Regardez, madame la comtesse sniffe son petit rail quotidien.

Penchée sur une commode, la blonde inhalait une traînée de poudre blanche. L'adjoint d'Antoine eut un hochement de tête navré.

— Coke pour le goûter... C'est plus ce que c'était l'aristocratie française. Et le mari, je suppose qu'il en est à son troisième verre de whisky de l'après-midi ?

— On peut le comprendre, découvrir que sa femme de dix ans de moins que lui le trompe avec sa prof de yoga, c'est pas dans la tradition de la vieille noblesse.

Marcas ne broncha pas, le couple se déchirait depuis la veille. Le receleur avait emprunté le portable de sa femme pour passer un coup de fil et avait découvert, effaré, une collection de sms incandescents échangés avec sa coach en zenitude. Par caméra interposée, les deux policiers avaient assisté en live à la dispute qui s'était soldée par un échange de gifles et la mise à sac de la collection de vases du couple. Le tempérament sanguin de Pressac virait au rouge vif. Le couple avait fait chambre à part, mais dès le matin les noms d'oiseaux voletaient à nouveau dans toute la maisonnée. L'aristocrate se soûlait pour tenter de se calmer et aboutissait au résultat inverse. C'était une cocotte-minute, prête à exploser.

— Le problème conjugal va se résoudre avec leur arrestation, dit Marcas. Ils continueront de faire chambre à part, en prison, pour un bon bout de temps.

Le commissaire jeta un œil à la carte topographique épinglée au-dessus du moniteur. Deux équipes de cinq gendarmes étaient disposées autour de la villa, et trois hommes se planquaient déjà dans le parc. Même un rat n'aurait pu s'échapper du dispositif.

L'enjeu le justifiait. Le baron de Pressac, l'un des meilleurs galeristes d'Europe, était sur écoute depuis deux mois, suspecté d'être l'un des rouages d'un important réseau de trafic d'art contemporain. Pourtant, Pressac n'était pas la cible principale de l'opération. Seulement l'appât. Pour un plus gros poisson.

Antoine consulta à nouveau sa montre, puis pianota sur un ordinateur posé sur un pupitre branlant contre la tôle de la camionnette. Une carte satellite de la zone apparut avec un petit point rouge qui avançait lentement le long d'une route sinueuse.

— Ce cher Anatoli Litchvenko dans sa Mercedes dernier cri… Profite de ta belle voiture, ça ne va pas durer.

C'était lui la proie principale.

Le riche Ukrainien venait prendre possession d'un lot de deux Kandinski et d'un Klee volés en France pendant la dernière guerre et récupérés par Pressac, pour les écouler sur les marchés russe ou américain. D'habitude, Litchvenko chargeait ses sbires des opérations de manutention, mais cette fois il dérogeait à sa règle. Le trafiquant nourrissait une passion irraisonnée pour les deux maîtres de l'art abstrait. Le flagrant délit serait parfait.

Le portable de Marcas s'alluma, le nom du patron des opérations, détaché du ministère, s'afficha. La voix familière résonna comme en écho.

— Comment ça se passe, commissaire ?

— Bien, Litchvenko ne devrait pas tarder. Il a atterri à Avignon dans son jet privé il y a trois quarts d'heure. Une voiture le conduit ici. On espère juste que Pressac n'assassine pas sa femme avant le rendez-vous.

— Ah ah ah... Il peut la découper en morceaux et en faire du saucisson du moment que vous nous coffrez le cerveau du réseau.

Marcas grimaça.

— Ah ah ah...

— Vous connaissez l'importance de la mission, reprit le supérieur d'Antoine, ce sera la plus grosse prise de l'année en Europe. Le succès rejaillira sur tout le service. Le directeur de la police et le ministre suivent l'affaire de très près.

Marcas détestait ce genre de remarques. Comme s'il n'avait pas conscience des enjeux.

— Oui... Je suis obligé de vous laisser, monsieur le directeur.

— Rappelez-moi dès que Litchvenko arrivera dans la maison.

Antoine raccrocha et se concentra sur l'écran qui retransmettait les images de l'intérieur de la villa de Pressac. Les pièces principales étaient truffées de micros et de caméras positionnés stratégiquement. Cela faisait trois jours que Marcas et le lieutenant vivaient dans la camionnette en compagnie du couple, depuis qu'ils avaient appris l'arrivée de l'Ukrainien. C'était à la fois fascinant et dérangeant, surtout après la scène de la veille. Il s'était pris de pitié pour cette femme manifestement amoureuse de son amante et prisonnière d'un mari rude et violent.

La voix de son adjoint le tira de ses pensées.

— La voiture du jardinier quitte la propriété. Apparemment, le portail reste ouvert pour le Russe.

— Pas Russe. Ukrainien. Je vais fumer une cigarette, il ne devrait pas arriver avant une bonne demi-heure.

Au moment où Antoine sortait de la camionnette, le lieutenant reposa son casque d'écoute sur sa tête et le héla :

— Commissaire, revenez !

— Quoi encore. Elle enlève le bas ?

— Ça chauffe à nouveau entre les tourtereaux, répondit le lieutenant en branchant le haut-parleur.

Des cris de femme jaillirent, entrecoupés de vociférations masculines. Marcas leva les yeux.

— Ils sont dans quelle pièce ?

— Là, dans le couloir.

Antoine se pencha à nouveau sur l'écran mosaïque divisé en six. Noëlle de Pressac rampait sur le carrelage de dalles grises, laissant derrière elle une striure rouge. Le mari surgit comme un diable de sa boîte, lui attrapa les cheveux et la força à se lever en beuglant comme un damné. Il poussa une porte qui donnait sur le couloir et disparut avec elle.

— Et merde, jeta Antoine. On a la pièce en visuel ?

Le lieutenant opina de la tête, l'image bascula.

Pressac et sa femme s'affrontaient dans un bureau bibliothèque plaqué de boiserie fauve. Elle gisait à terre, devant une cheminée, recroquevillée sur elle-même et se cachait le visage entre ses mains pendant que son mari éructait.

— Salope ! Personne ne m'a humilié comme ça ! Putain !

— Non, je t'en prie. Arrête !

L'homme l'arracha littéralement du sol par les cheveux et la projeta contre la bibliothèque. Des piles de livres s'écroulèrent autour d'elle. Il s'immobilisa quelques secondes, contemplant sa femme avec un sourire mauvais, puis défit sa ceinture de cuir tressée. Elle hurla à nouveau. Marcas zooma sur son visage. La moitié gauche, de la pommette au menton, arborait une boursouflure écarlate et le cuir chevelu saignait abondamment.

— Que fait-on ? demanda le lieutenant, mal à l'aise.

— Je n'aime pas ça du tout. Ça va trop loin. J'appelle le directeur des opérations.

Marcas tenait son portable contre l'oreille en assistant médusé à la scène. La femme restait prostrée. Sa voix terrorisée emplissait l'intérieur de la camionnette. Marcas sentit une colère sourde monter en lui.

— Je... t'en prie...

Les sanglots se transformaient en pleurs ininterrompus. Le directeur décrocha.

— Ah, Marcas... Litchvenko est arrivé ?

— Non, en revanche on a un sérieux problème, Pressac est en train de rouer de coups son épouse.

— Navrant. Elle est en danger de mort ?

— Je ne sais pas, mais il l'amoche sérieusement.

— Respectez le plan prévu. Je suis désolé pour cette femme, mais l'enjeu est trop important.

Antoine prit une profonde inspiration pour garder son calme.

— Nous pourrions distraire son attention... L'empêcher de continuer son tabassage en règle.

— Au risque de tout compromettre ? Non, répliqua la voix sèche. Je veux Litchvenko, et je le veux en flagrant délit.

— Moi aussi, monsieur le directeur. Ce que j'essaye de vous dire, c'est que Pressac peut aussi compromettre l'opération. S'il accueille l'Ukrainien dans cet état, ça risque de déraper, l'autre peut se méfier. Voici ma proposition : je peux intervenir moi-même et obliger Pressac à collaborer avec nous. S'il est saoul, je suggère de...

— Ça suffit, Marcas ! Obéissez ou je vous décharge de l'opération au profit du capitaine de gendarmerie qui coordonne les unités d'intervention.

Le ton de la voix était sans appel.

— C'est clair, commissaire ?

— Oui, monsieur le directeur, répondit Antoine d'une voix blanche.

— À la bonne heure. Rappelez-moi quand la cible sera sur le site.

Antoine posa son portable sur le pupitre, comme s'il tenait dans sa paume un gros insecte répugnant. Il avait le regard rivé sur l'écran, Noëlle de Pressac gisait toujours à terre. Son mari avait récupéré une bouteille de whisky et buvait au goulot. Un filet jaunâtre coulait de sa bouche. Sa ceinture claquait sur sa cuisse.

— Pas top, commissaire, grimaça le jeune lieutenant.

— Litchvenko est encore loin ? demanda Antoine, concentré.

— Je dirais une demi-heure. Il prend sûrement son temps pour admirer la région. Mais le signal passe mal dans le coin.

— Bien, c'est largement suffisant, dit Marcas en prenant son Glock de service posé sur une étagère.

— Euh… Vous faites quoi ? s'enquit le lieutenant avec un regard étonné.

Antoine vérifia le chargeur, actionna la culasse, puis mit l'arme dans son étui de ceinture.

— À partir de maintenant on va la jouer à ma manière.

3.

Paris
25 juillet 1793

La rue du Canivet était encore plongée dans l'obscurité. L'aube qui se levait au-dessus des tours de Saint-Sulpice ignorait cette rue au pavé noir où, depuis longtemps, plus aucun carrosse n'avait circulé. Ni empreinte de roue, ni trace de pas dans la poussière sale, juste une odeur âcre qui stagnait comme un fruit trop mûr. L'odeur de la peur. Tout autour, le quartier aristocratique de Saint-Germain avait sombré dans le vide. Aux façades des hôtels particuliers, les fenêtres étaient détruites, les portes abattues. Sur un fronton aux armoiries martelées, une main anonyme avait inscrit, en lettres rouge sang :

La Liberté ou la Mort

Seul un rat trottinait entre des meubles éventrés et des tessons de bouteilles. Annibal Ferragus avait toujours été fasciné par les rats. Recroquevillé dans un recoin de mur, il observait l'animal dont le pelage gris sombre se confondait presque avec l'obscurité. Il avançait avec prudence, mais au mouvement brusque de sa queue, on sentait comme une insolence : privée d'hommes, la rue était désormais son royaume. Toutefois, sans le savoir, il était l'éclaireur de Ferragus. Un cri, un soupir et l'animal, instinctivement méfiant, disparaîtrait aussitôt dans les décombres.

Mais le rat avançait toujours. Bientôt, il tournerait dans la rue des Fossoyeurs. Annibal releva son chapeau, un tricorne dévoré par les mites, avant d'entrouvrir sa cape qui tombait en lambeaux. La veille, il avait acheté son uniforme de mendiant chez un fripier du Quartier latin. Quoi de plus anonyme qu'un homme en haillons ? Il y avait tant de miséreux à Paris qu'on ne les voyait plus. Ils pourrissaient en silence avant de mourir dans l'indifférence. Ferragus tourna la tête. Le rat venait de détaler d'un coup. Il avait sauté de l'autre côté de la rue. Annibal fixa un soupirail protégé par une grille. Une lueur furtive venait de glisser sur les barreaux de métal. Le policier se retint de bondir, la main gauche enfouie sous sa veste, il serra la lettre transmise par ses supérieurs.

Une lettre de dénonciation.

Depuis les premiers jours de la Révolution, les piles de lettres anonymes s'épaississaient dans les bureaux de la police. On dénonçait son cousin, son voisin, son mari, jusqu'à ses parents et, derrière les protestations de pur patriotisme, on sentait le parfum sordide des haines familiales, l'odeur délétère des jalousies de quartier. Même s'il tenait la missive entre ses doigts, Annibal n'avait pas besoin de la relire, il la connaissait par cœur :

Ce 8 Thermidor, an II de la République,
que la police se rende, de nuit, rue du Canivet.
C'est là que se tient le COMPLOT ! Prêtres interdits,
aristocrates clandestins, faux révolutionnaires,
tous traîtres à la Nation !
Tous réunis pour détruire la République !
Intervenez vite, sinon…

Le mot *complot* avait suffi et Annibal s'était retrouvé, déguisé en loqueteux, rue du Canivet. Il faut dire que les conspirations – réelles ou fantasmées – hantaient les esprits. On soupçonnait les Anglais d'un coup d'État, les royalistes d'un coup de sang et les républicains ne cessaient de se soupçonner entre eux. Jusqu'au sommet de la république où Danton et Robespierre s'accusaient mutuellement de conspirer l'un contre l'autre. Dès qu'une rumeur surgissait, la police employait tous les moyens. Si Ferragus était seul dans la rue, deux autres inspecteurs, postés dans la tour sud de Saint-Sulpice, étaient aussi en alerte, prêts à toute éventualité.

Le soupirail était retombé dans l'obscurité. Furtivement, Annibal traversa la rue pour se dissimuler dans l'ombre d'une porte cochère. Ses ordres étaient stricts : il devait surveiller et non intervenir, identifier mais pas appréhender. Si complot il y avait, il ne fallait surtout pas en couper le fil de peur de perdre toute la toile. Il se rapprocha du soupirail. Derrière les barreaux, les vitres crevées avaient été remplacées par des feuilles de papier graissées d'huile pour les rendre plus opaques. Le policier tendit le doigt. L'huile n'avait pas encore imbibé toute l'épaisseur du papier : on avait dû l'enduire depuis peu.

Intrigué, le policier recula pour examiner la façade. Sous la corniche qui bordait la toiture, une poulie faisait saillie, d'où dégringolait une corde de chanvre. Elle devait servir à monter des charges jusqu'au dernier étage. Ferragus vérifia la solidité de la corde, la roula autour de sa taille, puis lança ses bottes à l'assaut du mur. Le choc de ses talons retentit en écho dans toute la rue. Il se maudit de son imprévoyance et agrippa rapidement le rebord d'une des fenêtres du premier étage. Apparemment elle donnait sur une chambre abandonnée. D'un coup d'épaule, il se laissa glisser sur le parquet. Un lit au sommier tailladé, des tiroirs jetés au sol – des détrousseurs étaient déjà passés par là –, Annibal traversa discrètement la pièce et colla son oreille contre la porte d'entrée. Le bois écaillé avait une odeur de cire fanée. Il tourna lentement la poignée et entrebâilla le battant : un escalier en marbre desservait les étages, mais ce qui frappa Ferragus ce fut une écharpe en soie rouge posée sur la rampe en fer forgé. Les voleurs, qui avaient dévasté la chambre, l'avaient-ils oubliée en partant ou bien une présence féminine hantait-elle encore ces lieux ? Juste au-dessus de lui, un bruit cristallin vibra comme une note étouffée de musique.

Annibal hésita. En principe, s'il suspectait un problème, il devait aussitôt quitter la demeure pour donner l'alerte. C'était les ordres. Pourtant, il fit un pas vers la première marche. Quand il réfléchit à nouveau, il était sur le palier supérieur et un mince rai de lumière filtrait sous une porte. Ainsi, il avait bien aperçu une lueur glisser dans le soupirail. Quelqu'un était arrivé par les caves avant de monter jusqu'à l'étage.

Il tendit la main vers la porte. Le battant pivota sans bruit, lorsqu'une voix retentit :

— Alors, c'est vous ?

Une femme, à la chevelure brune dénouée, se tenait assise sur un divan. Autour d'elle, une commode était renversée tandis que des livres, épars, jonchaient le sol. Un gros vase cassé de couleur émeraude ouvrait une gueule de verre aux dents ébréchées.

Seule, au milieu du chaos, elle paraissait étrangement sereine.

— Vous êtes à l'heure, mais seul. Où est mon oncle ? Vous deviez l'amener ?

Ferragus contourna le vase, et s'avança d'un pas, sans répondre. La jeune femme fronça les sourcils.

— Ah, j'oubliais... Les précautions ridicules de votre maître... Le fameux mot de passe. Finissons-en. De minuit à midi, nous...

Annibal se raidit. La dernière phrase ressemblait à la formule utilisée par ses frères maçons quand ils travaillaient en loge, mais elle était énoncée à l'envers.

— Vous ne répondez pas ? reprit la jeune femme, sèchement. Vous savez qu'il me faut la fin du mot de passe.

Annibal n'avait aucune idée de ce qu'il pouvait répliquer, mais le temps pressait, il fallait l'amadouer, la mettre en confiance. Il articula d'une voix calme :

— Pour ma part, je travaille plutôt de midi à minuit...

Puis, sans brusquerie, il sortit un pistolet, de sous sa cape, et le posa sur un guéridon.

— Ça vous va comme laissez-passer ? Maintenant, vous allez m'expliquer ce que vous faites ici et ce que signifie cette histoire d'oncle.

Une lueur sauvage passa dans le regard de la jeune femme. Annibal remarqua qu'elle avait les yeux tissés de gris et qu'une veine bleutée palpitait sur sa tempe. Cette femme devait faire tourner bien des têtes.

— Il y a peu de gens à Paris qui osent encore porter une arme sur eux, dit-elle en souriant.

— Moi si, répliqua Ferragus

— Dans ce cas...

Elle leva un coussin du divan et découvrit un pistolet qu'elle plaça sur sa robe. Prêt à l'emploi.

— ... nous sommes deux.

Annibal se maudit d'avoir laissé son arme sur le guéridon. Certes, il ne lui faudrait que quelques secondes pour la reprendre, mais quelques secondes de trop.

— Qui êtes-vous ?

— Ça dépend de vous. Soit une inconnue, qui vous devra la vie si vous la laissez partir, soit une femme, qui vous prendra la vie si vous jouez au héros.

Annibal s'était rapproché de la fenêtre. Il glissa un regard vers la tour de Saint-Sulpice. Ses collègues avaient dû le voir grimper jusqu'à l'étage. Ils devaient être aux aguets. Combien de temps encore avant qu'ils n'interviennent ? Face à lui, la femme ne donnait aucun signe d'impatience. Comme si elle recevait dans son salon. Une aristocrate, pensa Ferragus, peut-être même une sœur compte tenu du mot de passe. Il continua :

— Qui attendiez-vous ?

Elle posa la main sur la crosse de son pistolet. Quelque chose ne collait pas. Cette femme avait trop de sang-froid. Et puis cette robe de prix, ces escarpins brillants...

— D'ailleurs si vous attendiez quelqu'un, pourquoi n'est-il pas là ? reprit l'inspecteur.

Dans un cliquetis sec, elle releva le chien de son arme. Annibal fit comme s'il n'avait pas entendu ce bruit funeste.

— Et si on vous avait trahie ? Si on vous avait dénoncée ?

— Alors, cela expliquerait votre présence et ce pistolet que, malheureusement pour vous, vous avez posé trop loin.

Peut-être commençait-elle à le croire ? Ferragus décida de pousser son avantage.

— De toute façon, vous ne pouvez pas vous échapper. La rue est cernée.

D'une main, elle saisit un clavecin miniature sur un guéridon encore debout.

— Vous aimez la musique ?

La question déconcerta Annibal qui resta muet. Elle appuya sur une touche. Une note retentit, la même qu'il avait entendue dans l'escalier.

— C'est dommage...

Elle saisit le pistolet.

— ... car c'est la dernière chose que vous entendrez.

Et Ferragus sut qu'il était mort.

4.

Vaucluse
De nos jours

Antoine sauta le parapet qui longeait la piscine à débordement et courut le long du bassin bleuté. Les reflets du soleil miroitaient sur l'eau et, en d'autres temps, il aurait volontiers piqué une tête. Sa main serrait le Glock mat et noir, le cran de sécurité déverrouillé. Il savait que les gendarmes postés dans le parc l'avaient tous en visuel.

Il n'était plus qu'à une vingtaine de mètres de l'entrée de la villa quand la voix du lieutenant résonna dans l'oreillette :

— Rien à signaler dans le salon, la voie est libre. Le couple est toujours dans le bureau.

— Il la tabasse ?

— Non, mais ce connard continue de lui hurler dessus. Ça va repartir... Vous avez raison d'intervenir, commissaire.

Marcas ne répondit pas, le temps jouait contre lui. Il fallait absolument qu'il maîtrise Pressac avant l'arrivée de l'Ukrainien. Ce n'était désormais qu'une question d'un bon quart d'heure, mais le risque restait acceptable.

Le risque. Un mot qui résumait le cours de sa vie depuis des années. C'était même devenu une drogue. Une drogue vitale, qui lui avait permis d'avoir une vie de flic hors norme. Tous ses choix, toutes ses enquêtes, toutes ses aventures, toutes ses douleurs n'étaient dus au bout du compte qu'à ce goût irrépressible du risque. Une drogue dont il était devenu incapable de se passer. Et jusqu'à présent, ça ne lui avait pas trop mal réussi.

Il s'était échappé de tant de situations dangereuses qu'il savait parfaitement ce que signifiait l'expression « risque calculé ».

La baie vitrée qui donnait sur la pelouse était largement entrebâillée. Antoine se faufila rapidement dans le salon. L'intérieur, orienté au couchant, était inondé de soleil et désert. La grande pièce blanche aux lignes épurées arborait deux superbes toiles de Kandinski. Antoine reconnut les tableaux qu'il avait identifiés sur l'écran. Il émit un léger sifflement. Pressac avait poussé le culot jusqu'à se servir des œuvres volées pour décorer sa maison. À vingt millions d'euros la toile, ça pouvait se comprendre. Il traversa la pièce, contourna un canapé long comme sa salle de bains et se plaqua derrière un pilier. Il cala son oreillette et murmura :

— C'est bon. Où se trouve l'escalier qui mène à l'étage ?

— Après le salon, prenez à droite sur le hall d'entrée, répondit le jeune lieutenant. L'escalier donne directement sur le couloir du haut qui dessert le bureau.

— OK. Mettez-moi en contact avec nos amis gendarmes.

Il y eut un faible grésillement, puis un déclic.

— Capitaine ? Prévenez-moi quand l'Ukrainien se pointera devant la propriété. Je vous donnerai le feu vert.

— Vous êtes sûr de ne pas avoir besoin de renforts ? Mes hommes dans le parc peuvent vous rejoindre en deux minutes.

— Non, pas pour le moment. Et merci d'avoir accepté ce changement de plan.

— De rien. Du moment que vous êtes couvert par votre hiérarchie.

— Pas tout à fait. Terminé.

Antoine coupa vers la porte d'entrée du salon et arriva dans le hall. Une toile gigantesque représentant une sorte de cicatrice béante à l'horizontale, et qui ressemblait à un œil, trônait dans l'entrée. Le tableau occupait tout le mur qui faisait face à l'escalier. Marcas ne réussit pas à identifier l'auteur. Le genre d'œuvre beaucoup plus destinée à en mettre plein la vue aux invités qu'à conserver pour sa qualité artistique. Il grimpa les marches une à une et arriva devant le couloir. On entendait des gémissements étouffés derrière la porte. Antoine vérifia encore une fois que le cran de sécurité était débloqué. Il tendit ses muscles. Au moment où il allait prendre le couloir, l'oreillette chuchota :

— Commissaire, le directeur veut vous parler.

— Pas maintenant.

— Il a été alerté par les gendarmes, il est furieux.

— Non, je...

Trop tard. Un nouveau déclic se fit entendre.

— Marcas, bon sang ! Vous allez saboter cette opération !

Antoine ne répondit pas, laissant son supérieur éructer.

— Je vous donne l'ordre de revenir immédiatement. Vous m'entendez ?

Il se cala contre un mur recouvert d'une tapisserie façon toile de Jouy, version violet fluo, et chuchota :

— Le signal ne passe pas. J'ai du mal à vous entendre.

— Vous vous foutez de moi ?

Antoine coupa l'oreillette et la ralluma. La liaison rebascula avec le lieutenant.

— Lieutenant, ne me passez plus ce guignol. C'est compris ?

— Oui, commissaire.

Les cris de la femme reprirent de plus belle. Le cœur de Marcas s'emballa, il était trop tard pour reculer. Il fila dans le couloir. Les vociférations de Pressac provenaient de la deuxième porte sur la droite. Marcas prit une profonde inspiration et serra la crosse de son pistolet. Il compta mentalement.

Un, deux et... trois.

Go !

Il surgit dans l'encadrement de la porte du bureau. Les jambes fléchies, les deux mains qui tenaient fermement le Glock. Pressac était dans la ligne de mire, statufié à deux mètres de lui.

— Police !

Pressac se tenait debout face à la femme, la bouteille de whisky dans une main, sa ceinture dans l'autre. Marcas braqua son arme sur lui.

— Mains en l'air !

Le type avait les yeux injectés de sang et semblait être dans un état second.

— Qu'est-ce que vous foutez chez moi ? répondit l'aristocrate d'une voix lente, en jetant sa bouteille sur la moquette épaisse.

— Je viens visiter l'expo de peintures. Mets-toi contre le mur.

La femme écarquilla les yeux et fixa Marcas. Elle balbutiait en s'essuyant les lèvres.

— Ne craignez rien, madame, dit Antoine. (Puis, il se tourna vers Pressac.) Voilà comment on va continuer la partie : vous faites comme si de rien n'était. Quand Litchvenko va arriver, vous l'invitez à entrer. Ensuite, vous lui fournissez les tableaux, je m'occupe du reste.

L'aristocrate haussa les épaules.

— Vous n'avez pas le droit de rentrer chez les gens sans un mandat. Vous pouvez me le montrer ?

— Je vous la fais courte, soit vous coopérez, soit je m'arrange pour que vous portiez le chapeau. Avec les deux Kandinski et le Klee sous ce toit, vous plongez pour cinq ans, je ne parle même pas de votre réputation sur la place...

Une voix grésilla dans l'oreillette.

— La voiture de Lichtvenko s'approche, elle sera là dans quelques minutes.

Le cœur de Marcas bondit. Il avait calculé une marge de temps plus importante.

— Quoi ?

— Je vous avais dit que le signal passait mal dans le coin... Le GPS n'est pas fiable à 100 %.

— OK, j'ai la situation sous contrôle, dit Marcas qui aidait la jeune femme à se relever.

L'aristocrate tourna la tête vers son épouse.

— Non seulement tu me trompes et en plus tu nous as livrés à la police.

Elle secoua la tête en se redressant et fusilla son mari du regard. Antoine nota que ses pupilles étaient complètement dilatées sous l'effet de la coke.

— Crétin. Je ne suis pas assez stupide pour nous mettre en péril. Et vous, ne me touchez pas, dit-elle en se dégageant sèchement de la main d'Antoine.

— Surtout, ne me remerciez pas, répliqua Marcas, effaré par l'ingratitude de la femme. Bien, on va se calmer les amoureux, votre ami ukrainien arrive. Si vous jouez le jeu, je négocierai avec le juge pour que les charges soient allégées.

Antoine se crispa. L'homme et la femme n'étaient pas dans leur état normal, leurs regards erratiques trahissaient une perte de contrôle totale.

— Ben voyons..., répondit Pressac avec un mauvais sourire. Le problème, c'est que personne ne t'a sonné. Pas de chance pour toi.

Un cri résonna dans l'oreillette.

— Commissaire, attention ! Derrière vous !

Marcas se retourna, mais trop tard. Une douleur fulgurante lui cisailla la nuque. Noëlle de Pressac lui écrasa la bouteille de whisky sur la tête. Antoine s'affaissa contre le mur.

— Connard ! Je suis assez grande pour me défendre toute seule, cracha la femme.

Elle voulut abattre une seconde fois sa bouteille, mais Antoine lui balança un coup de talon dans la cuisse. La femme poussa un petit cri et roula sur la moquette. Il tenta de se redresser, mais il vit la silhouette de Pressac s'avancer sur lui, un tisonnier à la main.

Marcas rampa pour attraper son Glock qui n'était qu'à quelques centimètres sur la moquette. Soudain, il se sentit tiré en arrière, la jeune femme lui avait agrippé les chevilles.

La voix du lieutenant criait dans son oreille :

— Commissaire ! Tenez bon ! Les gendarmes arrivent.

Le tisonnier virevolta au-dessus de sa tête et s'abattit juste à côté de son crâne. La femme se plaquait contre ses cuisses et l'immobilisait presque totalement.

— Arrêtez ! Vous êtes dingue, hurla Marcas.

Il savait qu'il n'aurait pas une seconde chance de s'en sortir. Dans un geste désespéré, il agrippa son pistolet et le braqua sur Pressac, mais la femme était déchaînée et lui griffait maintenant le visage. Il n'avait plus de visibilité, son Glock oscillait dans tous les sens.

Le galeriste en profita pour se placer au-dessus de lui. Au moment où il allait abattre à nouveau son tisonnier, le coup partit.

Pressac s'arrêta net et écarquilla les yeux. Le tisonnier tomba à terre.

L'homme vacilla sur lui-même et s'effondra devant Antoine.

— Non ! hurla la furie.

Pile à cet instant les deux gendarmes surgirent dans la pièce, fusils d'assaut au poing. L'oreillette de Marcas crachotait.

— Commissaire, la voiture de Litchenvko a fait demi-tour. Vous m'entendez, commissaire ?

5.

Paris
26 juillet 1793

C'est l'odeur qui le réveilla. L'odeur et une douleur lancinante du côté droit.

— Eh bien, je vois que notre joli-cœur vient de ressusciter !

Instinctivement, Ferragus porta la main à son nez. L'atmosphère était insoutenable. Il toussa comme un damné avant de balbutier :

— Je suis où ?

Son interlocuteur éclata de rire. La vision d'Annibal était encore brouillée, mais il distinguait une barbe en broussaille, piquée de plus de sel que de poivre, et une joue zébrée par une balafre noircie, comme si le diable l'avait griffée d'un doigt brûlant.

— Vous êtes au Grand Châtelet ! À la morgue. C'est là où l'on vous a conduit. Vous sembliez un cadavre.

— J'ai du mal à respirer...

— Normal, vous avez reçu un coup de pistolet juste au niveau du cœur. Heureusement l'arme était chargée à étoupe. Pas de balle, mais vous vous êtes pris une boule de feu en pleine poitrine. J'ai le regret de vous dire que vos cape, gilet et chemise n'y ont pas survécu. En même temps, vu leur état...

Annibal porta la main sur son flanc. Il grimaça. Une plaie à vif courait tout le long des côtes. Il passa ses doigts sur la peau et sentit des fils de suture.

— Eh oui, ça fait mal ! Vous savez ce que c'est que l'étoupe ? Une boule de lin gorgé de poudre. Vous imaginez quand ça arrive, en feu, sur votre peau ? Remarquez que ce n'est pas ça qui a failli vous ôter votre précieuse vie, mais le sang que vous avez perdu en vous entaillant la côte. J'ai retiré un gros bout de verre de la plaie.

Ferragus secoua la tête. Les images revenaient par bribes. La femme avait tiré sur lui et il était tombé à la renverse.

Le vase... Il s'était cogné contre le vase ébréché.

Le barbu croisait les bras d'un air satisfait.

— Ça m'a bien amusé de vous recoudre.

— Vous êtes médecin ? interrogea l'inspecteur, un tantinet inquiet.

Les praticiens du Grand Châtelet n'avaient pas la réputation d'être les meilleurs successeurs d'Hippocrate.

— Nenni, je suis Jean Turenne, barbier de son état. J'avais jamais recousu un bonhomme de ma vie. Moi, ma spécialité, c'est les morts. Et croyez-moi, y a du travail, vu que désormais ils m'arrivent en deux morceaux ! Avec cette satanée invention du docteur Guillotin, je ne chôme pas.

Un haut-le-cœur saisit Ferragus. Il ne savait pas si c'était la vision des décapités, la douleur physique ou cette odeur abominable qui ne passait pas.

— S'il vous plaît, ouvrez la fenêtre.

Le barbier se leva.

— Tous les mêmes, ça sent un peu le faisandé et ils se plaignent ! Mais je vous préviens...

Il ouvrit un des croisillons de la fenêtre à meneaux. Annibal crut qu'il allait s'évanouir. Cette fois, ce n'était plus une odeur, mais dix, mais cent, toutes plus ignobles les unes que les autres, qui le faisaient suffoquer.

— Eh oui, c'est pire dehors ! Il faut dire que question parfums d'enfer, le Grand Châtelet est bien situé. À droite, la rue des boucheries. À gauche la rue des poissonniers. Et en face, le gros lot, la rue des triperies. Alors, vous imaginez, le parfum des cadavres à côté, c'est du nectar !

L'inspecteur tenta de se lever, mais les jambes lui manquèrent.

— Je croyais qu'on jetait les décapités dans une fosse commune ?

Turenne cligna de l'œil.

— Pas tous, les plus beaux spécimens, eux, reviennent ici. Ces messieurs de la Faculté se passionnent pour les guillotinés. Un vrai régal pour les anatomistes.

Cette fois Annibal était parvenu à se mettre debout. Tout plutôt que de rester dans ce cul-de-basse-fosse.

— Vous avez prévenu mes collègues ?

— C'est fait. Mais quelqu'un d'important vous attend au parloir. Vous savez que nous faisons prison aussi ?

Annibal sentait la tête lui tourner. Il s'agrippa à un mur. La plaie recousue le brûlait comme si on avait répandu de l'acide sur la chair.

— L'entaille saignait dur, mais je vous ai mis dessus une décoction de ma spécialité. Sûr que ça va cicatriser !

Le barbier lui saisit le bras et le fit passer sur son épaule.

— Je vais vous soutenir. Pensez, j'ai l'habitude. C'est aussi moi qui conduis les détenus à la charrette pour le rasoir national. Alors, bien sûr, ça vacille un peu !

Ils longèrent un étroit couloir mal éclairé par des bougies de suif. L'odeur de mort arrivait par bouffées. Des grilles donnaient sur des pièces voûtées. Dans l'une, des cadavres étaient empilés. Dans l'autre, des visages souillés de sang reposaient sur des tréteaux.

— Pas plus tard que hier, j'ai amené un *ci-devant*[1] à la charrette. Je vous dis pas la tête, blanc comme un cul de jouvencelle. Eh bien, il m'est revenu, une heure après, en deux parties. Vous le croirez ou pas, il avait repris des couleurs. Il avait les joues d'un rose…

Malgré son état d'hébétude, Ferragus tentait de remettre de l'ordre dans ses pensées. La rue du Canivet, la lueur

1. Surnom donné aux nobles durant la Révolution.

du soupirail, l'escalade de la façade, l'escalier et puis cette femme aux yeux gris...

— Vous voilà arrivé, annonça le barbier. Je vous laisse, j'ai des clients qui m'attendent.

Annibal poussa une porte basse. La salle était blanche comme un linceul. Sur un mur, un crucifix semblait oublié depuis le Moyen Âge. Assis à une table, un homme de taille très moyenne, vêtu d'un frac rouge, faisait claquer sa badine sur le flanc de ses bottes. Son crâne, presque chauve, présentait une légère déformation au sommet, comme une bosse de naissance. Annibal recula d'instinct.

— Pas besoin de présentation. Je sais qui vous êtes. Vous ignorerez qui je suis, décréta son interlocuteur.

Par prudence, l'inspecteur ne répliqua pas. Depuis la Révolution, tant de têtes, au propre comme au figuré, étaient tombées, que le silence était devenu le premier des réflexes de survie.

— J'ai un ordre écrit qui m'autorise à vous interroger sur les événements de la nuit.

Il tendit le papier, puis de sa badine, il désigna la poitrine meurtrie de Ferragus.

— Je suppose que vous n'avez pas encore rédigé de rapport ?

Ferragus hocha la tête tout en lisant le document. Pas une signature n'y manquait, du commissaire de district aux principaux membres du Comité de sûreté générale. Quel était donc cet homme qui pouvait ainsi mobiliser toute la hiérarchie policière ?

— De toute façon, il n'y aura qu'un rapport : celui que je vous dirai d'écrire, précisa le mystérieux personnage. En revanche, vous allez me raconter par le menu ce qui s'est réellement passé. D'après mes renseignements, vous étiez posté en surveillance, dans le quartier Saint-Sulpice, suite à une dénonciation. Exact ?

— Oui, déguisé en mendiant.

L'homme jeta un œil condescendant sur les bottes d'Annibal dont les semelles bâillaient aux quatre vents.

— On vous a trouvé au deuxième étage d'un immeuble faisant l'angle de la rue du Canivet et de la rue des Fossoyeurs. Vous étiez inconscient et blessé, c'est ça ?

— Oui... Quand on m'a trouvé, j'étais seul ?

La question avait échappé à Ferragus. Il le regretta aussitôt. L'homme au justaucorps rouge posa la badine sur la table.

— C'est à vous de me le dire... Qu'avez-vous à me raconter ?

À partir de là... songea Ferragus, soit je *te* dis la vérité, soit j'affirme que j'ai été agressé par des voleurs qui se sont enfuis. De toute façon, *tu* n'as aucun témoin...

— Vous allez mentir. Je sens toujours quand on va me mentir.

Annibal eut un regard de bête traquée.

— Vous avez tort, reprit l'inconnu, ici nous sommes dans le royaume de l'arbitraire. À chaque instant, un prisonnier rentre, un condamné à mort sort. Est-il coupable ? Qui le sait ? Et d'ailleurs quelle importance ? Alors si vous me mentez, je vous enverrai vous rafraîchir la nuque sous le couperet.

Ferragus pensa à l'odeur qui sévissait au Grand Châtelet. Il se demanda si chaque cadavre avait un parfum différent. En tout cas, il n'était pas pressé que l'on sente le sien. Pourtant, un sursaut d'orgueil le poussa à la résistance.

— L'appartement était plongé dans l'obscurité. J'ai atteint le salon à tâtons. Quand j'ai poussé la porte, j'ai entendu le bruit d'un pistolet qu'on arme, puis le claquement du chien qui frappe l'amorce. La suite, vous la connaissez.

L'homme vêtu de rouge sortit un fin couteau de sous son frac. Il planta la pointe dans le bois de la table et dessina les deux côtés d'un triangle avant de remonter en diagonale.

— Et si je te disais que *je ne sais lire, ni écrire,* mais dessiner.

Ferragus ne réagit pas. L'inconnu termina la figure en formant une étoile à cinq branches.

Annibal prit le couteau et grava à son tour un signe au centre du triangle.

— Alors je te dirais que *la lettre G m'est connue.*

Son interlocuteur lui tendit rituellement la main.

— Maintenant, dis-moi la vérité, *mon frère*.

— Il y avait une femme.

— Tu as vu ses yeux ?

— Oui. Clairs, avec une particularité : ils sont veinés de gris.

Le frère se leva et frappa la porte de sa badine en affirmant :

— Enfin la vérité. Et je suppose qu'elle cherchait son... oncle ?

Bien que surpris, Ferragus ne dissimula rien.

— Oui.

Annibal entendit le pas du barbier qui remontait, à la hâte, le couloir de la mort. Brusquement, l'homme au frac rouge se retourna.

— Tu n'as plus à t'occuper de tout ça. Dans ton rapport, tu indiqueras que tu es tombé sur une bande de voleurs en train de piller l'appartement. Tu as voulu t'interposer, l'un d'eux a tiré. Tu ne te souviens de rien d'autre.

Annibal se crispa. Il n'aimait pas les manières autoritaires de ce frère sorti de nulle part.

— Et pourquoi devrais-je t'obéir ?

Pour la première fois, l'inconnu sourit. Un sourire inquiétant.

— Pour me remercier de t'avoir sauvé la vie.

L'inspecteur écarquilla ses yeux cernés de fatigue.

— Comment ça ?

— Tu baignais dans ton sang, quand je t'ai trouvé dans l'appartement. Vois-tu, c'est moi qui avais rendez-vous avec ton séduisant bourreau.

Annibal fut pris d'un accès de défiance.

— Alors pourquoi m'avoir posé toutes ces questions ?

— J'aime savoir à qui j'ai affaire.

Le barbier frappa à la porte.

— Un instant, Turenne, lança le justaucorps rouge d'un ton impérieux. (Puis il se tourna vers Ferragus.) Et toi, estime-toi heureux que je t'aie emmené ici pour te faire recoudre.

— Merci de m'avoir sauvé la vie, mon frère, mais il va falloir répondre à mes questions. Je...

Son interlocuteur leva la main pour l'interrompre.

— Ça suffit ! Tu n'as pas à me poser de questions. À cause de ton zèle, tu as fait échouer une affaire de la plus haute importance pour la nation. Quant à la donzelle, elle ne pointera plus son joli minois de sitôt.

— Je suis désolé, citoyen, répliqua Annibal. Je ne savais pas…

— C'est pour cela que je t'ai laissé en vie, mais désormais tu es mon débiteur.

Le frère porta la main à son crâne, caressa sa bosse comme un talisman, puis reprit d'un ton doucereux :

— Et dans le livre de compte de ma vie, je tiens à jour la colonne des dettes.

6.

Washington
De nos jours

L'homme aux cheveux coupés en brosse consulta sa Rolex Daytona, offerte par le directeur de cabinet de l'ex-président Obama, puis referma la fenêtre du balcon qui donnait sur K Street. D'un coup, le bourdonnement de la circulation s'arrêta. Ses yeux clairs, cerclés de lourdes paupières et de poches gonflées par le manque de sommeil, balayèrent le ciel d'un regard inquiet. De gros nuages floconneux, gorgés d'une eau charbonneuse, s'avançaient en direction de l'ouest de la ville. Ils semblaient converger en masse vers le quartier chic et blanc de Georgetown, où se trouvait sa résidence.

Son regard se détacha du ciel noir pour se poser sur les blanches façades des immeubles. La rue opulente s'étirait en ligne droite sur des kilomètres, d'est en ouest de la ville, de Florida Avenue jusqu'à l'échangeur qui marquait l'entrée de Georgetown. Lightwood aimait K Street comme on aime une superbe voiture, une magnifique demeure ou un rutilant trophée, il y avait d'ailleurs fait toute sa carrière de lobbyiste chevronné. Et en trente ans, il était parvenu à bâtir le plus respecté et le plus puissant des cabinets d'influence du pays, Lightwood and Partners. Pour lui, K Street n'était pas une rue banale et élégante de Washington, non, c'était un fleuve. Un fleuve qui prenait sa source dans ces immeubles à l'architecture massive et néo-classique et qui charriait une eau trouble, puissante et parfois dévastatrice. Celle du pouvoir. Ou plutôt de ce qui précédait le pouvoir : l'influence.

Pendant des décennies, les plus grands cabinets de lobbying du pays avaient élu domicile dans cette artère qui, au vu de sa largeur, tenait plus de l'avenue que de la rue. Des milliers d'employés anonymes, abeilles bourdonnantes, y avaient épluché des centaines de milliers de rapports et de notes de synthèse qui à leur tour nourrissaient des milliers d'hommes et de femmes chargés d'apporter la bonne parole aux représentants élus par le peuple. Un travail de fourmi destiné à amender, censurer, orienter, favoriser les quatre mille lois votées chaque année par le Sénat et la Chambre des représentants. Et qui, au final, régentait la vie des trois cent vingt millions de citoyens de la plus grande démocratie du monde.

Sur K Street s'était forgée l'histoire de la nation américaine. Pas celle des manuels scolaires, mais une histoire secrète, opaque et occultée. Sur K Street, on ne tirait pas les ficelles, on n'intimidait pas, on n'aboyait jamais d'ordres. On faisait beaucoup mieux. On influençait.

Si dans la dernière décennie la majorité des cabinets avait migré dans d'autres quartiers de la capitale fédérale, aux loyers moins onéreux, Robert Lightwood, lui, persistait à rester sur K Street. Au diable le loyer, d'ailleurs il n'en payait pas, le cabinet possédait tout l'immeuble ainsi que quelques autres sur la rue. Non, c'était une question de principe. De tradition. Et il était un homme de traditions, dans un pays qui en comptait de moins en moins.

Il détacha son regard de la rue et retourna s'asseoir à son bureau de verre et d'acier, offert par les dirigeants de l'Union des industriels des gaz de schiste pour la contribution décisive de son cabinet à l'adoption récente de lois plus souples en matière d'écologie.

Depuis le début de la matinée, il était incapable de se concentrer sur quoi que ce soit.

Il leva les yeux sur une petite horloge de style démodé, bloquée à la même heure, posée sur un coin du bureau et frappée du blason de son université : un livre ouvert avec des caractères en hébreu inscrits sur les pages et, juste en dessous, la devise *Lux et Veritas*.

Lumière et vérité.

Il goûtait à sa juste mesure la portée de la devise, lui qui avait œuvré dans l'ombre pour des vérités qui n'en étaient pas toujours.

Lumière, vérité.

Ombre surtout.

Les ténèbres avaient envahi son existence et, en dépit de ses relations, de son pouvoir, il se sentait impuissant à les chasser. Quelle dérision : son carnet d'adresses, l'un des plus prestigieux de la ville, ne lui était d'aucune aide. Il ne pouvait faire confiance à personne. Excepté Claire, son épouse et sa meilleure amie.

Il prit entre ses mains le petit cadre en argent posé à côté de l'horloge. Une superbe brune entre deux âges, au sourire dévastateur, posait à la barre de leur voilier. La jeune Française rebelle, rencontrée vingt-cinq ans plus tôt dans un dîner à Paris, avait ravi son cœur avant de lui donner deux magnifiques garçons. Au fil de son ascension, elle lui avait toujours prodigué des conseils avisés.

Accablé par ce qu'il avait découvert un an auparavant, il avait fini par lui confier ses tourments et, encore une fois, elle s'était montrée forte comme un roc.

On frappa à la porte vitrée. Une femme blonde d'une quarantaine d'années, au visage un peu empâté et au tailleur sévère, faisait de grands signes de la main.

— Entrez, Penny ! lança Lightwood en tapotant de ses doigts le sous-main en cuir orange, cadeau du président Bush.

Penny Banner, numéro trois du cabinet, une des meilleures avocates de la ville, pénétra dans le bureau et lui tendit une grosse chemise de carton violet. Une vraie furie du barreau, songea Lightwood, et qui n'avait pas son pareil pour débusquer les incohérences d'une loi ou les failles d'un amendement.

— Qu'est-ce donc ?

— Bob, Dieu du ciel ! C'est l'avant-projet de loi du sénateur d'Amato du Dakota du Nord sur la régulation des investissements étrangers dans le secteur bancaire. On vient de me le transmettre. L'élu va le présenter au secrétariat du parti républicain demain matin.

— Ah oui... Pardon, Penny, j'étais ailleurs... Quelle est votre source ?

L'avocate esquissa un mince sourire.

— L'assistant personnel du sénateur. Un jeune homme, très ambitieux, qui ne veut pas faire carrière dans un État où les hivers les plus doux tombent à moins vingt.

Robert Lightwood sourit à son tour.

— Le Dakota du Nord... Je comprends ce garçon. Et naturellement, vous lui avez ouvert d'autres perspectives sous des cieux plus cléments ?

— Naturellement. Sous réserve de nous fournir les noms des experts qui aident le sénateur dans sa croisade contre nos clients.

L'homme aux cheveux en brosse saisit la chemise, le regard songeur, puis la glissa dans un tiroir à moitié ouvert.

— Beau boulot, dit-il en se tournant vers elle. J'en prendrai connaissance tout à l'heure. Pour le moment, j'ai l'esprit trop occupé.

L'avocate croisa les bras.

— Robert, vous voulez m'en parler ?

Il secoua la tête et posa un index sur ses lèvres.

— Chut, confidentialité absolue...

— Toujours des mystères, répondit l'avocate avec une infime pointe d'ironie. Ah j'oubliais, il faut signer le parapheur chez votre secrétaire, il y a des tas de factures. J'y ai jeté un œil, c'est ahurissant comme ces fournisseurs nous prennent pour des nababs.

Lightwood lui renvoya un sourire ennuyé, ce qui avait le don d'énerver l'avocate, très à cheval sur les dépenses du cabinet.

— Robert ! Rien que pour le changement du réseau câble et wifi on a crevé les plafonds pour le trimestre entier. Si ça continue...

Lightwood la raccompagna en la poussant dans le dos.

— Signez ces factures, je vous fais entièrement confiance.

Le patron de Lightwood and Partners attendit que la porte soit refermée, puis jeta un coup d'œil à la fenêtre. Les nuages sombres semblaient changer de direction et se diriger vers le nord de la ville. Chez les pauvres.

Un bon signe.

Il détourna son regard de la vitre pour s'attarder un instant sur la photo en noir et blanc d'un homme dur qui trônait sur le mur à côté de la bibliothèque. Il scruta les yeux du vieux général mort il y a plus d'un siècle, comme pour y chercher un soutien. Son deuxième pilier après son épouse.

Son guide spirituel.

William Tecumseh Sherman.

Le général Sherman.

Fine barbe noire et cheveux âcres, front haut et dégarni, les pommettes striées de fines failles qui ressemblaient à des cicatrices mais qui n'en étaient pas. Les bras croisés sur son uniforme noir râpé par les campagnes, un ruban noué autour de son bras, en signe de deuil pour l'assassinat du président Lincoln.

Sherman, le général nordiste le plus implacable de la guerre de Sécession, à côté de qui Grant et Lee faisaient figure d'enfants de chœur. Tous les manuels d'histoire rapportaient depuis des décennies sa responsabilité dans l'incendie et la prise d'Atlanta, coup mortel porté aux sudistes et qui avait sauvé la réélection de Lincoln.

Lightwood vénérait le général. Un homme d'exception, un héros comme l'Amérique en engendrait quand elle croyait dans ses valeurs. On avait même donné son nom à un char et au plus grand sequoia des États-Unis. Mais ce que ne disaient pas les manuels, c'est que Sherman, le moine guerrier des armées de l'Union, était aussi l'un des dirigeants les plus illustres de la Fraternité.

Sa Fraternité.

Il sentit une remontée acide au creux de son estomac.

Lightwood adressa un salut désabusé au général. Si ce vieux Sherman savait ce que la Fraternité était devenue, il se retournerait dans sa tombe.

Depuis deux ans, le nouveau chef de la confrérie allait trop loin. Beaucoup trop loin.

Que l'ordre étende son influence dans toutes les sphères du pouvoir, ça c'était dans l'ordre des choses depuis presque deux siècles. Pour le plus grand bien de la nation américaine. Et des intérêts des vieilles familles qui la servaient.

La Fraternité servait les États-Unis et ses membres lui vouaient une fidélité absolue. Comme l'avait enseigné le général Sherman. C'était aussi simple que ça.

Il sourit en se souvenant de l'expression médusée, presque incrédule, de sa femme quand il lui avait décrit les rites pratiqués par la confrérie. Mais les temps avaient changé et de sombres nuages se profilaient. Une monstruosité était en train de se préparer et, lui, Robert Lightwood, ne voulait pas y participer.

Il devait les arrêter avant qu'*ils* ne commettent encore plus d'horreurs, mais il ne pouvait pas les affronter frontalement. C'était courir au suicide professionnel. Ou pire.

Et le pire était survenu six mois auparavant. Sur les conseils de sa femme, il avait rencontré un journaliste d'investigation du *Global Times,* compagnon de la sœur de Claire. Dans le plus grand secret. Il lui avait donné des dates, des faits, des indices. Un mois plus tard, le reporter avait été retrouvé mort, le long du canal de Georgetown, victime d'une crise cardiaque pendant son footing.

Et maintenant, il le savait, la Fraternité le soupçonnait de trahison. Ils avaient, eux aussi, remonté la piste.

Le portable vibra sur la table. Aucun numéro ne s'affichait à l'écran.

Il décrocha. Une voix claire et nette.

— Trois cent vingt-deux.

Lightwood se raidit, comme tous les hauts cadres de la Fraternité, il connaissait la signification du chiffre sacré.

322.

Tous les membres élevés de la Fraternité apprenaient ce mot de passe utilisé depuis des siècles.

322.

Il se leva et alla fermer la porte vitrée qui le séparait du bureau de sa secrétaire.

— Bonjour. Le temps est-il agréable dans la capitale ? reprit la voix dans le portable.

— Un peu orageux, on a vu pire. Que me vaut le plaisir de ton appel ?

— Juste une petite question qui me tracasse. Rien de grave.

Lightwood sentit un frisson remonter sa nuque, il répondit d'une voix qui se voulait sereine :

— Je t'en prie, mon frère.

— Pourquoi t'opposes-tu à nous ?

De l'autre côté de la porte vitrée, Penny Banner finissait de signer le parapheur remis par la secrétaire des directeurs. Elle jeta un œil à Lightwood qui avait l'air en grande discussion au téléphone. Son patron arpentait la pièce à longues enjambées, apparaissait et disparaissait à intervalle régulier de son champ de vision. Elle le trouvait surmené depuis quelque temps. Il en avait presque perdu son sens de l'humour.

Elle apposa sa dernière signature quand elle l'aperçut ouvrir en grand la large baie vitrée qui donnait sur le balcon. Elle leva les yeux au ciel et tendit le parapheur à la secrétaire.

— Il se remet à fumer, pas bon signe.

— Sa femme va le hacher menu, répliqua la secrétaire en souriant. Elle lui a imposé un couvre-feu permanent sur l'usage du tabac.

Penny tourna à nouveau la tête vers le balcon et fronça les sourcils. Le roi des lobbyistes de Washington se tenait sur le balcon, raide comme une statue, les mains plaquées contre les cuisses.

— Il a une drôle de façon de prendre le frais...

À peine avait-elle prononcé la fin de la phrase, qu'elle n'en crut pas ses yeux.

— Robert, non ! cria-t-elle en se ruant dans le bureau de son patron.

Alors qu'il était à califourchon sur la barre de métal, le directeur de l'agence tourna lentement son visage vers les deux femmes. Il avait les yeux totalement dilatés.

Comme Penny se précipitait sur le balcon, Robert Lightwood bascula dans le vide.

7.

Paris
Panthéon
26 juillet 1793

Dès le coucher du soleil, une foule agitée s'agglutinait sur les marches de l'ancienne abbaye Sainte-Geneviève, transformée en nécropole révolutionnaire. Venus du faubourg Saint-Antoine ou Saint-Marcel, ouvriers sans travail, artisans sans client, provinciaux égarés se réunissaient devant la masse imposante du Panthéon pour communier dans un culte nouveau. Alors que l'entrée était gardée par la troupe, des femmes en longs châles noirs allumaient des bougies et s'abîmaient en prières devant des gravures qui, toutes, représentaient un homme au visage émacié, les cheveux tombant en pointe sur le front ridé. Parfois, un cri surgissait dans l'obscurité tombante, aussitôt repris en chœur par des voix exaltées.

— Marat ! Marat au Panthéon !

Depuis son assassinat dans sa baignoire, « l'ami du peuple », le martyr de la Révolution, excitait la passion populaire. Personne ne comprenait que le héros n'ait pas encore reçu les honneurs de l'immortalité républicaine. Si les royalistes, eux, avaient la basilique de Saint-Denis avec leurs tombeaux des rois de France, les révolutionnaires s'étaient créé leur propre cimetière. Chez les aristocrates exilés, on ne manquait pas d'ironiser sur le choix de la

Convention de transformer une ancienne église en temple funèbre de la République.

— Quand je pense qu'on y a enterré Mirabeau ! Aujourd'hui on le guillotinerait ! s'écria une voix en colère.

— Le Mirabeau, on lui a rendu les honneurs uniquement parce que c'est un noble ! La Révolution est confisquée par les aristocrates et les riches !

Devant la haute porte d'entrée, les baïonnettes des soldats brillèrent sous les premiers flambeaux allumés à la hâte. Les officiers crispaient leurs mains gantées sur la garde de leur épée. Être de faction devant le Panthéon les rendait fébriles, d'autant que la foule s'excitait de plus en plus chaque soir.

— Qu'ils emportent leur Mirabeau ! s'écria un capitaine exaspéré. De toute façon, il doit être dans un bel état. Ça fait plus de deux ans qu'il pourrit dans sa caisse.

— Et encore, lui, est entier ! Ce n'est pas le cas de Voltaire, renchérit un jeune lieutenant avec un fort accent toulousain.

L'auteur de *Zadig* était entré au Panthéon quelques mois après Mirabeau : l'occasion d'une apothéose grandiose.

— Quelle histoire ! On l'a d'abord embaumé pour l'inhumer dans une abbaye près de Troyes, reprit l'officier, et pendant l'opération, hop, adieu son cerveau, hop, adieu son cœur ! Tout ça a fini, bouilli à l'alcool, dans un pot de confiture et emporté par l'embaumeur. Un bon placement : mieux que de l'or en barre ! Et ensuite direction le Panthéon.

Des soldats qui écoutaient la conversation n'en revenaient pas.

— Il y a quoi comme bouts de Voltaire dans le Panthéon ? demanda l'un d'entre eux.

Le lieutenant éclata de rire.

— Quand on a transféré le corps du grand homme il y a deux ans, les fossoyeurs lui ont carotté un pied et deux dents !

Tout autour de l'officier, les soldats avaient l'air plongé dans une méditation profonde. L'un d'eux finit par poser la question qui les taraudait tous :

— Une dent du Voltaire, d'après vous, ça vaut combien ?

— Ça vaut la guillotine ! répondit une voix profonde.

Tous les gardes se retournèrent. Un groupe venait de surgir.

Celui qui avait parlé, un homme dont le visage était masqué par le bord d'un tricorne rabattu sur les yeux, tendit un ordre signé du Comité de sûreté générale. Il était suivi par un groupe d'individus, tous silencieux, vêtus de longs manteaux fripés ou de redingotes salies par les intempéries. Leurs visages étaient eux aussi cachés par de larges chapeaux.

Une curieuse troupe, songea le capitaine en charge de la sécurité du Panthéon. Il jeta un œil prudent sur le papier officiel émanant du redouté Comité et donna l'ordre à ses gardes d'ouvrir les portes.

— Vous pouvez entrer, mais faites attention, citoyens, certains murs menacent de s'effondrer. L'architecte a eu quelques soucis avec ses maçons. Il y a un chantier en cours dans la crypte pour renforcer les soubassements.

— Merci de ta sollicitude, nous voulons nous recueillir auprès des dépouilles des glorieux héros de la liberté. Veille à ce que personne ne nous dérange.

L'homme à la voix basse tendit discrètement une bourse garnie au capitaine.

— De quoi motiver tes soldats.

Les lourdes portes s'écartèrent en silence comme à l'entrée d'un sépulcre. Le groupe entra pour s'évanouir dans l'obscurité. Désormais, le Panthéon leur appartenait.

Douze hommes étaient disposés en cercle, à l'aplomb de la coupole de pierre blanche qui coiffait l'édifice. Au centre de ce cercle parfait, deux flambeaux illuminaient les visages des participants.

Pas des visages. Des masques.

Huit d'entre eux arboraient la même tête de mort blanchâtre, qui dessinait à chacun un sourire hideux et grimaçant. Derrière les orbites creusées, on distinguait des prunelles luisantes comme des éclats de métal. Et tous ces regards minéraux convergeaient vers quatre autres individus, qui, eux, se démarquaient par des apparences encore plus grotesques.

Le premier arborait un visage impavide, coiffé d'une perruque blonde et bouclée, encerclée par une couronne d'acier.

Le deuxième avait la peau blanche, les lèvres roses et une sorte de tiare posée sur la tête.

Le troisième visage était particulièrement hideux : son teint d'un rouge violemment sombre était constellé de taches épaisses, comme si on venait de le tremper dans du sang caillé.

Le dernier portait une cagoule qui laissait apparaître une face jaune aux yeux cerclés de noir.

Des déguisements de carnaval, mais on était en plein mois de juillet...

L'une des têtes de mort s'avança au centre du cercle et lança d'une voix presque mécanique :

— L'entrée du Temple est-elle gardée, frère chevalier de la porte ?

On entendit le cliquètement caractéristique du chien d'un pistolet.

— Elle l'est, répondit une voix qui jaillit du côté de la porte d'entrée du Panthéon. Vous pouvez ouvrir le cercle en confiance.

— Qu'il en soit ainsi. Que le Roi, le Pape, le Diable et la Mort ouvrent les travaux de notre convent annuel et nous guident vers les ténèbres.

Dans un même mouvement, les quatre figures médiévales rompirent le cercle et s'avancèrent en direction de la crypte. Les huit autres membres de l'étrange confrérie les suivirent d'un pas lent, rythmé par le claquement des bottes sur le pavé. Il s'écoula une bonne minute avant que l'étrange procession ne s'enfonce dans un escalier et finisse par disparaître à la vue du treizième homme qui gardait le passage.

À la file, ils empruntèrent les marches tournantes qui s'enfonçaient dans le ventre obscur de l'édifice, puis arrivèrent sur un palier encadré de colonnes. Quatre entrées ouvraient sur de longs tunnels voûtés qui reprenaient, en sous-sol, la forme en croix du Panthéon.

— Vers la droite.

Au bout de quelques pas, l'éclairage tremblant de la lampe se réfléchit sur un rectangle sombre surmonté d'un globe.

— La tombe de Voltaire, murmura le Roi.

Juste à côté, un cénotaphe blanc s'ornait d'un buste gravé de profil : c'était la dernière demeure de Mirabeau. Le premier à avoir eu les honneurs du Panthéon, sa sépulture n'était pourtant pas encore totalement terminée : des outils de maçons gisaient au sol. Plus loin, deux tombes plus sobres abritaient, l'une la dépouille de Saint-Fargeau, un député assassiné par un fanatique royaliste, l'autre un général dont le nom n'avait pas atteint les rivages de la postérité.

— Que notre royaume soit de ce monde !

L'ordre retentit sous les voûtes. Aussitôt, quatre membres se détachèrent du groupe et se placèrent, l'un après l'autre, devant chaque tombe. L'une des têtes de mort resta au centre pour reprendre la parole d'un ton plus grave :

— Que dit le Pape ?

— Qu'il doit payer pour sa lâcheté et sa trahison.

— Que dit le Roi ?

— Qu'il doit périr pour le prix odieux de ses crimes.

— Que dit la Mort ?

— Que les temps sont venus !

— Que dit le Diable ?

— Qu'il est à l'œuvre !

Le Diable porta la main sur son cœur et leva la main droite.

— Frères chevaliers, je suis ravi de vous retrouver après une année d'absence. Chacun d'entre vous a travaillé durement pour l'Ordre et nous en voyons les résultats dans tout le pays.

Il marqua un temps d'arrêt, puis reprit vivement :

— Pendant des siècles, notre royaume était celui de l'ombre où nous avaient plongés la haine des rois et la trahison des papes. Nous avons dû vivre dans l'obscurité et la peur, mais ces temps sont révolus. Désormais le chaos est le maître du monde visible : tout l'édifice social est en train de vaciller et, c'est à nous de lui donner le coup de pioche final.

Il fixa chaque masque, en prenant garde de dissimuler sa propre excitation.

— L'heure est venue de reprendre ce qui nous appartient. De reprendre le pouvoir spolié à nos prédécesseurs.

Un murmure d'approbation parcourut l'assemblée. Le Pape leva la main.

— Quel endroit plus symbolique que ce lieu, s'écria-t-il, pour faire reverdir l'arbre de l'ordre que l'on croyait mort. Ici, dans ce temple de la Raison, se trouvait l'abbaye Sainte-Geneviève où nos frères chevaliers sont venus défendre leur honneur. En vain. Ils ont été humiliés par celui dont j'ai pris l'accoutrement, ils ont subi les tortures, reçu les crachats, essuyé les quolibets. L'heure est venue de payer.

D'un ton plus grave encore, le Diable reprit la parole :

— Oui, gloire à nos frères persécutés ! J'espérais venir vers vous avec une bonne nouvelle, mais un contretemps imprévu m'en empêche. Un contretemps qui s'appelle... trahison !

Les masques se regardèrent tous entre eux. Puis d'un geste impérieux, le Diable brandit son index en direction de celui qui incarnait la Mort.

— Saisissez-le !

À son ordre, le Pape et le Roi prirent par les bras leur comparse à la figure jaune.

— Vous êtes fous ! cria l'homme aux yeux de charbon.

Le Diable leva le bras.

— Traître. À cause de toi, nous avons perdu l'occasion de faire avancer notre cause. Tu sais de quoi je parle ?

— Non... Je...

— Tu nous as trahis pour trente deniers.

Le Diable fit un signe. Le Roi ramassa un burin au sol et se plaça devant l'accusé au regard suppliant.

— J'ai toujours adoré manier les outils, dit le Roi d'une voix douce.

Le burin décrivit un arc de cercle et faucha le visage de la Mort. Un craquement sinistre jaillit en même temps qu'un hurlement de douleur. L'homme au visage jaune tomba à terre. Le Diable poursuivit :

— Offrons-lui une sépulture digne de lui. Ouvrez la tombe de Voltaire !

Il ne fallut que quelques instants pour faire sauter la ligne de plomb qui scellait la dalle funéraire du sarcophage. Déjà, le burin attaquait la pierre et forait un trou en forme de demi-lune. L'un des hommes introduisit un levier dans l'orifice, puis sa pointe recourbée bascula sous la dalle qui commença à bouger. Poussée par les autres masques, elle finit par se déporter sur le côté laissant apparaître un linceul jauni. Le Roi saisit une dague à sa ceinture et d'un seul geste fendit la toile.

Un squelette en désordre apparut.

Le Pape s'approcha du rebord de la tombe profanée et fixa la paroi à l'opposé du crâne.

— Il manque les ossements d'un pied.

Le Diable leva son poing fermé et désigna la Mort.

— Jetez le traître à l'intérieur !

Une réponse unanime jaillit :

— Et frappez !

Les hommes à tête de mort avaient ramassé des bouts de planche qui traînaient à terre et s'en servaient pour bastonner le malheureux. Son visage prenait une teinte écarlate, comme celle du Diable, mais c'était son sang qui servait de maquillage. Il gémissait et n'avait plus la force d'éviter les coups.

— Relevez-le, rugit le Roi.

Les mains poisseuses de sang, les masques affalèrent le corps sur le rebord du caveau.

— Il est encore vivant ? interrogea le Pape.

Un des masques prit son pouls avant de faire un signe de tête affirmatif.

— Alors basculez-le, ordonna le Diable.

La tête de la Mort, cognant contre le fond en pierre, pulvérisa le crâne de Voltaire. Un cri de douleur retentit entre les parois.

— L'Ordre ne tolère aucun échec, gronda le Diable.

— Tue-moi..., supplia le blessé.

— L'Ordre n'admet aucune erreur.

— ... tue-moi...

— L'Ordre ne pardonne jamais.

Le Roi se tourna vers les têtes de squelette.

— Refermez la tombe !

La pierre pivota lentement sur le mausolée. Un raclement frénétique accompagna le mouvement : c'était la griffure désespérée des ongles du condamné contre la dalle qui inexorablement se refermait. Quand elle fut presque close, le Diable se tourna vers le Roi :

— Fermez-la définitivement.

Aussitôt les deux comparses se mirent à l'œuvre. En un instant la pierre tombale retrouva sa place pour l'éternité. La voix du Diable siffla comme une faux :

— Désormais, Voltaire a plus de pieds qu'il ne lui en faut.

Le Roi s'assit sur la dalle, son visage rouge luisait dans la semi-pénombre des flambeaux.

— Et maintenant ?

Toutes les têtes de mort scrutaient le Diable. Celui-ci prit une profonde inspiration et posa les mains sur le tombeau du philosophe.

— Je vous promets, mes frères chevaliers, que le contretemps ne sera que de courte durée. Bientôt, nous aurons en notre possession un secret prodigieux. Un secret qui changera le cours de l'Histoire.

8.

Paris
De nos jours

— Un café caramel ?

— Non merci.

— Vous avez tort, il est excellent. Depuis qu'on nous a installé ces machines à capsules, j'en avale des tasses entières. Il y en a même au chocolat.

Marcas observait le sous-directeur, un quinquagénaire replet à l'air satisfait, et se retint de lui dire où il pouvait se mettre ses capsules.

— Vraiment, sans façon, répondit-il d'une voix neutre.

Le café du condamné, songea-t-il en glissant un regard sur la décoration du bureau du haut fonctionnaire. Des dorures à profusion sur les murs et le plafond à caissons, un grand miroir Empire, deux portes-fenêtres qui laissaient le soleil entrer à flots avec, en arrière-plan, une pelouse taillée au cordeau, un bureau de ministre et des chaises laquées recouvertes de velours soyeux. Déco standard du pouvoir à la mode républicaine.

À côté du sous-directeur se tenait un homme blond, aux cheveux teints, à peine plus âgé. Le superviseur de Marcas pour l'opération d'Avignon semblait plongé dans la lecture d'un dossier, mais ses coups d'œil furtifs et son expression renfrognée ne laissaient aucun doute sur son état d'esprit.

Belliqueux.

Le sous-directeur contempla sa petite tasse, l'air songeur, puis leva les yeux vers Antoine. Sa bonhomie avait disparu. Tant mieux, nota Marcas, plus vite il irait droit au but, plus vite il pourrait se défendre.

— Commissaire, avez-vous conscience de la situation ?

— Parfaitement, monsieur le sous-directeur.

Le haut fonctionnaire avala la moitié de sa tasse, la posa sur la table et prit une chemise grise et souple sur laquelle était écrit le nom du commissaire. Lettres noires cerclées de rouge. La présentation du dossier en soi était déjà un acte d'accusation. Le sous-directeur l'ouvrit d'une main nonchalante.

— J'ai devant moi le rapport rédigé par votre supérieur ici présent. Accablant. Pour vous.

Antoine ne réagit pas. Une expression, proche de l'iceberg en mode hivernal, se peignit sur son visage.

— Désobéissance aux ordres, reprit le cadre, initiative injustifiée, mort d'un témoin clé de l'enquête, fuite du cerveau du réseau. Bref, échec total de l'opération. Votre réponse ?

Marcas se redressa sur son siège. Il savait que les dés étaient pipés, quoi qu'il réponde cela ne changerait rien. La scène finale du fiasco tournait en boucle dans son cerveau depuis la veille. L'irruption dans la villa, la femme battue, la bagarre et la mort du galeriste. Tout s'était déroulé comme dans un mauvais rêve. L'arrivée des gendarmes, la fuite du trafiquant ukrainien... Et les regards atterrés de ses collègues.

Moins d'une heure après avoir expédié le corps à la morgue d'Avignon et procédé à l'arrestation de sa veuve, on lui avait donné l'ordre de revenir à Paris pour s'expliquer devant ses supérieurs. Et se soumettre.

Il avait rédigé son rapport dans le train, au milieu d'un groupe de touristes allemands éméchés. Des effluves de bière et de hot-dogs l'avaient accompagné pendant toute sa rédaction. De la gare de Lyon, il s'était rendu directement à son bureau de Nanterre pour y imprimer son mémo, puis il avait échoué, chez lui, sur son canapé. Le moral annihilé, la mort dans l'âme, il avait même décliné l'invitation de sa nouvelle petite amie, Alexia, pour assister à une représentation de cabaret burlesque[1]. Invitation qui impliquait une prolongation de la soirée en tête à tête, chez elle.

Les quelques heures de sommeil avaient ajouté la fatigue à l'angoisse et il s'était rendu avec lassitude place Beauvau pour le peloton d'exécution.

Le raclement de la cuillère cessa. Le sous-directeur haussa un sourcil si fin qu'il semblait avoir été dessiné au crayon.

— Alors commissaire ?

Antoine s'entendit répondre d'une voix presque assurée :

— Je vous ai adressé un rapport détaillé. Tout y est consigné. Je suis prêt à prendre mes responsabilités.

Le claquement d'une main retentit sur le bureau. Le superviseur sortait du bois.

— Et vous croyez vous en tirer comme ça, Marcas ? Des mois d'enquête foutus en l'air. Un trafiquant qui court en liberté. Tout ça pour sauver les demoiselles en détresse. Si j'en crois ce torchon que vous appelez rapport, elle n'a pas été reconnaissante, la princesse en danger. Elle lui a même fracassé la gueule à son preux chevalier.

Marcas soutint le regard de son accusateur. Il s'était attendu au pilonnage. L'homme eut un sourire en cisaille et se tourna vers le sous-directeur.

— J'exige la mise à pied immédiate du commissaire Antoine Marcas et une enquête approfondie sur ce ratage. En attendant des sanctions méritées que je laisse à votre appréciation.

Un silence s'installa. Antoine n'avait pas la force de répliquer, tout ce qu'il dirait serait pris à charge. Autant attendre son audition par les enquêteurs pour donner sa version. Il savait qu'il détenait un atout dans sa manche. Un atout maître. Le témoignage du lieutenant qui cor-

1. Spectacle de strip-tease humoristique.

roborerait sa version et plaiderait en sa faveur. Ne pas intervenir en cas de mise en danger de la vie d'autrui constituait un délit.

Le sous-directeur hocha la tête d'un air las et tapota de son index le dossier.

— Bien, monsieur le responsable des opérations, pouvez-vous me laisser seul avec le commissaire Marcas ?

— Mais...

— Ce sera tout.

Le renfrogné lança un regard mauvais à Marcas et se leva en poussant un soupir agacé. La porte claqua, faisant trembler l'étagère vitrée collée contre le mur. Le sous-directeur retrouva alors, comme par miracle, son air débonnaire et se permit un sourire.

— Bien, maintenant que nous sommes seuls, je dois t'avouer que je suis très ennuyé par cette affaire, mon frère.

Antoine fronça les sourcils. Jamais il n'aurait cru que le sous-directeur était maçon. À aucun moment, il ne s'était dévoilé. L'autre reprit :

— Je ne peux que lui donner raison sur le fond. Ton initiative était... intempestive.

— Il allait la tuer. J'en suis certain. Mon adjoint corroborera ma version devant les enquêteurs.

Le sous-directeur plissa les lèvres, feuilleta la liasse du dossier et en sortit une page qu'il tendit à Antoine.

Au fur et à mesure de la lecture, Marcas devint livide. Il relut la déposition pour être certain de ne pas s'être trompé.

À mon sens, le commissaire Marcas a agi dans la précipitation. Si effectivement le couple était en train de se disputer violemment je ne pense pas que la femme ait été en danger. Quand le commissaire m'a demandé mon avis, je lui ai déconseillé d'intervenir.

Antoine jeta la déposition sur le bureau, la colère au bord des lèvres.

Fumier !

Ce petit con mentait de façon éhontée. Sûrement pour protéger ses arrières. Marcas prit une profonde inspiration et articula lentement :

— Vous pourrez visionner les images des caméras. Vous verrez que je dis la vérité. La femme du suspect allait y passer.

— Tu peux me tutoyer, mon frère. Je les ai vues tes images. Mais je ne suis pas certain qu'elles suffisent.

Le téléphone sonna. Le sous-directeur prit le combiné tout en examinant Marcas d'un air embarrassé.

— OK, je termine un entretien et j'arrive dans cinq minutes.

Il raccrocha et afficha un visage sombre.

— Je passe ma vie en réunion, quel ennui. Bon, je ne te cache pas que tu as irrité notre ministre, il voulait faire un coup médiatique avec l'opération. Que vais-je faire de toi ?

Antoine leva la main pour l'interrompre.

— Merci, mais je ne te demande aucun traitement de faveur, mon frère. J'assumerai.

Le sous-directeur poussa un soupir et le regarda comme s'il avait affaire à un enfant.

— Avec le témoignage accablant de ton adjoint, tu ne t'en sortiras pas...

— J'irai le voir et...

— Subornation de témoin ? On va s'arrêter là, Antoine. Mais tu as de la chance. Beaucoup de chance. Eu égard à tes états de service, brillants, on a pris la décision de te proposer une mutation.

Antoine le fixa. Il n'aimait pas le ton de la voix du haut fonctionnaire.

— Une mutation... Et qui est ce *On* ?

— Disons que quelqu'un en haut lieu, dans l'entourage du Premier ministre, a plaidé ta cause. Je ne peux que te conseiller d'accepter.

— Je fais donc une croix sur ma place à l'OCBC. Comme ça... Et on veut m'affecter où ? Aux contraventions ? À l'assistance sociale ?

L'homme se leva pour mettre un terme à l'entretien.

— Tu es libre de refuser et de te battre pour rester à ton poste. Avec ce que ça va comporter d'emmerdements. Ils vont mettre le paquet pour te descendre. Le superviseur de ton opération est un proche du ministre, même bord politique, pas de chance pour toi. Tu n'es pas de taille face à eux, même avec le réseau fraternel... C'est l'homme qui monte.

— Et moi celui qui descend. La roue de la fortune tourne dans le mauvais sens.

Le sous-directeur replet fit le tour du bureau et mit la main sur son épaule.

— Une roue ne cesse de tourner, c'est sa raison d'être. Écoute-moi bien. L'enflure qui vient de passer la porte est le prototype même de l'arriviste comme j'en ai rarement vu dans ma carrière. Tu joues un rôle secondaire dans cette histoire.

— Quoi ?

— Eh oui, le sacré raffut qu'il a provoqué n'est qu'une manœuvre de bas étage, cet individu lorgne ma place depuis un bon bout de temps et il a sauté sur ton échec comme une armée de tiques sur un chien bien grassouillet. Il veut démontrer que je ne tiens pas la boutique et, pire, que je protège les francs-maçons.

Antoine secoua la tête.

— Il est au courant pour moi ?

— Oui, bien sûr. Et pour moi aussi. Hélas, lui et son ministre n'aiment pas les frères, à la différence de son prédécesseur. Et comme je ne veux pas perdre ma place, tu conviendras qu'il me faut donner des gages. Ta tête...

— Je vois que la fraternité maçonnique a ses limites, répliqua Marcas qui ne s'était jamais fait d'illusions sur le sujet.

On entendait au loin, derrière la fenêtre, le bruit d'une tondeuse. Antoine avait la désagréable sensation que le jardinier allait pénétrer dans le bureau et le hacher menu.

— Et si j'accepte, encore faut-il que je sache où vous voulez m'expédier.

— On te contactera.

— Toujours le fameux *On*... Un frangin je suppose.

Le petit homme replet qui, debout, arrivait à la hauteur du cou de Marcas, hocha les épaules et le raccompagna à la porte.

— Je te souhaite de prendre la bonne décision, mon frère.

— Merci de m'avoir reçu, mon frère.

Cinq minutes plus tard, Antoine poireautait devant l'ascenseur qui menait à l'accueil. L'esprit en feu, il se sentait écartelé entre l'envie de prendre la fuite ou de se battre. Lâcheté ou courage. Au moment où il allait entrer dans la cabine, son portable sonna. Il jeta un œil machinalement sur l'écran. Le nom du correspondant s'afficha.

Antoine se figea.

Quelqu'un en haut lieu.

Évidemment.

Le *On* n'avait pas perdu de temps. Un timing parfait. À croire qu'il était sous surveillance permanente. Il décrocha avec méfiance. La voix chuintante et familière s'infiltra dans son oreille.

— Antoine. Ça faisait longtemps. Trop longtemps.

— J'aurais dû me douter que c'était toi. Tu veux me parler de ma mutation ?

— Oui, je te propose d'en discuter en fin d'après-midi. À la morgue.

9.

Paris
Faubourg Saint-Jacques
27 juillet 1793

Ferragus avait toujours aimé marcher. De ses premières années d'inspecteur à Paris, il avait gardé ce goût d'arpenter les rues de la capitale. Il savait se fondre dans la masse des badauds du Pont-Neuf, des portefaix de la place de Grève, se mêler à une procession à Notre-Dame comme à une partie galante sous les arcades du Palais-Royal.

Être un regard vigilant, une oreille aux aguets, c'était comme capter le pouls invisible de la ville, en décoder les signaux, en prévoir les poussées de fièvre, en prévenir les coups de sang. Mais, depuis la Révolution, la température de Paris était imprévisible.

Ferragus ralentit le pas. Sa blessure de la veille le faisait souffrir. Et puis, il avait toujours cette odeur de cadavre dans les narines. Depuis sa sortie du Grand Châtelet, il ruminait son aventure. Tout en marchant, il dressait une liste de questions sans réponse. Qui était la troublante femme au regard gris ? Et ce mystérieux visiteur en frac rouge du Châtelet... L'homme au crâne bossu, comme l'avait surnommé Annibal.

Ce frère lui avait sauvé la vie, mais ses dernières paroles résonnaient dans la tête de l'inspecteur. En le quittant, il lui avait fait comprendre qu'il se manifesterait très vite à son bon souvenir.

Les questions tournoyaient de plus belle dans sa tête. Crâne bossu tenait ses fiches à jour, il savait qu'il était maçon. Sur le coup, quand il avait tracé *l'étoile flamboyante,* Annibal ne s'était pas méfié, mais désormais, il pressentait une menace. Invisible, mais redoutable. Voilà pourquoi, avec ses collègues comme avec sa hiérarchie, Annibal s'en était tenu à la version imposée : il était tombé dans un traquenard et il avait eu de la chance d'en sortir vivant. Fin de l'histoire. La femme aux yeux gris ? Inconnue !

Crâne bossu ? Jamais existé ! Rien n'avait eu lieu, on repartait comme si de rien n'était.

En apparence... car Annibal, lui, avait l'intention de tirer à la lumière les fils de l'intrigue dans laquelle il s'était laissé prendre. Voilà pourquoi, il se dirigeait vers le faubourg Saint-Jacques avec ses couvents déserts et ses jardins à l'abandon. Le *quartier du silence,* comme on l'appelait avant la Révolution à cause du nombre de fondations religieuses, méritait plus que jamais son surnom. D'ailleurs, Ferragus s'arrêtait par instants pour écouter la rue, cherchant à débusquer une éventuelle filature. Rien. Aucun pas en écho, aucun bruit suspect. Apparemment, personne ne le suivait. Il était seul. Mais plus pour longtemps, car devant se dressait le but de son chemin : l'Observatoire.

Curieusement, le bâtiment scientifique édifié sur ordre de Louis XIV n'avait pas trop souffert de la Révolution. Seule modification, les parterres du parc avaient été transformés en jardins potagers pour nourrir les familles des employés. Une initiative du frère Delalande, qui attendait Ferragus devant la grille d'entrée.

— Monsieur le directeur, s'inclina l'inspecteur.

— Directeur par défaut, répliqua Delalande avec malice. Figure-toi que mon prédécesseur est en fuite. On le suspecte de sympathies royalistes.

Tous deux s'approchaient de la tour en saillie où se trouvait l'entrée. Delalande reprit :

— Mais je suppose que tu n'es pas venu me voir pour parler de l'avenir de l'Observatoire.

— Non, c'est le frère que je suis venu consulter.

— Dans ce cas, ne restons pas en surface.

L'astronome Delalande avait la réputation d'un érudit autant que d'un sage. Déjà reconnu, dans toute l'Europe, pour ses travaux scientifiques, sa notoriété était devenue universelle un jour d'avril 1778 où, vénérable de la loge des Neuf Sœurs, il avait initié Voltaire en maçonnerie. Se confier à lui, c'était faire appel à l'expérience de la fraternité la plus élevée.

Mais il y avait une autre raison : Louis-Philippe d'Orléans, le dernier Grand Maître du Grand Orient de France, était emprisonné et on ne donnait plus cher de sa tête. Quant aux loges, elles disparaissaient les unes après les autres. Seule une poignée continuait à fonctionner à Paris dans une quasi-clandestinité. Delalande en était devenu, à son corps défendant, le Grand Maître informel. Si un homme pouvait aider Annibal, c'était bien lui.

Après avoir passé le vestibule, Ferragus et le directeur tournèrent à droite dans une pièce, éclairée par une seule fenêtre, d'où partait un escalier en sous-sol. Delalande saisit un chandelier qu'il tendit à Annibal.

— Je soupçonne certains membres du personnel de renseigner les autorités, mais heureusement pour moi, ils ont une peur superstitieuse des profondeurs.

Ferragus jeta un coup d'œil méfiant sur les marches qui s'enfonçaient dans l'ombre.

— Ça descend à combien ?

— À un peu plus de quatre-vingt-trois pieds[1]. L'édifice a la même hauteur en surface que sous terre.

— *Tout ce qui est en haut est comme ce qui est en bas*, commenta Annibal.

Delalande sourit à cette citation hermétique, souvent évoquée en loge, et tout en descendant les premières marches, répliqua par une autre sentence initiatique :

— *Visite l'intérieur de la terre, trouve la pierre cachée...*

1. En juillet 1793, le système métrique n'est pas encore en usage : ce sera d'ailleurs l'astronome Delalande qui aidera à en fixer le standard. Quatre-vingt-trois pieds correspondent à vingt-sept mètres.

— ... *et tu seras rectifié,* termina Ferragus.

Progressivement, la température baissait et l'obscurité se faisait plus dense. Ils atteignirent un palier d'où partait un autre escalier, cette fois en colimaçon.

— Ici nous serons à l'abri des oreilles indiscrètes, annonça Delalande. Il ne fait pas bon être maçon en ce moment. Tu sais combien la Fraternité est surveillée, menacée par les radicaux de la Révolution ?

Ferragus observait le visage de l'astronome éclairé par la flamme tremblotante de la chandelle. La charge qui pesait sur ses épaules de Grand Maître invisible se lisait sur son visage Il avait perdu de sa bonhomie poupine pour laisser place à un masque émacié, sillonné de fines rides prématurées.

— Les temps sont devenus trop rudes pour nous, mon frère, dit Delalande en posant sa main sur l'épaule de Ferragus. Nous avons cru que la lumière allait illuminer la France, mais c'est un soleil noir qui règne en maître sur la Révolution.

Annibal était impatient d'exposer sa demande, mais il voyait bien que l'astronome voulait s'épancher. Il ne fallait jamais le brusquer, sinon il pouvait se refermer comme une huître. Le policier hocha la tête d'un air grave.

— Et dire que l'on raconte partout que ce sont les frères qui ont fait la Révolution : Mirabeau, La Fayette, Barère, Danton...

À ce dernier nom, l'astronome soupira.

— Tu sais que Danton va parler à la Convention, aujourd'hui ? Il promet des révélations. On murmure qu'il a un dossier sur des corruptions, des trahisons...

Annibal eut un sourire d'amertume. Il détestait l'arène politique.

— Danton est un ogre, reprit l'astronome, il a besoin de tout dévorer sur son passage. Les hommes comme les femmes.

— Un ogre qui porte le tablier dans ta loge, non ?

L'ancien vénérable acquiesça d'un sourire forcé.

— Oui... Je ne suis pas certain que l'on ait fait le bon choix en le faisant passer sous le bandeau[1]. Il n'assiste quasiment à aucune tenue et se sert de nous, jusqu'au moment où il n'en aura plus besoin.

Delalande soupira à nouveau.

— Et encore heureux que ces fous de Saint-Just et Robespierre n'aient jamais voulu être initiés.

— Oui, j'ai cru comprendre que l'Incorruptible déteste la franc-maçonnerie ! Il est convaincu qu'elle est à l'origine de tous les complots !

Comme s'il craignait d'être espionné, Delalande leva le regard vers le haut de l'escalier, puis revint sur Annibal.

— Ces gens sont des fanatiques et les fanatiques ont toujours besoin de complots imaginaires pour justifier leurs actes. Mais si tu me parlais plutôt de ce qui t'amène ?

Annibal sourit, l'huître s'était ouverte.

En quelques phrases, l'inspecteur résuma les événements de la veille. Delalande attendit la fin du récit, puis prit la parole :

— Je ne sais pas où tu mets les pieds, mais cette histoire sent mauvais. Paris est rempli de réseaux d'espionnage. Les Anglais qui nous font la guerre, les royalistes qui veulent venger la mort de Louis XVI, sans compter les révolutionnaires, les Saint-Just, les Robespierre, qui voient des conspirations partout... Ton visiteur en rouge est à coup sûr un larron du gouvernement qui mène de bien louches affaires. Tu devrais oublier tout cela, mon frère.

— Sauf que cette femme qui m'a tiré dessus, je ne cesse de me demander...

— Tu sembles bien plus troublé par la jeune femme que par l'affaire en elle-même, je me trompe ? s'amusa Delalande.

Ferragus ne rougit pas, mais il sut qu'il avait été pris en défaut.

1. Expression maçonnique qui, entre autres, signifie qu'un profane est devenu frère.

— Et bien sûr, reprit l'astronome, tu ne peux te servir d'aucun des fichiers de la police pour identifier ton étrange tête de bossu et la mystérieuse femme aux yeux gris ?

L'inspecteur leva les bras en signe d'impuissance.

— Ce serait me dénoncer aussitôt : avouer que je mène une contre-enquête. Mon *sauveur* semble avoir des yeux et des oreilles partout, je m'en méfie. Et comme je ne peux ni retrouver les protagonistes de cette affaire, ni parvenir à saisir leurs motivations, je n'ai qu'une piste à ma disposition.

— Laquelle ?

— La franc-maçonnerie. Crâne bossu en fait partie. Quant à cette femme, elle est peut-être une sœur. Pourrais-tu activer tes réseaux pour faire passer leurs descriptions ?

L'astronome secoua la tête.

— Pour la fille, si tant est qu'elle soit une initiée, ça risque d'être difficile. Plus aucune loge féminine ne fonctionne. Mais pour ton visiteur au frac rouge, je peux te donner tout de suite la réponse.

Il laissa passer un silence en jaugeant Annibal, comme s'il fouillait son esprit, puis reprit d'une voix lente :

— C'est l'âme damnée de... l'ogre.

— De Danton ? répondit Annibal avec appréhension.

— Oui. Il s'appelle Pierre Maubuisson. Un homme redoutable, on l'appelle aussi le secrétaire. Je peux te dire où le trouver, mais attention... C'est un frère qu'il vaut mieux ne pas avoir pour ennemi.

10.

Paris
Bastille
De nos jours

— Chômage pour les pauvres ! Pognon pour les riches !

La place de la Bastille semblait bondée, mais la manifestation n'avait pas fait le plein. On était bien loin des grandes mobilisations des années passées. Les banderoles et les pancartes de toutes les couleurs s'agitaient frénétiquement dans la foule tandis qu'un gros ballon, rouge comme les convictions politiques des manifestants, tanguait au-dessus des têtes. En retrait, parqué devant l'Opéra, un peloton de CRS luisait au soleil comme un gros scarabée noir. Les boucliers soudés les uns contre les autres formaient une muraille infranchissable.

— On veut vivre, pas survivre !

Les slogans commençaient à perdre de leur vigueur. Ça sentait la fin de manifestation et donc le début des emmerdements pour les forces de l'ordre. Le moment privilégié pour l'entrée en piste des casseurs.

Antoine se faufila derrière les CRS et brandit sa plaque devant un sous-officier au visage fatigué. Une usure incrustée de façon permanente dans la chair et l'esprit. Depuis deux ans, entre les alertes terroristes à tout bout de champ et les manifs en pagaille, le capital santé des représentants des forces de l'ordre se liquéfiait à vue d'œil.

— À votre place, j'irais pas là-dedans, commissaire. Le service d'ordre de la manif a repéré pas mal de Black Bloc[1].

— Je dois passer voir une amie, répondit Antoine.

— Prenez par la rue de la Roquette, vous vous ferez moins repérer.

Marcas remercia le CRS pour son conseil plein de bon sens et slaloma en direction d'une trouée, à une centaine de mètres sur la gauche du peloton. Il aurait pu se rendre directement à l'Institut médico-légal non loin de la Bastille, mais une pointe de culpabilité le tenaillait. Il savait qu'Alexia couvrait la manif pour son journal, l'occasion était trop belle pour ne pas prendre un café et s'excuser.

L'alerte sms vibra sur son portable.

J'ai presque fini. Attends-moi au café Bastille.

Parfait, il n'aurait pas à pénétrer dans l'arène. Rassuré, il se dirigea d'un pas vif vers la vénérable brasserie dont il apercevait le panneau.

Cela faisait maintenant presque six mois qu'il avait débuté cette liaison avec la journaliste et il ne savait pas trop quoi en penser. Elle était séduisante, passionnée par son métier, affichait des convictions politiques très à gauche – ce qui n'était pas son cas – et un caractère bien trempé. Les bons moments se succédaient et leur relation avait pris un tour plus prononcé. Plusieurs fois déjà, elle avait suggéré une installation commune, mais elle s'était heurtée à un mur aussi impénétrable que celui des CRS. Antoine ne savait toujours pas s'il avait de réels sentiments amoureux.

Mais la relation lui faisait du bien. C'était l'essentiel.

La terrasse du bistrot grouillait de monde. Antoine fonça sur une table qui venait de se libérer en grillant la politesse à trois syndicalistes qui le fusillèrent du regard. Il s'assit à côté de deux jeunes en parka kaki qui finissaient une planche de charcuterie. Marcas commanda

1. Manifestants radicaux.

un demi et lorgna le tatouage qui recouvrait la main du plus costaud.

Un poignard enfoncé dans un crâne. Macabre à souhait, songea Marcas. Les deux types étaient en pleine conversation. Le tatoué semblait un brin excité.

— Je te dis que treize familles se partagent le monde. Il y a les Rothschild, les Rockefeller, les…

— Stop ! Je t'aime bien, mais elle est chelou ton histoire. Arrête de gober tes délires conspirationnistes et rejoins plutôt notre mouvement.

Antoine ne put s'empêcher de tendre l'oreille.

— Rien à cirer de ton parti. D'ailleurs, celui qui le dirige est un franc-maçon !

— Et alors ?

— Vous manifestez sur ordre de votre leader franc-mac contre un gouvernement truffé de francs-macs. Bizarre, non ?

Le tatoué intercepta le regard d'Antoine et se tourna vers lui, hargneux.

— Trouduc ! Ça t'intéresse tant que ça notre conversation ?

Marcas le dévisagea d'un air hautain, il n'avait pas remarqué le trou à l'oreille, cerclé d'un anneau doré. On aurait pu y passer un index.

Antoine en avait plus qu'assez d'entendre toutes ces conneries sur le grand complot maçonnique. Le type semblait un peu trop énervé à son goût. Il avait aussi quelque chose de fixe dans le regard qui mettait mal à l'aise. Antoine sortit son smartphone et le posa sur la table.

— Vous voyez ce téléphone ?

— Ouais…

— Ce n'est pas un téléphone, c'est un émetteur d'ondes ultra courtes relié à un satellite mis en orbite par les francs-maçons. Je peux contrôler à distance les pensées des manifestants.

Le tatoué se leva, menaçant.

— Tu te fous de ma gueule ?

— Impossible. Chez les Illuminati, on n'a pas le sens de l'humour. Nos chefs reptiliens ne nous ont pas programmés pour rire.

Le type lui renvoya un regard noir.

— On se calme, dit Marcas en montrant sa carte de police, sinon on va finir la conversation au poste.

Son copain vint à sa rescousse.

— Laisse tomber, on se barre.

Le tatoué hocha la tête, puis se tourna pour partir en prenant soin de faire un grand moulinet avec sa parka. Le demi d'Antoine vola à terre.

— Abruti, jeta Antoine.

— Désolé, grommela l'autre, avec un demi-sourire de défi.

Au moment où Marcas allait se lever pour le rattraper par le col, il aperçut Alexia qui lui faisait signe. Les cheveux blonds tirés en arrière, le blouson de cuir serré à la taille, le jean sanglé dans une paire de bottes à semelles plates, Alexia dans sa tenue de combat. Mode manif. Elle indiquait la place de la Bastille à un quinquagénaire aux cheveux poivre et sel qui prenait des photos.

Un énorme bruit de pétard éclata du côté de l'Opéra. Antoine vit le peloton de CRS souder la muraille de métal.

Le quinqua s'éloigna, l'air mauvais. La journaliste passa entre les tables et s'assit en face de lui. Elle se laissa embrasser, sans manifester la moindre joie. Marcas savait qu'il allait ramer pour se faire pardonner son lapin de la veille. Collé contre elle, il pouvait sentir son parfum fruité, presque acidulé. Quoiqu'à gauche toute, Alexia savait apprécier les senteurs hors de prix.

— Il n'a pas l'air de m'apprécier ton collègue, dit Antoine en tendant l'index en direction du photographe. Tu lui as dit que j'étais flic ?

Elle ne répondit pas, posa son sac sur la table puis héla le serveur.

— Un café serré noisette pour moi et un whisky pour monsieur.

— Euh… Un whisky ? Tu veux me saouler ?

— Non. C'était juste pour t'aider à encaisser.

— Encaisser quoi ?

Elle secoua la tête d'un air las.

— Notre rupture.

— Pardon ?

Alexia passa sa main sur la joue d'Antoine.

— Ah ce regard… C'est ce que j'ai toujours aimé chez toi. Un regard étonné, presque enfantin, mais dans un visage de mec. De beau mec d'ailleurs. Tu avais le même quand je t'ai abordé la première fois au Corso.

Marcas prit sa main dans la sienne.

— Qu'est-ce que tu racontes…

— Je te quitte, mon petit flic franc-maçon. Ciao. Bye bye.

— Mais qu'est-ce que j'ai fait ? Si c'est pour hier soir, je vais t'expliquer, on m'a…

La blonde posa son doigt sur ses lèvres.

— Chut. Je ne veux rien savoir. J'en ai marre de tes lapins incessants, de tes horaires de malade au service de la nation, de tes réunions nocturnes de frangins à la noix. Et, par-dessus tout, je ne supporte plus ton refus d'aller de l'avant.

— Mais, je…

— Attends, c'est pas fini. J'ai trente-sept ans, pas d'enfant, trois histoires derrière moi qui ont mené à que dalle. Je n'ai pas envie d'une nouvelle histoire foireuse. Le pire avec toi, c'est que je sais que tu ne t'engageras jamais. Tu es un bon amant, c'est sûr, mais pour le reste, un fantôme.

— Mais tu es venue chez moi… je t'ai même présenté mon fils…

— C'est le moins que tu pouvais faire, non ? Bon, tout ça pour dire que j'ai rencontré quelqu'un d'autre. Et ça va faire un mois.

Le serveur apporta le café et le whisky sur un plateau. Antoine prit le verre dans lequel flottait un glaçon solitaire et l'avala d'un coup. Elle sourit.

— Tu vois, je connais bien tes goûts, du moins au rayon vins et spiritueux.

— Alexia... Ça peut pas s'arrêter comme ça !

— Toute histoire a une fin... et un perdant. Et puis je crois que je suis tombée amoureuse.

Journée de merde. Bien grosse, bien noire.

Mis à pied pour son boulot et plaqué par sa nana. Le même jour.

— Et il s'appelle comment l'heureux élu ? grimaça Antoine.

— Slobodan. Il milite dans une association humanitaire. Son but dans la vie, c'est d'aider les plus démunis, les plus faibles. On s'est connus sur un reportage pendant que tu étais parti pour une enquête dont je ne sais rien.

— Classe... Me faire cocu avec le fils caché de l'abbé Pierre, ça a de la gueule.

Alexia posa sa main sur son poignet.

— Tu ne comprends pas. Nous partageons les mêmes idéaux. Avec toi ce n'était pas pareil. Tu fais partie du système, tu le protèges, n'oublie pas nos discussions.

— Alors là, c'est primaire comme vision..., répondit Marcas d'un ton froid. J'ai peut-être fait plus pour la communauté qu'une dizaine de Slobodan réunis.

La journaliste secoua la tête d'un air agacé.

— Vraiment ? Le commissaire Marcas, sauveur de l'humanité ? Lui qui fait la chasse aux trafiquants de tableaux en chemise de soie. Grâce à son travail, les riches collectionneurs peuvent dormir bien tranquilles dans leurs hôtels particuliers. Continue comme ça et les marchands d'art de la rive gauche se cotiseront pour t'offrir une statuette à ton effigie pour ta retraite.

— Je ne pensais pas à ça, murmura Antoine d'une voix lasse.

Elle éclata d'un rire un peu forcé.

— Ah oui, j'oubliais, monsieur est franc-maçon, monsieur défend la République tous les premier et troisième jeudis de chaque mois dans sa loge d'hommes politiques, de fonctionnaires haut placés et de chefs d'entreprise.

Réveille-toi, Antoine ! Le peuple en crève de tous vos réseaux, vos passe-droits et vos grands discours hypocrites. Le pouvoir est confisqué par une poignée de gens, toujours les mêmes et vous n'êtes que leurs toutous bien serviles !

— Waow, superbe analyse ! J'ai eu droit au même discours par mon voisin de table, il y a cinq minutes. J'ai dû rater un épisode : tu fais dans l'anti-maçonnisme. Slobodan t'a fait changer de bord politique ? Adieu Marx, vive Hitler et Pétain. Du rouge au noir... Pas mal, l'évolution chromatique et politique.

Alexia avala son café d'une traite et sortit un petit porte-monnaie de son sac.

— N'essaie pas de m'insulter, ça ne prend pas. Tu ne comprends rien. Ça va au-delà de tes frangins, tout est bloqué dans ce pays, figé par des intérêts financiers et des groupes de pression. Et le reste de l'humanité ne cesse de sombrer. Slobodan, lui, il agit. C'est un homme libre.

Antoine ravala son amertume. Il en avait sa dose des emmerdements et ne se sentait plus capable d'argumenter.

— Je te remercie pour ce cours de conspirationnisme. On n'a plus rien à se dire et j'ai un rendez-vous important. Tu transmettras mon inamical salut à mon remplaçant, Slobotruc, que je n'ai pas l'honneur de connaître.

— Tu l'as croisé. C'est lui qui prenait des photos. Elles vont servir pour son exposition sur la lutte des peuples dans le monde.

— Tu m'enverras un carton d'invitation pour le vernissage, j'ai hâte de recroiser ce grand révolutionnaire de l'image.

Elle lui posa à son tour la main sur le bras.

— Quittons-nous au moins bons amis, Antoine.

— Ah non ! Je ne suis pas ton bon ami, répliqua Marcas d'un air mauvais. Au fait... Slobotruc doit avoir vingt ans de plus que toi, veille à ne pas l'épuiser.

Elle hocha les épaules d'un air triste.

— Minable comme clap de fin, Antoine. Ce n'est pas digne de toi.

Il se leva, le visage désabusé.

— Tu n'imagines pas à quel point ça fait du bien, parfois, de pas être digne de soi. Je te laisse, j'ai un rencart avec des gens plus fun que toi.

— Qui ?

— Des morts. Eux au moins, ils ne vont pas me pourrir ma journée.

11.

Paris
Salle de la Convention
27 juillet 1793

Un tonnerre d'applaudissements roula des bancs de l'assemblée jusqu'aux tribunes surchauffées. Le député Barère venait de parler. L'ami de Danton, de sa voix exaltée de Gascon, avait soulevé les députés, enflammé le public. Le front en sueur, les mains dressées comme un tribun à Rome, il jouissait de son nom scandé par des centaines de poitrines. Son poing frappa le pupitre et fit voler les pages de son discours.

— Citoyens ! La République ou la mort ! Voilà notre devise !

Un rugissement d'adhésion lui répondit, mêlant la clameur du peuple et les cris des députés. En un instant, la Convention résonna comme un ouragan prêt à emporter le monde. Seul Danton ne hurlait pas. Lui, le colosse dont le pas puissant faisait trembler vitres et parquets, contemplait le troupeau vociférant chauffé à blanc par Barère. Le Gascon faisait bien son travail. Comme un alchimiste, il fusionnait deux métaux souvent antagonistes en un alliage redoutable : le peuple et ses représentants. Un alliage dont allait s'emparer Danton pour le marteler, le façonner, l'aiguiser et en faire son glaive de combat.

— Citoyens, êtes-vous prêts à mourir ?

La voix galvanisée de Barère venait d'atteindre son sommet. Danton se frotta les mains. Ses veines battaient le long de son cou de taureau. Comme un acteur, il sentait monter l'excitation avant d'entrer en scène. Il n'attendit pas le cri unanime qui emportait tout, il se leva pour aller parler. Le tonnerre avait retenti, maintenant la foudre pouvait frapper.

Juste avant qu'il ne se dirige vers la tribune, une main le saisit au poignet. Danton se retourna aussitôt. Il détestait être arrêté en plein élan, mais il reconnut aussitôt son interlocuteur. Son secrétaire était reconnaissable entre mille dans son frac rouge.

— Pierre ! Où étais-tu ce matin ? Je t'ai cherché partout !

— Je reviens du Grand Châtelet.

Georges Danton porta la main à son cou. Il détestait les prisons. Surtout depuis qu'elles étaient l'antichambre de la guillotine.

— Ça signifie que tu n'as pas les documents ?

— Les choses ne se sont pas déroulées comme prévu. Un policier est arrivé avant moi et ça a mal tourné. Je n'ai pas pu procéder à la transaction.

— La police ? demanda le tribun d'une voix contrariée. Ils seraient au courant de notre transaction ?

Maubuisson secoua la tête en signe de dénégation.

— Non, j'ai interrogé l'inspecteur, un certain Annibal Ferragus. Il ne savait rien et se trouvait là dans le cadre d'une dénonciation, comme la police en reçoit des milliers. L'ennui, c'est que mon contact s'est enfui.

Danton grimaça.

— Imbécile ! Il va falloir que j'improvise… Attends-moi dans le couloir qui mène aux bureaux des greffiers, je t'y rejoindrai après mon discours. Du moins, si j'arrive à faire bouger ce troupeau de…

Il n'eut pas le temps de finir sa phrase. La Convention entière lui faisait une ovation. Il se rua vers la tribune. Barère s'était écarté. Son rôle était terminé, maintenant c'était à Danton de jouer. Il se lança aussitôt comme un gladiateur dans l'arène.

— Je vois des nuages, sombres et menaçants, une armée de nuages pleins de violence et de ravages. Ils avancent en rangs serrés sur nos frontières. Au Nord ! À l'Est !

Dans les tribunes, le peuple écoutait, haletant, épouvanté par la sombre vision quand d'un coup Danton tendit le doigt. Un doigt dressé, accusateur.

— Mais ces nuages, emplis de haines et de trahison, je les vois surtout ici, parmi nous ! Je les vois sur des fronts impurs, dans des regards corrompus... Et je vais les dénoncer !

Il balaya l'assemblée du regard.

— Qui est à la solde des espions anglais ? Toi ? Qui touche de l'argent des royalistes ? Toi ? Toi ? Qui renseigne les traîtres de Vendée ? Toi ou bien toi ?

L'assemblée était tétanisée. Qui n'avait pas profité des fonds secrets de Louis XVI ? Qui n'avait pas discuté entre deux portes avec un envoyé secret de Londres ? Chaque député faisait son examen de conscience jetant un œil soupçonneux sur son voisin. La Convention, déjà émiettée en courants politiques rivaux, était cette fois pulvérisée. Diviser par la peur pour régner sans partage : Danton venait de réussir sa rentrée, sauf qu'il n'avait pas en sa possession la liste des députés corrompus.

Mais il allait faire mieux. Beaucoup mieux. L'idée venait de jaillir dans son esprit. Tout devenait clair.

D'une voix frémissante d'émotion, il reprit :

— Mais qui suis-je pour dénoncer les errances d'autrui, pour me faire juge de vos faiblesses, de vos turpitudes ?

L'assemblée se remit à respirer.

— Voilà pourquoi je ne livrerai aucun de vous : ce que le devoir commande, l'humanité le condamne. Ces preuves, ces témoignages d'abomination, je les garderai pour moi. Je vous sauverai contre vous-mêmes !

La Convention éclata en un cri de délivrance. Danton, après les avoir tourmentés, humiliés, menacés, venait de les rendre à la vie. Il était leur maître, celui dont la main sacrée pouvait perdre comme sauver. Des voix jaillirent de l'assemblée :

— Danton à la tête de la Convention !

— Oui ! Qu'il devienne le président !

L'orateur laissa enfler le flot de supplications, puis il leva les deux mains, paumes ouvertes, en signe d'apaisement.

— Mes amis, je ne veux ni pouvoir ni honneurs. Accordez-moi seulement le droit de vous parler à nouveau à cœur ouvert et je serai récompensé.

Un long vrombissement d'allégresse parcourut la salle, des tribunes aux travées. Seuls Robespierre et Saint-Just restaient de marbre. Ils ruminaient en silence le triomphe de leur plus puissant adversaire, le seul qu'ils ne pouvaient pas défier ouvertement.

Danton recevait les hommages des députés qui, un à un, faisaient allégeance. Le nouveau maître de la Convention salua une dernière fois, puis descendit de la tribune sous les vivats avant d'emprunter une porte dérobée qui donnait sur un couloir lugubre. Barère allait clôturer la séance sur son succès.

La messe révolutionnaire était dite.

Galvanisé par son discours, le tribun fonçait à travers le passage étroit, ses épaules touchaient presque les murs. Il aperçut son secrétaire, assis sur un banc branlant. Dans son justaucorps rouge, Pierre Maubuisson ressemblait à un cardinal dont il avait le regard froid et les joues pâles. Son crâne semblait encore plus allongé sous la lumière des flambeaux. Georges le saisit aux poignets.

— Bon Dieu, il s'est passé quoi, rue du Canivet ? s'emporta Danton, cette femme, elle devait nous vendre des informations sur les députés corrompus. C'est ce que tu m'as dit ? Tu te rends compte que j'ai menacé la Convention sans rien ?

— Ta parole a suffi, Georges.

La face de Danton s'empourpra de colère. Il haussa le ton :

— Imagine qu'un député, un seul, ait exigé une preuve ! Heureusement que j'ai changé de stratégie. L'inspiration ne m'a pas trahi.

Malgré la tempête, le secrétaire sourit étrangement.

— Et en cela, tu fais preuve de toutes les qualités d'un homme appelé aux plus hautes fonctions.

Danton prit le secrétaire par les épaules.

— Tu sais que j'apprécie les flatteries en public, mais que je déteste celles prodiguées en privé. J'attends de toi des solutions, pas des caresses.

— Justement... Nous n'en avons pas fini avec cette histoire. J'ai une solution... mais elle se trouve dans le dernier cercle de l'enfer.

Une demi-heure plus tard, Danton et son homme de confiance s'engouffraient dans une calèche, tirée par deux chevaux noirs comme des anges de la nuit. Le cocher adressa un signe de tête aux deux gardes à cheval en habit rouge et bleu qui les accompagnaient et le convoi s'ébranla pour filer vers le sud de la capitale. Aucun membre de l'escorte n'avait remarqué le cavalier qui les suivait à distance.

Personne n'avait reconnu Annibal Ferragus.

12.

Paris
Institut médico-légal
De nos jours

La grosse sphère blanche luisait dans un recoin de la salle d'attente de la morgue plongée dans une semi-pénombre. Elle avait dû être installée là pour créer une ambiance intimiste, mais il s'en échappait une vibration sourde et aléatoire quelque peu perturbante. Assis sur une chaise au dossier rigide, Antoine l'observait du coin de l'œil avec méfiance. Il avait l'impression qu'à tout moment elle allait s'animer d'une vie propre et rouler au sol. Elle lui rappelait un vieux feuilleton de sa jeunesse, *Le Prisonnier*, dans lequel une sphère mystérieuse roulait sur ses proies et les écrasait de son poids.

L'écrasement.

C'était exactement la pénible sensation qu'il ressentait depuis le début de la matinée. Ses supérieurs et son ex-copine s'étaient refilé les clés d'un camion rouleau compresseur qui roulait sur lui avec application.

Il essaya de se concentrer sur son avenir professionnel. Il était pieds et poings liés dans l'attente des résultats de l'enquête.

Au mieux, il récolterait un avertissement, une suspension temporaire. Ou un licenciement...

Jamais il n'avait envisagé cette option dans sa carrière. Une blessure oui, la mort pourquoi pas. Mais se faire virer... Ça n'était jamais rentré dans ses projections de carrière.

La vibration de la sphère lumineuse se transforma en un crépitement inquiétant. Comme la plainte d'un néon en phase terminale. Il se retint d'aller la débrancher et jeta un œil fatigué sur le porte-revues rempli de magazines de voyage. Les couvertures débordaient de couleurs et de titres alléchants. « Les cent plus belles plages du Brésil », « Majorque secrète, redécouvrir le paradis », « Mongolie : sur les pas de Manook »... Il feuilleta les revues avec paresse. C'était gai, vif, coloré, rempli de paysages sublimes et de gens heureux. De toutes les nationalités, de toutes les couleurs, pauvres et riches, ils se fendaient tous la poire. Il s'arrêta sur un reportage consacré à un couple qui prenait une année sabbatique pour faire le tour du monde avec leur bande de gamins.

Dans leur voilier somptueux, baigné dans un coucher de soleil au large d'une plage étincelante, ils étaient si beaux, et si joyeux que ça en devenait indécent.

C'était comme si ces inconnus se foutaient de sa gueule.

Regarde comme on est heureux au soleil, alors que toi, tu merdes dans ton boulot, tu t'es fait plaquer et tu te retrouves comme un con dans une morgue.

Dégoûté, il posa la revue sur la table.

La porte s'ouvrit.

Un personnage singulier apparut dans l'encadrement. En dépit de sa masse redoutable, l'homme au crâne blanc comme une boule de verre dépoli s'avança dans la salle, presque avec grâce. Son ventre débordait d'une élégante veste de tweed vert pomme qui n'avait jamais dû être fermée depuis sa mise en circulation. Les plis de sa nuque formaient des strates concentriques comme des anneaux empilés les uns sur les autres.

Le frère obèse, tel était le surnom attribué en loge au commissaire Fernand Haudecourt.

Ses joues flasques débordaient sur un collier de barbe bien fourni qui dessinait un accent circonflexe à l'envers. Il portait une fine sacoche de cuir rouge qui oscillait avec régularité au fur et à mesure qu'il s'avançait. Antoine nota qu'il avait encore engraissé depuis leur dernière rencontre.

— Antoine, mon frère, quel bonheur de te retrouver.

Antoine prit la main dans la sienne. Elle était brûlante.

— Tu dois être la seule personne sur terre à pondre ce genre de tirade dans une morgue.

Les yeux d'Haudecourt se plissèrent.

— La chaleur de l'amitié se moque de la froideur de la nuit. Maxime majorquine.

— Mieux vaut un ennemi qui dit la vérité qu'un ami qui te saoule avec ses proverbes. Maxime marcassienne. Dis-moi le gros, je ne suis pas venu pour apprendre des proverbes espagnols, répliqua Antoine, pourquoi tu m'as donné rendez-vous ici ? Il y a d'autres endroits plus sympathiques.

Le frère obèse gardait son sourire.

— J'ai un mort à te faire rencontrer.

13.

Paris
27 juillet 1793

Vue de la rue de Vaugirard, la prison des Carmes n'avait rien de sinistre. Les anciens bâtiments monastiques, sous leur toiture de tuile rouge, avaient encore belle allure et la cour qui menait à l'entrée était toujours ornée de buis taillés et de parterres de fleurs. Mais ce qui surprit le plus Danton, en sortant du fiacre, c'était le nombre exagéré de torches qui éclairaient les abords de la prison. Une île de lumière dans un quartier noyé de ténèbres.

— C'est pour éviter les évasions, précisa son secrétaire.

Depuis le printemps, les prisons étaient surpeuplées. Les détenus s'entassaient jusque dans les latrines. Et l'échafaud qui pourtant tournait à plein régime n'arrivait même plus à désemplir la moindre cellule. D'après un rapport secret à la Convention, si les arrestations continuaient à ce rythme, dans un an, un demi-million de Français seraient encagés dans des prisons devenues les antichambres de la guillotine.

Ils passèrent sous le porche qui marquait l'entrée de la prison. Danton leva les yeux et aperçut cinq têtes décapitées et fichées sur des pics de fer rouillé.

Il grimaça : deux d'entre elles avaient les yeux grands ouverts dans lesquels on pouvait lire de l'étonnement, un quelque chose de presque candide.

Ils franchirent le poste de garde presque sans contrôle, Danton en était stupéfait. C'était à peine si on leur avait demandé leur identité. Les gardes étaient à moitié soûls et un sous-officier de permanence, lui aussi éméché, avait juste jeté un œil torve à leurs laissez-passer.

Quand ils entrèrent dans la cour centrale, Danton fut ahuri d'y découvrir une foule hétéroclite composée de gardiens à moitié dépenaillés, d'hommes et de femmes qui mangeaient sur des tables de fortune. Il y avait même des enfants qui couraient, pieds nus, jouant avec les clés des cellules.

— Bon sang, que font tous ces gens ici ? murmura le tribun à son secrétaire.

— Ce sont les familles des gardiens, ils occupent des salles communes dans l'aile ouest, mais ils passent le plus clair de leur temps à l'air libre, l'odeur est irrespirable dans leurs... appartements.

— C'est l'anarchie ! gronda Danton. On rentre ici comme dans un moulin. Il n'y a aucune sécurité !

— Pour quoi faire ? Aucun Parisien n'aurait l'idée de mettre les pieds ici, terrorisé à l'idée de ne plus en sortir. Quant aux prisonniers, ils sont trop affamés pour mettre un pied devant l'autre. Une seule fois, on a eu droit à une tentative d'évasion : des royalistes. Tu as vu leurs têtes à l'entrée...

Les deux comparses hâtèrent le pas, se frayant un chemin dans la masse bigarrée. Danton songea que le chaos dans cette prison devait ressembler à celui qui régnait sur tout le pays depuis la Révolution. Et il n'aimait pas ça du tout.

Ils pénétrèrent sous un porche. Une forme sombre se dessina dans l'encadrement de la porte d'entrée. L'orateur fronça les sourcils. Leur hôte avait une corpulence de lutteur de foire qui contrastait bizarrement avec un sourire de ravi de la crèche.

— Jean Turenne, annonça le secrétaire en désignant l'homme. Le jour il est barbier au Grand Châtelet...

— Oui, c'est moi qui prépare ces messieurs dames pour la faucheuse.

Georges frémit. C'était une chose de signer un ordre d'arrestation, une autre d'en voir les conséquences. Il baissa le regard sur les mains en forme de battoir à linge du barbier. C'était donc ses mains calleuses qui coupaient les cheveux, taillaient les cols des chemises pour que le couperet fasse son œuvre de mort sans obstacle.

— ... En revanche la nuit, reprit Maubuisson, il officie à la prison des Carmes. Où est le prisonnier, Turenne ?

— Je l'ai monté sous les combles. Tout comme vous me l'avez demandé. Mais je vous préviens, pour y aller, ça va chanter.

— Comment ça, *chanter* ? s'exclama Danton.

— Vous allez voir.

Ils empruntèrent un vaste escalier qui montait aux étages. Au premier palier, une croisée donnait sur un parc. À cause de la lueur des torches, les arbres prenaient des formes fantastiques. Les troncs, dans la pénombre, semblaient des corps tourmentés. Ils reprirent l'escalier. Arrivés au dernier étage, le barbier ouvrit la porte qui donnait sur un long couloir.

— Ça va *chanter*.

Et aussitôt les hurlements commencèrent.

Les anciennes chambres des moines avaient été converties en cellules. Les portes avaient été remplacées par de lourdes grilles d'où s'échappaient des grappes de mains souillées de crasse.

— On ne sait plus où les mettre, commenta fataliste Turenne, alors on entasse.

Danton avançait à pas lent, se tournant vers chaque geôle. Ce qu'il voyait le révulsait. Des corps décharnés par l'enfermement, des yeux brûlants de fièvre et une odeur ignoble qui soulevait le cœur. Mais déjà son nom courait les cellules.

Danton ! Danton !

Et aussitôt les cris se muèrent en insultes. Un flot de haine qui tournait à la crue d'immondices. Pourtant

Georges avançait toujours, le regard fixé sur chaque visage qui vomissait des outrages. Un crachat atterrit sur sa veste, puis un autre et aussitôt une pluie de salive amère s'abattit sur lui.

— Cours, Georges ! hurla le secrétaire.

Danton ne se le fit pas répéter deux fois. Il s'élança comme un taureau tandis que les prisonniers hurlaient à la mort :

— À la guillotine, Danton !

— À mort ! Sois maudit !

Dans la cour intérieure de la prison, un homme en bottes poussiéreuses et redingote élimée marchait à pas rapide entre les groupes d'hommes et de femmes qui beuglaient à la cantonade. Annibal Ferragus n'avait pas eu grand mal à convaincre les gardes de le laisser entrer dans l'enceinte. Son insigne de policier, une plaque avec un œil gravé dans un rond d'acier, lui ouvrait toutes les portes de Paris. Il finit de traverser la cour et pénétra dans le porche par lequel il avait vu disparaître Danton et Crâne bossu, reconnaissable entre mille à un seul détail vestimentaire : son frac rouge sang.

Quand il arriva dans le vestibule poisseux, il n'y avait personne. Les gardiens ripaillaient dehors. Il entendit des cris et des insultes qui provenaient de l'étage. Il crut entendre le nom de Danton, mais il n'en était pas certain. Annibal hésita quelques secondes, puis monta les marches une par une.

Danton avait atteint le bout du couloir. Essoufflé et humilié. Il maudissait son secrétaire de l'avoir embarqué dans cet antre infernal. Turenne déverrouilla une lourde porte de chêne. Tous s'y engouffrèrent dans une tempête de menaces et de malédictions.

— Il est là, annonça le barbier en montrant un mur en boiserie.

— Éloigne-toi, je t'appellerai si j'ai besoin de tes services, dit Maubuisson qui fit coulisser un des panneaux.

Encore pâle de colère, Danton s'avança. Derrière le mur se trouvait une cellule, éclairée par une lanterne en surplomb. Un homme, aux cheveux qui lui tombaient sur les épaules, était agenouillé, le visage baissé sur ses mains jointes

Il priait.

Étonné, Georges se tourna vers son secrétaire.

— Qui est-ce ?

— Il prétend s'appeler le père Armand, un prêtre français de retour d'Angleterre. Il a débarqué clandestinement pour arriver à Paris le mois dernier. La police l'a cueilli chez sa logeuse, connue pour ses sympathies royalistes.

Le prêtre venait de se lever. Georges l'observa. Son visage était creusé. Deux longues rides taillaient ses joues comme un coup de serpe. Une longue barbe blanche lui mangeait la chair. Mais surtout, son regard ne cessait de se tourner vers la porte de la cellule. *Il est inquiet*, pensa l'orateur.

Déçu, Danton faillit hausser les épaules. Un prêtre arrêté : la belle histoire ! Depuis que la République avait imposé à tous les religieux de jurer fidélité à la Constitution, il y avait des milliers de prêtres réfractaires en France qui se cachaient de la police. Il se tourna vers son secrétaire, la mine maussade.

— Bon, si tu m'expliquais le rapport entre cette loque et les documents sur les députés corrompus qui nous ont filé sous le nez, hier soir.

Maubuisson s'adossa contre la porte de la cellule.

— Tout a commencé il y a deux semaines, j'ai été contacté par une femme. Elle disait avoir en sa possession la fameuse liste et, pour me montrer sa bonne foi, m'en a dévoilé quelques pages.

— Continue.

— Elle voulait échanger ses documents contre ce prisonnier, le père Armand. Elle m'a supplié en me racontant qu'il était son oncle adoré, la seule famille qui lui restait sur cette terre.

Le tribun hocha la tête.

— Et sa liste, où l'a-t-elle trouvée ?

— Son amant, un agent anglais qu'elle avait trahi. Vu les noms et les preuves qu'elle m'avait déjà montrés, j'ai estimé que l'échange pouvait nous servir.

— Et tu as convenu du rendez-vous avec elle, rue du Canivet ?

— C'est elle qui a fixé le lieu. Mais j'ai eu un petit quart d'heure de retard pour le rendez-vous… Alors, par prudence, je suis resté avec l'oncle dans ma calèche, pendant que l'un de mes hommes est monté pour préparer l'échange. Je lui avais donné le mot de passe convenu. Et tout a dérapé avec l'arrivée intempestive de ce Ferragus.

Danton frappa la porte de la cellule de son poing massif.

— La belle histoire ! Quel intérêt ? On se retrouve avec ce cureton qui ne vaut même pas la nourriture que la République lui prodigue dans sa geôle.

Le secrétaire plissa lentement les lèvres. Georges connaissait cette amorce de sourire. De toute façon, il savait que Maubuisson ne l'aurait pas fait venir pour rien.

— Quand j'étais dans la calèche avec l'oncle, j'ai eu le loisir de le dévisager. J'avais déjà vu cette tête quelque part, pourtant je ne fréquente guère la volaille bigote.

Le secrétaire sortit une gravure d'une poche de son justaucorps rouge et la tendit à Danton. On y voyait un homme de profil portant collet et soutane. Georges se précipita sur l'ouverture dans le mur. L'inconnu fixait la porte. Son visage était le même que celui de la gravure, la barbe en plus.

— Qui est-ce ?

— Il s'appelle Henri Edgeworth de Firmont.

— Bon Dieu, mais c'est le…

Le visage du secrétaire s'illumina.

— Oui… L'abbé de Firmont, le prêtre qui a confessé Louis XVI, le jour de sa mort.

14.

États-Unis
New York
Tour One 57
De nos jours

C'était en fin de journée, mais bien avant le crépuscule, que le gratte-ciel effilé arborait sa plus belle couleur bleutée. Il était si allongé, si fin, qu'on aurait pu croire qu'il allait plier au premier coup de vent en provenance de l'est. Dans tout Midtown et jusqu'aux frontières de l'Upper Side on ne voyait que la One 57. La nouvelle folie architecturale de Manhattan, conçue par un architecte français, était aussi prétentieuse que new-yorkaise et avait eu le privilège de remporter la palme de la plus haute tour d'habitation de la cité. Et la plus chère aussi. On la surnommait la tour des milliardaires. Tous les appartements et penthouse avaient été achetés sur plan à des prix indécents, même pour Big Apple. Les propriétaires, eux, l'appelaient en toute simplicité la 57, car elle était située sur la rue du même numéro. On murmurait que la chaîne d'hôtels Hyatt avait déboursé une somme astronomique, et top secret, pour se payer les trente-neuf premiers étages du fabuleux gratte-ciel.

Au quarantième étage, la vaste suite 133, orientée vers le nord, offrait une vue à couper le souffle sur Central Park. Et en ce jour ensoleillé, c'était le propriétaire, le consortium Pentacle Corporation, qui occupait les lieux.

Une centaine d'invités, triés sur le volet, directeurs du groupe, financiers, personnalités extérieures haut placées, assistaient à la conférence du sémillant directeur général du groupe, Adley Rillman.

On avait placé son pupitre contre la grande baie vitrée, pour que les invités bénéficient de la vue imprenable sur le parc. Le quinquagénaire au sourire éclatant, et à la coupe impeccable, finissait son discours en posant les mains sur le pupitre. Son regard semblait transpercer chacun des auditeurs, sa voix aussi élégante que son allure lui conférait une assurance quasi magnétique. C'était le type de patron qui en imposait, sans avoir besoin de hausser la voix. Héritier d'une vieille famille de Philadelphie, diplômé de Yale et de Stanford, Adley Rillman incarnait à merveille les valeurs de la vieille aristocratie WASP[1].

— Je voudrais conclure la présentation de notre stratégie en matière de systèmes de télécommunications avec cette phrase de Ralph Waldo Emerson : *Les grands hommes, les génies, les saints n'ont fait de grandes choses que parce qu'ils étaient inspirés par un grand idéal. On a besoin d'accrocher sa charrue aux étoiles.* Mes amis, c'est bien là le défi qui nous est proposé. Accrocher la charrue de notre groupe à l'étoile de nos ambitions mondiales. Je vous remercie. Le buffet vous attend.

Les applaudissements fusèrent dans l'assistance. Le directeur du groupe Pentacle descendit du podium en serrant les mains de ses collaborateurs et rejoignit le buffet pris d'assaut. Les invités savouraient les créations culinaires d'un jeune chef franco-bolivien, dont s'était entichée la bonne société de l'Upper East Side et qui avait commencé sa carrière dans les food trucks de Brooklyn.

Adley Rillman passait entre les petits groupes, une coupe de champagne à la main, saluait et remerciait ses invités avec un sourire aussi chaleureux qu'artificiel. De près, sous une lumière plus vive, sa peau trahissait quelques années de plus.

1. Américains blancs, anglo-saxons et protestants.

Il repéra l'homme aux lunettes cerclées d'acier qui contemplait en silence le parc mythique. Le directeur de Pentacle se détacha du bloc des invités et s'approcha de lui.

— Magnifique non ? Il paraît que le Premier ministre du Qatar s'est payé le penthouse, au dernier étage, pour la modique somme de quatre-vingts millions de dollars.

— J'en suis ravi pour lui, répondit son interlocuteur qui n'avait pas détourné son regard de la baie vitrée. Vous êtes au courant pour le décès de Robert Lightwood ?

— Oui, ce cher vieux Bob, je ne le voyais pas sujet à des pulsions suicidaires. Sauter du haut de son bureau sur K Street, devant tous ses collaborateurs. Quelle horreur et quelle tragédie pour nous tous.

Cette fois, l'homme se tourna vers son interlocuteur. Son visage était livide et hautain. Un sourire glacial s'échappait de ses lèvres fines et arquées. Les lunettes d'acier accentuaient un regard dénué de toute empathie.

— Ne dites pas n'importe quoi, Adley. Il nous avait trahis. Sa perte est une bonne chose.

Le directeur de Pentacle se raidit.

— Vous l'avez... ?

— Ne m'ennuyez pas avec ces détails, répliqua l'homme à lunettes d'un ton sec. Demandez-moi plutôt pourquoi il a provoqué le courroux de la Fraternité.

Rillman jeta un bref regard en direction de ses invités, puis revint vers son interlocuteur.

— J'ai du mal à croire que Robert ait œuvré contre l'Ordre, lui qui en a été le Grand Maître avant vous. Je savais qu'il ne partageait pas vos vues, mais de là à trahir...

L'homme aux lunettes cerclées d'acier attrapa à la volée une coupe de champagne.

— Vous vous souvenez du journaliste d'investigation du *Global Times*, retrouvé mort il y a cinq mois à Washington ?

Une ombre voila le regard du directeur de Pentacle. Il n'aimait pas le tour que prenait la conversation.

— Oui, vaguement...

— Vaguement... Pas de ça avec moi, Adley. Ce journaliste enquêtait sur nous, et il était parfaitement informé.

Nous avons mis des mois avant de trouver sa source. C'était Robert.

— Mon Dieu, je n'aurais jamais cru ça de lui...

Le petit homme posa sa coupe sur le rebord de la baie vitrée.

— Heureusement, tout est rentré dans l'ordre.

— Alors, la décision de la Fraternité est juste, murmura Adley Rillman. Paix à l'âme de notre cher Bob.

— Vous êtes convié à son enterrement, demain. À Deer Creek, sa ville natale. La Fraternité en profitera pour lui rendre l'hommage qu'il mérite.

Rillman comprit à l'inflexion de la voix que sa présence était obligatoire.

— Vous pouvez compter sur moi.

— Parfait, je vous laisse à vos invités. Et bravo pour votre discours. Je suis très fier de vous, mon petit Adley. Accrocher sa charrue à une étoile... C'est magnifique. À demain.

Le directeur de Pentacle inclina la tête, il savait que le mot *petit* adressé par un homme moins grand que soi n'était jamais une marque d'affection, mais un rappel à la soumission. N'était-ce pas son interlocuteur qui l'avait installé à la tête de Pentacle Corporation ?

Rillman suivit l'homme aux lunettes d'acier qui s'éloignait au milieu de la foule des invités de prestige et triés sur le volet. Personne ne faisait attention à lui, pourtant il était probablement le plus puissant d'entre tous.

15.

Paris
Institut médico-légal
De nos jours

Marcas et le frère obèse se jaugèrent du regard. Ils se connaissaient depuis des années, mais n'avaient rien en commun si ce n'était leur métier et leur appartenance à la franc-maçonnerie, dans des obédiences cousines. Le commissaire Haudecourt appartenait à la famille des *réguliers*, les seuls maçons français reconnus par les frères anglais et américains. Ce qui ne manquait jamais de provoquer des chicaneries entre les deux. Ça en devenait presque un jeu.

Il avait fait carrière dans les coulisses du ministère de l'Intérieur, jouant à merveille les conseillers occultes pour plusieurs occupants de la place Beauvau. À une certaine époque, il s'était taillé une réputation en créant un réseau d'informations informel baptisé le Rucher et dont les ramifications s'étendaient dans toute la France.

— La dernière fois que je t'ai donné rendez-vous, n'était-ce pas dans les jardins de l'Élysée à la demande de l'ex-président de la République[1].

— Oui, pour retrouver le secret spirituel des Templiers.

— Ah... ces énigmatiques chevaliers aux blancs manteaux ! Si ça se trouve, ils en ont caché bien d'autres. J'ai

1. Voir *Le Temple noir*, Fleuve noir, Paris, 2012.

assisté à la planche passionnante d'un frère américain sur la filiation de l'Ordre aux États-Unis et...

Antoine leva la main pour l'interrompre.

— Je ne suis pas là pour disserter sur la survivance des Templiers ! Viens-en au fait, j'ai eu une journée de merde...

— Suis-moi ! dit le frère obèse en récupérant sa serviette.

Ils mirent plusieurs minutes pour descendre aux sous-sols de l'Institut. Marcas connaissait les lieux, mais n'arrivait jamais à se retrouver dans le dédale des couloirs et des escaliers qui traversaient le bâtiment froid et sans âme. À l'image de ses occupants en transit. Il remarqua que son compagnon, lui, se baladait avec aisance, comme s'il connaissait l'endroit comme le fond de sa poche. Ils finirent par déboucher dans une sorte d'antichambre aux murs anthracite assez haute et large pour y faire passer un camion.

— Nous y sommes presque, dit Haudecourt. La tragédie des Trente ça te dit quelque chose ?

Marcas redressa son col de chemise, la température avait baissé de plusieurs degrés.

— C'est marrant que tu m'en parles. Mon adjoint sur l'opération d'Avignon, ce petit con de lieutenant qui m'a bien enfoncé dans son rapport, a perdu sa belle-famille dans le drame. Dommage qu'il n'ait pas fait lui aussi le grand plongeon... Bon, de quoi s'agit-il ?

— Les trente habitants se sont jetés du haut de leur balcon. Au début on a cru à une attaque terroriste, mais les enquêteurs ont découvert dans le sous-sol de l'immeuble un vieil entrepôt désaffecté rempli de bonbonnes de gaz à usage médical, du protoxyde d'azote ainsi que d'autres substances volatiles dont les noms m'échappent.

— Le protoxyde d'azote, oui, je m'en souviens. L'autre nom du gaz hilarant, utilisé comme anesthésiant.

— Tout juste. Le dépôt appartenait à une clinique attenante à l'immeuble et démolie dans les années 1970. Pour une raison inconnue, probablement la vétusté, les bonbonnes se sont ouvertes et ont libéré cette saloperie dans les gaines de l'immeuble. Tous les coffrages qui protégeaient ces conduites dataient du siècle dernier. Les gaz se sont infiltrés partout y compris dans les circuits d'aération.

Le frère obèse poussa une porte métallique et ils pénétrèrent dans une salle rectangulaire vaste comme une petite salle de cinéma. Au plafond, une rangée de spots diffusait une lumière blanche qui faisait miroiter les dizaines de caissons d'acier alignés et encastrés dans les murs. Au centre de la pièce, quatre tables rectangulaires longues et massives comme des autels brillaient. Vides.

Le frère obèse s'appuya contre un mur, déposa sa sacoche et passa un mouchoir sur son front. Antoine nota qu'il transpirait en dépit de la température glaciale. Pas bon signe, songea-t-il. Haudecourt s'éclaircit la voix.

— Les analyses ont décelé une forte concentration de protoxyde d'azote dans les appartements. Les corps, eux, ont tous transité ici dans cette salle pour y être minutieusement autopsiés. Il semble que les autres substances aient décuplé l'absorption du protoxyde dans les poumons. Bref, l'enquête a été close, les cadavres rendus aux familles pour être enterrés ou incinérés.

Antoine balaya la salle du regard et se demanda combien de caissons étaient occupés.

— Mourir de... rire. À choisir, ça me plairait bien, dit-il d'un ton faussement détaché, l'endroit commençait à lui donner le bourdon.

Le frère obèse lui renvoya un sourire poli et décrocha un téléphone mural.

— Oui, j'y suis. Vous pouvez l'ouvrir. Numéro six.

Il s'écoula une poignée de secondes, puis on entendit comme un chuintement qui provenait de l'un des murs opposés à la porte d'entrée. Un des caissons encastrés à mi-hauteur vibra et s'extirpa lentement de sa niche.

Le frère obèse trottina dans sa direction et fit signe à Antoine de le suivre.

— Approche-toi, n'aie pas peur, elle ne va pas te sauter à la gorge.

Marcas s'avança de quelques centimètres et pencha la tête au-dessus du caisson.

À l'intérieur du tiroir gisait le corps d'une femme blonde d'une trentaine d'années. Elle avait dû être très séduisante, mais la moitié du crâne était fracassée, laissant apparaître une sorte de cratère large comme un poing, avec en son centre un trou rempli d'une masse sombre. Ce n'était pourtant pas l'apparence répugnante de la blessure qui l'interpella. Non, c'était l'expression du visage.

Hideuse.

16.

Paris
Prison des Carmes
27 juillet 1793

Dissimulé à l'étage, sur le palier, Ferragus n'avait pu se rapprocher davantage de Danton et de son secrétaire. Il distinguait leurs silhouettes à l'autre bout du couloir qui longeait les cellules remplies de pauvres hères. Il venait juste de reconnaître Turenne, le barbier qui l'avait recousu au Châtelet. Que pouvaient bien tramer ces trois hommes dans cette prison cauchemardesque ? De partout montaient plaintes et gémissements qui l'empêchaient d'entendre quoi que ce soit de leur conciliabule.

Annibal crispa ses poings. Il ne pouvait rester dans sa position éternellement, sitôt que les trois hommes tourneraient les talons, ils tomberaient sur lui. Il décida de redescendre au rez-de-chaussée et de se cacher dans la salle voûtée qui servait d'antichambre aux enfers. Avec un peu de chance, il pourrait surprendre des bribes de conversation quand les trois complices redescendraient.

Danton scrutait l'abbé qui priait dans la cellule. Pourquoi le confesseur du roi était-il revenu clandestinement, sous un faux nom, en France ? Il était devenu un prélat de légende, les cours d'Europe se l'arrachaient. Il aurait pu finir sa vie tranquillement en Angleterre ou en Prusse et au lieu de ça, il avait remis les pieds à Paris...

Danton se remémorait parfaitement ce 21 janvier, sur la place de la Révolution, face à la Seine. Louis XVI avait été guillotiné devant le peuple assoiffé de sang. Le monarque d'un des plus puissants royaumes du monde avait chuté en à peine trois ans. La roue des événements avait tourné, emportant tout sur son passage.

Parfois, lui, Danton, sentait comme une ombre froide s'abattre sur lui. Il se demandait alors combien de temps, dans cette frénésie de l'Histoire, il lui restait à vivre. Combien de mois, d'années, avant que la roue de la fortune, qui l'avait si vite et si haut propulsé, ne l'écrase à son tour ? Mais il n'était pas homme à se laisser abattre par la seule force du destin.

À tout moment, on pouvait inverser le jeu de la fatalité. Il suffisait d'avoir les bonnes cartes. Et là, son rusé secrétaire venait peut-être de lui octroyer un véritable carré d'as.

Maubuisson haussa d'un ton.

— Il est clair que la fille m'a baladé avec son histoire d'oncle. Ce prêtre a sans doute bien plus d'importance qu'il n'y paraît, bien plus que les documents, qu'ils soient vrais ou faux. Et il n'y a qu'une façon de le savoir…

Il claqua dans ses mains et hurla dans la coursive :

— Turenne !

Le barbier arriva en courant.

— On va voir si tu es à la hauteur de ta réputation, dit Maubuisson. C'est un curé, fais-lui réciter la messe, et pas en latin.

Jean observait le prisonnier. D'excitation, il fit craquer ses mains.

— Pour les prêtres, c'est toujours du progressif. D'abord, il faut savoir comment ils réagissent à la douleur. Et pas n'importe laquelle. Ces suppôts du Christ, ils ont l'idée du supplice qui tournoie dans leur caboche et parfois plus tu les abîmes, plus ils se prennent pour des martyrs. Et s'ils commencent à prier, ils préféreront crever plutôt que de t'en sortir une.

— Et dans ce cas, interrogea Georges intrigué, on fait comment ?

Le barbier ôta son calot et prit un air rusé.

— J'ai mon idée, mais il faut descendre le prisonnier aux écuries.

Les écuries du couvent des Carmes longeaient le corps principal de la prison. Avant la Révolution, elles accueillaient les montures des cavaliers et les attelages des carrosses, ce qui expliquait leur vaste taille. Les portes cochères qui donnaient sur la rue avaient été murées pour prévenir toute tentative d'évasion, et, depuis, les écuries étaient quasiment restées à l'abandon. Seul l'un des concierges de la prison y laissait son cheval dont on entendait le hennissement dans la pénombre.

— Par ici ! héla la voix de Turenne. Il y a une lanterne à l'entrée avec un briquet. Allumez-la.

Le secrétaire fit jaillir la flamme entre les carreaux de la lanterne et l'écurie sortit de l'obscurité. Le barbier se tenait près d'une mangeoire vide, un sac de toile à la main. À côté, le confesseur du roi, le visage en sueur, les mains liées, semblait réciter une prière. Le cheval avait cessé de piaffer, et se tenait tout contre le prisonnier, tenu à l'encolure par le barbier.

Danton s'approcha. Il était pressé. Pressé de savoir. Il braqua la lumière de la lanterne sur le visage du prêtre.

— Tu es le confesseur de l'ancien roi. Nous le savons. Pas la peine de nier.

— *Notre Père qui êtes aux cieux...*

— Une femme a voulu procéder à un échange pour te sauver, ajouta le secrétaire. Une brune avec des yeux gris qui se prétend ta nièce. Ça te parle ?

Maubuisson nota que le prêtre semblait avoir tremblé un instant à l'énoncé de l'existence de la fille.

— *Que votre nom soit sanctifié...*

— Tu as débarqué clandestinement d'Angleterre...

— *Que votre volonté soit faite.*

Malgré sa peur, le prêtre hissa lentement son regard jusqu'à celui de son persécuteur et Danton y lut une détermination prête au sacrifice. Il recula et murmura rapidement à l'oreille de son adjoint :

— Ça suffit. On laisse opérer le barbier. Il va lui sortir ce qu'il a dans le ventre.

Maubuisson eut un bref sourire complice et fit un signe de tête à Turenne. Le barbier caressa l'encolure du cheval, sortit un long couteau d'un sac volumineux qui traînait à ses pieds. D'un coup sec il trancha la gorge du cheval. Un jet de sang jaillit à la perpendiculaire de la blessure et aspergea le gilet de Danton qui recula, effaré.

L'animal tomba comme une masse, battant le sol de ses sabots et inondant de sang la paille fraîche. Le secrétaire secoua la tête, écœuré.

— Turenne, tu es ignoble. Cette pauvre bête... Je vais me soulager dehors. Attendez que je revienne pour interroger le curé.

Danton sourit en voyant son secrétaire s'éloigner vers l'entrée principale des écuries. Maubuisson pouvait se révéler l'être le plus insensible de la terre quand on évoquait la question humaine, mais devenait le plus doux des hommes face aux animaux.

Le tribun n'avait jamais vu mourir une bête. Il se demanda si c'était pareil pour un homme. S'il y avait cette même énergie désordonnée et fébrile, cette même stupéfaction dans le regard qui se vidait peu à peu et tout ce sang dont l'odeur de rouille remontait jusqu'au fond de la gorge.

— Ça y est, prononça le barbier, il est mort.

Turenne reprit son sac en toile et en extirpa deux instruments que Georges n'avait jamais vus. Un large couteau à la lame crénelée et une sorte de pince trapue et courbe semblable à celle dont les jardiniers se servent pour émonder les arbustes. Le barbier s'agenouilla.

— C'est qu'il y a du travail !

Son regard revint au confesseur de Louis XVI. Ses lèvres blanchies étaient muettes et sa respiration oppressée résonnait entre les murs de l'écurie. D'un coup, elle s'accéléra : Turenne venait d'entamer l'épiderme. Il avait planté sa lame juste sous le poitrail du cheval et, lentement, éventrait la chair.

— Ah, ça a le cuir épais, ces bêtes-là, alors faut pas tenter de taillader à tort et à travers comme un sabreur, non, faut grignoter avec patience. C'est comme ça qu'on arrive jusqu'aux tripes.

Caché derrière un box vide à moitié défoncé, couché sur une paille humide et malodorante, Annibal ne quittait pas la scène des yeux. Il les avait suivis quand ils étaient sortis de la prison, s'attendant à ce qu'ils transfèrent le prisonnier, mais à sa grande surprise, ils avaient traîné le bougre dans ces écuries. L'affaire devait être d'importance pour que Danton lui-même se souille les mains.

Quel supplice allaient-ils lui infliger ? Jamais au cours de ses enquêtes, il n'avait utilisé la torture pour arriver à ses fins, contrairement à nombre de ses collègues. Des poings brandis, des menaces verbales oui, mais jamais ces procédés d'un autre temps. Il s'accroupit sous la petite grille de fer, il n'avait pas envie de voir ce qui allait suivre. Entendre était déjà suffisant.

Pourtant même écœuré, il ne pouvait s'empêcher d'éprouver un curieux sentiment de satisfaction. Le secrétaire venait d'évoquer la femme qui avait tiré sur lui. Enfin, il tenait une piste et, cette fois, il n'allait pas la lâcher.

Au moment où il allait se redresser pour chasser la courbature qui gagnait sa jambe droite, il entendit un cliquetis métallique derrière lui. Il se retourna d'un bond. Maubuisson pointait une arme sur son front.

— Alors, citoyen Ferragus, on enquête sur la condition chevaline ?

17.

Paris
Institut médico-légal
De nos jours

La morte souriait.

Un sourire hideux. Une fente écorchée lui cisaillait le visage de droite à gauche. La bouche à moitié ouverte laissait apparaître des fragments de dents cassées. Les yeux étaient clos, mais la grimace ne laissait aucun doute, comme si elle avait été prise de convulsions au moment de mourir.

Le frère obèse toussa.

— Tu as devant toi l'une des victimes de la tragédie. Elle a été un peu recousue après son autopsie, mais le légiste a préféré ne pas toucher au visage. Trop compliqué pour distendre les muscles qui entourent la bouche.

Antoine eut un haut-le-cœur, mais resta rivé sur le visage effrayant.

— Je ne pige pas, tu m'as dit que les corps avaient été rendus aux familles.

Haudecourt baissa les yeux pour inspecter le cadavre, comme s'il cherchait quelque chose de particulier, puis les releva et fixa Antoine.

— Tous sauf celui de cette demoiselle, répondit-il de façon laconique. Elle s'appelle Ariane Blurgel, belge et universitaire de renom, locataire d'un appartement situé au dernier étage de l'immeuble. Elle est tombée parmi les premiers sur les tables du restaurant. Selon les clients qui l'ont *reçue* sur la tête, elle crachait du sang en riant.

Marcas semblait embarrassé. Tout cela n'avait ni queue ni tête.

— Écoute, je suis navré pour elle, mais je ne vois toujours pas pourquoi je suis ici. Je me fous de ton cadavre, je me fous de tes trente macchabées volants. Ma seule préoccupation, c'est de sauver ma place. Je fais l'objet d'une enquête interne et je n'ai pas le temps de jouer les légistes en ta compagnie.

Le frère obèse l'observa longuement, comme s'il cherchait les paroles qu'il allait prononcer. Sa voix se fit plus basse, plus grave.

— OK, je fais une pause sur le cadavre et on va rentrer dans le vif du sujet. Moi aussi je vais être direct. Antoine, tu vas être viré de la maison.

— Pardon ?

— De la maison... De la police. Le fiasco de l'opération dans le sud de la France a provoqué des remous jusqu'au plus haut niveau. Pour faire court, c'est politique. Le ministre en personne a demandé ta tête. Il est lui-même menacé et comptait sur cette opération pour se refaire la mise auprès du Premier ministre. Le sous-directeur de la police, un frère très accommodant, ne peut pas sauver ta tête.

Antoine s'appuya sur les montants du caisson. Il articula d'une voix blanche :

— Ça ne se passera pas comme ça. Il va y avoir une enquête, je vais me défendre. Les syndicats...

Le frère obèse leva la main.

— Arrête tes conneries. Ça ne changera rien. J'ai eu ton dossier entre les mains, c'est sanglant. Tout y est, jusqu'au moindre détail et je peux te dire que tes collègues de l'opération n'ont rien arrangé. Le patron de ton service t'a déjà dégagé de l'organigramme et choisi un remplaçant dans ton dos.

— Comment ça ?

Haudecourt essuya ses lunettes.

— Il ne t'a pas échappé qu'au cours de ces dernières années tu as mené bien des enquêtes « ésotériques » en dehors des prérogatives de ton service. Tu n'as pas le profil du fonctionnaire obéissant. Et ça ne pardonne pas.

Marcas baissa les yeux sur le cadavre souriant. La morte semblait se moquer de lui. Le frère obèse continua :

— Oh, ils vont te proposer de sauver la face, à ton niveau on n'a pas envie de voir débouler les syndicats. Attends-toi à une négociation pour la forme et à une belle enveloppe de départ.

Antoine avait le souffle coupé. En plus on lui annonçait ça, tranquillement, dans une morgue. Il se redressa et quitta la morte des yeux.

— Merci de m'avertir, mon frère. Et donc ?

Le commissaire Haudecourt prit un air matois. Ses paupières se réduisirent à deux fines fentes.

— Regarde bien cette jeune femme, elle peut sauver ta carrière.

Les deux hommes se faisaient face au-dessus du cadavre congelé, témoin muet de leur affrontement. Antoine sentit ses doigts s'engourdir par le froid qui s'échappait du caisson. Il fourra ses mains dans les poches. Une buée sortait de ses lèvres sèches.

— Tu vas m'écouter attentivement, dit le frère obèse, et ensuite on parlera de ton avenir. OK ?

— D'accord.

Haudecourt prit sa sacoche et en sortit une pochette transparente dans laquelle était insérée une liasse de trois feuillets recouverts de tableaux surchargés de chiffres qu'il tendit à Marcas.

— La dépouille de Mlle Blurgel n'est pas très pratique pour servir de support de lecture, dit Antoine sur un ton neutre.

Il s'écarta de la morte et se planta devant l'une des tables rectangulaires.

— C'est quoi ? demanda Marcas, en extirpant les feuilles de leur plastique.

— Un compte rendu de travaux effectués dans le bâtiment des Trente. Plus précisément dans l'appartement de la morte. Un mois avant les événements, son propriétaire a fait casser les murs pour en faire un loft. La totale, béton ciré au sol, cuisine américaine, mise en étanchéité de tout l'appartement et suppression des conduites de gaz remplacées par l'électricité. Résultat : c'est le seul appartement non relié aux anciennes conduites.

Antoine détailla les documents, il n'en comprenait pas grand-chose sauf que les travaux avaient coûté la bagatelle de cinquante mille euros. Il secoua la tête.

— Pas de gaines techniques dans l'appartement, donc pas de possibilités pour...

— Oui, répondit Haudecourt sur un ton placide.

— Ce que tu es en train de me dire c'est qu'elle n'a pas été contaminée par le mélange gazeux à base de protoxyde d'azote dans son appartement. Et d'une autre façon ? Dans la cage d'escalier, par exemple ?

— Impossible, on a vérifié. Son appartement est équipé d'un détecteur de mouvement qui se met en marche quand l'occupant quitte l'appartement et envoie le signal à un service de gardiennage. Elle n'a pas bougé de son logement de toute la journée.

— Pas de gaz inhalé et pourtant elle a fait le grand plongeon. Donc, il existerait une autre cause...

— Waow... Fine déduction, approuva le frère obèse, sans chercher à dissimuler l'ironie dans sa voix. Continue ton raisonnement...

Au moment où Antoine allait répliquer, des claquements métalliques résonnèrent un peu partout dans les entrailles du mur, suivis de bruits de roulement.

Un à un, les caissons sortaient lentement de leur niche. Marcas écarquilla les yeux, il y avait au moins une trentaine de compartiments à l'air libre.

Les morts se réveillaient.

18.

Paris
Prison des Carmes
27 juillet 1793

Le secrétaire de Danton faisait danser le canon de son pistolet devant le front de Ferragus.

— Tu nous espionnes... Voilà comment tu me remercies de t'avoir sauvé la vie. Debout !

Annibal se leva en silence. Crâne bossu lui fit signe d'avancer vers le centre des écuries.

— Plus vite que ça ! ordonna Maubuisson d'un ton vif en enfonçant son arme dans le dos de l'inspecteur.

Annibal arriva devant le cadavre éventré du cheval. À sa vue, Turenne lâcha son couteau, l'air stupéfait, tandis que Danton reculait d'un pas. Le secrétaire donna un nouveau coup dans les reins du policier.

— Georges, je te présente Annibal Ferragus, le policier obstiné dont je t'ai parlé. Il nous fait la joie de sa présence parmi nous.

— Que vous a fait ce prisonnier ? Pourquoi s'acharner sur lui ?

Maubuisson secoua la tête.

— Tu devrais plutôt t'inquiéter pour ce malheureux canasson. Mets-toi sur le côté et ne bouge pas d'un pouce, sinon je te loge une balle entre les deux yeux, et ce ne sera pas de l'étoupe comme la dernière fois. Quant à toi, Turenne, remets-toi à l'ouvrage, on n'a pas la nuit devant nous.

Danton était toujours silencieux quand le barbier reprit sa lame. Le prêtre, lui, venait de s'adosser à la mangeoire. Il ne priait plus. Il fixait fasciné la blessure immonde qui s'ouvrait dans le ventre du cheval.

— Bon, maintenant qu'on sait où on va, on va se donner un peu de jour, brailla Turenne.

D'un geste brusque, il plongea ses mains dans la plaie et écarta les bords. On entendit des os craquer.

— Voilà, on y voit enfin quelque chose.

Une côte jaillit souillée de sang. D'un coup de pince, Turenne la sectionna.

— Maintenant, faut que je continue de trancher jusqu'à l'entrejambe.

À ce mot, Danton sentit ses mollets se dérober. Enfant, il avait déjà entendu des taureaux menés à l'abattoir et leur hurlement de mort le faisait fuir jusque dans les bois. Le bruit de scie continuait son calvaire lancinant. Parfois on entendait un bref grincement de rongeur : la lame venait de déraper sur un cartilage.

— Le pire, c'est les tendons, commenta Turenne. On croit qu'on y rentre comme dans du beurre et puis après, faut hacher tout menu.

Un choc sourd sortit Danton de sa vision d'horreur : le prêtre venait de s'écrouler. Turenne le saisit brutalement par les cheveux et l'obligea à s'agenouiller. Le visage de Ferragus ne cilla pas, mais sous sa veste son cœur commença de battre plus rapidement.

— Non ! hurla le prêtre, terrorisé.

— On y est presque !

À travers la plaie béante, se voyait comme une poche à l'enveloppe translucide couleur de nacre.

— Quand on veut bien faire son métier on glisse une lame courbe entre l'enveloppe et l'épiderme et, hop, on te sort la poche à boyaux d'un seul coup – Turenne jeta un œil au prêtre – mais comme là, on n'a pas le temps de faire du bel ouvrage...

En un seul coup, le couteau cisailla l'enveloppe. Une odeur abominable infecta les écuries. Mélange visqueux de viscères chauds et de sang caillé, le contenu de la poche s'étala en une mare purulente. Le barbier recula, écrasant un foie fumant d'un coup de botte.

À l'intérieur du cheval, se creusait une large et profonde cavité. Des fragments effilés de boyaux tombaient des côtes sanguinolentes. L'odeur était insupportable. Danton se rapprocha du prêtre.

— Pourquoi a-t-on voulu te libérer ?

L'abbé de Firmont hoqueta en roulant des yeux damnés. Turenne affichait un large sourire.

— Et maintenant, on enfourne !

— Non ! hurla Ferragus, qui s'avança pour secourir le prêtre.

Maubuisson colla aussitôt la bouche noire de son pistolet entre ses deux yeux.

— Dernier avertissement.

Annibal recula, impuissant, le cœur au bord des lèvres. Tétanisé comme dans un cauchemar, l'abbé se laissa emporter par le barbier. Juste avant de pénétrer, tête la première, dans le ventre de la bête, il hurla. Turenne le frappa aux genoux pour qu'il entre en entier. De peur, le cri se transforma en douleur. En quelques secondes, le prêtre fut englouti dans la carcasse sanglante.

— Par pitié... Au nom du ciel.

Turenne saisit le sac de toile, en extirpa une pelote de fil et des aiguilles.

— Et maintenant, la touche du chef ! On recoud la bête et on fait mijoter à l'étouffée !

Un hurlement d'effroi accompagna le premier coup d'aiguille.

Turenne avait enfoncé l'aiguille au démarrage de la plaie. Le fil sortit, noirci de sang, puis l'aiguille piqua la bordure d'en face. Pour plus d'efficacité, le barbier croisait les sutures entre elles. À l'intérieur le hurlement de terreur s'était transformé en gémissements terrifiés de bête traquée. L'aiguille continuait son inexorable travail de suture. Déjà, la plaie était refermée à moitié : du prêtre, on n'apercevait plus qu'une épaule tremblante et des cheveux souillés.

— Retourne-le, intima le secrétaire, je veux qu'il se voie mourir.

Sans un mot, Turenne s'exécuta. En un instant, le visage de Firmont apparut. Des débris de viscères poissaient son visage, maculaient ses yeux. Danton détourna le regard.

— Puisqu'il ne veut pas parler, couds-lui la bouche.

— Vous êtes fous, arrêtez, s'époumona Ferragus.

L'aiguille s'approcha des lèvres. Sous la lueur de la lanterne, elle brillait comme la foudre.

— Je jure... je jure...

— Plante !

L'aiguille s'enfonça à la commissure. Aussitôt le sang fusa.

— Avant de mourir... le roi a dit...

Le secrétaire se précipita pour mieux entendre :

— *Ad temporis voraginem...*

Épuisé, le prêtre reprit son souffle.

— ... *unde tractus reversus...*

Le barbier retira l'aiguille.

— ... *est regum secretum.*

— Le secret des rois ! traduisit Danton d'une voix blanche.

19.

Paris
Institut médico-légal
De nos jours

Les roulements métalliques s'amplifiaient dans un vacarme. Les dizaines de caissons à cadavres s'ouvraient les uns après les autres.

Le frère obèse et Antoine étaient stupéfaits.

Marcas, le cœur battant à tout rompre, dégaina par réflexe son arme en réalisant l'absurdité de son geste.

Les morts n'allaient pas se lever !

Il n'était pas dans un film de zombies.

— Putain, c'est *Walking Dead* à la morgue de Paris, murmura-t-il.

Les derniers roulements cessèrent et la salle plongea dans un silence glacial. Les deux hommes échangèrent un regard embarrassé. Le frère obèse rompit le silence :

— Ça doit être des corps de syndicalistes de la CGT. Ils veulent toujours manifester, même *post mortem*. C'est plus fort qu'eux.

Antoine fit la moue.

— Humour de franc-mac de droite ?

— Pas du tout, je crois à la résurrection des corps. Même ceux des communistes… Je…

Il n'avait pas fini sa phrase que deux hommes en blouse verte déboulèrent en courant dans la salle. L'un d'entre eux ouvrit la porte d'un placard technique situé à côté de l'entrée, tandis que l'autre repoussait un caisson dans sa loge.

— On n'y est pour rien, ça s'est ouvert tout seul, lança le frère obèse qui s'empressa de ranger la pochette dans sa sacoche.

Le technicien qui trafiquait le système électrique secoua son tournevis en l'air.

— Oui, on le sait. Il y a une panne récurrente du système depuis la semaine dernière. Un bug ou un truc du même tonneau. Tout le système devient dingo.

— Si vous le dites, glissa Marcas qui observait avec curiosité le manège des deux hommes, se demandant comment on pouvait travailler toute sa vie au milieu de trépassés.

— Heureusement que l'alarme fonctionne, pesta l'un des employés, sinon ça serait l'enfer, les corps entreraient en décomposition en un rien de temps.

Le frère obèse adressa un bref salut aux deux hommes et entraîna Antoine vers le couloir de sortie. Ce dernier n'en revenait pas de la scène. Digne d'un mauvais film d'horreur. La température grimpa généreusement quand ils arrivèrent dans le couloir.

— OK, mon gros. Pour reprendre sur l'affaire de l'immeuble maudit, la famille de Blurgel n'a pas tiqué de ne pas récupérer son corps ?

— Non, elle était célibataire et sans enfants. Pas de famille connue. Le corps ne nous a pas servi à grand-chose, on a refait plusieurs fois les analyses toxicologiques, ouvert ses tripes et le reste, analysé les moindres tissus. Rien. Que dalle.

Ils débouchèrent devant un ascenseur d'aspect aussi lugubre que le couloir qu'ils avaient traversé.

— Et arrête de m'appeler mon gros, ça devient pénible.

Antoine sourit pendant que Haudecourt appuyait avec constance sur un bouton qui refusait de s'allumer.

— On se retrouve donc avec l'énigme suivante. La Belge n'a pas pu sauter à cause des gaz empoisonnés, à la différence des autres habitants de l'immeuble. Il n'y a que deux solutions. Un : elle les a regardés s'envoler, s'est dit que ça devait être une coutume française et s'est jointe au grand plongeon général.

L'ascenseur remontait des entrailles de l'Institut dans un chuintement désagréable.

— Deux ? demanda Antoine.

— Deux : tous ces gens, y compris notre amie, ont sauté pour une raison sans rapport avec le protoxyde d'azote. Conséquence du point deux : quelqu'un s'est donné beaucoup de mal pour monter une mise en scène avec ces gaz. On peut partir sans hésiter sur cette deuxième hypothèse, mon cher Antoine.

— Et aucune irruption d'étrangers à l'immeuble. Genre adeptes décérébrés de Daech qui les auraient jetés des balcons.

— Rien, le hall d'entrée était sous contrôle caméra. J'ajoute que les images ne pouvaient pas être trafiquées.

La cabine venait de s'ouvrir. Antoine se frotta la tempe.

— Pourquoi ne pas avoir prévenu les enquêteurs et la justice ?

— Ce rapport était joint en annexe du rapport d'enquête, mais n'a pas été retenu. Ça ne collait pas avec la thèse officielle.

— Pourquoi ne pas en parler et rouvrir l'enquête ?

— Pour que ça fuite dans les médias et provoque une psychose générale ? répliqua Haudecourt. Un assassin de masse, toujours en liberté, aurait le pouvoir de faire sauter tout un immeuble dans la rue. Le cauchemar général. On ne peut pas se le permettre en période de menace terroriste. En attendant, il faut élucider ce mystère et vite avant que ça recommence. Si ce sont des terroristes, on ne peut pas les laisser déambuler avec une nouvelle arme de terreur.

Ils sortirent au rez-de-chaussée, au niveau de l'accueil. Le frère obèse s'arrêta devant une machine à café et introduisit une pièce.

— Un café ?

— Non merci. Ce matin on m'en a proposé un et c'était mauvais signe. Je deviens superstitieux avec le moka.

Un gargouillement résonna dans les entrailles de la machine. Un filet de liquide noirâtre dégoulina dans un gobelet mou.

— Donc, tu veux que j'enquête là-dessus. Mais dans quel cadre ? Je suis suspendu pendant toute la durée de l'enquête.

— C'est là que j'interviens. Si le ministre de l'Intérieur veut ta peau, en revanche il n'est pas certain qu'il reste en place suffisamment longtemps pour te voir dégager. Il va y avoir un prochain remaniement et il devrait faire partie de la charrette.

Antoine hocha la tête, il reconnaissait bien le talent de son ami à fréquenter les cercles du pouvoir. Et à en maîtriser les arcanes. Le frère obèse fit une grimace en avalant le liquide brûlant.

— Que le Grand Architecte assomme à coups de compas et d'équerre les types qui ont inventé cette machine infâme. Bon... L'un de mes amis, un député membre de la commission des affaires intérieures à l'Assemblée nationale, tient la route pour prendre sa place.

— Ne me dis pas que c'est toi qui as susurré son nom à l'oreille du président ou du Premier ministre ?

Haudecourt jeta son gobelet aux trois quarts plein dans la poubelle, puis indiqua la porte de sortie de l'Institut. Les deux hommes marchaient instinctivement à pas rapide, comme s'ils étaient pressés de quitter l'édifice mortuaire.

— J'ai monté, à la demande des plus hautes autorités de l'État, une cellule d'enquête qui dépend directement du cabinet du Premier ministre.

— Et ton officine de barbouzes du Rucher ?

— Dissoute avec le précédent changement de majorité. Mais quelqu'un en haut lieu s'est souvenu de mes compétences... Depuis les attentats de Paris et de Nice, les règles du jeu ont changé. Bref, j'ai rebâti un groupe... informel. En dehors du champ officiel, sans entrave de la justice et des procédures. En moins de trois mois, nos *experts* ont non seulement démantelé deux réseaux dormants de djihadistes, mais ils ont aussi indirectement identifié l'un des plus gros réseaux de trafiquants de drogue.

Ils sortirent enfin à l'air libre. Le soleil brillait entre des gros amas de nuages bourgeonnants. Marcas savoura l'instant avec délice, soulagé de quitter l'empire des morts. La vie reprenait son cours, un embouteillage bloquait la circulation, les klaxons fusaient de toutes parts, des cyclistes narguaient les conducteurs. Sur les trottoirs, des badauds se pressaient de toutes parts.

Des vivants.

Il aspira l'air pollué, et même cette pollution parisienne l'enchantait, elle était signe de vitalité. Des sacs plastique et des emballages sales roulèrent à ses pieds. Un léger vent frais n'arrivait pas à chasser la douceur ambiante. Une vieille faisait pisser un rouleau de poils contre un arbre, il aurait voulu l'embrasser tellement il était heureux de côtoyer des êtres humains.

Une Renault grise aux vitres fumées, stationnée à l'entrée de l'Institut, avait démarré et s'avançait lentement dans leur direction. Le frère obèse fit un signe au chauffeur et reprit :

— L'état d'urgence a eu au moins cet avantage, il a donné plus de pouvoirs à l'État pour se défendre contre la menace terroriste. On n'est plus obligé de jouer la partie avec les mains liées derrière le dos et les jambes dans un bloc de béton. Notre cellule n'apparaît nulle part dans les organigrammes officiels et n'est attachée à aucun service de sécurité intérieure. Seule une poignée de correspondants dans les ministères sensibles, comme l'Intérieur et la Défense, sont au courant et se chargent de faciliter la tâche de nos enquêteurs.

— Quels pouvoirs ont-ils ? demanda Marcas. Quel juge les saisit ? Ça pue...

— Tout de suite les grands mots. Oublie tes réflexes de franc-maçon version père la morale de la démocratie. C'est agaçant. Rassure-toi, une fois les informations collectées nous les transmettons au cabinet du Premier ministre qui se charge ensuite de saisir le système officiel.

— Et tu as combien de... d'experts ?

— Onze qui travaillent à temps plein sous ma direction, plus quelques intérimaires appelés sur des sujets pointus.

L'obèse s'arrêta et le prit par les épaules.

— Veux-tu nous rejoindre pour m'aider sur cette affaire ? Tu as toutes les qualités. Et, sitôt le ministre dégagé, on te trouvera une nouvelle affectation. Tu resteras dans la police, personne ne pourra te toucher sous ma protection. La seule chose importante que tu dois garder en tête, c'est que tu ne pourras pas réintégrer ton ancien poste.

Un grincement désagréable résonna au-dessus de leur tête. La rame d'un métro freinait en arrivant à la station aérienne de Quai de la Rapée. Combien de Parisiens qui empruntaient cette ligne savaient qu'ils longeaient un bâtiment rempli jusqu'à la gueule de cadavres...

— Tu me donnes combien de temps ?

— Jusqu'à ce soir, après je propose l'affaire à quelqu'un d'autre. J'ai déjà d'autres candidats.

Antoine sourit, il s'attendait à cette réponse, le frère obèse avait l'habitude de jouer la partie avec plusieurs cartes dans son jeu, et il abattait toujours les atouts majeurs à la fin. Son esprit était maintenant clair. Il savait ce qu'il allait répondre à l'influent commissaire.

— Je marche....

Le frère obèse sourit et voulut le serrer dans ses bras massifs. Antoine brandit les paumes de ses mains pour interrompre l'effusion.

— ... mais je suis sûr que tu me caches encore des choses sur ton officine. De toute façon je n'ai pas le choix. Au fait, elle a un nom ta cellule de l'ombre ?

— *La Cantine*...

20.

Paris
27 juillet 1793

La calèche ploya sous le poids du tribun quand il monta à l'arrière de la voiture, le visage rouge de sueur. Le cocher fit claquer son fouet trois fois de suite, mais les deux chevaux démarrèrent leur trot avec lassitude, comme s'ils ne voulaient pas tracter les égorgeurs de leur congénère. La façade de la sinistre prison des Carmes s'éloignait lentement, tandis que les trois occupants de la calèche s'observaient en silence.

Assis à côté du secrétaire, Ferragus remarqua que l'idole de la Convention avait retiré son gilet taché de sang.

De ses yeux globuleux, rougis par la fatigue, Danton le dévisageait avec attention.

— Tu dois nous prendre pour de fieffées canailles, inspecteur ? Réponds sans détour.

Annibal choisit ses paroles avec soin.

— Ce à quoi j'ai assisté n'a pas grand-chose à voir avec l'idéal révolutionnaire.

Il se remémorait l'expression figée de terreur du prêtre quand le barbier l'avait extrait des entrailles du cheval. Il s'était écroulé. Ni vivant ni mort.

Danton frotta sa joue grêlée avec irritation, comme s'il venait d'être piqué par un moustique.

— Une façon élégante de répondre par l'affirmative à ma question… J'en ai maintenant une autre : qu'allons-nous faire de toi ? Pierre, une idée ?

Le secrétaire hocha volontiers la tête.

— La raison voudrait que nous jetions notre ami dans un fossé avec une balle dans la nuque...

Ferragus se raidit. L'assurance de l'âme damnée de Danton ne laissait aucun doute sur sa détermination.

— Mais, d'un autre côté, il peut aussi être utile, reprit le secrétaire en sortant un petit carnet de sa poche, voyons voir... La phrase en latin que nous a lâchée le prêtre. Ah, j'y suis. *Ad temporis voraginem, unde tractus reversus est regum secretum.*

— Oui, le secret des rois..., ajouta Danton. Mais quel rapport avec cet inspecteur Ferragus ?

— On va avoir besoin d'aide pour décrypter ce message et remonter la piste. Et ça tombe bien, nous avons un excellent limier sous la main.

Annibal écoutait le dialogue, sans comprendre où voulait en venir le secrétaire.

— J'ai consulté son dossier au siège de la police avant de l'interroger au Châtelet, hier. Il se trouve qu'avant de se dévouer à la sécurité publique notre ami travaillait pour la maison de commerce Vanlerberghe, où il officiait au chiffrement des messages internationaux. Et il était un très bon codeur.

— La première parole aimable à mon égard, ironisa Ferragus.

La calèche tourna brusquement, les trois occupants se plaquèrent contre les sièges. Annibal s'agrippa à l'une des lanières de cuir qui faisaient office de poignées suspendues.

— J'ai aussi parcouru ton tableau d'enquêtes, continua le secrétaire. Tu as des compétences qui dépassent celles du commun de tes collègues. Il y a deux ans, tu as résolu l'affaire du meurtre de la rue Saint-Benoît. Justement en déchiffrant un message codé griffonné par le moine Bernard, avec son sang, juste avant de mourir. L'affaire avait défrayé la chronique[1]...

---

1. Voir *Le Moine rouge de la rue Saint-Benoît,* éditions du Masque.

Ferragus se sentit rattrapé par son passé, toutes les informations étaient exactes. Le secrétaire se tourna vers Danton.

— Georges, laisse-moi conduire ce décryptage avec lui. On mettra toutes les chances de notre côté. Tu as bien d'autres priorités en ce moment.

Danton répliqua aussitôt :

— Les hommes, c'est comme les chevaux, si tu ne les observes pas en détail, tu ne les connais jamais. Et moi, j'ai besoin de savoir si je peux faire confiance.

Annibal secoua la tête. Ces gens étaient devenus fous. Le secret des rois de France ? Et pourquoi pas l'arche d'alliance du roi Salomon ou le véritable suaire du Christ ? Non, lui, la seule chose qui l'intéressait, c'était de retrouver l'inconnue qui l'avait touché au cœur.

— Navré de vous interrompre, mais vous oubliez de me demander mon avis.

La calèche roula sur un tas de cailloux, les trois hommes sursautèrent sur leur siège. Danton fusilla Ferragus de son regard presque exorbité.

— L'avenir de la patrie est en jeu ! Le secret des rois, si tant est qu'il existe, ne doit pas tomber dans les mains des ennemis de la nation.

— En particulier, dans celles de la jeune femme qui t'a tiré dessus..., ajouta le secrétaire.

Annibal ne répliqua pas. Il savait qu'il n'avait aucune marge de manœuvre. Même s'ils le laissaient sortir vivant de la calèche, Danton pouvait le faire expédier à l'échafaud à n'importe quel moment, sous n'importe quel prétexte.

— La patrie, bien sûr... Et je suppose qu'un refus de ma part entraînerait un arrêt prématuré de mon existence sur cette terre. N'est-ce pas, mes chers... frères ?

Danton afficha un sourire aussi large que ses puissantes mâchoires le lui permettaient et posa sa main puissante sur l'épaule de l'inspecteur.

— La fraternité maçonnique a ses limites quand le pays est menacé.

— J'accepte, mais à une condition.

— Tu n'es pas en mesure d'exiger quoi que ce soit..., dit le secrétaire en fronçant les sourcils.

— C'est lié à l'enquête ! Je veux aussi retrouver la fille qui a tenté de me tuer. J'ai un compte à régler avec elle.

Georges éclata de rire. Un rire sonore, qui fit presque trembler les parois de l'auvent de la calèche.

— À la bonne heure, mon frère. Pas de pitié pour les ennemis de la nation. En attendant, moi j'ai une montagne de travail à abattre et j'ai le ventre creux.

Le secrétaire toucha sa bosse comme un porte-bonheur, puis il tira le rideau qui couvrait une des fenêtres de la calèche. Ils venaient de passer devant l'église Saint-Sulpice.

— On te dépose devant chez toi, Georges.

Puis, se tournant vers Ferragus :

— Quant à toi, j'espère que tu as une bonne idée pour décrypter le message de l'abbé Firmont.

Le visage d'Annibal s'éclaira.

— Comme tu l'as dit, les moines, c'est justement ma spécialité. On va donc en rencontrer un, à l'abbaye de Saint-Germain. Si lui ne peut pas nous aider, personne ne le pourra.

21.

Paris
De nos jours

Les miettes du croissant formaient comme une couronne déchiquetée autour de la petite soucoupe grisée. Antoine évacua ses déchets d'un geste impatient, il n'arrivait jamais à avaler une viennoiserie sans en mettre partout. Affligeant pour un habitué du petit noir à la parisienne.

Son œil s'attarda sur les autres clients qui sacrifiaient eux aussi à la messe du café matinal. Une mère de famille avec sa poussette, un retraité, un collègue en tenue et deux jeunes hipsters, casque sur les oreilles, ordinateur sous le nez.

Marcas reposa sa tasse et replia l'exemplaire du *Parisien* qui rejoignit ceux du *Figaro* et de *Libération* mis à disposition par le restaurant.

Fin du 3-2-1.

Trois quotidiens, deux cafés, un croissant.

C'était son nouveau rituel du matin. Du moins quand il le pouvait. Même s'il ne décortiquait pas tous les articles, il aimait patrouiller dans les colonnes des trois canards pour repérer les différentes analyses éditoriales sur la même matière brute. La vérité se retrouvait souvent dans les failles existentielles séparant des opinions irréconciliables.

— On a aussi une tablette à dispo pour lire les journaux.

La serveuse, une rousse à l'allure sportive, avait surgi de nulle part et récupéra sa tasse en un quart de seconde.

— Non merci, je suis accro au papier, répliqua Antoine d'un ton affable. C'est plus fort que moi. Quand je vois un journal traîner, je l'ouvre. Chacun son vice.

La trentenaire lui décocha un charmant sourire, une véritable performance dans un café parisien.

— Ah... Si mon mec pouvait être un vicieux du même genre, répondit-elle en essuyant la table d'un coup de torchon humide. Vous voulez autre chose ?

— Un autre expresso. Et un petit renseignement.

— À quel sujet ?

Antoine croisa les bras en la regardant d'un air candide.

— Je cherche à acheter un appartement dans le coin. Vous croyez qu'il y en aurait à vendre dans l'immeuble ?

La fille jeta un regard ombrageux au camion d'entretien qui chuintait devant la terrasse.

— Il y a six mois je vous aurais dit non, les bobos ont fait exploser les prix dans le quartier, mais ça s'est dégonflé.

— Ah et pourquoi ? lança Marcas.

— Vous n'êtes pas au courant ? Les familles qui ont sauté dans le vide. Les Trente. Tout le monde en a parlé. Ça s'est passé ici même.

— La tragédie des Trente, bien sûr, s'exclama Antoine.

— J'étais en service ce soir-là. L'horreur. Ça tombait dru sur toutes les tables comme des prunes bien mûres. Et le pire c'est qu'ils riaient en pissant le sang. Saloperie de gaz de proto machin. Et dire qu'on aurait pu en avaler nous aussi...

Elle s'interrompit le temps que le camion de ramassage d'ordures tourne au coin de la rue, puis reprit sur le ton de la confidence :

— Les journalistes l'ont surnommé l'immeuble maudit. À mon avis il y a encore pas mal d'appartements de libre. Les agences immobilières n'arrivent pas à les fourguer.

— Pas trop dur pour le resto ?

La rousse avait une fossette mutine. Elle secoua la tête.

— Vous rigolez, on a deux fois plus de clients. Ils veulent tous dîner sur la terrasse des cadavres. Les gens sont bizarres.

Un blond, au visage aussi massif que ses épaules, un gros sparadrap sur le nez, sortit du restaurant et agita une grosse main en direction de la serveuse.

— Mon patron me fait signe. Il a un appart dans l'immeuble, je vais lui en parler, dit la fille.

Marcas n'en demandait pas tant, tout ce qui l'intéressait c'était d'entrer dans l'immeuble et de visiter la cave qui avait abrité les bonbonnes de protoxyde d'azote. Le frère obèse lui avait d'ailleurs procuré un passe.

Antoine regarda la rouquine s'éloigner et ne put s'empêcher de penser à Alexia. Ses pensées s'obscurcirent, il ne digérait toujours pas la rupture humiliante. Elle lui avait envoyé une poignée de textos dans la soirée pour s'excuser de la brutalité de son annonce, mais il n'avait pas répondu. Jamais une femme ne lui avait fait un coup pareil.

Je hais les Slobodan.

Une ombre se dressa devant lui. Il leva les yeux et vit le patron du restaurant qui se tenait debout, deux tasses de café à la main.

— Bonjour, dit-il en s'asseyant de tout son poids sur la chaise de l'autre côté de la table. Vous cherchez quel type de bien ?

— Ça dépend, répondit Antoine d'une voix hésitante, je veux investir dans une surface moyenne, genre trois pièces. Pas trop cher.

Le patron du restaurant soupira.

— Pas trop cher… C'est drôle. Vous en connaissez beaucoup des gens qui veulent acheter des apparts très chers ? Bon, j'ai peut-être ce qu'il vous faut. Je possède un trois-pièces. Ça vous intéresse ?

— Pourquoi pas.

— Impossible de vous accompagner, j'ai rendez-vous chez un fournisseur. Allez jeter un œil, je vous prête les clés, il n'y a rien à voler, les locataires se sont envolés… Ah ah ah.

Antoine ne broncha pas. Le rustaud sortit un trousseau de la poche de son pantalon d'où il extirpa une clé plate et dorée.

— L'immeuble est ouvert dans la journée. L'appart est au quatrième, à droite au fond du couloir. Une porte verte. Déposez la clé au comptoir quand vous aurez fini.

— Un détail, j'ai besoin d'une cave. J'espère qu'il n'y a plus de bonbonnes de protoxyde d'azote ?

— Les caves des appartements n'ont rien à voir avec l'endroit où les bonbonnes étaient stockées. Encore une connerie des journalistes. Le dépôt de l'ancienne clinique était dans un local à part. Personne n'y avait mis les pieds avant… l'évènement. On a su après à quoi ça servait. Toujours intéressé ? Vous n'avez pas peur des fantômes ?

— Seulement celui de mon grand-père qui n'était pas commode, répondit Antoine d'une voix qui se voulait enjouée.

Cinq minutes plus tard, Marcas entrait dans l'immeuble, en sifflotant comme un habitué des lieux. Il repéra facilement la cage d'escalier au fond du hall d'entrée, la topologie du bâtiment lui était familière après la lecture des sept cents pages d'enquête. Ses collègues de la PJ avaient sorti l'artillerie lourde, les témoignages de voisinage et les annexes médico-légales pouvaient presque remplir deux annuaires. Il avait tout ingurgité pendant deux jours, reclus chez lui, ne s'épargnant même pas les dossiers d'expertise technique, dont un bloc particulièrement indigeste sur la diffusion *des gaz volatils en milieu confiné.*

Le rapport de synthèse remis au juge d'instruction brillait d'une rigueur mathématique dont l'équation finale livrait le nom du coupable : Protoxyde d'azote.

À un détail près. Un détail qui réduisait à néant la brillante équation. Un détail qui tenait dans un feuillet de trois pages joint dans les annexes. L'absence de conduite de gaz dans l'appartement de Blurgel. L'anomalie avait été écartée, privilégiant une contamination de la victime dans un couloir de l'immeuble.

Antoine avait refermé le volumineux dossier sur l'énigme des Trente, l'esprit accablé. Accablé et intrigué. Il ne voyait pas ce qu'il allait pouvoir trouver de plus que ses collègues, mais d'un autre côté l'énigme de cette vraie-fausse contamination l'avait fasciné. Au point de lui faire oublier, un temps, sa mise à pied.

Bienvenue dans la Cantine.

La Cantine... Il n'y avait que le frère obèse pour donner un nom pareil à une officine de renseignement parallèle.

Antoine s'avança dans le hall faiblement éclairé. Des boîtes aux lettres alignées au cordeau, un miroir pseudo XXe piqueté sur toute sa surface, un tapis identique à ceux posés dans la moitié des immeubles de la capitale, rien ne détonnait. Le lustre en fausse dorure brillait du même conformisme immobilier. Une odeur de pin chimique flottait dans l'air, résidu olfactif d'un nettoyage bon marché.

Il aperçut une porte d'ascenseur défraîchie à droite de l'escalier qui l'était encore plus et sortit sa tablette sur laquelle il avait téléchargé une partie du dossier en version électronique. Tous les éléments clés étaient indiqués, noms des morts et numéros d'appartements. Un tiers de l'immeuble était occupé par les nouveaux locataires, l'autre restait en vente.

Il s'engouffra dans la cabine et appuya sur le bouton du quatrième. L'ascenseur grimpait douloureusement, comme si son moteur menaçait lui aussi de rendre l'âme. Antoine ferma les yeux. Après la morgue, il entrait dans un autre royaume des morts.

Celui des Trente.

22.

Paris
Abbaye de Saint-Germain
27 juillet 1793

La vieille abbaye semblait un éden préservé au milieu d'un quartier en proie à la fièvre révolutionnaire. Elle reposait en silence tel un improbable château de la Belle au bois dormant. Ferragus et Maubuisson s'approchaient de l'entrée dont les grilles étaient ouvertes. L'ancien palais abbatial, dont la façade alternait brique rose et pierre de taille, était désert : les moines en avaient été expulsés un an plus tôt. Depuis, l'abbaye avait été vendue à un entrepreneur en démolition, mais le premier coup de pioche sacrilège tardait à venir. Le secrétaire avait l'air méfiant.

— Qui allons-nous rencontrer ?

— Dom Poirier, répondit Ferragus, un ancien moine de Saint-Germain, mais que sa passion pour la culture profane a fait chasser de l'abbaye. Il préférait lire les textes antiques plutôt que chanter matines. Depuis la Révolution, les autorités lui ont confié la garde des archives de Saint-Germain ainsi que celles de Saint-Denis.

— Ce Dom Poirier, tout défroqué qu'il soit, ne m'inspire guère confiance. Pourquoi demander l'aide d'un prêtre ?

— Parce que c'est le meilleur latiniste de Paris.

Ils arrivaient devant le porche. Des statues gisaient au sol, têtes déboulonnées et bras arrachés. Ferragus tendit la main pour saisir la chaîne de la cloche d'entrée.

— Comment vas-tu lui présenter la chose ? demanda le secrétaire.

— Je vais lui expliquer que nous avons trouvé ces trois phrases en latin sur plusieurs prisonniers autrichiens et que nous pensons qu'il s'agit d'un message secret.

La cloche se mit à tinter. La porte s'ouvrit en gémissant sur ses gonds. Derrière apparut un moine en soutane qui aurait mis Rabelais en joie. Sa bure décolorée était couverte de taches d'encre et des plumes d'oie étaient piquées à sa ceinture. Sans compter une face rubiconde, qui laissait supposer que Dom Poirier dialoguait aussi bien avec les livres anciens qu'avec les vieux crus.

— Annibal Ferragus... Cela fait longtemps... Toujours dans la police ?

— Plus que jamais ! Et j'ai besoin de votre aide, répondit Annibal en saluant le moine. (Puis il tendit le doigt vers Maubuisson.) Je vous présente mon assistant, l'inspecteur Cheval.

Le secrétaire jeta un regard mauvais à Ferragus, mais salua à son tour. Le moine les laissa entrer.

— Que voilà une heure bien tardive, l'affaire doit être sérieuse. Suivez-moi.

Dom Poirier saisit une paire de besicles qu'il arrima sur la crête de son nez. Derrière les verres épais, il avait le regard sidéré d'une taupe brusquement réveillée.

— Et ne vous étonnez pas de me voir en robe de bure. C'est la meilleure tenue pour l'étude et puis comme je vis seul ici...

Annibal se demanda comment on pouvait survivre en solitaire dans un pareil dédale de chapelles silencieuses, de cloîtres perdus et de dortoirs à l'abandon.

— Je vais vous amener au scriptorium, c'est là que les moines d'antan copiaient les manuscrits. J'en ai fait mon lieu privilégié de travail parce qu'en été c'est bien plus frais.

Après avoir longé l'église et traversé une cour, Dom Poirier sortit une lourde clé et la fit tourner dans une porte étroite bâtie en ogive.

— Attention aux marches !

C'était une salle voûtée, éclairée par une succession de fenêtres basses. Au centre se tenait un ensemble dépareillé de tables où s'amoncelaient des piles de livres en équilibre instable. Un bureau, entouré de trois chaises, complétait ce décor imprévu.

— En ce moment, je classe les manuscrits du bienheureux Guillaume de Volpiano, figurez-vous qu'en 1026...

Ferragus le coupa doucement :

— Cher Dom Poirier, nous sommes pressés, nous avons un texte en latin à vous soumettre.

Pendant que le moine les guidait, à travers le labyrinthe des livres, vers le bureau, Annibal débita sa fable sur les prisonniers autrichiens avec une aisance qui stupéfia Maubuisson.

Les trois hommes finirent par s'asseoir au milieu d'un capharnaüm de livres rongés par le temps. Le secrétaire sortit son carnet et en arracha la feuille sur laquelle il avait recopié les phrases obtenues de l'abbé Firmont.

Le moine ajusta ses besicles et fit rouler sa langue dans sa bouche, comme s'il chiquait.

— Voyons voir... *Ad temporis voraginem...* Eh bien, cela veut dire, *du gouffre du temps* ou si vous préférez une expression moins imagée *du fond des siècles.*

— Et ensuite ? laissa échapper Maubuisson qui avait l'impression d'être sur des charbons ardents.

— ... *unde tractus reversus...* vous savez que le latin ne place pas les mots comme nous. Parfois le sujet est en tête de phrase, parfois ailleurs. Quant aux compléments, ils n'arrêtent pas de bouger, une véritable danse de Saint-Guy. Bref tout ça pour vous dire qu'il vaut mieux commencer par la fin.

— *Est secretum* ? demanda le secrétaire.

Ferragus tressaillit. Le texte original ne disait-il pas « *est regum secretum* » ? Le secret des rois ? Puis il comprit : par sécurité, le secrétaire avait supprimé toute mention à la royauté.

— Eh bien, si l'on remet le puzzle dans le bon ordre, voilà ce que ça donne :

Le secret vient
du plus profond des siècles
et y retourne.

— C'est tout ?

La déception était plus que sensible dans la voix du secrétaire.

L'ancien moine reposa ses lunettes.

— Ce qui est étonnant, c'est l'expression « *ad temporis voraginem* », elle est vraiment très ancienne.

— Ce qui veut dire ? interrogea Maubuisson.

— Que la première fois que ce message a été écrit ou prononcé, c'était au Moyen Âge.

Ferragus fronça les sourcils avant de reprendre la parole :

— Comme vous le savez, ce message a été trouvé sur des prisonniers de guerre autrichiens : nous avons donc toutes les raisons de croire qu'il est codé. Ce que suggère d'ailleurs l'obscurité de sa traduction. Avez-vous une idée de comment le décrypter ?

L'abbé se frotta les mains. Visiblement, la question l'enchantait. Sans doute devait-il se sentir un peu seul au fond de son abbaye.

— Pour décrypter un code, il faut d'abord définir la cible : c'est-à-dire le destinataire du message.

— Je ne vous suis pas bien, commenta le secrétaire.

— C'est très simple : pour qu'un message crypté remplisse sa fonction, il faut qu'il puisse être décodé par celui qui le reçoit. Ce qui signifie que le destinataire a le secret du code. Donc, dans le cas qui nous occupe, il faut d'abord identifier le destinataire de votre message.

Ferragus comprit aussitôt. À qui le roi léguait-il son secret ? D'un coup il se souvint que l'abbé de Firmont était un proche du frère cadet du roi, le comte d'Artois qui s'agitait beaucoup dans les milieux contre-révolutionnaires. Il aurait tout à fait pu être le destinataire du message.

— Vous avez bien dit que le destinataire devait posséder la méthode de décryptage du code ? insista Ferragus.

— Oui, ce qu'on appelle *la grille de décodage*, mais là vous excédez mes compétences, il y a une multitude de grilles possibles. Un mot, une phrase, un livre, une formule mathématique...

L'esprit de Ferragus tournait comme l'aiguille d'une montre dont le ressort s'affolait. Couard, le frère du roi avait quitté précipitamment le pays, le surlendemain de la prise de la Bastille, alors que la Révolution venait juste de commencer. Il n'y avait donc aucune chance que Louis XVI ait pris le risque de confier le code à un frère méprisé qui l'abandonnait dans la tourmente. Alors si ce n'était pas le comte d'Artois...

Qui pouvait avoir le code ? songeait Ferragus, anxieux. Ou plutôt, à qui devait être transmis le secret ?

La femme aux yeux gris.

Celle qui voulait échanger le prêtre. Elle devait connaître l'existence de ce message. Peut-être même avait-elle une idée du code. Mais pour qui travaillait-elle ? Il fallait à tout prix que le frère Delalande, l'astronome de l'Observatoire, puisse la retrouver.

Le secrétaire observait Ferragus réfléchir et sut qu'il avait fait le bon choix. L'inspecteur semblait se passionner pour le décryptage.

— Vous pouvez me donner un exemple de *grille* ? demanda Annibal.

En souriant derrière ses verres de myope, l'ancien religieux saisit un livre relié au hasard sur une pile.

— Tenez, voilà une édition de l'*Odyssée* d'Homère. Eh bien ma grille utilisera la page, disons... 117 et la... troisième ligne. Je vous la lis « Ulysse, le plus avisé parmi les hommes... ». Eh bien, si on prend, par exemple, la progression de l'alphabet, le « a » du texte codé correspondra au « u » d'Ulysse, le « b » au « l » et ainsi de suite...

— Sauf que, constata Maubuisson, sans le livre de référence, on ne peut pas décrypter le code employé.

— Sans compter que, dans le cas précis, il faut le livre, mais aussi la page et en plus la ligne.

Dom Poirier toussa.

— Et encore, je me suis servi d'un livre courant, mais on pourrait utiliser une édition rare, tirée à quelques exemplaires, ou bien un ouvrage écrit dans une autre langue... Le choix est infini. À moins que le texte n'intègre aussi une référence à la grille utilisée.

Annibal reprit le message en latin entre ses mains et s'y plongea avec une concentration décuplée.

Ad temporis voraginem,
unde tractus reversus
est (regum) secretum.

— Un mot, un passage pourrait donner la clé..., murmura-t-il avec ferveur.

— Oui, tout est possible, répliqua le moine.

Soudain, Annibal se leva comme s'il avait été piqué par un scorpion. Une idée avait jailli et il était pressé de la mettre en œuvre.

— Cher Dom Poirier, nous n'avons que trop abusé de votre temps. Vos lumières nous ont été très utiles, n'en doutez pas. Si vous voulez bien nous raccompagner.

Sous les yeux médusés du secrétaire, il saisit la page où était inscrit le message et la fit disparaître dans la poche intérieure de sa veste. L'ancien prêtre qui venait de se lever ne s'aperçut de rien.

— Je m'en veux de ne pas pouvoir vous aider plus, se désola Dom Poirier en traversant à nouveau le labyrinthe de l'abbaye.

Après avoir quitté le moine, les deux hommes reprirent le chemin inverse pour rejoindre la calèche.

— On peut savoir pourquoi tu as pris congé si rapidement ? demanda Maubuisson, soupçonneux.

— Notre latiniste n'avait plus rien à nous apprendre. Maintenant c'est à nous de nous attaquer au code et je crois avoir une idée. Ça concerne justement la grille de décryptage

— Dis-moi tout, répondit le secrétaire sur un ton doucereux.

— Alors dis-moi si ton patron a une bibliothèque ?

23.

Paris
De nos jours

Les visages des trente victimes l'avaient accompagné tout au long de la lecture du rapport.

Trente êtres humains, sans lien particulier, à part celui d'habiter le même immeuble, trente destins fracassés sur un trottoir. Des gens ordinaires, sans histoire, sans casier judiciaire, sans aspérité. Aucun ne pratiquait un métier sensible, à part un ingénieur qui travaillait dans l'aéronautique, et encore, sur un domaine non stratégique. Personne n'avait milité dans un quelconque parti politique, la moitié présentait des profils Facebook ennuyeux au possible. Rien qui justifiait qu'on puisse les assassiner. Il s'était attardé par curiosité sur le dossier de la belle-famille de son adjoint d'Avignon, puis sur celui de l'universitaire belge dont il avait vu le corps à la morgue. Sur la photo, la jeune femme blonde avait un sourire espiègle qui contrastait avec le souvenir de son rictus *post mortem*.

Antoine arriva au quatrième et se dirigea vers l'appartement du patron du restaurant. Avant d'ouvrir la porte, il eut un moment d'hésitation, puis alluma sa tablette. Il voulait voir les visages des précédents occupants. Une politesse posthume, pour ne pas entrer dans leur appartement par effraction.

Les visages des morts apparurent.

M. et Mme Balian et leurs deux enfants, Louise et César. Un couple de quadras au visage intelligent entourant deux enfants espiègles d'une dizaine d'années. Une photo d'anniversaire de la petite fille, toute la famille joyeuse, réunie devant un gros gâteau au chocolat. Un instant de bonheur facebook figé sur le mur du père une semaine avant l'immolation.

Il ouvrit la porte. Tout était vide à l'intérieur. Ni meubles, ni tableaux. Rien qu'un immense parquet ciré et des murs trop blancs éclairés par la lumière pâle du jour. Un appartement nettoyé jusque dans les moindres recoins comme si on avait voulu effacer toute trace de la présence des Balian.

Antoine marcha vers la fenêtre qui donnait sur un balcon étroit surplombant l'auvent du restaurant.

Il tenta d'imaginer les derniers instants.

Les yeux clos, il se concentra.

Tout commence vingt mètres plus bas. Au sous-sol, les bonbonnes lâchent leur saloperie, le protoxyde d'azote s'échappe dans un sifflement et grimpe dans les conduites. La famille regarde la télé, une série probablement. Le gaz meurtrier s'infiltre dans l'appartement. Tueur silencieux et sans odeur. Les enfants toussent, les parents ont la tête qui tourne. Ils sont insouciants. Et puis les éclats de rire se transforment en crises aiguës. Ils ouvrent les fenêtres. Et sautent.

Si le gaz est coupable...

Il passa rapidement dans le couloir pour s'accroupir devant un coffrage cimenté et niché à côté de la porte de la salle de bains. La peinture était fraîche. Le propriétaire avait pris soin d'effacer l'emplacement de la gaine technique qui avait laissé s'écouler le protoxyde. Antoine se releva et revint dans le hall d'entrée.

La visite ne servait à rien.

Quand il referma la porte sur le silence de l'appartement, un frisson parcourut sa nuque. C'était comme si la famille Balian attendait de l'autre côté et l'observait à travers la porte en bois vert.

Des fantômes qui exigeaient justice.

Il pressa le pas pour reprendre l'ascenseur. Son imagination galopait un peu trop. Entre la morgue et l'immeuble, il passait beaucoup de temps en compagnie des morts ces derniers jours.

Il consulta sa montre, le temps filait. Il fallait encore qu'il jette un œil à la cave où étaient stockées les bonbonnes de gaz.

Tu t'attends à quoi ? À découvrir un indice qui aurait échappé à une armée de collègues bien plus entraînés que toi dans ce genre d'affaires ?

La cabine d'ascenseur était encore à l'étage. Il voulut ouvrir la porte vitrée, mais elle restait bloquée. Comme si une main invisible voulait l'empêcher de quitter les lieux. D'agacement, il assena plusieurs coups sur le tableau. En vain. Même pas capable d'ouvrir une simple porte d'ascenseur.

Il sentit le doute s'insinuer dans son esprit. Qu'est-ce qu'il fabriquait dans cet immeuble ? Il n'était même pas en mission officielle et n'avait aucune compétence pour ce genre d'enquête criminelle. Pas de symbole ésotérique à décoder, pas de secret perdu à découvrir, juste comprendre pourquoi et comment trente malheureux s'étaient jetés de leur fenêtre.

Pour une raison totalement inconnue que lui Marcas allait résoudre en se pressurant les neurones...

Quelle sinistre blague ! Après avoir foiré l'opération d'Avignon, il allait se ridiculiser en jouant son épisode parisien des *Experts*, en version solitaire.

Le frère obèse avait surestimé ses talents d'enquêteur. Le découragement s'abattit sur ses épaules comme un manteau de glace, lourd et humide.

Il descendit, à pas lents, l'escalier qui longeait l'ascenseur récalcitrant en se maudissant d'avoir accepté l'offre de son frère.

On arrête les conneries, un coup d'œil à la cave et je me barre...

La sonnerie de son portable interrompit le flot des mauvaises pensées. Il reconnut le numéro de sa secrétaire.

— Commissaire ? C'est Audrey. Je suis désolée de vous déranger.

— Déranger, c'est un bien grand mot. Vous savez que je suis mis à pied.

— Oui... Justement, chuchota la jeune femme comme si elle avait peur d'être sur écoute. L'IGPN[1] vient d'envoyer une convocation. Vous devez vous rendre rue des Saussaies, demain matin.

— Ils n'ont pas traîné... OK, j'y serai. Envoyez-moi la convoc sur mon mail.

Il s'écoula un court silence, puis la voix reprit :

— J'ai aussi un autre message à vous transmettre. Euh... c'est pas officiel.

— Que de mystères. Allez-y.

— Ça vient de plus haut. On vous soupçonne...

— Quoi ?

— Vous auriez volontairement saboté la mission.

Antoine s'arrêta net.

— C'est une blague...

— Non, ils croient que vous avez été acheté par le trafiquant de tableaux. Vous l'auriez laissé s'échapper délibérément.

1. Police des polices.

24.

Paris
Cour du Commerce
28 juillet 1793

Quand Annibal et le secrétaire arrivèrent chez Danton, celui-ci venait juste de terminer un nouveau discours sur la réorganisation des armées qu'il prévoyait de prononcer à la Convention. Il comptait sur son état de grâce politique pour faire passer un maximum de mesures.

Ferragus avait dû prendre son mal en patience avant de se rendre chez le tribun. Maubuisson lui avait fait comprendre qu'on ne dérangeait pas le grand homme la nuit : Georges venait juste de se remarier avec une jeune beauté de dix-sept ans.

Un domestique, sans livrée ni perruque – les apparences étaient respectées –, servit un repas froid aux trois hommes assis dans la bibliothèque qui croulait sous les livres.

— J'espère que vous m'apportez des bonnes nouvelles, dit Danton en engloutissant un quart de poulet.

Ferragus posa le message traduit par Dom Poirier sur la table et le lut.

Le secret vient
du plus profond des siècles
et y retourne.

— C'est ça le secret, s'écria George, dépité. Un proverbe à quatre sous ?

— Je reconnais qu'à première vue, ça ne ressemble guère à un texte codé, concéda Annibal. Certes, il est fait mention au début d'un *secret*, mais la suite est insolite : le *secret* viendrait du *plus profond des siècles* ? Une curieuse image... On a l'impression qu'elle renvoie le secret aux origines de l'humanité... mais plus étrange... ce secret y retournerait...

Ferragus tira, de la poche de son gilet, le message en latin :

Ad temporis voraginem
unde tractus reversus
est regum secretum

— Seulement dans le texte original, il ne s'agit pas d'*un* secret, mais *du* secret des rois...

Georges l'écoutait désormais avec attention, mais instinctivement il avait du mal à faire confiance. En apparence, il avait la familiarité aisée, la parole amicale, mais, au fond de lui, se cachait une suspicion toujours prête à s'éveiller.

— Et si tu me disais plutôt ce qu'à toi ce *secret des rois* t'inspire ?

Annibal se pencha vers le tribun.

— La Révolution est aux abois, ses chefs sont sur le point de s'entretuer, la capitale comme le pays sont au bord du gouffre et, toi Danton, tu me demandes de te traduire un message sans queue, ni tête, mais qui contient une bombe prête à éclater : *le secret des rois* ! À ton avis je pense à quoi ?

La franchise de l'inspecteur ne leva pas pour autant la méfiance de l'orateur.

— Tu t'imagines que je veux m'emparer d'un secret de Louis XVI, c'est ça ?

Ferragus le fixa, étonné.

— Pourquoi du feu roi ? *Regum secretum* signifie le secret *des* rois, c'est-à-dire un secret qui a dû se transmettre de génération en génération. Ce qui éclaire la phrase énigmatique du début : *du plus profond des siècles*. Le secret provient peut-être du tout début de la lignée royale...

Brusquement Danton se sentit ébloui. Un secret, passé de roi en roi, depuis la nuit des temps, et qui venait de lui échoir, à lui, Danton, petit avocat de province... si ce n'était pas un signe du destin !

Mais Maubuisson s'impatientait.

— Dom Poirier nous a parlé d'un livre de référence qui pouvait servir au cryptage, sauf que, d'après lui, ça pouvait être n'importe quel ouvrage édité. Bref une quête sans fin. (Il se tourna vers l'inspecteur.) Et puis subitement, tu as coupé court à la conversation et tu m'as demandé de t'amener ici, pour consulter la bibliothèque de Georges. Maintenant parle !

Ferragus sourit avant de répondre :

— Voyez-vous, il existe deux techniques de cryptage utilisées depuis le Moyen Âge. La géométrique et la lexicale. La première consiste à appliquer au texte une figure géométrique prévue. Par exemple, si je pose un triangle, conçu à cet effet, sur ce message, je peux isoler trois lettres correspondant aux trois pointes du triangle. Avec un rectangle, quatre. Bien sûr, pour avoir un texte plus long, on applique des figures géométriques plus complexes.

— Sauf qu'il faut avoir la figure de référence pour décrypter le message caché ? répliqua Georges.

Annibal approuva de la tête.

— Et la méthode lexicale ?

— Là, on cherche les mots qui peuvent avoir plusieurs sens. C'est une technique qui vient des cabalistes juifs. Pour eux, les textes sacrés, et donc les mots qui les composent, peuvent avoir jusqu'à sept significations successives, mais je ne crois pas que pour ce texte on aille si loin.

L'orateur le fixa avec espoir.

— Tu as une intuition ?

— La première ligne du message : *Ad temporis voraginem*. Si l'on traduit littéralement, cela signifie « du gouffre du temps », ce que notre spécialiste a converti, avec beaucoup de poésie, en « du plus profond des siècles ».

Danton eut un geste d'impatience. Il avait l'agaçante impression que l'inspecteur parfois s'écoutait réfléchir.

— … mais ce qui est intéressant c'est le mot latin pour *gouffre* : *voraginem*. C'est un nom commun, mais c'est aussi un nom propre, celui d'un écrivain du Moyen Âge, Jacques de Voragine, l'auteur d'un recueil de vie de saints : *La Légende dorée*.

— Comment sais-tu tout ça ?

— J'ai été élevé en province. Et, comme tous les enfants de la campagne, le curé m'a appris à lire le latin dans *La Légende dorée*.

Encore un qui a été éduqué par les prêtres, pensa Georges tout en lui faisant signe de continuer.

— Dans ce cas, et en inversant les déclinaisons, un procédé classique à l'époque, on pourrait traduire ainsi : *du temps de Voragine*. Ce qui déjà peut nous aider à préciser l'époque où le texte a été rédigé pour la première fois.

La bibliothèque débordait du mur juste derrière le clavecin. Danton avait déjà saisi un ouvrage qu'il feuilletait fébrilement.

— Jacques de Voragine… dominicain… puis archevêque de Gênes… a terminé la rédaction de *La Légende dorée* en 1298. Bon sang, qui était le roi de France en 1298 ?

— Philippe le Bel, répliqua Ferragus.

Le roi de fer ! Le souverain qui avait anéanti l'ordre du Temple ! Danton serra les poings. Et si… et si le secret des rois… il n'osa aller plus loin. L'essentiel, le primordial, désormais c'était que cet inspecteur au nom impossible continue son travail de décryptage.

— Louise !

La jeune épouse de Danton apparut, son chien dans les bras.

— Qui que ce soit qui demande à me voir, je n'y suis pour personne. Tu as bien compris ?

Louise hocha la tête. Elle s'était habituée aux sautes d'humeur de son mari. Un vrai enfant. Sans cesse imprévisible. Parfois elle avait l'impression d'être plus adulte que lui. Elle disparut dans un froissement de soie. Ferragus reprit :

— Si on considère que la dernière ligne désigne l'objet du message : *le secret des rois* et que nous venons de décrypter la première phrase, il ne reste plus que la ligne du milieu :

unde tractus reversus

que l'on peut traduire par *d'où il vient* (*tractus*) et *où il retourne* (*reversus*).

— Tout ça en trois mots ? s'étonna Georges.

— C'est une des caractéristiques du latin : le maximum de signification avec un minimum de mots. Mais revenons à Jacques de Voragine, son livre *La Légende dorée* raconte la vie de saints. Il faut partir de là. À quel personnage de son livre peut-on appliquer des mots en apparence aussi contradictoires que *tractus* et *reversus* ?

De nouveau Danton fouillait sa bibliothèque. D'une main avide, il fit jaillir des rayonnages un épais volume à la reliure usée qu'il posa devant l'inspecteur. Une odeur, fade et moisie, montait des pages tournées à la hâte.

— C'est le dictionnaire de latin de mon père. Il doit dater de ses études. Personne n'a dû l'ouvrir depuis. *Tractus*, nous y voilà, du verbe *traho*... signifie l'action de tirer, parfois violemment, d'arracher...

— Il y a une autre signification ? interrogea Annibal.

— Oui, le mot a aussi pour sens : le fait d'avancer, de marcher.

Déçu, Georges referma le vieux dictionnaire qui exhala un souffle de poussière comme s'il venait de rendre l'âme.

— Franchement, je ne vois pas le rapport entre des vies de saints, quelque chose que l'on aurait arraché et quelqu'un qui marcherait... c'est absurde !

Le secrétaire, lui, avait rouvert le dictionnaire et cherchait le sens précis du mot *reversus*. Apparemment la signification tournait autour de retourner en arrière, rebrousser chemin, revenir à un état antérieur quand une porte s'ouvrit et que Louise apparut, tout excitée :

— Regarde... regarde... on vient de me l'apporter.

Elle tenait dans la main un collier auquel était accroché un étrange bijou. Danton s'approcha pour l'examiner et s'écria aussitôt :

— Qui t'a donné cette horreur ?

Louise eut un air contrit.

— C'est la cuisinière. Elle m'a dit que c'était à la mode.

Intrigué, Annibal se pencha. Dans sa main, Louise, tenait une guillotine en modèle réduit. Les montants, la lunette, étaient en bois, mais le couperet, lui, était en métal. Interloqué, il demanda :

— Elle fonctionne ?

Aussitôt, Louise battit des mains.

— Mais oui, d'ailleurs on va l'essayer !

Elle disparut dans sa chambre pour revenir avec une poupée miniature en paille. Devant un Danton éberlué, elle posa la guillotine sur un guéridon, remonta le couperet, enfourna la figurine et fit tomber sur son cou la partie haute de la lunette. Annibal était stupéfait de sa dextérité : à peine sortie de l'adolescence, elle maniait la Veuve aussi bien que le bourreau Sanson. À croire qu'elle passait son temps à assister aux exécutions capitales.

— Vous êtes prêts ?

La corde que tirait le bourreau avait été remplacée par un bouton sur la guillotine miniature. Louise l'actionna dans un éclat de rire. Aussitôt la lame tomba et la tête de paille vola en fétus dans la pièce. Ce fut Danton qui fit l'analogie :

— *Quelque chose qu'on arrache...* la tête... *quelqu'un qui marche...* un saint.

Aussitôt Ferragus percuta à son tour.

— Un saint qui marche avec sa tête... Saint Denis... son martyre est dans *La Légende dorée* de Voragine !

Devant Louise ébahie, Georges avait saisi la traduction de Dom Poirier et attaquait à haute voix la première phrase :

Le secret des rois vient…

Saint Denis ! Le premier évêque de Paris au tout début du christianisme. Selon la tradition, il avait été décapité, puis était revenu à la vie – *reversus* – pensa Annibal, le retour à l'état antérieur.

… du plus profond des siècles…

Ensuite, saint Denis avait pris sa tête sous son bras, traversé la Seine, puis Montmartre, avant de s'écrouler en pleine campagne. C'est là que l'on avait construit la basilique qui depuis plus de mille ans portait son nom.

… et y retourne

Le regard de Danton s'embrasa. Il venait de *voir* !

— Là d'où viennent les rois de France *du plus profond des siècles*. Là où la lignée est née ! Là où ils *retournent* tous !

Et Ferragus comprit.

— La basilique de Saint-Denis. La nécropole royale.

La voix enthousiaste de Georges éclata :

— C'est là que se trouve le secret des rois de France !

25.

Paris
De nos jours

Un fin crachin tiède mouillait le trottoir. Les nuages filaient à toute allure au-dessus des toits, laissant par moments luire un soleil timide. Marcas faisait les cent pas dans la rue pluvieuse, le téléphone collé à l'oreille. Il ne décolérait pas depuis le coup de fil de sa secrétaire et avait appelé le frère obèse dans la foulée.

— M'accuser de corruption, c'est dégueulasse, éructa Antoine. Ils sont malades. Tu me connais, tu crois un seul instant que j'aurais pu être acheté ?

— Calme-toi, Antoine. Je t'avais dit que le ministre voulait ta peau.

La voix du frère obèse continuait de résonner dans le portable d'Antoine.

— C'est sûrement un coup du superviseur de l'opération pour te charger. Ils veulent te mettre sous pression. Classique. Et risible. Je vais faire passer le message par le cabinet du Premier ministre pour les stopper. Tant que tu travailles pour la Cantine, tu es sous ma protection. Je te jure, mon frère, qu'il ne t'arrivera rien. On va décaler ton audition par l'IGPN.

— Merci. Je n'avais pas besoin de ça, dit Marcas d'une voix blanche.

— Je t'en prie. As-tu trouvé quelque chose ?

— Non, je galère.

Antoire s'était abrité de la pluie sous l'auvent d'une boutique de fringues.

— Continue. Je te rappelle quand j'ai du nouveau.

Il raccrocha.

Il n'avait plus le choix, il fallait continuer l'enquête, même s'il ne trouvait rien. C'était encore la plus sûre façon de rester à l'abri. Du moins temporairement. Il n'en revenait pas de la bassesse de ses adversaires, tout était bon pour le dégommer. Il leur fallait vraiment un bouc émissaire. Une chose était certaine, plus question de partir en vacances à l'autre bout du monde.

Il passa une tête pour rendre les clefs à la serveuse du restaurant et avala un autre café dans la foulée. Puis, l'esprit apaisé par les paroles du frère obèse, il entra de nouveau dans l'immeuble et pénétra dans l'arrière-cour.

Tu parles d'une enquête... Ça me change des Templiers et des Illuminati...

C'était plus qu'une cour, c'était un vrai jardin tropical. L'espace délimité par les quatre façades croulait sous une végétation aussi luxuriante qu'incongrue. Palmiers nains, ficus arborescents, yuccas gigantesques... Les propriétaires n'avaient pas lésiné sur la dépense pour faire de leur cour une imitation de jardin d'hacienda espagnole qui, pour l'instant, dégoulinait d'une pluie pas vraiment tropicale. Antoine slaloma entre les énormes pots en grès astucieusement disséminés pour cacher la vue des poubelles et des râteliers à vélo, à moitié vides. En bon Parisien, il se demanda comment toutes ces variétés survivaient à l'absence chronique de soleil.

Il repéra l'escalier qui menait aux caves et descendit une volée de marches de ciment nimbée d'une lumière jaune diffusée avec parcimonie par une série d'ampoules accrochées au mur. La descente ne dura qu'une poignée de secondes, Antoine estima la profondeur à moins de cinq mètres et emprunta un couloir étroit qui formait un coude.

Il savait où aller. Le couloir passait sous la cour et arrivait ensuite juste à la verticale de l'immeuble. Il aperçut une porte en fer au bout du boyau. C'était sa destination. Le dépôt des bonbonnes mortelles.

La porte était fraîchement repeinte et cadenassée par un verrou flambant neuf. Il l'ouvrit sans effort avec le passe fourni par le frère obèse et prit à nouveau sa tablette. L'onglet des annexes techniques clignota, une page s'ouvrit sur un passage annoté par Antoine.

Quand nous sommes arrivés sur les lieux, nous avons constaté que la porte était fermée par un verrou recouvert de corrosion de marque Abel, tel qu'il se fabriquait dans les années 1960. Les gonds étaient rouillés. On peut exclure que quelqu'un soit passé par cette entrée depuis des décennies. Ce que nous ont confirmé les anciens propriétaires de l'immeuble ainsi que la consultation des comptes rendus d'assemblée générale de la copropriété.

Il poussa la porte et appuya sur un interrupteur.

Une lumière blanche inonda la vaste salle qui s'offrait à ses yeux. Marcas fut surpris par le volume du dépôt, il devait y avoir au moins trois mètres sous plafond et au moins le triple en longueur. Il s'avança et marcha sur des plaques en tôle poussiéreuses ; de vieux panneaux signalétiques de la clinique où il devinait les mots radiologie ou hématologie à moitié effacés.

Il reprit sa tablette et ouvrit le fichier qui donnait le descriptif des gaines techniques. Elles étaient situées en plein milieu d'un des murs attenant à la porte d'entrée. Il braqua la mini torche, emportée par précaution, et aperçut une dizaine d'ouvertures béantes en forme de rectangle. Il passa la tête à l'intérieur, le faisceau disparaissait dans un enchevêtrement de câbles et de tuyaux qui serpentaient vers les étages supérieurs.

Il revint à sa tablette et parcourut le compte rendu technique sur la cave. Le stock de vingt bonbonnes de protoxyde d'azote appartenant à la clinique gisait contre les ouvertures de gaines. Une série de photos prises par les enquêteurs accompagnait le document.

Il inspecta la salle et repéra une autre porte barrée par des planches en bois d'un marron sale. Selon les enquêteurs, elle donnait sur un autre couloir *de 23,55 mètres*, qui menait à l'ancien bâtiment démoli de la clinique où se trouvait désormais le chantier d'un parking.

Il grimaça. Les planches étaient clouées les unes sur les autres, il n'avait aucune envie de les arracher. Les enquêteurs avaient déjà inspecté le boyau en long et en large ainsi que le chantier situé de l'autre côté. Il s'arrêta sur un passage rédigé par l'un des policiers dans un style aussi technique qu'ennuyeux.

Des traces de pas ont été retrouvées dans le conduit qui relie l'annexe d'entreposage des bonbonnes aux sous-sols de l'ancienne clinique où se situe le chantier du parking. Après audition, il s'agit d'ouvriers venus inspecter le boyau l'année précédente après l'avoir découvert quand ils ont creusé les nouvelles fondations. À la question avez-vous vu les bonbonnes de gaz ? Le responsable de la maintenance et de la sécurité, M. Jérôme Kalter, a répondu par la négative. Le dépôt était obstrué par des planches et ils n'y sont pas rentrés arguant qu'il s'agissait d'une propriété privée. Ils ont bloqué l'accès côté chantier par d'autres planches avec un panneau d'avertissement, en attendant de murer l'ouverture. Nous avons vérifié le compte rendu de chantier rédigé à l'époque. Il était en tout point conforme aux déclarations. Voir annexes PV 23, 57 et dossier B45.

Il orienta la torche vers les planches qui avaient été remises en place par les enquêteurs. On distinguait une ouverture derrière. Antoine hésita quelques secondes et aperçut un gros rat qui filait dans une ouverture sombre.

Au point où j'en suis...

Il poussa un soupir, ôta méthodiquement les planches sans forcer, puis se glissa dans l'ouverture et braqua sa torche. Un rail rouillé, enfoncé dans la terre, courait le long du boyau.

Deux points lumineux blancs apparurent dans le faisceau.

Mon ami le rat, montre-moi le chemin.

Il suivit le rat apeuré, marcha le long du rail qui servait, selon le rapport, à évacuer dans le dépôt les déchets volumineux de l'ancienne clinique et arriva au bout de la galerie fermée par d'autres planches branlantes. Il n'eut qu'à donner un coup d'épaule pour faire tomber les panneaux de contreplaqué.

Une odeur de bois brûlé lui monta au nez.

Sous ses yeux apparut une forêt de piliers de béton nimbés dans un halo verdâtre. Des veilleuses encastrées çà et là diffusaient une faible lumière émeraude sur l'étage d'un parking à moitié terminé.

Un chantier abandonné. Aucun bruit de perceuse, de scieuse, de marteau-piqueur. Rien. Il s'assit sur un plot de béton et reprit sa tablette. Il avait vu un chapitre sur l'historique de la clinique la veille.

Annexes techniques, immeuble... Ah voilà : *voisinage, restaurant, rue... Clinique.*

Il ouvrit le fichier. *Clinique de la Ligue, SCI Minier, Khara et Calmel, construction 1947...* Il passa à toute allure la suite, zappa la partie sur la démolition et le rachat du terrain pour arriver à la construction du parking.

Autorisation de la mairie, comptabilisation des lots... Décidément, le terrain ne portait pas chance. Le chantier avait changé plusieurs fois de propriétaires. Il tomba sur un avenant rédigé tardivement par l'un des enquêteurs.

Suite à la tragédie, le chantier a été stoppé par la maison mère, la Sodex, qui ne souhaite plus faire aboutir le projet. Le parking et sa concession ont été mis en vente, en attente de l'autorisation des services techniques de la mairie de Paris pour mise à exécution.

Antoine plia la tablette et dirigea le faisceau de la torche sur le chantier abandonné.

Bon, au moins tu auras essayé de trouver quelque chose... On plie bagage. Il va falloir préparer ton audition avec l'IGPN si le frangin ne réussit pas à les calmer.

Il ne pouvait plus se concentrer. La colère s'insinuait à nouveau en lui.

Complicité. Ben voyons... Et pourquoi pas corruption.

Il tourna les talons pour revenir par où il était arrivé.

Une silhouette se dressait devant lui.

Un homme en survêtement, le visage dissimulé par une capuche, lui barrait le chemin. La lumière verdâtre des veilleuses, tout autour de lui, lui conférait une allure menaçante, en dépit de son apparence frêle.

Antoine recula d'un pas.

— Police ! On ne bouge plus, cria Marcas en levant sa torche.

Le type restait figé comme une statue, seul le souffle de sa respiration trouait le silence.

Au moment où Antoine allait encore reculer, un froissement se fit entendre derrière lui. Il eut à peine le temps de se retourner. Une barre de fer s'abattit sur lui.

26.

Paris
29 juillet 1793

Au milieu de la rue du Pot-de-Fer, se dressait la façade immaculée d'une église. La porte à deux battants était surmontée d'un fronton triangulaire tandis que des pilastres de style antique montaient, en ordre serré, jusqu'à la croix du Sauveur. Un voyageur distrait aurait pu se croire à Rome tant cet édifice, du clocheton rebondi aux multiples volutes de pierre, rappelait les églises de la Ville éternelle. À l'époque de son élévation, en plein cœur de Saint-Germain, l'église rutilante avait d'ailleurs fait beaucoup jaser : c'est en effet là que les jésuites avaient décidé d'installer leur noviciat, leur centre de recrutement pour la France. De cette base stratégique, la Compagnie de Jésus voulait rayonner sur tout le pays.

Ferragus contemplait les branches de figuier qui désormais envahissaient la crête des murs. En fait l'ambition des jésuites s'était vite effondrée : les disciples de Loyola avaient été chassés du royaume, juste avant d'être remplacés par des... francs-maçons.

L'inspecteur consulta sa montre à gousset. L'aiguille principale s'alignait sur le chiffre 7, il était pile à l'heure.

Une journée s'était écoulée depuis la séance de décryptage chez Danton.

La basilique de Saint-Denis.

La nécropole des rois de France.

Et quelque part dans cette basilique, un secret. Le secret dont l'origine remonterait à Philippe le Bel.

Tel était le message livré par le confesseur de Louis XVI.

Passé la joie d'avoir élucidé le texte, Ferragus avait craint que le tribun et le secrétaire ne se débarrassent de lui. Mais l'homme fort de la Convention avait respecté sa parole, il était libre de partir, sous réserve de garder pour lui tout ce qu'il avait entendu.

Celui qui trahit Danton trahit sa propre vie, lui avait jeté le secrétaire de l'ogre avant de lui souhaiter une nuit paisible.

Mais tiens-toi prêt à répondre à tout moment à l'appel de la Patrie, avait ajouté le tribun, confondant une fois de plus son destin avec celui de la nation. Annibal ne se faisait aucune illusion, si on l'avait laissé en vie, c'est qu'ils pensaient qu'il pourrait à nouveau leur servir.

À peine était-il rentré chez lui, qu'il avait trouvé un message de l'astronome Delalande lui donnant rendez-vous pour une tenue maçonnique le soir même.

La fille aux yeux gris !

Le directeur de l'Observatoire avait dû l'identifier.

Annibal toqua à trois reprises sur la porte d'un petit pavillon que jouxtait un jardin. Un œilleton en forme de triangle s'ouvrit sur un regard scrutateur.

— Qui frappe ? interrogea une voix basse.

— Un apprenti qui demande l'entrée du Temple.

— Quel âge as-tu ?

— Trois ans.

— Donne-moi le mot sacré.

Ferragus s'exécuta.

— Prononce le mot de passe.

Depuis les troubles de la Révolution, le mot de passe avait été changé pour éviter toute intrusion.

— D'abord est le cercle qui est la terre…

La voix répondit :

— … puis le carré qui est l'homme…

Annibal termina :

— ... enfin le triangle qui est nous.

La porte s'ouvrit.

Dans l'antichambre, un frère attendait, une épée à la main. Ferragus remarqua qu'elle était particulièrement tranchante. Si les épées de cérémonie se transformaient en armes de défense, les temps devenaient vraiment difficiles.

— Je sais que l'on appelle souvent le portier du Temple *le frère terrible*, mais de là à brandir une épée aussi dangereuse...

Le Gardien du Seuil répliqua aussitôt :

— Hier des excités ont pénétré dans l'ancienne église des jésuites. Nous autres, francs-maçons, avions respecté ce sanctuaire, eux non. En une heure, ils ont tout dévasté : renversé les bénitiers, décapité les statues, jusqu'à profaner l'autel. Aujourd'hui, ce sont les églises, demain ce seront nos temples.

Scandalisé, l'inspecteur allait répondre quand le frère Delalande apparut et lui fit signe d'approcher. Sur une table, se trouvaient pêle-mêle : tabliers, sautoirs, baudriers, gants...

— Sers-toi, les frères n'osent même plus venir avec leurs décors[1]. En cas d'interpellation et de fouilles, ils ont peur de se faire agresser.

Ferragus le prit par l'épaule.

— La fille ! Tu as du nouveau ?

— Je t'en parlerai après la tenue... Un peu de patience.

Annibal noua autour de sa taille un tablier de maître où se voyait une branche d'acacia sur un tertre, enfila une paire de gants immaculés avant de ceindre un baudrier frappé d'un delta lumineux.

— Nous ne pourrons pas nous réunir sous l'invocation d'une loge, annonça le Grand Maître par défaut. Tous les frères sont épars, venus d'ateliers différents.

1. Éléments de vêtements que portent les francs-maçons lors de leurs cérémonies.

— Combien de convocations ont été envoyées ? demanda Annibal.

— Près de deux cents, des frères sûrs dont nous savons qu'ils sont encore actifs à Paris.

Ferragus fit la grimace. Avant la Révolution, les francs-maçons se comptaient par milliers dans la capitale. Et puis l'exil, la prison, la peur, avaient fait le reste.

— Et combien sont venus ?

L'astronome prit un air peiné.

— À peine trente...

Tous étaient réunis dans une salle voûtée qui avait dû servir de chapelle. À l'Orient, peints contre le mur, les symboles de lune et du soleil encadraient un fauteuil où se tenait Delalande. Un maillet à la main, il attendait que le premier surveillant, au bout de la salle, reprenne la formule rituelle.

— Mes frères, debout et à l'ordre !

Chacun se leva, porta la main droite sous son cou et tourna son regard vers celui qui portait la plus haute charge.

— Mes frères, cette tenue sera sans doute la dernière que notre obédience va tenir à Paris. Comme vous le constatez, nos colonnes sont terriblement clairsemées. Les loges disparaissent les unes après les autres. Quant à nos frères : beaucoup désormais sont cachés ou en fuite.

Une main se leva. Le premier surveillant réagit :

— Très Vénérable, un frère de ma colonne demande la parole.

— Donne-lui la parole, répondit Delalande.

— Très Vénérable et vous tous mes frères, en vos degrés profonds et vertus insignes, qu'en est-il de la direction de notre ordre, de notre Grand Maître...

— Ancien Grand Maître, le coupa d'un ton sec Delalande. Il a démissionné de son poste et renié son engagement maçonnique. Je le remplace, temporairement.

Assis sur la colonne du Sud, Ferragus faillit éclater d'un rire amer. Ah, Philippe d'Orléans, l'ex-Grand Maître ! L'idiot utile de la Révolution, oui ! Convaincu d'avoir un rôle politique majeur à jouer, il avait semé l'or de la révolte dans les faubourgs, traîné la famille royale dans la boue des pamphlets, et pire, voté la mise à mort de Louis XVI, son propre cousin ! Par lâcheté, par ambition, il avait tout trahi : sa famille, ses amis, ses frères en maçonnerie. Désormais il attendait en prison un procès dont l'issue fatale était inéluctable. Le Vénérable reprit la parole :

— Mes frères, des temps sombres s'annoncent, mais nous, initiés, savons que c'est au fond des ténèbres que se cache la lumière. Gémissons, gémissons, mais espérons !

Trois coups de maillet retentirent repris par chacun des surveillants. Quand leur écho eut fini de retentir sous les voûtes, le Vénérable se leva et prononça les mots que tous les frères attendaient :

— Francs-maçons, formons la chaîne d'union !

Chaque frère se leva, croisa les bras sur sa poitrine, offrant ses mains à ses voisins. En un instant, un cercle se forma au centre de la loge. D'habitude, le Vénérable prononçait les mots du rituel, mais vu les circonstances, il se tut, laissant chacun à sa méditation. Annibal contempla le pavé mosaïque au centre de la chaîne d'union : un rectangle où alternaient, comme sur un échiquier, case blanche et case noire. Pour les francs-maçons ce pavé mosaïque était l'emblème de l'équilibre de l'homme comme de la société. Un idéal en train de devenir une illusion.

Le Vénérable rompit la chaîne, suivi par les officiers. La tenue touchait à sa fin.

Dix minutes plus tard, l'astronome et le policier s'entretenaient en tête à tête dans la salle des agapes, tristement vide. Tous les frères s'étaient éclipsés par peur d'une arrestation.

— Pourquoi m'as-tu donné rendez-vous ici ? On aurait pu se voir chez toi, demanda Ferragus.

Delalande poussa un profond soupir.

— Pour que tu te rendes compte à quel point notre fraternité a été amoindrie. Sur des centaines de convocations, à peine une poignée de courageux ont répondu présents. Nous assistons peut-être à l'extinction de notre ordre. En tout cas, il y en a deux qui ne sont pas venus et pour cause : je ne leur ai pas envoyé d'invitations, c'est Danton et ce maudit Maubuisson. Tu les as recroisés ?

— Non, répondit prudemment Ferragus, qui ne voulait pas mettre son ami dans la confidence pour le protéger de l'ogre et de son âme damnée.

Annibal était impatient d'avoir des nouvelles de la fille aux yeux gris, mais il compatissait à la détresse de son ami et lui tapota l'épaule.

— L'acacia refleurit toujours, mon frère !

Delalande émit un faible sourire.

— Ah, la fougue et la naïveté de la jeunesse… Tu t'intéresses toujours à la femme qui a voulu t'assassiner ?

— Oh oui, répliqua Ferragus plus vite qu'il ne l'aurait voulu.

L'astronome observa Annibal avec curiosité avant de reprendre la parole :

— J'ai recueilli quelques informations auprès d'une sœur qui a fréquenté, avant la Révolution, les rares loges dévolues aux femmes. Je lui ai parlé de ta brune aux pulsions meurtrières avec pour seul indice la couleur particulière de ses yeux. Elle m'a raconté une bien curieuse histoire.

— Je t'écoute.

— As-tu entendu parler du baron de Hund ?

Ferragus se concentra. Ce nom lui disait quelque chose.

— N'était-ce pas ce franc-maçon allemand qui a fondé sa propre obédience, il y a une quarantaine d'années, basée sur des pseudo-rites de chevaliers templiers ?

— Oui. Tu as une bonne mémoire, le nom exact était Rite de la Stricte Observance Templière. Hund était convaincu que les maçons descendaient de l'ordre du Temple. Son obédience a d'ailleurs connu un large succès en Europe, un peu moins en France où il n'a pas séduit beaucoup d'esprits. Sans doute sommes-nous trop cartésiens…

Annibal ne put s'empêcher de sourire avant de renchérir :

— Et pour cause, dès qu'un frère se prend de passion pour l'ésotérisme, aussitôt il en fait un rituel… Rappelle-toi

Cagliostro qui prétendait détenir des rites transmis de l'Égypte des Pharaons. Bientôt, on nous expliquera qu'on descend directement de Jésus-Christ ! Mais quel rapport entre tes templiers et mon apprentie tueuse ?

L'astronome le dévisagea avec gravité.

— L'une des branches françaises de ce rite était dirigée, avant la Révolution, par un aristocrate de vieille lignée, le comte de Lostange. Un personnage pour le moins curieux ce Lostange, il se prétendait le descendant direct d'un Grand Maître de l'ordre du Temple. Résultat : le comte était tellement obnubilé par l'histoire des moines soldats qu'il a consacré une bonne partie de sa fortune à organiser des fouilles pour retrouver quoi ? Leur trésor... En pure perte. Bien sûr.

— Je ne vois pas bien...

— Tu vas comprendre. Sa fascination pour les templiers était telle qu'il en est venu à haïr la royauté et tout particulièrement Louis XVI.

— Tout ça parce que c'est un roi de France, Philippe le Bel, qui a anéanti les templiers, il y a presque cinq siècles ?

— Oui, c'est la raison pour laquelle, dès le début de la Révolution, il s'est mis à financer et aider beaucoup de députés du peuple quand ceux-ci n'étaient pas encore là où ils sont.

— Chercheur de trésor et mécène politique, n'importe quoi !

L'astronome croisa les mains sur sa poitrine.

— Lostange a eu deux enfants avec une aristocrate prussienne, un garçon et une fille. Louis et Élisabeth. Aussi incroyable que cela puisse paraître, il a initié ses deux enfants. Louis dans son obédience templière et Élisabeth dans une loge féminine.

Annibal sentit son cœur s'accélérer. Il laissa Delalande continuer son récit.

— La sœur que j'ai consultée se souvient encore de son initiation. Élisabeth de Lostange avait les yeux les plus beaux qu'elle ait jamais vus chez une femme. Des yeux gris si brillants qu'on pouvait difficilement soutenir son regard.

— Élisabeth de Lostange..., murmura Ferragus, j'ai au moins un nom. C'est déjà ça ! Je vais aller au fichier central pour voir si on a quelque chose sur elle.

L'astronome lui lança un regard compatissant.

— Je n'ai pas terminé mon histoire. Elle se termine tragiquement.

— Quoi ?

— Élisabeth de Lostange est morte il y a deux ans.

27.

Paris
De nos jours

Marcas eut juste le temps de s'écarter. La barre de fer frôla son épaule et finit sa course sur le sol de ciment poussiéreux.

Antoine fit un pas de côté et dégaina son Glock.

— J'ai dit : Police !

Le costaud en capuche, qui venait de surgir derrière lui, se figea net, tandis que le premier, plus gracile, s'était mis en retrait contre un mur de béton gris d'où pendaient des fils électriques. Il éructait une toux sèche et nerveuse.

— Lâche ça. Tout de suite ! hurla Antoine.

L'écho de sa voix se répercutait dans le chantier souterrain abandonné. Le type n'avait pas bougé d'un pouce, son corps semblait osciller sur lui-même. Antoine recula d'un pas pour se mettre dos à un mur, histoire d'avoir les deux hommes dans son champ de vision et le plus menaçant dans sa ligne de mire. Il balaya le parking du regard, aucun autre bruit ne signalait la présence d'autres complices.

Son agresseur se remit à avancer vers lui. Antoine n'arrivait pas à voir ses yeux dissimulés dans l'ombre de la capuche.

C'était l'instant crucial, redouté par tous les policiers en interpellation. Brandir un flingue ne suffisait pas. Loin de là. Tout se jouait dans la tête du suspect en une poignée de secondes. Un geste mal interprété de celui qui tenait l'arme, une expression ambiguë du visage et tout pouvait basculer dans un bain de sang.

Marcas effleura la détente, il lui suffisait d'appuyer pour se débarrasser de la menace, mais il ne voulait pas en arriver là.

Le type ne lâchait toujours pas son arme de fortune.

Une quinte de toux résonna à nouveau. On aurait dit que l'autre type se frottait les poumons à la toile émeri. Antoine lui jeta un bref regard, il était trop en retrait pour le menacer.

— Dernier avertissement ou je tire, répéta Marcas d'une voix sèche.

La seconde sommation.

L'ultime carte abattue par le policier.

Le type à la capuche releva alors la tête et son visage anguleux se dessina sous la lumière verte. Ses yeux, deux points sombres, zigzaguaient de gauche à droite au-dessus de ses joues maigres qui formaient deux coupelles piquetées d'une barbe hirsute.

L'homme suait à grosses gouttes.

Et merde. Un tox, songea Antoine, qui bloqua sa respiration pour ne pas dévier son tir.

Les tox n'avaient rien à cirer des injonctions des flics. Antoine allait devoir tirer.

— Obéis, Piotr ! cria son compagnon entre deux quintes de toux.

L'homme à la capuche sembla hésiter, puis dans un geste presque théâtral fit tomber la barre sur le sol bétonné. Le bruit sourd et compact du fer sur la dalle résonna deux fois avant que le parking ne retombe dans un silence de mort.

Antoine se déplaça avec lenteur en gardant son agresseur dans la ligne de mire de son canon et adressa un regard glacé au complice.

— Tous les deux, assis contre le mur ! Et on enlève les capuches, on ne joue pas dans *Assassin's Creed*...

Celui qui avait menacé Antoine traîna les pieds et s'affaissa contre un pilier.

— Moi... obéir..., jeta le tox avec un fort accent d'Europe centrale en se collant contre son camarade.

Les deux types étaient assis à terre, les mains posées sur les cuisses, le regard dépité. Ils formaient une curieuse paire, le premier, celui qui l'avait agressé, devait avoir la quarantaine, le second, plus jeune et plus frêle, affichait un regard plus vif, mais avait déjà l'allure d'un toxico.

— Relève tes manches ! lança Antoine au plus âgé.

Le type hésita un instant, puis remonta la manche de son pull sale et troué. L'avant-bras était piqueté de petits cercles rouges et boursouflés.

— C'est bien ce que je pensais, dit Antoine. Pas de chance d'être tombé sur moi. Et pas très malin d'agresser un policier en exercice. Vous allez vous réchauffer au poste.

Le plus vieux afficha un air terrorisé.

— Non... Pas le commissariat. On voulait se protéger...

Antoine secoua la tête.

— La barre de fer, c'était de la légitime défense ?

— C'est que..., balbutiait Piotr.

— Vous avez consulté un médecin ? demanda Antoine qui observait avec compassion les deux épaves.

Un rire aigrelet jaillit de la bouche du plus jeune.

— Ben oui, il nous a même prescrit une cure de thalasso... On a raté le taxi qui devait nous y emmener... Ah ah ah.

Antoine abaissa doucement son arme.

— Je ne peux pas vous laisser dans cet état. On va oublier l'agression et je vais appeler les urgences.

— Mais...

— Pas de mais. Sinon, c'est le poste. Baissez les bras et levez-vous.

Les deux SDF se redressèrent péniblement. Marcas oscillait entre la compassion et la fermeté. Le plus jeune devait avoir l'âge de son fils.

— Qu'est-ce que vous avez merdé pour finir dans ce trou ?

Le plus jeune haussa les épaules. Sous la lumière verte, son visage paraissait maladif.

— On crèche ici, vu que les hôtels sont pas assez luxueux à notre goût… Ah ah ah…, ricana-t-il avant d'être interrompu par une nouvelle quinte de toux.

Il cracha par terre. Antoine aurait juré que c'était du sang.

Le jeune tox reprit :

— Mon pote Piotr est polac, il est arrivé il y a deux ans pour chercher du boulot. Il n'a trouvé que de l'héroïne…

Le costaud opina, sa tête semblait agitée de soubresauts incontrôlables. Il lança un doigt d'honneur à Antoine.

— France. Pas bien… Pas travail… Moi essayé ! Trop d'Arabes… les Noirs partout…

Le jeune lui donna un coup dans les côtes.

— Tais-toi !

Marcas dévisagea le jeune qui continua :

— Moi j'étais apprenti, mais ça gagnait que dalle. (Puis il s'adressa à Marcas.) Et toi, tu fais quoi ? Tu cherches une place de parking ?

Antoine sourit.

— Je viens de l'autre immeuble, celui où les habitants ont joué à pigeon vole. Je vérifie deux trois trucs pour une enquête.

Le Polonais le regarda d'un air curieux. Le jeune opina de la tête.

— Ah ouais, je m'en souviens, quelle merde. Y avait des flics partout. Ici, c'était chez nous depuis que les travaux s'étaient arrêtés. On n'a récupéré les lieux que depuis un mois… Et la dernière fois, l'un des gardiens m'a tabassé.

Le jeune fit rouler, lentement, son pull au-dessus de son ventre, jusqu'en haut de ses maigres côtes. Des plaques violettes constellaient sa peau livide. Antoine abaissa son arme.

— OK, je vais quand même vous emmener à l'hôpital.

Piotr échangea un coup d'œil affolé avec son copain d'infortune

— Non... Ils vont nous obliger... pas aller dans un foyer !

— Désolé. Non-assistance à personne en danger, c'est pas ma came, répliqua Antoine.

Le gamin secoua la tête. Des cernes gris plombaient son regard noir, sa peau blême paraissait presque translucide. Antoine en avait mal au cœur.

— Et si on te racontait un truc que personne ne sait ? lança le jeune, l'air surexcité, en ramenant le pull sur son ventre.

— Sur quoi ?

— Ben, sur les morts de l'immeuble d'à côté.

Marcas croisa les bras.

— J'écoute.

— Tu jures de nous laisser tranquilles, après ?

— Je ne jure jamais. Parle et on verra bien.

Une quinte de toux traversa le corps du môme, de bas en haut.

— Eh ben, un mois avant que les gens sautent, on a vu débarquer des gars dans le parking. Ils ont fait un boucan de malade, et ils ont démoli la porte par laquelle tu es entré.

Antoine le regarda en essayant de dissimuler son intérêt. Le gamin continua :

— Quand on a entendu ces types, on s'est caché dans un coin, on n'avait pas envie qu'ils nous dégagent. Ils sont restés un bon bout de temps et ensuite ils sont repartis.

— Et alors ?

— On les connaissait, les autres ouvriers de la Sodex. Ceux-là... inconnus.

— Oui... Kevin raison, pas connus les autres, glapit le Polonais, l'air exalté.

Antoine se demandait si les deux types n'inventaient pas une fable pour éviter de se faire embarquer. Ils n'avaient rien à perdre, ils pouvaient tout aussi bien lui raconter l'arrivée du président de la République sur un mammouth rose. Le jeune poursuivit :

— Ils roulaient des bonbonnes de gaz, ça faisait un bruit d'enfer.

— Tu veux dire qu'ils les piquaient de la réserve d'où je suis sorti ?

— Non ! Ils les emmenaient dedans.

Marcas se contrôla pour ne pas se laisser envahir par l'excitation.

— Tu es vraiment sûr ? Pas de picole ni de shoot avant d'avoir assisté au spectacle ?

— Non, je te jure. On avait la trouille qu'ils nous voient, mais ils étaient pressés, comme s'ils avaient le diable au cul. Ils ont refermé l'accès à toute vitesse et se sont barrés. Et puis, il y avait aussi le responsable de la sécurité de la Sodex avec eux. Le genre nazi. Hein Piotr ?

Le visage du Polonais se plissa comme une figue mûre.

— Homme pas bon… Lui frapper quand il trouve nous…

— Et comment…, ajouta le jeune. Une fois il a lâché son doberman contre Piotr pour le sortir du parking. C'est pour ça que mon ami t'a sauté dessus, il t'a confondu avec l'autre salopard dans l'obscurité.

Antoine jaugea le gamin, il n'avait pas l'air de mentir. Et pourquoi aurait-il inventé cette fable, trois mois après les faits ? Il s'assit contre le mur, rangea son arme et prit sa tablette.

— Tu fais quoi ? demanda le gamin d'un ton soupçonneux.

— Rassure-toi, je n'envoie pas de mail à mes collègues, je vérifie le dossier d'enquêtes. Il me semble que c'est ce type qui a répondu aux questions des enquêteurs.

Il ouvrit le fichier sur l'audition des employés de la Sodex. Trois noms et photos apparaissaient dont celui d'un chargé de maintenance et de sécurité, un certain Jérôme Kalter, domicilié dans la banlieue parisienne, à Sceaux. Antoine tendit l'écran aux SDF.

— C'est ce monsieur ?

Le Polonais grogna, le jeune cracha par terre.

— Ouais, un sacré fils de pute...

Antoine hocha la tête. Il allait avoir besoin du frère obèse pour obtenir des infos sur la Sodex. Lui se chargerait de Kalter. Il ferma sa tablette et se leva avec raideur. Il manquait d'exercice physique, ses lombaires se rappelaient à son bon souvenir.

— Votre témoignage est très important, dit Marcas d'une voix grave, pourquoi ne pas avoir prévenu mes collègues qui menaient l'enquête ?

— Pour qu'ils nous traitent de menteurs et nous empêchent de dormir ici ? T'es pas bien ! Tout ce qu'on veut, c'est garder notre planque. Le reste on s'en fout.

— Et tous ces pauvres gens qui sont morts ? Ça te gêne pas ?

Un rire grinçant jaillit suivi d'une toux métallique.

— Tu crois que ces nazes se souciaient de ma tronche quand je leur demandais de la thune. Ils passaient devant moi, comme si j'étais déjà crevé.

Antoine réfléchissait. Ce qu'il venait d'entendre donnait du crédit à la version du frère obèse. Les bouteilles de protoxyde d'azote ne dataient pas de l'époque de la clinique. Des inconnus s'étaient donné beaucoup de mal pour les déposer dans l'entrepôt un mois avant.

Le Polac tira la manche de son copain et lui murmura quelque chose à l'oreille tout en regardant Antoine. Le jeune hocha la tête.

— Ah oui, il y a eu aussi un autre truc bizarre... Piotr a vu ton Jérôme Kalter entrer dans la remise où étaient entreposées les bouteilles.

— Quand ?

— Très tôt... Le matin du grand saut.

28.

Paris
Quartier Saint-Germain
29 juillet 1793

Annibal pressa le pas pour quitter la rue du Pot-de-Fer. Il était sorti du temple maçonnique totalement désorienté. Ce que lui avait révélé le frère Delalande était ahurissant. Élisabeth de Lostange – la fille d'un dignitaire d'un rite templier – ne pouvait être celle qu'il avait croisée rue du Canivet deux jours auparavant. Une femme en chair et en os qui avait failli l'envoyer rejoindre l'Orient éternel[1].

Il devait sûrement y avoir une autre explication. Une autre femme tout simplement. Il devait en avoir le cœur net et filer directement aux archives de la police. Peut-être trouverait-il une fiche au nom d'Élisabeth de Lostange ? Peut-être avait-elle une sœur ou une cousine ?

Au moment où il allait tourner rue du Vieux-Colombier, il tomba nez à nez avec un groupe de révolutionnaires qui contrôlaient les passants.

— Tu as tes papiers, citoyen ?

Le sans-culotte qui interrogeait Annibal, le regard dur et les joues creuses, n'avait pas plus de vingt ans. Ses mains étaient criblées de minuscules cicatrices. Un piqueur, songea l'inspecteur, un piqueur de matelas. Un des métiers les plus sinistres des ateliers des faubourgs. À tout moment,

1. Dans le langage maçonnique, l'Orient éternel signifie la mort.

on risquait de perdre l'usage de sa main pour un salaire de misère. Annibal sortit sa plaque et la brandit devant le jeune homme.

— On dit citoyen-inspecteur quand on s'adresse à un policier, répliqua Ferragus. Et commence, toi, par me sortir l'attestation d'emploi de ton patron. Qui me dit que tu es vraiment piqueur ?

Ahuri, le sans-culotte regarda ses mains comme si elles venaient de le dénoncer.

— Tu crois que des traîtres à la solde de Londres ne sont pas capables de se piquer les mains pour se faire passer pour un prolétaire ?

— Je ne sais pas, citoyen... Citoyen-inspecteur.

— D'ailleurs, tes camarades te connaissent-ils ? Peuvent-ils se porter garants de toi ?

Les autres sans-culottes observaient la scène avec inquiétude. Le plus souvent, ils erraient en ville, pillant et brutalisant sous le prétexte de débusquer des prêtres et des nobles. Un gibier, apeuré et facile à chasser, mais ils n'avaient jamais pensé qu'un espion eût pu se glisser parmi eux.

— Alors vous le connaissez, oui ou non ? les rudoya Annibal.

— On l'a rencontré place de la Nation, dit l'un.

— Il nous a payé à boire.

— On ne sait rien de lui.

— Et maintenant vous l'escortez, vous facilitez son espionnage, vous lui livrez Paris ?

Le piqueur était tombé en hébétude. Il ne comprenait plus rien. On le soupçonnait, lui... Ce n'était pas possible. Il se tourna vers ses compagnons pour trouver de l'aide, mais leur regard trempé de méfiance lui fit peur. À son tour, il était devenu le gibier et ses propres amis allaient se transformer en chasseurs impitoyables de peur d'être compromis avec lui. Cette attitude, qu'il avait pourtant provoquée, écœura Ferragus.

— Il suffit, intima Annibal, conduisez le suspect à la section la plus proche, celle des Cordeliers, et demandez que son patron vienne se porter caution pour lui. Ensuite libérez-le.

Soulagés de s'en tirer à si bon compte, les sans-culottes ne se firent pas prier. Ils saisirent aussitôt leur camarade et mirent le cap vers le Quartier latin. En un instant, la rue fut vide.

Ferragus les regarda s'éloigner avec dégoût, la Révolution avait engendré des monstres. Des monstres qui désormais se dévoraient entre eux.

Comité de salut public
Pavillon de la liberté

Depuis que Danton connaissait le lieu où était dissimulé le secret des rois de France, il n'avait eu de cesse d'élaborer une stratégie pour avoir la mainmise sur la basilique de Saint-Denis. Il avait patiemment passé en revue toutes les possibilités, mais aucune ne fonctionnait. Et c'est au moment où il allait renoncer que l'idée lui vint, insensée, démoniaque, mais lumineuse.

Voilà pourquoi il attendait dans l'antichambre du Comité de salut public où siégeaient Robespierre et Saint-Just. Tout en faisant les cent pas, Danton mesurait ses chances. Comme chaque fois où il devait convaincre, il estimait les forces en présence. Saint-Just ? Un anxieux aux réactions imprévisibles. Robespierre ? Une énigme. Georges secoua la tête. Avec ces deux-là, rien n'était jamais gagné. Et pourtant, ce qu'il allait leur proposer – il en était sûr – ils ne pourraient pas le refuser.

Saint-Just ouvrit la porte. D'un simple signe de tête, il lui fit signe d'entrer. Assis devant une table recouverte d'une nappe verte, se tenait Robespierre parfaitement immobile. L'entrée de Danton en gilet cramoisi, un foulard blanc noué autour du cou, ses cheveux en bataille, acheva de le figer sur sa chaise. L'Incorruptible fit un geste d'automate pour l'inviter à s'asseoir.

— Tu avais à nous parler ?

L'orateur posa ses deux mains imposantes sur la table et fit jouer ses jointures comme s'il s'apprêtait à faire vibrer un clavier.

— J'ai toujours rêvé d'être musicien. C'est sans doute ce que j'aurais fait si la Révolution n'avait pas éclaté.

Robespierre et son bras droit échangèrent un regard exaspéré.

— Tu veux en venir où, Danton ? demanda Robespierre.

— Je n'ai pas parlé musique par hasard. Aujourd'hui, la nation entière est une cacophonie, chacun y joue de sa partition en solo.

— Tu as sans doute l'art de la métaphore filée, persifla Saint-Just. Mais si tu nous épargnais ton chapelet d'images pour nous dire enfin ce que tu veux.

— C'est très simple. Je veux vous proposer un air de musique que tout le peuple de Paris va chanter à l'unisson. Un air tragique et funèbre.

Saint-Just se demanda si Danton n'avait pas perdu la raison.

— Après le roi, la reine va périr sur l'échafaud. Pour autant en avons-nous terminé avec la monarchie ? Moi je dis que non. Les têtes couronnées tombent, mais qui les fait tomber ? Nous. Seulement nous.

Les lèvres de Robespierre se fendirent en forme de serpe, car le jour du vote pour la condamnation à mort de Louis XVI, Danton était opportunément en mission. Il faillit jeter son venin, mais se retint.

— Vous savez pourquoi le peuple est tant désuni ? reprit Georges, pourquoi il n'est pas derrière nous, derrière *vous* ? Parce qu'il n'a pas eu sa part de la curée !

Subitement le regard de Saint-Just venait de s'allumer.

— Tu veux que ce soit le peuple qui décide des condamnations à mort ?

Danton eut un sourire gourmand.

— Non, je veux plus fort encore. Je veux que ce soit le peuple, lui-même, qui détruise à jamais la royauté et en jette les restes aux chiens.

— Précise ta pensée, demanda doucement Robespierre.

Le tribun sentait qu'il avait réussi à appâter l'Incorruptible.

— Si nous voulons unir le peuple autour de la dynamique de la Révolution, il lui faut faire accomplir un acte si transgressif qu'il ne pourra plus revenir en arrière.

— Et que proposes-tu ? interrogea Saint-Just.

— Une profanation.

— Tu veux exhumer Louis XVI ? s'affola Robespierre, qui pourtant n'était pas homme à reculer devant les innovations révolutionnaires.

— Mieux ! Je veux déterrer tous les rois de France depuis l'origine, briser leur tombe, fracasser leur cercueil, déchirer leur linceul, émietter leur squelette et balancer leurs cendres maudites aux quatre vents.

— Saint-Denis, murmura Saint-Just, la nécropole…

Et d'un coup, il eut la vision du peuple se jetant à l'assaut de la mémoire royale de la France, la violant, la pillant, la détruisant à jamais. De quoi frapper d'horreur l'Europe entière. Après une pareille profanation, tout retour à l'ordre ancien serait impossible. Saint-Just se tourna vers Robespierre. L'Incorruptible hochait imperceptiblement la tête. Lui aussi voyait tout le bénéfice politique d'une telle opération de désacralisation, mais il fallait un bon prétexte.

— Il nous faut une raison légale, une justification fondée, pour entrer dans la basilique et ouvrir les sépultures royales.

— Le plomb, lança Danton à la stupéfaction générale. Pour éviter les odeurs de corruption pendant les cérémonies de deuil, les cadavres des rois étaient scellés dans des cercueils en plomb totalement hermétiques. Or la République a besoin de plomb pour fabriquer des balles, un besoin crucial pour la défense de la Nation.

Saint-Just se frotta les mains.

— Danton, ton idée est… révolutionnaire ! Profanons les tombes impures des tyrans !

Robespierre observait le tribun et essayait de garder la tête froide. Son esprit cartésien tournait à toute allure, il avait beau chercher des points négatifs à cette proposition, il n'en voyait pas. Pour une fois, Danton le surprenait favorablement. Un sourire mielleux aux lèvres, il dit :

— Tout le mérite de cette idée te revient et c'est à toi désormais de la mettre en œuvre.

Georges lui rendit pleinement son sourire. Robespierre, tout en croyant le manipuler, venait de le légitimer. Exactement ce qu'il voulait pour avoir les mains libres.

— Je te remercie de ta confiance, Maximilien. Dès que la Convention aura voté ce merveilleux projet, j'organiserai l'Opération… Profanation.

29.

Banlieue parisienne
De nos jours

Le scooter avait quitté l'avenue qui menait au parc de Sceaux pour déboucher sur une rue tranquille bordée de grandes villas cossues et de jardins arborés. Marcas freina pour laisser traverser une mère de famille avec sa progéniture, puis continua lentement sa route en voyant défiler les numéros des maisons. Au fur et à mesure qu'il avançait dans l'avenue, les espaces verts gagnaient en surface et les maisons en opulence. Chênes centenaires, parterres de fleurs multicolores, peupliers majestueux, sapins taillés au cordeau, ici le taux d'oxygène dans l'air dépassait allégrement la moyenne enregistrée en banlieue parisienne.

En fait, même le mot banlieue semblait déplacé.

Il repensa aux deux pauvres types croisés dans le parking. Au terme d'une bonne demi-heure de palabres, il avait réussi à les convaincre de se rendre chez un frère de sa loge, qui travaillait pour une association caritative. Antoine s'était même fendu de quelques billets retirés dans un distributeur avec la sensation désagréable de soulager sa bonne conscience.

Les révélations des SDF avaient électrocuté le frère obèse. Il bondissait d'excitation au téléphone.

Excellent ! Je préviens le cabinet du Premier ministre. Je savais que j'avais raison de miser sur toi, mon très cher frère.

Marcas lui avait demandé de trouver le maximum d'informations sur la Sodex, l'entreprise propriétaire du parking pendant qu'il irait interroger le responsable de la sécurité chez lui, à Sceaux, en début de soirée. Il en avait aussi profité pour appeler sa secrétaire histoire d'avoir des nouvelles de l'enquête le concernant. À son grand soulagement, ses collègues de la police des polices ne s'étaient pas manifestés.

Antoine relâcha la poignée d'accélération, la maison des Kalter ne devait plus tarder à apparaître. Pourquoi le responsable de la sécurité du parking avait-il aidé à déposer les bouteilles de protoxyde d'azote dans la cave sous l'immeuble ? Et pourquoi était-il revenu là-bas le matin de la tragédie ? Comment avaient-ils tué tous ces pauvres gens ?

Et pourquoi ? Comment ? Et pourquoi ? Comment ?

Ces mots dansaient et tournoyaient dans sa tête depuis des années et des années. Depuis qu'il avait choisi cette carrière. En fait, le job d'enquêteur ce n'était pas de protéger les braves citoyens, non. Son boulot consistait à trouver des réponses à des pourquoi et des comment. Pour finir par du parce que. Net et définitif. Avant de recommencer à nouveau une nouvelle ronde de questions pour une autre affaire. Mais le ballet pouvait s'arrêter à tout moment. Ça, il en était sûr depuis sa suspension après la foirade d'Avignon. Restait à savoir ce qu'il pouvait faire d'autre sur terre à part poser des questions et les résoudre.

Pas grand-chose.

Il chassa ses pensées noires et immobilisa son scooter sur le trottoir, devant une maison massive, typique du style francilien bourgeois des années 1980. Grosses pierres blanches, tuiles d'ardoise à profusion et sympathique panneau annonçant la présence d'un chien « méchant et fier de l'être avec les inconnus ». Les Kalter avaient le sens de l'hospitalité. Une haie de pins doublait la clôture, laissant entrevoir une pelouse d'un vert tendre éblouissant.

Antoine sonna à l'interphone surmonté d'une caméra. La voix d'un enfant jaillit au bout d'une bonne minute.

— Vous voulez quoi, monsieur ?

Marcas sourit intérieurement.

Savoir pourquoi ton papa fait joujou avec du protoxyde d'azote, mon petit.

— Bonjour, je suis le commissaire Marcas, police judiciaire. Je voudrais parler à ton père s'il est là.

Un léger silence s'écoula, puis la petite voix grésilla dans l'interphone.

— Euh... Maman, y a un monsieur de la police en bas.

Il s'écoula une poignée de secondes, puis on entendit une voix féminine qui provenait de l'intérieur de l'appartement :

— Montrez votre carte devant l'interphone.

Antoine s'exécuta. Le portail vibra et les deux battants s'ouvrirent lentement. Il s'avança dans l'allée de gravier, bordée tout du long par une pelouse percée à intervalle régulier d'oliviers de Sibérie. Antoine hocha la tête. Ça devait bien payer le job de responsable sécurité à la Sodex, plus que pour un policier.

La porte d'entrée était ouverte, laissant apparaître une femme d'une trentaine d'années, vêtue d'une robe noire un peu courte pour la saison. Elle avait les yeux légèrement cernés et de longs cheveux bruns dénoués. Elle croisait les bras et dévisageait Marcas avec assurance. Le genre de femme qui connaissait son pouvoir de séduction jusqu'au bout de ses ongles vernis.

— Je suis madame Kalter. C'est à quel sujet ?

— Bonjour, je souhaiterais rencontrer votre mari, Jérôme.

— Que lui voulez-vous exactement ? répondit-elle en lui jetant un regard vide.

— Rassurez-vous, rien de grave. Juste lui parler.

Elle attendit quelques secondes et se massa l'arête du nez, comme si elle était prise d'une migraine.

— Je crains que ce soit impossible.

Antoine la fixa d'un air interrogateur.

— Il n'est pas revenu de son travail ?

— Non, il est ici.

Le visage d'un gamin apparut de l'autre côté de la fenêtre, deux yeux noirs le fixaient derrière la vitre. Le père devait se cacher derrière lui. Antoine haussa le ton :

— Écoutez, je peux revenir avec une commission rogatoire, mentit-il, ou le faire convoquer au poste. Ce serait dommage, pour moi et pour lui.

Il crut apercevoir l'ombre d'un sourire sur le visage de la jeune femme.

— Comme vous voulez, suivez-moi, répondit-elle d'une voix lasse. Je vous préviens, il n'est pas très causant.

À la surprise d'Antoine, elle descendit les marches du perron, passa devant lui et commença à contourner la bâtisse d'un pas rapide. Elle ondulait devant lui, Antoine se surprit même à détailler sa silhouette séduisante.

Ils traversèrent une autre portion de jardin, encombrée de jeux d'enfants multicolores et d'une balançoire et arrivèrent devant un potager soigneusement entretenu. Un gros labrador s'élança à leur rencontre en poussant des aboiements joyeux.

— Sage, François, lança la femme.

Le chien envoya un regard attendrissant à sa maîtresse, puis se rua sur un carré de potager vierge pour y uriner joyeusement.

— C'est curieux de donner un prénom d'être humain à un chien, fit poliment remarquer Antoine.

— Une trouvaille de mon mari. Il a été déçu par l'ancien président de la République. Crier *François au pied*, tous les matins, un vrai kiff... Voilà Jérôme, posez-lui vos questions.

Antoine écarquilla les yeux, il n'y avait personne devant lui, excepté le chien qui finissait sa vidange.

— Euh... je ne le vois pas, il jardine ?

La brune tendit un index paresseux à l'endroit où l'animal grattait la terre pour recouvrir son urine.

— Non, il est juste dessous.

30.

Paris
Rue de l'Arbre-Sec
30 juillet 1793

De dépit, Annibal fit voler son chapeau dans la pièce qui lui servait de salle à manger. Rien, il n'avait toujours rien trouvé ! Malgré le nom de famille d'Élisabeth donné par Delalande, malgré les renseignements sur son père, il n'avait rien déniché aux archives de la police. Bien sûr, depuis la Révolution, beaucoup de documents avaient disparu, mais les autorités avaient toujours espionné la franc-maçonnerie avec beaucoup de soin. De Louis XV à Robespierre, les loges n'étaient jamais sorties du viseur de la police. Les régimes changent, pas les boucs émissaires. Et pourtant, dans aucun rapport, il n'était question du comte de Lostange, ni de sa fille. Les dossiers, les rapports étaient muets sur un personnage qui, selon Delalande, avait pourtant joué un rôle essentiel dans les rites templiers de la franc-maçonnerie. À croire qu'une main complice avait fait le ménage avant que Ferragus n'arrive.

Sur la table, appuyé à une jarre de lait, un chat lissait avec précaution son pelage. Ni le vol plané du chapeau de son maître, ni le bruit saccadé de ses bottes sur le parquet n'avaient réussi à le détourner de sa mission. Il continuait, impassible, son œuvre hygiénique à coups rythmés de sa langue râpeuse. Sa vue apaisa Ferragus. Il se dit que plutôt que d'enseigner, à grand renfort de philosophie, la maîtrise de soi en loge, on ferait mieux d'installer un chat au milieu du pavé mosaïque et obliger les frères à l'observer.

Tout en contemplant Melchior achever sa toilette, Annibal tentait de remettre de l'ordre dans son esprit. En moins de trois jours, une inconnue avait tenté de l'abattre, un barbier l'avait recousu, il avait assisté à une séance de torture, avait manqué d'être assassiné par un député pour finir par décrypter une énigme qui datait de Philippe le Bel et, malgré toutes ces tribulations, une seule chose l'occupait : des yeux striés de gris. C'était à devenir fou.

Il s'approcha du chat et glissa ses doigts sur son pelage. L'animal ronronna lentement. Ferragus l'avait ramené de son Périgord natal. C'était alors un chaton ébouriffé au ventre insatiable qui emplissait l'appartement d'un miaulement ravageur et continu. Annibal sourit à ce souvenir. Aujourd'hui, Melchior était un félin silencieux et dédaigneux qui vous contemplait de ses prunelles fauves comme si vous n'existiez pas. Il avait le don de vous mettre hors du cercle. *Hors du cercle*, se répéta Annibal, *c'est exactement ce qui m'arrive depuis que cette aventure a commencé*. Et rien n'était plus irritant que cette sensation. C'était comme une démangeaison insatiable à l'intérieur du cerveau. Il fallait que ça cesse. Annibal se leva, sous le regard impassible de son félin de compagnie, et se dirigea vers une armoire dont il ouvrit un tiroir. Avec précaution, il en sortit une boîte. Cet objet imprévu réveilla l'attention de Melchior qui s'approcha, les pattes tendues, l'odorat aux aguets. Ferragus fit basculer le couvercle : une équerre et un compas apparurent.

C'était le seul souvenir de sa loge qui avait été fermée par les révolutionnaires. Lors de leur dernière tenue, le vénérable les avait confiés à Annibal, le plus jeune frère de l'atelier[1].

1. Le mot *atelier*, dans le vocabulaire maçonnique, est synonyme de *loge*.

Il les posa côte à côte sur la table. L'équerre avait perdu sa graduation, manipulée par des générations de francs-maçons, quant au compas, sa pointe s'était émoussée depuis fort longtemps. Il positionna l'équerre, puis il plaça le compas de manière rituelle. Intrigué, Melchior recula. Annibal porta la main sur son cœur.

— Par l'équerre et le compas réunis, je le jure, je percerai ce mystère.

Quartier du Temple

Depuis longtemps, les habitants de la rue Corderie ne se posaient plus de questions sur la façade qui, au numéro 7, gardait obstinément ses volets clos depuis les premiers jours de la Révolution. Les propriétaires – des nobles – avaient fui à l'étranger et des scellés avaient été mis sur la porte d'entrée. La maison était tombée dans l'oubli et, à part quelques corbeaux qui nichaient sous les combles, plus aucun visiteur ne s'était manifesté. Pourtant, on ne rentrait pas dans cette maison que par la porte principale. À l'arrière se trouvait une petite cour, sombre et délabrée, dont un des passages ouvrait sur un jardin à l'abandon. C'est par là que trois hommes, enroulés dans de longues capes, malgré la chaleur de juillet, venaient de passer. Après avoir traversé la cour, en prenant garde que leurs bottes ne résonnent pas sur le dallage, ils avaient ouvert une porte de service avant de monter au dernier étage. Aussitôt entré dans le salon, l'un d'eux vérifia que les volets étaient bien hermétiques tandis qu'un autre alluma une chandelle qu'il posa sur un guéridon couvert de poussière. Le troisième, lui, se contenta de prononcer ces paroles énigmatiques :

— Mes frères, il est temps de se préparer. Que chacun se retourne et endosse son rôle.

Le premier en se retournant dit :

— Je suis le Pape.

Le second ajouta :

— Je suis le Roi.

— Et moi, le Diable, conclut le dernier, que l'on allume la Lumière sacrée !

Le Pape sortit de sous sa cape un long cierge d'église qu'il ficha sur le parquet après en avoir chauffé la cire.

— Je suis la lumière de la Vengeance.

Le cri de ralliement résonna entre les murs défraîchis. Dans le grenier, un corbeau, effrayé, s'envola par une lucarne.

— Mes frères, vous connaissez la règle, reprit le Diable, aucune de nos loges ne peut fonctionner si elle ne réunit un nombre pair de frères. Il en est ainsi depuis la chute de notre Ordre qui eut lieu un jour impair, un vendredi 13.

Autour du cierge dont la lumière vacillante projetait des ombres tremblantes jusqu'au plafond, chacun des affiliés pensait à leur frère qu'ils avaient enterré vivant dans la tombe de Voltaire.

— Pour que notre loge soit dite juste et complète, nous devons initier à nos secrets un nouveau membre. Et il faut le faire vite.

Le Pape et le Roi prirent une mine grave. Jamais le Diable, depuis qu'il officiait à la tête de l'Ordre, n'avait proposé une initiation aussi subite.

— Bien sûr, vous vous demandez pourquoi je souhaite agir avec autant de rapidité surtout après la trahison d'un de nos frères ?

Le Pape et le Roi acquiescèrent. Si le chaos généré par la Révolution leur avait permis de se développer, en noyautant les administrations à la dérive, en revanche ils savaient que la destruction des sociétés secrètes était une des obsessions du pouvoir. Il fallait redoubler de prudence.

— Vous connaissez notre but : restaurer toute la force de notre Ordre et détruire tous ceux qui se mettraient en travers de notre mission sacrée. Mais pour cela, il faut plus que du pouvoir, il faut de la puissance.

La figure du Roi tressaillit.

— Lors de notre réunion dans les souterrains du Panthéon, tu nous as dit avoir retrouvé...

— Oui, ce secret qui a fait la gloire de notre ordre et que les rois de France nous ont volé.

D'une voix voilée par l'émotion, le Pape s'écria :

— Mais ce secret, nous le cherchons depuis tant de temps, comment as-tu fait pour le retrouver ?

Sous le masque du Diable, le regard se fit plus perçant.

— Croyez-vous qu'un secret partagé soit encore un secret ? Que se passerait-il si l'un de vous était arrêté, jeté en prison, interrogé, tourmenté ? Combien de temps supporteriez-vous la torture ?

— Et toi, répliqua le Roi, combien de temps tiendrais-tu ?

Le Diable tendit ses deux mains vers ses frères.

— Voilà pourquoi je veux que nous initiions un nouveau membre. Non pas pour lui révéler notre secret, mais pour en faire l'instrument de notre quête. La main de fer qui agira pour nous, le bras armé de notre vengeance.

— Tu es sûr de la personne ? demanda le Pape.

— J'en suis sûr.

— Tu sais, dit le Roi, que nos épreuves sont terribles pour quelqu'un qui n'y est pas préparé ?

— Justement.

Le Diable fit glisser son pouce sur son cou comme s'il éprouvait le fil d'un rasoir.

— Soit il triomphera des épreuves, soit il mourra.

31.

Banlieue parisienne
De nos jours

Une puissante fragrance d'urine de chien monta aux narines d'Antoine. Il se demandait si la jeune femme ne se moquait pas de lui. Au sol, il n'y avait que le labrador qui grattait furieusement la terre.

— Je ne saisis pas, murmura Marcas, décontenancé.

La brune eut un sourire chaud et sensuel.

— Mon mari repose ici, sous la terre... J'ai répandu ses cendres à l'endroit où François fait ses besoins. Si vous saviez à quel point ça me fait du bien d'assister à ce spectacle chaque jour que Dieu fait.

Marcas n'arrivait pas à masquer son ahurissement. La veuve éclata d'un rire perçant.

— Ce salaud est mort dans un accident de voiture en compagnie de sa maîtresse. Ma sœur.

— Ah..., répondit Antoine, gêné.

— Elle a eu plus de chance que lui, handicapée à vie sur un fauteuil roulant. Depuis ce jour béni, je recommence à croire en Dieu.

Antoine ne savait plus où se mettre. Sa seule piste venait de s'effondrer. La veuve lui renvoya un regard amusé. Elle avait changé d'attitude en quelques minutes.

— Bon, vous vouliez lui parler à quel sujet ?

— Euh... C'était à propos de son travail.

— À la Sodex ? Qu'est-ce qu'il a fait ? Détournement de fonds ? Harcèlement. Plus rien ne m'étonnerait avec ce salaud. Vous savez qu'il ne nous a rien laissé, à part la maison ! Par contre, sa pouffiasse... Alors là, royal ! Week-ends dans les Relais et Châteaux, il avait même prévu de divorcer.

Antoine hocha la tête.

— Vous a-t-il semblé bizarre avant sa mort ?

— À part qu'il ne me faisait plus l'amour depuis six mois, pas vraiment... Un comble, avant on pratiquait assidûment le libertinage, si vous voyez ce que je veux dire...

— Il vous parlait de son job ? continua Antoine, sans noter l'allusion.

— Non. La maintenance... il n'y a pas de quoi se lever la nuit, dit la veuve qui lui décocha un nouveau sourire. Vous, en revanche... Un policier, je suis sûre que ça doit raconter des tas de trucs passionnants. Vous voulez entrer boire un verre ?

— Pourquoi pas, répondit-il prudemment.

Une minute plus tard, ils étaient assis dans un salon aux lignes grises et épurées, meublé en style contemporain. Il avait refusé un verre de brouilly frais pour se contenter d'une canette de soda interdite aux diabétiques.

— Votre mari a-t-il laissé un ordinateur, un téléphone portable, des documents quelconques ?

Un petit rire sarcastique jaillit.

— Le smartphone dernier cri a été réduit en bouillie dans l'accident et j'ai demandé à ses parents de tout vider dans la maison. Je ne voulais plus une trace de cet enfoiré. J'ai juste gardé son Mac, bien sûr. J'y ai jeté un coup d'œil. Il n'y a pas grand-chose, en guise d'assurance-vie, il m'a laissé toute une collection de vidéos X téléchargées. Jérôme avait un sens de l'humour déplorable. Heureusement qu'il a dégagé de ma vie. Vous voulez récupérer l'ordi ?

Antoine hocha la tête.

— Oui, on ne sait jamais. Il peut y avoir des informations intéressantes, je ne parle pas de ses choix documentaires, naturellement.

Elle lui envoya un regard sans équivoque.

— Vous n'avez pas l'air d'être du genre à vous rincer l'œil devant des pornos. Vous devez sûrement préférer les travaux pratiques. Non ?

Antoine toussa pour réprimer son envie de sourire, il avait déjà rencontré des veuves dans sa vie, mais jamais la version joyeuse.

— Je n'évoque jamais ma vie privée pendant les horaires de travail, éluda-t-il. Vous pouvez me l'apporter ?

Elle poussa un soupir résigné, se leva, se dirigea vers un bahut aussi gris que les murs et en sortit un Mac argenté. Elle ne se rassit pas mais lui donna l'ordinateur en s'inclinant légèrement. Antoine ne put éviter la vision du décolleté plongeant.

— Les codes de ses deux boîtes mail et du compte Facebook sont dans le fichier intitulé notice technique. Ce crétin pensait que ça suffirait à me dissuader de l'ouvrir.

— Merci, dit Marcas en le prenant. Je vous le rendrai.

— Promettez-moi juste de me l'apporter en personne, susurra-t-elle d'une voix suave. Vous n'êtes pas marié ?

— Je n'ai pas demandé un deuxième tour de manège. Une dernière question. Il y a trois mois, il ne vous a pas parlé de l'affaire des Trente ?

La jeune femme prit une cigarette d'un paquet qui traînait sur la table basse et l'alluma.

— Les... quoi ?

— Les trente personnes qui se sont jetées d'un immeuble à Paris. Votre mari s'occupait de la sécurité du chantier à côté.

La femme semblait hésiter.

— Oui, je vois. Des policiers sont venus l'interroger à l'époque, à son travail. Ça l'avait secoué. C'est curieux, c'est à partir de là qu'il a commencé à déconner.

— C'est-à-dire ?

— Les parties de jambes en l'air avec ma sœur, les virées dans les casinos. Il s'est mis à boire aussi. Il était devenu irritable, nerveux. Il m'a dit qu'il voulait vendre rapidement la maison. La maison qu'il m'avait achetée l'année dernière pour en faire *notre nid d'amour*... Bon, on pourrait s'arrêter là. Rien que de parler de lui ça me donne des boutons. Et dire que ce salaud...

Antoine hocha la tête.

— C'est une belle demeure, répondit-il avec politesse.

— Au moins ça de gagné... Avant on vivait dans un minuscule trois pièces à Massy.

— Si ce n'est pas indiscret, d'où venait l'argent ?

La veuve se raidit en un clin d'œil.

— Pourquoi cette question ? Elle est à moi désormais !

Antoine posa sa main sur son avant-bras.

— Rassurez-vous, personne ne viendra vous la reprendre. Je vous le promets.

— J'espère bien... Jérôme a reçu un héritage, une vieille tante de Floride, je crois. Il a acheté cette baraque et une voiture de frimeur, celle qui lui a servi de cercueil. Le con...

— Un héritage. Ravi pour vous. Il est temps de vous quitter. Je vous remercie pour votre aide.

— Ma porte est toujours ouverte pour la police, lança-t-elle en relevant ses cheveux derrière la nuque.

Antoine n'en revenait pas, c'était tout juste si elle n'allait pas lui claquer la bise. Il se contenta de lui tendre la main et s'éloigna vers l'allée centrale. La porte claqua derrière lui et il reprit le chemin de gravier, l'ordinateur sous le coude. Il pouvait presque sentir le regard de la veuve qui l'observait de derrière la fenêtre.

Il ruminait sa déception. La piste de l'enquête s'était arrêtée pile devant un lopin de terre fertilisée avec les cendres de son suspect. Il ne restait plus que l'ordinateur de Kalter, ses vidéos porno et cette histoire d'héritage américain.

Cette fois, le frère obèse n'allait pas pavoiser au cabinet du Premier ministre.

Au même moment, au troisième étage d'un immeuble parisien du huitième arrondissement, à quelques pas des Champs-Élysées, deux hommes, assis côte à côte, contemplaient en silence un écran d'ordinateur. La pièce, vaste et claire, ne comportait aucun meuble, à part une planche posée sur des tréteaux, un frigo et un micro-ondes. Les murs crème exhalaient une odeur âcre, comme si elle venait d'être fraîchement repeinte.

Les deux hommes, d'une quarantaine d'années, portaient chacun des oreillettes. L'un d'entre eux était en chemise, le col déboutonné, l'autre arborait un pull noir et une barbe soigneusement taillée. Les deux avaient plus des carrures de rugbymen que d'hommes d'affaires.

— Comme quoi, on a eu raison de continuer à sonoriser la villa de la veuve, dit le barbu en piochant des chips dans un gros paquet joufflu.

— Le centre ne va pas tarder à nous envoyer des informations sur ce flic, répliqua l'autre.

Il prit son portable et appela un numéro dont l'indicatif correspondait aux États-Unis. On décrocha rapidement.

— Désolé de vous déranger à cette heure, articula l'homme qui avait branché son oreillette sur le smartphone. Un policier est venu poser des questions à la veuve de Kalter dans sa maison. Un certain commissaire Antoine Marcas.

— Que voulait-il ?

— Il s'intéressait à la Sodex et aux... Trente.

— Vous nous aviez affirmé que les Français avaient bouclé l'enquête.

Le barbu continuait de son côté à scruter l'écran. De temps à autre, il cliquait sur la souris pour en agrandir des portions.

— Je confirme, répondit son collègue. J'ai passé en revue les profils des enquêteurs qui ont travaillé sur l'affaire. Celui-là ne faisait pas partie de l'équipe. Il a aussi emporté l'ordinateur personnel de Kalter.

À des milliers de kilomètres de là, quelque part sur la côte Est des États-Unis, son interlocuteur invisible se baissait sur le haut-parleur de son téléphone.

— Nous ne pouvons pas nous permettre la moindre erreur dans cette affaire. Vous m'avez compris ?

Le barbu regardait la carte qui s'affichait sur l'écran et fit un signe à son collègue. Un point rouge se déplaçait lentement dans la partie sud du quatorzième arrondissement.

— Depuis qu'il a quitté la maison des Kalter, nous l'avons sous surveillance satellite. Il roule en scooter dans Paris.

— Quels sont les ordres ?

— Trois cent vingt-deux.

32.

Paris
Ancien palais des Tuileries
Convention nationale
31 juillet 1793

Le brouhaha de l'assemblée pénétra en même temps que Barère dans la pièce où se tenaient Danton et son secrétaire.

— Victoire ! Ils ont voté ton Opération Profanation. Pas sous ce nom bien sûr…

Plus ému qu'il ne le laissait voir, Georges se leva aussitôt et embrassa le député. Par la porte entrouverte, on entendait une *Marseillaise* retentir. Les représentants du peuple avaient le chant facile.

— J'en étais certain, le félicita Danton. Tu parles d'or !

Gorgé d'importance, Barère battait l'air de ses mains comme s'il était encore à la tribune. Son discours lui gonflait toujours les joues : il n'avait qu'une hâte, c'était de le redire encore et encore. Georges le poussa doucement vers la sortie.

— Je serais toi, je reviendrais à la tribune. Tu as fait un tel triomphe que les députés vont te faire une ovation debout.

— Tu as raison. J'y cours.

Aussitôt le député disparu, Danton eut un sourire de pitié.

— Un jour on ne dira plus un « vaniteux », mais un « Barère » !

Une ombre passa sur son front. Maintenant que son projet était lancé, il en voyait toutes les difficultés. Et d'abord à qui confier une mission aussi délicate ? Lui, Georges, ne pouvait en apparaître publiquement comme l'initiateur. Il tourna les yeux vers son secrétaire. Ce dernier, qui l'avait deviné, secoua la tête.

— N'y pense même pas. Il te faut un homme à la réputation irréprochable qu'on ne soupçonnera pas de pillage. Un homme réputé pour son savoir, qui connaît déjà les lieux et un homme obéissant cela va sans dire.

— Où crois-tu trouver ça ?

— Mais j'ai déjà trouvé.

Le secrétaire pivota vers la porte qui donnait sur la bibliothèque.

— Entrez, mon ami.

Un pas pesant fit craquer le parquet tandis qu'une odeur de cloître s'échappait dans l'air. Danton dévisagea le gros moine au teint rosé avec effarement et se tourna vers Maubuisson.

— Tu peux me dire qui est ce monsieur ?

— Dom Poirier ! s'écria le secrétaire.

Danton hésita quelques instants, puis se souvint du nom de celui qui avait tenté de décrypter le message codé.

Le secrétaire se précipita pour saisir les mains tachées d'encre de l'érudit.

— Vous m'avez tellement impressionné lors de ma visite à Saint-Germain que c'est pour nous un honneur que de vous recevoir, n'est-ce pas, Georges ?

— Assurément, affirma Danton qui avait repris ses esprits. Votre présence est une bénédiction !

— Messieurs, balbutia Dom Poirier, vous allez me faire pécher par orgueil !

— Allons, un homme tel que vous ! Mais allons au but : si nous vous avons demandé de venir, annonça le secrétaire, c'est parce que la République a besoin de vous.

— La République ? répéta l'érudit, incrédule.

— N'êtes-vous pas le dépositaire des archives de l'abbaye de Saint-Denis ?

— Si, elles m'ont été confiées pour éviter les risques de pillage.

Maubuisson se tourna vers Danton, un sourire complice aux lèvres, avant d'ajouter :

— Alors, vous connaissez parfaitement l'histoire de l'abbaye et, bien sûr, de... la nécropole ?

D'un coup, Dom Poirier retrouva toute son assurance :

— Vous ne pouviez pas mieux tomber. Figurez-vous qu'en ce moment, je travaille sur un document exceptionnel qui va me permettre de prouver que la première personne royale qui a été inhumée à Saint-Denis, alors une bien modeste chapelle, c'est... c'est ?

Il leva ses yeux interrogateurs vers son auditoire stupéfait.

— ... C'est ? Eh bien, Arégonde, voyons ! Vous ne connaissez pas Arégonde ? Mais enfin, c'est la belle-fille de Clovis !

Perdu dans ce magma d'érudition, le secrétaire tenta de reprendre la main.

— Vous voulez dire que c'est depuis Clovis que les rois de France sont enterrés à Saint-Denis ?

— Ah, non pas du tout !

Danton, qui venait de s'asseoir pour calmer son impatience, se cramponna à son siège. Cet érudit de malheur, il en était sûr, allait les faire tourner en bourrique.

— Le premier roi qui a été enterré à Saint-Denis, continua Dom Poirier, c'est Dagobert en 639. Enfin, certains disent 638, mais selon moi...

Maubuisson le coupa pour tenter d'endiguer le flot de paroles qui s'annonçait :

— Donc, depuis Dagobert, au VIIe siècle, tous les rois de France ont été enterrés à Saint-Denis ?

— En fait, non...

Georges sentit une veine saillir sur son front. Une de plus et il frôlait la mort subite.

— ... parce que voyez-vous il y a eu les Vikings qui, en 858, se sont emparés de l'abbaye. Et touchant la nécropole, ils ont eu la main un peu lourde.

— Vous voulez dire qu'ils ont profané les tombes ?

— Oui, ce qui fait qu'on ne sait plus trop, pour les rois mérovingiens, ce qui reste vraiment. Mais je vous rassure pour les Carolingiens, les Capétiens, les Valois et les Bourbons, ils sont quasiment tous là. Certes pas tous en entier...

Danton bondit de son siège et interpella l'érudit :

— Comment ça, pas en entier ?

— Eh bien, quand un roi meurt, il décide, par testament, où seront déposés son corps, son cœur et ses entrailles.

— Vous voulez dire qu'on le divise en trois ? s'étonna le secrétaire.

— Bien sûr, on appelle ça la *dilaceratio corporis*, la tripartition du cadavre si vous préférez. Prenez le cas de Philippe le Bel...

Georges s'apaisa d'un coup et tendit l'oreille. Philippe le Bel, le roi au pouvoir quand le message codé avait été rédigé à l'époque de *La Légende dorée* de Voragine.

— ... ses entrailles ont été inhumées dans l'église du prieuré de Poissy, son cœur, lui, déposé dans une urne séparée et son corps, enfin ce qu'il en restait, enterré à Saint-Denis.

Pressé d'en finir, Maubuisson passa à l'attaque.

— Quel savoir ! Quelle érudition ! Je vois que vous êtes le spécialiste incontestable de la nécropole. Exactement l'homme dont nous avons besoin !

Flatté, l'ancien religieux courba le regard sous le compliment.

— Si je puis vous être utile à quelque chose...

Danton sauta sur l'occasion.

— Tout juste ! Aujourd'hui même la Convention a pris la décision d'ouvrir la nécropole royale de Saint-Denis. Nos soldats ont besoin de plomb, nous allons le récupérer dans les tombes des anciens tyrans.

Dom Poirier ouvrit des yeux effarés.

— Mais attention, intervint Georges, nous voulons que tout soit fait dans les règles de l'art. Que surtout on ne nous parle pas de profanation, car jamais cette ignoble idée n'a effleuré nos consciences.

— Mais vous allez quand même..., articula péniblement l'ancien religieux.

— Ouvrir les tombes, oui ! Et vous en serez le garant.

— Moi ? gémit Dom Poirier.

Le secrétaire reprit la parole :

— Vous avez conscience, j'en suis sûr, de l'immense confiance dont la Convention vous honore en vous confiant cette mission exceptionnelle.

— Nous savons que vous ferez preuve d'un savoir-faire indéniable, ajouta Danton.

L'ancien religieux ne savait que dire. Maubuisson avança alors son argument majeur.

— Vous savez qu'il est question de transformer votre abbaye de Saint-Germain en dépôt de poudre à canon ?

Malgré sa corpulence, Dom Poirier sauta de sa chaise.

— Mais, mes collections, mes études...

— C'est toute votre vie, oui, nous le savons. Voilà pourquoi mon ami Georges a pris sur lui de reporter le décret d'application, certain que vous saurez reconnaître sa bonté d'âme en acceptant de vous occuper de notre affaire.

— Ai-je le choix ? demanda naïvement l'érudit.

— Je vois que vous acceptez avec plaisir, conclut le secrétaire.

Dom Poirier hocha piteusement la tête. Il était vaincu.

— Et maintenant, voilà comment va se passer l'opération. Nous allons mettre à votre disposition un homme de confiance. Il sera votre main, votre outil. Il recrutera discrètement une équipe de maçons et de terrassiers, et veillera à la sécurité du chantier. Vous, vous donnerez les ordres.

Un peu rassuré, l'érudit esquissa un bref geste d'acquiescement.

— Vous veillerez personnellement à l'ouverture de chaque tombe. Vous séparerez strictement ce qui reste des dépouilles et les objets, quels qu'ils soient, que vous trouverez dans les sépultures.

— Vous les décrirez avec précision, renchérit Georges, et chaque soir, vous nous ferez parvenir un rapport complet des fouilles du jour.

— Et le plomb ?

Ses deux interlocuteurs le regardèrent, interloqués.

— Oui, le plomb, c'est bien pour ça que l'on ouvre les tombeaux.

— Ne vous inquiétez pas pour ce détail matériel, votre collaborateur s'en chargera.

— Mais qui est-ce ?

— Il se nomme Jean Turenne. C'est un ancien barbier, et vous verrez, en matière de cadavres, il est très compétent. D'ailleurs dès ce soir, il sera sur place pour préparer le chantier. Peut-être avez-vous d'autres questions ?

Même s'il n'avait jamais bien maîtrisé les usages, l'ancien religieux comprit que l'entretien venait de se terminer. Il se leva lentement, l'esprit en proie à un tourbillon. Maubuisson le raccompagna comme un hôte de marque. Au dernier moment pourtant, une question essentielle le happa :

— Mais quand dois-je commencer ?

Danton, qui s'était mis à la lecture des journaux, répondit sans même lever la tête :

— Mais dès demain.

33.

Paris
De nos jours

Le garçon de la brasserie déposa sous le nez de Marcas, juste à côté du Mac, un carré blanchâtre qui ambitionnait de se faire passer pour un croque-monsieur. La béchamel recuite ressemblait à du plâtre, le pain de mie affichait une mollesse impériale et la tranche de jambon paraissait aussi déprimée que le visage du serveur. Assis à la terrasse, Antoine lui jeta un œil noir et continua sa conversation téléphonique avec le frère obèse.

— Ça fait une bonne heure que je fouille son ordinateur de la cave au grenier, il me reste encore un débarras à inspecter, mais jusqu'à présent que dalle. À part des extraits de films porno, que je n'ai pas encore visionnés. Tu veux des copies ?

— Pas le temps pour ces conneries ! répondit le frère obèse sur un ton sec. Et ses boîtes mail, ses comptes sur les réseaux sociaux ?

Antoine avala une gorgée du café infect avant de répondre. À l'évidence, son interlocuteur avait été douché par l'annonce de la mort de Kalter et n'arrivait pas à masquer son irritation.

— Il vidait tout, dit Marcas, ou alors quelqu'un a nettoyé après sa mort.

Il entendit des grommellements à l'autre bout du fil ponctués d'un soupir.

— Envoie-moi ses codes d'accès, je vais voir ça avec des spécialistes. S'il les a effacés on peut encore récupérer une trace des envois. En revanche si des pros sont passés derrière, c'est mort.

Antoine contempla son assiette, maussade. C'était pourtant pas sorcier de concocter un simple croque-monsieur.

— Et du côté de la Sodex, ça donne quoi ? demanda-t-il en repoussant l'assiette sur le côté de la table.

— Pas grand-chose. La boîte a déposé le bilan, son dirigeant est reparti aux États-Unis depuis un bon bout de temps. On continue quand même à creuser.

— Tant qu'on est à parler des États-Unis, j'aimerais aussi vérifier cette histoire d'héritage miraculeux de la tante de Floride qui a permis d'acheter sa maison de Sceaux. Tu peux m'avoir un accès à ses comptes bancaires sur une période d'un an ?

— Attends une minute.

Le frère obèse l'avait mis en attente, Antoine posa son smartphone sur sa table et contempla le carrefour où se croisaient la rue de la Gaîté et le boulevard Edgar-Quinet. Il aimait bien le quartier, niché entre l'arrogante et déjà obsolète tour Montparnasse et le coquet cimetière du même nom, jamais démodé. Épicentre du quartier des théâtres et des crêperies bretonnes, souvenirs d'une autre vie, plus tranquille, avec la mère de son fils. Il avait décidé de s'y arrêter en remontant de Sceaux avant de retourner rive droite à son appartement. Le temps d'avaler ce qu'il croyait être un bon croque-monsieur. Funeste erreur.

Il observa la terrasse de la brasserie où il s'était mis en dernière ligne pour ne pas inhaler les pots d'échappement des voitures qui défilaient sous ses yeux.

Devant lui, les couverts avaient été posés sur les quatre rangées de tables. Antoine soupçonna le serveur de lui avoir fourgué un croque pourri pour qu'il libère sa place rapidement pour le dîner.

Il fulminait. À Paris, passé 19 heures, il devenait impossible de boire un verre à une terrasse, les restaurateurs voulaient rentabiliser à tout prix leurs terrasses.

La voix du frère obèse résonna à nouveau dans le portable.

— C'est bon, je t'envoie par sms le numéro de notre contact à la DGSI[1], il a accès à n'importe quel compte bancaire en France. Tu peux l'appeler d'ici une heure.

— C'est légal ?

— Oui, à partir du moment où il y a suspicion de terrorisme, l'État peut fouiller dans n'importe quel compte de n'importe quel citoyen suspect. Je te laisse, on doit faire le point avec le dircab du Premier ministre.

Il raccrocha sans attendre de réponse.

Antoine ouvrit à nouveau l'ordinateur de Kalter, l'air songeur. Plus il y pensait, plus il avait de gros doutes sur la version de l'héritage. Il avait regardé sur internet le prix à la vente d'une maison à Sceaux, similaire à celle du couple, dans le même quartier, on atteignait facilement les deux millions d'euros.

Une heure à patienter avant de pouvoir joindre l'agent de la DGSI et il était encore trop tôt pour s'enfermer dans son appartement. Il décida de rester et de commander un plat plus conséquent. Autour de lui, les tables commençaient à se remplir. Deux femmes, d'un certain âge, s'étaient assises et papotaient en commentant le menu.

Il ouvrit les derniers fichiers. Il en restait encore une petite dizaine, essentiellement des documents administratifs et des factures. Il jeta un œil las au dossier assurance-vie qui contenait trois sous-dossiers sur lesquels il cliqua. Des demandes de contrats apparurent, mais qui portaient sur des sommes ridicules.

Antoine soupira, il comprenait la colère de la veuve, non seulement il l'a trompée, mais en plus il se foutait de sa gueule, *post mortem*. Macabre sens de l'humour. À part les vidéos porno il n'y avait rien de particulièrement excitant dans le monde virtuel de Jérôme Kalter.

Un concert de klaxons lui fit lever le nez de l'écran, un gros camion de livraison s'était garé en double file sur le

1. Direction Générale de la Sécurité Intérieure.

côté droit de la place, provoquant un ralentissement de la circulation. Il soupira devant l'impatience des conducteurs et interpella le serveur pour lui commander une bière et un wok au poulet.

— J'espère qu'il sera plus appétissant que ça, dit Marcas en tendant le croque qu'il n'avait pas touché.

— Le chef est pakistanais, il ne maîtrise pas les subtilités de la gastronomie française, répondit le serveur d'un ton désabusé. Mais vous serez tranquille avec le wok.

— Je ne vois pas le rapport, dit Marcas surpris par la réflexion du garçon, c'est chinois le wok.

— Tous ces trucs viennent d'Asie... Chine, Pakistan, Inde, c'est un peu pareil, non ? Quand j'ai commencé le métier on donnait dans la tête de veau et le céleri rémoulade, mon bon monsieur...

Marcas ne voulut pas engager une conversation sur la mondialisation via la cuisine asiatique et baissa le nez vers le Mac. Le serveur s'éloigna à pas lents en oubliant de lui enlever son croque-monsieur radioactif.

À l'écran, les derniers fichiers défilaient à toute allure sous les yeux d'Antoine. Factures, contrats d'assurance, notices techniques d'appareils ménagers... Rien, il n'y avait rien. Il perdait son temps. Il cliqua une ultime fois par acquit de conscience sur les téléchargements et aperçut l'icône du fichier mère des vidéos porno. Il détailla les noms des dossiers accolés aux minuscules photos extraites des vidéos. Jeux de mots foireux et titres parodiques de films grand public composaient l'essentiel de la collection privée de Kalter. Antoine sourit devant un *Sexcalibur* et un *Brice de nique*, la créativité sémantique du genre était inépuisable. Un peu gêné, il regarda ses voisines qui discutaient avec entrain sans se soucier de lui.

Il y avait une cinquantaine de vidéos, essentiellement des extraits d'une durée variable entre dix et vingt minutes, qu'il parcourut en accéléré. Ça en devenait presque fastidieux. Au moment où il arrivait à la fin de la liste des chefs-d'œuvre du 7ᵉ art, un détail le fit tiquer. Le quarante et unième fichier avait pour seul titre *Sodox*, rien qui ressemblait aux autres indexations, la photo de capture d'écran montrait trois silhouettes dans un bureau.

Encore un calembour douteux, mais il n'arrivait pas à comprendre le sens. Les deux premières syllabes, il voyait bien, mais la suite…

À moins que.

Sodox…

Antoine jeta à nouveau un regard autour de lui, vit que personne ne l'observait et ouvrit le fichier. Il prit soin de réduire le format en écran timbre-poste et de mettre des écouteurs. Mater un film X à la terrasse d'un resto, devant deux mamies, c'était pas vraiment glorieux comme investigation…

La vidéo commença à s'animer et il n'y avait rien d'érotique dans ce qu'il découvrait. On y voyait trois hommes assis dans un bureau en train de discuter autour d'une bouteille de whisky. Apparemment, la prise de vue venait d'une caméra qui devait être fixée au plafond. Il reconnut le responsable de la maintenance de la Sodex, mais les visages des deux autres hommes restaient dissimulés dans la pénombre.

Antoine monta le son au maximum pour saisir la conversation.

Tout est réglé, Jérôme. Ta carte verte sera disponible dans deux mois. À toi une nouvelle vie.

La voix était teintée d'un fort accent américain.

Vous ne voulez toujours pas me révéler ce que vous comptez faire ?

Kalter paraissait anxieux.

Tu le sauras en temps utile. Maintenant que tu fais partie de la Fraternité, tu sais que l'une des premières règles est de ne pas poser de questions.

Kalter sirotait son verre et se calait dans son fauteuil en jetant un regard bref vers la caméra.

Je sais, en échange, la Fraternité s'occupera de moi jusqu'à la fin de ma vie. Ça tombe bien, j'en ai marre de la France et de ma salope de femme.

L'un des deux hommes servit une nouvelle rasade.

Pas question de te faire remarquer avant ton départ.

Kalter leva le bras et émit un rire satisfait.

Je le jure sur les crânes et les os. C'est bien ça, je ne me suis pas trompé ? Votre rituel de dingo, à côté les francs-macs c'est des rigolos. Je...

Ce fut le tremblement de la tranche de jambon du croque-monsieur dans l'assiette qui alerta Marcas. Puis les hurlements des deux vieilles dames à côté de lui. Il leva brusquement la tête de l'écran.

Son cœur fit un bond.

La gueule béante du camion de livraison grandissait dans son champ de vision. Dans un grondement sourd, le monstre d'acier fonçait sur la terrasse.

Il roulait droit sur lui.

34.

Paris
Place de la Révolution
10 octobre 1793

La pluie avait cessé de battre le pavé parisien. Le domestique qui suivait Danton plia le parapluie qui abritait la tête du grand homme. La rue Saint-Honoré était déserte, mais elle se remplirait bientôt quand les premiers convois de condamnés la remonteraient pour rejoindre la place de la Révolution. Arrivé à quelques pas du numéro 366, Georges changea de trottoir. Un groupe de sbires, gourdin à la main, montait la garde devant une porte cochère : c'était là que vivait Robespierre qui, par amour du peuple, s'était installé chez une famille de menuisiers dont il était l'oracle. Danton manqua de hausser les épaules. Ce Maximilien était vraiment prêt à tout pour s'assurer le soutien de la populace ! Vivre chez un menuisier ! Au milieu des odeurs de copeaux et du bruit des rabots... Robespierre n'était vraiment qu'un démagogue. D'ailleurs ce matin, Saint-Just – la voix de son maître comme on l'appelait à la Convention – avait fait passer un décret affirmant que désormais « *le gouvernement de la France serait révolutionnaire jusqu'à la paix* ». Des mots, rien que des mots qui ne voulaient rien dire, mais enthousiasmaient les sans-culottes, ces crève-la-faim qui, à défaut de pain, se gavaient de discours grandiloquents ! Enfin, pendant ce temps, la clique du

Comité de salut public ne s'occupait pas de ses affaires et il pouvait mener comme il l'entendait ses fouilles dans la nécropole royale de Saint-Denis. Un fin sourire éclaira son visage : que Robespierre joue au prolétaire si ça l'amuse ! Bientôt, lui, Georges Danton, serait le seul maître de la France.

Ils arrivèrent sur la place de la Révolution qui était encore silencieuse. Seuls quelques chiens, l'œil avide, tournaient autour de l'échafaud. Sur la plateforme un aide répandait avec précaution un seau d'eau au pied de la guillotine. Entre les lames disjointes du plancher, un liquide trouble tombait à larges gouttes sur le pavé qu'il étoilait de reflets vermeils. Georges détourna le regard. Il n'avait jamais pu supporter le sang.

D'un geste, il indiqua à son domestique une porte cintrée qui s'ouvrait sur la longue façade qui longeait la place. Le valet fit tinter une cloche, un guichet s'ouvrit et, à la vue de Danton, on fit pivoter la porte d'entrée.

— Monsieur est attendu à l'étage, annonça le concierge en montrant un escalier au marbre étincelant.

Arrivé au niveau supérieur, Maubuisson l'attendait pour le mener dans un salon dont les deux fenêtres ouvertes donnaient sur la place.

— Mais où est-on ici ? demanda l'ogre avec une note d'impatience dans la voix.

— Chez un ami qui loue son appartement aux amateurs qui veulent assister, de près, à des exécutions publiques. Et comme beaucoup de ses clients sont des députés, la police ne vient jamais ici. Voilà pourquoi nous pouvons nous y rencontrer en toute discrétion.

Le secrétaire le prit par le bras et le conduisit vers la fenêtre. Un détachement de gardes nationaux venait de prendre position autour de l'échafaud. Maubuisson désigna de la main le lieu du supplice vers lequel convergeaient des groupes de spectateurs de plus en plus nombreux.

— En tout cas, les pauvres bougres qui vont être expédiés aujourd'hui ne risquent pas de finir au Panthéon.

Pour eux, ce sera la fosse commune, la tête entre les jambes et deux sacs de chaux vive pour dissoudre le tout.

Sur la place, une haie de militaires en armes dégageait un passage sécurisé jusqu'à l'entrée de la rue de la Révolution. Le secrétaire sortit un garde-temps de son gousset.

— Les charrettes vont arriver dans dix minutes. Voilà qui nous laisse le loisir de prendre connaissance de l'évolution de l'Opération Profanation. Turenne est ici.

Le barbier du Châtelet, son calot à la main, entra par une porte dissimulée dans les boiseries.

— Il est passé par les cuisines pour qu'on ne le voie pas, précisa le secrétaire, nul ne doit savoir qu'il est notre oreille et notre œil sur place.

Depuis qu'il travaillait dans la nécropole de Saint-Denis, Turenne avait perdu de sa bonne humeur native. Lui, qui vivait des morts depuis sa jeunesse, supportait mal le contact de ces cadavres décharnés, de ces squelettes râpeux dont il fallait trier, un à un, les ossements friables et jaunis.

— Vous ne vous rendez pas compte, hier, j'ai passé ma journée, à la lueur d'une lanterne, à compter les vertèbres et les phalanges de Constance de Castille, la femme de Louis VII et la fille d'Alphonse VII.

Depuis qu'il œuvrait pour Dom Poirier, le barbier du Châtelet était devenu imbattable sur les généalogies royales.

— Vous avez ouvert combien de tombes en tout ? s'impatienta le secrétaire.

— Eh bien… six.

Georges frappa le rebord de la fenêtre du poing. *Si Dom Poirier continue à ce rythme*, songea Danton, *demain c'est ma tête qu'on va venir voir tomber.*

— D'abord, on a commencé par Pépin le Bref, précisa Turenne. Je vous dis pas l'état. Rien que le crâne, dès qu'on l'a touché, il est tombé en miettes. En même temps, il était là depuis plus de mille ans, alors bien sûr, ça use... sauf que j'ai dû tout ramasser à la petite cuillère, un travail de damné.

— Quelles autres tombes de rois ont été ouvertes ?

— Eh bien, Louis VI... vous savez qu'on l'appelait le Gros ? Et franchement, y avait plus de quoi, car il en restait pas grand-chose. Ensuite, on est passé à Philippe le Hardi...

— Mais, à l'intérieur des tombes, il y avait quelque chose d'autre que des os en vrac ? interrogea Danton.

Le secrétaire ouvrit un portefeuille en maroquin rouge et tapota du doigt sur une liasse de feuilles.

— J'ai là tous les rapports de Dom Poirier : il a recensé les objets trouvés, un par un, et il a inspecté chaque tombe dans le moindre détail. Rien, il n'y a rien qui soit en rapport avec...

Georges comprit qu'il faisait allusion à l'énigme, il chercha Turenne du regard. Ce dernier s'était approché d'une fenêtre et fixait, envoûté, la guillotine. Néanmoins, il se retourna pour tenter de justifier son travail.

— On a aussi ouvert la tombe de la femme de Philippe le Hardi, elle est morte enceinte, Dom Poirier voulait savoir si le fœtus avait été enterré avec sa mère. Et...

— Ça suffit ! Dehors !

La voix de Danton éclata en même temps que sur la place un roulement de tambour annonçait l'arrivée des premières charrettes. D'un geste, le secrétaire fit signe au barbier de déguerpir.

— Des incapables, rugit Georges, des incapables qui vont foutre en l'air notre opération. Ce Turenne, avec son sourire de béat, n'est qu'un demeuré, tout juste bon à éventrer un cheval. Quant à Dom Poirier, comme tous les moines, c'est un imbécile. Il confond sa mission avec ses obsessions d'érudit et se perd dans les détails. Il faut trouver quelqu'un d'autre. Et vite !

— Dès demain, nous changeons le dispositif, annonça le secrétaire. Dom Poirier ne dirigera plus les fouilles. Il se contentera d'en assurer le compte rendu. Quant à Turenne, il s'occupera uniquement de la sécurité du site.

Danton avait l'œil rivé sur l'échafaud au pied duquel les charrettes venaient de déposer leur cargaison de condamnés. Dégoûté, il se retourna vers son secrétaire.

— Et qui va se charger de retrouver ce secret des rois ? Toi ?

Maubuisson secoua la tête avant de répondre :

— Notre limier ! Cet inspecteur Ferragus qui nous a aidés à décrypter le message. Il saura pallier les défaillances de Poirier.

— Ton homme est intelligent, mais pas vraiment malléable. Tu n'as pas peur qu'il nous double ?

Le secrétaire sourit et tourna la tête vers la fenêtre d'où il apercevait la guillotine.

— Il sera surveillé de très près, par notre ami barbier. Et puis, s'il ne donne pas satisfaction, nous n'aurons aucun mal à lui offrir une place dans le manège du docteur Guillotin.

Paris
Bureau de la police

La Seine battait les quais de ses flots rageurs couleur de plomb. Le bâtiment sombre de la police semblait un château assiégé par les intempéries. Dans les bureaux pourtant, l'activité ne faiblissait pas. Chaque jour apportait son lot de dénonciations et des charretées d'arrestations répondaient à cette vague de délations qui semblait vouloir submerger tout le pays. Au dernier étage, dans son bureau qui donnait sur le fleuve, Ferragus referma un dossier en soupirant.

Rien ! Il n'y avait rien. Voilà plus d'un mois qu'il fouillait, explorait les enquêtes récentes, décortiquait les rapports de filatures. En vain ! Le nom d'Élisabeth n'apparaissait nulle part. Morte, elle était plus insaisissable que vivante. Il avait pourtant exploré les filières royalistes démantelées, disséqué les réseaux anglais abattus, mais dans aucune affaire politique ce nom n'apparaissait.

Plus de deux mois aussi qu'il n'avait plus eu de nouvelles de Danton et de son secrétaire après la séance de décryptage dans la maison du tribun. Les premiers jours, il s'était attendu à les voir réapparaître pour le forcer à continuer l'enquête sur le secret des rois de France. Et puis, il avait appris, stupéfait, la décision de la Convention de mettre en coupe réglée l'abbaye de Saint-Denis pour récupérer le plomb des cercueils des rois. Danton avait osé ! Une profanation à grande échelle pour une pseudo-raison patriotique – des balles pour la République – alors que le but souterrain était de mettre la main sur le fameux secret. Le choix de Dom Poirier pour superviser les fouilles illustrait à merveille les intentions cachées de l'ogre et de son âme damnée.

Un grouillot passa sa tête dans l'entrebâillement de la porte.

— Inspecteur Ferragus ? Le député Danton vous réclame chez lui ! Tout de suite !

Quand Ferragus entra dans le salon de l'ogre, le secrétaire l'attendait assis au bureau, le regard plongé dans des papiers comme immergé dans une profonde concentration.

— Assieds-toi.

Maubuisson leva son visage pâle. Seules ses pommettes se teintaient d'une couleur plus chaude.

— À partir de demain, tu es mis à la disposition du Comité de sûreté générale.

Annibal ne répondit pas. Le secrétaire fit glisser un dossier sur le bureau.

— Toutes les autorisations sont là. Tu as une nouvelle mission.

Devant l'impassibilité de l'inspecteur, le secrétaire renchérit :

— C'est une mission particulière. Et comme pour toute opération spéciale, l'implication de celui que l'on choisit doit être totale. Sa loyauté comme sa détermination, absolues. Tu te doutes de l'objet de ta mission ?

Ferragus hocha la tête et afficha une moue ironique.

— Retrouver le secret des rois de France dans la basilique de Saint-Denis. Et bien sûr… sauver la République en danger.

35.

Paris
De nos jours

Dans un fracas épouvantable, le camion de livraison pulvérisa les premières tables de la brasserie qui se trouvaient sur son chemin. Les chaises volaient en l'air au milieu des cris paniqués des clients. Le vacarme assourdissant du moteur fou engloutissait la terrasse entière.

Tout se joua en une fraction de seconde pour Antoine. Juste devant le capot du camion se dressait un mur mouvant de tables et de chaises. Un mur qui allait s'effondrer sur lui et le broyer, avant même que les roues du camion n'achèvent le travail.

Un siège fila à deux centimètres de sa tête et explosa un pan de la vitrine derrière lui.

Il ne lui restait plus qu'une option. Une seule.

Juste à sa gauche. Le pilier. Un mince pilier de béton qui supportait l'auvent de la terrasse. Planté entre lui et le rouleau compresseur de bois et de métal qui allait le pulvériser.

Antoine jaillit de sa chaise pour se jeter derrière la colonne.

La vague de bois et de métal se fracassa tout autour de lui, emportant avec elle toute la vitrine. Il entendit des cris là où se trouvaient les deux vieilles dames. Le temps n'existait plus, seulement l'espace qui se broyait autour de lui.

Il y eut alors un second bruit. Comme une déflagration.

Le camion avait percuté de plein fouet le pilier. Stoppé en pleine course, il effectua une rotation sur lui-même et finit de faucher tout ce qui se trouvait sur son chemin. Il y eut encore quelques instants de chaos, puis le fourgon s'arrêta et bascula sur le côté.

Les hurlements n'avaient pas cessé, bien au contraire, mais nul ne pouvait savoir, à cet instant, s'ils étaient de peur ou de douleur. L'onde de choc transmise par le pilier renversa Antoine à terre. Il percuta le bord d'une table, la nuit submergea son cerveau. La dernière chose qu'il vit fut le visage démantibulé d'une femme aux cheveux blancs, un filet de sang coulait de ses lèvres trop roses.

36.

Saint-Denis
Basilique
11 octobre 1793

— Holà, dedans ! (Le cocher frappa à la vitre de la berline.) Va falloir descendre un peu pour soulager les chevaux. Le chemin est boueux et ces animaux de malheur n'arrivent plus à avancer.

Les voyageurs qui avaient pris la voiture à la barrière de Paris descendirent en maugréant. Chaque fois, c'était pareil. Depuis la Révolution, les routes étaient dans un tel état que la moindre côte se transformait en un bourbier sans fond. Un à un, les occupants de la berline sortirent. Un vieux paysan, qui avait dû être maquignon, tâta le flanc des chevaux.

— Elles ont plus que la peau et les os, ces pauvres bêtes. Un jour, elles vont crever sur place !

— Évidemment, répliqua l'un des voyageurs, les meilleurs chevaux partent tous pour l'armée, reste plus que les vieilles carnes ! Avant on mettait une demi-journée pour aller à Saint-Denis, maintenant...

Il se tut brusquement. Juste en haut de la côte venait d'apparaître le cadavre noirci d'une ferme. Le toit s'était effondré entre les murs et des poutres brisées crevaient les fenêtres. Sur une des portes arrachées, un couperet sanglant avait été peint d'une main pressée.

— Les *tape-durs*, murmura le vieux paysan. La semaine dernière, ils ont dépouillé toute la plaine de Saint-Denis.

Les autres voyageurs détournaient le regard. Ils ne faisaient pas bon parler de ces bandes de sans-culottes qui ravageaient le pourtour de Paris, pillant et tuant au nom de la République.

Une main sur la roue arrière, Ferragus aidait à pousser la berline. Il portait un habit d'arpenteur. Depuis que les propriétés de l'Église étaient devenues des biens nationaux, on voyait partout de ces employés du cadastre qui démembraient les terres des anciens privilégiés au bénéfice des nouveaux. Plus personne n'y prêtait attention. Une transparence dont profitait Annibal pour se transformer en oreille attentive. Mais pour l'instant, aucun des voyageurs n'avait évoqué la profanation de la nécropole de Saint-Denis.

Il faut dire que tout le périmètre de la basilique avait été cerné par des militaires et qu'il ne faisait pas bon s'approcher. Tout en marchant dans le sol boueux, l'inspecteur se remémorait les informations que lui avait fournies le secrétaire. Depuis le mois d'août, une équipe de terrassiers s'était attaquée aux sépultures qui parsemaient la basilique. Officiellement, il s'agissait de récupérer le plomb des cercueils. Un prétexte, car dans les six tombes, datant du Moyen Âge, qui avaient été profanées, on avait tout recherché sauf du métal pour fondre les balles. Ferragus avait lu les rapports d'exhumation : à part des ossements en piteux état, on n'avait rien trouvé que des fragments de tissus et quelques rares bijoux cabossés. Aucun indice en tout cas qui mette sur la trace du secret des rois. Rien d'étonnant cependant pour Ferragus : les tombes qui avaient été mises à nu dataient toutes d'avant la rédaction du message codé.

On n'avait pas cherché où il fallait. Un mauvais ciblage, imputable au fait que ni Danton, ni le secrétaire n'avaient voulu confier le véritable objet des fouilles à Dom Poirier, ce moine défroqué en charge des exhumations. L'érudit, visiblement, était plus à l'aise avec une plume et du papier qu'un levier et un burin. Depuis, il avait été écarté du chantier, installé dans le cloître de la basilique où il se contenterait de rédiger des rapports de fouilles sans y assister directement.

— Allez, bonnes gens, tous en voiture ! On sera à Saint-Denis pour midi, s'écria le cocher.

La longue rue qui menait à l'entrée de la basilique était bordée de gargotes où se retrouvaient, après le marché du matin, les maraîchers qui approvisionnaient la ville. Au coin d'une table, on discutait de la flambée journalière des prix et de la rareté croissante des denrées. Annibal s'arrêta à l'enseigne des Deux Mousquets. Une taverne aux murs en torchis qui avait dû connaître ses jours de gloire sous le règne du Bien-Aimé.

Quand il entra, des marchands, alignés le long de la table basse pour le déjeuner, n'interrompirent même pas leur conversation que plusieurs pichets pansus de vins clairets avaient rendue particulièrement animée. Annibal se glissa entre les tables et s'installa sur un banc sous l'escalier qui montait à la réserve. La veille avant de partir, il avait envoyé une lettre à Delalande où il narrait par le menu toute l'affaire dans laquelle il s'était retrouvé embarqué à contre-courant. S'il lui arrivait malheur, l'astronome pourrait la rendre publique. Quoique Ferragus se demandait bien, dans le chaos actuel, qui croirait jamais pareille histoire. D'un geste, il appela une des servantes qui, sans un mot, lui servit le fricot du jour. Désormais, il était invisible.

— Et moi, je te dis que si. (La voix pâteuse d'un des marchands s'éleva autour de la tablée.) Et je sais de quoi je parle.

— Des ragots, des menteries, s'exclama une autre voix plus alerte, inventés par ces maudits aristocrates pour conspirer contre la République.

— Par tous les sangs, je vais te dire comment je le sais ! Tu connais le docteur Salvador, celui qui habite près du moulin ? Eh bien c'est lui qui m'a tout raconté.

Le docteur Salvador devait être favorablement connu dans la contrée, car nul ne mit en doute sa réputation.

— C'était après la foire du 15 août, je suis rentré de nuit à la ferme et, manque de chance, je me suis tordu une cheville dans un trou d'eau.

— Dis plutôt que tu avais abusé du vin de Montmartre, il est traître, celui-là.

— Vin ou fondrière, ma cheville, elle était aussi gonflée que les joues d'un évêque. Alors, j'ai envoyé ma femme chercher le docteur. Eh bien, mes amis, quand il est arrivé, il était blême comme un linceul. Et même après deux verres de ma fine, il tremblait encore pareil à un damné. Et vous savez pourquoi ?

Le silence s'était fait autour de la table.

— Parce qu'il avait vu la Grande Sauvagerie.

Un bruit de vaisselle retentit sur le sol. Une des servantes venait de lâcher son plateau.

— On l'avait appelé à la basilique, là où se passent les fouilles, parce qu'ils avaient retrouvé un ouvrier qui avait voulu descendre dans la crypte.

— Retrouvé vivant ? interrogea une voix anxieuse.

— Ni vivant… ni mort… mais pire.

Plusieurs marchands se signèrent. Le surnaturel venait de faire son entrée dans la taverne.

— … une de ses jambes s'était retournée, le pied derrière le corps. Les bras, eux, s'étaient enroulés autour du cou comme des serpents. Quant au visage… il regardait… mais derrière lui.

— Par tous les saints, s'écria une femme, la mort est à Saint-Denis !

Ferragus en avait assez entendu. Il repoussa son écuelle et posa une poignée d'assignats sur le banc. Comme il se dirigeait vers la porte. Il entendit :

— Non, ma commère, ce n'est pas la mort qu'ils ont réveillée à Saint-Denis, mais le Diable.

Quand Ferragus sortit de l'auberge des Deux Mousquets, un lourd crachin embrumait la ville, rendant le pavé luisant, et les façades spectrales. Parfois l'œil d'une fenêtre brillait dans le brouillard et faisait sursauter l'inspecteur. Sans être superstitieux, Annibal gardait de sa jeunesse périgourdine une sensibilité particulière pour les affaires de revenants et les manifestations supposées du prince des ténèbres. Elles provoquaient autant son imagination que son esprit d'analyse.

Tout en remontant la rue vers la basilique, il songeait au corps tourmenté de cet ouvrier soi-disant trouvé dans la crypte royale. Était-ce une rumeur sans fondement ou au contraire un accident étrange avait-il bien eu lieu pendant les fouilles ? Ce qui inquiétait Ferragus, c'était la description du corps : une jambe retournée vers l'arrière, des bras disloqués autour du cou et un visage inversé. Curieusement, ces symptômes anatomiques aberrants, l'inspecteur les avait déjà rencontrés. Non pas dans la réalité, dieu merci, mais dans un livre qui décrivait des cas de possessions, attribués au Malin. À croire que la superstition qui avait hanté l'Ancien Régime était en train de ressusciter, ici, à Saint-Denis en pleine Révolution ! Il ralentit le pas. Devant lui venait de surgir une enceinte crénelée qui protégeait l'accès de la basilique. Deux tourelles grises surplombaient la porte d'entrée lourdement fermée. Annibal eut l'impression de revenir en plein Moyen Âge. Comme il s'approchait de la porte, un canon de fusil surgit d'une des meurtrières de la tourelle.

— Qui va là ?

— Annibal Ferragus. Je suis envoyé par...

L'inspecteur n'eut pas le temps de terminer sa présentation. Un verrou claqua, puis un autre, suivi d'un bruit de crochets rouillés et de barres qu'on ôtait. Dans l'embrasure de la porte, surgit une masse imposante au sourire d'angelot et aux joues noircies qu'Annibal reconnut aussitôt.

— Jean Turenne !

Le barbier s'écarta pour laisser entrer l'inspecteur.

— Décidément on ne se quitte plus... Ah ah ah...

Ferragus esquissa un sourire faussement complice en guise de réponse. Le parvis de la basilique avait été transformé en un camp retranché. Tout le long de l'enceinte, des soldats montaient une garde vigilante. Un officier parcourait les rangs, vérifiait chaque arme, faisant jouer les chiens, la pression de la détente comme si un ennemi acharné allait attaquer à l'instant.

— On veut éviter toute intrusion, prévint le barbier.

Deux militaires tournaient un canon en direction de la porte tandis qu'on roulait des tonneaux de poudre sur le sol. Annibal allait s'étonner de tant de précautions quand une éclaircie balaya le brouillard.

La basilique apparut.

Le portail d'entrée grimaçait de sculptures venues du fond des âges tandis qu'une rosace éteinte, aux vitraux crevés, s'élevait entre les deux tours-clochers. Ferragus s'était arrêté. Il suivait du regard la flèche de la tour gauche qui fusait à travers la brume. La sensation était vertigineuse. Annibal recula d'un pas. Turenne le saisit par l'épaule.

— On a du travail à l'intérieur.

Le barbier le précéda pour entrer dans l'église. Ferragus se demandait si, sous sa veste, Jean Turenne dissimulait une arme. En passant le porche d'entrée, Annibal buta sur un fragment de sculpture. Quand il leva les yeux, ce fut pour apercevoir un spectacle inouï. Sous la nef immense, se tenait un cimetière de pierre. Partout des mausolées, des gisants, des cénotaphes s'élevaient comme une forêt pétrifiée par les siècles. Mais des ronces de marbre abattues avaient roulé jusqu'au sol, des colonnes à l'écorce de granit gisaient effondrées sur des tombes embouties. Et une odeur sombre de décomposition stagnait comme un mauvais présage.

Turenne n'eut qu'une phrase :

— Bienvenue dans le royaume des morts.

37.

États-Unis
De nos jours
Cimetière John Skene
Deer Creek, Connecticut

Through many dangers, toils and snares
I have already come
'Tis Grace has brought me safe thus far
And Grace will lead me home

Un vent tiède s'était levé du fond de la vallée et s'engouffrait entre les tombes, faisant onduler les branches des sapins sombres. Son souffle ne gênait pas les hommes et les femmes du chœur de gospel groupé sous un saule majestueux. Bien au contraire, il en caressait doucement les vocalises qui s'élevaient au-dessus du caveau familial de la famille Lightwood.

The Lord has promised good to me
His word my hope secures
He will my shield and portion be
As long as life endures

Le lourd cercueil noir, luisant et astiqué comme une limousine de gala, posé sur deux tréteaux, faisait face à la rangée de colonnes de marbre de style néo-classique qui marquaient l'entrée du caveau. Deux magnifiques gerbes de lys et de roses avaient été déposées dans des urnes de pierre de chaque côté de la porte de la crypte grande ouverte.

La cérémonie d'obsèques officielles s'était déroulée une heure plus tôt dans la chapelle de Deer Creek, la ville natale du lobbyiste. Le gratin de Washington avait assisté à l'office, y compris deux anciens présidents et un chef d'état-major. Mais ici, dans le cimetière, il ne restait plus qu'une trentaine d'intimes réunis autour de la veuve en larmes. Le périmètre avait été bouclé par l'équipe du shérif de la ville.

Yet, when this flesh and heart shall fail,
And mortal life shall cease

Le chœur monta en puissance au fur et à mesure que le chant touchait à sa fin. Même les âmes les plus endurcies, et il y en avait parmi les proches de Lightwood, ne pouvaient rester insensibles à la beauté poignante de l'*Amazing Grace* qui s'élevait dans le couchant.

I shall possess within the veil,
A life of joy and peace.

Le visage grave et fermé, quatre hommes, en costume strict et cravate rouge, s'approchèrent du cercueil et le soulevèrent d'un même mouvement. Ils portaient tous l'écusson de l'université de Yale sur le revers de leur veste repassée au cordeau. Deux autres hommes, plus âgés, vinrent se placer auprès de la veuve, droite comme les piliers qui soutenaient le caveau de marbre clair.

When we've been there ten thousand years
Bright shining as the sun,

Plus loin, à une cinquantaine de mètres de la cérémonie, dissimulée derrière un buisson, une jeune femme brune observait la scène avec attention. Léonore mitraillait les invités avec un appareil photo muni d'un zoom plus épais qu'une bûche.

Son cœur se serrait en voyant sa sœur en larmes. À côté d'elle, elle identifia deux patrons de multinationales, un universitaire de renom, trois sénateurs, le directeur de la rédaction d'un des plus grands hebdos du pays, un juge à la Cour suprême... Le dernier bastion des amis de Lightwood trônait au sommet de l'échelle alimentaire des cercles du pouvoir américain. D'autres visages lui étaient inconnus, mais leur anonymat devait être inversement proportionnel à leur puissance. Elle appuya pour grossir le zoom en direction des porteurs du cercueil. C'était ceux-là qui l'intéressaient. Parmi eux, se trouvaient les assassins de Lightwood. Et d'un autre homme, qu'elle avait aimé passionnément.

Son visage se durcit en repensant au dernier entretien avec le lobbyiste. Elle avait presque réussi à faire son deuil quand il lui avait parlé des Skull.

We've no less days to sing God's praise
Than when we've first begun

Le dernier couplet s'envola dans l'air épais alors que le cercueil pénétrait lentement dans le caveau, oscillant au rythme des pas des porteurs. La veuve en larmes adressa un ultime salut et s'éloigna, le dos légèrement courbé, en compagnie d'un pasteur qui lui tenait l'avant-bras. Derrière elle, le groupe s'ébranla, suivi par le chœur qui prolongeait le chant en doublant les ultimes paroles. La cérémonie se terminait, le vent avait redoublé de vigueur comme pour intimer aux vivants de quitter au plus vite le royaume des morts.

La jeune femme à l'appareil photo pesta en silence. Elle ne pouvait pas se rapprocher de la tombe, deux policiers du comté se tenaient en poste juste devant l'édifice massif. Impossible d'aller plus loin. Pourtant, elle le savait, quelque chose de profondément déplaisant allait se dérouler dans le caveau. Robert Lightwood, en personne, lui en avait expliqué les détails macabres.

We've no less days to sing God's praise
Than when we've first begun

Accroché dans une niche prévue à cet effet, un flambeau diffusait une lumière ondulante à l'intérieur du caveau. La crypte avait été creusée deux cents ans plus tôt, pour y accueillir la dépouille du premier de la dynastie des Lightwood. Tout autour du cercueil, on voyait une succession de plaques rectangulaires, encastrées dans le mur de granit circulaire. Sur chacune était gravé le même nom en lettres d'argent, seuls les prénoms et les dates changeaient.

Les quatre porteurs de la dépouille se faisaient face, debout autour du cercueil. Ouvert.

Ils observaient, en silence, le corps de Robert Lightwood, confiné dans le velours nacré du cercueil capitonné. Son visage de patricien, remodelé, affichait une carnation rosie, presque surnaturelle. On aurait pu croire qu'il allait reprendre vie d'une minute à l'autre. Le thanatopracteur, le plus cher de Washington, avait fait des merveilles, les os pulvérisés par le choc sur le trottoir avaient été remplacés par des inclusions en plastique ; la peau retendue semblait être d'une élasticité parfaite.

La Fraternité avait pris en charge la facture de 96 750 dollars, au grand soulagement de la veuve. Rien n'était trop beau pour ses membres les plus prestigieux.

L'un des hommes, le plus petit, réajusta ses fines lunettes cerclées d'acier et rompit le silence.

— Le frère Lightwood a trahi la Fraternité. Qu'a-t-il mérité ?

— La mort ! répondirent en chœur les autres.

— La mort lui a été offerte. Que mérite-t-il de plus ?

— L'inquiétude éternelle.

Le maître de la Fraternité fit un signe de tête à Adley Rillman, qui lui faisait face de l'autre côté du cercueil. Le directeur de Pentacle Corporation inclina la tête en guise d'acceptation, il savait ce qu'il devait accomplir, même si la tâche lui soulevait le cœur. Robert Lightwood avait été son mentor dans la Fraternité et au fil des décennies il était devenu un ami proche. Et maintenant, il devait lui appliquer un châtiment qui le répugnait profondément.

Rillman se dirigea vers le fond du caveau pendant que les autres soulevaient le corps de Lightwood, juste pour mettre sa tête au-dessus du bord supérieur du couffin.

— Que le crâne se sépare des os, murmura le maître.

Rillman était revenu avec une hache qui paraissait totalement anachronique entre ses mains. Le patron de Pentacle hésitait et cela se voyait. Il aurait voulu se trouver à des milliers de kilomètres de là pour ne pas avoir à accomplir cette besogne. Et pourtant, le maître de la Fraternité l'avait choisi, lui et pas un autre, pour appliquer la sentence. Ce n'était pas un hasard, il connaissait fort bien les liens qui les unissaient. Sa voix jaillit à nouveau :

— Frère, ne tarde pas. Il est 8 heures.

Rillman prit une profonde inspiration, l'air vicié du caveau pénétra dans ses narines, et posa lentement le tranchant de la hache sur le cou qui reposait contre le bord du cercueil. Curieusement, à cet endroit précis, la peau semblait distendue et le cou paraissait presque étiré par le poids de la tête.

— Maintenant !

Adley leva la hache et l'abattit de toutes ses forces.

La tête de Lightwood se détacha d'un coup, comme si elle n'avait été retenue que par la peau. Il n'y eut aucun craquement de vertèbres. Et pour cause, le thanatopracteur avait là encore bien fait son ouvrage et respecté les instructions. Récurer le cou, sectionner la colonne vertébrale, mettre de la gélatine à la place des os et recoudre la peau. Le maître de la Fraternité était un homme de rigueur, il savait que la décapitation d'un cadavre n'entrait pas dans les compétences d'un dirigeant d'entreprise.

La tête de Lightwood avait roulé à terre pour s'arrêter contre le mur du caveau.

Ses yeux s'étaient ouverts sous le choc.

Adley Rillman jeta la hache à terre et aperçut un mince sourire se dessiner sur le visage du maître de la Fraternité.

Sa peau se hérissa. À la lumière vacillante de la torche, la face du petit homme prenait une teinte jaunâtre qui le faisait ressembler à un démon. Et dire que cet homme était un respectable professeur de Yale.

— Il est temps de remettre les os dans leur tombe.

Les quatre chevaliers de la Fraternité repositionnèrent le corps sans tête dans le cercueil, puis le soulevèrent pour le glisser dans la niche qui lui avait été destinée.

Tandis que ses acolytes refermaient et scellaient la plaque, le maître avait sorti un sac poubelle froissé de sa poche. Il s'accroupit devant la tête du mort.

— Ah, mon cher Robert ! J'espère que tu as apprécié *Amazing Grace*, c'était le chant favori de ton idole, le grand Sherman.

Il se leva et brandit la tête du lobbyiste par les cheveux pour la hisser à hauteur des yeux. Les pupilles du mort, durcies par la résine, renvoyaient un regard clair et épouvanté.

— Mais le général, lui, n'a jamais trahi l'Ordre ! Ton crâne va donc recevoir la sépulture qu'il mérite. Mais ça tu le savais déjà.

38.

Saint-Denis
Basilique
11 octobre 1793

Annibal Ferragus entendait l'orage crépiter violemment contre les vitraux de la basilique de Saint-Denis. L'église flagellée par la pluie et le vent résonnait comme un cercueil grêlé par les mottes de terre des pelles des fossoyeurs. À l'intérieur de la nef, de maigres braseros tentaient sans succès de combattre le froid qui saisissait les vivants. Plus loin, dans une des chapelles adjacentes, des terrassiers transis démembraient à la hache un confessionnal pour alimenter les feux moribonds. Annibal ne parvenait pas à saisir leur regard : ils évitaient soigneusement de le diriger là où l'inspecteur se tenait avec Turenne. Ce dernier frappait ses vastes mains les unes contre les autres, mais sur un rythme si lent que l'on se demandait s'il tentait de se réchauffer ou s'il frappait un ennemi imaginaire. Un éclair enflamma brusquement la basilique d'une lumière rouge d'apocalypse. Instinctivement Ferragus s'adossa à un pilier. En un instant, la faune des statues, des gisants, s'illumina. Les visages de pierre étincelèrent, le marbre des anges s'anima, Annibal eut l'impression que le peuple des morts revenait à la vie. Quand la nef retomba dans sa pénombre habituelle, la moitié des terrassiers s'étaient agglutinés sous une statue ébréchée de la Vierge et priaient comme si le Diable les tirait par les tripes.

— *Locus terribilis est*, prononça sentencieusement le barbier.

— Tu cites la Genèse en latin ? s'étonna Ferragus.

— C'était gravé sur une des pierres tombales qu'on a brisées et c'est Dom Poirier qui m'a traduit.

— *Ce lieu est terrible*, reprit Ferragus, en regardant les ouvriers qui, à chaque coup de tonnerre, multipliaient les signes de croix frénétiques. Où avez-vous recruté les terrassiers ?

— Dans les prisons. C'était ça ou la déportation à Cayenne.

Annibal se raidit. La République avait expulsé des prisonniers politiques en Guyane. Aucun n'était revenu.

— Bien entendu, pas de tentative d'évasion ?

— Pour sûr. Personne n'a envie de finir sous *la guillotine sèche*[1].

— On m'a dit cependant qu'un des ouvriers était mort. Un accident pendant les fouilles, je suppose ?

L'orage grondait au-dessus de Saint-Denis comme un dragon en colère. À chaque instant, des éclairs léchaient les vitraux de leur haleine de flamme.

— On dirait que le ciel vomit l'enfer, affirma Turenne. Je vais te montrer quelque chose.

Ils remontèrent la nef en direction du chœur. Des dizaines de tombeaux intacts leur formaient cortège.

— Des tombes, il y en a combien en tout ?

— Dom Poirier en a répertorié près de cent cinquante.

Annibal fit un rapide calcul : pendant l'été, seules six tombes avaient été explorées, il en restait plus de cent quarante à fouiller dans le moindre recoin. Un travail en forme de labyrinthe sans fin s'il ne trouvait pas un indice.

— C'est ici, annonça le barbier.

Juste au centre du chœur, une excavation avait été creusée à même le sol dégageant les contours verdis d'une voûte de pierre. Turenne saisit un chandelier, en fit sauter

1. Nom donné à la déportation en Guyane.

les cierges avant de les raccourcir d'un coup de couteau et de les allumer un par un.

— Regarde bien.

Il jeta une chandelle allumée, suivie de deux autres. L'une d'elles rebondit sur un rebord de bois qu'elle éclaira fugitivement. Malgré la profondeur, Annibal reconnut l'angle d'un cercueil.

— C'est l'ossuaire des Bourbons. Dom Poirier dit qu'il y a quatre macchabées royaux là-dessous.

— Sans doute Henri IV, Louis XIII, Louis XIV...

— Celui-là, il est mort d'une gangrène de la jambe, le coupa le barbier. S'ils l'ont bien enterré dans un cercueil en plomb, ça doit sentir son pesant de fumier là-dedans.

— ... Louis XV, termina Ferragus.

Sur le sol luisant, les trois chandelles formaient comme un pétale de lumière. Pareille à un parfum longtemps macéré, une odeur lourde, oppressante, commença de monter.

— Il faudra demander aux terrassiers d'éclairer la crypte avec des torches de résine pour purifier l'atmosphère, puis de répandre du vinaigre sur le sol et du genièvre sur le cercueil avant de les forcer.

— Je serais toi, je me donnerais pas tant de mal parce que les Bourbons, c'est pas ton affaire.

Turenne cligna de l'œil devant la surprise de l'inspecteur.

— Dès demain, on va élargir l'ouverture pour faire descendre les échelles. Beaucoup d'échelles.

— Je ne comprends pas.

— Robespierre a donné des ordres. Demain on ouvre les portes de la basilique et on fait rentrer le peuple. On va même faire venir quelques barriques. Le vin qui coule à flots, ça va en motiver plus d'un.

— Mais, ils vont tout piller, tout détruire...

Le barbier grimaça.

— Ah ça, c'est sûr que M. Danton va pas être content. Mais, il va y avoir du spectacle ! Imagine tout ce bon peuple se précipiter pour fracasser les cercueils, plonger les mains dans les chairs dissoutes... Sans compter qu'il y a d'autres cryptes dessous. Eh oui, ils ne sont pas seuls les Bourbons ! Il y a des bancs entiers d'épouses, des enfants mort-nés, rangés en étagère...

— Combien en tout ?

Un sourire d'enfant s'éveilla sur le visage du barbier.

— En tout ? Une cinquantaine de cadavres qui vont fermenter pire que l'enfer quand on va les ouvrir !

— Et le spectacle va commencer à quelle heure ?

— En fin de matinée.

Annibal réfléchit rapidement. Le début des *réjouissances* lui laissait quelques heures pour explorer seul la basilique en quête d'une piste.

— Demain, dès le lever du soleil, je veux que les terrassiers soient confinés dans le cloître et l'accès de la nécropole totalement interdit. Tu diras qu'il y a une suspicion de maladie contagieuse, je te laisse choisir le nom, c'est toi l'homme de la mort...

Curieusement le barbier ne protesta pas. Avec son sourire éternel, il semblait venir d'un autre monde. Ses manières de réagir ne coïncidaient pas vraiment avec son métier de préparateur de cadavres. Ou alors, était-il justement capable de dépecer un mort, éventrer un cheval, parce qu'il n'avait aucun sens natif du bien et du mal ? Pour Ferragus, la question demeurait encore un mystère.

— Tu ne m'as toujours pas dit comment est mort l'ouvrier dont tout le monde parle à Saint-Denis ?

Turenne leva les mains en signe d'impuissance comme un enfant qui vient de briser un vase.

— On l'appelait le Limousin et il se vantait auprès des autres terrassiers de bientôt descendre dans la crypte. Il voulait ouvrir les cercueils pour son propre compte, et s'emparer des bijoux. Alors, un soir, je l'ai suivi, je me suis mis en faction derrière un pilier et je l'ai attendu.

— Et tu l'as vu venir ?

— Oui. Dom Poirier avait délimité à la craie un périmètre sur les dalles du chœur qui correspondait à la voûte de la crypte. C'est là que le Limousin fouillait. Il avait descellé une dalle qu'il faisait ensuite basculer avec un levier entouré de chiffon. Puis, avec un burin graissé pour réduire les bruits, il ôtait une par une les pierres fichées dans la voûte. Ça faisait trois nuits qu'il travaillait en secret.

— Et ni Dom Poirier, ni toi n'aviez rien remarqué ?

— Pas une seule trace. À l'aube, le Limousin ramassait les pierres ôtées de la voûte dans un sac et allait les déverser dans une tombe déjà fouillée, puis il reposait la dalle, et avec la poussière des gravats, il reconstituait les joints. Tout était invisible.

— Et à partir de là, qu'as-tu fait ?

— Le matin, après l'avoir épié, j'ai soulevé la dalle pour voir où il en était de la perforation de la voûte. À mon sens, il lui restait encore deux nuits de travail avant d'ouvrir un passage où il aurait pu se glisser. Alors je lui ai laissé deux nuits de sursis.

— Mais pourquoi ? s'étonna Ferragus.

— Je voulais que ses camarades soient convaincus qu'il était bien descendu dans la crypte. J'ai même placé une corde à nœuds pour qu'ils n'aient aucun doute.

L'orage s'éloignait. On n'entendait plus que le roulement lointain du tonnerre emporté par le vent. La basilique perdait de sa pénombre.

— Et au bout des deux nuits de travail clandestin ?

— Je me suis occupé de lui.

Ferragus songea à la description du corps torturé qu'il avait entendue à l'auberge. De nouveau, il tenta de capter le regard du barbier, mais il fixait le sol comme un somnambule.

— Pour que la jambe se retourne complètement, c'est tout un travail. Faut la désarticuler pile en haut de la cuisse. Alors, mon Limousin, je l'ai assommé puis je l'ai étalé sur une des tombes. Après, je lui ai fouillé l'aine.

Ferragus se figea.

— Pas au couteau, ça laisse trop de trace, non avec un crochet. On enfonce profond, puis on saisit les ligaments et on tire. C'est là qu'il s'est réveillé.

— Il s'est débattu ? demanda Ferragus, effaré.

— Non, il ne pouvait pas bouger.

— Tu l'avais attaché, alors ?

— Comme j'avais pas de cordes, j'ai pris des morceaux de statues. Des gros. Et je les ai laissés tomber sur les pieds pour qu'il s'enfuie pas. Ensuite je lui ai écrasé chaque main.

Annibal n'avait pas envie d'en entendre plus.

— Pour la tête...

Ils approchaient de la porte qui donnait sur le cloître. Annibal rêvait d'un jardin de verdure entre des pierres silencieuses. Un Éden loin de la cruauté des hommes. Il en avait vraiment besoin.

— Tu me raconteras la suite, plus tard. Je dois rencontrer Dom Poirier. J'ai besoin de renseignements avant d'explorer la crypte.

Turenne hocha vigoureusement la tête – à croire qu'il était toujours d'accord sur tout – avant de répéter comme pour lui-même :

— Donc demain matin, je ferme la basilique.

Ferragus acquiesça avant d'ajouter :

— Et surtout tu préviens les ouvriers de ne pas venir : je n'ai pas besoin d'eux.

Le barbier éclata d'un rire joyeux.

— Si tu crois qu'ils ont envie de descendre dans la crypte pour finir comme le Limousin...

39.

Paris
De nos jours

Le carrefour Edgar-Quinet débordait de camions de police et d'ambulances. Les lumières des gyrophares qui balayaient les façades des immeubles attiraient les badauds agglutinés derrière les barrières de sécurité, comme des moustiques sur un réverbère en été. Les fenêtres des immeubles entourant le carrefour étaient aussi bondées.

Les chaînes d'information en continu diffusaient en boucle les images du camion renversé sur la terrasse. Et pourtant… Les journalistes arrivés sur les lieux, gonflés d'excitation à l'idée de couvrir un nouvel attentat terroriste en plein Paris, commençaient à remballer leurs micros, déçus par ce qui n'était qu'un spectaculaire accident de la circulation.

La police n'avait pas mis longtemps pour annoncer que le conducteur du camion fou avait eu tout simplement une crise cardiaque, le pied sur l'accélérateur. Le bilan restait néanmoins tragique, deux personnes âgées avaient été tuées net, fauchées sur le coup, ainsi qu'un serveur.

Assis dans l'ambulance, Marcas se faisait prendre la tension par un médecin en blouse blanche des urgences de l'APHP. Un côté de sa chemise était taché de sang, un gros pansement lui barrait la joue droite et le dessus de sa main gauche était badigeonné d'un liquide antiseptique jaune et grumeleux comme de la purée de coing. Face à lui, le frère obèse l'observait avec appréhension, tentant de dompter ses propres tendances hypocondriaques.

— Puisque je vous dis que je n'ai rien, à part quelques égratignures, grommela Marcas. Allez plutôt me trouver un garagiste, mon scooter est en mille morceaux.

— Ils t'ont trouvé inconscient, tu dois aller passer un examen cérébral, déclara le commissaire Haudecourt d'un ton docte, comme s'il était lui-même médecin.

— Niet. Je prends sur moi. J'ai juste un putain de mal de crâne qui va passer.

Le frère obèse haussa les épaules, il savait qu'il ne ferait pas fléchir Antoine.

— Tout le quartier est sens dessus dessous, même la gare Montparnasse a été évacuée. Ils ont tous paniqué à l'idée que ce soit encore le coup d'un islamiste dépressif. Alors que ce n'était qu'un pauvre type dont le cœur a flanché.

Antoine reboutonna sa chemise, ses yeux clignaient à répétition pour accommoder la lumière qui l'environnait.

— Tu ne m'ôteras pas de l'idée que la coïncidence est troublante. Juste au moment où je trouve quelque chose, un type fonce sur moi avec son camion.

— Ne sois pas parano, personne n'est au courant de ton enquête. Et jusqu'à preuve du contraire, les kamikazes ne meurent jamais de crise cardiaque en mission.

— Quand même... Juste après avoir récupéré l'ordinateur.

— Il est d'ailleurs en miettes, complètement pulvérisé par les roues du camion. L'important c'est que tu l'aies échappé belle. Sans les tables coincées au-dessus de ta tête, tu finissais écrasé par la toiture de la terrasse.

Sous les yeux médusés du médecin, Antoine arracha lui-même le bandeau qui servait à prendre la tension et s'extirpa de l'ambulance.

— Je devrais surtout remercier mon croque-monsieur pourri. S'il n'avait pas tremblé dans son assiette, je serais déjà à la morgue et retour à la case départ. Bon, c'est pas tout ça, mais on a du boulot.

Le frère obèse le prit par le bras et l'entraîna vers les cordons de sécurité.

— Mon chauffeur m'attend sur le boulevard, devant l'entrée du cimetière du Montparnasse. Je ne te cache pas que le dircab du Premier ministre est sur les dents. La version des deux SDF du parking avec le dépôt des bonbonnes de gaz de protoxyde d'azote relance la piste terroriste. Ils ont envoyé une équipe là-bas pour les cueillir. En vain. Tu ne saurais pas où ils se trouvent ?

Une expression de surprise, un peu surjouée, se peignit sur le visage de Marcas.

— Ils ont dû décamper après mon passage… Bon, revenons à l'essentiel. Un. On sait que nos inconnus ont placé les bonbonnes pour masquer la cause réelle des vols planés. Deux. J'ai découvert un truc sacrément bizarre dans l'ordinateur de Kalter. Une vidéo d'un genre spécial.

— Du porno ?

Pendant qu'ils marchaient à pas rapides en remontant le petit boulevard, Marcas fit le récit précis de l'entretien filmé en caméra cachée entre Kalter et deux inconnus. La mention de l'existence d'une fraternité et la promesse d'une carte verte américaine semblaient vivement intéresser le frère obèse. Haudecourt aperçut le chauffeur et lui fit un signe de la main. Ils s'engouffrèrent dans la Renault stationnée devant la porte d'entrée du cimetière.

— Où va-t-on, commissaire ? demanda le chauffeur, en regardant les deux hommes dans le rétroviseur.

Le frère obèse semblait hésiter, puis se tourna vers Antoine.

— Tu peux me répéter, encore une fois, les paroles de Kalter sur cette fraternité ?

— Qu'ils avaient un rituel de dingue, que nous, les maçons, étions des rigolos.

— Non pas ça, tu as employé une expression particulière employée par le responsable de la Sodex.

— Ah oui… Je jure sur les os du crâne, ou quelque chose s'en approchant.

— Os et crâne... Si c'est bien ce que je pense, on va avoir besoin d'aide.

Le frère sortit son portable et pianota dans son répertoire.

— Bonjour, Haudecourt à l'appareil. Vous êtes au magasin ? C'est urgent. OK, je passe maintenant avec un ami.

Il raccrocha et s'avança vers le chauffeur.

— Changement de direction, on file dans le seizième. Rue de l'Assomption.

Son corps massif s'enfonça à nouveau dans le siège. La voiture fit un demi-tour pour prendre la voie du boulevard en contresens. Il allait mettre le gyrophare sur le capot quand le frère obèse lui posa la main sur l'épaule.

— Non, on n'en a pas besoin.

Marcas palpa sa joue endolorie.

— On peut savoir où tu m'emmènes ?

Le frère obèse lui renvoya son regard, assorti d'un petit sourire ironique. Il se gratta la barbe et baissa les yeux sur sa chemise tachée de sang.

— Pas terrible ton allure. Passons voir mon tailleur. Tu as besoin d'un costume sur mesure.

— C'est une blague ? On s'en fout de mon allure. L'enquête va...

Haudecourt posa un doigt sur ses lèvres.

— Chut... Mon tailleur est l'homme de la situation.

Les deux motos avaient démarré à leur tour et suivaient la Renault, à une centaine de mètres d'intervalle. Les conducteurs communiquaient par radio insérée dans leur casque.

— Ce Marcas a beaucoup de chance. La probabilité d'échapper au camion était infime.

— On aurait dû l'abattre directement.

— Bien sûr... Assassiner un policier, c'est excellent pour la discrétion. Les ordres sont clairs, il faut agir en douceur.

Les motos filaient sur le boulevard du Montparnasse.

— Pas vraiment efficace le coup de l'acide cyanhydrique dans le circuit de climatisation et la pédale d'accélérateur coincée. Résultat, le flic est maintenant sur ses gardes. Et en plus, il n'est plus isolé. On fait quoi, une fois qu'ils arrivent à leur destination ?

— On attend les ordres.

40.

Paris
Carrières de Montmartre
11 octobre 1793

De la butte Montmartre, on voyait l'orage illuminer Saint-Denis de violents éclairs comme si la flèche de la basilique avait crevé les lourds nuages noirs qui désormais se dirigeaient vers Paris. Montmartre allait affronter la tempête. Sur la butte, les vignes étaient déjà balayées par les vents tandis que dans les ouvertures béantes des carrières un gémissement sépulcral parcourait les galeries. Dans l'une d'elles, trois hommes se tenaient devant une haute porte à deux battants. Chacun portait son masque et celui du Roi jetait des regards suspicieux derrière lui.

— Et si avec ce temps d'enfer les mendiants de la butte venaient se réfugier ici ?

Le Diable, qui ouvrait la porte, le rassura.

— Les pauvres ont bien plus peur du surnaturel que de la tempête. Même s'ils étaient en danger de mort, ils ne pénétreraient jamais jusqu'ici.

— Les carrières ont mauvaise réputation, reprit le Pape, on dit que des fantômes de mineurs hantent ces couloirs de pierre et qu'ils perdent à jamais les inconscients qui s'y engagent.

La porte s'ouvrit sur un long tunnel où le vent s'engouffra jappant comme un chien de chasse après sa proie. Le Roi tressaillit. Il n'aimait pas ce bruit qui ressemblait à un cri désespéré venant des profondeurs d'outre-tombe. Il tendit le doigt.

— L'impétrant[1] est là ?

— Depuis ce matin, précisa le Diable. Il médite dans la chambre noire.

Chacun des trois masques ralentit le pas se souvenant de ce que fut son initiation : un de ces moments sans nom que rien n'efface.

— *Il médite*, reprit le Pape d'un ton sarcastique, pour rien au monde je ne voudrais revivre ça.

Ils venaient d'arriver devant une nouvelle porte plus étroite et plus basse. Un œilleton permettait de voir à l'intérieur. Le Diable se tourna vers le Roi.

— À toi d'y jeter un œil.

C'était une salle taillée dans le rocher. Des flambeaux, au niveau du sol, éclairaient des sculptures qui jaillissaient de tout côté. Chaque mur était comme gravé, sculpté par un dément : partout des formes hideuses, des visages mutilés, des corps démembrés fusaient comme échappés de l'enfer. Au milieu des monstres, attaché à un fauteuil de bois, se tenait un prisonnier au visage dissimulé par une cagoule. Seuls ses yeux étaient visibles.

Des yeux que la peur révulsait.

Estomaqué, le Roi recula. Un poing invisible martelait son ventre. La respiration lui manqua.

— Reprends ton souffle, mon frère, lui intima le Pape en lui posant la main sur l'épaule.

— Chaque fois, j'ai l'impression de voir l'enfer.

La voix du Diable siffla comme le vent glacé.

— L'enfer est peu de chose face à ce qui l'attend. Maintenant, c'est la chambre des supplices qu'il doit affronter.

Le Diable ouvrit la porte basse et pénétra dans la salle aux monstres. Sans laisser le temps au néophyte de réagir, il lui enroula un bandeau sur les yeux tandis que ses comparses lui ôtaient ses liens. Vigoureusement tenu par les épaules, ils le conduisirent dans la pièce d'à côté.

1. Nom donné à une personne qui s'apprête à être initiée.

Au centre, se tenait une longue dalle de pierre usée par les siècles. Le Diable mit un genou à terre et prononça d'une voix lente :

— Voici la table du martyre de notre Grand Maître !

Le Roi, les mains levées vers le ciel, reprit :

— C'est là qu'Il a souffert la torture, humilié dans son corps et profané dans son âme !

Le Pape se tourna vers l'impétrant.

— Seul peut demeurer parmi nous celui qui a franchi les épreuves de la douleur et du sang.

Aussitôt, le Diable et le Roi saisirent le néophyte et le couchèrent sur la table. Deux cordons de cuir enserrèrent ses poignets tandis que le bruit métallique des anneaux qui se refermaient sur ses chevilles résonna dans la salle. Une main lui ôta son bandeau. Au plafond, suspendus à des crocs, des instruments barbares tournaient lentement. Une tenaille crantée ouvrait sa mâchoire vorace, une scie fraîchement huilée semblait sourire de toutes ses dents, mais le plus angoissant était l'odeur. Pas celle de la paille pourrie des cachots ou la senteur fétide du sang à peine caillé, mais l'haleine brûlante de braises incandescentes.

— Il va s'évanouir, constata le Roi en fixant le regard en train de chavirer de l'impétrant, il n'est pas prêt. Nous sommes allés trop vite.

— Nous n'avons pas le choix, répliqua le Diable, en soufflant sur les braises dans un trépied. Il nous faut agir rapidement.

— Alors, il faut que tu nous dises pourquoi, déclara le Pape dont le visage sous le masque fondait en gouttes de sueur.

Le Diable abandonna son soufflet pour tisonner lentement le feu.

— Les révolutionnaires sont en train de faire des fouilles à Saint-Denis.

Le Roi haussa les épaules.

— Ça, nous le savons tous. Les journaux claironnent cette opération depuis des semaines : un os à ronger pour les sans-culottes.

— Il ne s'agit pas d'une simple opération de communication pour calmer le peuple en proie à la disette. Ceux qui dirigent vraiment cette *profanation* cherchent tout autre chose : le secret des rois.

— Le secret qu'ils nous ont volé ! s'exclama le Pape.

Le Diable sortit le tisonnier des braises et en examina le symbole à l'extrémité : une fleur de lys brûlante comme l'enfer.

— Oui, le secret qu'ils ont arraché à nos frères à force de tortures, sauf que ceux qui, aujourd'hui, le cherchent à Saint-Denis, en ignorent la véritable nature.

Le Roi comme le Pape s'étaient tus.

— Il n'y a que nous qui connaissons la force inouïe, la puissance insensée de ce secret, voilà pourquoi j'avais infiltré un homme à nous dans l'équipe de fouille. Le jour, il œuvrait pour les révolutionnaires, la nuit il travaillait pour nous. Malheureusement, on l'a retrouvé mort.

— Un accident ?

— Avec des jambes et des bras totalement désarticulés, il y a peu de chance.

Le Roi remonta sa couronne sur son front. Son masque avait la pâleur des gisants.

— Et tu veux envoyer quelqu'un d'autre à une mort aussi atroce ?

La voix du Diable se fit plus précise.

— Justement non. Voilà pourquoi nous devons absolument aller au bout de l'initiation.

Sur la table, le néophyte commençait de s'agiter. Le Roi s'approcha et vérifia le bâillon sous la cagoule.

— Mes frères, l'impétrant ne peut ni bouger, ni s'exprimer.

— Alors il parlera par le regard, répliqua le Diable en faisant glisser le tisonnier de sous les braises.

La fleur de lys était chauffée à blanc.

À son tour, le Pape prit place autour de la table de torture. Il croisa les mains sur sa poitrine, les paumes sur les épaules.

— Tous nous ont trahis ! Le roi Philippe, le pape Clément, tous !

Le Roi renchérit :

— Tous nous ont trahis ! Les chevaliers, nos frères, qui ont avoué, sous la torture, les plus ignobles des crimes, tous !

Le Pape se pencha vers le corps attaché sur la dalle de pierre.

— Et toi, nous trahiras-tu ?

Un regard éperdu lui répondit.

— La promesse de tes yeux ne me suffit pas, il m'en faut une autre.

Le Roi s'agenouilla au pied du néophyte et fit glisser ses bottes. Un pied recroquevillé par la peur apparut.

— Maintenant, c'est à toi de décider. Es-tu prêt à tout pour devenir des nôtres ?

Les yeux se fixèrent sur le masque livide du Roi comme un dard ardent.

— Qu'il en soit ainsi. Démon, fais ton office !

Le Diable se leva du bord de la cheminée, le tisonnier à la main. La fleur de lys rougeoyait comme du sang en fusion.

— Qui veut nous gagner doit se perdre.

Sans hésiter, le Diable appliqua la fleur de lys incandescente sur un des orteils. En un instant, la chair passa du rouge au noir dans un grésillement purulent. Un long hurlement, à demi étouffé par le bâillon, retentit dans la chambre de torture.

— Que la chair quitte les os.

Le Roi apparut, un gant de fer à la main. Il saisit l'orteil fumant entre ses doigts de métal et l'arracha d'un coup sec.

— Ainsi tu sauras toujours dans ta chair à qui tu appartiens.

Le Diable abattit son tisonnier sur la plaie vive. Une odeur infecte empuantit l'air.

— Désormais, tu porteras ton nom d'initié : tu t'appelleras Eulogia.

Le Pape et le Diable dénouèrent ses liens et son bâillon, puis le prirent aux épaules

— Maintenant, lève-toi et marche, ordonna le Roi.

Dès le premier pas, un cri de souffrance retentit sous la cagoule. Le contact du pied mutilé avec les dalles du sol avait été terrible.

— Dès que tu sortiras de la chambre des supplices, nous te donnerons un onguent qui calmera ta douleur. Ainsi tu pourras marcher… et remplir ta mission.

Eulogia se tenait droit, malgré sa jambe gauche qui ne cessait de trembler.

— Il reste une dernière révélation, annonça le Diable tandis que le Pape et le Roi se glissaient derrière l'initié, tu as passé les épreuves de la mort initiatique et de la douleur salvatrice, maintenant il te reste à connaître le savoir essentiel. Celui qui te rendra à jamais supérieur aux autres.

Eulogia planta ses ongles dans sa cuisse pour tenter d'arrêter le tressaillement convulsif de sa jambe.

— Ôte ta cagoule, ordonna le Diable.

L'initié obéit. Son visage était crevassé de larmes, son front flagellé de rides, quant à ses yeux, ils avaient pris la teinte du crépuscule. L'impétrant était devenu un initié.

— Es-tu prêt à affronter ton pire ennemi ?

Eulogia hocha la tête.

— Alors, retourne-toi !

Derrière elle, le Pape et le Roi tenaient un miroir.

Eulogia se regarda.

Et dans le reflet, elle vit la femme qu'elle avait été.

Élisabeth de Lostange.

41.

Paris
De nos jours

La rue de l'Assomption s'enfonçait dans une nuit tiède et paisible. Le clocher de la très discrète église de Notre-Dame de la rue du même nom commençait à se teinter d'un gris sombre crépusculaire. Ce coin du seizième arrondissement, résidentiel dans l'âme, n'était ni réputé pour ses cafés et restaurants ni pour ses rares boutiques qui, d'ailleurs, fermaient l'une après l'autre leur devanture. C'était l'une de ces rues de Paris où il faisait bon dormir, s'ennuyer tranquille, voire doucement vieillir, selon l'âge de ses habitants.

La berline noire s'arrêta en double file devant une devanture de vêtements pour hommes, encore ouverte. Pendant que le frère obèse donnait ses instructions à son chauffeur, Antoine était descendu de la voiture et contemplait la vitrine luxueuse qui occupait une moitié de largeur d'immeuble. Les boiseries brunes et cirées, omniprésentes en façade et à l'intérieur, incarnaient à merveille l'esprit délicieusement suranné de la rue. Les présentoirs, aussi datés que le reste de la boutique, regorgeaient de modèles de cravates, de chemises et de vestes inconnus dans la penderie d'Antoine.

Carpin et fils, tailleur pour hommes.

Curieusement, c'était l'ajout du mot *fils* qui enfonçait définitivement le clou du rétro.

Le frère obèse arriva au niveau d'Antoine et murmura, le regard gourmand :

— Ils ont de très belles pièces. Carpin fait chanter les tissus comme personne.

— Je ne suis pas certain d'apprécier son répertoire, répliqua Antoine. Et j'attends toujours de comprendre en quoi il va nous aider...

Le commissaire Haudecourt ne répondit pas et poussa la porte d'entrée. Les deux hommes entrèrent, dans le magasin vide. Partout ce n'était que vestes, pantalons, chemises, cravates et gilets à profusion. D'énormes coupons de tissus de toutes les couleurs occupaient tous les rayonnages d'un pan de bibliothèque transformé en armoire de rangement.

Sur le côté, un mannequin à la moustache hilare, qui avait dû prendre sa retraite dans les années 1940, montrait de l'index une longue tablette remplie de boutons de manchettes. Au mur, il y avait des affiches pastel vantant les charmes de la Côte d'Azur et de Chamonix, datant d'une époque où seule une minorité de Français connaissait l'existence du mot vacances. Antoine s'approcha de la caisse. Sur le mur trônaient deux cadres en verre où étaient insérés des articles récents et élogieux de mensuels masculins de prestige. Il avait compris son erreur, ce qu'il avait pris pour du ringard n'était que du vintage subtilement mis en scène.

— Vu ta corpulence, j'ai du mal à t'imaginer comme client de ce genre de boutique, glissa Antoine.

Le frère obèse le regarda avec dédain.

— Malheureux, n'utilise jamais le mot boutique en présence du propriétaire des lieux. De plus, je t'ai déjà fait comprendre que je n'aimais guère que l'on fasse référence à mon poids.

— OK... Où est donc ce bon M. Carpin ?

Au fond de la boutique, un double rideau de toile de tweed verte s'écarta. Un homme d'une trentaine d'années, à l'allure svelte, tiré à au moins six épingles, apparut à leurs yeux. Veste coupée de couleur bleu nuit, pantalon en tissu souple qui tombait pile à la bonne longueur, chemise soigneusement repassée, le jeune dandy par excellence. Il affichait un sourire chaleureux.

— Commissaire Haudecourt, c'est toujours un plaisir.

— Mon cher Carpin, je vous présente un collègue et ami, Antoine.

Le jeune tailleur l'inspecta des pieds à la tête en un quart de seconde.

— Enchanté, cher monsieur. Vous avez presque la taille mannequin, je serai ravi de vous proposer une veste en laine tissée façon Bauwen. Tout à fait votre style. À la fois décontracté et élégant.

Antoine ne savait pas si le tailleur se moquait de lui, il allait répondre quand le frère obèse prit la parole :

— Avec joie, je l'emmène dans le salon d'essayage.

— Bon sang, rétorqua Marcas d'une voix agacée, j'ai autre chose à faire que d'essayer une veste.

— C'est un ordre ! dit le commissaire Haudecourt en l'entraînant derrière les rideaux.

Ils pénétrèrent dans une vaste pièce sans fenêtres, dont deux des murs étaient recouverts d'une tapisserie décorée de visages interrogatifs de messieurs à barbiche du XIXe siècle. Sur la gauche, on apercevait deux cabines d'essayage, chacune aussi grande que la salle de bains d'Antoine. Un grand miroir était encastré au milieu du mur du fond.

Le frère obèse contourna un mannequin rempli d'aiguilles qui trônait au milieu de la pièce et se plaça devant le miroir.

— Tu peux me rejoindre s'il te plaît, Antoine.

Marcas s'avança à ses côtés.

Le reflet de deux policiers à l'allure si dissemblable arracha un sourire étonné à Antoine.

— Et maintenant on fait quoi ? Je crois que tu es devenu complètement dingue, si tu...

Il n'eut pas le temps de continuer sa phrase. Un claquement métallique retentit dans le mur. Le miroir glissa dans un chuintement sur sa droite, laissant apparaître un escalier éclairé par des veilleuses rouges. Sans se soucier de la réaction stupéfaite d'Antoine, le frère obèse descendit les marches d'un pas léger.

— Je te suggère de me suivre, la porte va se refermer dans dix secondes.

Passé l'instant d'hébétude, Marcas s'engouffra à son tour dans l'escalier. Alors qu'il arrivait à la moitié des marches, le miroir se referma dans un souffle.

Un peu plus au nord de Paris, dans l'arrondissement voisin, du côté des Champs-Élysées, un homme à la carrure massive et à la barbe de hipster observait son écran de surveillance. Il parlait d'une voix monocorde en portant son majeur à son oreillette.

— Oui, monsieur, j'en suis conscient. Ça ne se reproduira plus. Notre équipe les suit.

— Vous avez identifié celui qui l'a embarqué en voiture ?

— Oui, il s'agit du commissaire Fernand Haudecourt. Conseiller spécial pour la sécurité, détaché auprès du Premier ministre. Je viens de vous envoyer sa photo et sa fiche. Je tiens à vous signaler que, selon son dossier de la CIA, c'est un Résident de niveau 3.

À des milliers de kilomètres de là, il y eut un silence suivi d'une petite toux. Le barbu reprit :

— Vous connaissez la classification de Langley[1], monsieur ?

— Bien sûr, répliqua l'homme à l'autre bout du fil. Pour quelle raison l'Agence lui a-t-elle attribué ce rang de premier plan ?

— Haudecourt a servi plusieurs gouvernements français pour des opérations de sécurité intérieure et extérieure. Il a dirigé un réseau de surveillance particulièrement effi-

1. Langley, siège de la CIA. Dans la terminologie de l'Agence, Résident fait référence à une personnalité de la nationalité du pays considéré. L'échelle de 1 à 6 évalue les responsabilités de la personne. Le numéro 3 correspond à un haut fonctionnaire opérant sur des domaines stratégiques, 6 correspond à un Président ou un Premier ministre.

cace qui a cependant été suspendu par le gouvernement précédent. Mais, depuis les attentats terroristes qui ont frappé la France, le nouveau Premier ministre a fait appel à lui pour monter un groupe d'intelligence anti-terroriste. Le responsable de l'Agence à Paris l'a rencontré plusieurs fois à titre informel et entretient toujours de bonnes relations avec lui.

— Voilà qui est très ennuyeux. Éliminer un Résident 3 va soulever beaucoup de problèmes.

— J'ajoute qu'Haudecourt est franc-maçon. Il appartient à une loge régulière et se rend trois fois par an à Londres et à Washington en tant qu'invité de marque.

Un petit rire déplaisant s'échappa de l'oreillette.

— Les francs-maçons... Ils ne sont que poussière charriée par le vent de l'Histoire. En revanche son statut de Résident 3 me pose un sérieux problème. En cas d'élimination, la CIA sera informée. Même si nous avons de bons contacts à l'Agence, je ne veux en aucun cas qu'elle soupçonne notre présence en France

Le barbu se massa la joue et cliqua sur son écran. La devanture de la boutique apparut.

— Monsieur, mes deux hommes sont sur le site. S'ils ressortent, ce sera beaucoup plus difficile pour s'occuper d'eux. Ils n'attendent qu'un ordre pour agir.

— Y a-t-il un moyen pour les éliminer et faire porter le chapeau à un groupe de terroristes quelconque ?

Le hipster mit ses mains sur sa nuque et se cala sur son siège de cuir noir.

— Tout est possible, monsieur. Une fois les cibles éliminées, nous pouvons envoyer un communiqué estampillé 100 % État islamique depuis n'importe quel point du monde.

— Bien, je dois en référer avant de prendre la décision. Tenez-vous prêt.

42.

Saint-Denis
Basilique
11 octobre 1793

Le cloître s'étendait sur trois côtés en extension de la nef dont l'ombre effilée du clocher coupait le jardin en deux comme un coup de hache. Si Ferragus s'attendait à trouver un jardin d'Éden, sa déception fut instantanée. Des buis taillés au cordeau, des rosiers pimpants contre les arcades, il ne restait rien : seulement un terrain vague au sol boueux qui collait aux semelles. Quant au cloître lui-même, la pierre en était grise, humide, rongée de mousse comme une antichambre de l'ennui et de la désolation. Annibal frissonna. Il lui tardait de trouver l'antre de Dom Poirier où il rédigeait ses comptes rendus de fouille en espérant qu'un bon feu de cheminée le réchaufferait.

Une femme, à la robe informe et aux sandales usées, qui tirait de l'eau au puits, le renseigna. L'érudit avait établi son quartier général dans l'ancienne salle capitulaire. Là où siégeaient les puissants abbés de Saint-Denis, un prêtre défroqué leur avait succédé, songea Annibal toujours sensible aux ironies de l'Histoire. Il frappa à la porte de la salle dont les arcades avaient été obturées par des planches cloutées.

— Entrez !

L'inspecteur ne se fit pas prier. Pourtant, il s'arrêta dès la porte franchie. La salle voûtée, éclairée par des dizaines de porte-cierges, ressemblait au plus incroyable des bric-à-brac. Partout des fragments dépareillés de statues, des meubles entassés de sacristie, des tableaux en vrac, et même des cercueils empilés comme si on les vendait à la douzaine. Au milieu de cet invraisemblable capharnaüm, un homme au crâne rose écrivait sur une minuscule table en noyer.

— Ce cher Annibal Ferragus !

Aussitôt Dom Poirier leva la tête, les yeux rougis.

— Je ne bouge pas, j'ai attrapé un mauvais rhume. Alors comme ça c'est vous qui reprenez les fouilles en main ?

— Oui, ainsi vous pourrez poursuivre vos recherches en toute quiétude. Je cherche quelque chose de précis.

L'ancien moine sourit.

— Et je suis sûr que ça a un rapport avec l'énigme latine que vous m'avez fait décrypter le mois dernier... C'est amusant de voir comme parfois les gens sous-estiment mon intelligence... En quoi puis-je vous aider ?

— Si je savais par où commencer... Mais c'est quoi tout ce bric-à-brac autour de nous ?

— Tout ce que j'ai pu sauver des barbares, soupira l'ancien moine, les sans-culottes ont tout dévasté dès les premiers mois de la Révolution. Regardez ces tableaux, ces ignares les avaient jetés dans l'écurie... Heureusement qu'ils n'ont pas touché à la nécropole. Les tombes, elles, sont restées intactes.

Ferragus allait poser une autre question quand un coup, discret, résonna à la porte. Trois femmes entrèrent, vêtues comme celle que l'inspecteur avait croisée dans le jardin. À nouveau, Dom Poirier se frappa la tête.

— Ah, oui, j'oubliais ! Nous sommes vendredi ! Vous pouvez y aller, bien sûr : vous connaissez le chemin.

L'une derrière l'autre, comme une procession, les trois femmes, tête baissée, traversèrent la salle, serpentant entre des statues mutilées et des prie-Dieu en lambeaux. L'ancien bénédictin se tourna vers l'inspecteur :

— Ce sont de vieilles religieuses qui étaient attachées au service de la basilique. Depuis que les ordres monastiques ont été dissous, elles gagnent leur vie ici comme femmes à tout faire. Bien sûr, les autorités sont au courant.

Étonné, Annibal regarda disparaître les trois ombres derrière une porte basse.

— Et là, elles vont faire le ménage ?

— C'est-à-dire que c'est vendredi, répondit, gêné, Dom Poirier. C'est le jour de la crucifixion du Christ, alors...

Ferragus se montra rassurant.

— Je suis ici pour m'occuper de la nécropole, pas pour réprimer une quelconque pratique du culte. Et puis, ce n'est pas dans mes idées.

— ... À la vérité, je les ai autorisées à adorer les Saintes Reliques.

Malgré toutes les surprises de ces derniers mois, Annibal avait encore une capacité d'étonnement qui se marqua sur son visage : il battit rapidement des paupières. Signe chez lui, depuis l'enfance, d'une profonde stupéfaction, et que remarqua aussitôt Dom Poirier.

— Permettez-moi de vous l'expliquer. Jusqu'en 1791, les reliques de la Passion du Christ se trouvaient dans la Sainte-Chapelle, au cœur de Paris. Elles y étaient depuis le XIIIe siècle, depuis Saint Louis en fait. Suite à la Révolution, elles ont été transférées, ici, dans le reliquaire de Saint-Denis.

— Mais il y a quelles reliques ?

— Un des clous de la Croix, mais surtout la relique suprême : la couronne d'épines du Christ, celle qui a vu couler le sang de Dieu.

Sous le coup de l'exaltation, l'ancien bénédictin parlait de la relique comme d'une personne. Ferragus, lui, n'en revenait pas.

— Mais pourquoi à Saint-Denis ?

— C'est une décision du feu roi Louis XVI. Lors de la nationalisation des biens de l'Église, il a revendiqué les reliques sacrées comme son héritage personnel puisqu'elles venaient directement de ses ancêtres. Les élus de la nation lui ont donné raison. Et depuis le printemps 1791, la couronne d'épines est ici.

Quelque chose troublait Annibal : pourquoi le roi, en pleine Révolution, alors que son trône chancelait de plus en plus, se préoccupait subitement d'un clou rouillé et d'un tas de ronces tressées ? Il regarda vers la porte où les ex-religieuses avaient disparu. Non, il ne comprenait pas. En plein siècle des Lumières – alors que Voltaire avait ridiculisé le culte des reliques – pourquoi un monarque au bord du gouffre mettait à l'abri un tel objet de superstition ridicule ? Il s'ouvrit de ses doutes à Dom Poirier qui sourit avec finesse.

— Croyez-vous que Saint Louis soit devenu un saint sans avoir récupéré cette relique ultime ? Croyez-vous que les rois qui ont suivi – Philippe Auguste, Philippe le Bel – eux qui ont véritablement fondé le royaume de France, auraient eu la légitimité nécessaire, s'ils n'avaient pas possédé la couronne imbibée du sang du Christ ?

En bon franc-maçon rationaliste, Annibal afficha un air dubitatif. Ces rois étaient surtout affamés de puissance. Relique du Christ ou pas, ils auraient continué à se battre pour être les maîtres.

— Posséder la couronne d'épines, c'est tenir son pouvoir de Dieu, insista Dom Poirier.

Ferragus ne répliqua pas. Il avait besoin de l'érudit et ne souhaitait pas le froisser. Quant à toutes ces histoires de pouvoir des reliques, elles lui semblaient dater d'une autre époque, d'un temps de ténèbres. Pourtant quelque chose le happait dans cette histoire. Comme une curiosité insatisfaite. Dom Poirier le sentit. Aussitôt, il se fit tentateur.

— Vous voulez la voir ?

43.

Paris
De nos jours

Le miroir de la boutique du tailleur s'était refermé derrière Marcas et le frère obèse alors qu'ils commençaient à descendre l'escalier.

Antoine se retourna et éprouva une angoisse fugitive. Il ne distinguait nul bouton apparent pour actionner le mécanisme en sens inverse. En d'autres temps et d'autres lieux, il avait déjà emprunté des passages dérobés, le plus souvent en situation de danger et détestait cette sensation de ne plus pouvoir revenir en arrière, comme un rat piégé dans un labyrinthe.

La dernière marche aboutissait à une porte de métal gris striée de hachures longitudinales. Le commissaire Haudecourt leva la tête vers la petite sphère noire encastrée : une caméra.

— Où sommes-nous ? demanda Antoine.

— Dans le souterrain d'une ancienne annexe du couvent des pères maristes de l'Assomption qui rejoignait leur église. Dieu veille sur cet endroit, dit le frère obèse en agitant la main.

— Et c'est Dieu qui va nous éclairer sur les propos tenus par Jérôme Kalter dans la vidéo de son ordinateur ?

— Je le jure sur les os et les crânes... Une expression pas très catholique utilisée par une organisation qui l'est encore moins... Un peu de patience, on arrive.

La porte glissa sur le côté.

Antoine marqua un temps d'arrêt, devant lui s'ouvrait un couloir bibliothèque, haut et étroit au point de ne pas pouvoir y avancer à deux de front. Une douce lumière crème tombait du plafond pour se répandre sur les rayonnages remplis de milliers d'ouvrages.

Il suivit son compagnon entre les hautes rangées de livres qui s'étendaient tout au long d'un couloir d'une dizaine de mètres ; il avait l'impression d'avancer entre deux hautes murailles qui pouvaient à tout instant les ensevelir. Ses narines s'imprégnaient d'un air bien trop sec pour une cave, mais idéal pour la conservation des livres. Au plafond, entre les spots lumineux, des bouches de déshumidification creusées dans le mur assuraient une hygrométrie parfaite.

Il ralentit le pas. Son regard s'attarda sur les titres qui défilaient sous ses yeux. Il faisait partie de ces gens sur lesquels les bibliothèques exerçaient une attraction magnétique, irrationnelle. Souvent à raison, parfois à tort, il restait persuadé que tout livre portait en soi une promesse d'intelligence. Le seul fait de les contempler, de palper leur reliure, d'ouvrir quelques pages, c'était déjà imbiber son esprit d'une encre ruisselante de savoir. Devant une bibliothèque, il était comme un glouton affamé face à une vitrine gorgée de délicieuses pâtisseries. Il craqua et extirpa un ouvrage au hasard, soigneusement rangé dans les étagères en métal branlant.

Relié pleine peau dans des tons bleu nuit, le dos orné de nerfs dorés, le livre portait un titre presque d'actualité.

La France vraie ou la mission des Français.

Antoine sourit, il connaissait l'auteur, un certain Saint-Yves d'Alveydre, qui avait connu son heure de gloire au XIXe siècle avec des théories ésotériques souvent fumeuses sur la mission des peuples et l'existence de groupes secrets. Sans compter son obsession chronique : la Synarchie, une société secrète censée détenir un pouvoir occulte dans tous les milieux politiques et économiques. Il feuilleta quelques pages, puis le glissa à nouveau à sa place. L'étagère à mi-hauteur contenait toute une collection de titres en rapport avec cet auteur :

Synarchie sous le régime de Vichy.
La Synarchie selon l'œuvre de Saint-Yves d'Alveydre.
Mission des Souverains, par l'un d'eux.
Le Roi du monde.
Synarchies et sociétés secrètes de pouvoir.
Le Patronat sous influence synarchique.
La Synarchie ou le mythe du complot permanent.
Franc-maçonnerie contre synarchie.

Marcas jeta un coup d'œil aux titres des livres sur les étagères supérieures. Ceux-là étaient classés à la lettre R, et il y était question de Rosicruciens et de Rose-Croix, encore une société secrète énigmatique. Ce n'était pas une bibliothèque d'apparat, mais bien de travail, les livres reliés côtoyaient ceux plus ordinaires, les grands formats jouxtaient les éditions de poche, ce qui indiquait un classement thématique plus qu'esthétique. La voix du frère obèse jaillit du fond du couloir.

— On n'a pas le temps pour faire la lecture, suis-moi.

— Ton tailleur possède une curieuse bibliothèque, répondit Marcas. Étrange de la dissimuler dans une cave.

— Elle n'appartient pas à Carpin, mon ami, mais à l'État. Et la consultation est interdite au public...

Il accéléra le pas pour rejoindre son compagnon qui montait un nouvel escalier. Son regard ne put s'empêcher de dériver une dernière fois sur un rayonnage, cette fois il s'agissait de traités sur des peuplades africaines. Les livres paraissaient plus anciens. *Rituels des Hommes léopards, Récit d'exploration au XVIIIe siècle aux confins du Tanganyika, Sectes animistes et pouvoir au Congo belge, Culte du Bwiti et iboga hallucinogène...*

— Elle est très orientée cette collection, lança Marcas, intrigué.

— Plus que tu ne le crois, dépêche-toi que je te présente au bibliothécaire...

Antoine quitta à regret les murailles de métal et de papier, il aurait pu rester des heures dans ce genre d'endroit. Il gravit la volée d'une dizaine de marches et poussa une porte, cette fois tout ce qu'il y avait d'ordinaire. Il déboucha dans un vaste bureau en rez-de-chaussée avec en arrière-plan une baie vitrée offrant une vue dégagée sur un parc arboré et l'église de Notre-Dame de l'Assomption. Si l'un des murs était occupé sur toute sa hauteur par une autre bibliothèque, un vaste écran mural lui faisait face. Sur la gauche, une tour d'ordinateur clignotait derrière une armoire de verre gravée de signes ésotériques séculaires. Antoine reconnut un delta lumineux, un ouroboros...

— Surprenant décor pour du matériel qui appartient à l'État...

Mais le frère obèse ne lui répondit pas : au centre de la pièce, devant un bureau circulaire encombré de piles de livres et de papiers, il se tenait à côté d'un homme, beaucoup plus jeune.

— Antoine, je te présente notre hôte. Franck Decloqueson, historien et informaticien. Notre meilleur spécialiste en intelligence artificielle et exploitation des archives.

Antoine s'avança vers le chercheur au regard bleu et dur qui lui tendait la main. Pas vraiment l'allure d'un bibliothécaire. Il semblait à peine avoir une trentaine d'années, la carrure ultra sportive, les cheveux courts et blonds. Et une barbe bien fournie. Pas celle du modèle hipster, humidifiée par l'absorption répétée de jus de courgette bio, non, plutôt la version viking, imprégnée du sang de ses ennemis découpés en rondelles.

— Ravi de faire votre connaissance, commissaire Marcas. Je vous ai souvent croisé dans mes recherches. Asseyez-vous, je vous en prie.

Les trois hommes s'assirent sur les sièges incurvés, mais confortables qui entouraient le bureau. Antoine nota la présence incongrue d'un modèle réduit de voiture de sport, une Lotus de couleur jaune vif. Il était un peu dérouté par le lieu et la personnalité de celui qu'il surnommait déjà mentalement le Viking.

— Et si vous me disiez en quoi consistent vos... recherches ? interrogea Antoine avec le sourire.

Decloqueson écarta les bras.

— Bienvenue au SISS. Le Service d'Intelligence sur les Sociétés Secrètes, qui dépend directement du cabinet du Premier ministre. Notre objectif est de collecter tous les renseignements sur les sociétés secrètes, ou discrètes, en France et dans le monde. Évaluer leurs influences, voire leur dangerosité, leurs champs d'action et leur pénétration dans le monde politique et économique.

— C'est un peu le pendant de la mission interministérielle sur les sectes, sauf que ce service opère dans l'ombre, précisa le frère obèse.

Marcas croisa les bras, l'air méfiant, pendant que son collègue allumait une pipe au mépris de toutes les règles de sécurité.

— Jamais entendu parler.

— Il a eu bien d'autres noms auparavant.

Antoine n'en croyait pas ses oreilles, sa voix se mit à trembler légèrement.

— Surveiller les sociétés secrètes... C'est quoi ce délire ! On est revenu sous le maréchal Pétain !

44.

Saint-Denis
Basilique
11 octobre 1793

Dom Poirier guida Ferragus vers la porte basse et le fit entrer dans une pièce éclairée de cierges. L'air semblait surchargé d'encens. Les anciennes religieuses, visages baissés, étaient agenouillées devant une châsse qui scintillait d'or et d'argent. Dom Poirier leur fit signe de ne pas bouger. Annibal était fasciné par ce reliquaire qui avait traversé les siècles. Des pieds sculptés, jaillissait une colonne dorée sur laquelle reposait une sorte de lanterne. L'inspecteur s'approcha d'une des vitres embuées par la chaleur des cierges. Délicatement il frotta la paroi de verre du revers de sa manche. Et soudain il la vit.

Sur un coussin de velours brodé, protégée par un tube de verre, un nœud de ronces jaunies formait un entrelacs ovale pareil à une couronne de bergère, tressée avec du jonc séché.

— Mais il n'y a pas d'épines ? s'exclama-t-il.

— Ce sont les empereurs de Byzance qui ont possédé en premier la couronne. Ce sont donc eux qui ont commencé à détacher des épines pour les offrir à des sanctuaires ou en guise de cadeaux lors de tractations diplomatiques. Les rois de France ont fait de même. Résultat : toutes les épines sont désormais dispersées. À part une.

— Laquelle ?

— Figurez-vous que Saint-Denis possède une couronne dite de Saint Louis ornée d'un superbe rubis. Eh bien derrière a été placée une des épines sacrées. Mais curieusement ce n'est pas Saint Louis, l'acquéreur de la couronne du Christ, qui l'a fait mettre là, non, c'est son aïeul Louis VI qui lui-même la tenait de sa grand-mère Anne de Kiev qui elle-même la tenait de...

Mais Ferragus ne l'écoutait déjà plus. Il était de nouveau inspecteur. Une à une, il scrutait les différentes ronces dont l'entrelacs formait la couronne. Ce qui le frappait, c'était que leur couleur était uniforme. Toutes avaient la même teinte parcheminée et nulle part on ne voyait une tache plus sombre, comme la marque d'une goutte de sang. Si cette couronne avait réellement été celle que portait le Christ, des dizaines d'épines auraient dû lacérer son front, déchirer le cuir chevelu dont on sait qu'il saigne abondamment à la moindre écorchure. Et là, pas même la plus infime trace de sang séché. Pour plus d'objectivité, Annibal tourna autour de chaque vitre pour observer avec attention l'intérieur de la couronne qui, selon la tradition, aurait dû être en contact direct avec l'épiderme sanglant. Mais aucune tache sombre, pas la moindre variation de couleur.

Rien.

Dom Poirier, malgré son érudition, avait l'esprit embué par la superstition. Les rois de France, qui avaient dû contempler plus d'une fois la sainte relique, avaient bien dû se rendre compte de l'imposture, mais comme elle était l'assurance divine de leur pouvoir terrestre...

— Dites, Dom Poirier, à la Sainte-Chapelle, comment la couronne d'épines était-elle offerte à l'adoration des fidèles ?

— À part la famille royale ou les invités de marque qui pouvaient la contempler à loisir, elle était sortie de sa châsse uniquement pour les grandes fêtes religieuses et portée en procession. Pourquoi ?

Annibal imaginait bien la scène : la relique était présentée à hauteur de bras par un prélat cerné de prêtres dans un nuage d'encens. Les dévots n'y voyaient que du feu. L'inspecteur s'en voulut d'avoir perdu du temps. Il n'avait que demain matin pour fouiller la basilique avant que le peuple se presse en masse pour tout profaner.

— J'étais venu pour tout autre chose. J'ai besoin d'un plan indiquant la répartition des tombes.

L'ancien moine jeta un dernier regard sur la relique avant de revenir, comme à regret, dans la salle capitulaire.

— Ç'a été mon premier travail, quand je suis arrivé ici, de dresser un inventaire des inhumations et de les reporter avec précision sur papier.

Il ouvrit une armoire à la corniche branlante et sortit, d'une étagère encombrée de livres, une feuille à dessin pliée en quatre.

— Rendez-vous compte. Il y a exactement cent quarante-sept sépultures et, souvent, nous ignorons qui se trouve dessous. Les noms gravés sur les tombes se sont effacés aussi bien de la pierre que de la mémoire des hommes. Quant à ceux qui auraient pu m'aider, les moines de Saint-Denis, la Révolution les a fait fuir comme un vol de moineaux.

— Comment avez-vous procédé alors ?

— J'ai épluché les anciennes chroniques. À chaque enterrement royal, les copistes décrivent la cérémonie et souvent ils indiquent à côté de quel autre personnage d'État le roi défunt a été inhumé comme son père ou son épouse. Ensuite, ç'a été un long travail de recoupement, mais j'ai fini par y arriver.

Il déplia la feuille à dessin avec soin. Annibal reconnut le chœur avec ses sept absides, puis la nef centrale séparée du transept par de hautes colonnes.

— J'ai répertorié toutes les sépultures qui se trouvent dans la basilique – gisants ou mausolées –, à l'exception notable de celles qui sont dans la crypte.

— Pourquoi ? interrogea Annibal, l'esprit aux aguets.

— La crypte a été ouverte, mais pas encore explorée. Elle abrite les cercueils de la lignée des Bourbons.

— Oui, Turenne m'a montré.

— Mais aussi la famille des Valois. Peut-être plus. À la vérité, on ne sait pas ce qui cache dessous. En surface, en revanche...

Avec une fierté non dissimulée, Dom Poirier pointa du doigt les cercles rouges qui parsemaient le plan de la basilique.

— Regardez ! Chaque tombe est numérotée et vous trouverez, dans la marge, le nom des défunts, auxquels elle correspond.

— Une œuvre d'exception, le félicita l'inspecteur, dont je ne saurai assez vous remercier. Dès mon retour à Paris, je ne manquerai pas d'informer la représentation nationale de l'excellent travail que vous avez réalisé.

Les joues, déjà vinaigrées de l'ancien moine, devinrent aussi roses que le sommet dégarni de son crâne.

— D'ailleurs, continua Ferragus, j'aurai grand besoin de vous demain matin à la première heure. Votre érudition sans faille me serait d'un grand secours pour me faire partager vos découvertes.

— Eh bien, je serai dans la basilique dès potron-minet, s'empressa de répondre Dom Poirier.

L'inspecteur le remercia chaleureusement et sortit. Dans le cloître, le vent froid lui fouetta le visage. Revigoré, il ne put s'empêcher d'esquisser un pas de danse.

Il avait trouvé ce qu'il cherchait.

La tombe 32.

La tombe de Philippe le Bel.

45.

Paris
De nos jours

Marcas ne décolérait pas.

Un service occulte de surveillance des sociétés secrètes en plein Paris. Mis en place par un gouvernement républicain. Il se planta devant le directeur du SISS.

— Et votre job c'est quoi ? Ficher des francs-maçons comme sous l'Occupation ?

Le Viking échangea un rapide coup d'œil avec le frère obèse dont le visage se cadenassait d'un sourire amusé et silencieux.

— Absolument pas, commissaire, répondit Decloqueson. Vous parlez sûrement du service de surveillance des Sociétés secrètes, dirigé par le collaborateur des nazis, Bernard Faÿ. Quand la franc-maçonnerie a été interdite par Vichy en 1940, son service récupéra tous les fichiers des membres des obédiences maçonniques, mais aussi d'autres sociétés, comme les Théosophes ou les Rosicruciens.

Antoine sentait l'agacement l'envahir.

— Merci, je le sais déjà. Et ça ne vous dérange pas de suivre les traces de ces ordures ? (Puis se tournant vers le frère obèse.) Toi, franc-maçon, gaulliste de surcroît !

Le frère obèse tira sur sa pipe.

— On se calme, Antoine. Et si je te disais que c'est le général de Gaulle lui-même qui a créé ce service.

— Quoi ? balbutia Antoine, incrédule.

Haudecourt expira un soupir au milieu d'une volute brune et caramélisée et se tourna vers le directeur du SISS.

— Vous pouvez lui expliquer, mon cher Franck, sinon ce cher Marcas va nous planter là avant que vous ne nous donniez des infos.

Les sourcils du Viking s'arquèrent un peu plus. Son regard malicieux jubilait.

— Avec un immense plaisir. Pour une fois que je peux parler du SISS à quelqu'un... Rassurez-vous, il n'y a rien de politique dans les missions de notre service. Oubliez l'Occupation et le régime de Vichy et faisons un bond de quelques années pour arriver au début des années 1950, en pleine Guerre froide. L'Europe est coupée en deux, d'un côté, l'Ouest soutenu par les Américains, de l'autre les nations de l'Est passées dans le giron de l'Union soviétique. Les Américains possèdent des bases militaires un peu partout dans les pays alliés qui sont sous contrôle d'une structure politico-militaire internationale destinée à protéger l'Ouest en cas d'agression rouge.

— Merci, je connais l'OTAN, Organisation du traité de l'Atlantique nord. C'est dans tous les manuels...

— Tout à fait. Mais c'est là que nous entrons dans une histoire moins officielle.

Decloqueson faisait rouler, sur la table du bureau, sa petite voiture jaune en avant et en arrière tandis qu'il parlait.

— Parmi les officiers américains en poste dans les pays de l'Alliance atlantique, on trouvait beaucoup de francs-maçons. Et naturellement, ces derniers ont essaimé des loges dans les villes de garnison. Ces loges dépendaient toutes d'obédiences anglo-saxonnes et n'avaient donc aucun lien avec les obédiences nationales persécutées par les nazis. Au fil des ans, ces loges militaires se sont ouvertes à la sphère civile, une manière de capter les nouvelles élites des pays libérés. On y a initié en priorité des personnes d'influence, politiques, militaires, chefs d'entreprise, si possible anti-communistes. Et ça n'a pas échappé aux services de la CIA.

Marcas se raidit sur son siège.

— Attendez, vous êtes en train de me dire que ces maçons étaient des agents à la solde de la CIA ?

Le frère obèse secoua la tête et envoya une nouvelle bouffée dans les airs.

— Non ! Tu caricatures. Ce que t'explique notre ami, c'est que la CIA avait noyauté certaines de ces loges fréquentées par des militaires et des industriels.

Le directeur du SISS stoppa net la Lotus Exige.

— Et nous arrivons maintenant à la création de notre service. Le détonateur en a été la... bombe atomique française.

Antoine avait allumé une cigarette. Il ne s'était toujours pas départi de sa méfiance.

— Expliquez-moi ça.

— Nous sommes en 1965, la France fait partie, depuis cinq ans, du club très fermé des puissances nucléaires. Le général de Gaulle supporte de moins en moins la présence de troupes de l'OTAN dans l'Hexagone. Il veut que la France retrouve toute son indépendance militaire et donne ordre d'amplifier les recherches sur le nucléaire. Comme vous le savez de Gaulle a...

— Toujours aussi passionné et... bavard, allez au but..., le coupa le frère obèse en souriant.

— Pardon... Donc, un beau matin d'octobre, des douaniers de l'aéroport d'Orly organisent une fouille de routine sur des vols en partance pour les pays scandinaves. Et là, surprise, ils trouvent dans la valise d'un homme d'affaires suédois un échantillon d'alliage utilisé pour un nouveau modèle de centrifugeuse fabriqué par le Commissariat à l'Énergie atomique. Le type est aussitôt arrêté et expédié dans les caves des services du contre-espionnage où il va déballer une histoire incroyable.

Le frère obèse ajouta :

— C'était une époque où les services de renseignement pratiquaient des méthodes d'interrogatoire plus musclées que maintenant...

— L'espion, un franc-maçon, travaillait en fait pour la CIA, reprit l'historien, et il opérait dans des loges de l'OTAN. Il avait retourné un frère, officier français qui travaillait pour le programme nucléaire.

Le frère obèse, qui bourrait sa pipe, intervint :

— Imagine la réaction de De Gaulle quand il a appris le scandale. Un pays allié, pris en flagrant délit d'espionnage sur notre territoire. Passé un coup de colère dont se souviennent les murs de l'Élysée, il a décidé de profiter de l'incident à des fins stratégiques. Six mois plus tard, la France quittait officiellement l'OTAN et le Général donnait l'ordre d'activer un bureau de surveillance des sociétés secrètes. Curieusement, on a vu disparaître du jour au lendemain certaines loges d'influence dans le pays...

Le Viking reprit la parole :

— Au fil des décennies, et des changements de gouvernements, ce bureau a été plus ou moins actif. Mais désormais il fonctionne à plein régime. Nous sommes entrés dans l'ère de la mondialisation et les sociétés initiatiques, qu'elles soient discrètes ou secrètes, l'ont bien compris. Depuis quelques années, on voit bourgeonner de nombreuses excroissances françaises de sociétés secrètes étrangères. Comme les sectes, certaines s'étendent et prolifèrent selon le modèle des multinationales et peuvent donc interférer avec les intérêts du pays.

— Des organisations maçonniques ? demanda Antoine, toujours sur la défensive.

Le frère obèse secoua la tête.

— Oublie les maçons. Mis à part quelques loges sauvages[1] que l'on surveille de près, on s'intéresse désormais à d'autres organisations infiniment plus puissantes, répondit le frère obèse qui se tourna vers le directeur du SISS. Comme celle qui nous amène ici. Une organisation américaine qui ne jure que par les crânes et les os...

Le regard de Decloqueson s'illumina.

— Skull and Bones ?

---

1. Loges autonomes créées en dehors des obédiences officielles.

— Tout juste.

Le directeur du SISS s'avança jusqu'à son bureau, prit la Lotus Exige jaune et cliqua sur le toit de la voiture.

— Nous allons demander conseil.

L'écran mural s'alluma.

Un œil gigantesque apparut dans un triangle.

L'œil bougeait. La pupille noire oscillait légèrement, occultée à intervalle régulier par les battements de la paupière. Decloqueson fit glisser un minuscule micro devant lui et articula d'une voix claire :

— Bonsoir, Illuminati.

La rue de l'Assomption s'enfonçait dans une nouvelle soirée paisible et sans histoire. Derrière les fenêtres de l'immeuble cossu qui surplombait la boutique du tailleur Carpin, la vie s'animait. Les tables se dressaient, les télévisions s'allumaient, les bouteilles s'ouvraient et se partageaient. Des silhouettes d'enfants surgissaient derrière les carreaux pour mieux disparaître. Des rires fusaient des fenêtres entrouvertes.

Le motard debout contre un mur, sur le trottoir qui faisait face à la boutique Carpin, contemplait ces scènes de vie ordinaire avec curiosité.

Son oreillette grésilla. La voix du coordinateur parisien résonna.

— Vous avez le feu vert pour neutraliser les cibles.

— Je ne vous garantis pas l'efficacité et la discrétion.

— Oubliez la discrétion.

— Affirmatif.

Le motard coupa la communication et fit un signe à son collègue qui s'était garé un peu plus loin.

Il jeta un regard à la boutique du tailleur, puis aux étages supérieurs. La dernière fois qu'il était entré dans un immeuble parisien, c'était pour s'assurer que ses occupants se jetaient dans le vide.

46.

Saint-Denis
Basilique
12 octobre 1793

L'aube pointait à peine à travers les vitraux dégarnis de la basilique que Ferragus était déjà à l'œuvre. À sa demande, Turenne avait installé, dans la nef et les bas-côtés, de longues cordes flexibles, accrochées à chaque colonne, où coulissaient des lanternes allumées. Quand il voulait examiner une sépulture, Annibal n'avait plus qu'à abaisser une lampe pour mieux voir chaque détail. Tout en attendant Dom Poirier qui tardait, Ferragus faisait le tour de l'édifice en solitaire. Il éprouvait un étrange plaisir à marcher à pas lents dans l'immensité de ce vaisseau de pierre, au milieu de ces tombes qui semblaient avoir poussé du sol. Il avait l'impression d'être dans une forêt enchantée et qu'un lutin ou un elfe allait surgir de l'angle verdi d'une sépulture. Son goût du fantastique – qui le faisait tressaillir quand surgissait de l'obscurité un gisant au regard de pierre ou une statue macabre – ne l'empêchait pourtant pas de réfléchir avec méthode.

Il avait en tête le message, confié par Danton, et son interprétation. S'il avait vu juste, le secret avait été codé sous le règne de Philippe le Bel. Annibal se souvenait du regard de Danton à cette annonce. Bien sûr, il avait pensé la même chose que lui. Du règne de Philippe le Bel – qui avait pourtant duré presque trente ans – on n'avait retenu que la chute mortelle de l'Ordre du Temple. Et qui disait templiers disait immenses richesses cachées et incroyables pouvoirs secrets. Les chevaliers du Temple, d'ailleurs, étaient à la mode, on allait les admirer au théâtre, on s'apitoyait sur leur sort dans des romans, jusqu'en maçonnerie où ils tenaient le haut du pavé dans les grades supérieurs. Presque cinq cents ans après sa disparition tragique, l'Ordre du Temple fascinait encore et toujours. En s'approchant de la tombe de Philippe le Bel, Annibal fut saisi d'un sentiment de démesure : et si lui, le premier, il découvrait le véritable secret, le trésor caché... Un bruit de pas le coupa dans son élan d'enthousiasme.

— Excusez-moi, je suis en retard. J'ai veillé tard, hier soir, à compulser d'anciennes chroniques.

Le visage fripé de Dom Poirier où, entre les sillons de chair flasque, on apercevait des veinules éclatées en taches bordeaux, laissait penser que l'ancien bénédictin s'était surtout livré à l'étude approfondie d'un pichet de bon vin.

— Je vois que vous avez fait éclairer la basilique. Cela va nous servir. Il y a tant de détails qui se perdent dans cette pénombre. Dites-moi... une tombe vous intéresse en particulier ?

Annibal fit mine de chercher au hasard, puis en désigna une, dans le fond.

— Ah, Philippe IV, réagit l'érudit en avançant. On l'appelait le Beau ou plutôt le Bel pour employer un mot de l'époque, il ne l'était pas du tout.

Ils venaient d'arriver devant la sépulture. L'inspecteur s'arrêta, abasourdi. Vu la stature politique et la réputation historique du monarque, il s'attendait à un véritable mausolée, tout en marbre imposant et en statues. Or rien de tout cela, mais un rectangle sombre sur lequel reposait un gisant quasi anonyme.

— Eh oui, on a du mal à reconnaître celui dont l'évêque de Pamiers disait : « Ce n'est pas un homme, ce n'est pas une bête, c'est une statue. »

Ferragus s'était toujours imaginé le persécuteur des templiers avec un visage aux angles tailladés à la serpe, aux lèvres cruellement fines, le front hautain et le menton provocant.

— Le gisant a été sculpté en 1327 – dix ans après la mort du roi –, mais pour le visage, l'artiste a travaillé à partir d'un masque mortuaire : il est donc censé être très ressemblant.

Ainsi, s'étonna Annibal, le roi de fer avait un visage poupin, des lèvres pulpeuses et un menton joyeusement galoché ! Vraiment rien d'une terreur publique. Comme quoi, il ne fallait pas se fier aux apparences.

— Bien sûr – et ce n'est pas un hasard –, il s'est fait enterrer à côté de son grand-père, Saint Louis, la célébrité de la famille.

L'inspecteur se pencha sur le gisant. Des traces de peinture émaillaient la statue. La main gauche était posée juste sous le cou tandis que la droite suivait la bordure sculptée de la tunique de marbre.

— Il y a quelque chose que je ne comprends pas, demanda Ferragus, sur les autres gisants royaux, on voit presque toujours un sceptre à fleur de lys.

Dom Poirier se pencha vers la statue. La main droite était repliée sur elle-même comme si elle enserrait une tige invisible.

— En tout cas, la place du spectre ou du bâton de justice – les deux symboles du pouvoir royal – était bien prévue.

— Il a disparu ?

— À moins qu'il n'ait jamais été réalisé, répliqua l'érudit.

À son tour, Annibal se pencha pour examiner la dalle de marbre noir où reposait le gisant. Il passa la main sur la bordure, des aspérités lui râpèrent la paume. Il se pencha pour mieux voir : de fines coulées de liant zébraient encore le marbre.

— Il manque un élément, déclara Annibal.

Le visage, déjà coloré, de Dom Poirier s'empourpra de plaisir comme chaque fois qu'il allait pouvoir faire preuve de ses connaissances.

— Mais bien sûr ! À l'origine, tout le pourtour de la dalle est décoré d'arcatures. Et à l'intérieur de ces arcs pareils à des fenêtres, il y avait des scènes sculptées.

L'inspecteur bondit sur ses pieds. Évidemment, s'il y avait un message sur cette tombe, ce ne pouvait être que là.

— Et ce décor, où est-il passé ?

— Des fragments s'en sont détachés, sans doute sous l'action de l'humidité. Vous savez que la tradition veut que la basilique soit bâtie sur un ancien point d'eau. Sans doute une source sacrée de l'époque des païens. À mon avis…

Ferragus faillit s'emporter devant ce bavardage horripilant.

— Ces fragments, où sont-ils ? On en a perdu la trace ?

— Mais pas du tout. Le décor entier a été ôté de la dalle funéraire et déposé…

— Où ?

Dom Poirier eut un sourire ironique.

— Dans ce que vous appelez mon bric-à-brac.

47.

Paris
De nos jours

L'œil dans le triangle contemplait les trois hommes assis dans leur siège. Antoine et le frère obèse restaient hypnotisés par l'apparition du symbole.

Une voix désincarnée sortit tout d'un coup des haut-parleurs encastrés autour de l'écran mural.

— Bonsoir, professeur Decloqueson. Comment allez-vous ?

— Bien, Illuminati, je te remercie, nous avons des invités aujourd'hui. Voici le commissaire Haudecourt que tu connais déjà et son confrère, Antoine Marcas.

— Bonsoir, messieurs. Que puis-je faire pour vous ?

Antoine n'en revenait pas, il se pencha vers le directeur du SISS.

— Votre Illuminati est un ordinateur ?

— Disons que c'est un programme informatique sophistiqué. Un calculateur, qui utilise des algorithmes de recherche et d'analyse en temps réel. Il est uniquement dédié à la recherche d'informations sur les sociétés secrètes. Sa banque de données possède en version numérique tous les livres de la bibliothèque que vous avez vus avant de venir. Comme je suis le seul permanent du SISS, j'ai demandé à ce qu'on le dote d'une voix humaine.

— Pourquoi l'avoir surnommé Illuminati ?

— Mais voyons, c'est la société mère de tous les complots contre l'humanité, l'œil qui voit tout.

Marcas le dévisagea en se demandant s'il n'était pas tombé sur un conspirationniste taille XXL.

— Je plaisante… Vous avez bien sûr entendu parler des Illuminati, mon cher Marcas ?

— Oui, la star des théoriciens du complot. Une société secrète politique, prérévolutionnaire, apparue à la fin du XVIIIe siècle en Bavière et qui a disparu dans la foulée.

Antoine ne voulut pas s'étendre sur son enquête aux États-Unis[1] qui s'était soldée par un échec sentimental cuisant, et laissa la main au directeur du SISS.

Sur l'écran, la paupière clignait, comme si l'ordinateur ne perdait pas une miette de ce qui se disait sur lui.

— Un peu flippant de discuter avec un œil, commenta Marcas.

— C'était juste pour vous mettre dans l'ambiance. Je vais choisir un avatar plus… convivial.

L'œil disparut pour laisser place au visage en image de synthèse d'une brune aux lèvres pulpeuses, les cheveux coupés très courts à la garçonne, le regard piquant. Elle ressemblait aux héroïnes qui peuplaient les jeux vidéos de son fils, la poitrine un peu moins plantureuse.

— Illuminati, montre-nous la terre, je te prie.

Un globe terrestre apparut sur toute la largeur et la hauteur de l'écran. Il tournait lentement sur lui-même, une myriade de points lumineux clignotait sur les continents, avec une plus forte densité dans les pays occidentaux et asiatiques. Une expression de fierté se peignit sur le visage du directeur du SISS.

— Illuminati utilise un ordinateur Cray de deuxième génération. Les programmateurs du CERN nous ont pondu un bébé fabuleux. Vous avez sous les yeux la cartographie mondiale de toutes les sociétés secrètes ou discrètes existantes de par le monde. Des triades en Chine méridionale aux groupes d'hommes léopards sur

1. Voir *Le Règne des Illuminati*, Fleuve noir, 2014.

la Tanzanie, des néo-templiers écossais aux chevaliers aryens du Mississippi en passant par les soufis du Turkestan. Qu'elles soient initiatiques, politiques, économiques, racistes ou tolérantes, déistes ou animistes ou athées. Il suffit de cliquer dessus ou de lancer un nom, ou une suite de mots clés, et Illuminati vous crachera tout ce qu'elle sait.

Le frère obèse s'approcha du micro.

— Et si tu nous parlais des Skull and Bones ? En commençant par le début.

La fille de synthèse réapparut. Ses expressions étaient bluffantes de réalité, songea Antoine.

— À votre service.

Un énorme crâne apparut sur la moitié de l'écran, il était posé sur deux tibias entrecroisés. Juste au-dessous il y avait un nombre. 322.

— Voici l'emblème de la société des Skull and Bones, commentait la voix féminine. C'est une société secrète américaine apparue pour la première fois en 1832, à l'université de Yale, dans le Connecticut. Elle a été fondée par un étudiant, héritier d'une riche famille de trafiquants d'opium, William Huntington Russell. Selon la tradition, il aurait eu cette idée en Prusse après avoir été lui-même initié dans une organisation paramilitaire nationaliste allemande.

Antoine hocha la tête d'un air goguenard.

— Il me semble avoir déjà lu des trucs là-dessus, pas besoin d'un ordinateur de plusieurs millions d'euros pour m'apprendre ça.

Le directeur du SISS appuya sur le capot de la Lotus. Le visage de la fille en octets se figea net.

— Euh, dizaines de millions d'euros..., répondit l'historien. Je vais continuer à sa place, le sujet me passionne.

Antoine fixait le crâne sur l'écran.

— Pourquoi ce nom de Skull and Bones et ce 322 ?

— Le nombre ferait référence à la date de naissance de Démosthène, le philosophe grec, qui serait l'un de leurs maîtres à penser. Pour le nom – le crâne et les os – les avis divergent : selon les uns ce symbole macabre viendrait des hussards autrichiens dont c'était l'emblème, pour d'autres c'est un emprunt aux rites des francs-maçons : il se trouve qu'au début de la cérémonie d'initiation on médite dans le cabinet de réflexion devant un crâne.

— Vraiment..., répondit Antoine, pince-sans-rire.

Decloqueson se lissa la barbe, comme s'il s'était attendu à une autre réponse. Il reprit :

— Au fil des décennies, les Skull vont se tailler une réputation à part parmi les autres confréries d'étudiants. L'élitisme y est plus poussé, on n'y admet que quinze membres chaque année, tous des plus hautes familles. Faire ses études à Yale, c'est déjà faire partie de l'élite, mais appartenir aux Skull, c'est intégrer le sommet de la pyramide. Et l'assurance que ses enfants en fassent partie à leur tour. Trois récents présidents des États-Unis ont été des Skull, dont les Bush père et fils. Le camp démocrate est aussi bien représenté avec John Kerry, secrétaire d'État aux Affaires étrangères sous la présidence Obama. Ajoutez à cela que la CIA fait régulièrement son marché chez eux. Et on ne compte plus le nombre de Skull qui ont intégré des postes clés dans la haute administration ou les grandes entreprises, voire la présidence d'autres universités.

Antoine hocha la tête en guise d'approbation. L'historien continua :

— Comme la confrérie a bénéficié d'une manne d'argent conséquente, elle s'est fait construire son siège en plein milieu du campus. La Tombe. Une bâtisse sinistre qui aurait pu avoir Lovecraft comme architecte. Le conseil d'administration des Skull a monté une société privée qui s'occupe de gérer les avoirs de l'organisation. Ils possèdent aussi une île, Deer Island, une sorte de camp d'entraînement, sur le fleuve Saint-Laurent à la frontière canadienne. Les pires rumeurs courent sur les cérémonies qui s'y déroulent.

— Du genre ?

— Accrochez-vous, on est bien loin des rites des francs-maçons. Dépravations en tout genre, masturbations collectives, humiliations et châtiments corporels, combats nus dans la boue. Le tout pour inculquer l'obéissance et la soumission. Ajoutez aussi en guise de bizutage la profanation de cimetières pour enrichir d'année en année la plus grande collection de crânes au monde. Une des obsessions des Skull. Prescott Bush – le grand-père de l'ex-président – aurait ainsi déterré le squelette du chef indien Geronimo et volé son crâne.

Antoine échangea un regard avec le frère obèse.

— Charmant... C'est sûr qu'à côté de ces Skull and Bones, l'initiation dans les loges maçonniques ressemble à du parrainage de Bisounours... Quoi d'autre ?

— On les surnomme aussi fraternité de la mort. Bref, avec les Illuminati, les Skull and Bones sont les chouchous des théoriciens du complot. Ils sont devenus tellement populaires qu'ils ont inspiré des films du même nom et, bien sûr, quantité de livres.

Marcas fronça les sourcils.

— Elle n'est pas très discrète votre super société secrète des maîtres du monde. Elle s'offre à la vue de tous sur le campus, les photos de ses membres s'affichent sur le net,

Hollywood en fait des productions pour ados bouffeurs de pop-corn. Je ne vois pas très bien en quoi ces gens vous intéressent et en quoi ils ont un rapport avec notre affaire. Tête de mort, ossuaire, présidents, CIA, nombre mystérieux du genre 322 ou 666 tant qu'on y est, j'ai l'impression d'être dans un carnaval.

Le frère obèse s'illumina.

— Tu as entièrement raison ! Qui dit carnaval, dit masque, dit tromperie, dit dissimulation ! La vraie question est : quel masque se cache derrière ce crâne ?

— Je ne te suis pas.

L'historien croisa les bras et afficha un sourire satisfait.

— Tout ce que je vous explique sur les Skull, vous pouvez le trouver dans des livres spécialisés ou sur internet. Le problème, c'est que mis à part les photos des membres, qui sont bien réelles, et l'existence de la bâtisse à Yale tout le reste n'est que spéculation, recopiage et rumeurs colportées. William Russell fondateur des Skull ? On y croit parce qu'il a réellement existé et que la société commerciale qui gère les fonds des Skull porte son nom. Les rites orgiaques ? Des témoignages de seconde main, souvent de sociétés étudiantes concurrentes. C'est comme si les dirigeants successifs des Skull avaient laissé se propager toutes sortes de rumeurs, jusqu'aux plus délirantes, pour forger leur légende noire. Jamais ils n'ont attaqué en justice ceux qui répandaient des insanités, jamais ils n'ont publié des communiqués pour rectifier les inexactitudes. Même les présidents des États-Unis membres de la confrérie, n'ont jamais réfuté leur appartenance.

Le frère obèse prit l'avant-bras d'Antoine.

— Toi qui es maçon, ne me dis que ça ne te fait pas bondir quand tu lis les pires absurdités sur ton ordre ?

— Oh oui...

— Les obédiences passent leur temps à démentir à longueur d'interviews, de dossiers, de communiqués les informations erronées, à organiser des colloques dans toute la France pour faire œuvre de pédagogie. Mais pour les Skull, c'est comme s'ils s'en foutaient royalement.

Marcas se leva pour prendre une cigarette.

— Si je résume, les Skull and Bones existent bel et bien, apparaissent officiellement au début du XIXe siècle. Leur siège se trouve à l'université de Yale, ils recrutent leurs membres dans les familles fortunées ou proches du pouvoir. Pour le reste, c'est pas vérifié. Exact ?

— Exact.

— OK, et si je reviens aux points communs avec notre ami, feu Jérôme Kalter, il aurait été initié dans une confrérie américaine qui utilise un serment sur les os et les crânes avant de périr dans un accident de la route. Il y a quand même une grosse faille dans le raisonnement. Le responsable de la maintenance de la Sodex n'est pas américain, n'a pas fait ses études à Yale et ne fait pas partie des couches supérieures de la société et vit dans un pavillon à Sceaux ! Il a tout sauf le profil d'un bonesman.

L'historien leva la main, l'air embarrassé.

— Peut-être pas...

— Comment ça ?

— Il y a deux mois, Illuminati a reçu, en copie, un rapport adressé au quai d'Orsay. Il était rédigé par l'attachée scientifique de l'ambassade de France à Washington.

— Votre ordinateur a accès à des rapports diplomatiques ? demanda Antoine, intrigué.

— Oui, nous avons des correspondants dans tous les ministères et qui nous font remonter des informations. Bref, l'attachée scientifique est la sœur de la femme d'un lobbyiste new-yorkais important. Un certain Robert Lightwood. Le genre de type qui d'un seul coup de fil peut joindre le président des États-Unis au petit déjeuner, prendre un brunch avec un secrétaire d'État et l'après-midi taper une balle de golf avec le patron d'Exon. L'épouse a ainsi révélé à sa sœur que son mari faisait partie des Skull et qu'il était devenu complètement parano à leur sujet depuis plusieurs mois.

Le frère obèse retira la pipe de sa bouche et fixa le directeur du SISS.

— Je n'ai pas vu passer ce rapport.

— Normal, moi non plus au début. Il s'agissait d'un mémo venant d'une attachée scientifique, heureusement qu'Illuminati a scanné le mot Skull and Bones. Et puis, vous m'avez imposé d'autres priorités, en particulier du côté des sociétés secrètes d'inspiration islamique.

— Qu'est devenu ce rapport ? s'enquit Antoine.

— Rien, il a été classé semble-t-il. Mais demandons à Illuminati si elle a trouvé autre chose depuis.

Le barbu appuya à nouveau sur le toit de la Lotus. Le visage de la jeune beauté virtuelle s'anima.

— Avez-vous une autre demande ?

— Oui, ma belle. Le mémo de l'ambassade de France qui évoquait les Skull and Bones, y a-t-il du nouveau ?

L'avatar fixa les trois hommes sans répondre.

— Elle traite les informations, ça peut prendre quelques secondes..., ajouta le directeur du SISS.

La voix de synthèse jaillit à nouveau.

— Robert Lightwood s'est suicidé. Raison officielle : surmenage. Son corps a été inhumé dans le cimetière de sa ville natale, Deer Creek. J'ai à disposition les articles de presse qui ont été publiés.

— Comment s'est-il tué ? demanda Antoine.

La jeune femme aux cheveux courts riva son regard électronique dans le sien.

— Il s'est jeté dans le vide, du haut de son immeuble.

Les deux hommes étaient entrés dans la boutique du tailleur et inspectaient l'intérieur. Carpin restait derrière son comptoir, le visage souriant.

— Je peux vous renseigner, messieurs ?

— Nous voudrions un costume.

Le tailleur prit un air mielleux.

— Ah, je suis désolé, mais il faut prendre rendez-vous. Comptez trois mois d'attente en ce moment.

Le deuxième client hocha la tête d'un air ennuyé.

— Nous venons de la part d'un ami, Antoine Marcas. Il nous a donné rendez-vous ici.

— Vraiment ? répondit le tailleur.

— Oui, il devait venir avec l'un de ses confrères, un homme un peu enveloppé. Vous ne les avez pas vus rentrer ?

Le tailleur se raidit, toute expression de bienveillance avait disparu.

— Je ne vois pas de quoi vous parlez. Je suis désolé, mais c'est l'heure de la fermeture, revenez avec vos amis plus tard.

Les deux hommes échangèrent un rapide coup d'œil. Soudain l'un des deux sortit de son sac un pistolet noir qu'il pointa sur le front du tailleur.

— On vient de buter le chauffeur des deux types qui sont entrés dans ta boutique. Je vais répéter ma question. Cette fois, il faudra me donner la bonne réponse.

48.

Saint-Denis
Basilique
12 octobre 1793

Annibal était de retour dans la salle capitulaire de l'abbaye. Dom Poirier furetait partout comme un chien de chasse.

— Voyons, les bas-reliefs de la tombe de Philippe le Bel ont été déposés en 1576, si je me souviens bien. À l'époque, l'abbé était donc... le cardinal de Guise. Un bien triste destin ce cardinal, assassiné, brûlé et ses cendres jetées à l'eau. Vous vous rendez compte ?

L'inspecteur se demanda si l'érudit était au courant que l'on guillotinait tous les jours, place de la Révolution... Il sortit sur le pas de la porte et remonta les trois marches qui donnaient sur l'allée du cloître. Il se souvenait quand sa mère, pour la première fois, l'avait fait entrer dans un cloître. C'était à Cadouin en Périgord. L'abbaye était célèbre pour posséder une des reliques les plus importantes du Christ : le Saint-Suaire. Dans les campagnes périgourdines, on ignorait bien sûr qu'il en existait un exemplaire dans quasiment chaque pays de la Chrétienté. Ainsi, l'on venait de toute la province pour adorer le linceul qui avait entouré le corps du crucifié.

La mère de Ferragus n'avait pas échappé à la tradition et, un matin d'avril, Annibal s'était retrouvé agenouillé devant la relique sacrée. Tandis que sa mère, extasiée, se perdait en des litanies de prières, lui ne voyait, posé sur un coussin défraîchi, qu'un pauvre bout de tissu. Pas une relique. Il s'était relevé. Ce jour-là, sans le vouloir, sa mère lui avait fait le plus beau des cadeaux : la liberté de conscience.

— Ça y est, je les ai trouvés !

Ferragus se précipita. Dans un des recoins de la salle, des rectangles inégaux de pierre sculptée s'empilaient dans un équilibre précaire. À la différence du gisant, beaucoup étaient encore peints. L'érudit les regardait toutefois avec un mépris mal contenu.

— Sur les sépultures, ce sont toujours les mêmes sujets religieux qui sont représentés. C'est très répétitif.

L'inspecteur désigna une des arcatures. Dom Poirier ajusta ses besicles.

— Là, c'est une mise au tombeau du Christ. C'est donc une histoire de la Passion qui entourait la sépulture de Philippe le Bel. Mais, vous savez, les artistes qui réalisaient ces sculptures devaient respecter des règles esthétiques très précises régies et contrôlées par l'Église. Il n'y avait aucune fantaisie.

Le mot *fantaisie* résonna bizarrement dans la tête d'Annibal. Comme un oiseau qui s'envole d'un feuillage et fait bruisser tout un arbre.

— Et ces règles, vous les connaissez ?

— Bien sûr, regardez quand le Christ est représenté dans son linceul, le visage, les mains, le flanc gauche doivent toujours être dévêtus.

— Et pourquoi ?

— Pour qu'on voie les stigmates de la Passion : les traces des clous dans les mains, du coup de lance dans le flanc...

Ferragus leva la main pour l'interrompre.

— Vous allez faire un relevé de chacune de ces scènes sculptées.

— Mais c'est toujours la même chose...

— Justement, je veux que vous vérifiiez s'il n'y a pas, discrètement inséré, un élément nouveau. Une *fantaisie* comme vous dites.

Une heure après, l'érudit enthousiaste donnait de la voix.

— J'ai trouvé... j'ai trouvé !

Sur le cahier qu'il brandissait, Annibal pouvait voir le dessin des arcatures du gisant de Philippe le Bel. Le secrétaire se rapprocha.

— C'est incroyable, toutes les scènes sont identiques à la tradition, toutes sauf une ! Oh, un détail infime !

Dom Poirier ne termina pas sa phrase. La lourde cloche de Saint-Denis ébranla l'air d'un coup de tonnerre, aussitôt suivi d'un autre.

— Le tocsin, s'exclama Ferragus.

Les coups de cloche se succédaient sans répit. Turenne entra subitement.

— Le peuple... il est aux portes.... Les soldats n'arrivent plus à le contenir... Quand on leur a dit que la fête était reportée de quelques heures, ils sont devenus fous.

— Que faire ? Ils vont nous massacrer, gémit l'ancien moine.

L'inspecteur décida de prendre la situation en main.

— Cachez-vous dans votre bric-à-brac et attendez mon retour.

Effrayé, Dom Poirier lui tendit le cahier.

— C'est là, dans le onzième bas-relief !

Ferragus saisit les dessins, attrapa Turenne par l'épaule et fonça vers l'église. Le dos à la nef, des militaires tentaient de résister aux coups de boutoir qui ébranlaient violemment la porte. Annibal comprit qu'il ne servait à rien de résister.

— Ouvrez.

Il s'adossa à une colonne et fixa le dessin de Dom Poirier avant que la meute n'emporte tout.

On y voyait la crucifixion de Jésus et, juste au sommet de la croix, un oiseau de proie, les ailes sombres, le regard jaune.

Il n'eut pas le temps de s'interroger.

Une vague de haine et de sacrilège déferla dans l'église.

49.

Paris
De nos jours

Le visage pixélisé d'Illuminati s'était à nouveau figé dans l'attente de nouvelles instructions. Antoine en profita pour se dégourdir les jambes devant la baie vitrée. On apercevait la coupole illuminée et le clocher de l'église de l'Assomption qui se découpaient devant un ciel moins nocturne qu'il ne l'aurait cru. Il cligna des yeux et sentit un léger vertige le saisir. C'était le deuxième depuis qu'il était sorti de l'ambulance. Il se passa les mains sur son visage fatigué et se promit de prendre rendez-vous pour une radio.

Il revint vers les deux hommes et se massa la nuque pour accélérer la circulation du sang vers sa tête.

— OK. Ce Robert Lightwood s'est jeté dans le vide et sans filet du haut de son bureau, comme les Trente. Et il est aussi question des Skull and Bones. C'est assez troublant en effet. Vous avez la copie de ce rapport de l'attachée d'ambassade ?

Le directeur du SISS sortit un clavier sans fil du tiroir de son bureau et pianota à toute allure.

— Je l'imprime et vous l'apporte.

On entendit le ronronnement d'une imprimante à l'autre bout de la pièce. Antoine suivit l'historien des yeux, il s'éloignait de l'autre côté du bureau. Son regard s'arrêta sur un élément de décoration incongru au-dessus de l'imprimante. Il y avait, accrochée au mur, la gueule acérée d'un requin avec en dessous un robuste moulinet de canne à pêche, et un coutelas.

— Impressionnant... Vous ne devez pas prendre beaucoup de poissons ici, plaisanta Marcas.

— C'est ma passion, répondit le directeur du SISS. Dans deux semaines je file taquiner l'espadon, en Floride. Vous pêchez ?

— J'ai perdu la main, dit Marcas, il y a peu, j'ai foiré un énorme poisson du côté d'Avignon.

Le frère obèse sourit à l'allusion d'Antoine et prit la parole :

— Navré d'interrompre vos exploits piscicoles... Revenons à nos Skull. Admettons qu'ils soient derrière le suicide collectif des Trente. Pourquoi une société estudiantine, certes macabre et obsédée par les crânes, se donnerait autant de mal pour assassiner une trentaine de Parisiens ? Et comment ont-ils réussi leur coup ?

— J'ai du mal à imaginer une horde de Skull envahir l'immeuble, renchérit Antoine, faire les pitres pour provoquer des fous rires chez ces pauvres gens et les jeter ensuite du balcon.

L'historien revint avec des liasses de six feuillets agrafés et les tendit aux deux policiers. Le mémo avait été rédigé par une certaine Léonore Di Falco, attachée scientifique et technique, et adressé au service de référence au ministère des Affaires étrangères. Marcas balaya rapidement les deux premières pages qui ne présentaient aucun intérêt pour leur enquête, il était question de nouveaux brevets technologiques contractés entre des firmes américaines et des bureaux de recherche indépendants européens. Il y avait aussi le résumé d'un colloque à Baltimore sur les avancées en matière de diagnostic de marqueurs tumoraux. Ce n'est qu'à la troisième page qu'il stoppa sa lecture.

— C'est là ! Elle raconte une entrevue qu'elle a eue avec le lobbyiste. Celui-ci lui aurait confié que les Skull seraient responsables de la mort de son propre mari, un journaliste d'investigation. Il lui aurait parlé de la place de cette organisation dans les rouages du pouvoir américain.

— Tu as vu aussi le commentaire annoté à la marge par le secrétaire de l'ambassade : *Spéculations hors sujet.*

— Oui, ça ne m'a pas échappé... Ça tombe comme un cheveu sur la soupe cette histoire de Skull. Il y a aussi une expression pour le moins curieuse et reprise par la fille dans son rapport.

Le frère obèse s'arrêta sur un passage.

— Oui, je l'ai sous les yeux. Lightwood dit que les Skull « veulent creuser d'autres tombes ».

Antoine secoua la tête.

— Ça peut être décrypté de deux façons. Soit, il fait référence à la tragédie des Trente, soit...

— La tombe... C'est aussi le nom de leur siège à Yale, reprit le frère obèse. Creuser d'autres tombes peut signifier implanter d'autres antennes, d'autres loges des Skull en Europe. Ce qui collerait avec l'entrée dans la confrérie de Jérôme Kalter. Je crois que...

Un hurlement de sirène se déchaîna.

Le directeur du SISS se dressa d'un bond.

— Intrusion, hurla-t-il. Illuminati, passe sur la caméra boutique.

Sur l'écran mural, une nouvelle image apparut. Deux hommes cagoulés encadraient le tailleur, l'un d'entre eux braquait un pistolet avec silencieux sur la tempe du tailleur.

— Ils sont au niveau de la porte blindée qui mène à la bibliothèque. Elle résiste aux balles.

L'un des tueurs agita sa main devant la caméra, puis il prit la tête du tailleur par les cheveux et plaqua le canon du silencieux sous sa gorge.

Antoine se leva et sortit le Glock de son étui.

— D'abord le camion qui me fonce dessus, ensuite ces types qui braquent le tailleur. À moins qu'ils ne veuillent le kidnapper pour la Fashion Week, on peut oublier les coïncidences.

L'un des cagoulés tambourinait à la porte.

— Le langage des signes de ce monsieur me paraît évident. Ils veulent nous rendre visite. En échange de Carpin.

— Il faut intervenir, cria Antoine.

Decloqueson se leva.

— Non, pas question que des inconnus entrent ici. Le règlement est formel. Carpin connaît les risques. On doit attendre que les renforts arrivent. Tout est coupé, y compris les communications pour ne pas être écouté.

— OK, le commissariat de la Muette se trouve à cinq minutes d'ici. Ça ne va pas prendre trop de temps.

Le directeur du SISS secoua la tête.

— Vous rigolez ! Mon bureau n'a aucune existence légale. On a un code de procédure d'urgence en cas d'attaque, mais...

— Mais quoi ?

— Du fait des restrictions budgétaires, les équipes d'intervention habilitées ont été réduites de moitié au cours du dernier quinquennat. Du coup, je dépends d'une unité de l'armée de terre, basée dans le camp de Satory. Il leur faut vingt minutes avant d'arriver ici.

— C'est une blague ? Je vais appeler mes collègues.

Le frère obèse se leva à son tour.

— Impossible, la pièce est protégée par un système de brouillage pour éviter tout piratage extérieur. La procédure...

Antoine contourna le bureau et se dirigea à grandes enjambées vers la baie vitrée.

— Vous pouvez la mettre où je pense la procédure. Je vais appeler dehors. On est au rez-de-chaussée, non ? On ne peut pas brouiller un jardin.

— Ça m'étonnerait que vous y arriviez...

— Je vais me gêner, dit Marcas en posant la main sur la poignée.

Le loquet refusait de bouger, comme s'il était soudé à la barre verticale en aluminium qui supportait la vitre. Antoine s'énerva.

— Vous l'avez fermée à clé ?

Le jardin et l'église disparurent en un clin d'œil, remplacés par une plage de sable blond. Des vaguelettes s'échouaient paresseusement sur la grève baignée d'un soleil chaud. Une branche de palmier ondulait paresseusement sur le côté.

Antoine recula d'un pas.

— Qu'est-ce que c'est...

— Plage d'Es Trenc, île de Majorque. Trompe-l'œil en haute définition, créé par Illuminati, répliqua le directeur du SISS, j'en change tous les jours, ça me permet de supporter de travailler en sous-sol.

Les coups redoublaient sur la porte. Les trois hommes levèrent la tête vers l'écran. Le tueur jeta le tailleur à terre ; au moment où celui-ci tentait de se relever, son corps fut projeté violemment contre le mur de l'escalier. Le tueur s'approcha et lui tira une balle en pleine tête. Carpin tressauta sur lui-même, puis son corps roula contre la porte blindée. L'absence de son amplifiait la sensation d'impuissance des spectateurs du meurtre.

— Les salauds ! hurla le frère obèse.

— Il n'y a pas de sortie de secours, cria Decloqueson. Ceux qui nous ont installés ici n'ont jamais pensé qu'on se ferait attaquer par un commando.

Marcas descendit les quelques marches de l'escalier et courut le long du couloir bibliothèque pour se poster derrière la porte blindée.

— Que voulez-vous ?

— Ouvrez la porte, ce sera plus pratique pour se parler, répondit la voix teintée d'un accent américain.

— Et si on refuse ? Vous n'avez plus personne à massacrer. Des renforts vont arriver d'une minute à l'autre et je suis armé.

— Nous aussi on a des renforts, *buddy*. On ne va pas tarder à entrer !

Decloqueson apparut au fond du couloir et cria :

— Marcas, tirez-vous ! J'ai vu sur l'écran un autre type qui arrive avec des explosifs.

L'esprit d'Antoine fonctionnait à toute vitesse. Il ne lui restait plus que trois balles. Ça ne suffisait pas pour contenir les assaillants. Il tourna les talons et courut dans la bibliothèque en direction du SISS.

Vers un cul-de-sac.

Il apostropha le frère obèse qui l'attendait en haut de l'escalier.

— On est pris au piège ! Ils seront dans ce couloir dans quelques minutes, il faut bloquer cette porte avec tout ce qu'on trouve, dit-il en grimpant la volée de marches, et espérer les secours, sinon on va mourir comme des rats.

— Tu veux dire des rats de bibliothèque, ajouta Haudecourt, le regard sombre. On ne sera pas trop de trois pour bloquer l'issue. Allons rejoindre notre ami le pêcheur de saumon.

Antoine était à mi-parcours de l'escalier quand il s'arrêta brutalement. Une idée venait de jaillir. Il prit le frère obèse par les épaules.

— Le pêcheur... On a peut-être une chance !

50.

Saint-Denis
Basilique
12 octobre 1793

La meute dévorait tout sur son passage. Déjà, les pioches décapitaient les statues, mutilaient les gisants. Des têtes de pierre roulaient au sol, piétinées par la multitude qui hurlait sa soif de vengeance. Ferragus était plaqué contre un pilier. D'un œil, il surveillait la dernière demeure de Philippe le Bel. Pour l'instant, elle avait échappé à la furie des profanateurs. Seuls deux enfants, assis sur la tombe, jouaient avec la couronne de pierre du roi de fer. Annibal se dégagea de la foule qui entrait encore dans la basilique et gagna la sépulture. Il sortit deux pièces de monnaie, les fit miroiter entre ses doigts, puis les jeta aux mains avides qui se tendaient.

— Écoutez-moi bien, si cette tombe reste intacte, je double la somme à mon retour. Vous m'avez bien compris ?

Les deux frimousses hochèrent frénétiquement la tête. Avec ce que venait de leur donner l'inspecteur, ils pouvaient manger pendant une semaine. Annibal chercha Turenne du regard. Sa haute silhouette se tenait dans le chœur, tentant de canaliser les excités qui voulaient tout de suite descendre dans la crypte. Posés à la place de l'autel, deux tonneaux venaient d'être mis en perce. Le vin jaillissait sur les dalles. Un sans-culotte fracassa un meuble d'un coup de hache, en sortit un ciboire et s'en servit comme un verre avant de hurler :

— À la santé de la nation et mort aux tyrans !

Non sans mal, Annibal parvint près de Turenne qui le rassura : nul n'était encore descendu dans la crypte des Bourbons.

— Fais-leur élargir les excavations dans la voûte, ça permettra de gagner du temps, ordonna l'inspecteur.

Turenne sauta sur un tonneau et harangua la foule. Était-ce son visage de chérubin qui inspirait confiance ou ses mains aussi fortes qu'un étau qui provoquaient la crainte, en tout cas il semblait se faire entendre. Ferragus en profita pour saisir un levier qu'un ivrogne avait abandonné, remonta la foule à contre-courant et revint à la tombe du roi Philippe. Les deux gamins étaient toujours là. L'inspecteur fit le tour de la pierre tombale : elle était scellée dans le pavement de l'église et le poids du gisant rendait inutile toute tentative de la faire basculer. En jouant, un des enfants roula au sol, heurta une dalle qui rendit un son creux. Annibal s'agenouilla, et d'un coup de levier, fit lever le pavage qui jouxtait la pierre tombale. La dalle reposait sur un lit de sable. Aussitôt Ferragus s'attaqua à la dalle voisine, puis à une autre, dégageant tout un pourtour de la cuve de la tombe.

— Et vous deux, une pièce de plus chacun, si vous me ramenez une pelle et une masse !

Les enfants filèrent aussitôt. Annibal regarda autour de lui. Un groupe de femmes hystériques martelaient le visage royal d'un gisant avec des débris de pierre tandis que des adolescents jetaient des cordes autour de statues pour les faire basculer au sol. Personne ne faisait attention à l'inspecteur. Les deux enfants arrivèrent, traînant une masse dont le fer rebondissait sur les dalles dans une gerbe d'étincelles.

— Ou c'était la pelle…, commença l'un.

— Ou c'était la masse, termina l'autre. On a choisi la masse.

Ferragus saisit l'outil, vérifia le manche, puis, satisfait, intima l'ordre aux enfants de dégager à la main le sable qui enserrait la cuve tombale. Très vite, des briques anciennes apparurent. Annibal poussa un cri de joie. Il craignait que les moines n'aient enchâssé la tombe royale dans un mur de pierre. La brique faisait son affaire : elle ne résisterait pas à de bons coups de masse.

— On creuse encore longtemps ? demanda un des enfants. Parce que nous, on aimerait bien aller voir les macchabées, là-bas, dans la crypte.

— Plus vite vous dégagerez du sable, plus vite vous en verrez un, leur promit l'inspecteur.

— Un vrai, avec des os et tout ?

— Juré.

Le mur de brique, rongé par l'humidité, remontait à la lumière. Les joints étaient dilatés, écaillés. Une des briques, plus poreuse que les autres, achevait de se déliter. Annibal la frappa d'un coup de poing : elle pivota et s'écrasa dans la tombe. Le bruit du choc avait été immédiat. L'inspecteur en conclut que le cercueil était quasiment à niveau. Ce n'était plus la peine de creuser.

Il saisit la masse.

Le premier coup fit voler en éclats un pan entier du mur, dégageant un passage suffisant pour un homme. Ferragus égalisa les bordures du trou pour éviter de se blesser, puis pénétra dans l'anfractuosité la tête la première.

Ce n'était pas un cercueil, mais un sarcophage de pierre qui s'élargissait vers le fond. La dalle de couverture, quoique épaisse, semblait friable.

— Passe-moi la masse, cria-t-il au gamin le plus proche.

Il se coucha sur le côté, pour que sa frappe ait le plus d'ampleur et percuta la pierre au centre. Une première lézarde apparut. Il frappa à nouveau. La dalle se brisa en morceaux inégaux. En s'arc-boutant contre le mur de brique encore intact et en frappant encore il réussit à faire chuter plusieurs fragments de la dalle.

Un squelette apparut, recouvert d'une mousse grisâtre. Deux côtes manquaient sur le côté gauche. Le crâne, lui, était intact. Ferragus resta immobile un instant, fasciné. C'était derrière ses orbites, désormais creuses, qu'avait germé le plan machiavélique détruisant à jamais l'ordre chevaleresque le plus puissant du monde. Ferragus se replia vers le fond du caveau pour laisser plus de lumière passer par l'ouverture.

Il commença son examen en remontant le long du corps. Si Philippe le Bel avait été enterré en habit de cérémonie, il n'en restait rien. Ni éperon, ni boucle de ceinture, ni pièces métalliques de baudrier : l'inhumation avait été d'une sobriété, d'une humilité exemplaires. Peut-être parce que le roi de fer s'était fait enterrer près de son grand-père, un saint ! Un dernier fragment de dalle était resté en place en travers du sarcophage, Annibal le souleva et le fit basculer sur le côté. Les mains du monarque apparurent, enserrant dans leurs os rongés un sceptre piqueté de moisissure verte. Ferragus le saisit et l'enfouit sous sa veste. Après un dernier regard sur le cadavre, il glissa de nouveau entre les briques disjointes : les enfants avaient disparu. Plus haut, vers le chœur le tumulte ne cessait d'enfler. Annibal, tout en vérifiant que le sceptre ne s'échappait pas de sa veste, remonta la nef. Le pavement était encombré de bris de pierre et de gravats. Comme il arrivait devant l'entrée agrandie de la crypte, il aperçut un bloc de bras levés qui faisait circuler un linceul souillé de poussière. Un des nœuds qui fermaient la toile devenue grise céda et une botte apparut. L'extrémité de la semelle tomba aussitôt en lambeaux, dégageant un orteil putride d'où s'élançait un ongle brillant comme de l'ivoire.

— Regardez, s'écria une voix féminine, *il* a poussé après sa mort.

D'un coup, le corps fut expédié sur le sol où il roula dans un bruit sec de fagots. Turenne se précipita pour déchirer le linceul. Un visage noirci apparut à la mâchoire édentée d'où pendait encore la touffe grise d'une maigre barbiche.

— C'est le roi Henri IV ! s'exclamèrent plusieurs voix.

On releva le cadavre et on le posa à la verticale contre une colonne. Il portait encore les lambeaux d'un justaucorps qui laissait voir sa peau parcheminée, mais intacte.

Un homme lui taillada l'épiderme, faisant jaillir deux côtes jaunies et une boule de paille qui tomba en poussière.

— Ils lui ont ôté les entrailles pour les remplacer par du foin !

— Ils l'ont gavé comme un cheval !

Les exclamations d'incrédulité se succédaient quand un sans-culotte jaillit de la foule et d'un coup de sabre taillada le cadavre. À chaque coupure, de la paille souillée dégoulinait dans une odeur de plus en plus atroce. Écœuré, Ferragus tourna les talons. Il avait son comptant de cadavres pour aujourd'hui. En traversant la basilique, il croisa un groupe de terrassiers qui allaient creuser une fosse pour y jeter les restes profanés des rois. Les Bourbons allaient finir dans un trou de glaise, recouvert de chaux vive pour dévorer leurs ossements. Eux qui avaient construit Saint-Denis pour y abriter leur éternité allaient disparaître à jamais.

Annibal ne s'attarda pas dans le jardin du cloître. Devant la porte de la salle capitulaire, Dom Poirier attendait, le visage aux aguets. Il interrogea l'inspecteur d'une voix implorante :

— Vous croyez qu'*ils* vont venir jusqu'ici ?

— Ils sont trop occupés à se vautrer dans la mort. Ouvrez-moi.

La clef tremblait dans la main de l'ancien moine qui ne parvenait pas à faire tourner la serrure. Une fois entré, Ferragus s'adressa à l'ancien moine :

— Il manquait bien quelque chose dans le gisant de Philippe le Bel ?

— Oui, une main est vide : celle qui devait tenir un sceptre

— Et dans le bas-relief de la Crucifixion, on trouve un élément imprévu, c'est ça ?

L'érudit se gratta son crâne chauve au-dessus de l'oreille avant de répondre :

— Oui, un oiseau perché au-dessus de la croix.

Annibal porta la main sous sa veste.

— Un sceptre... un oiseau... vous voulez dire ça ?

51.

Paris
De nos jours

L'explosion éventra tout le centre de la porte blindée. Un trou déchiqueté se hérissait de lambeaux de métal tordu et rougi. Le premier tueur glissa la torche LED dans l'ouverture, tout en restant à l'abri derrière les bouts de plaque d'acier encore intacts.

Le halo de lumière dévoila le couloir, désert, encadré par les rayonnages de livres qui montaient jusqu'au plafond.

L'Américain grimaça face à la gigantesque bibliothèque dressée de chaque côté. Ça devait bien faire un an qu'il n'avait pas ouvert un bouquin. Et encore, c'était un guide touristique de Paris. En fait, il n'aimait pas les livres. Et encore moins les bibliothèques, refuges d'intellos prétentieux.

Il réduisit la focale de la torche pour augmenter la portée du faisceau. Au bout du passage, se dessinait une volée de marches dans le cercle blanchâtre. Il y avait donc un autre escalier qui menait à un étage. Et les deux flics devaient sûrement les attendre en embuscade pour les canarder.

Ils se croyaient plus malins que lui.

Les Français et leur foutue arrogance.

Cela faisait presque un an que lui, le natif de Houston, vivait à Paris et il ne les supportait plus. Ça donnait des leçons de morale au monde entier, ça passait son temps à faire des débats à la télé, à bavasser de politique dans les bars, à s'écharper sur les réseaux sociaux alors que leur pays sombrait dans le chômage, l'insécurité et le terrorisme.

Quel bonheur il avait éprouvé en assistant en direct au grand plongeon de trente de ces connards de frenchies. Une bonne purge, même s'il regrettait la présence d'enfants parmi les victimes. Il n'était pas un monstre quand même.

Putain de frenchies.

C'était vraiment un peuple de bavards et de paresseux. À la place de leur nouveau président aussi mollasson que le précédent, il leur en aurait fallu un avec des couilles grosses comme les ballons de basket de la NBA. Comme le sien.

Les deux flics voulaient jouer au con avec lui. Pas de problème, il avait une surprise pour eux. Il était un ancien marine, un pro, titulaire de la Silver Star. Il ne partait jamais en opération sans son sac commando bien rempli : explosif C4 conditionné, détonateur électronique miniaturisé et... fumigène portatif.

On pouvait faire confiance au matériel de l'armée américaine. Pas comme à ce Jérôme Kalter, le responsable de la Sodex. La Fraternité avait misé sur lui – un honneur attribué à peu d'étrangers –, l'avait grassement rétribué avant de lui offrir une carte verte. Et cet abruti s'était empressé de jouer les cadors avec sa maîtresse au lieu de se faire oublier. Il l'avait observé, avec délectation, rôtir dans sa putain de voiture de sport.

Le Texan fit un signe à son acolyte.

— Mets ton masque. Je vais balancer un fumigène au bout de cette putain de bibliothèque. Tu fonces en premier.

Une grosse canette grise jaillit du trou et roula jusqu'aux deux tiers de la bibliothèque. D'épaisses volutes de fumée orangée se tortillèrent aussitôt sous le halo de la torche.

Pistolet au poing, le tueur s'engouffra dans la porte éventrée en prenant soin d'éviter les pointes d'acier acérées, puis passa dans le couloir.

Et s'enfonça dans le brouillard orange.

Pas un coup de feu. On entendait juste le sifflement aigu du fumigène.

Les Français se terraient comme des lapins apeurés.

Le Texan sourit sous son masque et se glissa à son tour dans l'ouverture pour suivre son camarade, torche dans une main et Beretta dans l'autre. Au moment où il passait la première étagère, un cri jaillit de l'autre bout du couloir.

— Maintenant !

Il y eut une série de grincements métalliques tout autour des deux tueurs. Puis un curieux grondement. Quelque chose tomba sur l'épaule du Texan.

Un livre. Épais. Puis un autre. Et un autre.

Sous le faisceau de lumière, une pluie de livres surgissait dans le brouillard orangé et s'abattait sur leurs têtes...

Au même moment, des coups de feu retentirent. Une balle siffla à ses oreilles. Ces salauds de Français tiraient à tout va et il ne pouvait pas riposter de peur de toucher son camarade.

Il braqua sa torche vers le plafond, les étagères métalliques étaient en train de s'écrouler par le haut. Ça partait du fond du couloir, les rayonnages s'effondraient un par un, comme des dominos.

— Faites tout dégringoler ! s'écria une voix.

Nouveaux grincements sinistres.

Le tueur vit son camarade tenter de rebrousser chemin en tirant à l'aveugle, mais il disparut à ses yeux, enseveli sous une avalanche mortelle de livres.

Le Texan recula d'un pas juste avant qu'une étagère de fer, remplie d'ouvrages épais comme des bottins, ne s'abatte devant lui dans un grondement assourdissant.

Une encyclopédie aussi lourde qu'une enclume s'abattit sur sa tempe.

Putain de livres !

52.

Saint-Denis
Abbaye
12 octobre 1793

La clameur du pillage de la basilique parvenait jusqu'à l'ancienne salle capitulaire où se trouvaient Ferragus et Dom Poirier. Un vitrail venait d'exploser arrosant d'une pluie de verre l'herbe rase du cloître. Annibal se leva pour s'assurer que la porte était bien fermée quand une tête sculptée jaillit d'une fenêtre ogivale et rebondit sur le sol avant de s'écraser contre la margelle du puits.

— Ils décapitent les gisants, s'écria l'ancien moine, ils vont tout détruire. Il faut prévenir Danton. Lui seul peut arrêter ce massacre, cette abomination...

— Ça ne servira à rien, le coupa Annibal. L'ordre d'ouvrir la nécropole au peuple a été donné par Robespierre.

— Mais pourquoi ? interrogea naïvement Dom Poirier.

L'inspecteur l'éclaira :

— C'est une manœuvre démagogique lancée par l'Incorruptible. Il veut empêcher Danton de profiter de la popularité de cette opération de profanation. L'ogre est en train de se faire dévorer.

Stupéfait, l'ancien bénédictin laissa tomber son regard sur le sceptre que Ferragus avait ramené de la tombe de Philippe le Bel. Un éclair de joie embrasa son visage. Face à la beauté du passé, il se sentait revivre.

— Quelle merveille ! Un véritable travail d'artiste. L'oiseau en particulier est d'une rare finesse. Regardez comme les ailes sont finement ciselées, une splendeur !

Mais Annibal n'était guère sensible à l'éblouissement esthétique. Dans la basilique, les tombes étaient pillées une à une. Si un secret royal était bien dissimulé dans la nécropole, bientôt, il n'en resterait aucune trace.

— Sur l'oiseau, vous voyez une inscription, un symbole ?

Dom Poirier examina avec attention la pièce d'orfèvrerie.

— Il n'y a rien, ni de gravé, ni de sculpté. Sauf que, dans le bas-relief que vous avez retrouvé, l'oiseau avait les ailes déployées comme un rapace. Et là, au contraire, elles sont repliées.

Ferragus saisit le sceptre pour mieux l'examiner. Brusquement, il s'aperçut qu'une des ailes était plus allongée que l'autre. Le plumage se terminait en pointe comme l'extrémité d'une flèche.

— Il y a une raison esthétique, symbolique, pour qu'une aile soit plus longue que l'autre ?

L'érudit emboîta ses lunettes sur l'arête de son nez pour mieux étudier cette anomalie apparente.

— Aucune. Un oiseau avec des ailes repliées est synonyme de sagesse, de réflexion, d'équilibre comme la chouette d'Athéna, mais si une aile est plus longue...

— ... c'est qu'il y a une raison, conclut Annibal, en faisant glisser son pouce sur la tige dorée du sceptre du côté de l'aile en pointe. La tige peut-elle être creuse, comme pour contenir un message ?

Dom Poirier secoua la tête.

— Vu le poids c'est impossible. C'est d'ailleurs curieux, car les orfèvres de l'époque évidaient souvent les bijoux pour économiser l'or qui était un métal rare.

— Ou pour y mettre autre chose, s'écria Annibal. Je sens une protubérance sous mon doigt. Touchez.

Pour un homme qui maniait avec dextérité des parchemins qu'un moindre souffle aurait fait tomber en poussière, Dom Poirier avait des mains de lutteur de foire. Comme Turenne.

— Trop petit pour être un bouton et actionner un mécanisme interne, annonça l'érudit, pour moi c'est un simple défaut. D'ailleurs, il suffit de gratter et...

Comme l'ancien moine appliquait son ongle taché d'encre sur le métal, un fragment se détacha suivi d'un autre. Stupéfait, il en ramassa un, le fit tourner entre ses doigts avant de s'exclamer :

— Du vermeil ! Ce n'est pas de l'or. C'est un alliage fait de...

Mais Annibal ne l'écoutait plus. Il faisait sauter la pellicule dorée qui enserrait le spectre. Des copeaux de métal tombaient épars sur la table. Peu à peu la véritable tige sortait de son enveloppe. Et ce qui apparaissait était incompréhensible. C'était un cadran rectangulaire où se succédait une série de lettres, chacune gravée sur une sorte de molette. Ferragus les compta : il y en avait quatre. Mais comme il appuyait du doigt sur la dernière, elle tourna brusquement et une nouvelle lettre surgit. Surpris, il appuya encore et une autre lettre fit son apparition.

— C'est une suite de molettes crantées, expliqua Dom Poirier, qui pivotent autour d'un essieu. Si vous continuez à tourner, vous découvrirez que chaque cran correspond à une lettre de l'alphabet. Un système de codage qui date de l'Antiquité.

— Et donc on s'en sert pour dissimuler un message ?

— Comme le cadran n'a que quatre cases, le message doit se limiter à un seul mot. Le problème, c'est que vu le nombre des combinaisons possibles...

Annibal faisait tourner la dernière molette quand il s'arrêta net. Un nouveau signe venait d'apparaître. Pas une lettre, ni un chiffre, mais une marque de ponctuation : deux points superposés. Il montra le symbole à l'érudit qui réagit aussitôt.

— C'est une marque d'abréviation, caractéristique de l'époque médiévale, et comme il apparaît sur la dernière molette, cela signifie que le mot caché que nous cherchons est incomplet. Ça ne va pas nous aider.

Le commissaire se mit à faire tourner les crans de la première molette, puis ceux de la seconde en vérifiant une par une les lettres qui apparaissaient.

— Vous faites quoi ?

— Je cherche s'il y a un autre signe, mais pour l'instant il n'y a que l'alphabet.

Ferragus attaquait la troisième molette.

— Le mot abrégé comprend donc trois lettres...

— Franchement, ça ne nous avance guère, grommela Annibal. Y a rien sur cette molette.

— Attendez, revenez en arrière.

L'érudit posa son doigt sur une des lettres qui venait d'apparaître.

— Regardez, c'est un ***Y***, je ne l'ai pas vu sur les autres molettes.

Aussitôt, Ferragus fit pivoter une molette précédente, puis l'autre...

— Pas de ***Y*** !

— Donc si le ***Y*** est un signe unique, c'est qu'il fait partie du mot que nous cherchons, ce qui nous donne...

Dom Poirier saisit une feuille de papier, une mine et numérota quatre cases. Sous la 3 et la 4, il porta les deux signes qu'ils avaient découverts.

1 2 3 4
Y :

Ferragus, lui, faisait tourner lentement les deux premières molettes. Le ***Y*** correspondait au troisième cran, le ***:*** au septième. Il prit la plume et inscrivit les deux chiffres suivants :

– 3 – 7

— Un nombre à quatre chiffres ! Quel nombre aurait choisi Philippe le Bel pour coder son secret ?

L'ancien bénédictin répondit négligemment :

— 1307, évidemment. L'arrestation des templiers. La grande affaire du roi de fer.

Ferragus se précipita sur les premières molettes et régla chaque cran. Deux nouvelles lettres apparurent.

1 2 3 4
K R Y :

— C'est du grec, j'en suis sûr, annonça Dom Poirier, enfin du grec de cuisine comme on l'écrivait au Moyen Âge.

— Ce qui veut dire ?

— À l'époque, on se sert du **Y** pour remplacer une lettre accentuée du grec ancien ***Ù***, ce qui nous donne... ***KRÙ :***

Les yeux de taupe de l'érudit se mirent à étinceler. Il reprit sa mine et ajouta trois lettres.

KRÙPTÈ

— Le voilà votre mot *: la crypte* !

D'agacement, Annibal frappa du poing sur la table.

— Impossible, la crypte à Saint-Denis a été creusée pour inhumer les rois de la lignée des Bourbons, soit quasiment trois siècles après la mort de Philippe le Bel ! À moins que le roi de fer ne soit devin...

Le regard de Dom Poirier s'éteignit aussitôt, mais son cerveau, lui, ne s'avouait pas vaincu.

— Il y a quand même quelque chose d'étrange. Pourquoi employer du grec ? C'est une langue très peu utilisée à l'époque. À moins que...

L'ancien moine saisit le sceptre et tourna la première molette du cadran.

— Vous avez contrôlé s'il n'y avait pas de signes supplémentaires, mais avez-vous vérifié s'il n'en manquait pas ? Regardez, il manque une lettre.

— Le ***C*** et alors ? s'écria Annibal qui voyait le secret des rois apparaître et disparaître comme un mirage.

— Sauf que si on remplace la lettre initiale ***K*** par la lettre manquante ***C,*** on obtient un autre mot : ***CRUPTA***. Un mot latin qui, lui, ne signifie plus *la crypte,* mais *la grotte.*

Malgré la porte close, des clameurs incessantes, de plus en plus fortes, provenaient de la basilique. Des cris de rage, des bruits de coups. Le chaos était en marche.

— Et pourquoi pas un gouffre ? lança Ferragus, excédé.

— Parce que la grotte existe réellement. Les premières chroniques de Saint-Denis en parlent à plusieurs reprises. Elle abritait une source miraculeuse vénérée par les païens.

Annibal se leva. Il lui fallait agir. Et vite.

— Et je la trouve où cette grotte ?

— Là où elle est. Juste sous la crypte des Bourbons.

Ferragus n'eut pas le temps de réagir. Une main frénétique tambourinait sur la porte.

— Je vous en supplie. Venez vite.

L'inspecteur se précipita pour ouvrir. Devant lui, effrayée, une des religieuses qu'il avait aperçues en train d'adorer la couronne d'épines.

— Votre ami... votre ami...

Aussitôt Annibal pensa à Turenne.

— Ils viennent de le tuer !

53.

Washington
De nos jours
Ambassade de France

— Léonore, tu peux venir deux secondes dans le bureau du Secrétaire général ?

La jolie brune leva les yeux de son écran d'ordinateur et enleva ses écouteurs qui crachaient de la contrebasse version déjantée du duo 2Cellos. Elle renvoya son sourire à la *secrétaire au carré*. C'était le surnom qu'elle lui avait trouvé, compte tenu de son poste de secrétaire du Secrétaire général de l'ambassade.

— Il y a une urgence ? demanda Léonore, l'air faussement agacé.

— Toujours, quand il s'agit de Louvier. Ça fait un an que tu bosses ici, tu devrais finir par le savoir.

L'attachée scientifique se leva à contrecœur.

Léonore Di Falco entra dans le bureau du Secrétaire et s'assit sur une chaise, sans attendre qu'il l'y invite. Tiré à quatre épingles, un nœud papillon rivé sur une chemise amidonnée, le revers de la veste épinglé de la rosette de la Légion d'honneur, Marc Louvier incarnait à merveille le bureaucrate qui avait fait toute sa carrière dans les Affaires étrangères et dont Washington était le point culminant.

— Ah, Léonore, une question me turlupine. Vous travaillez toujours pour l'ambassade ?

— Je ne comprends pas.

Le Secrétaire tourna légèrement l'écran de son ordinateur et chaussa ses lunettes.

— J'ai sous les yeux la copie du rapport de police d'une ville qui s'appelle comment déjà… Ah oui. Deer Creek. Ils vous ont interpellée alors que vous preniez des photos lors d'une cérémonie privée dans un cimetière. Des photos de personnalités éminentes toutes venues pour assister aux obsèques de Robert Lightwood.

— Oui, j'avais posé deux jours de congés pour soutenir ma sœur dans l'épreuve. Elle était l'épouse de Robert. À la fin de la cérémonie, j'en ai profité pour prendre quelques clichés des tombes. Je suis passionnée d'architecture funéraire.

Le Secrétaire plissa ses lèvres.

— Architecture funéraire… Bien sûr… Bien sûr… J'oubliais votre passion pour les crânes et les os… Vous traquiez ces fameux Skull and Bones entre les tombes ?

— Vous faites allusion à mon précédent rapport ?

— Oui, celui que j'aurais dû relire, mais vous l'avez envoyé à Paris, sans me prévenir. Hélas, je n'en ai pris connaissance qu'après coup.

Le visage du Secrétaire se teinta d'un même rouge que celui de son nœud papillon.

— Un rapport qui n'entrait pas dans les attributions d'une attachée scientifique, mademoiselle Di Falco. Le conspirationnisme n'a pas sa place dans une ambassade, ni la photographie funéraire. Vous avez beaucoup de chance que le shérif du comté vous ait relâchée sur demande expresse de votre sœur.

— Ah bon, moi qui croyais que ce brave policier était sensible au charme des Françaises.

— Pas d'insolence, en plus !

Il se leva d'un coup et posa ses mains bien à plat sur son bureau.

— Je pense avoir été compréhensif avec vous depuis le décès de votre petit ami, il y a maintenant six mois. Mais, là je vais demander à l'ambassadeur de vous appliquer un blâme pour vos écarts de conduite. À la prochaine sortie de route, c'est le retour à Paris. Je me suis bien fait comprendre ?

La jeune femme soutint son regard.

— Oui, monsieur. Est-ce tout ?

— Non, j'attends toujours votre rapport sur les avancées technologiques en matière de télécommunications sur les réseaux sociaux. Vous avez une semaine de retard.

— J'ai encore quelques points à vérifier.

— Sur mon bureau lundi prochain. Surtout ne me faites pas attendre.

Le bureaucrate avait replongé le nez dans ses dossiers.

— Vous pouvez disposer, mademoiselle Di Falco.

Elle sortit du bureau en se retenant de ne pas claquer la porte au nez du Secrétaire. Mais il avait raison sur un point, elle aurait pu passer un sale quart d'heure dans le bureau du shérif si sa sœur ne l'en avait pas extirpée. Les flics l'avaient coffrée au moment où elle allait photographier les quatre hommes qui sortaient du caveau des Lightwood.

L'un d'entre eux tenait un sac.

Les dernières paroles de Robert ne cessaient de la hanter. *Léonore... S'ils découvrent mon double jeu, ils me tueront. Et ce ne sera pas fini. Ils me trancheront la tête pour l'emporter dans la Tombe.*

Ces paroles, elle ne les avait pas mises dans son rapport. Pas question de passer pour une folle.

Léonore regagna son bureau, une sourde colère au ventre. De dépit, elle claqua la porte.

Thomas, son compagnon, ne lui avait laissé que quelques notes de son enquête. Et cela faisait des mois qu'elle s'entêtait à essayer de relier des événements qui, en apparence, n'avaient aucun rapport entre eux, à corroborer des faits insignifiants pris séparément, mais qui, mis en perspectives, prenaient sens. Jusqu'au moment où Lightwood lui avait parlé des Skull...

Elle avait tenté d'alerter ses supérieurs à l'ambassade, mais personne ne la prenait au sérieux. Elle n'était qu'attachée scientifique en contrat de deux ans. Et personne ne lui avait demandé de se lancer dans de l'investigation.

Son rapport envoyé au quai d'Orsay n'avait servi à rien. Personne ne l'avait rappelée. Le mémo avait dû finir à Paris, dans un cimetière virtuel où l'on classait des milliers d'autres rapports expédiés de toutes les ambassades du monde et jugés sans intérêt.

Elle était seule au monde. Et personne ne l'aiderait pour venger Thomas et le mari de sa sœur.

Elle ne connaissait que le nom des meurtriers.

Les Skull.

Ils fomentaient quelque chose de terrible et qui impliquait des gens puissants et dangereux.

54.

Paris
De nos jours

— Vous désirez ?

— J'ai rendez-vous avec Dédalion.

Antoine s'avança devant l'œilleton de la petite caméra insérée à côté de l'interphone.

— Vingtième étage, porte 4, tout au bout du couloir, à droite, répondit une voix familière. J'active la sécurité de l'ascenseur.

Le haut-parleur grésilla, puis un déclic retentit. Antoine poussa la porte d'entrée de l'immeuble et s'engouffra dans la cabine. C'était bien la première fois qu'il mettait les pieds dans une des barres gigantesques du quartier chinois de Paris. Un tremblement métallique vibra sous ses pieds.

Deux jours s'étaient écoulés depuis l'attaque commando dans la boutique du tailleur qui abritait le service des sociétés secrètes. Une équipe d'intervention était venue récupérer le corps d'un des attaquants. Le frère obèse avait demandé à Marcas de se faire discret, et de ne pas donner signe de vie à son ancien service. Et voilà que maintenant, il lui avait donné rendez-vous dans ce coin perdu du treizième arrondissement. Pour le grand départ, selon l'expression employée par Haudecourt au téléphone.

Au fur et à mesure que la cabine s'élevait, il tenta de compter mentalement le nombre d'appartements des trois monstruosités de béton qui composaient la résidence Mimosa.

Je suis entré dans le hall D et les lettres s'arrêtaient à J. À raison de quatre appartements par paliers que multiplient vingt étages, ça nous donne en tout... huit cents appartements.

Il n'osa pas faire le calcul du nombre d'habitants, à elle seule la résidence Mimosa représentait une petite bourgade de province. S'il existait un enfer pour les architectes du siècle dernier, adeptes pervers de Le Corbusier, alors celui qui avait imaginé cette incongruité de béton devait rôtir pour l'éternité.

Il sortit de l'ascenseur et longea un couloir faiblement éclairé. Une porte grande ouverte laissa apparaître une silhouette imposante, nimbée d'une lumière diffuse.

— Bienvenue dans le repaire de Dédalion, lança le frère obèse en le laissant entrer.

Antoine passa devant lui, tandis que Haudecourt refermait la porte blindée.

— Il y a un rapport avec Dédale ?

— Presque, c'est aussi un personnage de la mythologie grecque. Après avoir perdu sa fille Dédalion, un fier guerrier a voulu se suicider. Pris de pitié, Apollon l'a transformé en épervier insaisissable. Nos amis de la DGSE raffolent des classiques pour attribuer des noms à leurs planques. Ils y briefent leurs agents qui partent en opération et doivent sûrement les imaginer comme de magnifiques rapaces fonçant sur leurs proies. Prétentieux à souhait, non ?

Ils pénétrèrent dans un salon spacieux, à la décoration grise et impersonnelle, terminé par une large baie vitrée. Antoine s'avança devant la vitre, la vue était magnifique, limite spectaculaire. Il avait la capitale à ses pieds. Rien que pour ce cadeau, il transféra l'architecte fou de l'enfer au purgatoire.

Le frère obèse s'était assis devant une table sur laquelle était posée une boîte d'archives en carton.

Marcas s'assit à son tour et fixa Haudecourt d'un regard froid.

— Je m'attendais à un endroit plus discret, genre pavillon de banlieue du côté de Garches ou Antony. Une tour dans le treizième arrondissement, c'est un peu curieux.

— Curieux mais pratique. L'immeuble est un dédale, les centaines d'habitants ne posent aucune question et vaquent à leurs occupations. Et pour sortir d'ici, tu passeras par le parking qui possède quatre entrées opposées.

— Et le dernier étage, c'est pour la vue ?

— Non. L'État a racheté les derniers étages des rares tours de la capitale. Sécurité nationale.

— Sans blague ?

— Oui, une décision prise depuis les attentats du 11 Septembre, à New York. Sur chaque toit, dissimulée dans une bouche d'aération factice, est installée une rampe de missile sol-air, pilotée depuis le centre de Taverny.

Marcas se demandait si le frère obèse ne se moquait pas de lui, mais Haudecourt affichait un sérieux imperturbable. Il enleva son blouson, le posa sur le coin de la chaise et se racla la gorge.

— Je te le redis, je ne suis pas certain de mener à bien cette enquête. Ne serait-il pas plus opportun d'envoyer aux États-Unis un agent plus entraîné ?

Le frère obèse jaugea Marcas.

— Tu auras un soutien sur place, si nécessaire, mais ne sois pas modeste. Tu t'es rendu deux fois aux États-Unis ces dernières années, et dans le cadre d'enquêtes très sensibles. La première à New York pour l'affaire Aurora[1], la seconde, à San Francisco en plein cœur du Bohemian Club[2].

— Ça s'est tellement bien passé la dernière fois que je me suis fait expulser par le FBI. Ils vont me refouler dès que j'aurai rempli mon formulaire Esta[3].

---

1. *Frère de sang,* Fleuve noir, 2007.
2. *Le Règne des Illuminati,* Fleuve noir, 2014.
3. Formulaire obligatoire pour se rendre aux États-Unis, qui se demande 72 heures avant un vol.

— Ça m'étonnerait, commissaire...

Une femme blonde d'une trentaine d'années, chaussée de lunettes en plastique noir, à l'allure d'institutrice trop sage, apparut dans l'encadrement de la porte du salon.

— ... La DGSE se classe dans le top 5 des meilleurs fabricants de faux papiers.

Le frère obèse croisa les bras avec ce petit air satisfait qui avait toujours eu le don d'irriter Marcas.

— Antoine, je te présente notre hôte.

— Enchanté. Circé ? Perséphone ? Quel personnage mythique vous a-t-on attribué ? murmura Marcas en saluant la femme qui s'assit à côté de lui.

— Lieutenant. Mon grade dans l'armée, répondit-elle d'une voix neutre.

— Je préfère Circé, répliqua-t-il d'un ton qui se voulait aimable.

Elle tendit à Antoine un passeport à la couverture légèrement usée.

— Voici votre nouvelle identité. Antoine Desaguliers, né à Lyon, une épouse, Claire, et deux enfants. Vous exercez tous les deux la profession de courtier en assurance.

Marcas se tourna vers le frère obèse.

— Desaguliers... Je suppose que c'est sur ta suggestion ?

— Un clin d'œil fraternel[1].

— Pourquoi ne pas avoir changé de prénom ?

Elle leva les yeux vers lui et baissa ses lunettes.

— Parce que vous êtes un amateur, commandant.

— Pardon.

— Dieu du ciel, ne le prenez pas mal. Nous ne sommes pas dans *Le Bureau des Légendes*... Vous n'appartenez pas à la DGSE, vous n'avez pas suivi de cours sur les changements d'identité. Par expérience, il est plus facile de garder son prénom.

---

1. Desaguliers, Jean Théophile (1683-1744), pasteur d'origine française, scientifique reconnu, il est le premier Grand Maître, en 1719, de la franc-maçonnerie anglaise.

Il ouvrit le passeport et feuilleta les pages quasiment vierges de tampon, excepté un séjour à Montréal et un autre en Norvège.

— Je n'ai pas beaucoup voyagé... Pour la profession, vous n'auriez pas quelque chose de plus fun ? Archéologue ? Pilote de chasse ? Chirurgien ?

— Et acteur célèbre aussi ? Le genre de type qu'on peut googeliser...

Elle prit la boîte en carton et l'ouvrit avec élégance.

— Bon, voici les documents édités pour votre mission. Ils ne seront valables que le temps de votre séjour aux États-Unis et vous nous les rendrez à l'issue. Le formulaire Esta a été rempli il y a trois jours, vous pouvez donc prendre l'avion pour New York ce soir.

Elle fit glisser sur la table un billet sur American Airlines, un permis de conduire international, deux cartes bancaires, une liasse de dollars, en petites et grosses coupures, une carte de sécurité sociale internationale, des photos d'une femme et de deux enfants qu'il n'avait jamais vus de sa vie.

Elle lui remit aussi une montre au bracelet en acier brossé et ornée d'un élégant cadran bleu nuit.

— Superbe... Il y a un lance-flammes à l'intérieur ? Une pastille de C4 ? demanda Antoine sur un ton goguenard.

— Je ne suis pas Q, et vous n'êtes pas Daniel Craig, répondit la militaire sans sourire. Il y a juste vos nouvelles initiales gravées à l'envers du boîtier. Vous pourrez la garder en souvenir. En revanche, les cartes bancaires sont plafonnées à 8 000 dollars par semaine, avec interdiction d'acheter quoi que ce soit de personnel. Bien évidemment, nous contrôlons à distance toutes vos dépenses. Signez-moi le formulaire de remise.

Antoine leva le stylo, le visage candide.

— Marcas ou Desaguliers ?

La femme se tourna vers le frère obèse.

— Il est très drôle votre ami. Je continue... Dans la chambre, à côté, vous trouverez une valise avec les effets prévus pour un séjour de deux semaines. Avez-vous des questions d'ordre technique ?

— Et si j'ai besoin d'une arme ?

— C'est prévu. Vous trouverez un Beretta et des chargeurs dans le logement que nous avons réservé. Le commissaire Haudecourt vous donnera tous les éléments après mon départ. Bien évidemment, ne vous faites pas interpeller, la loi sur les armes à feu est très stricte dans l'État du Connecticut. Autre chose ?

Antoine lui lança un regard charmeur.

— Vous ne voudriez pas m'accompagner pour me protéger ?

L'officier de la DGSE se leva et eut un premier sourire, pâle.

— Je crois que vous êtes assez grand pour vous défendre. Bon voyage aux États-Unis, monsieur Desaguliers, lança-t-elle en saluant le frère obèse d'un petit signe de tête.

Marcas la suivit des yeux alors qu'elle sortait de l'appartement d'une démarche assurée. La porte claqua, laissant les deux hommes seuls.

— Bon, si tu me donnais un peu plus de détails sur mon séjour, dit Marcas d'une voix basse.

Le frère obèse sortit une tablette de la sacoche posée à ses pieds. Il l'effleura et afficha une carte de la côte ouest des États-Unis.

— Tu es attendu à New Haven, ville universitaire située à cent cinquante kilomètres de New York, sur la route de Boston. La faculté de Yale se situe en plein centre-ville et le siège des Skull and Bones a quasiment pignon sur rue. Nous t'avons loué une maison qui jouxte le campus. Là-bas, tu retrouveras l'attachée scientifique de l'ambassade de France, Léonore Di Falco. Le cabinet du Premier ministre a appelé personnellement l'ambassadeur pour la mettre à disposition.

— Un appui... musclé ?

Haudecourt arbora une moue malhabile.

— En cas d'extrême urgence, tu pourras faire appel à des agents de l'ambassade. Dans la mesure du possible, je ne veux pas mettre la DGSE dans la boucle pour l'instant.

— Pourquoi ?

L'expression de bonhomie avait disparu du visage du frère obèse.

— Je n'ai pas que des amis au gouvernement et dans les services de renseignement. Certains seraient ravis de me voir trébucher.

— À propos d'ennemis, des nouvelles sur l'enquête d'Avignon ?

Le commissaire Haudecourt hocha la tête.

— Non, mais j'ai appris que le ministre de l'Intérieur avait appelé personnellement le patron de l'Inspection générale de la police pour savoir où en était ton audition.

Le visage d'Antoine se rembrunit.

— Il veut vraiment ma peau…

— Je te le redis, tu es sous ma protection. Chasse ça de ton esprit et concentre-toi sur ta mission.

Marcas secoua la tête d'un air agacé.

— Et moi je te redis qu'il ne faut pas trop attendre de mes capacités. J'ai eu de la chance en tombant sur les deux SDF dans le parking pour faire le lien avec les Skull, mais là je ne me vois pas traquer, seul, cette organisation. Et sur leur terrain de jeu.

Le frère obèse replia l'étui de sa tablette et la rangea dans la sacoche.

— Antoine, il est hors de question de les affronter, c'est juste une mission de renseignement. Récolte un maximum d'éléments sans te faire remarquer et reviens sain et sauf. Il nous faut davantage de preuves sur l'implication des Skull dans la tragédie des Trente. Je ne te cache pas que du côté du Premier ministre, on est plus que circonspect sur cette hypothèse.

— Tu n'as pas réussi à les convaincre…

— On peut les comprendre. Pourquoi une société secrète américaine irait-elle assassiner des Parisiens sans histoire ? Et par quel tour de force ont-ils réussi à les faire sauter dans le vide de leur plein gré…

— En clair, nous avons le suspect, mais ni le mobile ni l'arme.

— Tout juste. Paradoxalement, les Skull ont commis une erreur avec leur opération commando, rue de l'Assomption. S'attaquer à un service de l'État, ce n'était pas très malin. Bref, en haut lieu, on ne nie pas la menace, mais il faut un dossier plus solide.

— Et le tueur retrouvé mort sous les bouquins ?

— Il n'avait aucun papier sur lui, pas de portable non plus. Un fantôme. En revanche, on a trouvé un détail sur son corps... Un tatouage.

— Ne me dis pas que c'est l'emblème des Skull, la tête de mort avec deux os ? demanda Antoine. Ce serait un peu gros.

Le frère obèse se leva.

— Non, il s'agit d'un aigle accroché à un trident et à une ancre. L'insigne des Navy Seals, l'une des meilleures unités commando de l'armée américaine. Si les Skull utilisent ce genre de pros comme exécutants de basse œuvre fais très attention à toi.

Antoine posa la main sur l'épaule de son frère.

— C'est gentil de te soucier de ma santé, mais n'oublie pas que tu m'as transformé. Tel Dédalion, je suis devenu un épervier, vif et insaisissable.

Haudecourt le fixa avec gravité.

— Les rapaces, on les abat avec un bon fusil. Parole de chasseur.

55.

Saint-Denis
Basilique
12 octobre 1793

La dépouille de Turenne était allongée sur le sol. De dos. Sa mort n'avait pas arrêté le pillage de la nécropole. Partout, on réduisait en poussière des statues, on éventrait des cercueils, on traînait des cadavres disloqués comme des trophées de combat. Annibal se pencha sur le corps. Mort, Turenne semblait plus grand que vivant. Vu sa stature, son ou ses agresseurs avaient dû l'attaquer par-derrière. Pourtant, aucune trace de violence n'était visible. Pas de tache de sang sur les vêtements, la nuque comme le cuir chevelu étaient intacts. Seules ses mains retournées étonnaient : elles découvraient des paumes potelées et roses comme celles d'un nouveau-né. Et dire que c'était ses mains qui avaient préparé tant de condamnés à leur dernier voyage.

— Il m'a toujours fait peur, murmura Dom Poirier tout en jetant des regards consternés sur une farandole endiablée qui courait entre les tombes.

Des jeunes femmes – des ossements glissés dans le corsage en guise de parure – menaient la danse parmi les corps en lambeaux. Annibal dut s'interposer pour qu'elles ne se lancent pas dans un saute-mouton au-dessus de la dépouille du barbier.

— Il faut prévenir Danton. La situation est en train de nous échapper.

Dom Poirier sauta sur l'occasion. Il n'avait qu'une hâte : sortir de cet enfer.

— Je pars sur-le-champ à Paris.

L'érudit disparut comme un coup de vent. Ferragus, lui, remontait la ligne du corps à la recherche de l'impact d'une blessure. Mais ni les membres inférieurs, ni le dos ne semblaient atteints par un coup. C'était donc de face que Turenne avait dû être frappé et, pour vérifier cette hypothèse, il fallait le retourner. Annibal héla deux sans-culottes qui martelaient avec conviction des armoiries sur une pierre tombale.

— Citoyens, ce patriote est blessé. Aidez-moi à le retourner.

Les deux révolutionnaires quittèrent à regret leur travail de destruction pour empoigner le corps et le renverser sans ménagement.

— Il a l'air mal en point, s'exclama un des sans-culottes en dégageant la veste de Turenne.

Une bosse sanglante poissait la chemise du mort. Annibal se pencha sur le renflement. Jamais une balle ou une lame n'aurait provoqué une telle excroissance.

— On dirait qu'il a explosé de l'intérieur, commenta son compère d'un air inquiet, faut prévenir les autres.

Ferragus comprit qu'il fallait agir vite. Malgré le sang, il saisit la chemise et la déchira tout le long du torse.

— Par la mort de Dieu !

Les deux sans-culottes reculèrent en hurlant. Annibal était tétanisé. Une plaie béante s'ouvrait en pleine poitrine. Les chairs retournées pendaient de chaque côté comme arrachées à mains nues. À l'intérieur un trou noir. Le cœur avait disparu.

Malgré sa répulsion, Ferragus examina de plus près la blessure. Jamais, il n'en avait vu de semblable, comme si une mâchoire avide avait foré un trou dans la chair en dévorant tout sur son passage. Annibal sortit sa plaque de police.

— Trouvez-moi un médecin, vite, que je comprenne quelque chose à cette abomination.

— Un docteur... y a pas de docteur, balbutia un révolutionnaire dont le visage virait au gris.

— En revanche, il y a le peintre, lui, les cœurs, il sait ce que c'est. Je vais le chercher.

Annibal crut qu'il allait devenir fou.

— Un peintre, mais vous êtes enragés !

Les sans-culottes avaient déjà disparu. Annibal replongea son regard dans l'abysse qui s'ouvrait en pleine poitrine. Le cœur avait été arraché. Les artères, poisseuses de sang, partaient en lambeaux tandis que des débris de poumons flottaient dans un magma gluant.

— C'est le fantôme de la nécropole... le fantôme... j'en suis sûr...

Annibal leva la tête. Un des sans-culottes venait de revenir, accompagné d'un homme au regard méfiant, la main droite serrée sur une sacoche qu'il portait en bandoulière.

— Vous êtes de la police ?

— Vous êtes le peintre ? répliqua Annibal.

— Oui, je m'appelle Martin Drölling.

— Et vous faites quoi dans ce cauchemar ?

La main noueuse du peintre se crispa sur sa sacoche. Visiblement il était effrayé.

— Je suis venu... chercher...

— Mais chercher quoi, bordel ?

— Des cœurs.

Ferragus faillit tomber à la renverse tandis que Drölling ouvrait sa sacoche de cuir pour en sortir un bocal en verre où s'émiettait un mille-feuille de couleur mauve.

— C'est quoi cette horreur ?

— Un cœur momifié.

Devant l'expression de stupéfaction du visage d'Annibal, le peintre rengaina aussitôt son bocal.

— Je vous jure, c'est juste pour mélanger à mes couleurs !

— Ne me dites pas que vous allez tremper vos pinceaux dans ce...

— On appelle ça du mummie. Des cœurs embaumés avec des aromates. En peinture, cela permet de faire des vernis exceptionnels !

— Et ça, c'est exceptionnel ? éructa Annibal en montrant la poitrine mutilée de Turenne.

Indifférent, le peintre secoua la tête.

— Désolé, je ne fais pas dans le cœur frais.

Ferragus sentait la situation dégénérer. Entre le meurtre sauvage de Turenne et la mise à sac de la nécropole, les chances de percer le mystère des rois de France s'amenuisaient. Il se tourna vers le sans-culotte dont les mains tremblaient de plus en plus.

— Tu as raison, citoyen, ce n'est pas un être humain qui a fait ça.

— Le fantôme.... Le fantôme...

— Ou pire, le Diable, enchérit Annibal. Préviens tous les patriotes : s'ils veulent rester vivants, il faut évacuer la basilique. Tout de suite !

Les deux sans-culottes ne se le firent pas répéter. Aussitôt, ils se mirent à courir en criant que la mort rôdait à Saint-Denis, que le Diable venait de frapper, qu'un fantôme arrachait les cœurs. Quant au peintre, il s'était volatilisé.

En voilà un dont on n'entendra plus parler, pensa Annibal[1]. Il ôta sa veste et la jeta sur le corps de Turenne.

Dans la basilique, la panique emportait tout. Des enfants couraient en hurlant comme si une horde de démons étaient à leurs trousses. Des femmes échevelées se ruaient vers la porte d'entrée renversant tout sur leur passage. Seuls quelques hommes, occupés à piller des cadavres, contemplaient, l'air hébété, ce flot de peur en crue.

— Maudits... nous sommes maudits..., beugla une voix hystérique.

Un pillard, qui tentait de voler une bague d'une main momifiée, se leva précipitamment et se prit les pieds dans

1. Selon la tradition familiale, Martin Drölling peignit plusieurs tableaux, en utilisant des cœurs de rois de France...

le cadavre. Il chuta lourdement. Son cri retentit sous la voûte.

— À l'aide, le mort m'a pris !

Ce fut le signal de la débâcle. À l'entrée de la nef, les soldats, crosses en l'air, tentaient de canaliser la multitude hors de contrôle. Pour éviter que ces hommes ne soient emportés, un officier sortit un pistolet et tira un coup de semonce. Le bruit de la détonation transforma la foule en meute affolée. En un instant, les plus faibles furent renversés tandis que des gardes, leur fusil inutile à la main, étaient projetés contre la porte de la basilique. Annibal se précipita. Des coups de feu venaient d'éclater. Des soldats appelés en renfort tiraient en l'air. Pour autant la foule ne reflua pas à l'intérieur. Elle avait plus peur des fantômes que des balles.

— Ouvrez la porte de la cour ! hurla Annibal.

Un garde, puis deux firent pivoter la lourde grille d'entrée. Aussitôt les fuyards se ruèrent, se dispersant dans les rues en groupes paniqués. En quelques minutes, la marée humaine se retira de la cour, laissant des corps épars et gémissants. Déjà des soldats leur portaient secours, relevant les blessés. Ferragus interpella un gradé en exhibant sa plaque de police.

— Fermez la basilique, sinon la prochaine fois vous aurez des morts.

Annibal entendit les lourdes portes se refermer derrière lui.

Désormais, il était seul.

56.

Au-dessus de l'Atlantique
De nos jours

Le champ de cumulonimbus floconneux s'étendait à perte de vue et scintillait sous un soleil éclatant. Antoine se pencha contre le hublot et laissa son regard s'abandonner sur le champ de nuages ondulant à des kilomètres sous ses pieds. Il avait l'impression de survoler une vallée enneigée. Un court instant, il sentit poindre la nostalgie de ses anciennes virées en ski de fond dans les Pyrénées.

Il n'avait pas ouvert sa tablette depuis le décollage. Lire et relire les documents glanés sur les Skull and Bones ne servait plus à grand-chose. Il ne parvenait plus à faire la différence entre la réalité et le fantasme, tant les sources d'information étaient nombreuses et pour la plupart fantaisistes.

— Vous désirez un rafraîchissement, monsieur ?

Marcas sortit de sa contemplation et se tourna vers l'hôtesse de l'air qui ressemblait de façon hallucinante à l'une des héroïnes de la série *Lost* dont il n'arrivait jamais à se souvenir du nom. La ressemblance était si frappante que pendant un court instant il s'était demandé si l'avion n'allait pas s'écraser sur une île perdue, comme dans le feuilleton.

— Un Cuba libre, vous avez ?

Le sosie de l'actrice ouvrit de grands yeux.

— Je suis désolée, je ne connais pas cette boisson.

— Rhum cubain, Coca américain, plus une tranche de citron.

— Je peux vous le préparer. Quelle est l'origine de ce nom ?

Antoine était ravi d'étaler sa culture, limitée, dans l'art du cocktail.

— Vous êtes américaine ?

— Oui, du Mississippi.

— Eh bien, c'est l'un de vos compatriotes qui l'a inventé il y a très longtemps pendant la guerre entre votre pays et l'Espagne. Je crois que c'était au début du XXe siècle. Vos ancêtres ont envahi l'île pour chasser les Espagnols et en même temps ils y ont apporté le Coca. Bref, un soir de beuverie, un officier a eu l'idée de mélanger les deux boissons. Et il a porté un toast à Cuba, libérée de la domination ibère.

— Belle histoire.

— Si tant est qu'elle soit vraie. Mais moi, j'aime bien. Et si vous pouviez être généreuse sur le rhum ce serait merveilleux.

— Ce n'est pas du cubain, mais je vous le prépare tout de suite, dit-elle en lui renvoyant un sourire séduisant.

Alors qu'elle s'éloignait, Marcas consulta sa montre. Deux heures seulement s'étaient écoulées depuis le départ de Roissy et il n'en pouvait plus. Il restait encore six heures de vol à tenir et il se sentait comme un lion en cage dans cet Airbus A380 bondé jusqu'au dernier siège. Le seul moyen qu'il avait trouvé, et expérimenté, pour s'assoupir pendant les vols longue durée consistait à avaler un demi-cachet de somnifère accompagné d'un verre d'alcool.

L'hôtesse revint avec un verre en plastique transparent rempli d'un liquide noir.

— On vous a déjà dit que vous ressemblez à une actrice d'une série TV ?

La jeune femme sourit.

— Oui. Evangeline Lilly. C'est moi, je n'ai plus retrouvé de boulot depuis *Lost* et je me suis dit qu'hôtesse de l'air c'était sympa. Surtout si on avait un crash, j'avais l'expérience.

— Sans blague ? dit Marcas.

L'hôtesse eut un regard mutin.

— Non, avec blague... Hélas, je n'ai jamais mis les pieds à Hollywood, mais si vous avez un ami producteur qui cherche un sosie de l'actrice, je prends. À tout à l'heure.

Il sourit. C'était typiquement le genre de femme qu'il appréciait. Avec de l'humour. Il trouvait ça terriblement sexy. Il sortit un cachet de sa poche et avala le Cuba libre d'un coup.

Vingt minutes plus tard, il sombrait dans une douce torpeur, bercé par le ronronnement sourd des réacteurs.

Dakota du Sud
Jefferson Mall
De nos jours

La détonation retentit en plein milieu du prospère centre commercial, juste à la croisée des escalators, devant les rangées de stands éphémères du Dakota summer's festival.

La foule de clients se retourna vers l'épicentre de la déflagration, mais Dude Coldwell fut le plus rapide à lâcher son sac de courses et à dégainer.

Le petit garagiste, coiffé d'un Stetson un peu trop large pour sa tête d'oiseau déplumé, se retourna en un éclair, sortit son Smith 32 de son étui de ceinture qu'il braqua droit devant lui.

Jambes fléchies et écartées, buste légèrement penché en avant, œil dans la ligne de mire du canon, mains crispées sur la crosse, index droit inséré dans le pontet, à un centimètre de la détente. Il maîtrisait à la perfection la position standard du tir au poing, telle que son père la lui avait apprise au club de tir de Rapid City, il y a vingt ans. Et qu'il mettait en pratique deux soirs par mois dans la cour de son garage.

Un être étrange apparut dans le viseur de son arme. Bedonnant dans sa combinaison verte, un large sombrero noir planté sur une couronne de cheveux rose fluo, un visage blanc de craie, troué par deux gros yeux ahuris cerclés de noir.

Tétanisé par la posture menaçante du type au Stetson, le clown Nachos ouvrit sa grosse bouche aux lèvres écarlates et leva les bras, comme s'il avait été surpris en train de braquer une banque.

Dude comprit sa méprise et cracha un juron entre ses dents jaunâtres et serrées.

Putain de Nachos.

L'imposant ballon d'hélium vert, siglé à l'effigie du fabricant de Tacos, avait explosé et gisait en lambeaux sur le stand du clown, telle une énorme méduse échouée sur le sable. Un groupe de clients qui attendaient leurs tacos restaient eux aussi figés devant le colt.

Dude abaissa son arme et remit le cran de sûreté. Sa femme, qui était sur le point de rentrer dans une boutique Macy's avec leur petite fille, accourut vers le stand.

— T'es pas bien ! lança sa femme. C'est Nachos qui a crevé son ballon.

— OK, je m'excuse, répondit le garagiste en rengainant son arme. Mais avec tous ces islamistes qui se baladent en liberté on n'est jamais trop prudent.

— Prudent ? Avec le flingue que tu sors à tout bout de champ.

— Ça va ! dit son mari. Je ne suis pas le seul à avoir de bons réflexes !

Il pointa du doigt une mère de famille, debout derrière une poussette à jumeaux, et qui rangeait tranquillement un pistolet dans son sac.

Nachos brandit un gros doigt d'honneur en direction de Dude, sous l'œil hilare de trois gamins noirs qui s'empiffraient de tacos.

Coldwell inséra le colt dans son étui en maugréant.

— Connard… J'aime pas la bouffe de chicano. Et j'aime pas les clowns.

Un garde de sécurité venait d'arriver au milieu de l'attroupement. Les pommettes hautes, le teint cuivré, les cheveux noirs noués dans une discrète queue-de-cheval, il dépassait Dude d'au moins trente centimètres. L'épouse du garagiste s'interposa.

— C'est une erreur. Tout va bien.

— Il a failli me flinguer, maugréa le clown avec un fort accent mexicain. Et en plus il y avait plein de mômes.

Dude brandit son index devant Nachos.

— Toi, si t'es pas content, retourne à Tijuana ou à Juarez, tu piques le job d'un clown américain.

Une expression menaçante se peignit sur le visage grimé. Il triturait nerveusement son sombrero entre ses mains.

— *Cabron !* La société Nachos fourgue des tacos. Tu crois qu'ils vont embaucher un gringo pour porter ce foutu chapeau ? Viens t'expliquer dehors.

Le garde remarqua la bosse d'un revolver sous la combinaison ridicule et s'interposa entre les deux hommes.

— Ça suffit. Soit vous arrêtez tout de suite, soit je vous expulse tous les deux et j'appelle les flics.

Le clown jeta son chapeau à terre et le piétina.

— Je m'expulse tout seul. J'en ai marre de servir des tacos à ces connards et à leur progéniture de tarés.

Il donna un coup de pied dans une poubelle et s'éloigna d'une démarche dandinante. Le garde se tourna vers le petit garagiste.

— Merci pour votre réflexe de bon citoyen, mais à l'avenir je vous conseille de ne plus venir armé. Nous sommes payés pour assurer la sécurité du mall.

Coldwell lui renvoya un regard mauvais.

— Eh Geronimo… Tu viens d'une tribu d'un autre État ? T'as pas l'air d'être au courant du deuxième amendement et des lois sur les armes à feu dans le Dakota du Sud. Ici, tout le monde a le droit de se balader avec son colt, sauf dans un hôpital ou une école. Et on est dans un centre commercial qui n'exige pas de laisser les armes à l'extérieur. Donc je t'emmerde.

Le garde crispa les mâchoires, mais ne répondit pas à la provocation.

— Je connais la loi, monsieur. C'était juste un conseil.

Le garagiste ricana et balaya le centre d'un geste théâtral.

— Regarde autour de toi, la moitié de ces braves Américains, qui payent leurs impôts, sont outillés ! Et si ça t'a échappé, on a élu un nouveau président qui pense comme nous.

Le garde s'avança vers lui. Le contraste rendait encore plus ridicule leur différence de taille.

— Peut-être, mais la loi m'autorise à vous jeter hors du centre si j'estime que vous représentez un trouble à l'ordre public.

L'épouse s'interposa à nouveau pendant que leur petite fille se gavait de tacos piqués sur le stand.

— Papa, lui, il tire sur des Indiens dans le jardin.

— Tais-toi, Karen ! répliqua l'épouse, puis se tournant vers le garde : Excusez mon mari, il va perdre son boulot. Et puis, c'est dans sa nature, il ne peut pas s'empêcher de sortir avec son arme.

Le garde inspecta la foule de clients, d'un regard pâle et désabusé.

— Comme tous les gens du coin. Ils se baladent tous avec des flingues. Même les clowns…

Un peu plus loin, à une vingtaine de mètres du stand Nachos, deux hommes en blouson bleu, siglés du logo de Pentacle Corporation, finissaient de verrouiller l'armoire technique rectangulaire accrochée à côté de la porte des toilettes.

— C'est prêt, dit celui qui tournait la clé à bout carré dans la serrure.

— Parfait. Je n'ai pas envie de rester une minute de plus dans le coin.

57.

Paris
Cour du Commerce
12 octobre 1793

Dans le Quartier latin, la rumeur courait partout. D'échoppes en ateliers, d'immeubles en ruelles, la même histoire se racontait, amplifiée, déformée, manipulée : l'Opération Profanation à Saint-Denis avait tourné au carnage. *On* avait tiré sur la foule, *on* avait tué des patriotes... le nombre de morts augmentait plus vite que le prix du pain. Ce n'était plus des dizaines, mais des centaines de sans-culottes qui avaient été massacrés. Par les fenêtres de son appartement, Danton observait la rue, dissimulé derrière les rideaux. Toutes les demi-heures, il envoyait Louise aux nouvelles. À la boulangerie de la rue Hautefeuille, on accusait les royalistes de la tuerie, dans les imprimeries, les ouvriers soupçonnaient les militaires d'un coup tordu. Danton avait dépêché son secrétaire à la Convention, mais il était revenu bredouille. Les députés ne savaient rien de plus que les rumeurs et Robespierre comme Saint-Just demeuraient invisibles. Georges rageait. L'Incorruptible, qui avait ouvert la nécropole royale aux sans-culottes, allait sauter sur l'occasion : dénoncer un complot contre le peuple et, bien sûr, insinuer que Danton en était le responsable.

— Comment a-t-on pu en arriver là ? s'écria l'ogre, me voilà dans de beaux draps, maintenant.

Tout essoufflée, Louise s'engouffra dans le salon.

— Quelqu'un te demande. Il dit que c'est urgent.

— Il ressemble à quoi ? s'enquit George devenu méfiant.

— Gras, rouge...

— Dom Poirier, s'exclama Maubuisson. Qu'il entre !

L'ancien bénédictin fit une apparition remarquée. Il avait abandonné sa robe de bure et portait un uniforme dépareillé qu'il avait dû emprunter au hasard.

— Monsieur le député, je suis confus de me présenter dans un tel accoutrement...

— Au fait, explosa Danton, le massacre, que s'est-il passé ?

Dom Poirier ouvrit grand ses yeux de myope invétéré.

— Quel massacre ?

— Les patriotes qui ont été tués dans la nécropole, abattus par les soldats. On ne parle que de ça, voyons !

— Vous voulez parler de la bousculade ?

Devant l'air effaré de l'érudit, Danton comprit qu'il n'obtiendrait rien en donnant de la voix. Il tendit une chaise et tapota le siège :

— Cher Dom Poirier, asseyez-vous donc et racontez-moi ce qui s'est vraiment passé.

— Turenne est mort, lâcha l'ancien bénédictin.

Maubuisson bondit.

— Comment ça ?

— Assassiné sans doute.

Danton retint une grimace de dégoût.

— On sait qui l'a tué ?

— Ferragus enquête. C'est d'ailleurs lui qui m'envoie pour vous prévenir. J'aurais dû arriver plus tôt, mais il y a eu un mouvement de panique dans l'église...

— ... parce que les soldats ont tiré sur le peuple, c'est ça ?

— Du tout, se récria l'érudit, ils ont tiré en l'air. Mais comme la foule s'est effrayée, des militaires ont été projetés contre la porte d'entrée et des enfants ont été piétinés.

— Combien de morts ?

— J'étais dans le poste de garde quand la foule a réussi à franchir les grilles et à se disperser en ville. Certes, il y avait du sang, des blessés – certains graves – mais aucun mort quand je suis parti pour Paris.

Danton se tourna vers le secrétaire.

— Prépare un communiqué, rassure le peuple, dénonce la rumeur, insinue qu'il s'agit d'un complot de factieux qui veulent diviser la République. Dès que ton texte est imprimé, fais-le distribuer dans tout Paris.

Maubuisson disparut aussitôt. Plus serein, Georges s'assit à son tour.

— Et maintenant les fouilles dans la basilique, avez-vous enfin découvert quelque chose ?

Dom Poirier réussit enfin à sourire.

— Oui, Ferragus a fini par mettre la main sur le sceptre de Philippe le Bel. Un chef-d'œuvre de l'orfèvrerie, l'oiseau en particulier est une pièce d'exception...

Au regard impatient de Danton, l'érudit se reprit immédiatement.

— Bref, la tige du sceptre contenait un message codé que nous avons réussi à décrypter. Non sans mal. En fait, il s'agissait d'un mot.

— Lequel ?

Georges avait jailli de sa chaise.

— *Crupta*. La grotte.

À la tête furibonde de Danton, Dom Poirier se dit qu'il méritait bien son surnom de l'ogre. Il s'empressa de rajouter :

— Ce qui signifie que le secret se trouve sans doute dans la grotte d'origine, située sous la crypte.

— Celle des Bourbons ? lança Georges qui s'était renseigné.

L'ancien bénédictin secoua la tête.

— À la vérité, la crypte des Bourbons a été édifiée pour accueillir Henri IV et ses descendants, mais en dessous se situe celle des Valois.

— Encore une crypte ?

— Et la plus mystérieuse. On ignore où se trouve son entrée exacte et on ne sait pas précisément qui y est enterré.

— Il y a un risque que ces foutus sans-culottes aient, eux, trouvé l'entrée en saccageant les tombes des Bourbons ?

— Non, ils auraient exhibé les cadavres dans l'église et je n'ai vu que des Bourbons.

Cette information rassura Georges. Il avait encore une chance.

— Et Ferragus ?

— Après les incidents, la basilique a été fermée. Seul Annibal est à l'intérieur.

Danton se frotta les mains. Il appela Louise et la mena près de la fenêtre.

— Dès que Maubuisson revient, pas la peine de le faire entrer. Dis-lui de partir immédiatement pour Saint-Denis. Il comprendra.

Louise hocha la tête. Depuis longtemps, elle avait cessé de vouloir comprendre les faits et gestes de son mari. Georges lui prit les mains et les serra avec force. C'est dans ces moments que le doute l'étreignait. Que deviendrait Louise s'il lui arrivait malheur ? Elle avait dix-sept ans. Il chassa cette pensée angoissante. Se battre. Toujours se battre, il n'avait pas le choix. Il retourna près de Dom Poirier.

— Le temps que les rumeurs se dissipent à Paris, personne ne prendra le risque de rouvrir la basilique. Voilà qui laisse le temps d'atteindre la crypte des Valois et de là...

Le regard de Danton s'enflamma. Ses doutes s'étaient volatilisés. Le secret des rois de France était à portée de main. Il le sentait.

— Tout repose sur Ferragus désormais. Il n'a pas le droit d'échouer.

Le visage absorbé, Dom Poirier pensait à Turenne.

— Oui, si la mort ne le rattrape pas avant.

58.

Dakota du Sud
Poste de sécurité du Jefferson Mall
De nos jours

Le ventilateur en plastique brassait des volutes chaudes et poisseuses, saturées de sueur et de relents de pizza froide. Assis sur leurs sièges en similicuir, les deux gardes, en nage, scrutaient, d'un air blasé, le mur d'écrans. Les images, qui défilaient sous forme de vignettes, provenaient des quarante caméras principales disséminées dans le centre commercial. Le plus jeune, qui portait des piercings aux oreilles, avait zoomé sur l'altercation autour du stand Nachos.

— Fausse alerte, Mike a calmé l'excité au chapeau. Un de ces quatre, on aura droit à un vrai dingo qui transformera le centre en champ de tir.

— Pas aujourd'hui, j'ai un rencard avec une nana dans une heure, répondit son collègue.

Le garde aux oreilles trouées avait déboutonné son col de chemise et se passait un mouchoir trempé sur le front.

— S'ils ne réparent pas la clim, je me barre. C'est pas humain.

— Ils ont promis que le technicien passerait en fin d'après-midi, répliqua son collègue. Va remplacer Mike dans le centre. La clim marche à fond là-bas.

— Tu veux ma peau, il y fait moins mille. Je vais récolter une angine.

— Comme tu veux, soupira l'autre. Jette un œil au parking. Il y a un truc bizarre.

Son collègue se pencha sur l'écran. Deux costauds, le crâne rasé, manipulaient des fusils devant un Ford pick up. Il pivota sur l'autre caméra du parking. L'arrière était recouvert d'une bâche d'où dépassait un cadavre de cerf.

— Encore des blaireaux de chasseurs.

— Ils ont des sales gueules. Appelle Gary pour qu'il aille voir ces mecs. Je n'ai pas envie de les voir débarquer avec leurs pétoires.

Le jeune homme hocha la tête.

— Tant qu'il y est, dis-lui ensuite de passer dans la travée C, on a trois petits caïds qui font chier la clientèle.

Intérieur du mall

Assis sur un banc de faux bois, mais en vrai plastique, face à la parfumerie, les trois types en casquette finissaient leurs canettes en ne se privant pas de dévisager les clientes qui sortaient de l'échoppe.

Paquet de courses à la main, son épouse et sa fille à ses côtés, Dude Coldwell s'approchait du groupe, la démarche traînante. Il les avait repérés depuis l'incident avec le clown. Ils s'étaient même moqués de lui quand il avait rengainé son colt en le traitant de « petit cow-boy ».

Et maintenant, ils se trouvaient à nouveau sur son chemin. Le garagiste redressa son torse malingre. Il était chez lui ici, et aucun petit con sur terre ne l'intimiderait.

— J'aime pas ces gars, murmura Dude à l'oreille de sa femme, la seule fois où on a été cambriolé, c'était par des types du même calibre.

— Tu me fatigues, répondit-elle d'une voix aigre, et tu gâches notre journée shopping.

D'un pas vif, elle entra dans la parfumerie avec la petite fille, sous le regard déconfit de son mari qui essaya de la retenir. En vain.

— Attends, bébé. Je m'excuse.

L'un des jeunes l'interpella alors qu'il passait devant lui :

— Eh Wyatt Earp... Ta femme te plaque !

— Tu me parles ? répliqua Dude, la main posée sur son ceinturon

— Ouais. T'as pas l'air en bonne santé, c'est ce qu'on se disait avec mes potes.

— T'es blanc, comme un cachet d'aspirine !

Les autres jeunes partirent d'un grand éclat de rire. Coldwell repéra une crosse qui dépassait de la chemise d'un des gamins qui frimait devant ses potes. Il n'arrivait pas à voir si les autres étaient armés sous leur blouson.

Sa femme lui faisait de grands signes derrière la vitrine du magasin. Il soupira. Il allait encore se faire engueuler. Ce n'était pas le moment de répondre à la provocation.

— Bonne journée... connards, murmura-t-il en s'éloignant vers la parfumerie.

Il était sur le point de pousser la porte en verre quand il sentit un vertige le saisir, comme si la terre s'enfonçait sous lui comme des sables mouvants. Un voile noir passa devant ses yeux. Il s'appuya sur la vitrine pour reprendre l'équilibre. Progressivement, le monde autour de lui reprenait forme.

Il se redressa, l'esprit joyeux.

Le garagiste afficha un sourire éclatant. Il ne s'était jamais aussi bien senti de sa vie. Une pensée fulgurante traversa son esprit.

Il n'avait plus peur des Noirs.

Revigoré, il rebroussa chemin et s'avança vers les trois jeunes vautrés sur le banc. Tout était simple désormais.

Tout à l'heure, il s'était presque enfui. C'était idiot.

Il ne faut plus avoir peur des Noirs.

Son esprit bouillonnait de joie.

Dude se planta devant eux, le visage hilare. Le plus âgé de la bande leva les yeux vers lui.

— Qu'est-ce qui te fait rire, le gardien de vaches ?

Le garagiste éclata de rire. Un rire irrépressible. Contagieux.

— Ah ah ah... J'ai une surprise pour vous !

Autour d'eux, tous les clients se mettaient à rire, comme s'il avait raconté une blague irrésistible.

Dude sortit son colt de la ceinture et tira sans se donner la peine de prendre sa posture favorite.

La première balle emporta la moitié du visage de celui qui était armé, la deuxième traversa de part en part la poitrine de son voisin. Le troisième type plongea à terre, la balle lui pulvérisa néanmoins l'épaule.

Autour du tireur, les rires enflaient, comme un chant hystérique.

À deux mètres de lui, devant un stand de bougies parfumées, une femme élégante sortit son pistolet de son petit sac Michael Kors grisé et abattit la vendeuse à bout portant.

Le chaos se propageait dans l'allée, comme portée par une vague invisible. Ça tirait dans tous les sens, les détonations crépitaient, les vitrines des boutiques explosaient dans un vacarme épouvantable. Tous les clients armés semblaient pris d'une folie meurtrière. Et tous se tordaient de rire, comme des déments.

Le Noir qui avait évité la balle fatale récupéra l'arme de son ami mort et tira à toute volée sur Dude. Le garagiste tourna sur lui-même comme une toupie et s'effondra à terre. Sa femme fut abattue dans le dos par une vieille dame qui avait brandi un Smith et Wesson.

La fille du garagiste s'agenouilla à côté de sa mère et riait de bon cœur, collée contre le visage de sa mère agonisante. Hilare, elle aussi.

Poste de surveillance du mall

Le garde de surveillance se leva d'un bond et appuya sur la sirène d'alarme.

— Fusillade dans l'allée C !

Son collègue décrocha le téléphone et appuya sur le numéro d'urgence de la police du comté de Rapid City.

— Je préviens les flics. Appelle tous les hommes disponibles et lance le plan Secure.

Un homme aux cheveux ras et à la dégaine d'ancien sergent de marine arriva en trombe dans la salle de surveillance.

— Putain, ça devait arriver un jour ou l'autre. Des années que je tanne la direction du centre pour qu'ils interdisent les armes !

— Chef ! C'est le seul mall à autoriser le port du flingue, du coup les clients viennent en masse...

— On s'en fout ! Ça donne quoi ailleurs ?

Son collègue balaya les autres écrans qui diffusaient les images de l'intérieur du centre commercial.

— Pas de coups de feu dans les autres travées, mais on a un mouvement de panique vers les sorties esplanade et jardin.

— Je suis sûr que ce sont les deux blaireaux du parking !

Son collègue secoua la tête et pointa l'écran du doigt.

— Négatif, ils se sont fait buter les premiers. Pas de chance pour des chasseurs.

Le chef de la sécurité abandonna l'écran du parking et se concentra sur ceux de l'allée C. Il zooma avec nervosité et comprit ce qui se passait sous ses yeux effarés.

— Mon dieu... C'est pas des terroristes. Pas un loup solitaire...

Les mots arrivaient à peine à sortir de ses lèvres crispées.

— Ils sont devenus fous... Ils s'entretuent...

Un visage boursouflé et maquillé apparut en gros plan sur les écrans. La bouche aux lèvres peintes en rouge se tordait dans tous les sens. Se tordait de rire.

Le sang du chef de la sécurité se glaça.

Le gros clown Nachos hoquetait de joie et tirait à bout portant sur des gamins de l'âge de sa fille.

À 2 482 kilomètres du centre commercial, dans une cave sombre et humide, un homme perçait sa peau martyrisée à l'aide d'une chevalière à bout pointu. Des petits cris de douleur résonnaient en écho sur les murs de pierre noircie. Puis, il cessa ses mortifications et leva son visage baigné de larmes. Il replia ses mains comme une prière et murmura :

— Pour l'humanité... Pour l'humanité...

59.

Saint-Denis
Basilique
12 octobre 1793

Dans la nef, le silence était retombé, quoique brisé par les pas de Ferragus qui, à chaque instant, butait sur un fragment de statue ou un débris de corps. Le pavage de la basilique était jonché de morceaux de cadavres, plus ou moins reconnaissables. Un tas de tibias avaient été rassemblés près d'une tombe face à des crânes empilés en pyramide. Partout des dalles renversées, des cercueils éventrés, le Diable même n'aurait jamais imaginé pareil spectacle infernal. Cloué contre un pilier, un corps noirci pendait lamentablement. Annibal reconnut la dépouille d'Henri IV exhumée par les pillards. De son visage, ne restait que ses orbites noircies et sa mâchoire en vrac. Sa barbe, ses cheveux, avaient été arrachés par la foule et jetés au sol. Sa poitrine était ouverte, fendue en deux. Comme celle de Turenne. L'inspecteur obliqua sur la droite pour examiner à nouveau son cadavre. Au milieu des décombres, le visage du barbier avait pris une expression étonnée. Sans doute n'avait-il pas vu la mort venir. Ferragus se pencha sur la blessure. Les chairs avaient bleui et le sang avait coagulé. Les deux côtes supérieures qui avaient été rompues pour arracher le cœur étaient introuvables. L'inspecteur comprit vite pourquoi. Elles n'avaient pas été brisées, mais pulvérisées : maintenant que le sang avait séché, on y retrouvait mêlée de la poussière d'os sous forme de grumeaux spongieux.

Annibal frissonna. Une peur plus ancienne que lui le saisit. La peur ancestrale de l'inexpliqué, du surnaturel, comme si un démon invisible flottait désormais dans la nécropole. Il se redressa. Un vent âcre soufflait à travers les vitraux abattus. Ferragus reconnut l'odeur. Celle de la chaux vive que l'on employait pour dissoudre les cadavres quand ils étaient trop nombreux à enterrer. Les soldats devaient continuer à creuser des fosses communes pour inhumer la multitude de restes humains profanés par les sans-culottes. Il ne lui restait que très peu de temps.

Il s'approcha de la crypte des Bourbons. Située sous le chœur de la basilique, son pavage avait été arraché, sa voûte défoncée. Des grappins et des échelles jaillissaient du trou d'ombre d'où montait une odeur acide. Une lanterne abandonnée était posée sur le bord. Annibal inspecta la mèche et l'alluma. Il vérifia une à une les échelles. L'une d'elles semblait moins branlante que les autres. Ferragus tâta du pied les premiers barreaux, puis commença à descendre dans la nuit.

La lueur de la lanterne ressemblait à un feu follet. Son reflet s'accrochait aux murs luisants de salpêtre. À chaque mouvement des yeux semblaient s'ouvrir dans l'obscurité.

L'odeur devenait plus amère. Annibal avait l'impression de s'enfoncer dans un puits nauséabond. Au-dessus de lui, l'ouverture pratiquée dans le dallage de la basilique semblait, elle, rétrécir comme une mâchoire qui se refermait.

Il était seul.

Le sol de la crypte était proche. La lanterne éclairait des restes de suaires maculés et déchirés au milieu de planches de bois brisées, mais ce qui étonna le plus Ferragus ce fut le nombre de cercueils intacts. Arrivé au sol, il se trouva face à un long couloir bordé de sépultures empilées les unes sur les autres. Chacune portait un nom gravé sur une plaque de cuivre. Annibal s'arrêta devant une mince boîte en bois blanc. Du doigt, il ôta la poussière de la plaque :

Louis d'Anjou
fils de Louis XV
décédé à l'âge
de 2 ans, 7 mois et 3 jours

Ferragus posa sa main sur ce minuscule cercueil d'enfant oublié et promis à la fosse commune. Fils de roi, il aurait pu régner. Que se serait-il passé s'il était monté sur le trône ?

Louis XVI n'aurait jamais été guillotiné. Marie-Antoinette n'aurait jamais connu Versailles. Robespierre serait resté avocat à Arras et Danton aurait végété dans sa province...

Quant à moi, songea Annibal, *je ne serais pas là en train de déambuler au milieu des morts*. Il repassa la paume de sa main sur le cercueil. Le bois était sec. Or Dom Poirier lui avait expliqué que la grotte originelle abritait une source sacrée. Sans aération, les remontées d'humidité étaient inévitables. À nouveau, il fit tourner sa lampe. Il y avait plus de cinquante tombes. Il lui faudrait un temps fou pour les examiner une à une. Il retourna à l'entrée de la crypte. Le cercueil en bois d'Henri IV avait été mis en pièces à la hache, puis les pillards avaient éventré le second cercueil fabriqué en plomb dont ils avaient rejeté les débris sur le côté. Annibal saisit un des fragments de métal dont il arracha une lanière qu'il se mit à tresser en torsade jusqu'à obtenir une tige de plomb pour la plier ensuite en équerre. Il recommença l'opération une seconde fois. Désormais, il disposait de deux tiges coudées en métal qu'il plaça – comme la crosse d'un pistolet – dans la paume de chacune de ses mains. À partir de ses poings serrés, deux lames de plomb parallèles pointaient pareilles à des paratonnerres miniatures. Pourtant ce n'était pas la foudre que ces tiges de plomb allaient capter, mais l'eau.

Annibal avait appris cette technique d'un vieux sourcier du Périgord qui cherchait l'eau avec deux baguettes de cuivre. Il fallait avancer à pas comptés en conservant les deux tiges bien parallèles et quand on passait à proximité d'un point d'eau, comme par miracle, les baguettes s'éloignaient immédiatement l'une de l'autre.

Ferragus décida de remonter l'allée des cercueils. Il avançait lentement et s'arrêtait à intervalle régulier pour pointer les baguettes en direction des sépultures. Découvrir une source était un travail de patience et surtout de concentration. Il fallait garder les tiges de métal toujours en parallèle, les poings joints sans trop les serrer pour que l'influx de l'eau se fasse sentir. Malgré l'exigence de sa recherche, Annibal ne put s'empêcher de sourire. Que penseraient Danton et son secrétaire s'ils le voyaient ainsi en train de chercher un secret perdu depuis des siècles avec des tiges de plomb arrachées à des cercueils ? Tous les dix pas, il était obligé de revenir en arrière pour déplacer la lampe et profiter du halo de sa lumière. Bientôt, il aperçut le fond de la crypte : un mur maçonné en pierre de taille. Encore quelques pas et il l'atteindrait. Aucune des baguettes n'avait encore bougé. Pas le moindre frémissement. Il pivota sur sa gauche. Les cercueils semblaient plus anciens. Sur une plaque en cuivre, il aperçut une date :

1611

En quelques dizaines de pas, il avait parcouru plus d'un siècle d'histoire. De Louis XV à Henri IV. Brusquement une des baguettes obliqua sur un côté. Ferragus revint légèrement en arrière. L'autre baguette dériva vers l'angle opposé. Il s'accroupit sur le sol, mais les baguettes ne bougeaient plus : elles conservaient le même degré d'ouverture. Il se releva et avança les mains en direction des sépultures. La tige de gauche bascula complètement à droite.

Annibal recula d'un pas et posa les deux tiges de plomb à terre. Devant lui, se tenait un rang vertical de cercueils. Il glissa sa main sous l'un d'eux. Le bois était humide. Il fit pivoter sa lanterne face à l'interstice. Derrière les cercueils s'élevait un mur, mais cette fois bâti en brique comme pour obturer une ouverture. Contrairement à ce qu'il pensait, la crypte des Valois – et donc la grotte – ne se trouvait pas sous celle des Bourbons, mais au même niveau en direction du cloître. Restait désormais à arriver jusqu'à la paroi de brique. Il lui fallait ôter toute une hauteur de sépultures. Un geste sacrilège qu'il n'aimait pas, mais ce n'était pas le moment de faire appel à son sens moral. Il saisit le premier cercueil à sa portée et le tira vers l'allée centrale. La poignée de cuivre céda sous la pression emportant une plaque de bois. Heureusement la sépulture était doublée d'une lame de plomb. Ferragus agrippa la tête du cercueil, mais rien ne vint. Il essaya encore avant de s'apercevoir que le bois était rivé à deux endroits par une chaîne à un anneau scellé dans le mur de brique. Ferragus resta interdit comme si ce dernier obstacle l'empêchait brusquement d'agir. Pourquoi ne réagissait-il pas ? Puis, d'un coup, il comprit : pour atteindre son but, il allait devoir franchir une épaisseur de cadavres.

60.

New Haven
Université de Yale
De nos jours

Les participants à la réunion bisannuelle du Conseil pour les Affaires internes et internationales quittaient, un par un, le vénérable amphithéâtre. Les vitraux des hautes fenêtres de style gothique triomphant diffusaient des éclats de lumière bleue, jaune et rouge sur l'estrade. Les conversations allaient bon train et des petits rires fusaient çà et là. La conférence de l'orateur les avait fortement impressionnés, ce qui était plutôt rare pour ces hommes et ces femmes habitués aux colloques de haut niveau. Les trente membres du plus prestigieux comité de l'université de Yale, tous anciens étudiants, occupaient des postes importants aux États-Unis et dans le monde entier. Banquiers, financiers, avocats internationaux, chefs d'entreprise, membres haut placés dans les différentes agences gouvernementales, chacun, à sa manière, avait plus que réussi son parcours. C'était d'ailleurs la condition numéro un pour intégrer le Conseil et donner son avis sur le développement stratégique de l'université privée la plus riche du pays. Comme l'avait résumé un ancien président de Yale, grand chasseur devant l'éternel :

Pour traquer l'antilope, le lion ne demande pas conseil à la fourmi.

Debout sur l'estrade, devant un large pupitre, un homme de taille moyenne rajusta ses fines lunettes cerclées d'acier. Le professeur Emerson H. Donovan éteignit le rétroprojecteur et regarda s'éloigner les derniers auditeurs par les escaliers latéraux de l'amphithéâtre. Lui aussi était satisfait de sa prestation devant le Comité. Il mettait un point d'honneur à donner le meilleur de lui-même dans ses interventions qu'il voyait comme l'exécution d'un morceau de musique classique. La veille au soir, ce passionné d'opéra italien avait encore modifié la conclusion de son exposé. Juste pour que la petite musique soit parfaite de bout en bout. Il prenait même de temps à autre des cours de chant pour placer sa voix. Et pour l'occasion, il leur avait interprété un allegretto, vivace, sur la fragilisation de l'Union européenne et les bénéfices potentiels escomptés pour les États-Unis.

Il récupéra son portable et vit qu'il avait raté un appel de son correspondant à Paris. Ses sourcils se froncèrent, il aurait dû anticiper le coup de fil, compte tenu des enjeux. Son interlocuteur n'avait pas laissé de message sur le répondeur. Une voix féminine jaillit du premier banc de l'amphi.

— Félicitations, professeur. Quand on vous écoute on se sent toujours plus intelligent. C'est clair et lumineux. Votre vision de l'Union européenne démantelée m'a rendu espoir. J'espère que vos prévisions se réaliseront et que les États-Unis profiteront de cette opportunité.

Il ajusta ses lunettes et aperçut une femme blonde, entre deux âges, habillée d'un tailleur noir et strict, qui venait à sa rencontre. Il reconnut la directrice de la Réserve fédérale américaine.

— Ah, Trinity… J'essaie humblement, et en toutes occasions, de faire mienne la devise de notre université. *Lux et Veritas*.

— Quelle intervention brillante. Vous devriez vous présenter à la présidence de la faculté. Le mandat de l'actuel président arrive à échéance au printemps prochain.

Il afficha un sourire timide.

— Serait-ce une proposition ?

La blonde éclata de rire.

— Bien sûr, Emerson. À une ou deux exceptions près, le conseil d'administration votera pour vous, les yeux fermés.

Le professeur descendit de l'estrade et lui serra la main. Il ne faisait jamais la bise à une femme. C'était un principe.

— Gérer ce monstre qui pèse 25 milliards de dollars ! Très peu pour moi. Le président de cette université passe son temps dans les réunions et le peu de temps libre qui lui reste consiste à éplucher des rapports comptables aussi indigestes qu'ennuyeux. Je ne pourrais plus faire de recherche.

— Il y a bien d'autres avantages. Vous le savez. Le prestige du poste, le pouvoir de...

Le professeur plaqua les paumes de ses mains sur ses oreilles et prit un air complice.

— N'en dites pas plus. Le pouvoir ne m'intéresse pas. J'aime trop ma liberté.

Il l'accompagna vers la sortie. La directrice de la Réserve fédérale marchait d'un pas rapide.

— Allons professeur Donovan, tout le monde aime le pouvoir. Sinon à quoi cela sert-il d'étudier à Yale... Et puis, entre nous, n'êtes-vous pas le président de la confrérie étudiante la plus puissante de la faculté. Diriger les Skull and Bones, n'est-ce pas une forme de pouvoir ?

Le professeur poussa le battant de la porte.

— Du folklore et du théâtre, chère amie. J'ai toujours voulu monter sur les planches, le destin en a décidé autrement. Du coup, je préside à ces rituels un peu passés d'âge avec le cœur de l'éternel adolescent que je suis resté.

La blonde lui prit le bras et chuchota à son oreille :

— J'ai vu dans un film que vos initiés mâles se battent dans la boue, nus comme des vers. Vous pourriez m'inviter à une cérémonie ? Je me ferai petite comme une souris.

Le professeur Donovan prit des airs de conspirateur et se pencha vers elle.

— Hélas non, c'est interdit aux non-membres.

— Quelle injustice, répondit-elle sur un ton faussement courroucé. De mon temps, vous n'initiiez pas les femmes. J'avais dû me rabattre sur la fraternité Kappa Phi Delta, un repaire de gauchistes dévoyés.

L'enseignant repéra un homme au crâne rasé et aux larges épaules dans le couloir qui longeait les bureaux des professeurs. L'homme attendait devant son bureau. Donovan s'inclina devant son interlocutrice et prit un timbre de voix plus profond dont il connaissait le pouvoir de séduction.

— Je suis obligé de vous laisser, mais je peux vous révéler un secret sur la fraternité des Skull. Vous ne le répéterez pas ?

— Promis.

Il balaya le couloir pour voir s'il pouvait parler, puis murmura :

— Vous n'aviez pas tort sur la puissance des Skull. Nous sommes à l'origine de l'affaire du Watergate[1]. La taupe du FBI qui a informé les journalistes du *Washington Post* était membre de notre confrérie. Il avait été décidé en haut lieu de se débarrasser de cet escroc notoire, devenu président, avant qu'il n'entraîne le pays dans la ruine.

— Vous êtes sérieux ?

— Nous avons aussi ordonné l'assassinat de Kennedy, de John Lennon, de Michael Jackson et de la princesse Diana. Cela fait partie d'un programme mondial dont je ne peux révéler le but ultime, car nous avons reçu des consignes secrètes des Illuminati. Mais chut, c'est un secret.

La directrice de la Réserve fédérale éclata de rire.

— Excellent, Emerson. J'ai bien failli marcher avec le Watergate… Mais le coup du grand complot, ça c'était un peu trop… Ah, si tous mes interlocuteurs avaient le même sens de l'humour, je m'ennuierais moins. Bon, c'est votre dernier mot. Vous refusez de vous porter candidat pour la présidence ?

1. Scandale, qui a abouti à la destitution du président Richard Nixon en 1974.

Il lui tendit la main.

— Le dernier ! En revanche, j'ai un petit service à vous demander. L'un de mes élèves de dernière année voudrait intégrer votre département juridique. Il est brillant et travailleur. Puis-je vous l'envoyer ?

— Et je suppose que c'est un Skull... Bon, avec grand plaisir. Dites-lui d'appeler mon directeur des ressources humaines la semaine prochaine. Watergate, Kennedy, Michael Jackson... Quelle imagination. Bonne soirée, professeur.

Emerson Donovan la regarda s'éloigner. Un mince sourire se dessina sur son visage. Dans le flot des élucubrations qu'il avait proférées, l'une d'entre elles était absolument véridique. Le Skull, directeur adjoint du FBI, n'avait jamais aimé Tricky Dicky[1].

Il marcha en direction de son bureau et arriva au niveau du chef de la sécurité du campus. Celui-ci semblait soucieux.

— Bonjour, professeur. Nous avons un gros problème avec Paris. Ils ont essayé de vous joindre.

— Je sais, mais j'étais en conférence. Allons parler de tout ça dans un endroit moins exposé aux courants d'air.

Donovan le prit par le bras et l'entraîna dans son bureau. Il referma la porte. Toute bienveillance avait disparu de son visage. Sa voix n'était plus mélodieuse.

— Que se passe-t-il ?

— Les Français envoient un flic aux États-Unis pour enquêter. Antoine Marcas. Celui que nos hommes ont raté dans l'attaque à Paris.

— C'est ennuyeux. Très ennuyeux.

— Quels sont vos ordres ?

Donovan consulta sa montre, puis revint vers son interlocuteur.

— Il devra être neutralisé dès qu'il arrivera, mais sans que cela soit trop suspect. Ça tombe au plus mauvais moment, juste pendant la période des initiations...

---

1. *Richard l'escroc*, surnom donné au président Nixon par ses détracteurs.

Le costaud secoua la tête avec vigueur.

— Rassurez-vous, professeur, tout est en ordre. La cérémonie se déroulera en temps et en heure. Pas une seule fois, depuis sa création, la Fraternité n'a manqué aux obligations dictées par ses fondateurs.

Le professeur reprit son expression bienveillante.

— Pour le bien de l'Amérique.

L'homme au crâne rasé afficha une mine embarrassée.

— Vous avez l'air troublé, John, demanda le professeur Donovan.

— J'ai vu le journal télévisé. La tuerie dans le centre commercial, dans le Dakota du Sud.

— Oui, l'opération s'est déroulée comme prévu.

— Certes, mais... C'était un massacre, plus de quarante morts, une centaine de blessés. Il y avait des enfants... Des Américains.

Le visage d'Emerson Donovan devint grave.

— Me prenez-vous pour un monstre ?

— Non. C'est que...

Le professeur lui posa la main sur l'épaule.

— Je vais vous faire une confidence. J'ai aussi vu les images de cette tragédie. Et j'ai pleuré. De toute mon âme. Même si j'en suis le responsable.

61.

Saint-Denis
12 octobre 1793

— Vous pensez qu'elle viendra ?

De la fenêtre, celui qui se faisait appeler le Roi observait le chemin qui s'enfonçait, sous la voûte des ormes, jusqu'au portail d'entrée. Une fine pluie tombait qui masquait la grille entrouverte.

— Elle n'est pas du genre à emprunter la grande porte, prévint le Diable, je serais toi, je surveillerais l'entrée de service.

— Sans compter que la plaine de Saint-Denis grouille de soldats, les contrôles ont été renforcés sur toutes les routes en direction de Paris, précisa le Pape.

Le Roi revint s'asseoir dans le salon. Si son masque dissimulait son impatience, en revanche ses mains, qu'il ne cessait de nouer et de dénouer, trahissaient sa fébrilité. La présence de ses deux autres frères, eux aussi masqués, n'atténuait pas son inquiétude.

— J'ai toujours des doutes... choisir une femme pour une mission aussi capitale, parfois je me dis que c'est de la folie.

— Tu oublies que le père d'Eulogia était l'un des nôtres !

Les mains du Pape se figèrent.

— Le comte de Lostange ? Un excentrique qui croyait que le trésor du Temple était en espèces sonnantes et trébuchantes !

— Il n'a jamais été admis à nos plus hauts mystères, voilà pourquoi il est demeuré dans l'erreur.

— Une erreur qui l'a conduit à dilapider sa fortune pour acheter d'anciennes commanderies et à éventrer les murs en quête de trésor. Ridicule !

Sous son masque, le Diable sourit.

— Et pourtant, il nous a été bien utile. Sa folie a fonctionné comme un écran de fumée pour nos véritables activités. Quant à sa fille, elle est d'une autre trempe, croyez-moi.

Le Roi reprit la parole :

— Nous avons des nouvelles fraîches sur ce qui se passe à Saint-Denis ?

— Nous disposons d'un œil et d'une oreille parmi la garde qui protège la nécropole. Voilà pourquoi nous tenons réunion à proximité pour être informés au plus vite.

— Eulogia est au courant de notre espion ?

— Bien sûr que non.

Le Pape approuva.

— La main droite doit ignorer ce que fait la main gauche. C'est ainsi qu'on dupe les hommes et manipule les événements.

— De la part d'un pontife, voilà une maxime qui ne m'étonne pas, ironisa le Roi, maintenant si on pouvait revenir sur ce qui se passe à Saint-Denis...

— Nous savons qu'il y a eu un meurtre, commença le Diable, un homme a été retrouvé le cœur arraché. La foule a paniqué, la basilique a été évacuée et fermée.

— Un meurtre..., reprit le Pape. Et si c'était une rumeur ? Qui vous dit que les autorités n'ont pas fait courir ce bruit juste pour vider la nécropole et continuer les fouilles en secret ?

— Parce que je le sais, trancha le Diable d'une voix sans réplique.

Le Roi leva la main en signe d'apaisement.

— Revenons à ce qui nous intéresse. On a une idée des tombes qui ont été ouvertes ?

— Les sans-culottes se sont attaqués à la crypte des Bourbons.

— Bien du plaisir ! s'écria le Pape. Un roi pourri par la variole. Un autre dévoré par la gangrène !

— Ils n'ont touché ni au corps de Louis XV, ni de Louis XIV. C'est la tombe d'Henri IV qu'ils ont profanée.

— Je me demande bien à quoi pouvait ressembler son cadavre...

Une voix jaillit d'une porte.

— À une momie carbonisée. Les profanateurs l'ont traînée dans la basilique avant de la clouer à un pilier.

Eulogia, déguisée en paysan, venait de faire son entrée.

— Tu as vu la scène ? interrogea le Diable.

— Assez pour voir une mâchoire partir en lambeaux et un ventre vomir du foin.

Le Roi eut un geste de recul. Sa couronne vacilla sur son front.

— Et ensuite ?

— Le peuple a paniqué et s'est rué à l'extérieur. J'ai attendu dans une des chapelles latérales, puis je suis sortie par une des portes qui donnent sur le cloître. Personne ne m'a vue.

— Et durant le chemin jusqu'ici ?

— Je me suis jointe à un groupe de paysans qui rentraient dans leur village. Ils avaient bu, ils ne m'ont pas remarquée.

Le Roi ne renchérit pas. Il prenait conscience de l'efficacité de leur dernière recrue. Le Diable avait fait le bon choix. Comme toujours.

— Et cet homme qui a été soi-disant tué ? interrogea le Pape.

— Son nom est Jean Turenne. Barbier de son état au Grand Châtelet. C'est lui qui a assassiné le maçon que vous aviez infiltré parmi les ouvriers fouillant la nécropole.

— Le Limousin, mais pourquoi l'a-t-il mis en pièces ?

— Il l'a surpris en train de tenter d'accéder à la crypte royale. Ensuite il l'a démembré pour terroriser les autres ouvriers, pour qu'ils croient à une malédiction et ne cherchent pas à pénétrer seuls dans la crypte.

Le Diable se leva et posa sa main sur l'épaule d'Eulogia.

— L'Ordre est fier de toi.

Mais le Pape continuait à réfléchir à voix haute.

— Si ce Jean Turenne a commis de tels actes, c'est que ses commanditaires sont prêts à tout.

— Tout pour nous empêcher de reprendre ce qui nous appartient, s'écria le Roi.

— Il n'y a pas que Turenne..., ajouta Eulogia.

Le Pape et le Roi se figèrent.

— ... Quand, après l'émeute, les portes de la basilique ont été fermées, un homme est resté seul dans la nécropole.

— Qui ?

— Un policier. C'est ce que m'ont dit les gardes qui l'ont contrôlé à son arrivée, la veille. Il avait un laissez-passer du Comité de sûreté générale.

— Tu as son nom ?

— Annibal Ferragus.

Autant la conversation avait été vive, rapide, autant cette information venait de plonger le salon dans le silence. On n'entendait plus que la pluie qui rebondissait sur le gravier du jardin. Chacun songeait à part aux implications de cette révélation.

— Tu as d'autres renseignements sur ce policier ? demanda le Roi.

Eulogia secoua la tête.

— Il est venu dans la basilique, avec un sauf-conduit du Comité de sûreté générale..., réfléchit à voix haute le Pape. Signe que les révolutionnaires veulent à tout prix s'emparer du secret.

Agité, le Roi traversait le salon à pas pressés.

— La vraie question est de savoir pour qui il travaille : ou Danton qui a fait voter l'Opération Profanation à la Convention ou Robespierre qui a poussé le peuple à piller la basilique ?

— Vous raisonnez, vous spéculez, s'emporta le Diable mais avons-nous encore le temps de nous interroger ? L'ogre ou l'Incorruptible, la belle affaire ! Pendant que, vous, vous ruminez, cet Annibal Ferragus, lui, met à sac la nécropole.

— Tu as une solution ? répliqua le Pape.

— Oui, mais il me faut votre accord. La décision doit nous engager tous.

— Propose, dit le Roi.

— Eulogia va repartir immédiatement pour Saint-Denis, s'infiltrer dans la basilique et surveiller ce chien limier.

Sans hésiter, les deux têtes couronnées approuvèrent en posant leur main sur le cœur, pouce pointé vers le visage.

— Ce chien limier, reprit le Roi, justement on en fait quoi s'il trouve quelque chose ?

Le Diable se tourna vers Eulogia. Elle aussi porta la main sur son cœur.

— Je ferai le nécessaire.

Le Pape haussa les épaules.

— Toi, une femme...

Sans répondre, Eulogia ouvrit sa veste et en sortit un sachet en cuir.

— Il est normal que vous doutiez.

Elle dénoua le cordon qui fermait le sachet.

— Alors j'ai apporté une preuve.

Une masse gluante s'écrasa sur le parquet.

— Le cœur de Jean Turenne, ça vous va ?

62.

New Haven
De nos jours

Assis à une table, isolée au fond du bar, Antoine reposa le verre à pied et jaugea la robe rubis. Il avait commandé le vin le plus cher, aux frais du contribuable français, et ne le regrettait pas. *Silverado cabernet sauvignon 2013*, ça sonnait comme un improbable western tourné dans les vignes du Médoc.

Il n'aurait jamais cru qu'on lui servirait un cru aussi savoureux dans ce bar bondé d'étudiants et de profs de fac.

Les serveurs commençaient à dresser le couvert et il savait qu'il allait devoir commander un plat pour garder la table. Il hésita et jeta un rapide coup d'œil à la salle bondée, pas de trace de Léonore Di Falco, c'était pourtant elle qui avait calé le rendez-vous par mail.

Ils s'étaient échangé des photos pour qu'ils puissent se reconnaître dans le bar, mais celle de la jeune femme était de mauvaise qualité, noyée dans une semi-obscurité.

Il était entré, une heure plus tôt, dans ce vrai faux pub irlandais, décoré de filets de pêche, de maquettes de trois-mâts et d'un tas d'autres pseudo-souvenirs d'un vieux loup de mer imaginaire, le Captain Killian, propriétaire du pub du même nom. Une pointe de nostalgie l'avait saisi en observant les habitués du lieu. Ça riait, ça draguait, ça buvait un peu trop, sans trop se soucier des dures réalités de la vie. Fragments de vie étudiante, identiques à tous ceux des facs du monde entier. Au détail près, qu'ici, les élèves de Yale n'avaient aucun souci à se faire pour leur avenir, faire partie de l'Ivy League[1] représentait le meilleur des passeports.

Il avala une gorgée du précieux liquide et consulta sa montre. Léonore ne l'avait pas appelé. Il prit son mal en patience et se décida à commander un gombo de crevettes, façon Nouvelle-Orléans. Il n'avait rien avalé depuis son arrivée à l'aéroport Kennedy et la fatigue liée au décalage horaire ne s'était pas évanouie même après la sieste impromptue dans l'Acela, le train rapide qui reliait New York à la ville universitaire.

Moins de deux heures après son départ de Pennsylvania Station, il s'était retrouvé au comptoir de la gare de New Haven où les services de la DGSE lui avaient réservé une Chrysler modèle standard. Quelqu'un avait déposé chez le loueur une enveloppe à son nom avec une clé et un plan d'accès à la petite maison située sur Alves Street, à quelques minutes en voiture de la faculté. Collée à une petite église, la villa de brique rouge à un étage suait une banalité de bon aloi, mais elle était confortable et agrémentée d'une déco standard avec une profusion de photographies en noir et blanc d'Audrey Hepburn. Le logement typique Airbnb acheté et rénové pour concurrencer les hôtels du coin. Le Beretta avait été mis dans le tiroir d'une commode, conformément aux instructions.

Il composa à nouveau le numéro de portable de Léonore Di Falco et tomba sur le message standard du répondeur de l'opérateur. À peine avait-il raccroché, qu'une jeune femme apparut dans son champ de vision.

— Vous permettez que je m'assoie ?

Sans même attendre sa réponse, elle se posa sur la chaise et balança son sac au pied de la table. Elle était élancée, les cheveux et les yeux très noirs, un regard énergique et intelligent.

Antoine leva la main.

1. Classement des huit meilleures universités américaines.

— Désolé, mais j'attends quelqu'un.

Elle le fixa avec intensité.

— Oui, je sais. Moi.

Marcas ne put masquer une expression de surprise.

— Je suis Léonore Di Falco, continua-t-elle d'une voix calme. La photo que je vous ai envoyée date de quelques années, avant mon régime.

— En effet, elle ne vous rend pas justice, répondit-il en souriant.

La jeune femme ne broncha pas. Il continua sur un ton plus neutre :

— Vous pouvez me montrer une pièce d'identité, madame Di Falco ?

Elle lui tendit un permis de conduire américain qu'il examina rapidement puis lui rendit.

— À votre tour, monsieur Desaguliers, jeta-t-elle, soudain nerveuse.

Il lui remit le sien et héla en même temps une serveuse qui passait devant leur table.

— Je vous propose de commander quelque chose, j'ai une faim d'ogre.

Léonore Di Falco secoua la tête et lui redonna son passeport.

— Mauvaise idée. Demandez l'addition et on file. Le temps est compté et nous avons beaucoup de choses à nous dire.

Antoine se raidit, il n'aimait pas le ton péremptoire de la jeune femme.

— Sans vouloir paraître déplaisant pour ce premier contact... Vous arrivez en retard sans vous excuser, et sans vous donner la peine de me prévenir.

La brune prit un air grave.

— Pour une excellente raison, j'ai été suivie depuis mon départ de Washington.

— Par qui ?

— Les mêmes qui vous intéressent... Je les ai semés à New York, à Penn Station, mais j'ai raté mon train pour New Haven. D'où mon retard.

— Désolé…

Elle s'était déjà levée.

— Et je pense que mon téléphone est sur écoute. Une autre remarque ?

63.

Basilique Saint-Denis
Nécropole des Bourbons
12 octobre 1793

Ferragus avait posé sur le dallage de la crypte des outils abandonnés par les pillards dans leur débandade : une hache, une pioche dont le fer luisait de bribes d'ossements et un pic dont il soupesa le manche. Devant lui, s'élevait une rangée de cinq cercueils. Chacun était fixé au mur par une chaîne à lourds anneaux. Curieuse précaution, comme si on avait craint qu'ils se détachent d'eux-mêmes. Annibal passa la main sous une des bières[1]. Le bois était gluant d'humidité. Ses doigts finirent par atteindre la plaque de métal où s'arrimait la chaîne. La plaque était vissée dans le cercueil. Impossible à arracher, conclut Ferragus en reculant, il ne me reste plus qu'une seule solution. Celle qu'il redoutait le plus : devoir défoncer chaque sépulture.

On ne viole pas un cercueil comme un coffre. Il faut d'abord trouver son point faible. En frissonnant, Annibal colla son oreille sur la paroi et toqua du revers du doigt sur le bois. Un son mat résonnait à chaque coup. Même attaquées par l'humidité extérieure, les planches latérales semblaient encore solides. Ferragus commençait à douter quand un son plus creux se fit entendre. À cet endroit, le bois avait dû s'effriter à l'intérieur. Annibal saisit le

1. Nom synonyme de cercueil, souvent utilisé à l'époque.

pic, arma son bras et frappa. La pointe s'enfonça en profondeur avant de s'immobiliser. Ferragus avait son point d'appui. Il n'avait plus qu'à faire levier pour arracher tout un côté du cercueil. Il s'arc-bouta contre le manche et appuya de tout son poids. Un craquement sinistre résonna dans la crypte, aussitôt recouvert par un bruit imprévu. Ferragus rua en arrière.

Du cercueil éventré, une cataracte de chairs décomposées inonda le dallage. L'odeur était pire que la mort. Une mâchoire édentée rebondit sur le sol avant de se métamorphoser en osselets. Annibal saisit la hache et fracassa couvercle et paroi. À chaque coup, un liquide gluant jaillissait comme s'il éventrait un estomac infernal. Enfin, il atteignit la plaque de métal accrochée à la chaîne. Elle ne tenait plus qu'à un pan de bois. Le fer de la pioche la descella en quelques coups. L'inspecteur avança la lanterne à travers les débris. Le passage était encore trop étroit. Il lui fallait ouvrir un autre cercueil. Celui du bas. Il saisit à nouveau le pic, mais hésita avant de frapper. L'idée de voir à nouveau surgir un corps à l'état de compote lui soulevait le cœur. Pourquoi donc certains cadavres finissaient à l'état de squelette, d'autres momifiés, et puis là sous la forme d'un magma informe ? Dom Poirier lui avait expliqué que le traitement des cadavres par les embaumeurs n'était pas une science exacte. Certes les *nettoyeurs* enlevaient tout ce qui pouvait se décomposer, du cœur aux viscères, du cerveau aux yeux, mais il y avait parfois des oublis et des ratés...

Annibal se concentra et frappa au niveau du couvercle pour éviter toute fuite intempestive. Gangrené par l'humidité, le haut de la bière s'effondra sur le corps couvert d'un linceul. Le drap mortuaire était noué en haut et en bas. Si Ferragus voulait se débarrasser du cercueil, il allait devoir sortir le corps.

À la main.

Les lèvres pincées, il tâta furtivement le tissu. Pas de trace d'humidité. Le cadavre, dessous, ne semblait pas avoir tourné en soupe à la grimace. On distinguait bien le renflement du crâne, la trace des côtes. Seule la pointe des pieds n'apparaissait plus. Annibal en conclut que le mort était à l'état de squelette et que les os plantaires avaient dû s'affaisser. Il saisit le nœud du linceul juste au-dessus du crâne et tira d'un coup sec. Aussitôt une musique morbide se répercuta dans la crypte : celle des os dégringolant comme dans un escalier. En un instant le suaire se transforma en un sac d'où émergeaient, sous le tissu bombé, la bosse d'un tibia, l'angle saillant d'une clavicule. Révulsé, Ferragus jeta le sac du linceul qui s'écrasa dans un bruit de vaisselle émiettée. Il ne lui restait plus qu'à délivrer le cercueil de sa chaîne. Deux coups de hache suffirent. Une fois la bière dégagée, Annibal s'accroupit et s'avança en se dandinant jusqu'au mur. La paroi de brique n'était pas trop épaisse. En revanche, il manquait de place pour l'attaquer avec la pioche. Il retourna chercher le pic et commença à désagréger le mortier entre les briques.

L'odeur était toujours aussi poisseuse, mais il ne la sentait plus. Le désir de savoir ce qu'il y avait derrière ce mur le possédait tout entier. Il avait la même attraction, la même impatience que quand, adolescent, il explorait des grottes en quête d'une découverte inattendue. Une nouvelle rangée de briques s'effondra. Il se rapprocha du mur. L'air qui s'échappait de l'ouverture ne sentait rien. Cette absence d'odeur l'inquiéta. Et s'il s'était trompé ? Si ces coups de pic ne donnaient que sur une cave banale ou un soubassement sans intérêt ? Mais une autre idée l'inquiétait : et si le sceptre de Philippe le Bel était un leurre, conçu dès l'origine, pour lancer sur une fausse piste ? Après tout, c'était son intuition qui l'avait mené jusqu'au tombeau du roi de fer, il s'était peut-être fourvoyé. Brusquement Annibal leva la tête. Il avait entendu comme un bruit de pas dans la basilique. Il se tapit entre le mur et un cercueil. Était-ce la peur ou ce lieu de mort, mais il lui semblait que son cœur frappait à ses tempes assourdissant ses oreilles. Pour se calmer, il s'obligea à visualiser le fil à plomb immobile qui pendait, juste au-dessus du pavé mosaïque, dans sa loge. Symbole d'équilibre, cette image l'apaisa. Le silence régnait à nouveau. Toutefois Ferragus recommença à élargir le trou d'accès avec plus de lenteur. À chaque brique qu'il posait au sol, il tendait l'oreille. Mais rien, plus aucun bruit. D'ailleurs, qui aurait osé encore pénétrer dans la nécropole, au milieu des cadavres profanés et des anges abattus ? Cette pensée ne le rassura pourtant pas. Il sentait comme une présence obscure rôder entre les tombes éventrées. Tous ces morts dont on venait de violer le repos étaient désormais réveillés... une dernière rangée de briques roula au sol. Annibal se ressaisit. On n'avait jamais vu des défunts revenir en chair et en os pour demander vengeance. Un franc-maçon, digne de ce nom, ne pouvait pas tomber dans la superstition. Il saisit la lanterne.

La lumière rebondit immédiatement sur un autre mur en demi-lune comme une alcôve. Au centre se trouvait une porte surmontée d'une fleur de lys. Ferragus souffla. Il avait bien atteint la crypte des Valois. Comme il se glissait dans le trou d'accès, il tentait de se rappeler combien de rois avaient appartenu à cette famille. Le premier avait été Philippe VI, sous le règne duquel avait commencé l'interminable guerre de Cent Ans, quant aux derniers, ils avaient sombré pendant la guerre civile entre catholiques et protestants. Décidément une famille qui n'avait pas de chance. Bien sûr, la porte était close. Annibal s'apprêtait à revenir en arrière pour récupérer sa hache quand un crissement sec le fit sursauter. Le bruit même d'un ossement qu'un pied venait d'émietter. Il était trop tard pour éteindre la lanterne. Ferragus se plaqua au sol et rampa lentement dans un angle moins éclairé. Désormais, c'était bien un pas qu'il entendait. Un pas qui venait de s'arrêter devant l'ouverture du mur en brique.

— Ferragus ?

Il connaissait cette voix, mais l'angoisse l'empêchait d'y accoler un visage.

— Je vais finir par croire que tu aimes les morts...

Le secrétaire !

— Déjà au Grand Châtelet, tu étais en bonne compagnie...

Annibal se releva. Maubuisson venait de passer le trou d'accès. Il portait toujours ses bottes impeccables et sa redingote au reflet de sang.

— Je viens de voir notre ami Turenne. Il n'avait guère de cœur, il n'en a plus du tout.

Ferragus ne répliqua pas à l'humour morbide du secrétaire, mais lui montra la porte surmontée de la fleur de lys.

— Et si tu m'aidais plutôt à l'ouvrir ?

— Avec plaisir.

Le secrétaire sortit un pistolet de sa ceinture, arma le chien et tira sur la serrure qui vola en éclats.

— Tout en discrétion, commenta Ferragus, tu vas ameuter toute la ville.

Sans répondre, Maubuisson rechargeait son arme. D'abord la poudre, puis la bourre, suivie d'une balle en plomb. Annibal eut un doute.

— Tu te méfies de moi ?

Le secrétaire montra la porte entrebâillée.

— Non, mais qui sait ce que nous allons trouver derrière ?

64.

New Haven
De nos jours

La Chrysler roulait lentement sur Temple Street, Antoine avait du mal à se familiariser avec les boîtes de vitesse automatique des voitures américaines. Léonore Di Falco observait les devantures des boutiques qui défilaient sous leurs yeux.

— On n'est plus très loin de la maison que je loue, dit Marcas en réglant son rétroviseur.

— Du moment que les Skull n'y habitent pas, répondit-elle d'une voix blanche. Ils sont chez eux dans cette ville. Ils sont partout.

Antoine lui jeta un regard à la dérobée.

— C'est un complot ! lança-t-il sur un ton ironique.

Léonore Di Falco avait le visage tendu.

— Je ne trouve pas ça très drôle, monsieur Desaguliers, si tant est que ce soit votre nom véritable. Mon compagnon et mon beau-frère ont été assassinés par ces gens.

Antoine se mordit la lèvre.

— Navré. J'ai eu aussi affaire à eux, et croyez bien que je les prends au sérieux. C'était juste votre expression. *Ils sont partout*. Ça sent le grand complot.

La voiture ralentit et s'arrêta devant un carrefour où les feux venaient de passer au rouge. Léonore Di Falco se tourna vers lui.

— Le pouvoir des Skull est colossal. Vous devriez les prendre au sérieux.

Marcas semblait dubitatif.

Le feu passa au vert, Antoine faillit appuyer sur la pédale d'embrayage qui n'existait pas et poussa prudemment sur l'accélérateur.

— Je me suis documenté sur vos Skull. Je ne doute pas de l'influence de leur réseau mais il y a loin entre un cénacle de gens importants et un organisme de pouvoir. Je connais un peu l'univers des francs-maçons, je peux vous dire qu'en France, le patrimoine et les activités de chaque obédience équivalent à peine à ceux d'une PME.

— Vous n'êtes pas en France... Si vous êtes à jour de votre documentation, vous avez dû apprendre l'existence d'une société commerciale qui gère le patrimoine des Skull et dont les comptes sont tenus secrets ?

— Oui, mais je ne crois pas qu'ils soient à la tête d'une multinationale. Sauf si vous me montrez les comptes.

Elle tendit le doigt vers le prochain carrefour.

— Prenez la première à droite.

— Vous êtes sûre ? Mon GPS indique d'aller tout droit.

— Je voudrais vous montrer quelque chose d'utile à votre compréhension. Ne vous en faites pas, je suis déjà venue plusieurs fois dans cette ville.

Il tourna sur une artère large comme un boulevard et roula sur une centaine de mètres.

— Garez-vous.

La Chrysler glissa contre le trottoir et s'arrêta devant un bâtiment massif. Haut d'une vingtaine d'étages, il était structuré par quatre piliers gigantesques de couleur rouille qui grimpaient jusqu'au sommet. Encore un architecte dingo, songea Antoine.

— Sinistre... C'est quoi ? demanda-t-il poliment.

— Le quartier général de l'Ordre des chevaliers de Colomb. Plus exactement, son Suprême Conseil. Vous en avez déjà entendu parler ?

— Non pas vraiment.

— C'est un ordre religieux laïc, lié à l'Église catholique, et qui œuvre pour la plus grande gloire de Jésus. Et accessoirement contre l'avortement. Ses membres sont tous chevaliers et ils portent des capes pour leur cérémonie. On pourrait les comparer à l'Opus Dei, en version plus soft.

Marcas remarqua le blason de l'ordre sculpté sur une gigantesque plaque circulaire en acier, un faisceau de licteur posé sur une hache. La jeune femme continua :

— Les chevaliers apparaissent dans des manifestations officielles, mais leurs rituels sont interdits aux profanes. On sait qu'ils portent des capes et des épées pendant les cérémonies, qu'ils lisent des passages du Nouveau Testament et sont structurés en grades hiérarchiques. Ils sont présents dans une vingtaine de pays et comptent plus d'un million et demi de membres.

— Je ne vois toujours pas le rapport avec les Skull.

Léonore leva le bras en direction de l'austère édifice.

— À votre avis, ils l'ont bâti comment leur gratte-ciel ? Avec le denier du culte ?

— Vous allez me le dire.

— Les chevaliers de Colomb ont commencé comme une société moitié secrète moitié discrète en 1882. Elle a été fondée par un obscur prélat qui voulait lutter contre l'influence protestante. Aujourd'hui, l'ordre pèse cent milliards de dollars à travers un fonds d'assurance et de retraite.

— Cent milliards de dollars, c'est énorme, murmura Marcas. Vous êtes sûre de ne pas avoir ajouté des zéros ?

La jeune femme tendit son portable sous le nez de Marcas.

— Pas vraiment. Le fonds est coté par les agences de notation. Standard and Poor's leur a attribué un AA cette année[1]. Vous pouvez vérifier. Les chevaliers de Colomb, eux, ont l'honnêteté de déclarer ce qu'ils font de leur argent, ce qui n'est pas le cas des Skull. On peut repartir.

— Trop aimable, commenta Marcas.

1. Véridique.

La Chrysler démarra et s'inséra dans le flot de la circulation.

— Ce que je voulais vous faire comprendre, reprit Léonore, c'est que les chevaliers sont partis de rien. Ils voulaient juste aider de pauvres émigrants catholiques irlandais. Et voyez où ils sont arrivés. Les Skull, eux, ont non seulement commencé leur ascension cinquante ans plus tôt, mais en plus ils ont bénéficié des largesses des familles les plus riches des États-Unis.

— Et donc ?

Léonore Di Falco posa sa main sur son avant-bras.

— Oubliez vos francs-maçons à la sauce hexagonale, monsieur Desaguliers, nous sommes aux États-Unis. On raisonne en taille XXL. Que ce soit pour les hamburgers, les voitures ou les… sociétés secrètes.

New York
De nos jours

Le directeur de Pentacle Corporation referma la porte de son bureau et s'installa sur le fauteuil posé devant la fenêtre teintée qui donnait sur Madison Avenue. Adley Rillman dénoua sa cravate et posa ses Sutor Mantellassi à semelle bleue sur le repose-pieds. Un mal de tête sournois lui cisaillait le cerveau depuis la fin de l'interminable réunion marketing qu'il avait dû supporter pendant deux heures.

Il prit une profonde inspiration et contempla la rangée de tours qui s'élevait devant lui, telle une muraille de verre. Rillman détestait les gratte-ciel, il abhorrait cette forêt de béton. Lui, le natif de Savannah, méprisait cette cité minérale, puante l'été, gelée l'hiver, et sur laquelle s'agglutinait par vagues incessantes et monstrueuses une humanité aveugle et sans âme. Un jour prochain, il transférerait le siège de Pentacle dans le sud de ses ancêtres. En Georgie ou ailleurs, peu importe, mais dans un État où les hommes connaissent le sens des valeurs authentiques.

Parfois, quand il contemplait les colonnes de fourmis et les scarabées de ferraille qui grouillaient, tout en bas, le long de l'avenue, il s'imaginait les écraser sous un talon clouté. Les savoir broyés et compressés sous sa botte calmait ses angoisses. Il en avait parlé à son psy qui avait trouvé ça normal.

Il se cala confortablement dans son siège et ferma les yeux.

Sa migraine s'atténua légèrement. Il savait d'où elle venait.

Elle avait commencé très précisément dans le caveau de Lightwood, juste après sa décapitation. Quelle cérémonie horrible. Le maître lui avait demandé de transporter lui-même la tête de son ex-mentor dans le temple de New Haven. Il se revoyait sortir le crâne puant de son sac poubelle et le jeter dans la fosse aux âmes. Au milieu de tous les autres crânes...

Son téléphone sonna.

Il avait pourtant ordonné qu'on ne le dérange pas. Il ne décrocha pas et coupa le son à distance avec la télécommande installée par ses ingénieurs. Il allait s'autoriser une micro sieste, après tout il était le patron, il faisait ce qu'il voulait.

Ses yeux se fermèrent doucement quand on frappa à la porte. Seule sa secrétaire avait le droit de le faire.

— Sarah, j'ai demandé qu'on me laisse tranquille pendant une demi-heure, cria-t-il d'une voix courroucée. C'est pas si compliqué.

La porte s'ouvrit, laissant apparaître le visage soucieux d'une blonde entre deux âges.

— C'est votre ami de l'université de Yale, le professeur Donovan. Il a insisté et vous m'avez dit que c'était quelqu'un d'important pour vous.

Rillman se redressa sur son fauteuil et lui envoya un sourire contraint.

— Vous avez bien fait. Passez-le-moi.

Il pivota contre le bureau et décrocha le combiné.

— Comment allez-vous, Emerson ? dit-il d'une voix qui se voulait enjouée.

— Mal. J'ai des nouvelles de Paris, le policier français est encore en vie et l'un de nos hommes a trouvé la mort au cours d'une opération commando ratée. Il est fort probable qu'il remonte jusqu'à nous.

Rillman se figea.

— Je croyais que toutes les traces de nos... interventions à Paris avaient été effacées.

— Il faut croire que non. Pire, l'ambassade de France à Washington a été contactée à ce sujet par le cabinet du Premier ministre de leur pays. De plus, cet Antoine Marcas est arrivé aux États-Unis. Mais le problème va se régler rapidement. Nous avons pris de nouvelles dispositions.

— Je reconnais là votre efficacité. Je...

Le directeur de Pentacle hésitait à continuer sa phrase.

— Dites-moi tout, Adley.

— L'opération dans le Dakota était-elle nécessaire ?

— Oui, même si le massacre est plus important que prévu. Il le fallait pour affiner les paramètres du dispositif. Vous avez des remords ?

— Franchement oui. Je n'ose comptabiliser le nombre d'innocents exécutés par notre organisation.

La voix du professeur Donovan se fit plus profonde.

— Je le sais, mais leur sacrifice ne sera pas vain. Croyez-vous que le président Truman n'ait pas passé des nuits blanches après avoir ordonné les bombardements atomiques d'Hiroshima et Nagasaki ?

— Je le sais.

— Alors reprenez-vous. Et passons aux bonnes nouvelles. Serez-vous parmi nous pour la cérémonie d'initiation de la nouvelle promotion ?

— Je n'en ai jamais raté une seule, professeur.

Il crut entendre un soupir de satisfaction, mais il n'en était pas certain.

— À la bonne heure. Il est temps de se séparer, mon frère. Quel est le chiffre du destin ?

Rillman connaissait par cœur la phrase de clôture du rituel de l'Ordre. Les mots jaillirent de sa bouche mécaniquement, cela faisait presque trente ans qu'il les avait appris :

— Par les os et les crânes. 322. Pour l'éternité.

65.

Basilique Saint-Denis
Nécropole des Valois
12 octobre 1793

Ferragus poussa du pied les débris de la serrure et s'engagea dans la nécropole. Derrière lui, Maubuisson tenait la lanterne à hauteur de visage éclairant des couloirs, des passages, qui semblaient se perdre à l'infini. Annibal s'était arrêté. Le cimetière souterrain des Valois ne ressemblait en rien à celui des Bourbons. Ici, pas de cercueils empilés, mais des niches dans les murs sur lesquelles étaient apposées des plaques de marbre noir.

— Ils sont enterrés à la manière des premiers chrétiens, affirma le secrétaire, comme dans les catacombes romaines.

Surpris, Annibal l'interrogea du regard. Maubuisson tendit la lampe vers le mur badigeonné à la chaux, mais où se voyait encore, sous l'enduit devenu gris, la trace d'un rectangle.

— On évide un mur sur la largeur et la longueur du corps, puis une fois le cadavre encastré, on referme la paroi. Le plus souvent avec de la brique, un matériau rapide à poser, puis on repeint pour uniformiser le tout.

— Je ne te savais pas si expert dans les techniques funéraires anciennes, s'étonna Ferragus en passant au tutoiement fraternel.

— J'ai vécu à Rome, il y a longtemps.

L'inspecteur n'insista pas. Depuis la Révolution, ne pas interroger les gens sur le passé était un gage de sécurité.

Trois couloirs s'ouvraient devant eux. Aucun n'était droit et ils bifurquaient tous à la première occasion. Chaque mur était constellé de plaques de marbre, certaines en forme d'étoiles, d'autres de pyramides. On y distinguait parfois une date, quelques mots gravés en latin, mais la plupart des lettres étaient effacées. Impossible de savoir qui reposait derrière, emmuré pour l'éternité.

— Il y a sûrement un pourrissoir, affirma Maubuisson.

— Un quoi ?

— Un lieu où les cadavres évoluent plus vite. Ainsi, une fois les morts réduits à l'état de squelette ou de momie, on les place plus facilement dans leur sépulture définitive.

Annibal était de plus en plus mal à l'aise. À chaque fois qu'il rencontrait le secrétaire, il avait l'impression de découvrir un autre homme. Avec pourtant un point commun : du Grand Châtelet à la prison des Carmes, la mort semblait l'accompagner comme une ombre.

— Un pourrissoir... comme dans le ventre d'un cheval, par exemple ?

Maubuisson caressa sa bosse avec volupté.

— J'avoue que l'expérience aurait été fascinante. Mais sais-tu pourquoi on a inventé le pourrissoir pour les hauts personnages ? Pour que, même dans la mort, ils restent des privilégiés.

— Je ne comprends pas.

— Si, selon l'enseignement de l'Église, les morts doivent revivre un jour, comment retrouver le corps des pauvres engloutis dans la fosse commune ? Alors que pour les puissants, Dieu les ressuscitera tout de suite.

Ils venaient d'emprunter le couloir le plus à gauche et avaient déjà croisé trois galeries perpendiculaires qui s'enfonçaient dans l'obscurité. La lignée des Valois comptait-elle tant de rois et de princes ?

— En Espagne, quand un monarque mourait, reprit le secrétaire, on scellait son corps dans le mur d'une salle aux conditions climatiques particulières. En quelques mois, la chair fondait comme neige au soleil.

— Un pourrissoir fonctionne toujours de la même manière ?

— Non, à Palerme, le couvent des Capucins a un sol qui fait la fortune des moines : il dessèche les corps sans les détruire. On vient de toute la Sicile pour y pourrir en paix.

— Mais pourquoi tu me parles de ça ?

Maubuisson tendit le bras vers le fond du boyau qu'ils venaient d'emprunter.

— Ce royaume des morts est un vrai labyrinthe. À moins d'ouvrir les tombes une par une, nous ne trouverons jamais rien.

— Il doit y avoir un signe quelque part...

— La fleur de lys sur la porte dont j'ai détruit la serrure ? ironisa le secrétaire.

— Peut-être faudrait-il revenir en arrière et mieux examiner la salle d'entrée. Symboliquement, le parvis...

— Ah, ces frères qui voient des symboles partout ! Moi je suis rationnel. On cherche quoi ? Une grotte avec une source ? Bien utilisée, c'est l'endroit parfait pour *affiner* un cadavre. Donc si on trouve le pourrissoir, on a une chance de trouver la grotte de Saint-Denis.

— Sauf que rien ne nous dit où se situe ce lieu de décomposition.

Le secrétaire ne put s'empêcher d'effleurer du doigt son excroissance crânienne.

— Tu as observé le sol ? C'est du remblai crayeux. Compact, mais mou. Regarde bien !

Maubuisson appuya sur sa botte, elle s'enfonça dans le sol, laissant une empreinte parfaite.

— Je m'en suis aperçu en me retournant. Le sol a gardé la trace de nos pas depuis le parvis. De vrais petits poucets !

— Je ne te suis pas bien...

— Si nous revenons en arrière et que nous quittions cette nécropole, la trace de notre visite sera visible durant des années...

D'un coup, la lumière se fit dans l'esprit de Ferragus.

— Ce qui veut dire que le sol enregistre tous les passages.

— Et que, dans cette nécropole, il y a un trajet précis que tous les corps ont fait...

— ... Celui du pourrissoir !

Maubuisson s'appuya contre le mur et commença d'ôter ses bottes.

— À partir de maintenant, nous marcherons pieds nus pour ne pas confondre nos empreintes avec celles, plus anciennes, des autres.

— Il nous faut trouver une tombe récente, là où les traces de pas seront les mieux conservées, réfléchit à voix haute Ferragus.

— Mais ça ne va pas être simple : on n'enterre plus personne ici, depuis plus de deux siècles.

Une galerie perpendiculaire s'ouvrait plus large et plus haute. Annibal y pénétra en retenant ses pas. Il tenait la lanterne au bout de son bras. Les plaques de marbre brillaient sous l'éclat de la lumière.

— Celle-là ! Si elle a conservé sa date, 1553, c'est que le temps ne l'a pas trop dégradée. Regarde au pied.

Un briquet à la main, le secrétaire examinait minutieusement le sol.

— Une, deux, trois... et quatre traces de pas. Donc deux personnes.

Ferragus abaissa la lanterne. On voyait distinctement deux paires différentes de pieds dont le tracé se perdait dans le fond de la galerie.

— Il fallait deux hommes pour porter le corps depuis le pourrissoir, précisa Maubuisson, le tout c'est de ne pas confondre leurs traces avec celles des autres.

En effet, le long du mur se voyaient les marques d'un piétinement parfois d'empreintes beaucoup plus profondes.

— Sans doute, les maçons qui ont rebouché la sépulture, suggéra Annibal, ils portaient des sabots pour se protéger des chutes de pierre. Eux, on pourra les identifier.

Mais le secrétaire ne l'écoutait plus. Comme un chasseur fasciné par sa proie, il fixait la succession des empreintes qui s'enfonçaient dans l'obscurité.

— Il faut les suivre. Mais comment les discerner des autres, elles semblent toutes identiques ?

— Il y a un moyen.

— Bien malin celui qui s'y reconnaît !

— Deux hommes qui portent un corps : l'un est devant, l'autre est derrière et, entre les deux, il y a un espace, celui du cadavre.

Cette fois, Maubuisson resta silencieux et ne se gratta pas sa bosse fétiche.

— Il faut donc toujours retrouver cette distance entre les deux paires d'empreintes. C'est ça qui nous permettra de les identifier... et de les suivre.

Le secrétaire était déjà accroupi.

— Voici les premières...

Puis il recula de cinq pas.

— ... Et voilà les secondes.

Annibal avança pour vérifier que l'intervalle était toujours le même.

— Ça semble bon. Dis-moi, quand on emmure les corps, ils sont dans un linceul ou dans un cercueil ?

— En Espagne, c'est un cercueil. À Palerme, les cadavres momifiés sont exposés dans une galerie. Ainsi les familles peuvent leur rendre visite contre espèces sonnantes et trébuchantes. Ces maudits moines ne perdent jamais une occasion de s'enrichir.

Les pas venaient de tourner dans un nouveau couloir avant d'obliquer dans un boyau plus étroit dont les pierres à nu ne semblaient abriter aucune sépulture.

— Une coursive de déplacement. On se rapproche du centre de la nécropole.

— Sauf que la nature du sol est en train de changer. Il est plus dur. Et les traces de pas impriment moins.

Le tunnel venait de se diviser en deux. Par terre les traces achevaient de s'effacer. Impossible de savoir quel chemin prendre. Annibal examina le pourtour des voûtes, mais les pierres étaient lisses. Aucun signe, aucune inscription.

— Dom Poirier nous a dit que tu avais trouvé un sceptre avec un message codé, il n'y avait pas d'autres indices ?

L'inspecteur secoua la tête.

— Aucun.

— C'est impossible. Personne ne se donne la peine de dissimuler un secret à moitié. Il y a fatalement un détail qui t'a échappé.

— Sauf l'oiseau qui ornait le haut du sceptre : une des ailes était plus longue que l'autre.

— Laquelle ?

Ferragus agita la lanterne qu'il avait récupérée.

— Ça ne te servira à rien, car tout dépend du point de vue. Si tu me regardes, tu diras que c'est du côté gauche que je garde la lanterne, alors que pour moi, c'est ma main droite qui la tient.

— Alors l'oiseau a une autre signification. C'était quoi, une chouette, un corbeau ?

— Non, un rapace.

— Ce qui caractérise ces prédateurs, c'est la puissance de leur vue.

— Ils voient ce que les autres ne voient pas, prononça lentement Annibal.

— Alors que peut-il y avoir dans ce maudit embranchement que nous ne percevons pas ? s'exclama le secrétaire.

— Là, où nous voyons une simple tache dans un champ, le rapace, lui, reconnaît sa proie : un rongeur immobile. Ce n'est pas tant la vision que l'interprétation...

Ferragus se pencha sur les traces de pas qui s'étaient volatilisées.

— Et si les empreintes avaient disparu, non pas parce que le sol était devenu plus meuble, mais parce que...

Annibal fixa le sol.

— ... Parce que c'est là que les porteurs ont pris le cadavre, là que se trouve le pourrissoir ?

66.

New Haven
De nos jours

La fenêtre, encadrée de lourds rideaux, laissait la lumière du lampadaire s'infiltrer dans le salon.

— Vous voulez que j'allume ? demanda Antoine.

Léonore Di Falco ne répondit pas. Debout, derrière la vitre, elle scrutait la rue déserte. Elle avait cru voir une silhouette se dessiner derrière le lampadaire, mais ce n'était que l'effet de son imagination. L'aboiement du chien de la maison voisine cessa et le silence retomba sur Alves Street. Rassurée, elle revint s'asseoir à la table, face à Antoine.

— Non, je n'ai pas envie de clarté.

Antoine lui versa un verre d'eau fraîche tout en continuant à l'observer. Il émanait de cette femme un curieux mélange d'énergie et d'inquiétude, et il ne savait pas lequel de ces sentiments l'emportait. La semi-obscurité adoucissait les traits de son visage et atténuait l'éclat minéral de son regard. Elle fouillait dans son sac.

— J'ai une enceinte Bluetooth. Ça vous dérange si je mets un peu de musique ? Histoire de mettre un peu de vie dans cette maison sinistre.

— Ce n'est pas moi qui l'ai choisie… Si ça vous fait plaisir, à condition que ce ne soit pas de la country ou du rap.

Les pâles rayons s'échouaient sur la table de marbre d'une blancheur irréelle. Elle sortit un petit cylindre vert pomme de son sac qu'elle posa sur un petit trépied et tritura son smartphone. Une voix de femme, douce et lente, se répandit dans la pénombre.

They say the neon lights are bright
On Broadway

Antoine reconnut les premières paroles et sourit.

— *On Broadway*. Je ne connais pas cette interprétation, plus... suave que l'originale.

— Barbie Anaka. Pour moi, l'une des meilleures interprètes.

— Curieux nom de scène. La chanteuse a trop joué à la poupée ? La première version, celle de George Benson, est une merveille. Quel génie.

Pour la première fois, elle émit un sourire, presque détendu.

— Erreur, cher monsieur. La chanson a été créée par Barry Mann et Cynthia Weil, au début des années 1960. Ce bon vieux Benson l'a réarrangée à sa sauce, bien après. Et tout le monde croit qu'il en est l'auteur. J'espère que vous êtes plus calé dans d'autres domaines...

— OK, répondit Antoine, un peu vexé, qui tira son paquet de cigarettes.

La jeune femme s'approcha de lui. Son visage sortit de l'ombre et apparut dans le faisceau de lumière. Les yeux noirs brillaient à nouveau et fixaient Antoine. Ses paupières ne cillaient presque pas.

— Vous m'en offrez une ?

Il lui tendit le paquet et alluma la cigarette qu'elle porta à ses lèvres.

They say there's always magic in the air
But when you're walkin' down that street...

Elle replongea dans une ombre protectrice, seul un petit point rougeoyait devant son visage.

Antoine ne détourna pas son regard. Se retrouver seul, face à une femme séduisante, aussi inconnue pour lui que la maison et la ville dans laquelle il se trouvait, avait quelque chose de troublant. Cela aurait pu se transformer en jeu de séduction, mais il n'en avait pas le luxe. Il baissa le son de l'enceinte et prit la parole :

— Bien. Comme vous le savez, j'ai eu accès à votre rapport, celui qui fait mention des Skull and Bones. Pourquoi une attachée scientifique s'intéresse-t-elle à ces gens ?

— Pourquoi un flic français, franc-maçon de surcroît, traverse-t-il l'Atlantique pour me poser des questions sur... ces gens ?

Antoine s'avança au-dessus de la table, il ne goûtait pas le ton ironique de la jeune femme.

— Je ne suis pas bien sûr qu'on soit sur la même longueur d'onde, mademoiselle. Mon temps est limité. J'ai des questions précises à vous poser. Ensuite, on appellera l'ambassade pour qu'ils vous envoient des gros bras histoire de vous ramener en toute sécurité.

D'un geste impérieux, elle augmenta le volume.

They say the women treat you fine on Broadway
But looking at them just gives me the blues

— Et moi, je répondrai à tout ce que vous voulez à condition de m'expliquer la raison de votre venue.

— L'ambassade ne vous a rien dit ?

Elle secoua la tête.

— J'ai été convoquée par le Secrétaire général pour me dire que je devais rencontrer de toute urgence, à New Haven, un policier envoyé de Paris. À propos de mon rapport. Rapport qui avait été considéré, par ce même personnage, comme un tissu d'âneries quelque temps plus tôt. C'est à peu près tout. Ah si, je devais aussi pondre un compte rendu détaillé de mon entretien avec M. Desaguliers.

Antoine souffla une volute de fumée qui s'éleva vers le plafond en s'entortillant comme un serpent.

— Je ne suis pas autorisé à vous révéler quoi que ce soit. Il faut d'abord répondre à mes questions.

La jeune femme passa, à nouveau, à la lumière. Une expression de défi se peignit sur son visage.

— Et si je n'en ai pas envie, vous allez m'arrêter ?

— Je pourrais, en effet, mentit Antoine, c'est une affaire d'État, toute obstruction serait considérée comme un délit grave. D'autant que vous appartenez au personnel de l'ambassade.

Elle ne répondit pas et se contenta de le fixer longuement de son regard noir, qui brillait de colère. La voix de la chanteuse tentait d'apaiser la tension qui montait en flèche.

I'll catch a Greyhound bus for home, they all say
But they're dead wrong, I know they are

Soudain, Léonore éteignit le smartphone. Barbie Anaka s'évanouit dans les limbes. Son visage redevint plus dur.

— Écoutez-moi bien, monsieur Desaguliers, ou quel que soit votre nom. Pour moi, c'est bien plus qu'une affaire d'État. J'ai perdu mon compagnon, celui avec qui je devais bâtir ma vie, faire des enfants, avoir une maison. Ce genre de trucs à la con, mais dont je rêvais. Thomas était un homme extraordinaire, brillant et d'une générosité incroyable.

— Je comprends, coupa Antoine, mais...

Elle frappa la table de sa paume.

— Non, vous ne comprenez pas ! Non seulement, ces Skull, ces *gens,* comme vous dites, me l'ont enlevé, mais en plus, personne ne me croit. Ça fait des mois que j'enquête et personne ne m'a prise au sérieux, c'est tout juste si je ne suis pas une dingue qui voit des complots partout. Et voilà que vous débarquez de nulle part pour me mettre sur le gril.

Elle se leva de sa chaise, le visage tendu, les mains sur la table.

— Pas question que je reparte d'ici bien sagement. Moi aussi, j'ai besoin de réponses. Et si vous refusez, je pars à l'instant. Allez vous plaindre à l'ambassadeur, au Premier ministre ou au pape ! Je n'ai plus rien à perdre.

Antoine était incapable de savoir si elle bluffait ou non, mais sa détermination ne semblait pas feinte. Il hésita pendant quelques secondes, puis adopta une expression conciliante.

— D'accord, asseyez-vous. Je vais résumer ce qui s'est passé à Paris et vous me raconterez ce que vous savez. Ça vous va ?

Elle se rassit sans dire un mot et écouta son récit. Il commença avec la tragédie des Trente et termina par l'attaque commando dans le seizième arrondissement, en omettant néanmoins d'évoquer la cellule de l'ombre du frère obèse ainsi que la visite à la maison de la veuve. Quand il eut terminé, il se frotta le visage entre ses mains pour chasser la fatigue du décalage horaire et se cala sur son siège.

— Voilà pour l'essentiel.

— Je ne sais pas pourquoi, j'ai l'impression que vous ne m'avez pas tout dit.

Il haussa les épaules.

— On verra ensuite, en fonction de ce que vous me raconterez.

Léonore Di Falco s'alluma une nouvelle cigarette et prit la parole d'une voix plus lente.

— Votre histoire est aussi dingue que la mienne. Si vous n'étiez pas flic, je vous aurais pris pour un fêlé de compétition.

— Ça ne veut rien dire. Je connais des collègues qui n'ont pas la lumière à tous les étages. À votre tour.

Elle écrasa nerveusement la cigarette dans le cendrier, à peine avait-elle aspiré une bouffée.

— Je suis censée arrêter cette merde depuis une semaine... Bon. Tout a commencé il y a six mois à Washington. C'était au cours d'un dîner organisé chez ma sœur et son mari, Robert Lightwood, dans leur maison de Georgetown. Un repas en petit comité, nous n'étions que tous les quatre, moi et mon ami de l'époque, Thomas, journaliste au *Global Times*. À la fin du repas, Robert lui a proposé de le suivre dans le fumoir pour parler « entre hommes ». Ça nous avait surpris, car jusqu'alors, Robert ne lui avait pas manifesté beaucoup de sympathie. Et réciproquement.

— Pour quelle raison ?

Elle soupira en triturant le cendrier.

— La réponse est d'une banalité affligeante. Question de classe sociale, de religion et de génération. Ça fait beaucoup... Robert venait d'une vieille famille WASP et travaillait dans les cercles du pouvoir en vendant ses services, à prix d'or, aux grandes entreprises et aux politiques. Républicains et démocrates confondus. Thomas, lui, était issu d'émigrés irlandais, d'une famille de policiers et de petits commerçants. Il vivait son métier comme un idéal, et je vous assure que ce n'est pas un cliché. Il voyait Lightwood comme l'archétype du lobbyiste pourri qui corrompait la démocratie. Ajoutez à cela que Robert avait aussi participé à la campagne de notre nouveau président que Thomas avait en horreur.

— On en arrive donc à la conversation dans le fumoir...

— Elle a duré presque une heure. Ma sœur et moi, on n'en revenait pas. À notre retour, Thomas m'a rapporté la conversation. Une histoire incroyable.

Léonore se resservit un verre d'eau.

— Lightwood a révélé à Thomas qu'il avait un cancer des poumons. Six mois, un an maximum d'espérance de vie. Quelle ironie, lui qui n'avait jamais voulu accepter l'industrie du tabac pour clients. Il ne voulait pas en parler à ma sœur. L'imminence de sa mort l'a convaincu de révéler à Thomas des informations capitales sur une...

Elle semblait hésiter à terminer sa phrase. Antoine la fixa sans intervenir, mais il ne put empêcher un léger haussement de sourcils.

— ... Conspiration ?

— Oui... Un terme galvaudé de nos jours, mais c'est vraiment ça quand on collecte les pièces du puzzle.

— Je vous écoute.

— Pas moi. Lightwood va vous le raconter lui-même.

67.

Saint-Denis
Basilique
12 octobre 1793

Autour de la basilique, des patrouilles de soldats montaient une garde vigilante en attendant les ordres de Paris. Plusieurs messagers avaient été envoyés à la Convention et au Comité de sûreté générale, mais aucun n'était revenu. Sans doute, les ténors de la Révolution devaient-ils se déchirer sur les décisions à prendre... Les militaires, eux, vivaient dans la hantise d'un retour en force du peuple dans la basilique. Toutes les rues qui menaient à la nécropole étaient désormais barrées par des postes de garde et des contrôles renforcés avaient lieu dans les tavernes et les lieux publics. Les soldats avaient autant pour mission de prévenir tout désordre que de récolter des informations. Chaque heure donnait lieu à un rapport sur l'opinion de la population, cependant ce n'était pas la vengeance qui hantait les esprits, mais la peur : une peur irrationnelle attisée par des rumeurs fantastiques. Dans les cabarets, on ne parlait plus que des démons de la basilique et, derrière les volets clos des échoppes, on frissonnait dès qu'on entendait un pas sur le pavé.

D'ailleurs la brume venait de se lever. Elle rampait au ras des rues comme si elle remontait des profondeurs de la terre. Elle s'accumulait dans les venelles, masquant les façades, aveuglant les fenêtres, voilant peu à peu des quartiers entiers. Au bout d'une heure, le brouillard submergeait toute la ville. Seules les toitures d'ardoise semblaient surnager sur un fleuve blanc comme des coques renversées à la dérive. Les patrouilles furent rapidement supprimées. Les soldats, que la peur gagnait à leur tour, furent regroupés à l'entrée de la basilique avec interdiction absolue de quitter leur poste. Un ordre que nul n'avait envie de transgresser.

Bientôt Saint-Denis ne fut plus qu'un linceul.

Dans les rues désertes pourtant, une ombre marchait sans crainte comme si le brouillard était son royaume. Elle se dirigeait vers la nécropole, se guidant sur les feux de camp qui, à travers la brume, en marquaient l'entrée. De temps à autre, on entendait l'appel rauque des sentinelles, aussitôt suivi du cliquetis des fusils si un soldat tardait à répondre. L'ombre ne s'en préoccupait pas, elle longeait les bâtiments conventuels qui formaient un immense carré accolé à la basilique. Elle s'arrêta devant un échafaudage menaçant, enjamba un portillon branlant, se déplaça sur des planches vermoulues avant de grimper les barreaux exténués d'une vieille échelle.

La fenêtre était toujours ouverte. La même qui lui avait permis de s'échapper incognito de la basilique, lors de la panique populaire. En une enjambée, elle atterrit sur un palier, puis dévala les escaliers qui donnaient sur la cour intérieure.

Le cloître était noyé dans le brouillard. Seule était visible la silhouette trapue du puits. L'ombre se retrouva vite accroupie près de la margelle. Elle repéra la porte par laquelle elle avait échappé à la foule et entra.

La basilique se remplissait rapidement de brume qui tombait en cascade des vitraux éventrés. L'ombre n'hésita pas. Encore quelques instants, elle n'y verrait plus rien. Elle tournoya entre les tombes pour s'arrêter devant la voûte effondrée de la nécropole des Bourbons.

Un bruit assourdi monta de l'obscurité, suivi d'un autre comme si un animal lointain creusait au fond de son terrier. Le bruit se répéta, étouffé par la distance, mais devenu régulier.

Désormais, l'ombre savait où trouver sa proie.

Nécropole des Valois

Une fois encore, Maubuisson frappa le mur. Le même son plein résonna sous la voûte.

— Il n'y a rien ! Rien derrière ces pierres. Ni porte cachée, ni cavité secrète. Et d'ailleurs regarde le mortier, il n'a jamais bougé. Impossible que ces murs dissimulent quoi que ce soit.

Sans répondre, Ferragus ramassa la pioche. Ils avaient sondé chaque paroi sans résultat. Sa théorie ne résistait pas à l'expérience.

— Quelle idée aussi ! Parce que les empreintes des pas des porteurs disparaissent, tu t'es mis en tête que c'était ici qu'ils prenaient livraison du corps au sortir du pourrissoir. Sauf que tu peux me dire comment il fait surface ton cadavre ?

— Tu as dit quoi ?

Le secrétaire le regarda mi-interloqué, mi-ironique.

— Tu viens d'avoir une révélation ?

— Le cadavre, s'il ne peut provenir des murs...

— ... il peut encore moins descendre de la voûte, ça c'est certain.

— Alors il ne peut sortir que d'un endroit, de la *surface* justement.

Tous deux regardèrent le sol comme s'il recelait de l'or.

— Un mécanisme comme au théâtre quand on voit un personnage qui apparaît ou disparaît subitement de scène ?

— Oui, sûrement grâce à une plateforme qui s'élève actionnée par des treuils.

Ferragus commença à sonder le sol avec le manche de la pioche.

— Il doit y avoir une trappe qui en protège l'accès.

— On perd trop de temps.

Le secrétaire sortit son pistolet et tapota avec précaution le canon contre une pierre en saillie.

— J'ai appris ça, en Vendée, en perquisitionnant les caves des châteaux à la recherche de caches d'armes.

La bille de plomb glissa du canon. Le secrétaire la récupéra et pointa le pistolet dans l'entrée de la première galerie. Le coup retentit, amplifié par l'étroitesse du lieu.

— Tu as bien entendu le bruit ?

Annibal en avait les oreilles encore bourdonnantes. Maubuisson rechargea l'arme et se dirigea vers le second tunnel. Le coup résonna à nouveau, mais le son n'était pas le même, plus métallique.

— La détonation se répercute entre les murs et du sol au plafond. Si les parois sont homogènes, le bruit est uniforme. En revanche si l'une des surfaces de réflexion est différente...

Ferragus se précipita dans la seconde galerie.

— Ici le son était plus aigu.

Le secrétaire lui tendit la pioche.

— Alors c'est là qu'il faut creuser.

Comme Ferragus s'emparait de l'outil, il remarqua que de la brume commençait de gagner la galerie. Si elle stagnait entre ces murs étroits, bientôt ils ne verraient plus rien. Le fer de la pioche heurta un obstacle. Maubuisson racla la terre autour et dégagea une plaque de métal qui reposait sur un système de rainure. Sur un des côtés, des charnières permettaient de faire pivoter l'ouverture. Annibal fit glisser la lame sous la plaque pendant que Maubuisson la soulevait. La trappe bascula dans un bruit de métal rouillé. Annibal saisit la lanterne et la glissa dans l'ouverture. C'était un conduit rectangulaire entièrement tapissé de plomb.

— Pour éviter l'humidité, commenta le secrétaire, on se rapproche de la grotte.

L'inspecteur enleva sa veste et noua la manche à l'anneau de la lanterne avant de la faire redescendre le plus bas possible. Au fond du conduit s'ouvrait une galerie à hauteur d'homme.

— Le pourrissoir est sûrement au bout...

— ... et le secret aussi.

La voix glaciale qui résonna les fit bondir en arrière. Devant eux se tenait une ombre qui semblait flotter dans le brouillard. Maubuisson saisit la crosse de son pistolet.

— Inutile, vous ne l'avez pas rechargé.

Ahuri, le secrétaire fixa la silhouette qui se confondait avec le brouillard

— Qui êtes-vous ?

L'ombre ne répondit pas, mais elle se détacha du mur où elle était appuyée. Elle était recouverte d'un linceul semblable à ceux qui entouraient les corps profanés. On voyait encore les taches brunes de la décomposition sur le tissu effrangé.

— Le spectre de Saint-Denis, laissa échapper Annibal.

Le suaire était décousu sur un des côtés : une main en sortit tenant une arbalète miniature. La corde était tendue et le carreau[1] prêt à jaillir. Stupéfait, le secrétaire saisit l'épaule de l'inspecteur comme s'il voulait s'assurer qu'il ne rêvait pas.

— Ce n'est pas possible !

Mais Ferragus était fasciné par le projectile de l'arbalète. Si l'arme ne servait plus depuis longtemps pour la guerre en revanche, on l'utilisait toujours à la chasse. Surtout parce que la pointe du carreau – en forme de pyramide à quatre pans – était redoutable. Or là, pas de pointe lourde et acérée, mais une capsule ovale comme l'extrémité d'une tulipe avant d'éclore.

— Je crois qu'*elle* veut qu'on descende, suggéra le secrétaire en posant le pied sur le bord du conduit.

— Un seul descendra, annonça l'ombre.

Et elle tira.

1. Flèche de l'arbalète.

68.

New Haven
De nos jours

Léonore Di Falco sortit de son sac un enregistreur vocal de poche qu'elle posa sur la table.

— Ce soir-là, dans le fumoir, Thomas a demandé à Lightwood s'il pouvait enregistrer ses propos. Robert a un peu hésité, mais il s'est laissé convaincre.

Elle appuya sur la touche de l'enregistreur. On entendit des bruits d'objets, comme des chaises que l'on tirait. Une voix jaillit, élégante, avec un phrasé traînant :

— *Avant de commencer, Thomas, assurez-moi que vous ne ferez pas écouter cet enregistrement auprès d'autres interlocuteurs si vous vous lancez dans cette enquête.*

— *Je vous donne ma parole. Plutôt mourir... Enfin... J'espère qu'on n'en arrivera pas là. J'ai promis un bébé à Léonore.*

Marcas jeta un œil à la jeune femme en face de lui. Son visage était redevenu impassible.

Un bruit de toux sèche résonna dans l'enregistreur.

— *Bien. Avez-vous déjà entendu parler d'une société d'étudiants de l'université de Yale et qui s'appelle Skull and Bones ?*

— *Oui, comme tout le monde, en se baladant sur internet. Pourquoi ? Eux aussi font partie de vos clients ?*

Un petit rire retentit, mais il n'y avait aucune joie dans l'intonation.

— Non, mais ils sont au cœur de l'histoire que je vais vous raconter.

— Robert ! Les histoires de sociétés secrètes, de grand complot, c'est pas ma tasse de thé, et encore moins celle de mon journal. Je suis spécialisé dans les affaires politico-financières, la corruption d'élus, les...

— Laissez-moi commencer et vous jugerez de la suite à donner. Si ce que je vous raconte ne vous intéresse pas, cela n'entamera en rien nos relations.

On entendit un léger soupir. Lightwood reprit :

— Pour bien comprendre le rôle des Skull and Bones, il faut se replonger au début des années 1980, dans les années Reagan[1]*. J'entamais alors mes études de droit à l'université de Yale et je militais pour ce bon vieux Ronald, comme la plupart des élèves issus des grandes familles aisées. C'est à ce moment que l'on m'a proposé d'entrer au sein des Skull and Bones.*

— On ?

— Deux étudiants de troisième année. Ils m'ont abordé lors d'une soirée au Toad's place, l'un des bars qui compte à New Haven. J'ai bondi de joie. Entrer chez les Skull, c'était comme recevoir une Ferrari avec autorisation de rouler à deux cents à l'heure sur l'autoroute de la vie. Je vous passe les détails de la cérémonie d'initiation pour aller directement au...

— Bien au contraire, donnez-moi des détails, si je n'arrive pas à vendre votre histoire, je pourrai au moins rédiger un papier croustillant sur les confidences d'un Skull. J'ai vu sur le net que vous les faites se battre dans la boue et confesser leur vie sexuelle devant les autres frères.

— Non !

Le ton de la voix s'était emporté. Lightwood se braquait.

— J'ai prêté serment. Hors de question que je trahisse le secret de l'initiation. Et puis, il ne vous est pas venu à l'esprit que nous avons pu balancer de faux rituels, grotesques, pour discréditer tous ceux qui les propagent ?

---

1. Ronald Reagan, deux fois président des États-Unis de 1980 à 1988.

— *Ça ne m'étonnerait pas de vous, c'est tordu à souhait.*

— *De toute façon, vous ne pourriez pas comprendre, ou du moins vous interpréteriez mal, le sens profond du rituel. Je suis un homme qui a des valeurs. Je suis un bonesman.*

— *OK, OK... Vos valeurs ne sont pas les miennes, mais je vous en prie, continuez votre récit.*

— *Au fil des ans, les Skull m'ont obtenu des stages dans des cabinets d'avocats prestigieux et mon premier job à Washington. Puis, quand j'ai décidé de me lancer dans le lobbying, ils m'ont apporté mes premiers clients importants.*

— *Ravi pour vous, le piston et les relations il n'y a que ça de vrai. Pour ma part, je n'en ai jamais bénéficié.*

Au ton de la voix, Marcas imaginait l'expression ironique du journaliste.

— *Ne vous méprenez pas, si j'avais été mauvais, ils m'auraient éjecté sans hésiter. Une fois ma carrière propulsée, j'ai rendu la pareille avec les nouveaux bonesmen et je me suis impliqué dans l'organisation, j'y ai exercé des responsabilités importantes afin d'en préserver l'idéal.*

Une autre toux surgit, cette fois c'était le journaliste.

— *Quel idéal ? Celui de perpétuer un système de confiscation de la démocratie au profit d'une caste consanguine ?*

— *Pas la confisquer, mais s'assurer que ce pays bénéficie d'une élite au service d'un gouvernement fort, qu'il soit démocrate ou républicain. Au risque de vous choquer, je crois profondément qu'un pays a besoin d'une caste, comme vous dites, pour le gouverner. Sans elle, c'est le triomphe du populisme. Les masses ne sont pas faites pour exercer le pouvoir. Toutes les grandes nations occidentales le savent.*

— *Facile à dire ça quand on sort d'une famille aisée.*

— *Allons Thomas, soyez lucide. La démocratie ne marche que parce qu'elle bénéficie de la lumière d'hommes éclairés. À chaque fois que le peuple s'est débarrassé de ses élites, c'était pour se donner corps et âme à des Robespierre, Hitler, Lénine et autres tyrans aussi fanatiques que sanguinaires.*

— *Vous ne me convaincrez pas, et si on en revenait à votre affaire ?*

La quinte de toux reprit, cette fois, elle dura plus longtemps que les précédentes.

— *OK... Tout a changé, il y a deux ans avec l'élection du nouvel Oncle Toby. Un professeur d'université, brillant et ambitieux.*

— *Oncle Toby ?*

— *Le surnom attribué à notre Grand Maître. Chez les Skull, nous avons de l'humour. C'est une référence à l'un des personnages excentriques du livre magnifique de Laurence Sterne,* Vie et opinions de Tristram Shandy, *que vous avez dû lire.*

— *Non. Les classiques m'ennuient.*

— *C'est bien dommage, tout y est. Le pouvoir, le destin, le temps qui passe... Bref, très rapidement, notre nouvel Oncle Toby a fait le ménage au sein des cadres dirigeants de l'Ordre et imposé une nouvelle orientation. Pour lui, les Skull ne devaient plus se contenter d'être l'incubateur d'une élite, mais s'impliquer dans la conduite des affaires du pays. Pour son plus grand bien naturellement.*

— *Ce n'était pas déjà le cas ? De mémoire, les présidents Bush père et fils étaient des bonesmen.*

— *Bien sûr que non, l'Ordre leur a seulement inculqué les valeurs de nos pères. Le général Sheridan a dit...*

— *Quoi ! Ce boucher ?*

Léonore coupa l'enregistrement et appuya sur la touche d'accélération.

— Je vous épargne la passe d'armes sur les valeurs de la démocratie en Amérique, à coups de références littéraires et politiques.

Elle effleura à nouveau l'enregistreur. La voix de Lightwood tonna.

— *Ne fantasmez pas, Thomas. Ni les présidents, ni les chefs d'entreprise ne prenaient leurs ordres chez nous. Les Skull posent seulement des tuteurs sur de jeunes arbres en pleine croissance. Qu'importe les ramures, seuls comptent des troncs droits et solides. L'écosystème de la forêt n'a jamais été de notre ressort.*

On entendit le léger rire de Thomas.

— *Et encore moins la biodiversité des espèces... Mais bon, vous dites que tout cela a changé.*

— *Oui, après avoir remodelé la hiérarchie, Oncle Toby a aussi modifié les rites d'initiation. Il a prétexté la découverte d'un ancien manuel de rituel, dans une cave dans la Tombe, le siège de l'Ordre.*

— *En quoi était-ce important ?*

— *Les Skull ont parfois fait évoluer les rites, mais là c'est devenu franchement malsain. Nous avons été quelques-uns à vouloir nous y opposer. En vain, nous étions devenus minoritaires.*

— *Pour le moment, je n'ai pas de quoi écrire un article. Si vous en veniez au but, Robert ?*

On entendit le bruit d'un objet posé sur la table, puis la voix de Lightwood résonna.

— *Vous trouverez dans cette clé USB un rapport qui montre comment la société de droit privé qui gère les fonds des Skull s'est progressivement engagée dans une prise de participation majoritaire du groupe de télécommunications Pentacle Corporation. J'ajoute que le directeur de cette société est aussi un bonesman.*

— *Pentacle, oui je vois. Une entreprise qui cartonne aux États-Unis et en Europe. La prise de contrôle s'est-elle faite de façon illégale ?*

— *Si vous ne posez pas la bonne question, vous n'obtiendrez pas de bonne réponse.*

— *Alors, quelle est la bonne question ?*

Lightwood toussa.

— *J'en ai déjà trop dit. On va voir si vous êtes aussi bon journaliste que ma femme le prétend.*

— *C'est un peu facile. Vous pourriez me donner directement la bonne réponse.*

— *Qui vous a dit que je l'avais ? Une dernière recommandation, si l'affaire vous intéresse. Faites très attention où vous mettez les pieds. Non seulement ces gens sont très puissants, mais ils considèrent que nous vivons dans un monde d'illusions et faux-semblants. C'est une force redoutable.*

— *Je ne comprends pas.*

— *Pour eux, le bien et le mal ne sont qu'illusion. La seule réalité, tangible et palpable, se résume à un seul mot : pouvoir. Tout le reste n'a aucune valeur à leurs yeux.*

Il toussa à nouveau.

— *Bon, c'est terminé, du moins pour aujourd'hui.*

Un déclic retentit. Léonore appuya sur la touche d'arrêt.

— Thomas a commencé son investigation peu après, en parallèle à d'autres enquêtes. Au début, il n'a pas trouvé grand-chose, se demandant si Robert ne s'était pas moqué de lui, puis un jour, il m'a appelée à mon bureau. Il revenait de New York, une de ses sources, qui occupait un poste dans la précédente administration, lui avait livré des informations explosives sur Pentacle.

Elle rangea l'enregistreur dans sa poche et se leva, à nouveau, pour se coller à la fenêtre.

— Rassurez-vous, personne ne nous a suivis, dit Antoine qui l'observait. Quelles étaient ces révélations ?

Elle se retourna vers lui. Une larme coulait le long de sa joue.

— Thomas n'est jamais revenu à la maison. On a retrouvé son corps, le soir même, dans une ruelle de Georgetown. Abattu à bout portant.

— Il a laissé des notes, des documents liés à l'enquête ?

— Non. Son ordinateur avait disparu et je ne connaissais pas son contact. Quand il a appris sa mort, Robert s'en est voulu d'avoir entraîné Thomas dans cette tragédie.

— Il vous a aidée ?

Léonore regarda la fenêtre.

— Non, du moins pas au début. Il ne voulait pas que je subisse le même sort. Il m'a d'abord dissuadée de me lancer dans ma propre enquête et, voyant que ça ne marchait pas, il m'a interdit de mettre les pieds dans leur maison. C'était mal me connaître.

— Vous vouliez vous venger ?

— Oui, mais ne vous fiez pas à mon nom, je n'ai pas une goutte de sang sicilien, mes ancêtres viennent de Suisse romande.

— Comment avez-vous fait ?

Elle poussa un petit ricanement.

— Je l'ai fait chanter ! Avec l'entretien enregistré, la seule preuve qui me restait de Thomas. J'ai menacé de l'envoyer aux Skull.

L'expression de détermination était revenue dans les yeux de Léonore. De son index, elle cogna la vitre de la fenêtre.

— Ces monstres sont ici, dans cette ville, à quelques rues. Leur saloperie de *tombe* se dresse en plein milieu du campus, au vu de tout le monde. Je m'y suis rendue. Plusieurs fois. Tous ces petits cons d'étudiants fortunés, et leurs aînés arrogants. Tous bien nés, bien peignés, bien engraissés par le système. Et, par-derrière, putréfiés de consanguinité satisfaite. Un jour, j'ai même voulu prendre un fusil et me la jouer en mode Columbine[1] et tous leur faire exploser la cervelle.

Elle le regarda, les yeux brillants.

— Mais je n'ai pas eu ce courage. Je ne suis qu'une petite attachée scientifique de l'ambassade de France. Alors je me suis contentée d'exercer mon petit chantage minable avec le seul bonesman que j'avais sous la main. Il s'est écrasé et m'a aiguillée dans mon enquête.

— On va les faire payer. Je vous le promets.

Léonore Di Falco revint s'asseoir à la table, remit un fond sonore, cette fois de la trompette qu'Antoine identifia comme du Miles Davis.

— *Kind of Blue* ? tenta Antoine prudemment.

— Oui, vous remontez dans mon estime, répondit la jeune femme, sans lever la tête de son écran. Vous avez raison, le temps nous est compté. J'ai donc repris l'enquête de Thomas à ma façon, sans source haut placée, sans background de journalisme. Je n'avais pour seule arme que ma petite logique de scientifique.

— Quelles études avez-vous menées ?

1. Tuerie en 1999 dans l'établissement scolaire de Columbine dans le Colorado.

— Post-doctorat en biologie moléculaire, mais je n'avais pas le génie suffisant pour marquer la discipline de mon empreinte. Alors, je ponds des rapports sur les avancées scientifiques américaines que personne ne lit.

Antoine commençait à apprécier cette femme. Elle continuait d'une voix neutre.

— Patiemment, en dehors de mon travail à l'ambassade, j'ai réuni des faits et encore des faits, aidée par Lightwood. Le problème c'est que plus j'avançais, plus mon esprit cartésien se rebellait. Imaginez un puzzle avec des morceaux qui s'emboîtent à merveille, mais dont le tableau final reste flou.

— Commencez par le début. Ce dont vous a parlé Robert.

Elle sortit une tablette de son sac et jongla quelques instants avec une arborescence de fenêtres, puis tourna l'écran vers Antoine.

Au début, il ne comprit pas ce qu'il avait sous les yeux. Ça ressemblait à un monticule composé de grosses pierres entassées de façon chaotique. Des soldats en treillis, lourdement armés, semblaient monter la garde devant cet amoncellement noirâtre. Deux autres hommes en blouse blanche se tenaient debout contre le tumulus, l'un d'entre eux tenait l'une des pierres entre ses mains. Eux ainsi que les soldats étaient tous noirs de peau. Tout autour d'eux on apercevait de longs palmiers noyés dans une végétation luxuriante et anarchique.

— Je ne saisis pas, commenta Antoine. Ça se passe en Afrique ?

— Non, Haïti. Plus précisément Port-Margot, une petite bourgade au nord de l'île. Vous ne remarquez rien de curieux sur cette photo ?

Antoine inspecta l'écran et haussa les sourcils.

— Non, pas vraiment. Ces militaires encerclent une sorte de tumulus.

— Zoomez...

Il effleura l'écran de ses doigts et s'arrêta net.

— Bon sang !

Ce n'étaient pas des pierres qui composaient le monticule.

Mais des têtes. Des dizaines et des dizaines de têtes fraîchement décapitées.

69.

Saint-Denis
Nécropole des Valois
12 octobre 1793

Le carreau de l'arbalète frappa Maubuisson en pleine poitrine. Curieusement il ne s'effondra pas. Les yeux écarquillés par la surprise, il regardait la flèche fichée dans sa chair. Malgré l'épiderme déchiré, le sang ne coulait pas. La blessure semblait s'être rétractée autour du projectile. Seule la tige emplumée sortait de sa chemise en lambeaux comme si le secrétaire avait été embroché par un trait de Cupidon. Si Maubuisson semblait accablé de stupeur, Ferragus, lui, fixait la flèche qui commençait à vibrer. À l'extrémité de la tige, une fine cordelette tremblait, agitée de brefs soubresauts. Effaré par ce qu'il pressentait, Annibal remonta des yeux la ligne du fil qui se tendait. Au bout se tenait l'arbalète. Brusquement l'ombre souleva son arme, Maubuisson ouvrit la bouche, mais aucun son ne fusa. La douleur ou la peur était trop forte. L'ombre parla :

— Parler, bouger, c'est mourir.

Ferragus fixa le fil tendu : le secrétaire avait un hameçon dans le corps prêt à le tuer.

— Turenne, c'est ainsi que vous l'avez assassiné ? En lui plantant un dard dans la poitrine ? Et vous l'avez retiré comment ? D'un coup ou en prenant votre temps ?

L'ombre désigna le conduit dans le sol avant de répondre :

— Descendez et si vous remontez avec ce que je veux, il aura une chance...

Elle tendit encore le fil. Cette fois, Maubuisson ne put se contenir. Son cri satura la galerie. Du sang commença à perler sur sa peau de plus en plus tuméfiée.

— ... Sinon, je vais lui arracher le cœur.

Malgré la menace, Annibal restait immobile, sidéré par la folie de la situation. Il avait déjà connu de tels moments où l'équilibre de la vie est si instable que le moindre geste, la moindre décision semble impossible. Fasciné, il fixait le fil qui ne tremblait plus. C'était une fine cordelette étroitement tressée. Même s'il se précipitait, il n'aurait aucune chance de la trancher. Et avec quoi, avec ses dents ? Comment pouvait-il être aussi stupide ? Et puis, l'ombre venait de remettre un carreau dans son arbalète. Un seul mouvement suspect et elle tirerait sans hésiter.

— Descends.

La voix du secrétaire n'était plus qu'un murmure.

— Mon frère...

Ce rappel de leur parenté initiatique plongea Annibal dans la confusion. Quand il entendait Maubuisson se servir du mot *frère*, s'interposait aussitôt l'image du prêtre que le secrétaire avait enfoui et cousu vivant dans le cadavre d'un cheval. Comment pouvait-il être son frère désormais ? Il ne savait plus.

— Je t'en supplie.

Comme un somnambule, l'inspecteur se dirigea vers le passage. Il s'assit, prit appui sur le rebord et engagea ses jambes dans le conduit. La lanterne à la main, il se laissa glisser. Le choc de la réception fut immédiat. La douleur vrilla ses jambes, puis s'atténua. Il était intact. Du haut du conduit, un objet chuta lourdement. La hache.

— Chaque minute pour toi est une minute de moins pour lui.

Devant Ferragus s'enfonçait un long boyau. Il ne pouvait avancer avec la lanterne allumée. Trop de risque que le verre se brise et que la flamme se répande. Il souffla la lampe, prit la hache et s'enfonça dans la nuit.

Le tunnel, creusé dans la roche, ne permettait pas d'avancer debout, pas même à genoux. Il fallait ramper. La visibilité était nulle. Le cœur battant, Annibal tendait les deux paumes en avant pour prévenir tout obstacle. Ce qu'il craignait, par-dessus tout, c'était que son passage déclenche un piège : un assommoir, une herse... Il entendait presque le bruit de la grille se refermant derrière lui, ses pointes d'acier fichées dans le sol, rendant toute fuite impossible. Il respirait mal.

Mon frère... s'il perdait trop de temps, Maubuisson allait mourir. *Mon frère*... Il dressa à nouveau les mains vers l'inconnu. Une arête rocheuse lui cisailla l'épaule, mais il était trop engagé pour reculer. L'étreinte de la pierre se faisait plus pressante. Jamais il n'avait autant ressenti son corps comme une prison et jamais il n'avait tant aspiré à revoir le jour. Tant d'années après son initiation maçonnique, il comprenait enfin ce qu'était *l'épreuve de la terre*, cette longue remontée de soi vers la lumière, dont il faisait l'expérience dans sa chair meurtrie. Brusquement son coude ne heurta plus d'obstacle. Ferragus s'arrêta net. Il ne pouvait saisir la lanterne suspendue dans son dos. Alors, lentement, il projeta ses bras en avant, puis les écarta avec précaution. À chaque instant, il s'attendait à buter sur la roche, mais rien.

Le tunnel avait disparu.

D'abord, il libéra ses bras, son torse laminé de coupures puis ses jambes. Enfin, il réussit à se mettre à califourchon sur ce qui semblait être un parapet juste à la sortie du boyau de ténèbres. Il se sentait comme un papillon sortant de son cocon. Un bruit de tôle cabossée et de verre brisé, qui résonna dans son dos, le rappela à la réalité : plus de lanterne, plus de lumière. Ferragus ignorait ce qui s'étendait sous ses pieds, et surtout à quelle distance il se trouvait du sol. Lors de l'initiation maçonnique, après *l'épreuve de la terre*, venait celle du *feu* : une traversée de sa propre peur. Une épreuve que l'on ne franchissait qu'en se dépassant soi-même. Il se retrouvait dans la même situation. Soit il sautait au risque de se tuer, soit il reculait et Maubuisson mourait. Sa vie contre la sienne. Annibal passa sa deuxième jambe par-dessus le parapet. Lors de son initiation une phrase du rituel l'avait profondément marqué : « *... plus jamais tu ne mettras un genou à terre, car un franc-maçon vit et meurt debout.* »

Ce jour-là, il avait fait un choix.

Définitif.

Il prit son élan et sauta dans le vide.

Maubuisson s'était affaissé à terre. Son cœur battait encore, mais la souffrance ne cessait de croître. Une côte sans doute brisée lui arrachait un cri à presque chaque respiration. Le regard affolé, il guettait le moindre mouvement de l'ombre qui tenait sa vie au bout d'un fil.

— Pourquoi moi ? murmura-t-il.

L'ombre se rapprocha.

— Vous n'avez jamais été qu'un pantin, Maubuisson, d'abord dans les mains de Danton, ensuite dans les nôtres. Un rouage, on s'en sert, puis quand il devient inutile, on l'écrase.

— Je ne comprends pas...

— Effectivement vous n'avez rien compris depuis le début, depuis le tout début.

La voix de l'ombre lui parvenait comme à travers un filtre. Était-il déjà en train de mourir ou bien masquait-elle ses propres intonations ?

— Votre voix... Votre voix... je la connais aussi...

— Votre ami Ferragus, lui, la connaît bien.

Malgré la douleur, Maubuisson tenta de se relever. Lui qui avait été un homme de l'ombre avait toujours vécu dans l'obsession d'être doublé par plus ténébreux que lui.

— Annibal... il travaille pour vous ?

— Comme vous. Sans le savoir.

L'ombre se pencha sur le corps du secrétaire.

— Lui a agi par fraternité. Vous par ambition, mais le résultat est le même : vous allez nous offrir la puissance.

La grotte, où débouchait le boyau, était illuminée par un puits de lumière qui descendait jusqu'à un bassin d'eau profonde. Ferragus était assis au bord de la source et massait ses jambes douloureuses. La chute avait été spectaculaire : il avait raté sa réception et roulé au sol au milieu de galets. Son corps, déjà éprouvé par le passage du boyau, était meurtri de part en part. Les rayons qui tombaient du haut de la voûte provenaient du puits au milieu de l'ancien cloître. Sans le savoir, les ex-religieuses puisaient l'eau dans l'ancienne source sacrée christianisée par saint Denis. La grotte était de petite dimension, on n'y pouvait avancer que courbé, mais une paroi, plus haute que les autres, attira son regard. Lisse comme un mur, elle semblait couverte d'un enduit qui avait été ensuite maculé. En clopinant, Annibal s'approcha. L'enduit délimitait une surface d'environ trente à quarante pieds carrés[1], mais le plus stupéfiant était que la chaux était incrustée de mains. Ou plutôt d'empreintes de mains.

Annibal en compta vingt-deux.

Sous chacune était gravé un nom. Les premiers, illisibles, en lettres gothiques, les suivants en graphie plus moderne. Ferragus reconnut la griffe d'Henri IV, suivie de celle, plus hésitante, de Louis XIII tandis que le nom de son fils éclatait de vigueur. Annibal posa sa main sur l'empreinte du Roi Soleil. Pourquoi tous ces monarques s'étaient-ils rendus dans cette grotte perdue et avaient enfoncé leur main sur cette paroi ? Ferragus frissonna. Tous sauf Louis XVI. Celui qui avait perdu son trône… Avait-on négligé de lui faire connaître la tradition ou avait-il jugé le rituel sans intérêt ? En tout cas, ce que dissimulait cet enduit devait avoir une valeur inestimable pour que, depuis le Moyen Âge, chaque roi ait fait ce pèlerinage.

Cette fois, Ferragus savait que la lumière se cachait juste derrière cette paroi.

Il saisit la hache.

Et frappa de toutes ses forces.

---

1. Près de 4 m^2.

70.

New Haven
De nos jours

Les visages conservaient des expressions de terreur, du moins ceux dont les yeux étaient encore ouverts. Un monceau de têtes coupées et empilées les unes sur les autres. À la base du macabre amoncellement, l'herbe avait pris une teinte brunâtre. L'un des hommes en blouse blanche tenait entre ses mains l'un des crânes qu'il examinait avec son collègue.

Antoine repoussa l'écran avec dégoût. La jeune femme s'alluma une cigarette en le fixant.

— Ce ne sont que des têtes d'hommes.

— Oui, pas besoin de préciser.

— Vous m'avez mal comprise. Il n'y a pas une seule femme ou un enfant. Que des mâles. Vous avez sous les yeux le premier massacre féministe jamais enregistré dans les longues, très longues annales des tueries recensées dans le monde.

— Si vous m'expliquiez.

— Le carnage remonte à environ deux ans. Les femmes du village sont devenues hystériques, de vraies furies, et ont assassiné tous les hommes qu'elles avaient sous la main. En riant, selon certaines sources. Ensuite, elles leur ont coupé la tête à coups de hache et de machette pour en bâtir une pyramide à l'entrée du village. Aucun mobile, aucun empoisonnement collectif, aucune absorption de drogue quelconque.

— Jamais entendu parler, dit Marcas.

— Il n'y a pas eu de procès, les autorités haïtiennes ont étouffé l'affaire. Les femmes ont toutes été internées dans un asile où elles croupissent toujours. Leurs enfants sont dispersés dans des orphelinats.

— Quel rapport avec les Skull ?

— Mauvaise question... Il fallait d'abord s'intéresser au lien avec la société Pentacle. C'est ce que m'a dit Lightwood quand je lui ai fait la même remarque.

Un crissement de freins jaillit de l'extérieur. Antoine sentit son cœur accélérer brutalement. Il échangea un rapide coup d'œil avec la jeune femme, lui fit signe de se taire, puis bondit pour ouvrir le tiroir du buffet où se trouvait son Beretta. Il sortit et arma le pistolet, déverrouilla la sûreté et se dirigea vers la fenêtre. Posté derrière le rideau, il balaya la rue du regard. Un 4×4 noir était arrêté en plein milieu de la chaussée alors que, debout sur le trottoir, une vieille dame aux cheveux en pétard tenait un chien blanc microscopique d'une main et de l'autre brandissait un poing rageur en direction du conducteur. La voiture redémarra tout aussi rageusement et disparut dans la nuit. Marcas respira un grand coup et revint vers la table. Il songea qu'il était devenu plus émotif. L'âge, peut-être. La fatigue accumulée. Ou les deux.

— Putain, je suis en train de devenir parano. Ça ne me réussit pas les States, dit-il en reposant le Beretta dans son tiroir.

— Mieux vaut un parano vif qu'un sceptique mort, répliqua Léonore. C'était l'une des maximes favorites de Thomas.

Antoine s'assit et s'alluma une nouvelle cigarette.

— Et il n'est plus de ce monde... Bon, reprenons. Vous allez donc voir Lightwood pour lui demander des comptes en le faisant chanter avec l'enregistrement de son entretien avec votre compagnon et là il vous parle de cette histoire macabre à Haïti. Et ensuite ?

— Deux mois avant la tuerie, une ONG d'ingénierie en développement durable s'était installée dans le village pour construire une unité de traitement des eaux usées. Or, cette association était financée à 100 % par Pentacle. Robert m'a dit qu'il fallait creuser dans cette direction, comme l'avait fait Thomas quand il était encore en vie. Et c'est ce que j'ai fait. Pendant des semaines, je me suis intéressée à tous les faits insolites et à chercher un lien avec Pentacle. Je vous passe les innombrables tueries, viols et autres saloperies que j'ai ingurgités. Mais la patience finit par payer.

La jeune femme ouvrit une autre fenêtre sur l'écran. Cette fois, on y lisait un article numérique du *Los Angeles Times*, illustré d'une grande photo d'un gratte-ciel qui se découpait dans l'azur et celles, en médaillon, de visages de deux hommes et trois femmes.

— Il y a deux ans, huit occupants du vingt-cinquième étage de la tour Suncrest Five se sont jetés sans raison de leurs appartements. Les enquêteurs ont conclu à des suicides dans un cas et à une dispute dans l'autre, l'ensemble formant une « regrettable coïncidence ».

— Ça ressemble furieusement à la tragédie des Trente. Et Pentacle ?

— Bonne question ! Comme par hasard, Pentacle avait une délégation régionale au vingt-sixième étage.

Antoine secoua la tête.

— Vous êtes scientifique, Léonore. Pour le coup, ça peut être une véritable coïncidence. Je ne suis pas convaincu.

La jeune femme brandit la paume de sa main, pour l'interrompre, et tapota nerveusement sur l'écran.

— Oslo, 12 juin 2016. Un lycéen fait irruption dans son collège avec un fusil semi-automatique et assassine neuf de ses camarades. Les témoins racontent qu'il n'arrêtait pas de rire comme un damné pendant qu'il abattait ses victimes. Regardez cette photo prise par les caméras de surveillance du lycée et qui a été diffusée par la presse par la suite.

Antoine se pencha sur l'écran. Un jeune homme très blond marchait en direction de l'entrée d'un lycée, il portait un étui à guitare, derrière lui, stationnée en arrière-plan, on apercevait une rangée de voitures et au milieu une camionnette siglée du triangle de la société Pentacle.

— Vous voulez d'autres coïncidences ? ajouta la jeune femme qui ouvrait un tableau Excel avec des colonnes remplies de noms et de dates. J'ai la liste d'une vingtaine de faits divers, suicides ou exécutions, pour lesquels la police n'a pas trouvé d'explications logiques. Mais à chaque fois, j'ai pu retrouver la présence de Pentacle dans les parages.

Antoine inspecta le tableau en plissant les lèvres. Nevada, Reno, douze morts dans un bar ; Nouveau-Mexique, Jacinto Point, cinq suicides dans un élevage ; Allemagne, Coblence, six décès dans une rave party… Avec en face de chaque tragédie une annotation sur la présence de Pentacle, en direct ou à travers une filiale.

— Et je viens de rajouter le massacre de Jefferson Mall, dans le Dakota du Sud. Tout un centre commercial qui s'entretue, le rire aux lèvres. Tout me dit que c'est bientôt Pentacle que l'on va trouver en coulisse.

— Il n'y a pas le vol plané collectif des Trente sur votre liste ?

— Quand j'ai appris cette horreur qui s'était déroulée en France, je n'ai pas cru un seul instant à cette explication de fuite de gaz hilarant. Mais, je n'ai pas trouvé d'éléments sur Pentacle, donc ça ne collait pas.

— J'ai ma petite idée, dit Antoine, je vais appeler mon supérieur à Paris pour demander une recherche sur la société américaine qui possédait le chantier du parking, je parierais mon livret A que Pentacle n'est pas très loin. Mais ça ne nous donne pas le mobile.

— Voilà pourquoi je vous disais que le tableau final du puzzle reste flou. Je pensais que vous m'apporteriez de quoi y voir plus clair…

Il se passa une nouvelle fois le visage entre ses mains et avala un verre d'eau fraîche.

— Hélas non… Partons sur l'hypothèse que Pentacle est responsable de tous ces morts. On sait que son patron est un bonesman, on sait que la boîte appartient aux Skull via une société écran. Et tout en haut de la pyramide, il y aurait ce nouveau Grand Maître, cet Oncle...

— Toby, répondit Léonore d'une voix calme et dont le smartphone vibra au même moment.

— Oncle Toby qui manifeste une ambition démesurée pour son club d'étudiants dorés sur tranche.

Léonore avait décroché.

— Oui, bonsoir, je suis occupée. Ne quittez pas, dit-elle, puis elle se tourna vers Antoine, je dois prendre cet appel, désolée.

Antoine secoua la tête et se leva.

— Pas de soucis, on fait un break. J'ai un mal de tête carabiné, je vais dans la salle de bains pour prendre un cachet.

Léonore s'était levée elle aussi et lui tournait le dos.

Il éprouvait pour elle une pointe d'admiration. Cette femme se battait seule et contre tous, et n'abdiquait pas. Elle tenait bon, malgré la mort de son compagnon et l'hostilité de sa hiérarchie. Antoine sentit la honte l'envahir. Il avait passé ces derniers jours à s'apitoyer sur ses déboires, mais ce n'était rien face à ce qu'avait subi cette femme.

Il prit son smartphone et, tout en se dirigeant vers l'escalier qui menait au premier étage, consulta ses messages et appels. Le frère obèse avait laissé un message sur le répondeur, ainsi qu'un correspondant avec un indicatif américain. Le dernier interlocuteur avait essayé de l'appeler deux fois. Il monta les marches de l'escalier qui menait à l'étage, puis emprunta un petit couloir, recouvert d'un papier peint gris sombre qui se voulait élégant. Mais à la lumière de l'applique halogène faiblarde, il suintait un ennui presque inquiétant. Il passa devant les deux seules chambres de la maison. Désertes. Il se demandait si les précédents occupants n'auraient pas été butés par le nouveau propriétaire. Léonore avait raison, la maison était confortable, mais sinistre.

Il poussa la porte de la salle de bains et alluma l'interrupteur. Tout était blanc et propre, même le rideau de douche semblait avoir été repassé. Il hésita une poignée de secondes, et tira le rideau d'un coup.

La baignoire était aussi vide que le cerveau d'un djihadiste de banlieue.

Pas de Skull caché avec un poignard... Quel con, tu as trop regardé Psychose.

Il retourna devant le lavabo et ouvrit la petite armoire miroir accrochée au-dessus de la vasque. Au moment où il allait fouiller dans l'étagère à pharmacie, son portable sonna à nouveau. Un numéro américain s'affichait.

Il prit l'appel tout en extirpant une grosse trousse grise marquée d'une croix rouge. Une voix masculine inconnue jaillit.

— Monsieur Desaguliers ?

— Oui.

— Enfin ! Je vous ai laissé un message sur votre répondeur, répondit son interlocuteur sur un ton angoissé.

Antoine continuait à fouiller dans la trousse et finit par trouver une boîte d'Ibuprofène à l'emballage criard.

— Qui êtes-vous ?

— Marc Louvier, Secrétaire général à l'ambassade de France. Cela concerne notre attachée scientifique, Mme Léonore Di Falco.

— Mon contact en effet, dit Marcas en se faisant couler un verre d'eau pour avaler un gros comprimé blanc.

Il y eut un silence, puis la voix reprit :

— Elle ne pourra pas vous rencontrer.

Antoine faillit recracher son cachet. Il posa le verre sur le revers du lavabo.

— Vous plaisantez ?

— Non, pas le moins du monde. On a retrouvé son corps à Georgetown, le long du Potomac. Abattue de deux balles dans la tête.

Antoine sentit un frisson glacé remonter le long de sa nuque.

71.

Saint-Denis
Nécropole des Valois
12 octobre 1793

— La flèche, gémit Maubuisson, il faut ôter la flèche !

Il porta la main à sa poitrine pour l'extirper, mais dès qu'il en saisit l'extrémité, l'intensité de la douleur le paralysa.

— Je ne vous le conseille pas, commenta l'ombre, si vous brisez la tige en tentant de l'arracher, la pointe descendra directement vers le cœur.

Rassemblant ses forces qui l'abandonnaient, le secrétaire se traîna vers l'entrée du conduit, gainé de plomb, qui s'enfonçait dans l'obscurité. Cela faisait combien de temps que Ferragus avait disparu au fond de ce trou ? L'attente était abominable.

— Et s'il ne revient pas ? gémit le secrétaire.

— Alors vous mourrez.

— Je crèverai de toute façon ! Vous n'avez jamais eu l'intention de me sauver.

L'ombre se rapprocha. Malgré la douleur qui le tétanisait, Maubuisson recula précipitamment. L'ombre lui faisait peur. Il savait bien que, derrière le linceul, c'était un être vivant qui se dissimulait, mais au plus profond de lui, il n'en était pas sûr.

— Et vous, qui avez-vous sauvé ? Combien de cadavres avez-vous sur la conscience depuis la Révolution ?

— Je n'ai jamais signé un ordre d'arrestation, ni envoyé quelqu'un à la guillotine.

L'ombre s'accroupit. Le suaire dégageait une odeur de mort insupportable.

— Oui, les condamnations, les exécutions, vous laissez ça aux Robespierre et Saint-Just. À ceux qui assument leurs convictions, même dans le sang. Vous, vous agissez dans l'ombre. D'ailleurs tuer ne vous intéresse pas : un mort ne vous sert plus à rien. En revanche, un homme à torturer...

— Je n'ai jamais torturé personne !

— C'est vrai, c'est Turenne qui se salissait les mains. Vous, vous donniez les ordres.

— Comment savez-vous ?

Un bruit de respiration saccadée résonna dans le conduit. Maubuisson se pencha sur l'ouverture. Le halètement provenait du boyau et se rapprochait rapidement. L'ombre décrocha la cordelette qui reliait son arbalète à la blessure du secrétaire, ensuite elle vérifia que son arme était prête à fonctionner et se plaça au-dessus du conduit.

Une main apparut à l'entrée du boyau.

L'ombre tira.

La flèche ricocha sur la paroi en plomb.

— Vous allez le tuer ? balbutia le secrétaire affolé.

— Pas s'il fait ce que je lui dis, répliqua l'ombre en rechargeant.

— J'ai trouvé... j'ai trouvé ce que vous voulez...

La voix d'Annibal parvenait comme étouffée. Par précaution, il avait dû se coller tout contre le rocher.

— Où l'avez-vous trouvé ?

— Tout au fond, on accède à une grotte aménagée autour d'un sanctuaire où sont venus tous les rois de France depuis Philippe le Bel.

— Comment le savez-vous ?

— Leurs noms sont gravés sur un des pans de la grotte.

— Un pèlerinage, murmura Maubuisson en hoquetant.

— Et derrière la paroi ? interrogea l'ombre.

— Il y avait ça.

Prudemment Ferragus fit glisser un objet sur le rebord du boyau. C'était un coffre plat aux fermoirs d'argent noircis par le temps.

— Vous l'avez ouvert ?

— Il y a une serrure.

Une nouvelle flèche siffla dans l'air et se planta dans la façade du coffre. Annibal recula précipitamment.

— Il y a une cordelette tressée au bout du carreau, basculez le coffre dans le conduit.

La rage au cœur, Annibal s'exécuta. Une quête digne d'une descente aux enfers et, au dernier moment, il se faisait subtiliser sa découverte.

— Sortez.

Méfiant, l'inspecteur glissa du boyau étroit dans le conduit. Le long de la paroi de plomb, le coffre remontait sous le regard vaincu de Maubuisson. Tous deux avaient perdu, mais il restait encore une vie à sauver.

— J'ai tenu ma parole, à vous de tenir la vôtre, lança l'inspecteur.

Le coffre venait d'arriver à destination. L'âme damnée de Danton tendit la main.

— Je veux savoir.

— Alors commence par savoir qui je suis.

Le linceul vola au sol. Les traits du secrétaire se révulsèrent.

— Ce n'est pas possible..., s'écria Ferragus.

Brutalement, Élisabeth renversa Maubuisson sur le dos, puis d'un coup de pied enfonça le bois de flèche dans la poitrine. Un hurlement rauque retentit.

— La pointe... je vais crever !

— Si je l'avais retirée, vous vous seriez immédiatement vidé de votre sang. Là vous avez un sursis.

— Un sursis...

Agacée, la jeune femme le coupa.

— ... le temps qu'elle descende jusqu'au cœur. Et maintenant, arrêtez de parler. J'ai mieux à faire qu'à vous écouter mourir.

De la main, elle tâtait la serrure du coffre. La flèche avait détruit le mécanisme de fermeture. Élisabeth glissa deux doigts par l'ouverture et tapota le haut du coffre qui se souleva.

— Maubuisson, s'exclama Annibal, elle fait quoi ?

Prisonnier du conduit dont le rebord était trop haut pour pouvoir s'y agripper, l'inspecteur enrageait de ne pouvoir intervenir.

— Le coffre... elle l'ouvre...

La voix du secrétaire s'amenuisait à chaque mot. Annibal palpa les parois de plomb pour tenter de repérer un interstice, une saillie où prendre appui, mais le mur de métal était aussi lisse qu'un miroir.

— Écoutez-moi, je me moque de ce que vous allez trouver, laissez-lui la vie sauve !

— Vous vous moquez de ça ?

Juste au-dessus de Ferragus, le poing fermé d'Élisabeth tenait un cercle de métal hérissé de pointes.

— La couronne, s'écria Maubuisson, la voix bouleversée, *sa* couronne !

— Quelle couronne ? Quelle...

Et d'un coup, la lumière fut. Il revit les religieuses de Saint-Denis qui entraient en cachette pour prier... Dom Poirier qui lui dévoilait la couronne... les ronces tressées, mais sans une seule épine, alors que là...

— Quand les templiers l'ont perdue, ils ont disparu... quand les rois l'ont oubliée, ils se sont effondrés..., affirma la jeune femme.

— Lancez-moi une corde, hurla Annibal.

— Mon dieu, gémit le secrétaire, il y a encore *son* sang sur les épines !

— Et c'est la dernière chose que vous verrez.

Élisabeth reprit son arbalète chargée et tira. La pointe traversa la main du secrétaire et se ficha dans le sol. Maubuisson tenta de se relever, mais un second tir le cloua en terre. Il était crucifié.

La jeune femme se pencha et vérifia que la flèche, déjà enfoncée dans la poitrine, était bien arrimée, puis elle saisit le fil tressé qui s'en échappait et l'enroula autour du cou du secrétaire.

— Ferra...

— Vous lui faites quoi ? hurla l'inspecteur.

— Vous voulez toujours remonter ?

Sans attendre la réponse, elle jeta la cordelette dans le conduit. Annibal se rua dessus, cala ses pieds contre les parois opposées et commença sa remontée. Le fil tressé était agité de soubresauts, mais Ferragus le serra à fond pour le maintenir sous tension. Le fil ne bougea plus. Encore un coup d'épaule...

Le corps de Maubuisson avait cessé de se débattre. Seule sa langue pendante tressautait encore. Élisabeth s'assit sur la poitrine et plongea la main dans la plaie désormais béante.

Le visage en feu de Ferragus sortit du conduit.

Et il vit.

Le fil.

Le cou.

La poitrine.

Et, au bout de ses doigts vernis de sang, Élisabeth qui tenait un cœur.

72.

New Haven
De nos jours

Antoine se tenait derrière la porte de la salle de bains, la main agrippée sur son portable. D'un coup, les battements de son cœur s'étaient accélérés. Ce qu'il venait d'entendre n'avait aucun sens.

— Ce n'est pas possible. Léonore est ici, dans le salon.

— Commissaire, vous êtes tombé dans un piège. Cette femme est un imposteur. Je suis allé moi-même procéder à l'identification du corps de Mlle Di Falco.

— Elle m'a montré son passeport.

Tout en parlant, Marcas entrebâilla la porte pour avoir le couloir dans son champ de vision. La fausse Léonore l'avait vu remettre son Beretta dans un tiroir de la commode du salon. Elle pouvait à tout moment monter à l'étage et l'abattre.

— Les papiers, ça se trafique, répliqua le Secrétaire général de l'ambassade. Ce n'est pas à un policier que je vais apprendre ça.

— Elle m'a donné une foule de détails sur Lightwood et son compagnon assassiné. Elle m'a fait écouter un enregistrement...

— Vous ne croyez pas que c'est facile à obtenir si elle fait partie du camp adverse ? Celui des Skull. Quant à l'enregistreur, ils ont dû le récupérer sur le cadavre de

Léonore. Demandez-lui le surnom dont ma secrétaire m'a gratifié. Peu de gens sont au courant.

— Et c'est ?

— *Cassette*. J'ai tendance à être économe sur les deniers de l'État.

Antoine se massa la tempe, son mal de tête revenait au galop. Il avait du mal à se concentrer.

— Comment avez-vous eu mon portable ? demanda Antoine, méfiant.

— Quand on a découvert le cadavre de Léonore, j'ai contacté votre supérieur, le commissaire Haudecourt, qui me l'a donné.

— Qui me dit que vous travaillez à l'ambassade ?

— Mon numéro s'affiche sur votre portable, mais vous n'avez qu'à me rappeler, vous tomberez sur la permanence qui me transférera votre appel.

Antoine coupa la communication et appuya sur le numéro. La tonalité de recherche bourdonna, puis une voix féminine résonna :

— Ambassade de France, j'écoute. Allô ?

Il raccrocha. Ça ne suffisait pas, n'importe qui pouvait répondre ce type de phrase.

La voix de Léonore résonna au bout du couloir :

— Tout va bien ?

Il la vit dans l'entrebâillement de la porte. Elle se tenait en haut de l'escalier.

— Oui ! Je descends dans une minute, cria-t-il.

— OK. Je vais me faire un café.

Il attendit qu'elle disparaisse de son champ de vision, puis prit son smartphone et entra sur le site de l'ambassade de Washington et cliqua sur l'onglet contact. Le numéro donné par l'homme au téléphone correspondait bien à celui de la permanence. Il rappela le numéro et se fit passer le poste de Louvier.

— Désolé, mais il fallait que je vérifie.

— J'aurais fait pareil à votre place. Bon, votre supérieur m'a dit que vous étiez à New Haven. J'ai pris sur moi d'envoyer une équipe affectée au consulat de New York, ils ne vont pas tarder à arriver. Quelle est votre adresse ?

— 23 Alves Street, une petite maison en brique rouge, à côté d'une église presbytérienne.

— OK, c'est l'affaire d'un quart d'heure. En attendant, restez tranquille, il est plus que certain que cette femme a des complices.

Le cerveau d'Antoine avait enclenché la vitesse supérieure. Il avait besoin de mobiliser tous ses neurones pour réfléchir à fond. Si les Skull avaient voulu se débarrasser de lui, ils lui auraient tendu une embuscade pendant qu'il tenait compagnie à la fausse Léonore. Donc sa mission devait être de lui soutirer le maximum d'informations. Il plaqua son portable à l'oreille.

— Comment reconnaîtrai-je vos hommes ?

— Un chauve, une baraque à lui tout seul, la trentaine, et un barbu, vous le reconnaîtrez vite : il est roux. Tous deux appartiennent à la DGSE et sont affectés au consulat de New York. Surtout ne prenez aucune initiative.

La communication coupa. Antoine inspira un grand coup et sortit de la salle de bains. Jamais, il ne s'était fourré dans pareil guêpier. Il n'avait que deux options possibles : jouer la comédie et attendre l'arrivée des deux gorilles, en espérant que la femme ne le descendrait pas avant. Ou prendre les devants, récupérer son Beretta et la neutraliser immédiatement. Mais c'était contraire aux ordres. Il hésita et n'opta pas pour la seconde solution.

Quand il descendit dans le salon, la trompette s'était évaporée, laissant place à la voix élégante et inquiète de Chet Baker.

La jeune femme était à nouveau collée à la fenêtre et scrutait la rue. Le faisceau de lumière du réverbère nappait son profil d'une fine pellicule blanche.

Il comprit son erreur. Ce n'était pas la parano qui la poussait à observer ce qui se passait dehors. Elle guettait ses complices.

— Vous attendez quelqu'un ? demanda Marcas en s'approchant de la table.

Elle lui retourna un sourire pâle.

— Désolée, mais je suis morte de trouille. Je n'ai pas l'habitude de me retrouver dans ce genre de situation. Je suis dans une maison inconnue, en compagnie d'un homme que je ne connaissais pas une heure auparavant. Et j'ai des tueurs à mes trousses. Ça fait beaucoup pour une simple attachée scientifique.

— Vous vous en sortez plutôt bien. D'autres personnes, dans votre situation, auraient paniqué. Ce sang-froid vous honore.

— Je pratique l'aïkido depuis ma jeunesse. Un art martial qui impose le contrôle de soi.

Antoine hocha la tête.

L'aïkido... Rien que ça. T'as pas trouvé mieux pour te foutre de ma gueule.

La jeune femme quitta son poste à la fenêtre et se dirigea vers la cuisine américaine où se trouvait une machine à café. Elle prit un mug, posé à côté de l'évier, et l'inséra dans la machine.

— Vous voulez une tasse ? demanda-t-elle. Il y a des versions aromatisées.

— Non merci, répondit Antoine, la dernière fois qu'on m'a proposé un café capsule, c'était pour m'annoncer ma suspension.

— Vous savez, je suis tellement soulagée qu'on me croie enfin. J'ai cru devenir folle pendant mon enquête.

Elle exhibait un visage ému. Tout juste si elle n'allait pas écraser une larme, songea Antoine.

Le portable de la jeune femme, posé sur le comptoir de la cuisine, vibra. Elle y jeta un bref coup d'œil, mais ne décrocha pas, continuant à se verser du café.

— Vous ne répondez pas ? demanda Marcas sur un ton neutre. C'est peut-être l'ambassade, un coup de fil de M. Cassette. C'est bien le surnom du Secrétaire général ?

La brune secoua la tête.

— Ça peut attendre, c'est une amie. Et je ne connais pas de M. Cassette.

Le téléphone cessa de vibrer.

Attendre quoi ? Que je finisse moi aussi avec une balle dans la tête ? Que tes complices viennent me cueillir ?

Antoine sentit son cœur s'accélérer à nouveau. Il ne pouvait plus attendre. Il fallait reprendre l'offensive. Tout de suite.

— Vous pouvez me prendre de l'eau dans le frigo ?

La brune posa sa tasse de café et se dirigea vers le fond de la cuisine. Lui, s'était insensiblement rapproché de la commode où se trouvait son arme. C'était quitte ou double. Si elle avait récupéré l'arme, il n'avait plus qu'une option. Prendre ses jambes à son cou.

— Plate ou gazeuse ? demanda la jeune femme qui avait le nez dans le réfrigérateur.

— Plate, répondit-il alors qu'il ouvrait le tiroir où devait se trouver le Beretta.

Une onde de soulagement parcourut sa nuque. L'arme reposait sagement à sa place. Il la fourra aussitôt dans la poche arrière de son pantalon et revint s'asseoir à la table.

La jeune femme déposa une canette et la tasse de café devant eux.

Elle s'assit et le regarda droit dans les yeux.

— Quand vous m'avez raconté ce qui s'était passé à Paris, j'ai eu l'impression que vous ne m'aviez pas tout dit. Comment avez-vous identifié le rôle des Skull dans la tragédie des Trente ?

Nous y voilà...

Il lui renvoya un sourire ironique.

— Pourquoi est-ce si important de le savoir ?

— Je pense être en droit de mériter toutes vos informations. Vu ce que j'ai subi.

— Si tant est que vous m'ayez dit la vérité.

— Que voulez-vous dire ?

Fin de la comédie.

D'un coup, il dégaina son Beretta et le pointa en direction de la jeune femme.

— Arrêtez votre petit numéro. Vous n'êtes pas Léonore Di Falco.

Le visage de la jeune femme se décomposa.

— Vous êtes fou ! Baissez cette arme tout de suite.

Il secoua la tête. Ses lèvres se plissèrent pour former un mince sourire que son ex-femme qualifiait de cruel quand il était en proie à une colère froide.

— L'ambassade de France vient de m'appeler. La véritable Léonore Di Falco a été assassinée. Qui vous envoie ? Vos petits copains, les Skull ?

La brune se leva d'un coup, les mains posées sur la table. Son regard brillait de fureur.

— Vous racontez n'importe quoi. Je suis Léonore !

Il arma son Beretta et le rapprocha un peu plus.

— Vous perdez votre sérénité. Apparemment, ça ne marche pas à tous les coups, l'aïkido ?

— Vous croyez me faire peur ? jeta-t-elle d'un ton méprisant.

— J'ai quelques principes dans la vie, dont celui de ne jamais tirer sur une femme. Mais dans votre cas, je peux faire une exception. Maintenant rasseyez-vous sagement, les hommes de l'ambassade vont arriver d'un instant à l'autre.

— Qui vous a appelé ?

— Ça change quoi ? Le Secrétaire général, Marc Louvier. Que vous n'avez jamais croisé de votre vie.

— Vous avez vérifié que l'appel venait de l'ambassade ?

— Évidemment.

La brune s'assit et prit sa tête entre ses mains.

— Vous commettez une erreur. Une énorme erreur.

Au moment où il allait lui répondre, le tintement de la sonnerie de l'entrée résonna. Marcas se leva. Tout en la tenant en joue, il passa devant la fenêtre et aperçut deux hommes debout devant l'entrée de la maison. Ils correspondaient à la description faite par le Secrétaire général.

Léonore semblait paniquée.

— C'est un piège ! Ne les laissez pas entrer !

73.

Paris
Cour du Commerce
14 octobre 1793

Louise frissonna. Une fois encore, le pas de taureau de Danton ébranlait le parquet. Depuis le matin, elle s'était réfugiée dans la cuisine pour échapper aux cris de rage de son mari. Même seul, Georges jurait comme un bataillon de diables, interpellant le miroir, insultant la bibliothèque, couvrant d'injures le feu de la cheminée.

— Par le sang de Dieu, quelqu'un va-t-il me dire ce qu'est devenu Maubuisson ?

Louise se jeta dans les bras de la vieille cuisinière, plus habituée qu'elle aux colères homériques du maître de maison.

— Il va se calmer, c'est sûr. Dès que monsieur le secrétaire va revenir...

La cloche sonna à l'entrée de l'appartement. La cuisinière se précipita.

— Qu'est-ce que je vous disais ? Le voilà !

La domestique ouvrit la porte en trombe et s'arrêta net. L'homme qui attendait sur le palier n'était pas Maubuisson.

— Prévenez le député Danton que je désire le voir.

La cuisinière hésita. Depuis que Marat s'était fait assassiner à deux pâtés de maisons, tout visiteur imprévu était suspect.

— Si le citoyen veut bien me donner son nom ?
— Delalande.

Dans le salon, Danton se recoiffait à la hâte. Il avait le visage rouge de s'être emporté et la masse frondeuse de ses cheveux se rebellait en tout sens.

— Delalande ? Vous avez bien dit Delalande ?

Que pouvait donc lui vouloir l'astronome ? Lui parler de son Observatoire, il en était certain ! Qu'il aille donc au diable avec ses étoiles ! Comme si la nation avait besoin de s'occuper de ça ! En même temps, il ne pouvait pas ne pas recevoir l'homme qui l'avait initié en maçonnerie.

— Il attend dans l'antichambre ?

— Oui, monsieur, confirma la cuisinière.

— Dites à Louise qu'elle vienne me chercher dans dix minutes. Pas une de plus. Qu'elle prétexte un rendez-vous urgent, n'importe quoi !

Comme il lissait sa chemise, son regard tomba sur la guillotine miniature que sa femme avait oubliée sur un guéridon.

— Cent fois, j'ai demandé qu'on m'enlève cette abomination...

Mais la cuisinière était déjà partie ouvrir la porte de l'antichambre. Delalande entra d'un pas lent, le regard fixe. Il portait une bourse de cuir usé à la main droite.

— Mon cher et éminent ami, avança Danton la main tendue, quel plaisir de vous voir chez moi ! Alors, que disent les étoiles ? Vous savez que nous sommes à la veille d'une bataille importante avec les Autrichiens ? Les astres nous envoient-ils de bons présages ?

Delalande affichait une expression étrange que Danton n'arrivait pas à déchiffrer. La mine n'était pas sévère, mais elle avait perdu sa bonhomie habituelle. Il crut même déceler une lueur de défi dans le regard plissé.

— Je suis astronome, pas astrologue, articula le scientifique et cette fois l'intonation ironique n'échappa pas à Danton.

Le tribun éclata d'un de ses rires tonitruants censés le sortir à bon compte d'un faux pas.

— Mais je le sais bien, mon ami, je ne sais que ça. Comment pourrais-je l'oublier ? Vous, l'ami de Benjamin Franklin, de Voltaire, vous dont la gloire...

Georges s'arrêta brusquement. Delalande venait de poser la bourse craquelée sur la table.

— Est-ce là votre fortune, plaisanta Danton, est-ce là votre avenir ?

— Non, c'est le vôtre. Je vous en prie, ouvrez-la.

Étonné, Danton saisit la bourse et la vida d'un coup. Une masse rouge, gluante, s'étala sur la table.

— C'est quoi ? balbutia le révolutionnaire.

Les mots restaient coincés derrière ses lèvres, comme s'ils s'étaient coagulés dans la bouche. Il lança un regard désarçonné à Delalande, puis revint sur la chair pourpre et visqueuse étalée sous ses yeux. De fines ridules noires s'écoulaient dans les veinures de la table. Une émanation fétide s'infiltrait, par à-coups, dans ses narines.

— Quelle... est cette horreur ?

— C'est pourtant reconnaissable, répondit Delalande d'une voix douce. Il s'agit d'un organe dont la fonction première est de faire circuler le sang dans le corps. Un cœur. Humain, cela va sans dire.

Danton avait perdu ses airs bravaches. La vue du sang le révulsait. Le paralysait.

— Je ne comprends pas.

— C'est celui d'un de vos proches. Je vous apporte le cœur de votre secrétaire.

Pour la première fois Danton tremblait, lui qui prétendait ignorer la peur. Il recula d'un pas, comme si ce cœur allait lui sauter au visage.

— Que me voulez-vous ? parvint à prononcer l'ogre.

L'astronome le regarda avec mépris.

— Rien, car vous n'avez plus rien à donner. Votre cœur à vous est sec comme les cadavres que vous avez fait profaner à Saint-Denis et, comme eux, il finira dans la fosse commune.

— Vous osez me menacer ?

— On ne menace que ceux que l'on craint. Et vous, vous n'inspirez plus la peur. Vous aurez beau gesticuler, tonitruer, votre fin est en marche.

Georges jeta un regard de bête traquée à la guillotine que sa femme avait oubliée dans le salon.

— Qu'avez-vous cru, reprit Delalande, qu'on vous laisserait vous emparer du secret des rois de France ? Que comme eux, on vous laisserait voler la source de toute puissance ?

— Je ne comprends pas... je ne comprends plus...

L'astronome éclata de rire. L'homme s'était transformé, son regard devenait impérieux, son visage proclamait une arrogance assumée. Au fil d'années d'intrigues, Danton avait appris à reconnaître les hommes dangereux. Et celui qu'il avait sous les yeux en faisait partie. Le mouton savant s'était métamorphosé en loup féroce.

— Souvenez-vous de la nuit du 25 juillet, rue du Canivet, quand vous avez envoyé votre secrétaire s'emparer de documents pour compromettre vos collègues députés.

— La Convention est corrompue, tout le monde le sait, s'écria Georges, j'avais besoin de preuves pour...

— ... Pour envoyer vos semblables sous le couperet et ainsi vous libérer la place. Votre soif de pouvoir, votre vanité vous ont aveuglé.

— Ces documents étaient la preuve de leur trahison, j'en suis certain !

Delalande eut un sourire de pitié.

— Ces documents n'ont jamais existé. Vous avez couru après un leurre. Vous êtes tombé dans le piège que nous vous avons tendu. Vous, Maubuisson, Ferragus. Nous savions qu'avant de mourir, le roi Louis XVI avait confié un secret à son confesseur, mais c'est vous qui le déteniez en prison, alors...

— Alors, vous m'avez lancé sur la piste..., s'exclama Georges, atterré.

— Et nous n'avons pas été déçus !

— Nous, c'est qui ? Des frères ?

L'astronome dévisagea le tribun sans dissimuler son mépris et passa au tutoiement qui n'avait rien de fraternel.

— Laisse la maçonnerie là où elle est, c'est-à-dire nulle part depuis l'arrivée au pouvoir de toi et de tes semblables. Je fais partie d'un ordre, dont tu n'as pas à connaître le nom, qui... Comment dire des choses qui te dépassent ? Qui poursuit un objectif séculaire. Et nous éliminons tous ceux qui nous font obstacle.

Danton fixa une nouvelle fois le cœur.

— Maubuisson ?

— Nous l'avons tué, hier.

— Et Ferragus ?

— Nous lui avons laissé une chance... Quant à toi, Georges Danton, tu as joué la marionnette à la perfection.

La dernière phrase claqua comme un coup de fouet dans le cerveau échauffé du tribun. Humiliant, cinglant.

La peur et l'incompréhension avaient reflué, pour laisser place à une rage. Une rage puissante qui, il le savait, allait devenir incontrôlable. On l'avait manipulé ! Lui, l'homme le plus influent de la Convention, le chef politique le plus redouté de France, celui qui tenait entre ses mains l'avenir de la République.

Même ses ennemis les plus puissants, les Saint-Just et Robespierre, ne s'étaient jamais permis de lui parler de la sorte.

Il se redressa, bomba son puissant torse et aboya :

— Tu es fou ou inconscient, Delalande. Personne ne me traite comme ça, et encore moins dans ma maison.

D'un geste vif, sa main puissante faucha le cœur sanguinolent et l'expédia contre le mur. Une tache rougeâtre apparut à l'endroit de l'impact et dégoulina jusqu'au sol. Danton s'avança vers l'astronome qu'il dominait d'une bonne tête.

— Tu sais que je peux te faire arrêter à l'instant.

Delalande claqua ses mains.

La porte s'ouvrit brutalement et deux silhouettes en redingote noire surgirent dans la pièce, un pistolet à la main.

— Des hommes de main ! s'exclama Georges.

Le premier était massif, avec des épaules de forgeron, mais le second était une femme, au visage fin et au regard perçant. Une beauté, ne put s'empêcher de penser Danton, alors même qu'il était menacé.

Il recula d'un pas pendant que Delalande croisait les bras, laissant ses deux acolytes s'avancer à son niveau.

— Ah, Danton... Me crois-tu assez stupide pour venir chez toi sans prendre mes précautions.

— Tu veux donc m'assassiner ? dit l'orateur d'une voix blanche.

L'astronome grimaça.

— Bien sûr que non. Tes amis de la Convention, Robespierre et Saint-Just en tête, s'en chargeront bientôt. Ton destin, et celui de la France ne nous intéressent plus.

Danton poussa un soupir de soulagement silencieux. Encore une fois, il s'en sortait vivant. Encore une fois, la chance était de son côté. Que ce fou débarrasse le plancher c'était tout ce qui comptait.

Mais avant, il fallait qu'il étanche sa curiosité.

— Et ce maudit secret ? La marionnette a le droit de savoir pourquoi tu as tiré sur ses fils, non ?

L'astronome prit son temps pour réfléchir, puis répondit d'une voix sombre :

— Le secret... De toute façon, tu ne pourras rien en faire. Pour le comprendre dans toute sa portée, si tant est que tu le puisses, il faut remonter le temps. Il y a trois cent quatre-vingt-six ans. Le 13 octobre 1307, jour de l'arrestation des chevaliers de l'ordre du Temple.

74.

New Haven
De nos jours

Antoine détaillait les deux hommes qui se tenaient devant le portail. Le premier était râblé, chauve, il portait une veste grise qui compressait ses larges épaules. Le second, barbu et roux, plus mince, avait un costume cravate plus approprié à un financier qu'à un garde du corps.

Derrière eux, dans la rue, on apercevait une voiture noire aux vitres teintées. Marcas n'arrivait pas à distinguer si la plaque portait une immatriculation diplomatique.

— Ah ! Voici enfin nos amis envoyés par l'ambassade.

— Ne leur ouvrez pas. Ils nous tueront.

Elle semblait vraiment terrifiée, sa voix tremblait presque.

— J'ai pourtant eu Marc Louvier au téléphone, je l'ai même rappelé à son bureau.

— Alors, c'est qu'il travaille pour eux. Les tentacules des Skull s'étendent partout. S'ils ont des complices en France, pourquoi n'en auraient-ils pas à l'ambassade ?

— Le grand complot recommence... Un peu difficile à avaler.

Un deuxième tintement strident retentit dans l'entrée.

Antoine appuya sur l'interphone.

— Oui ?

— Bonsoir, commissaire Marcas. Nous venons de New York. Laurent et Laffont.

— Une petite minute, cria-t-il. (Puis il se tourna vers la jeune femme.) Si vous avez une autre idée pour me faire changer d'avis sur votre identité c'est maintenant.

Elle secouait la tête tout en appuyant insensiblement ses mains sur la table. Son buste s'était penché en avant. Elle était en train de se lever.

Antoine secoua le pistolet dans sa direction.

— Mauvaise idée. Si c'est tout ce que vous avez trouvé pour me convaincre...

Le visage de la femme s'était métamorphosé, ses yeux irradiaient d'une colère contenue.

— Imbécile. Vous allez nous faire assassiner tous les deux.

— Vous savez parler aux hommes... Maintenant assise ! Tout de suite.

Antoine parla à nouveau dans l'interphone :

— Quel est le nom de la personne qui vous envoie.

— Marc Louvier, le Secrétaire général de l'ambassade, lança l'homme derrière la porte.

— OK. Allez-y.

Antoine appuya sur le bouton qui commandait l'ouverture du portail et s'adressa à Léonore :

— Le temps qu'ils traversent le micro jardin et montent les quatre marches du perron. Ça vous donne une trentaine de secondes pour me donner une bonne raison pour ne pas leur ouvrir la porte de la maison.

La vraie fausse Léonore balayait du regard le salon des yeux dans tous les sens, comme pour s'accrocher à quelque chose.

— C'est bien ce que je pensais, dit-il d'un ton agacé. Je n'aimerais pas être à votre place, mademoiselle. Vous avez affaire à des agents de la DGSE qui opèrent hors des lois américaines. Si vous et vos amis avez assassiné Léonore Di Falco, ça m'étonnerait qu'ils vous remettent entre les mains de la police. Ils risquent de vous faire passer un sale quart d'heure.

On entendait le crissement des chaussures dans l'allée de gravillons. Antoine jeta à nouveau un œil et remarqua que le second agent restait en faction devant le portail et observait la rue.

Au moment où Marcas allait tourner la clef dans la serrure, la voix de Léonore fusa :

— Attendez !

Elle tendait le doigt sur une photographie en noir et blanc du sommet art déco du Chrysler Building.

— New York ! Vos types, dehors, sont bien basés à New York ?

— Oui.

— Demandez-leur ce qui s'est passé la semaine dernière chez Albertine !

— Chez qui ? dit Marcas avec méfiance.

— Albertine ! C'est le nom de la librairie française de New York. Il y a eu un incident là-bas jeudi dernier. L'ambassadeur allait inaugurer la semaine du livre quand une dingue a fait irruption dans le salon principal. Elle réclamait l'asile politique et s'est jetée sur lui en hurlant qu'elle était amoureuse de lui. Il a fallu deux gardes du corps pour l'extraire.

Antoine releva sa main de la poignée de porte.

— Et alors ?

— L'histoire a fait les gorges chaudes à l'ambassade et au consulat. Vos gorilles sont obligatoirement au courant.

— Vous pouvez avoir inventé cette histoire.

— Il y a eu un entrefilet sur le site des Français de New York. Je vous montre la page !

Antoine fronça les sourcils. Il ne quittait pas la jeune femme des yeux.

— Approchez-vous lentement. Le portable ouvert sur la page, la main tendue en avant. L'autre levée.

On frappa à la porte. Trois coups rapides et légers.

— Commissaire ?

La jeune femme s'était dressée et s'avançait vers Antoine qui se colla contre l'huisserie.

— Une dernière vérification, monsieur Laurent. Que s'est-il passé la semaine dernière lors d'une visite de l'ambassadeur à New York ?

— Je n'en sais rien. J'étais en congé. Ouvrez-nous, le temps presse.

— Demandez à votre collègue, Laffont.

Antoine colla son oreille contre la porte, il entendit l'homme rejoindre son collègue vers le portail.

La brune était désormais à moins d'un mètre de Marcas. Elle brandissait le portable.

— Lentement, j'ai dit, murmura Antoine, et tenez votre téléphone en évidence.

Le smartphone affichait la photo de l'intérieur d'une librairie, avec des étagères remplies de livres, le plafond était recouvert d'une magnifique peinture qui représentait une carte du ciel, ancienne.

Antoine parcourut le titre et le début de l'article.

— Vous voyez ! dit la jeune femme, les yeux remplis d'espoir.

Marcas regarda à nouveau par la fenêtre et appuya sur l'interphone pour écouter la conversation entre les deux hommes, devant le portail.

— Ça dure trop longtemps, ajouta-t-elle. Ils ne savent rien.

À peine avait-elle fini, que l'interphone grésilla. La voix de l'agent se fit entendre :

— L'ambassadeur a été agressé dans la librairie, mais rien de grave. On peut entrer maintenant ? Nous sommes pressés.

Les yeux de la jeune femme s'écarquillèrent.

— Ce... Ce n'est pas possible.

— OK, je vous ouvre, répondit Marcas.

Marcas tendit son Beretta droit sur elle.

— Éloignez-vous vers la cuisine, dit-il en haussant la voix. Dépêchez-vous !

La femme obéit, le visage tendu, les poings serrés.

Antoine tourna la clef et ouvrit la porte en grand.

Le plus costaud affichait un sourire jovial, de près, sa masse musculaire était encore plus impressionnante. Son collègue restait silencieux se bornant à scruter les alentours. Antoine remarqua les crosses des pistolets sous les vestes des deux hommes. Il retourna son sourire à l'agent de l'ambassade et prit un air soulagé.

— Pouvons-nous entrer ? demanda poliment celui qui se faisait appeler Laffont.

— Je vous en prie, dit Marcas en reculant pour le laisser passer. Pas mécontent de vous voir arriver.

— Nous aussi, mon vieux, mais il va falloir faire vite, à tous les coups la maison est sous surveillance. Un hélico affrété par M. Louvier nous attend en dehors de la ville.

Le costaud passa le seuil en premier et aperçut la jeune femme, debout devant la table. Tout son visage n'était qu'hostilité.

— La voilà donc..., dit le costaud. Nous avons des questions à vous poser, mademoiselle.

La jeune femme avait reculé.

— Je ne vous suivrai pas.

Au moment où le rouquin franchit la porte, le visage de Marcas se métamorphosa. Son sourire disparut à la vitesse de l'éclair.

Dans un geste soudain, il lui abattit de toutes ses forces la crosse de son Beretta sur la nuque. Le type ouvrit de grands yeux et s'effondra en avant. Son front percuta de plein fouet le coin de métal pointu de la commode de l'entrée.

Le costaud voulut porter la main à la ceinture, mais Antoine avait intercepté le geste et levait son arme dans sa direction.

— Mauvaise idée.

— Mais..., balbutia l'agent qui lui aussi avait perdu son sourire.

Marcas secoua la tête.

— J'ai écouté par l'interphone votre petite conversation. Curieux de parler américain entre Français et encore plus bizarre de lui demander d'appeler Louvier. Je suppose que c'est ce dernier qui vous a renvoyé l'info sur New York ?

Antoine se pencha sur le corps du complice qui gisait à terre. Ses yeux étaient grands ouverts, le front, maculé de sang, était déformé comme si on y avait gravé une encoche.

— Je crains que votre ami nous ait quittés pour un monde meilleur. Mes plus sincères condoléances.

Il se redressa et s'avança vers la jeune femme.

— Désolé d'avoir douté de votre bonne foi, mais mettez-vous à ma place, ce n'était pas évident.

Léonore se massait les poignets.

— Pas de problème, vous avez juste le cerveau un peu lent.

— Merci pour le compliment. Voyons le bon côté des choses, nous savons que le Secrétaire général de l'ambassade est un traître et nous avons deux Skull sous la main.

— Je n'ai rien à vous dire, souffla le costaud qui le dévisageait avec mépris.

Le regard d'Antoine se figea et ses lèvres s'entrouvrirent pour dessiner un fin sourire. Il s'avança vers l'homme et d'un geste sec le gifla avec le canon de son arme. L'imposteur poussa un cri de douleur et vacilla sous le coup.

— Je n'ai pas de temps à perdre, monsieur Laffont ou qui que vous soyez. Vous allez répondre à mes questions.

Le type releva la tête, un filet de sang coulait de sa bouche, sa joue droite était violette.

— *Fucker,* tu crois qu'on est venus seuls ? Vous n'avez aucune chance de vous enfuir.

— On verra bien, rétorqua Marcas en le forçant à s'asseoir sur l'un des deux fauteuils du salon. (Il regarda Léonore.) Fouillez les placards et trouvez-moi une corde pour saucissonner ce charmant personnage.

Cinq minutes plus tard, le chauve était attaché à son fauteuil comme un rôti dans sa barde, le torse et les jambes encerclés d'une fine corde vert pomme.

Marcas colla son arme sur la tempe du type assis sur le siège et arma le pistolet.

— Je te suggère de parler avant que je ne me mette en colère.

Le costaud éclata d'un rire gras.

— Mon gars, joue pas les terreurs. T'as pas la tête d'un tueur. Je m'y connais un peu dans le domaine.

— Comme ton ami qui a voulu me tuer à Paris ? Tu sais qu'il y est resté. Pas très pro pour un ex-Navy Seals.

Antoine continua d'une voix sombre et donna des petits coups de canon sur le front du prisonnier.

— Ce qui m'épate le plus, c'est que tu es français. Pourquoi travailles-tu pour les Skull ?

— Va te faire mettre. Tu ne tireras jamais.

Antoine ne broncha pas, mais il savait que le chauve avait raison. Jamais il n'avait flingué un type de sang-froid. Il appuya encore un peu plus le canon sur le crâne, mais l'homme gardait son expression insolente.

Léonore Di Falco s'approcha des deux hommes en tenant un chiffon de ménage à la main. Elle souriait et son sourire avait quelque chose d'inquiétant.

— Je sais comment m'occuper de ce monsieur.

75.

Paris
Cour du Commerce
14 octobre 1793

Danton faisait face à l'astronome et à ses deux hommes de main. Le scientifique sortit une chaîne de son gilet, comme celles utilisées pour les montres à gousset, et dont l'extrémité se terminait par une croix pattée rouge. L'emblème des Templiers.

— Le Temple... L'ordre de chevalerie le plus puissant de la chrétienté. Des moines-soldats, des banquiers, mais aussi des explorateurs et des initiés. Des hommes extraordinaires qui ont façonné l'Europe.

— Je connais cette histoire, répliqua Danton. Le roi Philippe le Bel les a fait arrêter dans tout le royaume de France. Eh bien, j'aurais agi de la même façon que ce Capétien de malheur. L'ordre du Temple était un État dans l'État ! Ils avaient trop d'argent, trop de pouvoir, allant jusqu'à administrer les finances publiques. Le roi Philippe a brûlé ses chefs, moi je les aurais guillotinés !

Le tribun défiait du regard Delalande, qui ne répondit pas à la provocation. Le scientifique rétorqua d'un ton calme :

— Ces chevaliers au cœur pur ont été emprisonnés, interrogés, torturés, ils avouèrent toutes les turpitudes, toutes les hérésies possibles. Honni par la population, trahi par le pape, l'ordre du Temple disparut dans la tourmente.

— Je ne verserai pas une seule larme sur eux, dit Danton d'une voix méprisante. Tes preux n'étaient que des vautours cupides drapés dans de blancs manteaux. Philippe le Bel les a détruits pour s'emparer de leur richesse. Richesse accumulée sur le dos du peuple qui crevait de misère.

Tout d'un coup le visage de Danton s'illumina.

— Quel imbécile je fais. Je viens de comprendre. Comme le despote couronné n'a rien trouvé après leur arrestation, je suppose que tu veux mettre la main sur le fabuleux trésor des Templiers. C'est ça le secret des rois de France ? Juste une histoire d'argent !

Delalande échangea un mince sourire avec ses complices, puis revint au tribun. Il secoua la tête en observant le révolutionnaire comme s'il était un enfant.

— Tu fais erreur. Oui, les Templiers possédaient une incroyable fortune et peut-être qu'un jour on la retrouvera, mais ce n'est pas ce qui a été découvert dans la basilique de Saint-Denis. Non, il s'agit d'un véritable instrument de pouvoir. De pouvoir absolu.

Une expression d'incompréhension se peignit sur le visage de Danton tandis que l'astronome continuait d'une voix exaltée :

— Par la grâce de notre Sauveur, nous, les véritables descendants de l'ordre du Temple, avons récupéré la relique volée à nos ancêtres. La plus sacrée d'entre toutes. La couronne de Jésus.

— La quoi ? balbutia le colosse, ébahi.

— La véritable couronne d'épines du Christ.

Danton fonça les sourcils. Son esprit s'échauffait. Ce que Delalande lui racontait n'avait aucun sens.

— Tu es en train de me raconter que toute cette manipulation n'avait d'autre but que de retrouver un colifichet de l'Église ? Un vestige absurde de superstition pour les bigots et les esprits faibles. Toi le scientifique, l'adepte des lumières, le franc-maçon, tu as ourdi ce complot pour mettre la main sur cette breloque. Soit tu es un dément, soit tu es encore plus arriéré que ceux que nous avons renversés !

La jeune femme braqua son pistolet sur le visage de Danton et jeta d'une voix sèche :

— N'insulte pas notre Grand Maître ou je brûle ta cervelle de révolutionnaire corrompu.

Delalande posa sa main sur l'avant-bras de la jeune femme.

— Laisse, sœur Élisabeth. Je me doutais de sa réaction. Le Christ recommande la pitié pour ceux qui refusent son amour et ne reconnaissent pas son pouvoir. Laissons-le à son triste sort.

Danton joignit ses mains comme pour une prière.

— Amen ! Amen ! lança-t-il d'une voix brûlante d'ironie. Mais avant de quitter mon logis, éclaire le pauvre pécheur que je suis sur l'intérêt de cette couronne d'épines. Tu me dois bien ça, mon frère en maçonnerie !

Delalande hocha la tête.

— Quand les Templiers sont arrivés à Jérusalem, au XIIe siècle, ils ont pris leurs quartiers dans les écuries de l'ancien temple du roi Salomon. Selon la légende, au terme de fouilles qui ont duré de nombreuses années, ils auraient découvert une cache dans laquelle se trouvaient des objets prodigieux. Et parmi ces objets il y avait un coffre qui contenait la couronne d'épines et une tablette de pierre gravée en araméen.

Danton faillit jeter de nouveau son fiel, mais se retint. Une partie de lui était happée par le récit. Il la connaissait cette part honnie, sombre et catholique, martelée dans sa jeunesse par les prêtres du petit séminaire de Troyes et du collège des Oratoriens. Une graine perverse, plantée dans l'esprit des Français depuis des siècles et que la Révolution devait stériliser à tout prix. Même lui était contaminé.

— Qu'était-il écrit ? demanda-t-il d'une voix neutre.

— *Ils le revêtirent de pourpre, et posèrent sur sa tête une couronne d'épines, qu'ils avaient tressée. Et ils crièrent : salut à toi, roi des Juifs...*

Delalande récitait ce passage, comme une prière. Une invocation.

— Je vois que tu connais par cœur les passages des Évangiles.

— C'est celui de Marc et il fait partie des rituels de notre ordre templier. Mais ce passage était complété par un court texte omis dans la Sainte Bible : *Là où sera la couronne du sauveur, là sera établie sa puissance pour les siècles des siècles.*

Le tribun écoutait le récit avec plus d'attention.

— Les Templiers ont ramené la couronne de Terre sainte et l'ont cachée à Paris dans le donjon du Temple. À partir de là, l'ordre a connu une période d'expansion et de puissance sans précédent. Jusqu'au jour maudit où Philippe le Bel a abattu sa main rapace sur les possessions des Templiers. Il n'a trouvé ni le trésor, ni d'autres précieux secrets que nous ne retrouverons probablement jamais[1], en revanche, il s'est emparé de la couronne du fils de Dieu.

— Que s'est-il passé ensuite ?

Delalande ouvrit les bras et les leva au ciel.

— L'histoire de France est là pour en témoigner ! Le roi Philippe l'a conservée précieusement. Depuis, le royaume s'est agrandi et fortifié pour devenir un pays puissant et respecté. Ses successeurs l'ont reçue en héritage et l'ont transmise à leur tour, formant une chaîne ininterrompue jusqu'au dernier souverain. Certes, il y a eu des périodes noires et de grandes tragédies, mais à chaque fois le royaume s'est relevé. Pour protéger la couronne d'épine de toutes les convoitises, il a été décidé d'en exécuter une copie que l'on exhibait au peuple. La véritable relique, elle, avait été cachée à Saint-Denis. Chaque nouveau roi devait s'y rendre pour se faire sanctifier et s'approprier sa puissance.

Danton ne put s'empêcher de répliquer sur un ton aigre :

— Ça n'a pas empêché Louis XVI de se faire raccourcir.

---

1. *Le Septième templier*, *Le Temple noir*, Fleuve noir, 2011, 2012.

— En effet, il n'a pas voulu se prêter à la cérémonie à Saint-Denis. Le dernier des Bourbons était trop rationnel, trop contaminé par l'esprit moderne. Mais, peu importe, nous, les légitimes héritiers du Temple, avons récupéré notre bien spolié par les rois de France. Et maintenant, il est temps de partir, de quitter ce pays à jamais. La couronne d'épines doit être mise à l'abri, dans un endroit où personne ne viendra la récupérer. Adieu Danton et profite du peu de temps qu'il te reste à vivre.

L'ogre éclata d'un rire tonitruant en voyant Delalande et ses deux acolytes tourner les talons et quitter la pièce.

— Grand bien vous fasse ! cracha-t-il avec véhémence. Partez loin d'ici et emportez votre misérable couronne, vestige d'une religion condamnée à mourir. J'ai la destinée de ce pays entre mes mains. J'ai le pouvoir ! Sans l'aide d'une couronne ou d'une relique pitoyable.

Delalande et ses deux acolytes avaient passé la porte, mais Danton s'était enflammé comme à l'assemblée. Il était un volcan, dont le torrent de lave s'écoulait par jet puissant.

— Une nouvelle France est en train de naître, vous m'entendez ! Et elle maudit la superstition et la crédulité. Nous forgerons des hommes nouveaux, des citoyens débarrassés de la lèpre du sacré. C'est moi, Georges Danton, qui vous le jure. Par mon sang, par ma vie. Et dans ma vieillesse, je me souviendrai et rirai encore de vos folies !

Quand la porte claqua, Danton s'affaissa sur la chaise, vidé de toute son énergie. Louise entra sans frapper.

— Mon amour, excuse-moi de ne pas être venue comme tu me l'as demandé, mais vos éclats de voix m'ont fait peur. J'ai vu sortir tes visiteurs. Tout va bien ?

Georges ne répondit pas. Il contemplait la guillotine posée sur le guéridon. Un rayon de soleil venait de se poser sur le couperet.

Il brillait comme jamais.

76.

New Haven
De nos jours

Antoine et Léonore faisaient face à leur prisonnier attaché au fauteuil.

Le chauve continuait de ricaner.

— J'adore les femmes qui jouent les dures. Ça m'excite.

Elle ne répondit pas à la provocation et s'assit sur le rebord du siège. Sa main se posa sur le poignet du type, remonta lentement le long du bras et de l'épaule, et s'arrêta sur le cou épais.

La voix de la jeune femme se fit plus douce.

— Connais-tu l'aïkido ? C'est un art martial particulier où l'on utilise la force de l'adversaire contre lui.

Le type la regarda, goguenard.

— Et tu veux me faire une prise, ma belle. Vas-y, fais-toi plaisir. Moi, c'est le karaté et le free-fight. J'ai pas peur de la douleur.

La main de la jeune femme remonta sur le visage, qui commençait à suer, et s'arrêta au niveau de la bouche. Elle la caressa avec délicatesse, puis inséra le chiffon jaune dans les lèvres épaisses.

— Mon maître en aïkido m'a aussi enseigné quelques rudiments de Kyusho Jitsu. C'est un peu le même principe, sauf que l'on utilise la douleur de l'adversaire contre lui-même.

Antoine n'avait jamais entendu parler de cet art martial, mais remarqua que le visage de l'homme avait pâli. Léonore Di Falco accentua son sourire tout en brandissant son index et son majeur réunis.

— Tu ne m'en voudras pas si je tâtonne un peu, dit la jeune femme, je ne connais que les points vitaux de base. Essayons, dans un premier temps, le Mikazuki.

D'un geste sec, elle enfonça deux doigts sous sa mâchoire, tandis que de son autre main, elle planta l'index gauche sous l'oreille gauche.

Le visage de l'homme s'empourpra de douleur. On aurait dit que ses globes oculaires allaient jaillir de leurs orbites. Il essayait de tourner la tête dans tous les sens, mais cela n'empêchait pas la jeune femme d'accentuer la pression. Léonore rivait son regard sur celui de sa victime.

— Pendant la Seconde Guerre mondiale, le Kempetai, l'équivalent de la Gestapo japonaise, utilisait le Kyusho Jitsu pour interroger les prisonniers.

Elle enleva le chiffon de la bouche. L'homme reprenait sa respiration, un filet de salive gluant coulait de sa bouche.

— Nous t'écoutons, dit Léonore avec gravité.

— Va te faire... foutre, glapit le type.

— Comme tu voudras. Le Mikazuki atteint le niveau 3 sur une échelle de douleur qui va de 1 à 10. Je vais essayer le Scorpion, qui est un double point, Kyoei et Myojo.

Elle obstrua à nouveau la bouche du type, puis descendit ses doigts et les inséra sous l'aisselle droite. De son autre main, elle appuya au niveau du nombril, comme si elle effectuait une palpation.

— Chaque point de pression se situe sur un nerf qui conduit l'influx vers les organes internes et le réseau parasympathique.

Antoine se pencha, impressionné par le sang-froid de la jeune femme et légèrement mal à l'aise.

— Vous êtes une sorte d'acupunctrice de la souffrance ?

— En quelque sorte. Si les compressions sont bien coordonnées, la douleur irradie une zone de convergence située au niveau de l'épine dorsale. Le cerveau reçoit alors une onde de douleur décuplée.

Elle enfonça sa main, lentement, entre le haut du bras et la poitrine.

L'homme se débattait dans tous les sens, mais plus il s'agitait, plus il resserrait ses liens.

Tout en continuant de le supplicier, la jeune femme se tourna vers Antoine.

— Je ne prends aucun plaisir à le torturer, mais je sens que ça m'aide à faire mon deuil de Thomas.

Il était incapable de savoir si elle faisait de l'humour.

— Il est dans un sale état, vous devriez arrêter, non ?

— Vous êtes mal placé pour me donner des leçons d'éthique, vous venez de tuer son complice.

Antoine ne répondit pas. Il n'avait jamais vu un homme souffrir en silence. Le voir se tortiller, sans un cri, était encore plus impressionnant.

Elle retira ses mains et enleva à nouveau le bâillon.

Le visage du Skull avait radicalement changé d'expression.

— Pitié, gémit-il.

— Il te suffit d'être un peu plus bavard.

L'homme secoua la tête.

— Ils me tueront si je parle.

Léonore haussa les épaules.

— On n'a pas de temps à perdre. Kyoei et Myojo correspond au niveau 4, ou 5, je m'y perds un peu. On va passer au dragon Gansei-Suigestsu. Il paraît qu'on frôle le 9.

Sous le regard terrorisé du prisonnier, elle posa son annulaire sur sa paupière inférieure droite, puis replia quatre doigts de sa main gauche comme une griffe et les plaqua sous son plexus solaire.

— Pas besoin de te mettre un bâillon. Si tu survis à ce truc, tes cordes vocales ne serviront plus à grand-chose.

— Non ! Je vous en supplie ! hurla le type qui arrivait presque à se soulever de son fauteuil.

Antoine n'aimait pas du tout ce qu'il avait sous les yeux. Le gars était un salopard, mais il était hors de question de continuer cette séance de torture.

Au moment où il allait s'interposer, le prisonnier cria :

— D'accord, je vous dirai tout.

Léonore, triomphante, se tourna vers Antoine.

— Vous êtes flic, à vous l'honneur de poser les questions.

Antoine prit une chaise et s'assit face au Skull.

— Quelles étaient tes instructions ?

— Vous interroger sur ce que vous saviez.

— Et ensuite ?

Le silence du prisonnier fournissait la réponse.

— À part Louvier et toi, y a-t-il d'autres Français qui travaillent sous les ordres des Skull ?

— Je n'en sais rien, tout est cloisonné.

— Tu mens, dit Léonore qui accrocha sa main sous son sternum. Mon maître m'a affirmé que l'on pouvait paralyser le cœur avec ce point. Je vais vérifier.

Il hurla de douleur.

— Je vous jure, c'est vrai !

Antoine fusilla la jeune femme du regard et posa sa main sur l'épaule du type qui suait à grosses gouttes.

— Pourquoi ton organisation a-t-elle provoqué toutes ces tueries de masse ?

L'homme le dévisagea avec incrédulité.

— Je ne sais pas de quoi vous parlez. Je ne suis qu'un exécutant, demandez à Louvier.

Léonore murmura à son oreille :

— Tu sais comment on rentre dans la Tombe ?

Il respirait avec peine. Il avait du mal à reprendre son souffle.

— Je me sens pas bien, gémit le type. Je vais m'évanouir.

— Réponds !

La peau de son visage tournait au violet.

— Il y a une entrée au 192 York Street.

— Tu te moques de nous, lâcha la jeune femme d'un ton menaçant. La Tombe est sur High Street !

Il suffoquait.

— Non ! Je ne mens pas. C'est un parking situé sur une autre rue, à l'ouest du bâtiment de la Fraternité. Ça mène à un souterrain qui débouche directement dans la Tombe. On s'en sert pour entrer et sortir en toute discrétion.

Il crachait du sang et ricanait en même temps.

— Depuis quelques années, il y a trop de curieux qui viennent fouiner...

— Il n'a pas l'air bien du tout, dit Marcas. Léonore, vous êtes sûre de ne pas y être allée trop fort ?

— On le laissera dans un hosto, répliqua-t-elle sans sourciller. On y pénètre comment dans ton parking ?

— Il y a un code. 322SB. Au bout de deux essais ratés, la porte se bloque.

— 322, c'est pas le chiffre qui apparaît sur votre blason avec la tête de mort ?

— Oui, mais je n'en connais pas la signification. Je ne suis qu'un membre mineur de la Fraternité.

— Tu ne connais pas grand-chose...

Antoine nota le numéro sur son smartphone tandis que Léonore se rapprochait à nouveau du prisonnier qui suffoquait sur son fauteuil.

— Mon compagnon a été assassiné par tes copains. Un journaliste de Washington. Tu es au courant ?

— Non ! Le maître... Je...

Il ouvrit grand la bouche, puis sa tête bascula en avant.

— Et merde ! lança Antoine, desserrez les liens. Il faut le ranimer.

— Je crois que c'est trop tard, dit la jeune femme en retirant la corde. Il a rejoint son petit copain.

Antoine lui prit le poignet, le pouls n'était plus perceptible. Le type s'était affaissé sur son siège.

— Le cœur n'a pas résisté, commenta la jeune femme sur un ton détaché. J'ai encore des progrès à faire avec mon Kyusho Jitsu.

— Sa mort n'a pas l'air de vous émouvoir.

— Ce type nous aurait expédiés dans l'autre monde, sans états d'âme. Que fait-on des cadavres ?

Antoine prit son portable et composa le numéro du frère obèse tout en répondant à Léonore :

— L'ambassade étant noyautée par les Skull, je vais appeler dieu le père. Il va nous trouver des agents du département pompes funèbres de la DGSE.

— Une fois que vous aurez réglé les formalités mortuaires, nous pourrions faire une petite visite nocturne chez les Skull, non ?

— J'allais vous le proposer...

77.

Rade de Brest
17 octobre 1793

Un lourd rideau de pluie tombait sur l'horizon masquant la mer dont le roulis faisait tanguer le navire. Malgré les rafales de vent, la plupart des passagers demeuraient sur le pont, le regard rivé sur le port qui s'effaçait dans la brume. Chacun voulait emporter une image, un souvenir de la France avant d'entamer une longue traversée jusqu'au Nouveau Monde. Paysans de l'Ouest qui fuyaient la guerre civile, nobles persécutés qui quittaient clandestinement le pays, bourgeois dont la nuque craignait la guillotine, tous partaient, la mort dans l'âme et le désespoir au cœur. La pluie battante et le vent en tourbillon les inquiétaient autant que les rumeurs angoissantes sur les navires de guerre anglais qui canonnaient sans pitié les vaisseaux de la République. Brest n'était plus qu'une silhouette bientôt lointaine, mais les passagers ne parvenaient pas à s'en détacher. Seules deux personnes se tenaient à l'avant du navire, le regard fixé sur la mer qui devenait houleuse. Un homme et une femme.

L'homme portait un bicorne balayé d'écume tandis que sa redingote sombre claquait au vent. Bientôt trempé, déjà frigorifié, il ne bougeait pourtant pas comme si le spectacle des éléments provoquait en lui une exaltation secrète. Son regard se détachait parfois de la mer furibonde pour observer la jeune femme qui se tenait aussi sur la proue.

Il l'avait repérée quand elle avait embarqué en compagnie d'un petit groupe d'hommes à l'allure sombre.

Le visage de la jeune femme était protégé par un voile en dentelle que le vent plaquait sur ses traits comme un linceul. Entre ses mains gantées, elle tenait un coffre plat piqueté de gouttes de mer. Intrigué, l'homme se rapprocha et abaissa son chapeau.

— Le vent se renforce, madame, et peut devenir dangereux, il serait dommage qu'il vous renverse.

L'inconnue hocha discrètement la tête en guise de remerciement, mais resta immobile.

— Vous semblez beaucoup tenir à ce coffre. Moi aussi, je tiens beaucoup à quelque chose.

Il plongea la main dans son gilet et en sortit un étui en cuir rouge.

— Savez-vous ce qu'il contient ?

D'une main leste, il fit tournoyer le fourreau sous le regard de la jeune femme, heureux d'avoir attiré son attention. Pour autant, elle ne répondait pas.

— Pas d'idée ? Alors, je vais vous montrer.

Il retira le haut de l'étui dévoilant une bourre de coton qu'il protégea de la pluie avec le revers de sa main.

— Toujours pas ? Regardez bien !

Reposant sur une autre couche de coton, apparut une dizaine de graines, de la taille et de la couleur d'une amande.

— *Ravennus Napus,* une légumineuse merveilleuse ! Plantée sous le climat du Nouveau Monde, elle pourra nourrir des centaines de milliers d'affamés !

Comme sa voisine ne réagissait pas, il ajouta :

— À l'Amérique, je fais le don de l'espoir ! Et vous que leur apportez-vous ?

Élisabeth Lostange posa sa main droite sur le coffre et sourit pour la première fois. Un sourire étrange et mouvant, comme une houle sous la lune d'hiver.

— Vous leur donnez des graines. Moi, des épines !

La jeune femme éclata d'un rire clair, au moment où une bourrasque de vent salé balaya le pont. L'homme au bicorne n'insista pas, sa voisine ne devait pas avoir toute sa tête. D'ailleurs il se murmurait que de nombreuses familles exilaient sur le nouveau continent leurs rejetons excentriques ou un peu dérangés.

Élisabeth Lostange le regarda s'éloigner et murmura dans le vent déchaîné :

— ... Une couronne d'épines qui offrira au Nouveau Monde le pouvoir de dominer l'Ancien.

78.

New Haven
De nos jours

Un ciel d'encre noire, sans lune ni étoiles, s'étendait au-dessus des innombrables édifices de brique et de pierre néogothiques de la vénérable université de Yale. Les salles de cours et les amphithéâtres s'endormaient en silence, désertés par les étudiants et les professeurs depuis deux bonnes heures. Les restaurants universitaires avaient fermé leurs portes et les beuveries nocturnes s'étaient délocalisées dans les pubs nichés en embuscade, à l'orée du campus. Excepté quelques rares étages de bâtiments de recherche encore éclairés, on aurait dit que toute vie s'était retirée de cette citadelle de l'intelligence qui occupait une centaine d'hectares au cœur de New Haven.

Seule l'inquiétante Harkness Tower, la plus haute construction du campus, illuminée par quatre faisceaux de projecteurs aussi puissants qu'arrogants, semblait être animée d'une vie propre. Offerte à l'université par une mère, riche et éplorée, qui avait perdu son fils étudiant, la tour était surnommée *Darkness Tower*[1]. Certains juraient leurs grands dieux avoir aperçu, à la date anniversaire de la mort du jeune homme, son spectre errant en redingote noire tout en haut de la coursive supérieure de la tour.

1. La tour des ténèbres.

Les autres édifices historiques du campus n'étaient pas en reste d'anecdotes aussi macabres qu'imaginaires. Du massif Connecticut Hall au Davenport College en passant par le Art Gallery Museum, on cultivait la nostalgie d'une époque révolue où les fantômes faisaient partie du monde des vivants.

Pas n'importe quels fantômes d'ailleurs. Uniquement des revenants aux suaires tissés dans l'étoffe soyeuse des plus hautes familles américaines.

Si tous ces vénérables bâtiments avaient pu parler, ils auraient livré, avec fierté, les noms prestigieux venus s'éduquer entre ces murs. Présidents, banquiers, financiers, chefs d'entreprise, hauts fonctionnaires, chercheurs, journalistes, stars, acteurs... Yale n'était pas seulement la première université du pays, elle était devenue, au fil des siècles, la matrice de la plupart des dynasties régnantes sur la plus grande démocratie du monde.

À Yale, on chuchotait même que les pierres étaient élitistes.

La Chrysler noire aux vitres opaques roulait lentement sur la rue éclairée par de rares réverbères qui diffusaient une lumière orange et luisante. Léonore conduisait lentement, tandis que Marcas terminait son appel sur le répondeur du frère obèse. Il lui avait expliqué en détail la trahison du Secrétaire général de l'ambassade, l'irruption des deux hommes de main et demandé l'envoi en urgence de renforts dans la villa d'Alves Street.

— Envoyez-lui mon portable, dit la jeune femme. On ne sait jamais si vous ne captez pas.

— Bonne idée, répliqua Antoine en expédiant un sms d'une main agile.

Il remit son portable dans sa veste, s'assura que son Beretta était bien arrimé à sa ceinture, puis laissa son regard errer sur les bâtiments somptueux qui défilaient sous ses yeux.

— Cette université est magnifique.

— Rien n'était trop beau pour la crème de ce pays, répondit, avec ironie, Léonore. Les créateurs de Yale, des protestants congrégrationnistes, l'ont conçue comme le temple de la Sainte-Trinité : Dieu, Savoir et... Dollar.

— C'est-à-dire ?

— Au début du XVIIIe siècle, Yale dispensait un enseignement théologique et religieux pour les futurs dirigeants du pays, puis elle s'est ouverte à des disciplines plus rationnelles, plus pragmatiques, en intégrant les sciences et le droit. Le plus cocasse, c'est qu'après la Révolution, alors que l'Amérique donnait des leçons de démocratie au monde entier, ici à Yale on admettait et classait, de façon tout à fait officielle, les étudiants en fonction de leurs origines sociales. Les meilleures places pour les enfants des riches propriétaires terriens et les politiciens et une poignée de strapontins pour les fils de commerçants et de fermiers. Pire, il était recommandé d'humilier les classes inférieures avec des pratiques de bizutage aussi cruelles que dégradantes. Les enfants de bonne famille fouettaient, dénudaient, travestissaient et crachaient sur leurs pauvres condisciples au cours de cérémonies nocturnes. Sous l'œil bienveillant des professeurs.

— Charmant...

— Et je ne vous parle même pas des Noirs et des femmes, interdits d'accès pendant des siècles. Les premières étudiantes ont eu l'insigne honneur d'y être admises en... 1969, l'année où l'on a marché sur la lune. Heureusement, l'ambiance a radicalement changé avec la guerre du Vietnam, le campus s'est ouvert sur le monde.

— D'où je suppose le succès des sociétés secrètes conservatrices qui ont voulu maintenir les traditions des pères fondateurs ?

— Pas tout à fait, il y en a pour tous les goûts. On en dénombre une trentaine sur le campus. La plupart sont en fait des clubs inoffensifs pour permettre aux étudiants de faire la fête ou de partager des centres d'intérêt. En revanche, il existe un noyau dur, comme les Skull ou les Book and Snakes, véritables pouponnières de l'*establishment*.

Marcas continuait de détailler les constructions somptueuses plantées de chaque côté de la rue.

— J'aurais aimé étudier ici, même si l'ADN puritain et élitiste que vous décrivez me donne des boutons.

— Vous en connaissez beaucoup des facs dotées de 25 milliards de dollars de budget ?

— Ah oui, j'oubliais, tout est démesuré aux States. Votre théorie du XXL.

— Ça se voit, non ? On n'est pas à Nanterre ! Yale est une université privée, l'équivalent d'une grande école chez nous. Comme les sept autres facs de l'Ivy League.

Léonore mit son clignotant et tourna au niveau d'un Starbucks à la devanture éteinte. Antoine se racla la gorge.

— Ivy League qui veut dire ?

— La ligue du lierre. En référence aux bâtiments historiques dont les murs de pierre sont recouverts de lierre. Ici, c'est pas le royaume du préfabriqué et de l'amiante à tous les étages...

— Vous êtes incollable... Et le nom de Yale, il vient d'où ?

— En l'honneur d'un généreux et sulfureux mécène, Elihu Yale. Un riche marchand de la Compagnie des Indes, aventurier de haut vol, trafiquant de diamants et collectionneur d'art qui s'est fendu d'un don substantiel pour aider à la création de la fac. Ah... On ne va pas tarder à voir le temple des Skull. Je suis impatiente d'y entrer.

Le rythme de sa voix s'était accéléré, ses doigts martelaient nerveusement le volant.

Antoine se redressa sur son siège.

— Entendons-nous bien. Ma mission consiste à rapporter le plus d'informations possible, pas à me jeter dans la gueule du loup. Si je sens le moindre danger, on dégage.

— Parlez pour vous, répliqua sèchement Léonore. Moi, je n'ai pas de mission. J'ai perdu mon compagnon et mon contrat avec l'ambassade se termine dans quelques mois. Je veux trouver ces salopards.

— Et si je vous en empêche, vous allez palper mes points sensibles ?

L'ombre d'un sourire se dessina sur le visage de la jeune femme, mais elle ne répondit pas.

La voiture s'engouffra sous un porche à la façade sculptée qui reliait deux bâtiments de pierre claire qui auraient pu être les ailes d'un palais d'un seigneur florentin. À l'intérieur, on distinguait une coursive faiblement éclairée.

— C'est juste après sur la gauche, dit Léonore. Observez bien, l'endroit est truffé de caméras, on ne peut pas rester longtemps devant, je ne veux pas les alerter.

La Chrysler sortit du porche et ralentit devant un édifice de pierre brune, en partie masqué par deux peupliers alanguis.

Mausolée.

C'est le premier mot qui lui vint à l'esprit quand il détailla le siège des Skull.

Plantée devant une pelouse étroite et usée, la Tombe se divisait en deux corps de bâtiment dont les façades étaient percées de fines ouvertures rectangulaires qui faisaient plus office d'archères pour guetter les intrus que de fenêtres. Entre les deux blocs massifs, on distinguait une ouverture large et haute, encadrée par deux colonnes pompeuses et coiffées d'un fronton de style grec qui apportait une note de légèreté à l'ensemble. Un escalier d'une poignée de marches se terminait par une porte sombre et massive, à caissons, en partie noyée dans l'obscurité.

— Le siège de la Fraternité de la mort, comme ses membres le surnomment. Sinistre à souhait, non ? commenta Léonore.

La voiture continua de rouler, sans s'arrêter devant l'austère bâtiment.

— Il aurait plus sa place dans un cimetière. De quand date l'édifice ?

— 1856, un peu de plus de vingt ans après la création de l'ordre. Il a été érigé avec les fonds de la famille du fondateur officiel des Skull, William Huntington Russell. Une famille, elle aussi sulfureuse, qui a fait fortune, dans le trafic d'opium avec la Chine.

La Chrysler dépassa le sombre bâtiment et longea une rangée d'édifices construits dans la même pierre austère.

— On pourrait dire que le patriarche Russell était une sorte de Pablo Escobar de l'époque, mais version haute société protestante, et en plus officiellement protégé par l'Empire britannique qui profitait aussi du commerce de la drogue.

Ils parvinrent au niveau d'Harkness Tower, puis la voiture tourna à droite, s'engagea sur Elm Street pour tourner une nouvelle fois à droite sur York Street.

— On ne va pas tarder à arriver au parking indiqué par feu notre ami.

Antoine consulta sa montre, fournie par la DGSE. L'écran bleu nuit indiquait un peu plus de 23 heures. Il fronça les sourcils, le frère obèse n'avait pas rappelé, il devait encore assister à une réunion qui n'en finissait pas.

— On y est, murmura la jeune femme. Je vais essayer de me garer un peu plus loin.

La voiture ralentit à nouveau devant une petite allée qui s'enfonçait entre une construction ancienne et un immeuble de verre et d'acier rutilant. À l'extrémité du passage, on discernait un abri en ciment obstrué par un rideau métallique, assez large pour y faire entrer une voiture. Derrière le réduit, se dressaient une volée de chênes et de peupliers qui semblaient surgir d'un parc privé.

La Chrysler s'arrêta à trois pâtés de maisons.

Quand il sortit du véhicule, Antoine sentit un vent léger, et presque chaud, lui caresser le visage. Il aimait ces soirées d'automne encore douces qui prolongeaient l'été en contrebande. Mais il n'était pas là pour se donner du bon temps. Son objectif immédiat était d'entrer dans le parking. Et de pénétrer dans l'antre des Skull.

— Je passe en premier, c'est non négociable, dit-il d'une voix ferme.

Elle hocha la tête sans répondre et enfila son petit sac de sport sur le dos.

Ils ne mirent que quelques minutes pour rejoindre le building high-tech qui jouxtait le passage. Le bâtiment scintillait dans la nuit, derrière les vitres légèrement teintées en gris, on apercevait, aux étages supérieurs, des rangées d'ordinateurs. Au rez-de-chaussée, sur toute la longueur de l'immeuble, il y avait une salle de sport immaculée, remplie d'appareils de musculation dernier cri.

Ils prirent le petit passage. Marcas ralentit son allure et inspecta l'entrée du parking pour voir s'il n'y avait pas de caméra. Satisfait, il fit signe à Léonore de continuer la marche et ils arrivèrent au niveau de la porte du parking et aperçurent un digicode enchâssé dans un pilier de ciment.

— On va voir si votre victime ne nous a pas raconté d'histoires, dit-il en tapant le code 322SB.

Il s'écoula une poignée de secondes, puis le volet roulant se leva lentement, découvrant une rampe de béton faiblement éclairée et qui s'enfonçait dans les entrailles du sol. Une brise humide, aux senteurs terreuses, s'insinua dans les narines d'Antoine.

Une odeur de cimetière, songea-t-il.

Il voulut s'assurer que Léonore voulait toujours continuer, mais la jeune femme s'était déjà avancée dans le sous-sol. Il n'osa prononcer une parole et pressa le pas pour la rattraper.

— J'ai dit que je passais devant ! lui murmura-t-il à l'oreille.

Au bout d'une dizaine de mètres, la rampe se terminait par un gros mur en moellons clairs.

— Cul-de-sac, dit Marcas, dépité.

— Pas tout à fait. Regardez, sur votre droite.

Il tourna la tête et aperçut une porte de métal, à moitié ouverte, encastrée dans le béton. Elle donnait sur un long couloir éclairé par des appliques en forme de... crâne.

Il sentit les battements de son cœur s'accélérer. Léonore s'approcha de lui et prit son avant-bras.

— Vous ne m'aviez pas dit que vous ne vouliez pas entrer dans la gueule du loup ?

Il hésita quelques instants, mais sa curiosité était trop forte.

— Le moment de vérité, murmura-t-il en s'enfonçant en premier dans le passage. Restez dehors le temps que je m'assure qu'il n'y a pas de piège.

Il fit quelques pas sur le sol de béton noir et s'avança dans le passage. Rien ne bougeait, tout semblait normal. Rassuré, il se retourna et fit un signe à la jeune femme.

— C'est bon, vous pouvez...

Il n'eut pas le temps de terminer sa phrase, la porte d'acier se referma brutalement devant lui.

79.

New Haven
De nos jours

La porte était hermétiquement close et son épaisseur rendait tout contact sonore avec l'extérieur impossible. Même si Léonore s'évertuait à tambouriner contre le métal, Antoine ne pourrait l'entendre. Il sortit son portable, mais plus aucun réseau ne passait. Il ne lui restait plus qu'à examiner les murs latéraux en quête d'un système d'ouverture. La fonction torche de son mobile enclenchée, Antoine vérifia soigneusement la moindre aspérité, mais rien. Visiblement, l'entrée discrète de la Tombe ne correspondait pas à la sortie. Une manière efficace de se protéger comme de piéger les intrus. Au ras du sol, de minuscules lumières bleues venaient de s'allumer, elles balisaient le passage qui s'enfonçait dans l'obscurité. Depuis son enfance où, hospitalisé quelques semaines, il avait passé des nuits d'angoisse à scruter la lumière blafarde d'une lampe qui ne s'éteignait jamais, les veilleuses avaient toujours inquiété Marcas. Ce n'était pourtant pas le moment de voir resurgir des frayeurs du passé. Il régla l'intensité de sa torche et commença d'avancer. À la différence du passage souterrain qu'il venait d'emprunter, aucune odeur caractéristique ne stagnait dans l'air. Il dirigea le faisceau de son portable vers le plafond pour chercher une bouche d'aération, mais aucune ouverture n'apparaissait. Antoine avait l'impression d'être dans un sarcophage de béton qui allait se refermer sur lui, l'ensevelissant à jamais. Il continua néanmoins à avancer, les épaules voûtées comme sous l'effet d'un poids invisible.

Au bout de plusieurs pas, les deux rangées parallèles de lumière se mirent à clignoter révélant la base sculptée d'une porte en bois. C'était une entrée gothique comme dans les châteaux de la fin du Moyen Âge tout en entrelacs et monstres grimaçants. Antoine actionna la poignée de bronze – il reconnut le froid caractéristique de ce métal sous sa paume – et pénétra dans une vaste salle percée d'ouvertures en forme de meurtrières. Décidément, les Skull raffolaient du style médiéval. Sur les murs couverts de boiseries, des tableaux au vernis noirci alternaient avec des photos de groupes. Des hommes, en costumes trois pièces, posaient pour l'éternité, la mine figée et le regard hautain. L'une d'elles attira l'attention d'Antoine. Cette fois, les participants avaient troqué leur uniforme de WASP pour des shorts en toile écrue et des casques d'explorateurs coloniaux. Certains tenaient un fusil. À leurs pieds, s'élevait une sorte d'autel. En s'approchant, Marcas reconnut une pyramide de crânes. Il frissonna et s'écarta, écœuré. Comment pouvait-on se complaire dans de telles représentations funèbres ? Ce n'était pas une méditation sur la mort – comme lors de l'initiation maçonnique – mais une fascination compulsive pour le morbide, à la lisière du pathologique. Mieux valait finalement que Léonore n'ait pas pénétré dans la Tombe, ce macabre n'aurait fait que renforcer sa haine des Skull.

Antoine entra dans une pièce en demi-lune d'où partaient deux couloirs. Au hasard, il prit celui de droite et tomba sur une pièce rectangulaire dont le contenu le sidéra. Sur un fauteuil au velours défraîchi, trônait un casque allemand datant de la Seconde Guerre mondiale, un peu plus loin des Mauser, des Luger – des pistolets qui équipaient l'armée nazie – étaient entassés sur une table. Le long d'un mur, des bottes s'alignaient en rang sombre, certaines fendues sur le côté, d'autres aux semelles béantes. Un véritable bric-à-brac qui ne coïncidait en rien avec les objets rituels d'une société initiatique. Antoine imaginait la tête de ses frères si le parvis du Temple avait été converti en surplus militaire ! Il repensa à la photo de la première salle avec ces crânes empilés. Et si les Skull avaient le culte du trophée ? Ramener une prise de guerre, dépouiller un mort de son casque, de son arme, jusqu'à ses bottes, c'était marquer sa victoire, donner la preuve de sa puissance. Léonore avait raison. Ces hommes de l'ombre étaient un danger en marche.

Sitôt Antoine disparu derrière la cloison d'acier, Léonore s'était précipitée sur le digicode pour taper le sésame d'accès. Pourtant la porte ne s'ouvrit pas. Elle recommença fébrilement, croyant s'être trompée, sans plus de succès. Après avoir renouvelé l'expérience, elle abandonna, désemparée. C'était Antoine qui était enfermé à l'intérieur, mais c'est elle qui se sentait emprisonnée, condamnée à l'impuissance. Elle jeta un regard traqué autour d'elle. Et s'*ils* les avaient vus, et s'*ils* étaient en train d'arriver ? Brusquement, elle comprit que ses angoisses étaient justifiées : si le digicode n'avait pas fonctionné, c'est qu'une alerte avait dû se déclencher. Il devait y avoir un temps minimum entre deux tentatives pour entrer dans la Tombe et si ce laps de temps était violé… Elle se plaqua contre le mur. Désormais, il n'y avait plus qu'à espérer. Espérer que les hommes du commissaire Haudecourt arrivent à temps.

Antoine venait de pénétrer dans une autre pièce. Tous les meubles étaient recouverts d'un tissu noir bordé de liserés d'argent comme s'ils recouvraient un cercueil. Marcas scruta les murs et le plafond à la recherche d'une caméra. Une précaution qu'il avait négligée et qui pouvait lui coûter cher, mais aucun œil de verre ne l'observait. À croire que les Skull étaient convaincus que leur tanière était inviolable. Il ôta un des tissus dévoilant une boîte étroite fermée par un simple crochet. Le bois semblait ancien et une inscription en lettres gothiques achevait de s'écailler en façade. Antoine n'avait pas le temps de la déchiffrer. Il fit sauter le crochet et leva le couvercle. Dans le faisceau de la torche, un squelette apparut.

Un squelette d'enfant recroquevillé en position fœtale.

De dégoût, Antoine laissa retomber le couvercle dont le bruit résonna comme un coup de pioche sur un morceau de fer.

Tout ce lieu respirait la mort. Le culte de la mort.

Il arracha d'autres tissus et partout des boîtes, des coffres apparurent. Ce qu'il avait pris pour des meubles n'était que des tombes.

Il se trouvait au milieu d'un cimetière.

Antoine avait besoin de reprendre sa respiration, de respirer un air moins délétère. Il lui fallait emprunter le second couloir. Vite. En sortant il repéra le long du mur un autre tissu, mais de couleur rouge. Sa curiosité l'emporta sur son dégoût. D'un geste rapide, il tira sur l'étoffe et découvrit une rangée de bénitiers en pierre qui, chacun, contenaient un coffre rond de petite taille. Sous l'éclat de la torche, Antoine examina chaque coffret. L'un d'eux semblait le plus ancien. En argent, délicatement ouvragé, il devait dater de la fin du XVIIIe siècle. Lentement Marcas dévissa le couvercle. Une forme violette apparut semblable à un mille-feuille aplati. Antoine serra les lèvres.

La forme ne trompait pas.

C'était un cœur.

Un cœur humain.

Marcas avait quitté la salle aux horreurs, mais les squelettes d'enfants, les cœurs momifiés, le poursuivaient. Comme il remontait le second couloir, il avait la désagréable impression que des orbites vides l'observaient. Il avançait tête baissée comme pour échapper à des fantômes. Une porte le surprit dans son élan. Elle était entrouverte comme une invitation à entrer. De toute façon, il n'avait plus le choix.

La salle attirait le regard vers le haut, vers la croisée d'ogives qui rappelait une chapelle comme les murs en pierre de taille. Encore cette fascination des Skull pour le Moyen Âge, songea Antoine, intrigué néanmoins par la lourde toile de tissu rouge qui séparait la pièce en deux. Comme un rideau de théâtre.

Il s'approcha, conscient du risque d'un piège, mais le besoin de savoir était le plus fort.

Il tira le tissu qui coulissa en silence dévoilant une scène incroyable.

Instinctivement Marcas porta la main à sa ceinture pour saisir la crosse de son arme.

Devant lui se trouvaient trois silhouettes, assises dans des fauteuils au dossier incrusté de nacre. Aucune ne bougeait.

Antoine osa un pas.

Et d'un coup il comprit.

Des figures de cire.

L'une d'elles représentait un roi. Sans doute un roi de France, car il portait un manteau en hermine doublé de velours bleu, mais sa couronne, elle, était digne d'un accessoire cabossé de théâtre.

L'autre figure était celle d'un pape. Si sa tiare était crédible, en revanche ses yeux cerclés de cernes bleus lui donnaient un air de Pierrot tombé de la lune.

Quelque chose clochait, mais Marcas n'osait plus bouger. Il était fasciné par la troisième figure.

Le Diable.

Son visage rouge sang.

Ses cheveux aux reflets de nuit.

Et ses lèvres surtout, fines et rutilantes, qui semblaient prêtes à s'ouvrir…

— Bienvenue, monsieur Marcas.

D'un coup, Antoine se retourna.

Devant lui se tenait le directeur de Pentacle, Adley Rillman, accompagné d'un garde, un Uzi à la main. Face à un pistolet-mitrailleur, le Beretta d'Antoine ne fera pas le poids.

— Vous allez venir avec nous.

— Où ?

— Après les ténèbres, la lumière.

Marcas remarqua que le garde portait une barbe en bouc qu'il lissait de façon répétée avec sa main gauche.

— Notre Grand Maître est frappé de votre obstination à nous poursuivre. La persévérance est une qualité que les Skull respectent.

Le directeur de Pentacle s'avança vers Antoine et articula lentement :

— La Fraternité de la mort vous convie à son initiation.

80.

Université de Yale
De nos jours

— Wesley ! Buvez ce breuvage de puissance et d'amertume !

Les deux hommes en smoking contemplaient l'étudiant, assis sur la chaise branlante, qui avalait un verre de mauvais vin, amer et madérisé.

Le jeune homme, aux cheveux blonds ébouriffés, et au visage anguleux, but d'un trait et grimaça.

L'un des deux hommes lui reprit le verre qu'il posa à terre.

Wesley Stevens était vêtu d'un pantalon et d'une chemise à moitié ouverte qui laissait apparaître son torse nu. Un bandeau noir, épais comme une écharpe, recouvrait ses yeux et le bas de son front.

— Êtes-vous prêt, Wesley ? demanda celui qui affichait une soixantaine d'années, les cheveux gris et ondulés, le port arrogant.

— Je le suis, répondit le jeune homme, d'une voix mal assurée.

Ses mains moites ne cessaient de s'ouvrir et de se refermer sur ses cuisses.

— C'est un grand honneur qui vous est fait. Nous n'acceptons que quinze membres chaque année, sur près de quatre mille étudiants.

— Oui. Et j'en serai digne.

— Ce sera à nous d'en juger.

— Pardon, je m'excuse, bredouilla l'étudiant.

Un léger silence s'installa, puis l'autre homme, un peu plus âgé, au visage émacié, lâcha un petit rire.

— S'excuser, voilà un verbe qui ne fait pas partie du langage de notre fraternité. Oubliez ces expressions larmoyantes. Ce vocabulaire de perdant est à bannir de votre bouche pour le reste de votre vie. Du moins si vous réussissez votre initiation. Vous m'avez bien compris ?

— Oui, monsieur !

L'autre homme reprit la parole :

— Vous n'avez parlé à personne de votre admission parmi nous ? Ni à vos parents, ni à vos amis ?

— Non, bien sûr.

— Vous savez qu'il est impossible de nous mentir.

Wesley ne doutait pas un seul instant de la véracité de ces paroles.

— Nous allons vous laisser pour que vous puissiez réfléchir au sens de votre vie passée. Ensuite, quelqu'un viendra vous chercher pour la cérémonie. Vous allez passer cette épreuve avec l'une de vos camarades. Soyez courageux. Très courageux. La moindre faiblesse sera fatale.

L'autre homme ajouta d'une voix grave :

— Enlevez votre bandeau quand nous serons sortis.

Il entendit le chuintement des semelles souples des deux hommes sur la pierre humide, puis le claquement d'une porte.

Wesley Stevens retira l'étoffe et cligna plusieurs fois les paupières pour s'habituer à la lumière crue déversée par une ampoule accrochée à un mur.

Il se trouvait dans une sorte de cave, au plafond voûté, et fermée par une lourde double porte, oblongue, sur laquelle était peint en rouge sang le nombre 322.

Sur chaque mur était accrochée une énorme plaque de métal ronde et gravée avec le symbole de la Fraternité des Skull.

Un crâne posé sur une paire de tibias entrecroisés.

Le nombre 322 inscrit entre les os.

Wesley jeta un œil amusé sur les blasons. Il se moquait bien de l'ésotérisme et des symboles. Ça pouvait vouloir dire n'importe quoi, ce n'était pas son problème.

322...

Et pourquoi pas 133 ou 333 567 ?

Si ça leur faisait plaisir de s'amuser avec de la numérologie. Lui, il avait les pieds sur terre et voulait réussir sa vie. Gagner une montagne d'argent et prendre sa place au banquet des puissants. Et ce moment tant attendu était enfin arrivé.

Grâce aux Skull.

Tout était allé très vite. Le premier contact s'était produit un soir d'avril, à la bibliothèque de l'université. Il révisait son cours de droit institutionnel quand deux étudiants s'étaient assis en face de lui. Ils n'avaient aucun bouquin avec eux. L'un des deux inconnus avait glissé devant lui un petit papier sur la table sur lequel était imprimé le blason redouté de la Fraternité des Skull and Bones.

Wesley avait senti sa peau picoter à la vue de la tête de mort. La plus puissante société estudiantine de Yale s'intéressait à lui.

Une joie indicible l'avait submergé en écoutant la proposition des deux étudiants. Devenir un bonesman, c'était bénéficier d'un des réseaux les plus puissants du pays.

Ils lui avaient expliqué comment la Fraternité l'avait repéré depuis son entrée à la fac, ils savaient tout sur sa vie, du divorce de ses parents, de ses notes brillantes, de ses aspirations. Il faisait partie des rares nouveaux à ne pas descendre de la cuisse de Jupiter. L'un des deux étudiants lui avait dit que la Fraternité voulait se démocratiser. À petite dose. Chaque année, un tiers des nouveaux membres était choisi parmi les meilleurs de la fac quelles que soient leurs origines.

S'il réussissait son admission, il n'aurait plus aucun souci pour trouver du travail et se bâtir une carrière dans l'administration fédérale ou le privé. À l'heure où l'Amérique se débattait dans une crise sans fin, où même les plus brillants diplômés luttaient pour des jobs sous-payés, la carte de membre des Skull garantissait l'accès à un monde merveilleux et excitant. Celui du pouvoir et de l'argent.

Les mois suivant la prise de contact à la bibliothèque, il avait rencontré des membres plus âgés de la Fraternité, dont un professeur réputé, qui l'avaient passé sur le gril.

Et maintenant l'heure décisive sonnait. Il était dans la Tombe. Les portes du paradis allaient bientôt s'ouvrir.

L'excitation montait en lui, son sang battait à tout rompre dans ses tempes.

Soudain il se figea. Des coups résonnaient de l'autre côté de la porte, ils paraissaient lointains et semblaient venir comme en écho des entrailles de l'édifice. Mais les coups se rapprochaient comme des pas. Des pas puissants, lourds, sourds et menaçants, comme si un géant marchait de l'autre côté de la porte.

Puis ce fut le silence. Wesley poussa une profonde expiration et rit silencieusement. Les gars qui avaient conçu ce système savaient jouer sur les nerfs des petits nouveaux.

Soudain, un coup monstrueux retentit.

Wesley se raidit instinctivement.

Un deuxième choc ébranla la porte jusqu'à sa base. Sous ses yeux effarés, le métal de la porte se distendait comme une baudruche. De l'autre côté, quelqu'un ou quelque chose défonçait la porte. Les coups se multipliaient et les boursouflures se dilataient un peu partout. Ça ressemblait à ces films de maison hantée où les esprits déchaînés mettaient en charpie les pauvres mortels qui avaient le malheur de se trouver sur leur chemin.

Wesley crispa les poings et déglutit.

Les plaques d'acier sur les murs vibraient elles aussi à l'unisson et amplifiaient le vacarme. C'était comme si on l'avait mis à l'intérieur d'un gigantesque haut-parleur.

Le martèlement devenait insupportable, il plaqua ses mains contre ses oreilles, mais ses tympans s'entrechoquaient encore et encore.

— Je vous en prie... Arrêtez !

Tout cessa. Le métal de la porte redevint lisse comme la surface d'un lac d'été.

Le jeune homme blond se redressa.

Il ne devait manifester aucune peur.

Un grincement résonna et la double porte s'ouvrit d'un coup. La silhouette d'un homme encapuchonné, vêtu d'une longue robe de bure comme un moine, apparut sous ses yeux stupéfaits. Le visage penché vers le sol.

Derrière lui, il pouvait distinguer d'autres silhouettes se découper sur la lumière de flambeaux.

Le visiteur leva la tête et révéla une face jaunâtre et hideuse. La peau était striée de rides profondes et irrégulières, comme si on avait creusé la chair à coups de burin. Ses paupières semblaient boursouflées sous de petites lunettes d'acier, posées sur son nez grumeleux. Wesley réprima un frisson. Le vieillard devait avoir plus de quatre-vingt-dix ans. Il arborait sa laideur parcheminée et suintante avec une fierté malsaine.

L'être répugnant tendit le bras dans sa direction en courbant son index comme un crochet.

Salle de surveillance

L'homme à la barbe finement taillée attacha les poignets de Marcas aux bras du siège, à l'aide de deux sangles brunes et épaisses, trouées chacune d'un anneau d'acier. Il les serra avec force, puis les bloqua en rentrant les tiges de fer dans les anneaux. Marcas sentit le cuir lui scier la peau.

— Vous donnez aussi dans le SM chez les Skull ? dit-il en grimaçant.

Adley Rillman, le directeur de Pentacle, laissa s'échapper un bref sourire.

— Tu ne crois pas si bien dire. On en a quinze paires dans notre petit musée personnel. Nos frères du XVIIIe siècle s'en servaient pour attacher les nouvelles recrues et les fouetter avec des branches de chardon. Histoire de leur apprendre l'obéissance.

— L'obéissance à quoi ?

— L'obéissance tout court. C'est le socle, la fondation, l'Alpha du parcours d'un Skull. Les jeunes initiés sont appelés à devenir l'élite de ce pays. Plus tard, ils dirigeront et influenceront ce pays et ses structures. Mais pour se dresser au-dessus de la mêlée encore faut-il apprendre à se coucher. N'est-ce pas d'ailleurs ce que la franc-maçonnerie impose aux nouveaux initiés ?

— Nous formons des hommes et des femmes libres, pas des apprentis dictateurs.

Marcas jeta un coup d'œil à sa montre, cela faisait presque une heure qu'il avait laissé Léonore dans le sous-sol du parking. Il fallait qu'il gagne du temps. Son seul espoir de s'en sortir se réduisait à la capacité de réaction d'une femme qu'il ne connaissait que depuis quelques heures. Mais il sentait qu'elle ne le laisserait pas tomber.

Il reprit :

— Pourquoi avoir fait référence au XVIIIe siècle ? Je croyais que votre Fraternité était née en 1832, créée par William Huntington Russell, un étudiant de Yale, qui aurait piqué le concept en Allemagne lors d'un voyage d'études.

Rillman ricana.

— Les trois quarts des informations diffusées sur internet sont fausses. Nous sommes bien placés pour le savoir, c'est nous qui avons allumé ces contre-feux depuis des décennies. Le fondateur de l'Ordre, l'année de naissance, les rites, les membres anciens et contemporains. Tout est bidon. Un peu comme ce musée dans la Tombe que tu as visité tout à l'heure. Le véritable acte de naissance de l'Ordre, à Yale, remonte à 1793.

— Alors ce Russell n'y est pour rien ?

— Ce n'est qu'une des nombreuses légendes inventées par nos soins. Russell n'était qu'un membre de l'Ordre dont la fortune nous a permis de construire notre siège. Sais-tu que tu as beaucoup de chance ?

— Vraiment... Je ne m'en étais pas rendu compte.

— Tu vas assister à une cérémonie d'initiation.

Le barbu toussa pour attirer l'attention du directeur de Pentacle et montra du doigt l'écran du Mac posé devant son pupitre.

— Ah, ça va commencer. C'est un grand honneur qui t'est fait, n'en rate pas une miette...

La lumière faiblit dans la salle de contrôle. Sur l'écran apparut une vaste pièce circulaire, aux murs de pierre, éclairée par des flambeaux. Antoine aperçut un homme voûté habillé en moine, debout devant une porte ouverte, et qui tournait le dos à la salle. Soudain, une voix aigrelette jaillit d'un haut-parleur posé sur le pupitre :

— Je suis Oncle Toby. Viens jouer avec moi, Wesley.

81.

Université de Yale
Room 322
De nos jours

Le moine scrutait le jeune étudiant d'un regard perçant derrière ses fines lunettes. Le masque était répugnant à souhait. Sa voix était curieusement déformée, presque aigrelette.

— Viens rejoindre ta nouvelle famille. Oncle Toby va te guider.

Wesley se ressaisit.

Les Skull voulaient se la jouer Halloween, pas de problèmes.

Oncle Toby...

Ce surnom ne cadrait pas dans le décor. Il aurait pu s'appeler Grand Maître, comme chez les francs-maçons, ou Sorcier impérial, pour les cagoulés du Ku Klux Klan, mais Oncle Toby, ça craignait un peu pour une Fraternité de cette puissance.

Le vieil homme avait fait demi-tour et passa la porte en premier. Le jeune étudiant le suivit pour se retrouver au milieu d'une immense salle circulaire, éclairée par des flambeaux. Les murs de pierre noire, taillés de façon inégale, suintaient l'humidité. Il leva les yeux et aperçut une coursive supérieure, plongée dans l'ombre, surmontée par des arcades de style gothique.

Oncle Toby tendait son bras en direction d'un autel large et massif recouvert d'un drap de velours noir. Deux chandeliers, surmontés de longues bougies rouges et dégoulinantes, étaient posés de chaque côté de la table. Les flammes oscillaient, comme sous l'effet d'une brise invisible.

Devant l'autel, se tenait une femme aux longs cheveux noir de jais, vêtue d'une robe de la même couleur. Il n'arrivait pas à distinguer les traits de son visage.

Wesley monta lentement les trois marches qui menaient à l'autel et s'arrêta à sa hauteur.

De profil, elle paraissait jeune et arborait un ventre rond et un peu trop charnu pour son âge.

Une étudiante enceinte...

Il savait que les règles d'admission s'étaient assouplies depuis une dizaine d'années, les filles d'Ève étaient désormais admises chez les Skull. Mais une femme enceinte dans ce genre d'endroit, ça ne collait pas vraiment. Il n'arrivait pas à associer la maternité à ces adeptes de cérémonie macabre.

La jeune femme lui lança un regard furtif, mais amical. Il voulut lui répondre, mais soudain, les flambeaux s'éteignirent les uns après les autres. Trois coups retentirent, comme pour une pièce de théâtre et la lumière jaillit de projecteurs encastrés dans les murs.

Trois personnages apparurent derrière l'autel, leurs visages masqués par la pénombre. Ils s'avancèrent lentement à la lumière.

Wesley tressaillit. Les trois apparitions semblaient sorties d'un cauchemar d'enfant.

Le premier, qui se tenait sur la droite, se dandinait dans une soutane blanche de pape. Ses lèvres étaient maquillées d'un rouge vif, ses yeux cerclés d'un fard à paupières bleu et sa peau poudrée à l'excès. Il était coiffé d'une tiare catholique et son visage paraissait tout aussi vieux que celui d'Oncle Toby. Il levait sa main droite gantée de soie blanche en guise de bénédiction, puis la reposait mécaniquement. Cette caricature de pape psalmodiait une incantation.

— *Ego te absolvo... Ego te absolvo... Ego te absolvo...*

Il dévisageait Wesley avec insistance, presque méchamment.

À droite, se tenait le deuxième personnage.

Un roi.

Sa tête était surmontée d'une curieuse couronne de fer comme si elle avait été tressée dans du fil barbelé rouillé. Son corps se drapait d'une robe de velours bleu intense et d'hermine blanche. Son visage souriant était presque beau, des cheveux blonds et épais descendaient en cascade sur le cou. Une perruque probablement. Il retira sa couronne d'épines, la posa bien en évidence sur la table et fixa les deux étudiants.

— Ceci est la couronne du pouvoir. Si vous en êtes dignes, vous la porterez pour entrer dans la confrérie. Si vous échouez, la mort vous rendra hommage.

Le Roi se tut et recula d'un pas.

L'étudiant porta son regard sur le troisième personnage qui se dressait à côté du souverain.

Le Diable.

Le visage peint en rouge vif, des cheveux noirs et bouclés. Il arborait une cape écarlate et noire qui se terminait par une encolure en forme d'aile de chauve-souris. Les bras croisés, lui aussi répétait, comme le Pape, un mot.

— Bûcher... Bûcher... Bûcher.

Wesley échangea un regard désarçonné avec la jeune femme enceinte. Ce mélange de grotesque et de morbide tenait plus du carnaval que d'une cérémonie sérieuse. Il avait toujours trouvé ridicules ces histoires de sociétés secrètes, de rites bizarres, de pratiques aussi délirantes qu'occultes. Lui, ce qu'il voulait, c'était juste faire partie du réseau.

Deux hommes vêtus d'un costume de squelette firent leur apparition. Ils tenaient entre leurs mains un coffret d'ivoire qu'ils ouvrirent devant les deux jeunes gens. À l'intérieur, sur un dais de velours rouge, il y avait deux poignards, aux manches ciselés et surmontés d'une tête de mort en argent.

— Prenez ! ordonna Oncle Toby.

Wesley et la jeune femme saisirent les lourds couteaux aux lames fines.

Les deux squelettes disposèrent les deux jeunes gens face à face.

— Brandissez vos poignards !

Les deux étudiants s'exécutèrent. Wesley n'avait jamais vu de femme enceinte avec un couteau à la main. Puis, l'un des squelettes s'approcha de lui et agrafa sur sa chemise, à moitié ouverte, un triangle rouge au niveau du cœur. Le jeune homme se sentit nu et sans défense. L'autre squelette avait posé un gros rond vert sur le ventre de la fille.

Wesley réalisa qu'il était en train de menacer une femme enceinte avec un couteau.

Les deux squelettes les avaient rapprochés l'un de l'autre. Il se trouvait face à la fille et pouvait sentir son souffle et son léger parfum sucré. Elle le regardait dans les yeux avec une lueur de défi. Tous deux savaient ce que l'on attendait d'eux.

Ils allaient devoir se poignarder avec ces couteaux d'apparat. Le genre de modèle avec une lame rétractable.

Ils me prennent pour un crétin.

La voix du Roi retentit :

— La Fraternité vous observe. Chacun d'entre vous portera un coup de poignard à son camarade. Que la femme commence.

Les squelettes reculèrent d'un pas pour laisser passer le vieil homme en robe de bure, qui se plaça derrière la jeune femme. Le vieux prit son poignet pour l'aider à brandir le poignard bien haut.

Des gouttes de sueur perlaient sur le front de Wesley.

Sa main serrait le manche du couteau et il réalisa que le poignard était bien lourd pour une arme factice. Tout d'un coup lui revinrent en mémoire des images glanées sur le net. Sur les sites complotistes, la Fraternité était accusée de pratiquer des sacrifices humains, des rituels sanglants innommables, chaque année, des étudiants disparaissaient de la fac...

Vous n'en avez parlé à personne ? Ni à vos parents, ni à vos amis ?

Les paroles de l'homme en smoking dans la cave prenaient un sens nouveau. Si ces tarés l'assassinaient ici, personne n'en saurait rien.

82.

New Haven
Room 322
De nos jours

Le cœur de Wesley bondit.

Ils l'avaient peut-être choisi pour ça. Pour jouer le rôle de la victime. Ces richards l'avaient appâté avec des rêves de grandeur, lui le fils de classe moyenne, il n'était qu'un agneau qu'ils allaient sacrifier sur l'autel de leurs vices.

Vous n'en avez parlé à personne ? Ni à vos parents, ni à vos amis ?

Les gouttes glacées coulaient le long de son col et imbibaient sa poitrine. Le regard de la fille avait changé. La lumière lui donnait l'apparence d'un spectre à la peau pâle et aux cheveux couleur corbeau. Le visage du vieillard se découpait derrière son épaule, comme un démon qui flottait au-dessus d'elle. Sa main empoignait la sienne.

L'innocence, bras armé du vice...

Soudain, la voix sèche d'Oncle Toby jaillit :

— Tue-le !

D'un geste sec et précis, la lame du couteau s'abattit sur la poitrine de Wesley.

La douleur le saisit de plein fouet. Il en eut le souffle coupé. L'impact le fit vaciller en arrière.

L'un des squelettes le retint pour qu'il ne tombe pas et le remit à la verticale.

Il passa sa main sur sa poitrine. Rien. Pas de blessure. Seul le choc du coup.

La lame était bien rétractable.

C'était bien une arme de carnaval. Il poussa un soupir de soulagement. La jeune femme, elle aussi, esquissa un sourire. Le vieux démon lâcha le bras de la jeune femme, puis se mit à côté de Wesley et lui susurra à l'oreille :

— Cette jeune femme va donner la vie à un nouvel être, pas question que tu lui fasses du mal. Tout ceci est symbolique, tu l'as bien compris ?

— Oui.

Contrairement à ce qu'il aurait cru, le vieillard ne prit pas sa main dans la sienne. Il le laissa disposer de son poignard.

— Tue-la !

Wesley réprima un sourire.

OK, si ça vous fait plaisir. Quel rite stupide.

Il enfonça la lame dans le ventre de la fille.

La jeune femme poussa un cri et écarquilla ses yeux. Wesley la regarda sans comprendre ce qui se passait sous ses yeux.

Il avait senti la pointe de la lame déchirer la robe et s'enfoncer dans quelque chose de mou. Oncle Toby murmura à nouveau :

— Tu peux retirer la lame.

Wesley s'exécuta, comme s'il vivait un rêve.

Un mauvais rêve.

Un jet de sang pourpre et clair jaillit du ventre de la fille. Et souilla la chemise blanche et immaculée du jeune novice.

Il jeta le couteau au sol, et regarda la jeune étudiante glisser au sol, les yeux écarquillés de terreur. Elle se tordit à ses pieds en se tenant le ventre, puis cessa tout mouvement.

Trois hommes déguisés en squelettes surgirent de nulle part et la tirèrent par les bras. Il ne suffit que d'une poignée de secondes pour qu'ils l'évacuent, laissant derrière elle un sillon de sang sur la pierre humide.

Soudain une sorte de claquement sec troua le silence. Puis un deuxième. Un troisième.

Wesley leva la tête en riant, le bruit venait de la partie supérieure de la salle, de la coursive circulaire. Puis un quatrième claquement. Un cinquième... Et qui se propageaient de gauche à droite comme une onde. Tout là-haut, des lumières jaillirent de nulle part et des silhouettes en smoking surgirent de l'ombre.

Wesley comprit.

Ce n'était pas des claquements, mais des applaudissements. Un tonnerre d'applaudissements qui submergeait la salle entière. Devant lui, derrière l'autel, les trois sinistres personnages, le Roi, le Pape, le Diable, frappaient dans leurs mains à la même cadence. Les applaudissements s'amplifièrent, des cris et des sifflements jaillissaient de partout. Les voix scandaient à l'unisson :

— Bones ! Bones ! Bones ! Bones !

Oncle Toby s'approcha de lui et ouvrit les bras. Les manches de sa robe de bure formaient comme des ailes.

— Bones ! Bones ! Bones ! Bones !

Les voix se transformaient en grondement. Les pieds frappaient le sol de pierre en cadence, comme si un régiment marchait au pas dans la salle caverneuse.

Les yeux brillants, le sourire déformé par une hideuse grimace, Oncle Toby avait retiré ses lunettes. Il plaqua ses mains sur son visage fripé. Lentement, très lentement, ses doigts crochus s'incrustèrent dans ses joues et pénétrèrent la chair. Son index arrachait des lambeaux de peau qui se détachaient dans un bruit répugnant de succion.

Oncle Toby hurla :

— Bienvenue dans la joyeuse Fraternité de la mort. Bienvenue chez les Skull and Bones.

Salle de surveillance

Marcas se tordait sur son siège. Écœuré par la scène à laquelle il venait d'assister, impuissant. Il détacha son regard de l'écran et se tourna vers le directeur de Pentacle et son assistant qui ne manifestaient aucune émotion.

Antoine tira sur les liens, en vain. Plus il crispait ses poignets, plus le cuir comprimait ses veines et ses muscles. Il murmura d'une voix blanche :

— Assassiner une femme enceinte, applaudir à son exécution… Vous êtes des malades !

Le directeur de Pentacle afficha un sourire énigmatique.

— C'est autre chose que vos rituels enfantins de francs-maçons.

— Mais bon sang, pourquoi ?

Le Skull posa sa main sur l'épaule de Marcas.

— Je te l'ai dit ! Pour apprendre l'obéissance absolue à nos initiés ! Verser le sang en guise de soumission à une autorité… C'est un rite vieux comme le monde, pratiqué sur tous les continents. Les Aztèques, les Vikings, les Assassins, les Indiens Thugs, certaines triades chinoises, les SS, les mafias siciliennes, russes, mexicaines… Tous ont exigé un pacte de sang à leurs semblables. Jusqu'aux djihadistes de daech qui imposent à leurs adeptes de décapiter et d'égorger un ennemi pour mériter le titre de combattant d'Allah. Chez les Skull, nous préférons garder ça entre nous. C'est notre part… ésotérique.

— Il n'y a rien d'ésotérique, ce n'est que de la barbarie.

— Pour un Occidental bien-pensant, engoncé dans un carcan d'interdits comme toi, oui. Mais le véritable initié, lui, saisit la beauté de cet acte magnifique. Presque biblique !

Antoine sentit une profonde colère monter en lui.

— Après les païens et les nazis, la religion maintenant… Vous bouffez à tous les râteliers pour justifier vos délires.

Le directeur de Pentacle l'observait comme s'il avait affaire à un enfant.

— Aurais-tu oublié les paroles du Seigneur ? Genèse 22 : « Et Dieu dit à Abraham : Prends ton fils unique, celui que tu aimes, Isaac, offre-le en holocauste sur l'une des montagnes que je te dirai… » Il s'agissait d'éprouver la soumission d'Abraham. Qui, je te le rappelle, avait posé le couteau sur la gorge de son fils quand l'ange a stoppé son geste. Chez nous, les Skull, la petite différence, c'est que l'ange est aux abonnés absents.

— Remplacé par un démon...

Le directeur de Pentacle indiqua du doigt le moniteur.

— Mais patience, la cérémonie n'est pas terminée...

83.

New Haven
Room 322
De nos jours

Les applaudissements et les cris de joie avaient cessé. Là-haut, dans la coursive, les visages et les silhouettes s'étaient recroquevillés dans les ténèbres.

Putain, c'est pas vrai. J'ai tué cette fille !

Le jeune initié n'osait lever la tête. Son cœur affolé bondissait dans sa poitrine. Ses poumons n'arrivaient plus à avaler un air encore imprégné du dernier souffle de la femme enceinte. Son corps tout entier n'était que brûlure et déchirure.

En cet instant précis, il aurait voulu se trouver au bout du monde, loin, très loin de ces masques grimaçants. Le jeune homme tremblait non de froid, mais de peur. De peur et de colère contre lui-même. Il avait accepté l'initiation des Skull and Bones pour faire partie de l'élite, pas pour rejoindre les hordes de l'enfer.

Ils l'avaient transformé en démon. Un démon animé d'une ardeur sauvage et meurtrière.

Ils m'ont drogué dans la cave avec leur vin pourri !

Le Roi, le Pape, le Diable l'observaient, figés dans de telles postures qu'on aurait pu croire qu'ils participaient à un Mannequin Challenge.

Un peu plus bas, debout devant les marches de l'escalier, celui qui se faisait appeler Oncle Toby avait remis ses lunettes. Wesley le reconnut tout de suite, c'était le professeur Emerson Donovan, celui qui l'avait interrogé avant son admission. Il avait complètement arraché son masque hideux.

Le jeune homme le fixa avec une haine contenue et ravala sa salive acide. Le regard suppliant de sa victime s'était incrusté dans ses rétines, son dernier cri tournait en boucle dans son cerveau fiévreux.

On l'avait forcé à assassiner une femme enceinte.

Deux vies fauchées pour entrer dans le cercle des puissants. Un prix démesuré. Le prix du sang.

Soudain un coup sourd retentit. Le professeur Donovan venait de frapper le sol avec son bâton noueux. Sa voix jaillit de nouveau. Elle n'était plus aigrelette, mais grave et autoritaire.

— Tu as donné la mort. As-tu ressenti du plaisir ?

Il leva les yeux, soulagé que quelqu'un lui parle.

— Je ne...

Un deuxième coup l'interrompit.

— Baisse la tête, larve ! hurla le Diable. Qui t'a permis de nous regarder. Seul un véritable bonesman soutient le regard de ses pairs.

Le jeune homme s'exécuta, contenant ses larmes. Il ne fallait pas montrer sa peur.

— Je ne sais pas..., balbutia-t-il.

Un troisième coup retentit. Le Pape prit la parole :

— Réponds avec franchise à Oncle Toby. Un bonesman n'a pas honte de ses faiblesses.

Le jeune homme se sentait submergé par la colère. Il avait assassiné une innocente et se faisait insulter. Les yeux mouillés de larmes, il répondit d'une voix hachée :

— Je n'ai pris aucun plaisir. Vous m'avez forcé à tuer cette fille. Allez vous faire foutre !

Le Roi se leva de son siège et frappa l'autel avec son maillet.

— Enfin ! La sincérité. Voilà ce que nous voulions entendre. Cette initiation doit te révéler à toi-même. Ta réaction incarne le dernier oripeau de ta conscience de profane. Ôter la vie n'est pas le mal si la Fraternité te le demande. Il est temps de recevoir ta récompense.

Oncle Toby prit la couronne d'épines de fer posée sur l'autel et la tendit devant le jeune homme.

— Agenouille-toi, frère Wesley !

L'étudiant s'exécuta, ses genoux cognèrent la dalle de pierre humide. Oncle Toby passa la couronne au-dessus de sa tête, puis la déposa sur son front. Le jeune homme tressaillit, les épines de fer griffaient son visage en sueur.

La voix d'Oncle Toby grondait comme un ouragan.

— Ceci est la couronne de Jésus. Elle est pouvoir et propriété de la Fraternité des Skull. Celui qui la coiffe devient le maître de son destin.

La couronne du Christ ! Tous dingues ! Un asile. Je suis dans un asile.

Il ravala ses larmes et crispa ses poings. Sa décision était prise, dès que ces malades le laisseraient sortir à l'air libre, il foncerait au poste de police pour se dénoncer.

Soudain la pression de la couronne diminua sur sa tête. Oncle Toby retirait le cercle d'épines et le posa à nouveau sur la table.

— Tu as accompli le rite suprême qui fait de toi un bonesman. Maintenant, il te reste à subir la dernière épreuve. Tu dois déchirer le voile de l'illusion qui recouvre ton esprit et te rend esclave de tes sens. Mes frères, faites apparaître la Vérité.

Deux autres flambeaux s'allumèrent tout d'un coup au fond de la salle. Le jeune homme tourna la tête et aperçut dans une niche encastrée contre un mur une silhouette qui ressemblait à une statue. L'Oncle Toby frappa le sol de son bâton.

— Marche vers la Vérité !

Le jeune homme obéit et s'avança face à la statue mal éclairée d'une femme drapée dans une robe blanche à la mode antique. Enveloppée des pieds à la tête, son visage baissé était recouvert d'un voile.

— Rends hommage à Eulogia !

Soudain, un halo de lumière blanche éclaboussa la statue. Lentement, très lentement, les yeux rougis et l'âme en charpie, il sentit sa tête se relever presque mécaniquement.

La lumière crue, incandescente, brûlait ses pupilles. Il cligna plusieurs fois de ses paupières sèches et ce qu'il vit le tétanisa.

La statue le regardait. Un visage blanc comme de la craie dans lequel étaient enchâssés deux yeux noirs, vifs et mobiles. Ce n'était pas une illusion d'optique, la statue semblait animée d'une vie propre. C'était le visage d'une femme aux traits fins, presque anguleux. Ses lèvres d'un noir intense s'entrouvrirent imperceptiblement.

Sous ses yeux médusés, elle leva le bras et pointa un index vers lui.

— Me reconnais-tu ?

Il ne pouvait articuler une seule parole, la gorge serrée, le regard hypnotisé par le masque de tragédie qui le menaçait. Il vivait un cauchemar sans fin. Sa raison s'échappait par tous les pores de son être.

— Je suis la Vérité, reprit la voix féminine. J'ai traversé un océan pour offrir la couronne de pouvoir au Nouveau Monde. Je suis Eulogia.

— Ce... ce n'est pas... possible...

Salle de surveillance

Le visage de la statue apparaissait en gros plan sur le moniteur. Antoine ne put s'empêcher d'écarquiller les yeux.

— C'est la fille enceinte !

— Finement observé, ironisa le directeur de Pentacle, tu vois bien que nous ne sommes pas des monstres. Il n'y a pas eu de crime...

— Je ne comprends pas. Quel est le but de cette comédie macabre ?

Le directeur de Pentacle fit un signe à son assistant qui coupa tous les écrans, puis répondit sur un ton suffisant :

— Après avoir fait la preuve de son obéissance envers la Fraternité, l'initié prend sa première leçon. Il découvre que le monde qui l'entoure n'est qu'illusion. Ce jeune homme ainsi que ses camarades recevront un enseignement théorique en ce sens. Et ce soir, ils festoieront tous à un grand banquet pour se remettre de leurs émotions.

Le portable du directeur de Pentacle vibra. Il décrocha, tout en regardant Marcas.

— Oui, il a assisté à toute la cérémonie, dit-il à son interlocuteur. Nous l'emmenons tout de suite.

Il raccrocha et se tourna vers Antoine.

— Tu as de la chance. Le Grand Maître t'invite à le rencontrer dans le temple secret. Peu de gens ont eu ce privilège.

— Si c'est pour m'initier dans votre confrérie de tarés, très peu pour moi.

— Tu ne veux pas obtenir les réponses à tes questions ?

84.

New Haven
De nos jours

L'ascenseur aux parois vitrées s'élevait lentement le long du building de verre. Un pistolet enfoncé dans son dos, Antoine contemplait le panorama nocturne qui s'offrait à lui. Une rangée de tours de bureaux scintillait au-delà de la frontière arborée qui délimitait l'entrée du campus. Les ténèbres dans lesquelles était noyée l'université contrastaient avec les lumières de la ville et de sa banlieue industrielle.

Les trois hommes n'avaient mis que quelques minutes pour passer du centre de surveillance à la cabine d'ascenseur.

Antoine regarda l'immeuble dans lequel il se trouvait. Il l'avait reconnu sans difficulté, c'était celui qui jouxtait le faux parking servant d'entrée dissimulée aux Skull.

— Où sommes-nous exactement ?

Adley Rillman répondit sans le regarder :

— Dans le centre de recherches de la société que je dirige. Pentacle Corporation.

— J'en ai entendu parler. Elle appartient à votre Fraternité et s'est spécialisée dans les réseaux câblo-opérateurs et les télécoms. Vous pourriez m'avoir un prix pour remplacer ma box à Paris ?

Le directeur de Pentacle se tourna vers lui, un fin sourire remonta sur un coin de ses lèvres.

— Félicitations. Pratiquer l'humour dans les situations désespérées est une réelle qualité. Mais ça ne te sauvera pas d'une issue pour le moins inéluctable. Connais-tu l'expression chrétienne : « Je suis l'alpha et l'oméga » ?

— Oui, c'est tiré de l'Apocalypse, une parabole pour le commencement et la fin de quelque chose et aussi pour désigner le Christ.

— Tu as vu l'Alpha des Skull avec la cérémonie dans les entrailles de la terre, maintenant tu vas découvrir l'Oméga au dernier étage de cet immeuble. Plus près du ciel.

— Si vous espérez que je me jette dans le vide, je n'ai aucune intention suicidaire, ironisa Antoine.

La cabine s'immobilisa en douceur. Les portes de l'ascenseur s'ouvrirent en laissant apparaître une vaste salle qui devait occuper un bon quart de la surface de l'immeuble.

Les trois hommes pénétrèrent dans la pièce, Antoine en premier. Il balaya l'espace devant lui d'un coup d'œil rapide.

Une large baie vitrée donnait sur la ville. Sur le mur de gauche, était plaquée une fresque pop art, mixant les visages sculptés des quatre présidents américains du mont Rushmore. Mais entre George Washington et Thomas Jefferson, l'artiste avait rajouté un crâne gigantesque dans la falaise. Celui des Skull and Bones, avec en dessous ces tibias croisés et le chiffre 322.

Sur le mur d'en face, plongé dans une semi-pénombre, il y avait un piédestal de forme conique qui portait un plat évasé sur lequel reposait un objet qu'Antoine n'arrivait pas à identifier.

Les trois hommes passèrent devant un canapé rouge et deux fauteuils épurés encerclant une sculpture brune et longiligne qui ressemblait à s'y méprendre à un Giacometti.

Ils arrivèrent devant un bureau d'une largeur impressionnante qui faisait face à la baie vitrée. Il était constitué d'une longue dalle de pierre sombre, épaisse et nervurée, posée sur deux cylindres d'acier. Trois écrans d'ordinateurs ultra-minces étaient disposés en arc de cercle autour d'un sous-main en cuir écarlate. Derrière le bureau, un siège aussi haut que large tournait le dos aux visiteurs. Une odeur lourde de cigare planait dans l'air.

Antoine avait l'impression de visiter un de ces bureaux de P-DG de multinationales, fondus d'art contemporain, qui transformaient leur espace de travail en galerie d'art pour impressionner leurs collaborateurs. Il se tourna vers le directeur de Pentacle.

— Vous vouliez que je vous félicite pour le style de votre bureau ?

Une voix jaillit du siège qui tourna lentement sur lui-même.

— Pour l'heure, c'est le mien.

Le fauteuil finit de pivoter pour laisser apparaître le professeur Donovan. Oncle Toby avait troqué sa robe de bure pour un élégant smoking. Il tenait un cigare de taille respectable entre ses doigts, qu'il inspectait d'un air entendu.

— J'espère que la fumée ne vous dérange pas. C'est un Hoyos de Monterrey, plus précisément un Épicure numéro deux, le meilleur à mon goût. En provenance directe de chez Henry Vernet and Galzi. Mais vous n'êtes qu'un officier de police français, vous n'avez pas les moyens de ce genre de plaisir…

Antoine ne releva pas la remarque méprisante et répondit :

— Comment dois-je vous appeler ? Oncle Toby ? Grand Maître des Skull ? Prof ? En fait, prof ça vous va beaucoup mieux avec vos lorgnons.

Donovan porta le cigare à ses lèvres, l'alluma et tira dessus avec satisfaction.

— Je n'ai pas beaucoup de temps, commissaire. Ne gaspillez pas celui que je vous accorde. Mes amis, dont Adley, ici présent, voulaient vous expédier sous terre dès votre arrivée sur le sol américain.

— À quoi dois-je cette générosité ?

— J'étais impatient de rencontrer l'homme qui a découvert le trésor des Templiers à Paris et l'a offert à son pays pour renflouer les caisses de l'État.

Marcas le fixa longuement. Le maître des Skull faisait allusion à son enquête à Rome et à Paris quelques années auparavant. Si la découverte du trésor avait fait les gros titres de la presse, très peu de gens étaient au courant du rôle qu'il avait joué[1].

— Vous êtes bien renseigné...

— Au début, quand mes hommes m'ont dit que vous enquêtiez sur la tragédie des Trente, je n'ai pas fait le lien. Mais quand j'ai réalisé à qui j'avais affaire, j'y ai vu comme un signe du destin.

Antoine émit un ricanement.

— Et vous avez demandé au secrétaire de l'ambassade de m'envoyer des hommes de main pour m'inviter à vous rencontrer. Hélas, ils n'ont pas survécu à leur mission.

— C'est bien ennuyeux... D'ailleurs nous n'avons toujours pas de nouvelles de cette jeune femme, Léonore Di Falco. Vous savez peut-être où elle se trouve ?

Antoine ne broncha pas. Donovan haussa les épaules.

— Peu importe, nous finirons bien par la retrouver.

— Demandez un coup de main à Louvier.

— Marc a été initié chez nous il y a trois ans, nous avons un cénacle à part pour les étrangers et les personnes qui n'ont pas fait leurs études à Yale.

— Comme le responsable français de Pentacle qui s'est occupé de la sécurité du parking à côté de l'immeuble des Trente ?

— Oui, mauvais choix semble-t-il. Vous nous avez retrouvés à cause de lui.

Antoine connaissait bien ce genre de personnage, à l'ego aussi boursouflé que ses ambitions. Il regarda autour de lui, puis revint à Donovan.

— Et vos copains, le Roi, le Pape et le Diable ? Je pensais qu'ils allaient me juger dans votre tribunal gothique.

— En ce moment, ils sirotent un bon whisky avant le dîner de clôture que je dois présider. Nos agapes en quelque sorte...

---

1. Voir *Le Septième Templier*, Fleuve noir, 2011.

— Vous vous donnez beaucoup de mal avec votre cérémonial grotesque

Donovan souffla une longue bouffée devant lui.

— Il n'a d'autre utilité que d'impressionner les jeunes esprits et perpétuer la tradition de nos origines. Nous sommes ici dans le troisième millénaire, dans le monde de l'entreprise et de la high-tech triomphante. Ici, réside le cœur du pouvoir des Skull. Et ici se trouve son code source ! La couronne du Christ.

85.

New Haven
De nos jours

Donovan fit un signe au directeur de Pentacle qui tourna les talons et se dirigea vers le piédestal. Une rangée de projecteurs s'alluma instantanément sur son passage. Il prit la couronne d'épines de fer avec précaution et revint la poser sur la table de son bureau. L'objet noirci et tordu n'avait pas grand-chose à voir avec les représentations de la sainte couronne qu'Antoine avait vues sur des tableaux. Un amas de fils de métal sombre et patiné, auquel on avait grossièrement donné la forme d'un cercle, hérissé de pointes inquiétantes.

— N'hésitez pas, touchez-la, lâcha Donovan, qui observait Marcas comme un chat une souris.

— Non merci, les reliques ce n'est pas ma came et j'aurais trop peur d'attraper le tétanos. En quoi cette couronne, si tant est qu'elle soit authentique, présente tant d'importance à vos yeux ?

Le professeur Donovan se leva et s'avança devant la fresque.

— Elle a donné le pouvoir à l'Amérique ! Et nous en sommes les gardiens.

— Le serre-tête du Christ ? jeta Antoine avec ironie. Ça m'étonnerait, de mémoire, il est entreposé à Paris, dans la Sainte-Chapelle.

— Un faux grossier !

Le maître des Skull se tenait sous le visage marmoréen de George Washington et prenait une pose avantageuse.

— Je vais vous conter une histoire qui n'est écrite dans aucun manuel. La véritable histoire des Skull and Bones et celle de l'Amérique. En 1793, un petit groupe d'initiés français a quitté la France révolutionnaire, alors en pleine Terreur. Ils ont emporté avec eux cette couronne, retrouvée dans la basilique de Saint-Denis, la nécropole royale. Une couronne qui leur avait été spoliée des siècles auparavant par les rois de France. Cette couronne possède un pouvoir incommensurable, celui d'octroyer la puissance à celui qui la détient.

— J'adore les contes de fées, l'interrompit Antoine, surtout quand ils sont racontés par un assassin.

Le professeur Donovan contempla le visage de Washington d'un air inspiré.

— En venant aux États-Unis, ces frères ont changé le cours de l'histoire. Ils ont apporté à la jeune nation l'instrument de puissance qui lui manquait. Dès l'arrivée de la relique, l'Amérique a commencé sa longue métamorphose pour devenir, deux siècles plus tard, la première puissance mondiale, alors que la France et l'Europe avaient entamé leur long déclin. Appelez ça comme vous voulez, influence spirituelle, ésotérique ou divine. Peu importe. Le pouvoir de la relique est bien réel. Comme l'a été celui de l'Arche perdue pour les tribus d'Israël. Ces frères français, et leur sœur, Eulogia, ont fondé un nouvel ordre, ici à New Haven, au cœur de l'université, pour protéger cette relique. Les Skull and Bones.

Antoine répliqua sur un ton cassant :

— Jamais entendu parler de cette histoire à dormir debout. Pourtant, on a aussi notre lot de dingos dans certaines loges.

— Vous faites une grossière erreur de perspective. Eulogia et les siens étaient les héritiers d'un ordre prestigieux et redoutable : celui des Templiers.

Marcas se figea. Par le passé, il avait eu affaire à ces branches bâtardes du Temple et à leurs survivants[1]. Le destin prenait un plaisir pervers à le remettre une fois encore dans le sillage des chevaliers aux blancs manteaux.

— Je vois que j'ai touché un point sensible, lança Donovan. Voilà pourquoi je voulais que vous entendiez mon récit. Je sais que j'ai affaire à un expert en la matière. Après l'arrestation des chevaliers du Temple en 1307, des dignitaires de l'Ordre se sont éparpillés en France et dans le monde. Certains ont pu emporter le trésor, d'autres certains secrets d'ordre spirituel, mais nos ancêtres, eux, avaient pour mission de récupérer la couronne du Christ spoliée par Philippe le Bel, le bourreau de l'Ordre. Ce qui fut réalisé pendant la Révolution.

Antoine ne répondit pas. Donovan le regardait fixement et reprit en haussant le ton :

— Les Skull sont les héritiers éloignés du Temple. Et notre blason en porte témoignage.

Il passa sa main sur la fresque et effleura le sommet du crâne sinistre et ricanant.

— Le crâne et les os sont ceux du dernier Grand Maître, Jacques de Molay. Quant au nombre 322 il fait référence à une date maudite. Un jour d'infamie. Le 22 mars.

Antoine hésita quelques secondes puis comprit.

3/22.

Mars, le 22ᵉ jour.

Aux États-Unis, le chiffre du mois se mettait toujours avant celui du jour.

— Que s'est-il passé le 22 mars ?

— C'était en 1312, à Vienne dans le Poitou. Sous la pression du roi de France, le pape a proclamé officiellement la dissolution de l'ordre du Temple. Sous forme d'une bulle papale, *Vox in excelso*. Le sort des Templiers s'est scellé ce jour-là. Pas au moment de l'arrestation des chevaliers en 1307, ou à la crémation du grand maître

1. Voir *Le Septième Templier* (2011) et *Le Temple noir* (2012), Fleuve noir.

en 1314, non ! Ce 22 mars. C'est ce jour maudit que nous gardons en mémoire.

Le maître des Skull regarda une dernière fois le crâne de la fresque, puis se dirigea vers son bureau, suivi de Marcas et de l'homme de main.

Donovan s'assit sur son siège, il attendait visiblement que Marcas réagisse.

— Vous prétendez être les descendants des Templiers, soit, commenta Antoine. Vous possédez la guirlande d'épines sacrée, je suis ravi pour vous. Mais quel rapport avec toutes ces tueries ?

Le professeur posa ses mains à plat sur la table du bureau, et s'adressa au directeur de Pentacle :

— Adley, vous méritez de lui expliquer.

Rillman se rapprocha de Marcas, prit la couronne entre ses mains et la brandit au niveau de ses yeux.

— Ici à Pentacle Corporation, nous avons fait une découverte extraordinaire sur cette couronne. Elle recèle un secret. Un secret incroyable.

86.

New Haven
Pentacle Corporation

Adley Rillman semblait hypnotisé par la couronne de fer qu'il tenait entre ses mains. Ses yeux brillaient, son visage affichait une intense concentration.

— Il y a quatre ans, la couronne a été retirée de la salle des cérémonies pour être restaurée. Depuis plus de deux siècles, l'humidité, et la manipulation par des mains humaines, l'avaient fragilisée. Des épines menaçaient de se détacher. J'ai été chargé de m'en occuper dans un des laboratoires de ma société.

— De quoi est-elle composée ? demanda Antoine avec curiosité.

— D'un alliage de fer, d'argent, de zinc et d'une terre rare, en quantité infime, l'erbium. Un élément chimique précieux, de la famille des Lanthanides, que l'on trouve habituellement en Scandinavie. C'est justement la présence de l'erbium qui m'a mis la puce à l'oreille. Il est utilisé, de nos jours, dans de nombreux secteurs de pointe, par des sociétés comme la nôtre. Dans les domaines phares comme les télécommunications, panneaux photovoltaïques, l'industrie nucléaire, la technologie laser, etc. Il présente la propriété d'absorber d'énormes quantités de neutrons et d'amplifier ainsi les flux dans les fibres optiques. En conséquence, j'ai soumis la relique à différentes analyses complémentaires.

Le professeur Donovan l'interrompit :

— Sans notre autorisation ! Adley a toujours été le plus rationnel d'entre nous. Il a passé un doctorat en physique des matériaux et en électronique. Il a toujours été sceptique sur le pouvoir de la couronne et la légende des rois de France. Mais je reconnais que la curiosité scientifique est parfois une vertu... payante.

Rillman sourit et reprit :

— Au bout de plusieurs semaines d'analyses, nous n'avons rien trouvé. Et puis il s'est passé un incident curieux dans le laboratoire où était entreposée la couronne. Un technicien est venu travailler sur l'étalonnage d'une nouvelle borne wifi pour Pentacle quand tout d'un coup son générateur d'ondes s'est mis à s'affoler. Pire, l'employé est devenu complètement fou et il a dû être mis hors d'état de nuire avant de tout casser.

— À cause de la relique ? demanda Marcas, intrigué.

— Au début nous n'avons pas fait le rapprochement, mais la scène s'est reproduite le lendemain avec un ingénieur qui manipulait la borne. J'ai fini par comprendre que la couronne mise en présence d'une onde wifi concentrée pouvait influencer le comportement d'un être humain. Une découverte fantastique, quelque chose dans l'alliage perturbait le wifi au point de transformer le signal pour le faire interagir avec le cerveau.

Marcas fronça les sourcils. Il avait déjà entendu parler des suspicions sur l'influence des antennes relais et des téléphones portables, mais jamais pour le wifi. Le directeur de Pentacle reprit la parole :

— À l'aide d'analyses basées sur des IRM, nous avons réussi à identifier la zone cérébrale sur laquelle agissait l'onde wifi modifiée. Il s'agit de la partie limbique, le centre de régulation des émotions, zone intermédiaire entre le cerveau reptilien et le cortex préfrontal. Colère, agressivité, plaisir... Ce qui explique le déclenchement de fou rire chez les sujets ayant mal réagi aux stimulations de nos bornes. Les amas de neurones responsables de l'hilarité jouxtent les réseaux agissant sur la violence ou l'acte suicidaire.

— La relique aurait donc un pouvoir scientifiquement mesurable ?

— En un sens oui. L'effet est bien réel, mais la cause reste incertaine. Peut-être est-ce lié à l'alliage d'erbium...

Donovan intervint à nouveau :

— Vous êtes trop rationnels. Il s'agit de la couronne qui a été posée sur le crâne du fils de Dieu. La souffrance du Sauveur a engendré une énergie fantastique qui s'est déposée au cœur de la couronne.

Marcas se demandait si l'homme qu'il avait en face de lui n'était pas complètement cinglé.

— J'ai du mal à comprendre le rapport avec le wifi.

— Ce qui sort de votre box, ou de votre ordinateur, est une onde électromagnétique, de faible intensité, qui véhicule à courte distance de l'information, comme internet par exemple. Voyez cela comme un train de marchandises dans lequel vous pouvez choisir ce que vous mettez dans les wagons. L'onde wifi peut aussi interférer avec d'autres appareils qui produisent eux aussi des ondes. Faites marcher un four à micro-ondes, qui émet un signal à 2 450 mégahertz, à côté d'une box. Le wifi va s'affoler, voire tomber en panne, car sa fréquence opère entre 2 412 et 2 484 mégahertz. Donc, si le wifi interfère avec un appareil électronique, pourquoi n'aurait-il pas une action sur un cerveau dont l'activité neuronale est basée sur des courants électriques[1] ?

Adley Rillman reposa la couronne sur le bureau. Le professeur Donovan intervint :

— Après avoir travaillé sans relâche pendant presque un an, Adley et ses collaborateurs ont découvert que la relique émettait une sorte de... chant silencieux. Qu'ils ont été les

1. La plupart des rapports officiels ont montré son innocuité, mais certaines études scientifiques sèment le doute, et plusieurs organismes officiels ont émis des réserves, en particulier, il est ainsi déconseillé de dormir à côté d'une box.

premiers à entendre. Un chant qui n'est audible qu'avec du wifi à portée de main. Un chant capable d'envoûter n'importe quel être humain à condition de disposer d'une simple borne pour le propager dans le cerveau.

— Je parlerais plutôt d'une succession non aléatoire d'ondes de basse fréquence structurées, ajouta Rillman sur un ton froid. Cette onde permet de pénétrer le cerveau de milliards d'êtres humains dans le monde. Et de les influencer. Mieux encore…

Rillman avait croisé les bras et observait Antoine d'un air satisfait.

— … Nous avons réussi à décoder et à reproduire ce chant. À créer de nouvelles partitions. Pour susciter la colère, l'obéissance, la dépression, l'exaltation… Tout est coordonné ici, dans notre centre de recherche. Nos ordinateurs composent des programmes qui sont envoyés dans les bornes wifi partout dans le monde. Tout cela grâce à la couronne du Christ !

— Le suicide et le meurtre, merci Jésus ! répliqua Antoine.

Donovan secoua la tête avec impatience.

— C'étaient des incidents regrettables. Nous menons des expérimentations depuis trois ans un peu partout dans le monde et, dans des cas rarissimes, les sujets ne répondent pas comme il le faudrait.

— Comme pour les trente pauvres gens, à Paris, qui se sont jetés dans le vide ? Il y avait même des enfants !

— Nous n'avons jamais voulu leur mort. Cela faisait deux mois que tout l'immeuble avait reçu les nouvelles box, via leurs opérateurs. Nous avons essayé sur eux des signaux différents pour vérifier leurs réactions pendant trois semaines. Mais, je vous l'ai dit, cette technologie est balbutiante, nous avions pris la précaution d'installer les bonbonnes de protoxyde d'azote. Un leurre pour éviter que les autorités ne fassent le lien en cas d'incident.

Une colère croissante monta en Marcas.

— Ça veut dire que vous saviez qu'ils pouvaient se suicider ?

— Oui, ou s'entretuer... Nous avons eu d'autres cas similaires dans d'autres pays. La science avance toujours ainsi, il faut des pionniers pour tester les avancées de la recherche. Mais, heureusement, c'est infime par rapport au nombre de bornes et de box déjà installées.

Adley Rillman s'interrompit pour consulter sa montre et s'adressa au maître des Skull :

— Il est temps de rejoindre le dîner...

Donovan opina de la tête.

— Ouvrez les agapes sans moi, j'aimerais encore m'entretenir avec notre ami français. Je vous rejoindrai.

Rillman fronça les sourcils. Le professeur sourit et fit un signe de tête au costaud barbu.

— Rassurez-vous, John ici présent s'assurera de la docilité de notre invité.

Le directeur de Pentacle inclina la tête et sortit de la salle pour gagner l'ascenseur.

Antoine le regarda s'éloigner, puis porta à nouveau son regard sur Donovan.

— Et vous avez installé combien de vos saloperies de bornes wifi ?

Le professeur appuya sur une petite télécommande blanche et oblongue. Les lumières du plafond baissèrent progressivement. Dans le même temps, les rectangles de verre qui composaient la baie vitrée s'assombrissaient à vue d'œil, pour virer au gris presque opaque. Antoine nota que le barbu s'était mis contre un mur et le tenait toujours en joue. La salle s'installa progressivement dans une obscurité atténuée par les lueurs des spots encastrés.

Soudain, comme par enchantement, une sphère d'un bleu intense surgit du néant. De la taille d'un gros ballon d'hélium, elle flottait, à mi-hauteur, en plein milieu de la salle. Marcas n'en croyait pas ses yeux. C'était la terre, ou plutôt un hologramme de la terre.

Le globe tournait lentement sur lui-même, dévoilant les océans et les continents, recouverts par endroits de fins voiles nuageux.

Antoine ne put s'empêcher de plonger sa main dans la sphère.

— On fait tous ça la première fois, dit Donovan, c'est un des bijoux technologiques de Pentacle.

De minuscules triangles, identiques au logo de la société, apparurent par petites grappes sur les continents.

Emerson Donovan se leva et posa les mains sur son bureau.

— Voilà pourquoi la Fraternité a pris le contrôle de Pentacle Corporation qui, chaque jour, fournit des milliers de box de nouvelle génération dans le monde entier aux opérateurs de téléphonie. Notre société se répand partout, dans les foyers, dans les hôtels, les centres commerciaux, les hôpitaux, les entreprises.

Antoine s'avança vers le maître des Skull, le visage tendu.

— Vous êtes malade !

L'homme de main braqua son arme sur lui.

— Stop !

Marcas se raidit, stoppé dans son élan.

— Vous m'avez montré l'alpha, la couronne du Christ qui a engendré votre invention démente. Et l'oméga c'est quoi ?

Donovan le fixa.

— Offrir à l'humanité un cadeau merveilleux. Celui de l'ordre et de la paix.

87.

New Haven
Pentacle Corporation
De nos jours

La sphère verte et bleue tournoyait dans l'air, comme si elle était animée d'une vie propre. Donovan appuya à nouveau sur la télécommande, une multitude de points écarlates surgirent du néant, telle une pluie de météores qui se serait abattue sur tous les continents. Seuls les océans, et les pôles, conservaient encore leur teinte bleu nuit.

— Observez cette épidémie de pustules rougeoyantes, monsieur Marcas. Ces bubons contaminent toutes les nations, presque sans exception, de l'Afrique à l'Asie, de l'Europe aux Amériques. Une gangrène, inexorable et impitoyable, qui frappe l'humanité entière.

Antoine se rapprocha de l'hologramme.

— Sida, choléra, cancer... ? C'est quoi, une carte de l'OMS des maladies dans le monde ?

— Une maladie oui, mais beaucoup plus perverse et dévastatrice que des virus ou des bactéries. Chaque point représente une manifestation concrète, en temps réel, de cette peste qui porte un nom devenu si banal. Le Mal. Vous avez sous les yeux le planisphère du... Mal !

Marcas affichait une expression incrédule. Les minuscules éclats de lumière rouge sang luisaient et ondulaient par grappes, comme s'ils ne cessaient de se reproduire.

— Quel mal ? demanda Marcas.

— Le Mal dans toute sa richesse et son horreur. L'enfant tué sous les yeux de sa mère, une rue au soleil jonchée de cadavres déchiquetés par un bombardement, des hommes et des femmes broyés sous les roues d'un camion conduit par un djihadiste, l'épouse violée et frappée par un mari tyrannique, un handicapé passé à tabac pour quelques dollars, les élèves d'un collège massacrés par l'un de leurs camarades… Tout ce que l'homme inflige à ses semblables, toutes les violences commises dans le monde. Voilà la réalité du Mal. Attentats, guerres, génocides ethniques et religieux, meurtres, vols, viols, gazages de populations, attaques à main armée, mais aussi violences psychologiques et domestiques, agressions de toutes sortes… Un Mal qui ne cesse de s'étendre, tels des fleuves de sang débordant de leur lit pour irriguer un océan de souffrances et de malheurs. Mais un Mal qui prend naissance dans une seule source, l'esprit de l'homme. Son cerveau.

Antoine contemplait, fasciné, l'hologramme d'un réalisme stupéfiant.

— D'où tirez-vous ces données ?

— Un programme algorithmique créé par nos ingénieurs et qui s'appuie sur toutes les statistiques publiées dans le monde. Je vais vous donner un exemple. À votre avis, sur 197 pays reconnus par l'ONU, combien sont considérés comme paisibles, non engagés dans des guerres ?

— Je ne sais pas, une centaine…

— Faux, selon le Global Peace Index – la référence dans ce domaine – il n'y a que dix nations exemptes de conflits et la France ne figure pas dans la liste. Vous avez la Suisse, le Japon ou l'Uruguay… Dix nations ! Et encore, ce classement ne prend pas en compte les violences intérieures… Et le constat est terrifiant, aucun pays n'est épargné.

Le professeur Donovan tira à nouveau une bouffée de son Hoyos et reprit d'une voix posée :

— Les élites mondialisées se gargarisent de belles paroles, nous expliquent qu'il n'y a plus de guerre totale, qu'ils travaillent pour rendre le monde plus sûr. Mais ils mentent, à eux-mêmes et aux sept milliards d'habitants sur cette terre. Ils vivent dans une dangereuse illusion ! Une illusion que nous, les Skull, voulons arracher des yeux de l'humanité pour la forcer à voir le Mal et le combattre. Et ça tombe bien, nous avons l'antidote.

Emerson Donovan appuya à nouveau sur la télécommande. Les points rouges disparurent de toute la surface de la terre pour être remplacés par des petits logos de Pentacle disséminés un peu partout.

— Chaque jour, notre société installe dans le monde entier des bornes et des box wifi. Grâce à elles, nous pourrons modifier les consciences dans le bon sens, supprimer les comportements déviants. Ça prendra du temps, peut-être dix ans, vingt ans, mais le changement est en marche. Notre Fraternité rendra à l'homme les clés du paradis dont il a été chassé par sa propre faute.

— Vous délirez !

— Ce que vous nommez délire, nous appelons ça utopie. On pourra transformer les dictateurs en démocrates, métamorphoser les djihadistes en paisibles croyants, changer les loups en agneaux. Et tout cela grâce à une simple onde wifi. Voilà notre but. Voilà l'Omega des Skull.

— Vous sortez de quel asile, professeur ? demanda Antoine, sidéré par les propos qu'il entendait.

Donovan hocha la tête et répondit sur un ton sévère :

— Nos ancêtres ont créé les Skull pour former une élite, des chevaliers, destinés à diriger l'Amérique dans sa mission de civilisation et de conquête universelle. Ils croyaient sincèrement que le Nouveau Monde allait dominer l'Ancien et le faire grandir. Cela a été vrai pendant quelques décennies, mais le Mal redevient plus fort. Notre nouvelle ambition est plus noble. Les élites ne sont que le levain, il nous faut désormais pétrir la pâte humaine.

— Former des citoyens, ça s'appelle l'éducation et on n'a pas besoin de triturer les cerveaux pour ça.

— Soyez lucide, Marcas, ça ne marche plus et les démocraties sont impuissantes. D'ailleurs, dans ce domaine, voyez votre propre pays : on ne peut pas dire que l'éducation soit une réussite…

Marcas était interloqué par ce qu'il entendait. Ces hommes voulaient laver le cerveau de sept milliards de gens sur terre.

— Pour le moment, vous n'avez provoqué que des massacres, en France, à Haïti, dans votre propre pays… Vous n'avez donc aucune conscience ?

Le professeur sourit d'un air las.

— J'en ai une, bien plus profonde que vous ne croyez. Tel le Christ, ma chair est mortifiée par la souffrance du monde.

Il retira sa veste de smoking, releva lentement ses manches de chemise et tendit, devant lui, ses avant-bras noueux, paumes en avant. La peau fine et livide était recouverte d'une myriade de boutons, enflés en leur centre, aux teintes allant du rouge intense au violacé fané. Comme celle d'un junkie dément qui se serait martelé le bras à coup de seringue.

Tout en continuant à fixer Marcas, Donovan retira de son annulaire une chevalière en argent de sa main et la brandit à hauteur de ses yeux pâles. Il tourna ensuite la partie supérieure de la bague d'un quart de tour. Une minuscule pointe brune jaillit du corps de la chevalière.

Le professeur articula avec lenteur :

— Cette bague contient un fragment d'épine sacrée. Pour chaque vie sacrifiée, je me pique jusqu'au sang. Je garde ainsi, au plus profond de mon être, la trace de mes crimes.

Sous les yeux médusés d'Antoine, Emerson Donovan retira lentement sa chemise. Marcas ne put s'empêcher d'avoir un mouvement de répulsion.

Du bas du ventre flasque jusqu'en haut du torse malingre en passant par les épaules étroites, la peau était criblée de centaines de points rouges, tel un enfant atteint de rougeole aiguë.

Il effleura un amas au-dessous de la clavicule.

— Là, à cet endroit, je me suis piqué trente fois de suite. Le soir où vos compatriotes ont sauté de leur immeuble, à Paris.

Il descendit son index pour s'arrêter à quelques centimètres du bas-ventre. Les piqûres semblaient encore plus intenses.

— Ici, ce sont les quarante morts du centre commercial dans le Dakota...

Antoine n'arrivait pas à masquer sa stupeur. Et sa colère.

— Et je suppose que ça vous permet de dormir tranquillement le soir ? Une petite piqûre en guise de pénitence !

Donovan secoua la tête d'un air fiévreux.

— Non, bien au contraire, elles scarifient l'horreur nécessaire de mes actes. Et quand je passerai devant notre créateur, nu comme aux origines, mon corps lui montrera les marques de mes crimes. Lui seul me jugera.

Il enfila sa chemise et la reboutonna. La voix d'Antoine se fit plus acerbe.

— Votre créateur ? J'espère qu'il vous enverra pourrir en enfer.

— C'est possible... J'en vis déjà un avant-goût. Au fil du temps, les blessures causées par l'épine ont déclenché une maladie auto-immune sévère. Mes lymphocytes se retournent contre moi, ils détruisent lentement mon sang. Les médecins me donnent une année, tout au plus, à vivre. Je comparaîtrai devant notre seigneur plus vite que vous ne le croyez. Mais je lui montrerai aussi mes miracles. Observez attentivement ce qui va suivre !

Donovan s'interrompit pour enfiler sa veste, puis appuya à nouveau sur la télécommande.

Un bourdonnement se fit entendre dans le mur derrière la fresque. George Washington, Thomas Jefferson et le crâne des Skull s'enfoncèrent de quelques centimètres en arrière pour laisser descendre un immense écran plat ultra fin, d'à peine l'épaisseur d'un magazine.

Une image apparut. On voyait la petite place d'un marché animé, typique du Moyen-Orient, les étals remplis et les badauds souriants. Des enfants hilares couraient dans tous les sens.

— Intirzit, petite bourgade du sud de la Syrie, martyrisée par la guerre et les attentats. Nous y avons installé des bornes wifi il y a deux ans, dans le cadre d'une opération humanitaire. Résultat, plus aucune explosion, ni meurtres ou règlements de compte. Les djihadistes qui ont voulu poser des bombes ne les ont jamais déclenchées ou se sont rendus aux autorités. Les chrétiens, chassés par Daech, sont revenus vivre paisiblement, alors que dans la ville voisine on continue à les massacrer !

L'image changea pour un extrait d'un reportage de la chaîne de télévision américaine Fox. Trois hommes en costume cravate, accompagnés d'une femme vêtue d'un uniforme de police, parlaient derrière un pupitre.

La voix de Donovan résonnait.

— C'est la conférence de presse du maire de Baltimore, l'une des villes américaines les plus touchées par la criminalité.

— Merci... J'ai le coffret de toutes les saisons de *The Wire* chez moi.

— Je crains que cette série ne devienne terriblement datée. Le maire et le chef de la police annoncent une chute historique et spectaculaire des agressions et des crimes commis dans les quartiers Nord et Est. Il vante les mérites de sa politique de sécurité, mais curieusement c'est dans ces zones que nous avons remporté le marché des bornes wifi municipales. Un serial killer, recherché depuis dix ans, s'est rendu de lui-même aux autorités.

Antoine émit un petit rire.

— Génial, on passe de *Dexter* à *La Petite Maison dans la prairie...*

Le maître des Skull écrasa son cigare.

— Vous pouvez ironiser, mais des exemples comme ceux-là il y en a des dizaines, et nous sommes désormais capables d'aller plus loin pour préserver la démocratie.

Le maire de Baltimore et son staff disparurent pour laisser place à un autre reportage, dans ce qui ressemblait à un bureau de vote d'un pays d'Amérique du Sud. Les sous-titres étaient diffusés en espagnol. Des hommes et des femmes entraient et ressortaient d'isoloirs sous l'œil des caméras.

— Notre expérimentation la plus ambitieuse : nous avons équipé les deux cents plus gros bureaux de vote du Honduras de bornes. Résultat, le candidat populiste, grand favori des élections, a été balayé par son adversaire moins belliqueux. Le pays a été sauvé d'un désastre. Vous entrevoyez le champ fantastique des applications dans d'autres pays. Le franc-maçon que vous êtes ne peut que se réjouir ! Nous forgeons un monde meilleur.

Marcas crispa les poings. Ces hommes étaient en train d'instaurer une nouvelle forme de dictature, soft, pétrie de bons sentiments, mais une dictature quand même.

— Un monde meilleur rempli de citoyens lobotomisés, privés de leur libre arbitre. Un monde de robots !

— Amusant, c'étaient presque mot pour mot les paroles de feu notre frère lobbyiste, Robert Lightwood...

En même temps qu'Antoine s'emportait, le doute commençait à l'atteindre. Ces enfants qui riaient en Syrie au lieu d'avoir la haine de l'autre en héritage... Et si le Mal n'était qu'une onde du cerveau dont on pouvait changer la fréquence, si le bonheur de tous ne passait plus par l'évolution de l'homme, mais par le développement de la technologie, pourquoi s'en passer ? Et surtout qui était-il pour s'y opposer ?

Donovan fit un signe à l'homme de main qui s'avança vers Marcas, le pistolet braqué sur lui.

— Il faut clôturer cette discussion. Votre capital temps s'est écoulé. Dommage, moi qui voulais vous parler de la dernière élection présidentielle en France...

Au moment où il allait terminer sa phrase, un grondement sourd fit vibrer les murs et le sol de la salle. La statue de Giacometti vacilla et tomba à la renverse, l'hologramme de la terre s'évanouit comme par enchantement. Les lumières s'éteignirent d'un seul coup.

88.

New Haven
Pentacle Corporation

La vaste salle plongea brutalement dans une semi-obscurité. Au même moment, le hurlement strident d'une sirène d'alarme retentit dans tout l'étage.

— John ! Débarrasse-toi de lui, cria le professeur à son homme de main. Il ne doit pas...

Marcas n'attendit pas la fin de la phrase et plongea de tout son poids sur le barbu qui tomba à la renverse, mais sans lâcher son pistolet. Antoine envoya un coup de poing dans le ventre de son adversaire, mais ce dernier para l'attaque en roulant sur le côté. Il tenta d'ajuster son arme pour tirer, mais Marcas fut plus rapide et lui cisailla le poignet du tranchant de la main. Le barbu hurla de douleur, lâchant le Smith et Wesson.

De son côté Donovan avait saisi son portable, et tapotait fébrilement l'écran.

Antoine savait qu'il ne lui restait qu'une poignée de secondes pour maîtriser définitivement son adversaire, il ne ferait pas le poids face à une horde de Skull.

Il bondit pour attraper l'automatique, mais au moment où il allait poser sa main sur la crosse, une douleur fulgurante déchira sa poitrine. L'homme de main lui avait balancé un coup de pied chassé d'une telle violence qu'il en avait le souffle presque coupé. À son tour, Marcas bascula à terre, son visage atterrit à quelques centimètres de la statue de Giacometti qui s'était brisée en deux dans sa chute. Un faux, ne put s'empêcher de penser Antoine alors qu'il roulait sur lui-même. Quand il releva la tête, il s'aperçut que son adversaire était sur le point de récupérer le pistolet. Il était trop tard pour l'intercepter. Il fallait trouver autre chose.

Son regard croisa à nouveau la statue qui gisait à terre.

— Tue-le ! hurla Donovan.

Le barbu avait réussi à reprendre le Smith et Wesson.

Maintenant.

Dans un geste désespéré, Antoine empoigna la paire de jambes en métal de la statue et la lança, à l'aveugle, en direction de son adversaire. Le socle cogna à toute volée le crâne du tueur. L'homme vacilla un instant, les yeux écarquillés, puis s'effondra au sol. Son arme avait roulé contre l'un des cylindres d'acier qui soutenaient le bureau de Donovan.

Antoine se releva péniblement, la vue brouillée, les côtes en feu, il n'arrivait pas à reprendre sa respiration, le coup de pied avait dû atteindre un point sensible au niveau de la poitrine.

Il fallait qu'il récupère le pistolet. À tout prix.

La lumière revint tout d'un coup dans la pièce.

Il cligna des paupières, se redressa et comprit son erreur. Le professeur s'était emparé de l'automatique. L'homme aux lunettes d'acier le dévisageait avec commisération.

— Pas de chance pour vous, j'adore les armes, je suis le vice-président de la NRA[1] pour l'université.

Antoine était à genoux, le souffle en lambeaux, il ne lui restait plus aucune issue. Léonore ne viendrait pas le sauver. Il était seul. Et perdu.

L'hologramme de la terre s'était rallumé et tournait à nouveau sur lui-même, comme une toupie. La voix de Donovan planait dans l'air.

— Dommage, j'ai eu un instant la faiblesse de croire que vous alliez nous rejoindre dans notre grande aventure. J'ai vraiment cru que le destin vous avait mis sur notre

1. National Rifle Association, lobby des armes à feu.

route pour parachever l'œuvre des chevaliers du Temple. Les Skull auraient été honorés d'initier un homme tel que vous.

Antoine toussa en essayant d'aspirer de l'air. Il avait l'impression que les artères de son cœur se verrouillaient. Il n'arrivait même pas à lui cracher son mépris. Le maître des Skull raidit son bras et aligna la tête d'Antoine.

Marcas fixa son bourreau. C'était donc ainsi que sa vie allait s'achever, aux États-Unis, au dernier étage d'un building tenu par une fraternité d'illuminés.

Il entendit derrière lui le tintement de la porte d'ascenseur qui s'ouvrait. Rillman apparut dans l'encadrement de la cabine. Une odeur de fumée se répandait à l'étage.

— Adley, que passe-t-il ?

— Un incendie s'est déclaré au sous-sol, qui a déclenché une explosion dans les laboratoires. Il faut... évacuer.

Donovan braqua à nouveau le pistolet sur Antoine.

— J'arrive tout de suite, Adley... Quant à vous, Marcas, vous ne serez plus de ce monde pour le voir se transformer en jardin d'Éden. Adieu...

Une détonation retentit, puis une seconde.

Marcas tressaillit. Incrédule, il porta les mains à sa poitrine. Il était toujours vivant.

Un homme, en costume sombre, et qu'il n'avait jamais vu de sa vie surgit dans son champ de vision. Il tenait un gros calibre à la main.

— Marcas, content de vous voir. Nous sommes envoyés par le commissaire Haudecourt.

Antoine se redressa et vit le professeur Donovan couché à la renverse sur la dalle du bureau, ses jambes tremblèrent dans un spasme puis se figèrent. La moitié supérieure du crâne du maître des Skull avait été arrachée par l'impact de la balle.

Rillman déboula dans la pièce en manquant de tomber. Derrière lui se dessinaient les silhouettes de Léonore Di Falco et d'un autre homme avec une oreillette qui grésillait.

La jeune femme avait récupéré l'arme de Donovan et se précipita vers Antoine.

— C'était moins une...

— Je vous dois une fière chandelle, répondit Antoine en toussant de plus belle.

— Quand je me suis retrouvée seule dans le parking, j'ai rappelé le commissaire Haudecourt. Heureusement, il a répondu. Il avait bien reçu votre message et avait déjà affrété un hélicoptère à New York, avec les deux agents. Les voilà.

— Mais comment m'avez-vous retrouvé, ici ?

— La montre à votre poignet, elle est équipée d'un tracker que l'on peut suivre par GPS.

L'un des agents s'impatienta :

— Vite, il faut se tirer d'ici, nous avons posé des explosifs dans les sous-sols de l'immeuble. Tout va s'écrouler dans peu de temps.

Des fumées noires et suffocantes s'échappaient du sol. Adley Rillman s'était plaqué contre un mur, le regard fixé sur l'hologramme du globe terrestre qui se déformait de toute part. Léonore lâcha Marcas et s'approcha à son niveau.

— Je suppose que vous êtes l'un des responsables des meurtres de mon compagnon Thomas et de Robert Lightwood.

Adley Rillman secoua la tête, le regard affolé.

— C'est Donovan qui donnait les ordres. Et Lightwood était mon ami.

— Un ami que vous n'avez pas hésité à décapiter dans son propre caveau !

Antoine voulut s'interposer.

— Non, Léonore, ne...

Deux détonations retentirent à quelques secondes d'intervalle. La première balle perfora le poumon droit du directeur de Pentacle, la seconde lui emporta le cœur. Il s'effondra au sol comme une baudruche. La jeune femme lâcha son arme.

— Un pourri de moins sur cette terre, commenta-t-elle avec mépris, en regardant le corps sans vie de Rillman.

Une nouvelle explosion fit trembler tout le bâtiment. Les deux hommes de la DGSE se précipitèrent vers une porte grande ouverte, à côté de l'ascenseur et qui donnait sur un escalier de service.

— Pressez-vous, cria l'homme qui avait abattu Donovan.

Antoine et Léonore coururent vers les agents de la DGSE. Soudain Marcas s'arrêta net et fit demi-tour sous les yeux médusés de la jeune femme.

— Vous êtes fou !

— Ne m'attendez pas.

Les fumées noires et blanches avaient envahi toute la salle. L'un des agents secoua la tête et fit signe à son collègue de prendre l'escalier. Marcas fila jusqu'au bureau de Donovan et disparut derrière le siège. Léonore attendait devant l'escalier de service.

— Marcas, on n'a plus le temps !

Des flammes jaillirent sous le mur décoré de la fresque. Le feu attaqua avec voracité les panneaux de la toile. Le crâne des Skull fut le premier à se faire dévorer, suivi par Lincoln. Washington semblait résister, mais son visage se boursouflait déjà sous l'effet de la chaleur.

Léonore ne voyait plus rien dans la salle, de plus en plus obstruée par les fumées. Elle se mit à tousser à son tour. Au moment où elle allait descendre les marches, Antoine surgit du rideau de fumée.

— J'avais un petit souvenir à récupérer.

Il tenait dans sa main droite une couronne de fer noirci et hérissée d'épines tordues.

89.

Canada
Mont-Tremblant

Les rayons du soleil dessinaient de longs rectangles qui s'étiraient sur les draps violets et montaient le long du mur en pierres apparentes qui bordait le lit. Il n'était que 11 heures du matin, mais une douce chaleur s'était répandue dans la chambre aux volets grands ouverts. Derrière la porte de bois clair qui séparait la salle de bains, on entendait le jet puissant d'une douche.

Antoine abandonna la lecture des journaux et posa sa tablette sur la table de chevet.

Il n'avait jamais aussi bien dormi depuis des... mois.

Nu comme un ver, il s'étira longuement et tourna son regard vers la fenêtre aux battants ouverts sur un jardin qui descendait vers la rivière toute proche. Plantés çà et là au milieu d'une pelouse un peu trop exubérante, quelques chênes paisibles agitaient leurs feuillages sous une brise légère.

Il se hissa sur les coussins et aperçut, bien au-delà du muret de pierre qui délimitait le terrain de la maison, une impressionnante rangée de sapins touffus qui soulignait d'un trait noir l'horizon étincelant. Plus à l'est, derrière la forêt, se dressaient les toits multicolores, rouges, verts et bleus qui chapeautaient la délicieuse petite ville de Mont-Tremblant, posée au bord d'un lac majestueux. Il y avait fait un saut, la veille, en touriste. Il y avait même acheté un petit coffret pour mettre la couronne d'épines de fer qu'il allait ramener en France. Les habitants étaient aussi paisibles que leur paysage. Ils n'avaient pas besoin qu'on leur installe les bornes wifi de Pentacle.

Antoine remercia silencieusement le frère obèse pour avoir choisi cette planque de la DGSE. L'opération d'exfiltration de Marcas et Léonore vers le Canada avait été organisée d'une main de maître. L'avant-veille au soir, après s'être échappés du bâtiment en flammes, ils avaient rejoint un héliport dans la banlieue de New Haven. Là, stationnait le Bell 206 Jet Ranger qui avait emmené les agents de la DGSE depuis New York. En à peine deux heures, l'hélico mono-turbine avait quitté le Connecticut, traversé les deux États de poche du Massachusetts et du New Hampshire pour se poser dans une clairière du nord du Vermont, à une dizaine de kilomètres de la frontière canadienne.

Marcas avait été bluffé par l'efficacité des services secrets français. Un autre agent, venu exprès de Montréal, les attendait dans un 4×4 pour les convoyer au Canada. Ils avaient passé le poste de douane, sur la route 87, en pleine nuit et étaient arrivés à Mont-Tremblant, à l'aube.

La petite maison de bois et de pierre, perdue dans la forêt, était plus qu'un havre de tranquillité, c'était un jardin d'Éden. Un vrai, pas celui des Skull.

Antoine n'avait aucune envie de rentrer en France. Pourtant, Léonore et lui n'avaient droit qu'à deux jours de décompression, sous la garde de l'agent de la DGSE, avant de s'envoler de Montréal pour Paris.

Léonore Di Falco apparut sur le seuil de la porte. Les cheveux trempés et lissés, elle était vêtue d'une simple serviette blanche qui enserrait la souplesse de son corps. Antoine la contempla avec tendresse. Ils n'avaient pas attendu la fin de la soirée pour se jeter l'un sur l'autre. Une partie de la nuit s'était prolongée entre étreintes brûlantes et sommeils furtifs.

— Que disent les infos ? demanda-t-elle en s'asseyant sur le lit, juste à côté d'Antoine.

Elle se dénuda d'un coup et frotta ses cheveux avec la serviette.

Antoine ne répondit pas, se contentant de sourire en fixant ses petits seins fermes et galbés. Elle vit son regard et prit une expression faussement courroucée.

— On se concentre, commissaire Marcas ! Je t'ai posé une question.

Il passa ses mains derrière la nuque et s'adossa à la tête de lit.

— Pas mal d'articles sur le net, mais pas autant que je l'aurais pensé. La plupart titrent sur l'incendie qui a ravagé le bâtiment de recherche et l'annonce du décès d'Adley Rillman. Il y a un reportage qui tourne en boucle sur l'intervention des pompiers en pleine nuit. En revanche rien sur le professeur Donovan. Ni sur nos amis les Skull.

— Ça leur a quand même gâché leur petit dîner post-initiatique. C'était très amusant de les voir décamper de leur Tombe. Tous ces braves futurs maîtres du monde, en smoking, et leurs gentils professeurs, en train de courir comme des fourmis.

Antoine avait du mal à se concentrer sur la conversation. Le corps de la jeune femme était juste à portée de ses mains. Il tenta de se maîtriser et répondit, sous les yeux amusés de Léonore :

— En tout cas, il n'y a aucun lien sur le web. À part un site de complotistes qui a remarqué que le bâtiment de Pentacle se trouvait dans le même pâté de maisons que celui des Skull. Ils s'interrogent sérieusement si ce n'est pas un coup des Illuminati pour se débarrasser de concurrents gênants.

À peine avait-il achevé sa phrase qu'il se précipita sur la jeune femme et la renversa sur le lit. Elle fit semblant de résister quelques secondes et se laissa embrasser fougueusement. Il se plaqua contre elle et se sentit durcir. Il chuchota à son oreille :

— Cette nuit, tu n'aurais pas appuyé sur quelques-uns de mes points sensibles ? Tu sais, ton Kishoko quelque chose ?

Elle le fixa de son regard sombre.

— Kyusho Jitsu, répondit-elle avec douceur. Oui... Il existe des zones érogènes inconnues des Occidentaux...

Au moment où il allait la pénétrer, on frappa à la porte. La voix de leur ange gardien résonna.

— Désolé de vous déranger, le commissaire Haudecourt en ligne de Paris.

Antoine leva les yeux au plafond et se redressa légèrement.

— Pas le moment, qu'il rappelle !

— Navré, mais il a précisé que c'était urgent. Je suis obligé d'obéir aux ordres.

Léonore poussa gentiment Marcas sur le côté.

— On reprendra cette séance de relaxation une autre fois.

Une poignée de minutes plus tard, Antoine était debout dans le salon de poutre et de bois, à moitié nu, une serviette enroulée autour de la taille, un portable à l'oreille.

— Es-tu bien logé, Antoine ? demanda la voix familière.

— À merveille. Je t'en remercie, d'ailleurs sommes-nous vraiment obligés de quitter le Canada ?

— Oh oui... Les Skull peuvent avoir des connexions dans ce pays. Pas question qu'ils vous mettent la main dessus dans un aéroport. Nous avons d'ailleurs laissé un message à leur intention avec l'aimable concours du Secrétaire général de l'ambassade.

Antoine redressa sa serviette sur ses reins.

— Quoi ! Le traître, Marc Louvier ?

— Oui, avant de le rapatrier en France pour être mis hors d'état de nuire, il a contacté ses camarades de la Fraternité pour leur faire part du rôle de la DGSE dans l'explosion du bâtiment de recherches. Et que nous avions toutes les preuves en notre possession de l'opération Wifi...

Marcas tomba des nues.

— Mais pourquoi ?

— La France montre qu'elle est capable d'agir partout où ses intérêts sont menacés, y compris en intervenant sur leur propre terrain de jeu, commenta sobrement le frère obèse. Or les Skull se sont bien révélés être une menace pour notre souveraineté. Bien sûr, pour appuyer nos dires, nous leur avons fourni la composition exacte des explosifs utilisés.

Antoine se gratta le menton.

— Ôte-moi d'un doute, si tes agents expédiés de New York ont pu se munir d'un tel arsenal en si peu de temps, c'est que vous étiez donc en capacité de provoquer un attentat aux États-Unis ?

Haudecourt éclata de rire.

— Absolument. Comme les agents de la CIA possèdent aussi leurs stocks de Pentrite et de C4 dans leurs planques en France. Ainsi que le FSB russe et la plupart des services des grandes nations amies ou ennemies. Tout le monde se tient par la barbichette. Ta naïveté me touche, sincèrement.

— Et tu n'as pas peur que les Skull réagissent face à cet acte de guerre ?

Le frère obèse se racla la gorge, puis répondit d'une voix amusée :

— C'est eux qui ont tiré la première salve sur les Trente parisiens. Et ils le savent. Je doute vraiment que la nouvelle direction des Skull and Bones tienne à ce que soient rendues publiques les dérives de feu son Grand Maître. Bien au contraire.

Antoine s'était assis sur un rocking-chair qui faisait face à une magnifique véranda.

— Que va-t-il se passer pour Pentacle et sa découverte ?

— Tu te doutes que tes révélations ont sidéré le Premier ministre et le Président. Nous allons nous assurer que cette technologie de manipulation des foules ne soit plus opérationnelle. Dès demain, le gouvernement, par des circuits parallèles, va mettre Pentacle en demeure de retirer ses saloperies en France. Et nous allons alerter nos alliés en ce sens, mais...

Haudecourt avait laissé sa phrase en suspens, puis reprit d'une voix hésitante :

— ... Par hasard, tu n'aurais pas récupéré des informations sur cette technologie ?

Antoine se raidit. Il n'aimait pas le changement du ton de la voix de son interlocuteur.

— Non, pourquoi ?

— Pour rien, je demandais, c'est tout...

— Ne me prends pas pour un crétin, mon frère. Tu veux peut-être que la France s'approprie cette invention, histoire que le monde entier tombe en pâmoison quand on lui joue *la Marseillaise* ?

Il y eut un nouveau raclement de gorge. La voix devint subitement enflammée, presque pompeuse.

— Pas du tout, que vas-tu imaginer... La France ne transige jamais sur ses valeurs morales !

— La France oui, ses gouvernants, j'en suis moins sûr, ironisa Antoine.

— Comprends-moi, on m'a rapporté qu'au moment de l'incendie chez Pentacle, tu avais pris quelque chose dans le bureau de Donovan...

— C'était le pistolet de son homme de main, mentit Antoine. Il y avait mes empreintes dessus. Je l'ai récupéré.

— Tu es un homme précieux, et avisé, soupira le frère obèse. Profite bien de tes deux jours de repos en compagnie de Mlle Di Falco. Je viendrai te récupérer à Roissy.

— Et tu me donneras des nouvelles de ma carrière, répondit Marcas, mais Haudecourt avait déjà raccroché.

Antoine se leva et fit demi-tour. Il n'avait qu'une envie : se fondre dans les bras et le corps de Léonore.

90.

Paris
De nos jours

L'Airbus commença sa descente vers Roissy. Par le hublot, à travers les déchirures des nuages, Marcas pouvait apercevoir des lambeaux de paysage. Il les guettait comme un marin la terre ferme. À chaque fois qu'il apercevait un champ luisant de labour, le vert jauni d'une forêt ou le clocher moussu d'une église, il sentait son cœur s'apaiser : il était de retour à la maison. Il aurait voulu réveiller Léonore pour lui montrer la beauté de la France sous le soleil étincelant de septembre, mais elle dormait sur son épaule, le visage serein de ceux qui font des rêves d'avenir.

— Nous vous rappelons que vos ceintures doivent rester bouclées, les tablettes relevées et les appareils électroniques éteints.

La voix suave de l'hôtesse répétait les consignes de sécurité pour la seconde fois, ce qui n'empêcha pas une femme de se lever pour farfouiller dans son bagage à main et un adolescent de continuer à jouer frénétiquement sur son écran. Antoine était bien de retour en France, pays où chacun prenait un plaisir évident à contester l'autorité quelle qu'elle soit. L'antithèse de ce que voulaient les Skull : un pays libre et rebelle, au lieu d'un troupeau domestiqué.

Un choc sourd retentit sous l'avion : le train d'atterrissage venait de s'ouvrir. Antoine sursauta. Il était vraiment temps de changer de vie. Il avait trop vécu aux aguets. Il posa la main sur le genou de Léonore. Désormais, il n'y avait pas que lui et il devait être responsable.

— Qu'est-ce qui te ferait plaisir ?

Léonore venait d'ouvrir les yeux. Antoine n'en croyait pas ses oreilles : de toute son existence, jamais une femme ne lui avait parlé ainsi à son réveil.

— Passer le plus clair de mon temps avec toi.

— C'est bien parti... Et sinon ?

— Il y a trop longtemps que je ne suis pas allé en tenue maçonnique. Ça me manque.

Léonore opina de la tête en souriant. Marcas n'en revenait pas. Du temps tourmenté de son mariage, il suffisait de prononcer le mot *tenue* pour que sa femme se répande en imprécations. Elle ne supportait pas qu'Antoine ait une autre vie qu'elle ne partageait pas.

— Et elle est quand ta prochaine réunion ?

Le commissaire hésita avant de répondre :

— En fait, ce soir...

— Si tu veux, je viendrai te chercher après, on ira manger un morceau.

Marcas était ébahi par tant de bienveillance.

— Tu sais, on finit souvent vers 23 heures, je ne voudrais pas...

— Pas de problème, je prendrai un verre en t'attendant.

L'avion se posa dans un rugissement de tonnerre tandis que dans le hublot défilaient les lumières de la piste d'atterrissage. Antoine rebrancha son portable. Un SMS apparut aussitôt. Le frère obèse ne l'avait pas oublié.

Une voiture vous attend sur la piste.

C'était bien la France, une grève des employés de maintenance obligeait les passagers à descendre par la passerelle. Sur le tarmac, deux employés vêtus de combinaisons jaunes s'approchèrent d'Antoine et de Léonore en leur désignant une voiture de service, encombrée de seaux et de balais.

— On préfère rester discrets. Le commissaire Haudecourt vous attend dans le secteur réservé de l'aéroport. Vous me donnez votre passeport ?

Antoine s'exécuta avec soulagement. Ses faux papiers lui brûlaient les mains.

— Et pour les bagages ?

— On s'en occupe. Comme de la petite dame.

Surprise, Léonore éclata de rire :

— Comment ça ?

— On vous amène directement à Paris. Question de sécurité. Vous avez un lieu de résidence ?

Antoine sortit ses clefs et les tendit à Léonore.

— Chez moi.

Elle le regarda avec tendresse avant de sourire malicieusement.

— Je vais découvrir ton antre...

Visiblement les contrôles aux frontières n'existaient pas pour les hommes du frère obèse. Après avoir confié Léonore à des collègues, ils avaient guidé Marcas dans un dédale de couloirs et de pièces de service.

— On utilise le réseau de chaufferie pour vous exfiltrer, ni vu, ni connu.

— Sauf que je suis inscrit sur le vol en provenance de Montréal et si on ne me voit pas passer la douane, ça va au contraire attirer les soupçons.

— Qui vous dit que vous n'êtes pas en train de passer la douane ? cligna de l'œil l'un de ses guides.

— En fait, un de nos agents est en train de le faire avec votre passeport. Ainsi, on verra vite s'il est surveillé ou suivi.

Antoine n'eut pas le temps de s'étonner. Une porte s'ouvrit donnant sur une pièce aveugle où le frère obèse contemplait un écran de surveillance.

— J'ai le plaisir de t'annoncer que tu viens officiellement de rentrer sur le territoire national.

À son tour, Antoine fixa l'écran. Un homme qui lui ressemblait à s'y méprendre se dirigeait vers le hall de remise des bagages.

— Et voilà, M. Desaguliers va récupérer sa valise.

— Il me ressemble comme deux gouttes d'eau...

— Les maquilleurs du cinéma font des prodiges aujourd'hui. Assieds-toi. J'ai une bonne nouvelle ! Tu es réintégré dans *la grande maison*, monsieur le commissaire. Ton affaire d'Avignon est enterrée. Je crois même qu'une promotion est en vue, enfin c'est ce que m'a dit le ministre de l'Intérieur.

Antoine faillit ricaner.

— Il n'a rien à te refuser, bien sûr... Et dire qu'il me détestait.

— Ah... Tu n'es pas au courant ? Je te parlais du nouvel occupant de la place Beauvau. L'ancien a quitté son poste avant-hier, pour mettre ses compétences au service de la République, à son poste de député de la Creuse. Quant à toi, il te faudra néanmoins quitter le service des œuvres d'art, mais on va te proposer de nouvelles affectations.

On frappa à la porte, l'un des deux hommes en jaune apparut dans l'encadrement.

— Il ne faudrait pas trop tarder, ça bouchonne sur l'autoroute pour rentrer sur Paris, au niveau du Stade de France.

Antoine acquiesça de la tête. Le frère obèse lui serra la main.

— On se revoit rapidement, j'aurai sûrement des propositions à te faire.

— Oublie-moi pendant quelque temps. Pour le moment, j'ai surtout envie de vacances.

Haudecourt lui retourna son sourire et les deux hommes se saluèrent fraternellement.

Il ne s'écoula que quelques minutes avant qu'Antoine et l'agent de liaison ne soient en plein air, à proximité d'une piste d'envol pour jets privés.

— Et ma valise ? demanda Antoine subitement.

L'homme se frappa le front.

— Bon sang, j'allais oublier. Voilà un reçu d'Air Canada. Il y a eu une erreur d'aiguillage dans les bagages. Votre bagage a pris une autre destination que Paris.

Marcas se figea.

— Mais c'est pas possible, il y a la...

Il s'arrêta à temps.

— Pas de panique, commissaire. Dès demain, votre bagage sera localisé et aussitôt rapatrié à Paris.

Antoine leva les yeux.

Un fuselage argenté par le soleil couchant traversait le ciel.

Sa valise devait se trouver dans la soute d'un avion similaire.

Quelque part, au plus haut des cieux, volait la couronne d'épines du Christ.

91.

Paris
Grand Orient de France
Temple La Fayette
En soirée

— Quelqu'un sur les colonnes[1] désire-t-il prendre la parole dans l'intérêt de la franc-maçonnerie ?

Combien de fois Antoine avait-il entendu cette phrase du rituel ? Il choisit de ne pas faire le décompte : il avait peur de prendre un coup de vieux. Il préféra s'enfoncer dans le velours de la banquette et sourire à l'avenir. Après tout Léonor devait déjà l'attendre à la terrasse du Royal Cadet. Ils prendraient un verre, iraient dîner… pourtant il repensa à la question du rituel : « Quelqu'un sur les colonnes désire-t-il prendre la parole… » À la vérité, c'était très rassurant de savoir que, chaque soir, en France et ailleurs, cette même phrase était prononcée, à la fin d'une tenue, et ce depuis des décennies. On se sentait faire partie d'un ordre immuable que rien ne pouvait détruire, protégé comme dans un château que symbolisait bien le temple dont la porte était gardée, l'épée à la main, par le Couvreur[2]. Un frère claqua des mains pour réclamer la parole. Le premier surveillant relaya sa demande auprès du vénérable qui l'autorisa.

---

1. Nom donné aux sièges ou aux banquettes où sont assis les francs-maçons pendant une tenue rituelle.
2. Frère ou sœur dont la fonction est d'accorder ou pas l'entrée du temple.

— Mes très chers sœurs et frères, en vos grades et qualités, je voudrais vous apporter le salut fraternel d…

Marcas n'écouta pas la suite. Il détaillait la collection de drapeaux historiques qui ornaient le fond du temple et qui dataient de la déclaration de l'Indépendance américaine. Une page glorieuse de l'histoire des deux pays où les francs-maçons, de Benjamin Franklin au marquis de La Fayette, avaient joué un rôle fondateur.

Et il ne cessait de repenser à son incursion dans l'antre des Skull and Bones. Une question le taraudait : comment se faisait-il qu'une société qui se voulait initiatique comme les Skull, héritière d'une tradition maçonnique, ait fini par sombrer dans une quête effrénée de puissance, balayant toute morale, méprisant toute humanité ?

Un autre frère se leva et apporta un salut. La tradition voulait que ceux qui avaient visité une autre loge en rapportent des nouvelles dans leur temple. Ainsi se créait tout un réseau d'échanges fraternels entre ateliers qui pouvait aller de Ouagadougou à Saint-Pétersbourg en passant par Tokyo. Quelles que soient les obédiences. Était-ce pour ça que la franc-maçonnerie, parce qu'elle était volontairement ouverte sur le monde, n'avait pas connu les dérives des Skull and Bones ? La volonté de puissance naissait-elle dans des groupes si fermés, si consanguins, que d'initiatiques, ils en devenaient aristocratiques ?

Antoine fixa à nouveau les drapeaux à la toile piquetée par la rouille du temps. Leur couleur flétrie le ramena à la couronne d'épines et à sa valise disparue.

Il n'avait pas eu de nouvelles d'Air Canada. Dès demain, il rappellerait la compagnie aérienne. Quant au Grand Architecte de l'Univers, il avait intérêt à se démener pour retrouver cette valise !

— Mes frères, le tronc de la veuve va circuler.

Sur les colonnes, chacun se déganta, retournant ses poches en quête d'une obole.

— Finalement, une tenue, c'est comme la messe, grommela un vieux frère, ça finit toujours par une quête.

Antoine sourit. En franc-maçonnerie, les grognons étaient légion. Entre le frère qui, à chaque tenue, confondait ses frustrations personnelles avec la dénonciation tonitruante des inégalités sociales ou la sœur qui, en loge, pratiquait l'autoritarisme maniaque pour compenser son manque de charisme en couple, pas mal de francs-maçons se servaient de l'excuse de la fraternité pour laisser parfois libre cours à leur caractère pas toujours enjoué.

Le frère en charge du tronc de la veuve se rapprochait. Le voisin d'Antoine se pencha discrètement :

— Dis-moi, tu n'aurais pas un ou deux euros en trop, je ne sais pas comment j'ai fait mon compte, j'ai oublié de prendre mon portefeuille.

Marcas sourit à nouveau et lui tendit une pièce en silence.

— Bien sûr, je te rembourse dès la prochaine tenue.

Bien sûr, ce ne serait jamais le cas. En loge, on appelle ces frères, les *frères tourneurs*. À chaque tenue, ils changent de place pour pouvoir taper un nouveau voisin dès que surgit l'ombre menaçante du tronc de la veuve. Tout le contraire de la sœur d'une soixantaine d'années, qui lui faisait face, et qui dépensait son temps et son argent, sans compter, pour une association d'aide aux handicapés moteur.

Antoine se sentait étrangement serein. Il lui semblait comprendre pourquoi la franc-maçonnerie, depuis des siècles, n'était pas devenue un État dans l'État comme le croyaient certains, ne s'était pas transformée en une pieuvre diabolique, une main noire... Certes une fraction, toujours irréductible, continuait de se servir de la maçonnerie pour ses propres intérêts. Certains, même, souillaient leurs tabliers par des comportements indignes, mais les frères et les sœurs qu'il avait sous ses yeux n'en faisaient pas partie. Ils voulaient juste travailler à s'améliorer. Rien à voir avec l'ambition totalitaire des Skull qui voulaient obliger l'humanité à devenir parfaite. Et docile.

Il observa attentivement l'assemblée sagement assise. Ils avaient tous été initiés, mais ce n'était pas un passe-droit, un privilège, non, c'était la chance d'un chemin : celui de se découvrir soi-même.

Le chemin de toute une vie.

Certains s'étaient bonifiés et leur travail sur eux-mêmes en avait fait des hommes et des femmes remarquables, en dépit de leurs failles. D'autres pas.

Humains. Trop humains.

À l'inverse des milliards de robots rêvés par les Skull.

À l'Orient[1], le vénérable était en train de prononcer les formules rituelles qui allaient clôturer la tenue. Antoine se frotta les mains, étira ses jambes. Il y avait vraiment longtemps qu'il ne s'était pas senti aussi proche de ses frères. Non, vraiment la fraternité du genre humain n'était pas un vain mot.

Et puis, il y avait Léonore qui l'attendait devant le temple et il n'avait qu'une hâte, la rejoindre. Il ne savait pas s'il était amoureux, mais la jeune femme l'attirait. Plus qu'il ne l'aurait cru. Il se demanda s'il n'allait pas l'emmener pour une petite escapade romantique. À Venise, dans le quartier du Castello, dans un vieux palais du côté du campo Zanipolo. Ou bien à Majorque, lui faire découvrir Tramuntana. Et déguster une succulente *Lubina a la sal,* dans le restaurant de ses amis Sandra et Bruno, à Port Adriano.

— Mes frères, il vous revient maintenant de répandre au-dehors les lumières que vous avez reçues dans le temple.

Un par un les sœurs et les frères sortaient de la loge. Sur le parvis, il entendit son nom. Il secoua la tête. Il était déjà en retard. Une prochaine fois.

Antoine dévala les escaliers et traversa le hall d'entrée. On voyait les lumières des cafés à travers les vastes baies vitrées. La porte automatique s'ouvrit et il s'élança dans la rue.

Elle était là, assise au Royal Cadet, bouclant une mèche de cheveux avec ses doigts. Quand elle vit Antoine, un sourire de bienvenue éclaira son visage.

Plus que quelques mètres et il la serrait dans ses bras. Brusquement une main agrippa Marcas.

---

1. Partie du temple où officie le vénérable et qui est située vers l'Est.

Surpris, il se retourna.

Un jeune le fixait, l'air halluciné.

— Franc-maçon... Vendu !

Antoine avait déjà vu cette tête quelque part, mais ne se souvenait pas de l'endroit. Le type releva sa cagoule, il portait un tatouage en forme de serpent qui recouvrait sa main.

Marcas soupira. Encore un excité anti-maçon. Un modèle courant en ce moment et il en rôdait de plus en plus dans le quartier depuis un an. Celui-là semblait très énervé.

Antoine le jaugea, il n'avait vraiment pas envie d'affronter ce type. Pendant un court instant, il regretta qu'il n'y ait pas, dans le coin, une petite borne wifi des Skull, histoire de le rendre plus docile.

— On va se calmer, mon gars, lui dit Antoine d'une voix ferme.

Le jeune homme ne bougea pas, de la haine dans le regard.

— Putain, je te reconnais ! C'est toi qui étais dans le café à la Bastille, l'autre jour. Tu espionnais notre conversation avec mon pote.

Antoine percuta. C'était juste avant son rendez-vous à la morgue de Paris, avec le frère obèse. Son ex allait le larguer en beauté pour un photographe serbe ou croate. Et le type l'avait dévisagé à la terrasse d'un air mauvais.

De l'autre côté de la petite rue, Léonore s'était levée de sa table et réglait son verre. Antoine détourna son regard de l'excité une poignée de secondes et la héla :

— Ne bouge pas ! Je termine une conversation avec monsieur.

À l'instant où il finissait sa phrase, un marteau surgit devant ses yeux. Le type se jeta sur lui en hurlant :

— Je parle pas aux pourris ! Mort aux francs-maçons !

Marcas voulut esquiver le coup.

Mais...

Épilogue.

Inde
Aéroport de Srinagar
De nos jours

Le tapis roulant avait hoqueté, démarré, avant de s'arrêter dans un bruit de ferraille. Abhilash s'épongea le front. La nuit, la direction coupait la climatisation dès le dernier embarquement.

Il leva les yeux à travers les baies vitrées qui semblaient se perdre à l'infini. Là où le jour une fourmilière humaine ne cessait de s'agiter, tout désormais était silence. Ne restait plus que quelques mendiants qui fouillaient les poubelles, des toxicos en quête d'un hypothétique dealer que les agents de sécurité allaient rapidement expulser *manu militari*. Abhilash était seul.

Seul avec son problème.

Le tapis roulant était tombé en panne en fin d'après-midi, paralysant une partie du trafic des bagages. On l'avait envoyé pour réparer. Il avait démonté la paroi métallique latérale pour rentrer dans le ventre de la bête, au milieu des courroies de transmission surchauffées et des pistons suants d'huile. Où pouvait donc se trouver la panne dans ce dédale mécanique ? Derrière une série d'engrenages graisseux, il avait fini par débusquer un piston à l'axe faussé.

Contacté, son supérieur avait ricané quand il avait demandé une pièce de rechange. Depuis longtemps la maintenance était un souvenir. Quant au constructeur, il concevait ses tapis roulants à Hambourg, mais les fabriquait dans la banlieue de Séoul. Il faudrait des semaines avant d'avoir une réponse. Son supérieur avait été clair : tout devait être réparé pour les premiers décollages et atterrissages, dès 5 heures le matin. Et il ne lui restait plus qu'un quart d'heure.

Il replongea sous le tapis, se frayant un passage au milieu de la mécanique encore chaude. Il déposa les engrenages, ôta le pignon et toucha du doigt l'axe perturbateur. Malgré ses efforts, il n'était pas encore assez droit. Il fallait le redresser.

Mais cette fois, Abhilash le ferait au marteau. Pour plus de précision. Il frappa un coup, puis deux. Le bruit, sec et métallique, lui en rappela un autre : celui du forgeron, dans son village natal, quand il martelait un fer à cheval. Sept ans qu'il était parti pour ne plus être une bouche à nourrir à la charge de ses parents.

Et il avait fini où ? Dans cet aéroport, à se briser le dos chaque nuit, pour réparer des escalators hors d'âge et des tapis à bagages en roue libre. Tout ça pour un salaire de damné qui payait à peine son trou à rat dans une banlieue oubliée de Srinagar.

La chance ne l'avait pas abandonné : elle ne l'avait jamais trouvé.

Il enfila le pignon sur l'axe, puis le fit tourner. Pas de vibration visible. Une fois les engrenages réemboîtés, il sortit de son terrier de métal, et d'un pas lent se dirigea vers le boîtier de commande. De sa main noire de graisse, il appuya sur le bouton vert. Le tapis roulant trembla, vacilla, s'ébroua comme une bête mal réveillée et, subitement, démarra. Abhilash souffla. Il allait enfin pouvoir prendre un peu de repos.

Des heures qu'il œuvrait et il ne s'était toujours pas accordé de pause. Un bruit imprévu le fit sursauter. Éjectée par la bouche de distribution, une valise venait d'atterrir sur le tapis roulant qui, désormais, ronronnait.

Étonné, Abhilash s'avança. Il ne comprenait pas. Tous les bagages en attente avaient été acheminés en amont et distribués à leur propriétaire. Alors pourquoi personne n'avait réclamé cette valise ? Et si c'était une bombe ? La frontière pakistanaise n'était pas loin avec ses groupes armés d'extrémistes musulmans prêts à tout pour tuer de paisibles hindous comme lui. Pourtant, malgré le risque, Abhilash ne recula pas. Et puis, il savait que les caméras étaient coupées la nuit pour des raisons d'économie.

Il suivait la valise comme aimanté par sa poignée en cuir fauve et ses flancs rebondis. Brusquement le tapis s'arrêta. L'axe avait dû encore se tordre. Tout était à recommencer.

Mais Abhilash ne s'en préoccupait plus.

Il regardait la valise, fasciné. Elle était trop luxueuse pour être du Pakistan. Alors d'où venait-elle ? Un autocollant bariolé était collé en diagonale sur le côté. Il se pencha et déchiffra lentement. Il avait du mal à lire. Surtout cet alphabet étrange dont se servaient les Occidentaux. *A-i-r ca-na-da, Montréal-Paris CDG.* La valise venait du Canada, un pays de millionnaires, comme les États-Unis. Aussitôt, il saisit la poignée et souleva la valise. Elle était lourde. Bien lourde.

Abhilash sentit ses paupières s'humecter.

Des années qu'il attendait ça. Cette fois, il le sentait, la fortune était là. Juste sous ses doigts. Demain, il serait riche. Riche et puissant comme les Canadiens et les Américains qu'on voit sur les écrans avec leurs énormes voitures. Demain, il achèterait une moto, puis une maison au village et surtout, il se trouverait une femme.

La chance lui avait enfin donné rendez-vous.

Abhilash posa la valise à plat, ferma les yeux et fit jouer les serrures. Elles claquèrent en même temps. Lentement il leva les paupières.

Des vêtements.

Pantalons, vestes. Il fouilla les poches intérieures. Rien. Mais ce n'était pas grave. La fortune était juste dessous. Il le savait. Il plongea sa main sous une pile de chemises. Voilà. Une boîte... rectangulaire... avec des fermoirs. Certain. Jamais sa main ne l'avait trompé qui manipulait de délicates pièces mécaniques.

Il sortit la boîte et la posa devant lui. Elle était magnifique, recouverte de vieux cuir. Rien que les fermoirs en argent valaient un paquet de roupies. Un écrin pour un joyau, il en était sûr.

Il leva le couvercle

Ses yeux s'écarquillèrent.

Sur un lit de velours reposait un entrelacs... de fils barbelés.

Tressés comme ces couronnes que font les enfants avec du jonc séché.

Abhilash faillit tomber à la renverse. Il saisit pourtant cette couronne de pacotille. Le métal était couvert de sales taches brunes. Il allait attraper une maladie en touchant cet objet inquiétant, qui ressemblait à un instrument de torture. Quel voyageur pervers pouvait-il emmener avec lui cette chose hideuse ?

Elle tomba de ses doigts. Sous le choc, la couronne perdit quelques épines qui s'éparpillèrent au sol.

Il était vaincu, anéanti. La chance lui avait fait faux bond. En plus, s'il laissait ce tas de ferraille rouillé par terre, son supérieur allait lui passer un savon. Pire, le virer pour avoir fouillé dans une valise.

C'était un signe de Shiva ! Il n'aurait jamais dû fouiller dans les affaires d'un étranger.

Il adressa une rapide prière à Vishnou et à Ganesh pour trouver une solution. Il regarda la salle déserte et aperçut un amas de valises devant le comptoir des bagages en attente de réexpédition.

L'idée jaillit. Il remercia silencieusement les deux divinités, remit la couronne de fer dans son coffret, rangea toutes les affaires et referma la valise. Puis, il arracha l'autocollant d'identification de vol. Il prit ensuite le bagage, traversa la salle et le déposa contre le tas en attente. Abhilash lut la pancarte, destinée aux manutentionnaires, posée devant les bagages. C'était un lot qui venait de New York et n'aurait jamais dû se retrouver à Srinagar. Il devait être expédié dès le matin pour sa destination originelle. Le technicien ne prit même pas la peine de lire le nom de l'aéroport et s'éloigna d'un pas rapide, le cœur plus serein de s'être débarrassé de cet objet effrayant.

S'il avait parcouru le texte de la pancarte jusqu'au bout, il aurait lu le nom de la ville de destination.

Tel Aviv. Ben Gourion Airport.

La valise de Marcas partait pour la Terre sainte.

La couronne d'épines, elle, y retournait.

FIN

Achevé d'imprimer
à Noyelles-sous-Lens
pour le compte de France Loisirs,
31 Rue du Val de Marne
75013 PARIS

Imprimé en France
Dépôt légal : mars 2018
N° d'édition : 91823